千年凤凰
浴火重生

中国古代文学艺术
与现代社会

The Ancient
Chinese Literature, Art and Modern Society

莫砺锋 等 著

江苏人民出版社

图书在版编目（CIP）数据

千年凤凰 浴火重生：中国古代文学艺术与现代社会
/莫砺锋等著.—南京：江苏人民出版社，2018.1
ISBN 978-7-214-21142-2

Ⅰ.①千… Ⅱ.①莫… Ⅲ.①文艺评论-中国-古代
Ⅳ.①I206.2

中国版本图书馆 CIP 数据核字(2017)第 193712 号

书　　　　名	千年凤凰 浴火重生：中国古代文学艺术与现代社会	
著　　　　者	莫砺锋 等	
责 任 编 辑	卞清波	
责 任 校 对	陆　扬	
装 帧 设 计	周伟伟	
出 版 发 行	江苏人民出版社	
出版社地址	南京市湖南路 1 号 A 楼，邮编：210009	
出版社网址	http://www.jspph.com	
照　　　　排	江苏凤凰制版有限公司	
印　　　　刷	江苏凤凰通达印刷有限公司	
开　　　　本	652 毫米×960 毫米　1/16	
印　　　　张	30.75　插页 3	
字　　　　数	412 千字	
版　　　　次	2018 年 1 月第 1 版　2018 年 1 月第 1 次印刷	
标 准 书 号	ISBN 978-7-214-21142-2	
定　　　　价	68.00 元	

（江苏人民出版社图书凡印装错误可向承印厂调换）

目　录

绪　论

　　文学艺术是人类精神活动的重要组成部分,也是人类社会的重要产物,它既是社会文明的一个部分,也与整个社会文明的其他部分有着千丝万缕的关系。在中国古代,儒家学派把文艺视为促进社会教化的有力手段。亚里士多德等西方古代哲人也很重视文艺对社会的教益作用。更重要的是,无论是西方还是东方,人类文明史的实际进程都证明了文学艺术在促进社会文明、陶铸民族文化性格等方面有着重大的意义。如今,建设高度发达的社会文明已成为中国现代化进程的重要内容,如何发扬文学艺术在促进社会文明方面的积极作用已成为急需研究的重大课题。此外,在全球化的大趋势下,面对越来越大的西方强势文化的冲击,我们应如何应对新的形势,使我们的文学艺术既保持优秀的民族传统又适应现代世界文明的发展趋势,也是急需解决的重大课题。中华文化也许不是地球上历史最悠久的一类文化,但它却是世界上惟一历经五千年发展过程而从未中断的灿烂文化。中华传统文化是在中华民族身上烙下深深印记的民族文化基因,是记录着中华民族风雨历程的鲜活的心灵史,也是昭示着中华民族未来发展方向的宝贵的启示录。而中国古代的文学艺术,不但是中华传统文化中最为耀眼的精华部分,而且是最为鲜活生动、元气淋漓的核心内容。中国古代的文学艺术直观地反映着中华民族的民族性格,生动地表述着中华民族的社会理想和人生态度,忠实地记录着中华民族的喜怒哀乐。它就像中华大地上的九曲黄河和万里长江,即使受到险滩礁石的拦截仍然一脉相承、奔流不息。所谓古代和现代,只是人们为了便于思考和论述而构想出来的概念。近代以来,中国古代文学艺术的传统在表面上出现了裂缝,然而它原是一只生生不息的凤凰鸟,她必将经过涅槃而焕发出更为灿烂的新生命。事实上"抽刀断水水更流",中国古代文学艺术这条长河从未在所谓的"古代"和"现代"的交界处停下脚步,就像它曾经对古代中国社会产生巨大而深刻的影响一样,它也必然会对现代中国社会产生巨大而深刻的影响。我们在本书中想要完成的任务就是:总结中国古代文学艺术的发生、发展过程并从中归纳出其基本特征和核心价值,从而揭示中国古代文学艺术对现代中国社会的深刻影响以及进一步发扬光大其影响的广阔前景和学理根据。

第一节 中国古代文学艺术的地理和民族背景

就目前的考古发现来说,尼罗河流域的古埃及文明,两河流域的巴比伦文明和印度河、恒河流域的古印度文明的起源都比中华文明更早。中华民族自古繁衍生息的神州大地虽然幅员辽阔,但西有帕米尔高原的高峻山岭,东有太平洋的浩瀚波涛,它们在古代的交通条件下形成了难以逾越的地理屏障,从而基本隔绝了中华文明与其他古代文明的交流。因此,中华文明是在神州大地上独立自主地诞生、发育起来的人类文明,它具有独特的民族文化性格,作为其重要组成部分的中国古代文学艺术也就具有独特的民族特征,正是这些特征使它以独一无二的姿态屹立于世界文明之林,正是这些特征使它经过几千年的风雨历程而从不间断地生存至今,也正是这些特征使它以宽容的胸怀不断接纳异质文化的因子而仍然稳固地保持着自身的本质。

古代中国的疆域经常处于扩展和收缩的变动之中,但大致说来,自秦朝统一中国开始,历代中原王朝所实际统治的疆域体现出逐渐扩大的趋势。秦朝的疆域北起河套地区、阴山山脉和辽河下游流域,南至今日的越南东北部,西起陇山、川西高原和云贵高原,东至于海。在唐朝和元朝,中国的北界远达今日俄罗斯的西伯利亚。清朝的疆域则西起巴尔喀什湖和帕米尔高原,东至库页岛,北起萨彦岭、外兴安岭,南至南海诸岛。中国的地理位置比较优越,它的大部分疆土处于北半球的中纬度地带,气候温和,季风发达,主要地区温暖季节与雨水充沛的季节同步,为农业生产提供了优越的条件。同时中国疆域辽阔,国土内部包括各种不同的地理区域,境内既有天山、阴山、昆仑山、秦岭、南岭等东西走向的山脉,又有贺兰山、六盘山、横断山、太行山等南北走向的山脉,再加上长江、黄河、淮河、辽河等江河流经其间,便形成地理区域的自然分界线,所以古代中国在以农耕为主要生产方式的同时,也存在着游牧、渔猎等属于非主导地位的生产形态。正如马克思所说:"资本的祖国不是草木繁茂的热带,而是温带。不是土壤的绝对肥力,而是它的差异性和它的自然产品的多样化,形成社会分工的自然基础,并且通过人所处的自然环境的变化,促使他们自己的需要、能力、劳动资料和劳动方式趋于多样性。"①古代中国便是在这样的自然地理环境中创造了高度发达的农耕经济,也是在这样的环境中形成了生产形态多样、产品种类齐全的自给自足的经济结构。这样的经济基础对中华传统文化产生了深刻的影响,也对中国古代文学艺术产生了深刻的影响。

在古代中国,农耕生产是在固定的土地上进行的,尤其是达到一定的生产水平之后,从事农耕的人们积累了精耕细作、保持地力等方面的丰富经验,他们愿意世世代代居住在相对稳定的区域之内,过自给自足的生活。与追逐水草而游牧或不远千里而经商的人们相比,从事农耕的中华先民们格外具有安土重迁的观念,他们格外向往安定、质朴的生活形态。相传在尧的时代,有一位老农击壤而歌:"日出而作,日入而息。

①《资本论》第一卷,人民出版社1975年版,第561页。

凿井而饮,耕田而食。帝力于我何有哉!"这就是古代先民的生活状态和生活态度的生动写照。即使对整个民族而言,稳定、安定也是农耕社会经济发展的必要条件。从事农耕的民族即使与其他民族发生冲突,也总是以守卫自身的疆土为最终目标,在战事上往往以防御为主。《史记》记载周王朝的兴起过程是:"(后稷)好耕农,相地之宜,宜谷者稼穑焉,民皆法则之。……公刘虽在戎狄之间,复修后稷之业,务耕种,行地宜,自漆、沮度渭,取材用,行者有资,居者有畜积,民赖其庆。百姓怀之,多徙而保归焉。周道之兴自此始,故诗人歌乐思其德。"①这是中华先民最拥护的国家政治模式,它不是用武力征服的血腥手段来建立的政权,而是经过充满情感的感化过程而聚拢起来的民族群体。既然古代中国的主要经济依赖于农业生产,而发展农业生产的两大因素是土地与劳动力,所以春秋战国时代的诸侯国争夺的目标既是土地,也是人口。毋庸置疑,春秋战国时代战火连绵,孟子曾一针见血地批判说"春秋无义战"②,便是由于诸侯国运用战争手段来争夺土地和人口。显然,这是不符合中华文化的核心价值观的。那么,按照儒家理想的政治模式而建立起来的国家怎样才能开疆拓土而成为幅员辽阔的统一王朝呢? 孔子的政治理想是:"远人不服,则修文德以来之。既来之,则安之。"③这种信史化的叙述也许出于儒家的增饰,但至少反映出中华先民的理想追求和价值判断,这才是中华传统文化的核心理念。

古代中国的农耕生产虽然都是规模很小的小农经济,但华夏先民从事农耕的地域范围却相当辽阔,这个地理背景使当时的农耕生产受到两方面的严重威胁:一是来自自然界的水旱灾害,二是来自周边游牧民族的侵扰掠夺。虽然中华大地的基本自然条件有利于农业生产,但在如此辽阔的地理区域内,局部性乃至大面积的水旱灾害还是经常会发生的。

① 司马迁:《史记》卷四《周本纪》,中华书局1959年版,第112页。
②《孟子·尽心下》,《十三经注疏》本,中华书局1980年版,第2773页。
③《论语·季氏》,《十三经注疏》本,中华书局1980年版,第2520页。

4

所谓"尧禹有九年之水,汤有七年之旱"①,便是严重的天灾给先民们留下的集体记忆。在古代的生产条件下,对付旱灾的一种方法是向神灵祈雨,相传商汤遇到大旱,"五年不收,汤乃以身祷于桑林,曰:'余一人有罪,无及万夫。万夫有罪,在余一人。无以一人之不敏,使上帝鬼神伤民之命。'于是剪其发,𨟠其手,以身为牺牲,用祈福于上帝。民乃甚说,雨乃大至"。② 这个传说虽有很浓的神话色彩,但商汤为了救民不惜牺牲自身,祈雨的结果是"民乃甚说"而天降大雨,其中仍然洋溢着人本精神。除此之外,先民们对付水旱灾害的主要办法是兴修水利。如果说大禹疏凿江河将滔滔洪水引导入海仅是传说,那么秦国开凿郑国渠以发展农业却是有明文记载的信史。秦代的水利技术已相当发达,秦代兴修的都江堰和灵渠至今仍在发挥作用,而自春秋至元代不断兴修的沟通中国南北五大水系的大运河,至今还是重要的交通大动脉。毫无疑问,在古代的技术条件下,兴修大规模的水利工程必须集中相当的人力、物力,小国寡民是无法承担这个任务的。华夏大地上奔流着黄河、长江等大江大河,华夏民族只有凭借全民族的力量才能胜任治理江河的任务。

同样的道理,当以农耕为主的中华先民受到周边地区的游牧民族的侵扰时,如果中原地区处于小国寡民的状态,那就根本无法进行有效的抵抗。战国群雄中有好几个国家各自修筑了防御匈奴入侵的长城,但只有在秦统一六国后才可能集中全中国的力量,从而达到"使蒙恬北筑长城而守藩篱,却匈奴七百余里,胡人不敢南下而牧马"③的理想效果。而后来汉武帝屡发大军北伐匈奴,彻底解除匈奴对黄河流域农耕文明的威胁,也全凭经过文、景两朝休养生息而积聚起来的大汉帝国的巨大国力才能成功。

因此,从很早的时代起,中华民族便产生了"大一统"的政治观念。"大一统"的思考基点是儒家提倡的"四海之内皆兄弟也"④的理念,也就

---

① 班固:《汉书》卷二四上《食货志上》,中华书局1962年版,第1130页。
②《吕氏春秋》卷九《顺民》,上海书店1980年版《诸子集成》本,第86页。
③ 贾谊:《过秦论》,见《史记》卷六《秦始皇本纪》,第280页。
④《论语·颜渊》,《十三经注疏》本,中华书局1980年版,第2503页。

是不同种族的人们都是一样的人。所以孔子曾说自己"欲居九夷"①,可见他并不认为异族的地方是非人所居的蛮荒之地。相传孔子修《春秋》,严于夷夏之辨,但是他区分夷夏的标准不是血统,而是文化,正如韩愈所概括的:"孔子之作《春秋》也,诸侯用夷礼,则夷之,进于中国,则中国之。"②所以与其说孔子严于夷夏之辨是出于捍卫本民族的民族立场,不如说是出于拥护先进文化的文化观念。孔子本是殷商的后裔,但是他最崇拜的却是周王朝:"周监于二代,郁郁乎文哉,吾从周!"③孟子也说:"舜生于诸冯,迁于负夏,卒于鸣条,东夷之人也。文王生于岐周,卒于毕郢,西夷之人也。地之相去也,千有余里;世之相后也,千有余岁。得志行乎中国,若合符节,先圣后圣,其揆一也。"④这说明中国古代的民族认同观念是建立在文化认同的基础之上。人们的血统是先天形成而无法改变的,但是文化却是可以互相影响、互相交融的。正因如此,华夏民族对其他民族采取了开放、宽容的态度,这显然有利于不同民族之间的交流、融合。所以,在古代中国的地域内曾生活着许多不同的种族,但是各族之间很早就开始了互相融合的过程。古代曾有所谓的西戎、东夷、北狄、南蛮之类的种族区分,但最后无一例外地融入了华夏民族这个大熔炉里。而传说中的炎、黄二帝便成为华夏民族公认的共同始祖。例如匈奴,从现代民族学的观点来看,这个民族的种族属性不很清楚。但《史记·匈奴列传》中却十分肯定地说:"匈奴,其先祖夏后氏之苗裔也,曰淳维。"⑤意即匈奴与夏朝王族同出一祖,也是华夏民族的一个旁支,其实这是华夏民族比较宽泛的民族认同的反映。匈奴族后来与中原的汉族政权时战时和,但其最终结果是完全融入华夏民族。十六国时代的赫连勃勃本是匈奴人,但他自称:"朕大禹之后,世居幽朔。……今将应运而兴,复大

---

① 《论语·子罕》,《十三经注疏》本,中华书局1980年版,第2491页。
② 韩愈:《原道》,《韩昌黎文集校注》卷一,上海古籍出版社1987年版,第17页。
③ 《论语·八佾》,《十三经注疏》本,中华书局1980年版,第2467页。
④ 《孟子·离娄下》,《十三经注疏》本,第2725页。
⑤ 司马迁:《史记》卷五十《匈奴列传》,第2879页。

禹之业。"①匈奴的后裔多取汉姓,且不乏成为中华民族的文化名人者。再如在所谓"五胡乱华"的北朝,许多入主中原的游牧民族纷纷自称是华夏民族的后裔。《晋书》称慕容廆"其先有熊氏之苗裔,世居北夷"②,"有熊氏"也即黄帝。《魏书》则记载拓跋氏之世系云:"昔黄帝有子二十五人,或内列诸华,或外分荒服。昌意少子,受封北土,国有大鲜卑山,因以为号。其后,世为君长,统幽都之北,广漠之野。……黄帝以土德王,北俗谓土为托,谓后为跋,故以为氏。"③慕容氏与拓跋氏皆属鲜卑族,但他们都自称是黄帝的后裔。与其说这是信史,不如说这是在黄河流域建立政权的鲜卑族对华夏民族的主动认同。类似的传说也存在于《山海经》一类古书中,例如《山海经·大荒北经》称:"黄帝生苗龙,苗龙生融吾,融吾生弄明,弄明生白犬。白犬有牝牡,是为犬戎。"④曾长期处于军事冲突之中的犬戎与周族竟然都是黄帝的嫡系子孙!这虽然仅是一种传说,但其产生的根源无疑是古人关于华夏民族同源共祖的观念。即使较晚入主中原而强调保持自身民族特征的蒙古人和满洲人,也对中华文化表示了相当程度的认同。蒙古经过连年征讨而建立了幅员辽阔的大帝国后取国号为"元",便是根据《易经》中"大哉乾元"之义。满清入关后虽一度严守满汉之分,但仅经数十年,满人的汉化便越来越深。到了乾隆以后,包括王族在内的满清贵族的汉文化修养已无异于汉族士大夫。正像海纳百川一样,华夏民族是由数十个民族经过长期的交流、融合而逐步形成的,这种融合的最终结果便是今天由五十六个民族组成的中华民族。

　　所以说,中华民族的传统文化是在一个幅员辽阔的地域内发展起来的,是由生活在华夏大地上的多个民族共同创造的。与某些地域狭小、民族单一的文化不同,中华传统文化既是多元的、丰富多彩的,又具有强烈的趋同性和凝聚力。它既具备接纳异质文化的宽容态度和开放精神,

①《晋书》卷一三〇《赫连勃勃载记》,中华书局 1974 年版,第 3205 页。
②《晋书》卷一〇八《慕容廆载记》,第 2803 页。
③《魏书》卷一《帝纪第一·序纪》,中华书局 1974 年版,第 1 页。
④ 袁珂:《山海经校注》,上海古籍出版社 1980 年版,第 434 页。

又始终保持着尊重传统、坚守基本价值观的民族精神。中国古代的文学艺术，便是在这样的地理、社会土壤中发育成长起来的。

第二节　中国古代文学艺术的人本精神

首先，中华文明从一开始就具有以人为本的精神，是一种以人本主义为基石的人类文明。中华民族是世界上最早认识到人类自身的创造力量的民族。众所周知，火是人类最早掌握的自然力。古希腊人认为火种是普罗米修斯从天庭盗来馈赠给人类的，而中华的先民却认为这是他们中的一员——燧人氏自己发明的。这典型地反映出中华文化与古代西方文化的精神差异：西方人把崇拜的目光对着天庭，中华的先民却对自身的力量充满了自信心。在中国古代的神话体系中，女娲补天、后羿射日、大禹治水等神话传说其实都是人间的英雄和氏族的首领的英雄事迹的文学表述。女娲等人的神格其实就是崇高伟大人格的升华，他们与希腊神话中那些高居天庭俯视人间有时还任意惩罚人类的诸神是完全不同的。中国古代神话中的有巢氏、燧人氏、神农氏等人物分别发明了筑室居住、钻木取火及农业生产，而黄帝及其周围的传说人物更被看作中国古代各种生产技术及文化知识的发明者（如嫘祖发明蚕桑，仓颉发明文字，伶伦制定乐律等）。在经过后人加工的中国上古神话中，神话的因素与历史的因素以传说的方式奇妙地结合起来了。神话人物主要不是作为人类的异己力量出现，而是人类自身力量的凝聚和升华。神话人物的主要活动场所是人间，他们的主要事迹是除害安民、发明创造，实即人类早期生产活动的艺术夸张。请看孟子对大禹治水事迹的叙述："当尧之时，天下犹未平，洪水横流，泛滥于天下。……禹疏九河，瀹济漯而注诸海，决汝汉，排淮泗而注之江，然后中国可得而食也。当是时也，禹八年于外，三过其门而不入。"[1]这分明是一位人间领袖的英雄事迹，哪里

---

[1]《孟子·滕文公上》，《十三经注疏》本，中华书局1980年版，第2705页。

有丝毫的神话色彩？有人说这是儒家对传说进行信史化的结果，但儒家的思想正是中华先民的集体观念的理论表述，这仍然证明着中华传统文化的人本精神。

既然中华的先民们确信文化是他们自己创造的，这种文化就必然以人为其核心。追求人格的完善，追求人伦的幸福，追求人与自然的和谐便成为中华文化的核心价值取向。在中华文化中，人不是匍伏在诸神脚下的可怜虫，更不是生来就负有原罪的天国弃儿，相反，人是宇宙万物的中心，是衡量万物价值的尺度，人的道德准则并非来自神的诫命，而是源于人的本性。人的智慧也并非来自神的启示，而是源于人的内心。先秦的诸子百家虽然议论蜂起，势若水火，但它们都以人为思考的主要对象。它们的智慧都是人生的智慧。先民的这种思维定势为中华文化打下了深刻的民族烙印，那就是以人为本的精神。《尚书·泰誓上》有云："惟天地，万物父母。惟人，万物之灵。"①老子更明确地指出："故道大，天大，地大，人亦大。域中有四大，而人居其一焉。"②《礼记·礼运》曰："故人者，其天地之德，阴阳之交，鬼神之会，五行之秀气也。"③又《礼记·中庸》云："唯天下之至诚，为能尽其性；能尽其性，则能尽人之性；能尽人之性，则能尽物之性；能尽物之性，则可以赞天地之化育；可以赞天地之化育，则可以与天地参矣。"④这些论断颇能代表古代中国人对人在宇宙间地位的确定。正因如此，先秦的诸子百家都以人为思考的主要对象。它们的智慧都是人生的智慧，它们的关怀对象都是人生的现实。

由此而导致的结果是：当其他民族对宙斯、耶和华、安拉的至高权威顶礼膜拜时，中华的先民却把人间的圣贤当作崇敬、仿效的对象；当其他民族把人生的最高目标设定为进入天国以求永生时，中华的先民却以"立德、立功、立言"等生前的建树来实现生命的不朽；当其他民族从宗教

①《尚书正义》，《十三经注疏》本，中华书局1980年版，第180页。
②《老子道德经》第二十五章，上海书店1986年版《诸子集成》本，第14页。
③《礼记正义》，《十三经注疏》本，中华书局1980年版，第2424页。
④《礼记正义》，《十三经注疏》本，中华书局1980年版，第1632页。

感情中获取灵魂的净化剂或愉悦感时,中华的先民却从日常人伦中追求仁爱心和幸福感。孔子为了实现其政治理想,栖栖惶惶,席不暇暖。在政治活动彻底失败后,又以韦编三绝的精神从事学术教育工作,真正做到了"发愤忘食,乐而忘忧,不知老之将至"①,正是这种积极有为的人生态度使他对生命感到充实、自信,从而在对真与善的追求中实现了审美的愉悦感,这就是为后儒叹慕不已的"孔颜乐处"。与儒家相反,庄子则从另一个方面实现了人生的价值。庄子是以浪漫的态度对待人生的,对自然界的生命现象抱着珍贵爱惜的态度。他所追求的是超越现实环境的精神自由,是保持人类自然本性的个体生命的尊严。

正因如此,中国古代的文学艺术从一开始就是产生于人间的,是由人类自身的力量来创造的。《山海经·大荒西经》载:"夏后开上三嫔于天,得《九辩》、《九歌》以下。"②在中国古代神话中,这大概是唯一的关于诗歌降自天庭的记载。即使是这条传说,也是传闻异辞。屈原《离骚》云:"启《九辩》与《九歌》兮,夏康娱以自纵。"郝懿行疏云:"开即启也,汉人避讳所改。"可见这是指真实的历史人物启。对于屈赋中所写启与《九辩》、《九歌》之事,后代注家聚讼纷纭,总的趋势是神话色彩越来越淡薄,至朱熹遂认定《九辩》实乃"舜禹之乐",并非降自天庭③。朱熹的解释不一定符合事实,但这却代表古人的普遍看法,即不相信《山海经》的悠谬之说,而宁可相信一种符合理性的信史化说法。

在中华文明史的初期产生的艺术品虽然也有以祭祀鬼神为用途的,但是最常见的还是与先民的现实生活息息相关者,例如仰韶文化的大量彩陶器具上所绘的鱼鸟图案,无论是意味着图腾崇拜、生殖崇拜还是祈祷狩猎有获,但肯定反映着人们在实际生活中的诉求。至于在河姆渡文化、大汶口文化中都有发现的陶鬶,或呈猪形,或呈狗形,更是先民畜牧生产的直接表现。最早的古代歌谣也都是人间的产物,例如:"癸卯卜,

---

① 《论语·述而》,《十三经注疏》本,中华书局 1980 年版,第 2483 页。
② 袁珂:《山海经校注》,上海古籍出版社 1980 年版,第 414 页。
③ 朱熹:《楚辞集注》,上海古籍出版社、安徽教育出版社 2001 年版,第 174 页。

今日雨。其自西来雨？其自东来雨？其自北来雨？其自南来雨？"（《卜辞通纂》）"断竹,续竹,飞土,逐肉。"（《吴越春秋》卷九）"日出而作,日入而息,凿井而饮,耕田而食,帝力于我何有哉!"（《帝王世纪》卷二）又如:"屯如,邅如,乘马班如。匪寇,婚媾。"（《周易·屯第三》）这些歌谣或是直接见诸早期文字记载,或是经过长期的口耳相传才写定下来,但它们都产生于上古时代则是可以肯定的。第一则写人们对雨水的期待,第二则写制弓射箭,第三则写自给自足的农耕生活,第四则写抢婚的经过,都是直接取材于人民的日常生活,倾注着他们的喜怒哀乐。一句话,它们都是直接与先民的实际生活密切相关的。对于古代艺术的这种性质,先民们有着清醒的认识。《吕氏春秋·仲夏纪》云:"昔葛天氏之乐,三人操牛尾,投足以歌八阕:一曰载民,二曰玄鸟,三曰遂草木,四曰奋五谷,五曰敬天帝,六曰建帝功,七曰依地德,八曰总禽兽之极。"①这里记录的是上古时代歌、乐、舞融为一体的综合艺术表演,它所再现的内容显然正是当时的生产活动和社会活动。

只要对中国古代艺术进行历时性的考察,就可以清晰地看出随着时代的推进,人本精神越来越成为占压倒优势的价值取向。例如商周两代的青铜器上的纹饰,从早期的神秘诡异的饕餮图案逐渐转变为后期的圆润柔和的几何纹饰;又如汉唐两代都很发达的墓葬壁画,前者常见伏羲女娲蛇躯交尾之类的神话题材,后者却以宴饮、耕牧等人间生活为主要内容;又如诗歌中的神仙主题,从秦代博士所作《仙真人诗》到汉末曹操所作《精列》等游仙诗,神话色彩越变越淡,及至晋代郭璞的《游仙诗》,竟被钟嵘评为"乃是坎壈咏怀,非列仙之趣也"②。所以说,东汉王充高举反对"虚妄"而提倡"真美"的理论旗帜③,固然是针对当时甚嚣尘上的谶纬神学思想的行为,但何尝不是文学艺术中人本精神愈益强化的一种反

---

① 《吕氏春秋》卷五《适音》,上海书店 1980 年版《诸子集成》本,第 51 页。
② 钟嵘:《诗品中》,《诗品集注》,上海古籍出版社 1994 年版,第 246 页。
③ 详见《论衡·佚文篇》及《对作篇》,上海书店 1986 年版《诸子集成》本《论衡》,第 202 页、第 280 页。

映。所以从整体而言,人本精神是中国文学艺术的最高准则。以诗歌为例,从先秦以来,人们强调诗歌源于人间的生活,是人们喜怒哀乐的自然表现。正是在这种文化土壤中,"诗言志"成为中国诗歌的开山纲领。"诗言志"首见于《尚书·尧典》,虽说它不一定真是产生于尧舜时代,但它肯定在先秦时代早已深入人心,且绝非仅为儒家学派独自信奉。《左传》(襄公二十七年)载赵文子之言曰"诗以言志",《庄子·天下》云"诗以道志",《荀子·儒效》云"诗言是其志也",皆为明证。对于"诗言志"的释义,历来多有歧解,但其基本的内涵是很明确的。孔颖达云:"在己为情,情动为志,情志一也。"[1]后人或以为这是孔氏对"诗言志"说和魏晋时产生的"诗缘情"说的弥缝折衷之言,其实先秦时"志"即包含"情"在内,孔氏之语是符合先秦实际情况的。[2] 总之,在中华先民们看来,诗歌完全是抒写人类的内心世界的一种文化形态,非人间的内容在诗国中是没有立足之地的,人本精神就是中华诗国的核心精神。从《诗经》、《楚辞》到唐诗、宋词,再到元代散曲、明代山歌和近代诗歌,人本精神是中华诗歌史一以贯之的主线,它也一定会在未来的诗歌复兴中得到发扬光大。

第三节　社会教化与个体抒情并重的多重功能

"五四"新文化运动的几位主将都对中国古代文学艺术的教化功能进行过猛烈的批判,似乎一谈教化便会扼杀自由、泯灭个性,其中不乏对传统的误解和歪曲。孔子教育弟子,以"六经"为主要教材,"六经"中至少有《诗》与《乐》二种直接属于文艺的范畴,其他几类中也包含着与文艺有关的思想。那么特别看重道德人伦的孔子为何要如此重视诗歌与音乐呢? 一言以蔽之,是为了培养弟子的品德修养。《礼记·经解》引孔子之言:"其为人也温柔敦厚,《诗》教也;疏通致远,《书》教也;广博易良,《乐》教也;洁静精微,《易》教也;恭俭庄敬,《礼》教也;属辞比事,《春秋》

---

[1]《春秋左传正义》卷五一,《十三经注疏》本,中华书局1980年版,第2108页。
[2] 参看朱自清《诗言志辨》和顾易生、蒋凡《先秦两汉文学批评史》中的论证。

教也。"①显然，在孔子看来，诗歌与音乐的主要功能不是娱乐，而是教化，它们是修养道德、陶冶性情的利器。孔子论诗教的意义说："小子何莫学夫诗？诗可以兴，可以观，可以群，可以怨。迩之事父，远之事君，多识于鸟兽草木之名。"②孔子还指出了以文艺来修身进德的具体程序："志之所至，诗亦至焉。诗之所至，礼亦至焉。礼之所至，乐亦至焉。"③孔子认为高尚优美的文艺作品是与开明和谐的社会文明互相呼应的："子谓《韶》：'尽美矣，又尽善也。'谓《武》：'尽美矣，未尽善也。'"④在孔子看来，周武王的天子之位是经过伐商之战而得来的，不像舜经禅让而继承帝尧之位那样符合正义，所以舜乐《韶》比周武王之乐《武》更加完美。孔子在齐国闻《韶》乐，"三月不知肉味，曰：'不图为乐之至于斯也。'"⑤既表示了对美妙音乐艺术的欣赏，也暗示着对崇高政治理想的向往。在孔子看来，艺术上的美与政治上的善是互相影响的，甚至是互为一体的。孔子晚年"自卫反鲁，然后乐正，雅、颂各得其所"⑥，他所以要在晚年耗费极大精力来整理诗乐，正是对其教化功能的重视。

　　儒家的这种观念不是该学派的独特之见，而是古代先民们的基本共识。例如《国语》中对音乐与政治关系的分析："夫政象乐，乐从和，和从平。声以和乐，律以平声。……夫有和平之声，则有蕃殖之财。于是乎道之以中德，咏之以中音，德音不愆，以合神人，神是以宁，民是以听。"⑦就是出于周景王的乐师之口。春秋时代吴季札在鲁国观乐，每听乐工歌一国之风，季札皆能对该国的社会状况作出准确的评判，例如评《周南》、《召南》曰："美哉！始基之矣，犹未也，然勤而不怨矣。"评《郑风》，则曰："美哉！其细已甚，民弗堪也，是其先亡乎。"他对各种

---

① 《礼记正义》，《十三经注疏》本，中华书局 1980 年版，第 1609 页。
② 《论语·阳货》，《十三经注疏》本，中华书局 1980 年版，第 2525 页。
③ 《礼记注疏·孔子闲居》，《十三经注疏》本，中华书局 1980 年版，第 1616 页。
④ 《论语·八佾》，《十三经注疏》本，中华书局 1980 年版，第 2469 页。
⑤ 《论语·述而》，《十三经注疏》本，中华书局 1980 年版，第 2482 页。
⑥ 《论语·子罕》，《十三经注疏》本，中华书局 1980 年版，第 2491 页。
⑦ 《国语·周语下》，上海古籍出版社 1988 年版，第 128 页。

舞蹈表演也有类似的评判,例如评周武王的乐舞《大武》曰:"美哉! 周之盛也,其若此乎!"又评禹的乐舞《大夏》曰:"美哉! 勤而不德,非禹其谁能修之。"①为什么季札通过观赏歌舞表演就能推知一国之社会政治的情况呢? 原因就在古代的艺术是与社会政治密切相关的,也是与民风民情息息相关的。不但如此,优美高尚的文艺还能移风易俗,从而增进社会的和谐。汉儒的《诗大序》指出:"故正得失,动天地,感鬼神,莫近于诗。先王以是经夫妇,成孝敬,厚人伦,美教化,移风俗。"这是从统治者的角度来论证诗歌的重要性。《诗大序》又指出:"上以风化下,下以风刺上,主文而谲谏,言之者无罪,闻之者足以戒,故曰风。"②这是从被统治者的角度来论证诗歌的重要性。所以古希腊的柏拉图要把诗歌从理想国中驱逐出去,而中华的先哲却认为包括诗歌在内的文艺是建设理想社会的重要手段。正因如此,中国古代的统治者都把"制礼作乐"视为最重要的政务之一。而在所谓的礼乐文化中,音乐、舞蹈等艺术占了很大的比重。前文说到商汤以自身为牺牲于桑林求雨,及大雨既降,万民欢洽,遂作《桑林》乐舞,此舞直至春秋时代仍在宋国流传。不难想见,像《桑林》一类的乐舞既是统治者用来教化百姓的一种政治手段,也是百姓用来表达欢悦之情的一种庆典仪式,这正是儒家理想中尽美尽善的艺术境界。礼乐文化还被用作感化其他民族或战胜其他政权的手段。相传大禹南征有苗而有苗不服,禹乃舞干、羽七十日,有苗即归服。③ 直至南北朝时期,梁武帝萧衍在南方制礼作乐,军事力量远胜南朝的北齐神武帝高欢竟忧心忡忡地说:"江东复有一吴儿老翁萧衍者,专事衣冠礼乐,中原士大夫望之以为正朔所在。"④直至清代,历代王朝或君主都以"文治"为最高追求目标,在所谓的"文治"中,文学艺术无疑占有极其重要的地位。

---

① 详见《左传正义》卷三九,《十三经注疏》本,第 2007—2008 页。
② 《毛诗正义》,《十三经注疏》本,中华书局 1980 年版,第 270、271 页。
③ 详见《尚书·大禹谟》,《十三经注疏》本《尚书正义》,第 137 页。
④ 《北齐书》卷二四《杜弼传》,中华书局 1972 年版,第 347 页。

正是在这种文化背景之下，中国古代的文学艺术具有深远的教化传统。以文学为例：早在春秋战国时期，儒家就积极提倡诗教，把文学视为推行教化的有力工具。其他诸子的观点虽然与儒家多有不同，但他们著书立说的目的也都是为了宣扬自己的政治理想和社会设计，同样体现了对现实政治的强烈关注。可以说，先秦诸子的"文"都是为其"道"服务的，"文"只是手段，"道"才是目的。这种传统后来被唐宋古文家表述为"文以载道"或"文以贯道"，不但成为中国古代散文的共同准则，而且成为整个古代文学的基本精神。"文以载道"的思想对中国古代文学有深刻的积极影响。这种思想为文学注入了政治热情、进取精神和社会使命感，使文学家重视国家、人民的群体利益，即使在纯属个人抒情的作品中也时刻不忘积极有为的人生追求。例如在唐代诗人中，杜甫蒿目时艰，忧国忧民，对儒家仁政理想的不懈追求，对国家人民命运的深切关怀成为杜诗的核心内容。浪迹五岳、神游九垓的李白，也在诗中强烈地表达了追求功名事业、希望在外部事功的建树中实现人生价值的理想，而且明确地以孔子作《春秋》为自己文学事业的典范。至于唐宋古文运动的巨大成就，更是在"文以载道"的思想的直接指导下取得的创作实绩。即使在作为通俗文学的小说戏曲中，"文以载道"的思想也有深刻的影响。《三国演义》的拥刘反曹倾向，《水浒传》的"官逼民反"主题，正反映了人民对仁政的热情拥护和对黑暗政治的强烈批判。元杂剧的许多优秀剧目高扬了对黑暗势力的反抗精神，歌颂了反抗压迫、争取自由的民主思想。这其实正是"文以载道"思想在通俗文学中的体现。无需讳言，教化传统也产生了以道德判断取代审美判断的不良倾向，但是它在整体上对中国古代文学艺术产生了积极的影响。

况且教化并不是中国古代文学艺术惟一的传统，中国古代文学艺术中与教化同时并存的还有另一个优秀传统，那就是个人抒情传统。在春秋战国的时代，中国思想界呈现出百家争鸣的繁荣局面。儒家思想并不轻视个体的意义，他们那么重视修身养性，正是着眼于个体人格的建树。后儒对教化的一面过于强调，有时不免畸轻畸重。其实孔子深为赞赏的

"浴乎沂,风乎舞雩,咏而归"①的生活状态,正是充满抒情意味的诗意人生。孔子关于诗歌可以"兴、观、群、怨"的观点,无论后人怎样阐释,都无法否认其中含有个人抒情的成分。宋儒所津津乐道的"孔颜乐处",当然是对自身道德境界的体认与满足,但同时也是对诗意人生的审美把握。当然,先秦更加重视个体生命的价值的思想流派首推道家。与儒家相反,老子和庄子从另一个方面实现了人生的诗化。老、庄是以浪漫的态度对待人生的,他们对自然界的生命现象抱着珍贵爱惜的态度。他们所追求的是超越现实环境的精神自由,在鄙薄物质条件这一点上则与儒家殊途同归。相对主义的思想方法使庄子对智性的真和德性的善都存有怀疑,他所追求的终极真理其实正是美:"天地有大美而不言。"②于是庄子对人生的感受、玩味都带有审美性质。《庄子》一书中或感叹人生受到种种外在事物的束缚,或描述在理想状态中实现超越的自由境界,思绪汗漫无涯,意境则优美如诗,可见他是以诗人的眼光去把握人生的。一部《庄子》,其真谛就是歌颂个体生命的价值,歌颂个体人格的尊严,是一首颂扬人类自由意志的抒情长诗。

儒、道两家相反相成,构成了中华民族的基本人生思想,他们对人生的诗意把握足以代表中华民族的文化心理特征。因此,中国的诗歌从一开始就具有浓郁的抒情性质。也可以说,抒情是中国诗歌最重要的民族特征。我们不妨以西方诗歌史作为参照物来作一些考察。柏拉图是古希腊最为权威的思想家,至少在十五世纪以前,柏拉图的理论对欧洲的诗歌思想有着决定性的影响。由于柏拉图认为人类社会只是"理式世界"的摹本③,所以把人间生活作为描写对象的诗人是应被逐出"理想国"的。他告诫说:"你心里要有把握,除掉颂神的和赞美好人的诗歌以外,不准一切诗歌闯入国境,如果让步,准许甜言蜜语的抒情诗或史诗进来,

---

① 《论语·先进》,《十三经注疏》本,中华书局1980年版,第2500页。
② 《庄子集解·知北游》,《诸子集成》本,上海书店1986年版,第138页。
③ 所谓"理式世界"其实就是"神的世界"的代名词,参看朱光潜:《西方美学史》,人民文学出版社1984年版,第23—50页。

你的国家的皇帝就是快感和痛感,而不是法律和古今公认的最好的道理了。"①在古希腊的文化体系中,柏拉图的观点是完全合理的:既然世界的主宰是天上的诸神,既然人类是匍伏在诸神脚下的渺小生灵,那么以人类生活及其思想感情为内容的诗歌还能有什么价值呢? 而且既然人类的一切力量都来自神的恩赐,那么诗人的灵感又何能例外呢? 柏拉图说:"神对于诗人们像对于占卜家和预言家一样,夺去他们的平常理智,用他们作代言人,正因为要使听众知道,诗人并非借自己的力量在无知无觉中说出那些珍贵的辞句,而是由神凭附着来向人说话。"②所以,尽管在古希腊并非没有抒情诗,九位缪斯中位列第二的欧忒尔佩即是司抒情诗的,但是缪斯毕竟是女神而不是凡人,她们甚至禁止人类与她们竞艺。而且,从总体上看,古希腊人重视的是歌颂神灵的史诗,而不是以日常生活为内容的抒情诗。我们从古希腊的文化中可以看到对诸神和英雄的歌颂,却很少发现对平凡生活的诗化处理。这与以抒情为主要内容的中国诗歌简直是南辕北辙。从《诗经》、《楚辞》开始,一部中国诗歌史在任何阶段、任何分支都体现出浓郁的抒情意味。即使像杜甫、白居易那样极其重视描摹民间疾苦的诗人,其诗作中又何尝缺少抒情的成分? 杜甫在崎岖蜀道上自伤怀抱的《乾元中寓居同谷县作歌七首》,白居易在浔阳江上泪湿青衫而吟成的《琵琶行》,难道不是感人至深的抒情佳作? 诗歌以外的其他文学样式也不例外。例如《史记》本是史传文学,但因洋溢着浓郁的抒情色彩而被鲁迅称为"无韵之《离骚》"。元杂剧《西厢记》本是敷演故事的戏曲,但其中如第四本第三折长亭送别时崔莺莺主唱的套曲,不是优美的抒情诗又是什么? 小说《红楼梦》堪称封建时代社会生活的全景图卷,但是全书的主要内容如宝黛爱情等无不写得优美如诗。

更值得注意的是,中国古代的艺术也浸透着浓郁的抒情意味。无论是哪一种艺术门类,都追求气韵生动的艺术境界。古代建筑中并无实用

---

① 《理想国》卷十,《柏拉图文艺对话集》,人民文学出版社 1959 年版,第 81 页。
② 《伊安篇》,《柏拉图文艺对话集》,第 7—8 页。

价值的飞檐杰阁和回廊雕窗,古代雕塑中那些体态婀娜、面带微笑的佛像,古代舞蹈中"罗衣从风,长袖交横"①的潇洒动作,古代音乐中"目送归鸿,手拂五弦"②的演奏方式,都透露出浓郁的抒情意味。在中国古代的书法艺术中,虽然也有"尚法"的发展阶段,但更多的时代则以"尚韵"、"尚意"、"尚态"为时代风尚。中国古代的绘画则以遗貌取神为艺术高境,与其说画家意在描绘外在物象形形色色的状态,不如说他们是在倾吐胸中变化无穷的情思。所以西方的文艺理论家着意于绘画是空间艺术,而诗歌是时间艺术的辨析,而中国的艺术家却对"诗中有画,画中有诗"的融通境界津津乐道。这说明中国古代文学艺术在整体上带有浓重的抒情性质,它是无数中华先民充满个性的灵心慧性所创造的作品的集合。

从整体来看,社会教化的功能和个人抒情的功能在中国古代文学艺术中得到了很好的结合。例如古代的戏曲,不少作品具备高度的社会教化功能,以至于有些剧目会得到封建帝王的大力推崇,明太祖就曾极力推崇高明的南戏《琵琶记》,认为此剧对社会风化大有裨益。的确,《琵琶记》中用浓墨叙写的妻贤子孝的德行,在当时是具有劝人向善、敦厚人伦的教化作用,这在客观上符合封建统治者的利益。但由于此剧尖锐地揭露了当时社会的黑暗现象:天灾严重而官府不予赈济,百姓则在死亡线上苦苦挣扎,权贵不顾蔡伯喈早已婚娶而逼其重婚……所以它事实上也具有强烈的社会批判精神。因此《琵琶记》的社会意义并不都是消极的。即使是此剧的教化作用,也不能轻易地一概否定。赵五娘在大灾之年独力赡养公婆,吞糠养亲,剪发葬亲,这正是中华民族传统美德的典型体现,赵五娘这个人物因此得到广大观众的同情和尊敬,这种教化作用难道没有积极意义?此外《琵琶记》也具有浓烈的抒情意味,无论是赵五娘任劳任怨的喃喃自语,还是蔡伯喈进退两难的内心独白,那些曲词都是

① 傅毅:《舞赋》,《文选》卷一七,中华书局1977年版,第248页。
② 嵇康:《赠秀才入军五首》之四,《文选》卷二四,第342页。

发自肺腑的内心衷曲,抒情意味浓郁,感人至深。观众观看《琵琶记》而受到感动,究竟是因其教化功能,还是因其抒情功能? 多半是两者兼而有之。《琵琶记》的成功,正是中国古代文学艺术兼具两种重要功能的生动例证。

第四节 与时俱进与海纳百川的演变进程

毫无疑问,中华传统文化具有稳固、坚定的民族性质,中国古代文学艺术也具有特色鲜明的民族精神特征。在一些最根本的问题上,中国历代的文学家、艺术家都遵循中华民族特有的价值观,例如在内容上坚持崇德向善而反对诲淫诲盗,又如在风格上坚持高尚清雅而反对卑鄙庸俗,这是贯穿着三千年中华文化史的基本精神取向。但是与此同时,中华文化自身就包蕴着与时俱进的精神,《易经》中有一卦名曰"随",《象》曰:"随,刚来而下柔,动而说,随。大亨贞,无咎,而天下随时。随时之义,大矣哉!"①孟子称孔子为"圣之时者",其意也是说孔子的思想是适应时代的,且能随着时代的演进而与时俱进。这种精神深深地渗透在中国古代文学艺术中,以至于一部中国古代文学艺术史,就是在形式、题材及风格等方面不断地自我更新的演进过程。江分九派,河流九曲,中国古代文学艺术也像长江大河一样,日夜奔流,永不停息,呈现出千汇万状的丰富状态。

中国古代诗歌的纲领是"诗言志",这就形成了中国诗歌强烈的抒情倾向。但是在诗歌形式上,却是千变万化,不拘一格。在先秦,诗坛上占主导地位的诗体是以《诗经》为代表的四言体和以《楚辞》为代表的楚辞体,但到了汉代,五言诗和七言诗逐渐兴起,终于取代了四言体和楚辞体。南朝的钟嵘在《诗品·序》中说:"五言居文词之要,是众作之有滋味者也。"②这就宣布了五言体在诗坛上的统治地位。及至唐代,诗人们在

---

① 《周易正义》卷三,《十三经注疏》本,中华书局1980年版,第34页。
② 钟嵘著、陈延杰注:《诗品注》,人民文学出版社1961年版,第2页。

汉魏六朝诗人长期摸索取得的在声律、丽辞方面的丰富经验的基础上建立了包括平仄、对仗等内容的格律，从此五、七言的古近体诗成为绵延千年而不衰的主要诗体。但就在唐代，一种配合乐律的新诗体开始孕育、发展，那就是句式基本打破齐言规律的词，这种新诗体到宋代达到鼎盛阶段，并成为有宋一代文学的代表性诗体。及至元代，在词体的基础上又发展出以散曲为名的新诗体，以更加通俗、更加自由活泼的形态而为千年诗国增添了一股清新之气。从四言体到散曲，诗歌抒写内心情感的主要性质并未改变，即使是那些集中反映社会生活及时代脉搏的作品也以表现诗人内心的巨大情感波澜为主旨。但是从形式来看，真是万紫千红，蔚为大观。这种既能保持自身传统的基本精神又在形式上穷极变化之能事的发展历程，正是中国古代文学艺术与时俱进的内在精神的生动体现。

在叙事文学方面，也有与诗歌史类似的情形。中国古代的叙事文学，以史传文学为其先导。无论是《左传》还是《史记》，虽然秉笔者都严格遵循"不虚美、不隐恶"的良史精神，但他们的笔端无不洋溢着充沛的情感和强烈的道德判断意识。后人或会质疑《左传》和《史记》中的某些记述夹杂着想象的成分，例如对《左传》中一些并无外人在场的对话或独白，钱锺书即质疑道："如僖公二十四年介之推与母偕逃前之问答，宣公二年鉏麑自杀前之慨叹，皆生无傍证、死无对证者。注家虽曲意弥缝，而读者终不餍心息喙。"①的确，介之推与母交谈后随即归隐绵山并死于山中，鉏麑则在独自慨叹后随即触槐自杀，史家又从何得知那些话语？其实中国古代的史书，其性质本介于历史与文学之间，为了突出所记人物的性格，不惜采用一些合理的推测和想象。如果没有介之推与母亲的一番对话，那么他为了激浊扬清而不惜隐死山野的高尚品格又何以表于后世？如果鉏麑的独白没有被记录，那么鉏麑的义士英名又何以见于青史？由于中华先民认为历史学的终极意义存在于奖善惩恶、以史为鉴，

---

① 钱锺书：《管锥编》第一册，中华书局 1991 年版，第 165 页。

所以上述内容正是古代史家最重视的方面,也正是后代读史者最能获取教益的地方。这种夹杂着抒情成分和价值判断的叙事精神,影响着中国古代所有的叙事文学。无论是小说还是戏曲,都具有强烈的惩恶扬善的道德倾向,也都具有浓郁的抒情意味。但是就形式而言,则历代叙事文学的变化可谓大矣!从以六朝志怪和唐人传奇为代表的文言小说,到以《三国演义》等"四大奇书"为代表的长篇章回小说,小说形态的演变是愈变愈奇,尽态极妍。从宋金戏文到元杂剧,再到明清传奇,戏曲的形态也是百花争艳。更值得关注的是,只要社会生活或文化背景出现了新的内容,叙事文学的题材和形式也会随之产生新变。例如佛教传入中国以后,以佛教故事为主要内容的俗讲、变文等文学样式便应运而生,在内容和形式两方面为中国古代的叙事文学增添异彩。

尤其重要的是,中华传统文化具有对异质文化的宽容态度,这与某些古代文化惟我独尊的极端自大性格不可同日而语。正因如此,中华传统文化虽然具有强烈的民族特征,但她从来不会轻视乃至敌视其他民族的文化。《礼记·王制》云:"凡居民材,必因天地寒暖燥湿。广谷大川异制,民生其间异俗,刚柔轻重迟速异齐,五味异和,器械异制,衣服异宜。修其教,不易其俗。齐其政,不异其宜。中国戎夷五方之民皆有性也,不可推移。"①可见华夏民族对于居住在不同地域的其他民族的生活习惯和文化特征有充分的理解和尊重,儒家因此而提倡:"入境而问禁,入国而问俗,入门而问讳。"②这种礼节正是建立在尊重异族文化的基础之上。正因如此,中华民族的传统文化是由生活在神州大地的众多民族共同创造的,中国古代文学艺术也是由众多民族的灵心慧性交融凝聚而形成的。相传大禹铸九鼎,"远方图物,贡金九牧,铸鼎象物,百物而为之备,使民知神奸"③。所谓"远方图物",当即包括禹域各地在内,所以这座被春秋战国的诸侯视作重器的九鼎其实也是铸着各地图物的艺术品,就其

---

① 《礼记正义》,《十三经注疏》本,中华书局1980年版,第1338页。
② 《礼记正义·曲礼上》,《十三经注疏》本,第1251页。
③ 《左传正义》卷二一,《十三经注疏》本,第1868页。

内容而言,它是古代生活在华夏大地上的各民族共同拥有的国宝。而零星地记载在《山海经》、《穆天子传》、《竹书纪年》等古籍中的古代音乐舞蹈艺术,大多交汇着不同民族的文化特征,也正是各民族的艺术互相交融的历史留下的痕迹。随着秦、汉等统一王朝的出现,华夏诸民族各具特色的文学艺术以更加自觉的精神交融汇合,终于百川汇流,形成了波澜壮阔的艺术长河。班固《两都赋》中描写汉王朝正旦朝会的情景:"四夷间奏,德广所及。僸佅兜离,罔不具集。"李善注曰:"东夷之乐曰佅,南夷之乐曰任,西夷之乐曰林离,北夷之乐曰僸。"①四夷之乐能在朝廷演奏,可见大汉王朝在文化上的开阔胸襟。鲁迅说:"遥想汉人多少闳放,新来的动植物,即毫不拘忌,来充装饰的花纹。唐人也还不算弱,例如汉人的墓前石兽,多是羊,虎,天禄,辟邪,而长安的昭陵上,却刻着带箭的骏马,还有一匹驼鸟,则办法简直前无古人。……汉唐虽然也有边患,但魄力究竟雄大,人民具有不至于为异族奴隶的自信心,或者竟毫未想到,凡取用外来事物的时候,就如将彼俘来一样,自由驱使,绝不介怀。"②其实汉人、唐人"取用外来事物"并不局限于动植物,而是兼包其他民族的文学艺术在内。例如唐代的宫廷音乐和舞蹈,便广泛地吸收了少数民族和外国的相关艺术。在传自隋制的"九部乐"中便有许多来自西北少数民族和外邦的乐舞,至于直接标名为"高昌乐"的乐部和保留外族原有名称的《柘枝》、《胡旋》等乐舞在唐代的流行,更说明此时的音乐舞蹈确实体现了各民族艺术融合交汇的文化盛况。

即使对来自远方殊域的非中华民族的异质文化,中华民族也能以宽广开阔的胸怀予以接纳、欢迎,并让它们在华夏大地上焕发新的生命。佛教在中国的流传、发展就是最显著的例子。达摩西来,鉴真东渡,佛教文化在华夏大地流传不息,并进一步传至东亚邻国,整个过程都是在和平、友好的氛围中进行的,这与那种凭借火与剑来传教的暴烈方式大异

---

① 班固:《两都赋》,《文选》卷一,中华书局1977年版,第33页。
② 鲁迅:《坟·看镜有感》,《鲁迅全集》第一卷,人民文学出版社2005年版,第208、209页。

其趣。从早期的三论宗、毗昙宗等纯粹的印度佛教宗派,到深刻体现中华文化精神的禅宗,佛教在华夏大地上逐步发育成根深本固、枝繁叶茂的参天大树,并在社会生活的各个方面产生了深远的影响,其中尤以文学艺术最为显著。陈寅恪说:"印度人为最富于玄想之民族,世界之神话故事多起源于天竺,今日治民俗学者皆知之矣。自佛教传中土后,印度神话故事亦随之输入。观近年发现之敦煌卷子中,如《维摩诘经·文殊问疾品演义》诸书,益知宋代说经,与近世弹词章回体小说等,多出于一源,而佛教经典之体裁与后来小说文学,盖有直接关系。"①的确,六朝志怪小说的重要作品如干宝《搜神记》、刘义庆《幽明录》、吴均《续齐谐记》、颜之推《冤魂志》等,都在故事情节或讲述目的诸方面受到佛教故事的深刻影响,更不用说像《宣验记》等直接搬演佛教故事来辅助传教的小说了。到了唐代,除了那些直接以宣讲佛教教义为主旨的变文、俗讲(包括因缘、词文、话本、押座文、讲经文等)之外,也出现了以中国历史故事为内容的世俗变文如《伍子胥变文》、《孟姜女变文》等作品,说明佛教文化的影响已经溢出传播教义的范围。从那以后,中国的古典小说几乎都或多或少地受到佛教文化的影响,以唐玄奘率弟子西天取经故事为主要内容的《西游记》以及《聊斋志异》中那些有关因果报应的文言小说是不用说了,即使是叙写中土人间故事的唐人传奇或宋元话本,其中也时时涉及佛教思想,而且在情节的曲折化、想象的丰富性等方面受到佛教故事的深刻影响。在戏曲方面也是如此,"目连戏"在中国久演不衰,便是佛教在戏曲领域发生影响的一个明证。此外,因果报应、修行超度等与佛教有关的内容在历代戏曲中非常普遍。如果说小说、戏曲都是俗文学,故而易受民间善男信女信从佛教的习俗之影响,那么作为雅文学的诗歌也与佛教文化密切相关,就更有说服力了。随着佛教的传入,梵文诗歌的音律和印度关于"诗病"的观念也传至中土,从而直接影响了南朝诗人

---

① 陈寅恪:《西游记玄奘弟子故事之演变》,《金明馆丛稿二编》,生活·读书·新知三联书店2001年版,第217页。

以"四声八病"为内容的声律论,并最终导致格律诗的产生。佛教文化的观念对中国古代诗歌的影响更为深远,诸如对于空灵诗境的追求,以禅论诗之风气的流行,都成为后人反复论说诗禅关系的重要课题。

　　艺术方面也有相似的情形。随着佛教在中土的传播,寺庙中演绎佛教故事的壁画、石窟中供人瞻仰的佛像大为流行,从而深刻地影响了中国的绘画、雕塑艺术。最值得注意的是,无论是敦煌石窟还是云岗石窟、龙门石窟,也无论是壁画还是塑像,这些艺术宝库都生动地展示了中华民族既坚持本民族文化传统又积极吸收外来文化优点的文化性格。如果说敦煌石窟中在绘制无数佛像的同时也留下了伏羲、女娲、西王母等本土神祇的图像,还只是中外并存的文化现象,那么佛像造型艺术的逐步演变就深刻地显示了不同文化的互相交汇渗融。敦煌石窟中北魏的佛像还身穿袒露右肩的印度式袈裟,而西魏的佛像却已披上中国式的褒衣博带。与之相应的是,早期佛像大多威严肃穆,令人望而生畏。及至北魏后期的龙门石窟,许多佛像变得端庄清秀、和蔼可亲。这正是佛像造型艺术逐步中国化的清晰痕迹。

　　如上所述,与时俱进与海纳百川分别在纵向与横向两个坐标上显示了中华民族在文化上的宽广胸怀和开放心态。正因如此,中华传统文化虽然具有鲜明的特色和坚定的原则,但她决不是一成不变的僵化的传统,而是不断更新、充满勃勃生机的有机体。中国古代文学艺术曾经成功地吸收异质文化的养料而长成根深叶茂的参天大树,她也必将在现代和将来成功地进行与异文化的互动并永葆青春。

第五节　尚中贵和与气韵生动的审美趣尚

　　如果将中国古代关于文学艺术的理论与西方的相关理论进行对比,便可得出一个有趣的结论:古代西方的理论家注重分析不同艺术门类之间的差异性,而中华的先民却更重视揭示贯通各种艺术门类的同一性。比如亚里士多德的《诗论》等著作,"用的都是很严谨的逻辑方法,把所研究的对象与其他相关的对象区分出来,找出它们的同异,然后再就这对象本身由类到种地逐步分类,逐步找规律,下定义"①。而德国莱辛的《拉奥孔》因对绘画与诗歌这两类艺术的本质区别进行了清晰的分析而成为西方美学史上的名篇。中国古代虽然也有相当发达的文体理论,但是先哲们最重视的则是对贯通于一切文学体裁乃至艺术种类的内在精神的探究,孟子说:"充实之为美,充实而有光辉之谓大,大而化之之谓圣,圣而不可知之之谓神。"②庄子说:"天地有大美而不言,四时有明法而不议,万物有成理而不说。"又说:"可以言论者,物之粗也。可以意致者,物之精也。"③而与莱辛的《拉奥孔》相映成趣的则是苏轼论述诗画相通的一系列言论,比如"味摩诘之诗,诗中有画;观摩诘之画,画中有诗",以及"诗画本一律,天工与清新"等④。所以,中国古代的文学家或艺术家进行文艺创作时,往往会自觉或不自觉地在各种文艺门类之间打破疆界、消除畛域,从而互相渗融,同受裨益。中国古代的文学艺术虽然门类齐全,分支繁多,但存在着贯通一切门类的核心价值观和基本美学精神。其中民族特色最为鲜明的要数思想境界上对中和之美的重视和艺术境界上对气韵生动的追求。

　　中华传统文化的最高境界是"和谐",孔子说:"君子和而不同,小人同而不和。"⑤又说:"礼之用,和为贵。先王之道,斯为美。小大由之,有所不行。知和而和,不以礼节之,亦不可行也。"⑥史伯说:"和实生物,同则不继。以他平他谓之和,故能丰长而物归之。若以同裨同,尽乃弃矣。"⑦《易传》则高度赞美"太和"的思想:"乾道变化,各正性命,保合太

① 朱光潜:《西方美学史》,人民文学出版社 1963 年版,第 51 页。
② 《孟子注疏》卷十四《尽心下》,《十三经注疏》本,第 2775 页。
③ 分见《庄子·知北游》及《秋水》,《庄子集解》,《诸子集成》本,第 138 页、第 102 页。
④ 分见《书鄢陵王主簿所画折枝》,《苏轼诗集》卷二九,中华书局 1982 年版,第 1525 页;《书摩诘蓝田烟雨图》,《苏轼文集》卷七十,中华书局 1986 年版,第 2209 页。
⑤ 《论语注疏·子路》,《十三经注疏》本,第 2508 页。
⑥ 《论语注疏·学而》,《十三经注疏》本,第 2458 页。
⑦ 《国语·郑语》,上海古籍出版社 1988 年版,第 515 页。

和,乃利贞。"①这种思想的实质内容就是肯定事物是多样性的统一,主张以宽广的胸怀和宽容的气度来容纳各种不同的事物和意见,从而达到平衡、和谐。然而中国古代的"贵和"思想又是与"尚中"的观念紧密联系在一起的。《礼记·中庸》说:"中也者,天下之大本也。和也者,天下之达道也。致中和,天地位焉,万物育焉。"②也就是说,保持"中"道是达到和谐的根本途径,也是保持和谐的重要手段。这种思想对中国古代的文学艺术有着深刻的影响,中国古代文学艺术的各种门类都把中和之美视为最高的思想境界,例如音乐重八音克谐,但定有主音,一般以宫调为主。绘画通行散点透视,但人物画中突出主要人物,山水画中则突出主峰。由于崇尚中和之美,中国古代文学艺术即使在表现哀伤愤怨的情感时也讲求节制,孔子称赞《诗三百》中的《关雎》"乐而不淫,哀而不伤"③,就是主张有节制地宣泄情感,而不要把情感表达得过分强烈。在这种原则指导下发展起来的中国古代文学艺术,在整体上呈现出中和之美,很少有剑拔弩张地表达狂怒或狂喜的作品。中国古代诗歌在批判现实时大多采用婉而多讽的方式,在抒写内心情感时则倾向于含蓄婉转,从未出现过西方诗歌那种"酒神"式的迷狂程度。中国古代戏曲中的悲剧即使让忠臣义士走向死亡,最后也总会以平反昭雪的大团圆方式来结尾。徐渭、郑燮的书法,八大山人、石涛的绘画,用笔、造型或至怪怪奇奇,但整体上仍能保持和谐的结构。"尚中贵和"是中华民族平和、宽容、偏重理性的文化性格在文学艺术中的积淀,包蕴着这种内在性格的古代文学艺术是促进社会和谐的强大精神力量。

前文说过,中国古代文学艺术有强烈的个人抒情性质。古代文学艺术中发展得最成熟的样式是以抒情为主要功能的诗歌,其实即使是诗歌之外的其他文学样式,也往往因抒情性质而带有诗的光辉。例如《史记》就因洋溢着司马迁的悲愤情感而被誉为"无韵之《离骚》",而杂剧《西厢

①《周易正义》卷一,《十三经注疏》本,第2页。
②《礼记正义》卷五一,《十三经注疏》本,第1625页。
③《论语注疏·八佾》,《十三经注疏》本,第2468页。

记》、小说《红楼梦》也因浓郁的抒情色彩而提升了艺术境界。即使是非文学的艺术门类也不例外,嵇康所谓"目送归鸿,手挥五弦。俯仰自得,游心太玄"①被公认为琴艺的最高境界,宗白华将中国的绘画定义为"以书法为骨干,以诗境为灵魂"②,都是明证。正因如此,中国古代的文学艺术在表现手法上不重写实而重写意,艺术家们最重视的不是反映外部世界(包括自然与社会)的状貌与姿态,而是表现内心世界的意念与情思。例如山水田园诗本来完全可以处理成叙事性或描述性的作品,但在唐代最负盛名的山水田园诗人王维、孟浩然的诗中,往往以抒情手段虚化了即目所见的景象,他们诗中的山水田园其实是其宁静心境和淡泊志趣的外化。又如戏剧在西方是以写实为主的,但中国古代的戏曲作家及理论家却强调戏曲首先要表现作者对现实生活的感受即"意",而不是简单地模仿生活。明代戏剧理论家王骥德指出:"剧戏之道,出之贵实,而用之贵虚。"③王国维则认为元代的优秀剧作家的戏曲创作是"但摹写其胸中之感想与时代之情状"④。中国戏曲的舞台布景采用了虚拟化的方式,舞台上出现的道具极少甚至归于空无,士兵手持两幅绘有车轮的旗帜便是一辆车,女角举步作跨越门槛状便意味着那儿有一道门,体现出高度的写意性。中国古代建筑艺术中发展得最为充分的园林,布局、结构都不像西方园林那样重视几何形状的规整,廊榭亭台,山石花木,无不随地赋形,以有利于人与自然的情感交流为旨趣,从而蕴含着浓郁的抒情意味。正因如此,中国古代文学艺术所追求的最高艺术境界不是庄严崇高,而是气韵生动。

"气韵生动"的概念最早出现在南朝画论中,齐代人谢赫在其《古画品录》中说:"六法者何? 一气韵生动是也;二骨法用笔是也;三应物象形

① 嵇康:《送秀才入军》,《文选》卷二四,中华书局 1977 年版,第 342 页。
② 宗白华:《论中国画法的渊源与基础》,《美学散步》,上海人民出版社 1981 年版,第 102 页。
③ 王骥德:《曲律》,湖南人民出版社 1988 年版,第 201 页。
④ 王国维:《宋元戏曲考·元剧之文章》,《王国维文学论著三种》,商务印书馆 2001 年版,第 160—161 页。

是也；四随类赋彩是也；五经营位置是也；六传移模写是也。"①谢氏将"气韵生动"列为绘画六法之一，似乎仅仅视之为一种技法，其实不然。细察其他五法，都是具体的用笔敷彩之法，惟独"气韵生动"并不是一种具体的技法，而是一种艺术境界，它对于其他技法具有总摄、统领的作用。北宋黄休复在《益州名画录》中将画品分为四品，其中"逸品"居首。明代董其昌在《画旨》中说："画家以神品为宗极，又有以逸品加于神品之上者，曰失于自然而后神，此诚笃论也。"都与谢赫的观念一脉相承。正因如此，"气韵生动"不仅为古代画家所重视，而且也成为诗人、书家等其他艺术家共同追求的艺术境界。为免辞冗，下面专就书法艺术稍作论述。

汉字是中华民族的伟大发明。世界上的其他古代文字，比如古埃及的文字、两河流域的楔形文字、古印度的印章文字等，都早已退出了历史舞台，惟独汉字一直沿用至今，而且不断地焕发出新的生命。东汉许慎在《说文解字·叙》中记述汉字的发明过程说："古者庖牺氏之王天下也，仰则观象于天，俯则观法于地，视鸟兽之文与地之宜，近取诸身，远取诸物，于是始作易八卦，以垂宪象。及神农氏，结绳为治，而统其事。庶业其繁，饰伪萌生。黄帝之史仓颉，见鸟兽蹄远之迹，知分理之可相别异也，初造书契，百工以乂，万品以察。"②这个说法当然不无揣测的成分，但指出汉字的发明与人们观察客观事物的各种形状有关，则相当合理，因为早期汉字中象形字确实较多。更值得注意的是，所谓"鸟兽蹄远之迹"，都是以线条为主的，这直接影响了汉字的形体特征。线条的形态如弯直、长短、粗细，线条的位置如上下、左右、内外，都是构成不同汉字的形体要素。所以从最早的甲骨文开始，契刻文字者就会注意到各类线条的美学价值，他们在运用汉字纪事的同时，也就在创造一种线的艺术。随着时代的推进，汉字中象形字的比重日益下降，而会意、指事、形声等具有抽象性质的汉字越来越多，即使少数被保留下来的象形字也越来越

① 卢辅圣主编：《中国书画全书》第一册，上海书画出版社1993年版，第1页。
② 许慎：《说文解字》，中华书局1963年版，第314页。

远离所指事物的真实形状，最终形成了以抽象的线条为主要形态的汉字系统。于是，汉字的书写就成为一种独特的造型艺术，并最终凭借毛笔与纸墨等书写工具的巧妙配合而蔚为大国。书法并非绘画，它所展现的图象并无具象性，而是纯属抽象性质的线条。书法是反映自然的，但是它并不再现自然的形貌，而是体现自然的精神和韵律。相传出于东汉蔡邕之手的《篆势·笔论》中说："为书之体，须入其形，若坐若行，若飞若动，若往若来，若卧若起，若愁若喜，若虫食木叶，若利剑长戈，若强弓硬矢，若水火，若云雾，若日月，纵横有可象者，方得谓之书矣。"①这里所取为喻体的种种对象并不是自然的形象，而是自然的意态。所以书法中的线条不是静止的，而是流动的。流动的线条形成书法，正像流动的气形成宇宙。书法艺术虽然是抽象的艺术，其中蕴含的情感却是真切可感的。韩愈如此描述张旭创作草书的过程："往时张旭善草书，不事他伎，喜怒窘穷，怨恨思慕，酣醉无聊不平，有动于心，必于草书焉发之。观于物，见山水崖谷，鸟兽虫鱼，草木之花实，日月列星，风雨水火，雷电霹雳，歌舞战斗，天地事物之变，可喜可愕，一寓于书，故旭之书，变动犹鬼神，不可端倪。"②可见书法不是简单的写字，而是具有抒情、写意性质的艺术创造，那些千姿百态、变化无穷的线条就是书家内心的情感波澜的外化。自然的意态也好，情感的波澜也好，它们都是变动不居、生气勃勃的，所以书法艺术的最高境界必然是"气韵生动"。人们对历代著名书法家的评论大多采取自然界的动态意象为比喻，例如梁武帝萧衍评钟繇书法"如云鹄游天，群鸿戏海"，又评王羲之书法"如龙跳天门，虎卧凤阁"③，又如杜甫评张旭草书"锵锵鸣玉动，落落群松直。连山蟠其间，溟涨与笔力"④。此类评语貌似不着边际，其实正是对书法艺术的"气韵生动"的境界的形象性阐释。即使在被后人认为书艺"尚法"的唐代，人们也特别重

---

① 潘运告编注：《中国历代书论选》，湖南美术出版社 2007 年版，第 8 页。
② 韩愈：《送高闲上人序》，《韩昌黎文集校注》卷四，上海古籍出版社 1987 年版，第 270 页。
③《淳化阁帖》卷五，上海书店 1984 年版。
④ 杜甫：《殿中杨监见示张旭草书图》，《杜诗详注》卷十五，中华书局 1979 年版，第 1339 页。

视"气韵生动",例如李嗣真的《后书品》中将书家分为十等,"逸品"则"夐绝终古,无复继作",从而高居众品之上。又如张怀瓘的《书断》中以神、妙、能三品论书,列于"神品"的史籀是"稽诸天意,功侔造化",特重气韵。唐代颜真卿创造了具有规范意义的"颜体",但其书"奇伟秀拔,奄有魏晋、隋唐以来风流气骨……萧然出于绳墨之外"①,其行书名作《祭侄文稿》更被后人评为"顿挫纵横,一泻千里"②。可见"气韵生动"实为历代书法家共同追求的艺术境界。

"尚中贵和"与"气韵生动"的总体特征使中国古代文学艺术具有情感宣泄的适度性和表现方式的简约性,并从而具有含蓄深沉、意味隽永的风格特征,这正是中华民族的文化性格和思维特征在艺术领域内的表现。

---

① 黄庭坚:《题颜鲁公帖》,《豫章黄先生文集》卷二八,四部丛刊初编本。
② 吴胜注评:《王澍书论》,江苏美术出版社 2008 年版,第 277 页。

第一章 中国古代文学艺术与社会文明的形成

第一节 中国古代社会文明的特征、结构与精神传统

一、中国古代社会文明的总体特征

所谓社会文明,是人类社会的物质与精神组成。文明与文化密不可分,汉语中,这两个词都源自于《易经》贲卦的《象传》:"刚柔交错,天文也。文明以止,人文也。观乎天文,以察时变;观乎人文,以化成天下。"①文指文彩、纹理。相对于质朴、野蛮、混乱而言,文被引申为美德、修养、秩序、礼乐。古人认为,宇宙的秩序构成天文,天文焕发出的光明被人类效法、裁止,形成了人类的礼乐文化。圣人观察天文,预知自然的变化;观察人文,教化人类社会。因此,"文化"指文治德化,"文明"指天文与人文显现出的光辉。现代文化学意义上的"文化"和"文明"概念皆源自于西方的人文社会科学范畴,这两个概念的内容有着多种不确定的解释并随着人类历史的变迁而改变。随着 20 世纪世界格局的变化和人类学、文化学和社会学的发展,人们对文化和文明的理解又有新的拓展,文化

①《周易正义》,《十三经注疏》本,第 37 页。

与文明的关系更多地被解释为一种文化认同关系：文化与文明涉及各民族全面的生活方式，文化是文明的主题，文明是文化的基础和空间，是放大了的文化，是最广泛的文化实体。①

中国社会文明的主题就是中国文化，其历史形态和总体表现的特征之一是历史悠久、持续稳定。中国文明是世界上最早出现的四大文明之一，抛开中国古代典籍中所说的"三皇五帝"时代不论，即以考古发掘的辽宁红山文化为计，它在 5000 年以前已经跨入所谓"古国"时代，以祭坛、女神庙、积石冢群、玉质礼器等为标志，形成了基于氏族公社又凌驾于公社之上的早期城邦。② 中国不仅是最早出现的人类文明之一，而且是人类的轴心文明之一，是孕育创造了伟大精神传统的文明。按照德国历史哲学家雅斯贝尔斯《历史的起源与目的》提出的观点，在埃及、美索不达米亚、印度和中国文明出现之后，以公元前 500 年前后为中心，世界上又相继出现了一系列的文明，构成了我们仍然赖以生存的人类精神基础。世界历史的轴心似乎产生于这一期间。中国的孔子、老子、墨子、庄子、列子等思想家，印度的《奥义书》和释迦牟尼佛，希腊的诗人荷马、史学家修昔底德及哲学家赫拉克利特、柏拉图、阿基米德，以及巴勒斯坦的先知等等，几乎是在互不相知的情况下同时出现。他们开始意识到人类自我在整体中的存在以及自身的极限，因而寻求解脱与救赎，提出了人类的精神目标。

考古学家张光直认为，中国文明主要通过意识形态来调整社会经济关系，通过政治程序操纵劳动力来实现财富的集中而发展文明，而西方则是通过生产技术革命和通过贸易输入新资源来实现财富集中而发展文明。由于前者是借助的政治程序（即人与人之间的关系）而不是借助技术或商业的程序（即人与自然之间的关系）来实现的，可以在不导致生

---

① 参见［美］塞缪尔·亨廷顿：《文明的冲突与世界秩序的重建》，周琪等译，新华出版社 1998 年版，第 24—26 页。
② 苏秉琦：《中国文明起源新探》，生活·读书·新知三联书店 1999 年版，第 137—138 页。

态平衡破坏的情况下发展。前者是连续性的,后者是破裂性的。① 在这样的社会文明之中,中华民族形成了敬天法古的宇宙观与历史观。自然界万物之间、人与自然之间、历史与现在之间是一个有机联系的整体,人是这个宇宙整体的组成部分,是一个参与者而不是征服者。自然的化生力量、人类的历史经验、古代的文化传统受到极大的推崇。文献学家钱存训指出:"中国历史文献的丰富和详细,更没有其他民族的记载可以相比。自公元前722年春秋时代以来,直到今日,几乎没有一年缺少编年的记录。"②不仅是历史,中国的制度、器物、文学艺术等也非常重视继承和演绎传统。所以,历史悠久和持续稳定的文明给中华民族积累了丰厚的文化财富,也为人类奉献了丰富的文化资源。

广土众民、多元一体是中国社会文明的另一特征。中国文化的地理空间既广袤又孤立。中华民族的传成、繁衍和历朝历代的经营,形成了亚洲面积最大、人口最多的政治和文化地域。其文化影响力也达到了与之毗邻的朝鲜半岛、日本、东南亚等地区。由于东部为太平洋所隔,西部、北部为高山和沙漠所阻,中国是一个半封闭的大陆,因此,中国文明的崛起不像古印度文明那样与西亚、欧洲有密切的交流,而是"独自创发"的。③ 中国文化显示出整体统一的的特征,但其广阔而深厚的内部组成又是多元而丰富的。辽河、黄河、长江、珠江等水系流域都是中国古代文明的发祥地,不同地域的古代种族也有差别。这些文化尽管自有其渊源和体系,但又相互影响,经过裂变、撞击和融合,不断组合或重组,突破了区域文化和血缘族群的体系,形成了多元一体的格局,共同构成了多民族的文化传统。④ 秦汉以后,中国形成了统一郡县制下的政治与文化实体,尽管有地区和时代的差异,尽管有所谓"夷"和"夏"的文化区别,但在中国的历史文化舞台上,汉

---

① 参见张光直:《连续与破裂:一个文明起源新说的草稿》,张光直:《中国青铜时代二集》,生活·读书·新知三联书店1990年版,第131—142页。

② 钱存训:《书于竹帛》,上海书店出版社2002年版,第3页。

③ 梁漱溟:《中国文化要义》,上海人民出版社2005年版,第7页。

④ 参见苏秉琦《中国文明起源新探》中相关论述。

族和匈奴、鲜卑、羯、氐、羌、契丹、女真、吐番、党项、蒙古等民族交叠登场，农耕文明与游牧文明相互融合，他们均认同于华夏文化并以这种文化的继承者自居，以自己的民族文化，巩固、丰富、完善了中国社会文明的整体。中国的历史经历了许多朝代，在朝代间的政治和文化变迁中，统一的时期多于分裂的时期，统一的力量大于分裂的力量。可以说，中国文化的多元性根源于不同民族的文化创造能力，而这些多元文化的差异性在中国的历史上更多地形成了融合和创新的局面而不是分裂和排斥的局面。中国的祖先宗拜和天下大同的文化理想，使得植根于中国社会的血缘宗法观念，升华为"天下一家"的文化认同观念。这正是中国社会文明的凝聚力和融合力的体现，也是其吸纳、兼综不同文化的动力。

农耕为本、伦理至上是中国社会文明的又一特征。在季风气候中产生的农耕文明是中国文化生存的根基，中国农业技术的精髓在于因地制宜，采用多元的耕作体系，通过培育高产农作物品种，循环增加土壤的养分，有效利用水资源，凭借耕作技术熟练程度高的集约型劳动方式，提高土地可持续发展的能力，在较少的固定耕地上养活了世界上四分之一的人口，形成了人类充分利用自然来满足自身需求的自给自足的文明。大自然的四季变化，寒来暑往与春种夏长、秋收冬藏的农业生产经验萌发了循环不息、天长地久的自然观和安土乐天、祈求和平与繁荣的幸福观。农耕文明注重经验，务实简易，也造成了中国文化以及文学艺术不尚玄想与抽象的思想趋向。由于固定耕地上的集约型农业需要大量的人口和劳力，家族、村落和土地有机地结合在了一起。其中家庭是农业的基本生产单位，人口的繁衍是农业的生产的保障，同时，经验的积累、文化和教育又是这种生活方式得以延续发展的保证。孟子说："五亩之宅，树之以桑，五十者可以衣帛矣。鸡豚狗彘之畜，无失其时，七十者可以食肉矣。百亩之田，勿夺其时，数口之家可以无饥矣。谨庠序之教，申之以孝悌之义，颁白者不负戴于道路矣。"[1]因此，中国古代社会向以耕读传家为

---

① 《孟子注疏·梁惠王上》，《十三经注疏》本，第2671页。

生活理想,以士、农、工、商为社会职业品级,而士阶层又大多来自农民;社会国家的组成,风俗习惯、社会活动和国家行政均遵循季节和农业生产的周期。在汉语中,社稷是国家的代称,社是土神,稷是谷神,社稷崇拜是农耕文明构成社会和国家的象征。

以家为社会生产的基本单位,造成了以家族为本位的宗法群体主义文化。尊祖敬宗是核心伦理,孝是本位道德,以此生发出仁、义、礼、智、信等道德内涵,建构起父子有亲、长幼(兄弟)有序、夫妇有别、朋友有信、君臣有义的社会伦理结构,其中既有亲亲之情,也有尊尊之义。在中国人看来,人类社会的理想状态就是所有的人组成一个和谐的大家庭,所谓"老吾老,以及人之老;幼吾幼,以及人之幼"[1],"人不独亲其亲,不独子其子"[2]。在这样的伦理至上的文化中,个体的利益和价值只有在伦理关系中通过承担和履行其伦理角色所规定的道德责任来实现,个体服从群体,权利服从义务。个体的超越必须在履践道德和自我反省的过程中实现,向往外在世界和追求自由的传统相对微弱。即使在现代中国乃至东亚社会中,家族伦理、群体主义等价值观念仍然影响并存在于家庭、行业、社群、企业乃至国家文化之中。总之,中国社会文明属于内在超越型的文化而不是外在突破型的文化,它追求在自然中发展人类,在群体中实现个人。

二、中国古代社会文明的结构

所谓中国社会文明的结构,指它的组成内容。首先是发达的物质文明。中国的农耕文明以及建立于其上的信仰和制度催生了内容丰富而且在相当长的时期内代表着人类最高水平的物质文明。早在新石器时代,水稻等农作物种植、农业工具、畜牧、制陶、纺织、酿造等均已发明。接着就进入了灿烂的商周青铜时代。春秋战国时又进入了铁器时代,而

---

[1]《孟子注疏·梁惠王上》,第 2670 页。
[2]《礼记正义·礼运》,《十三经注疏》本,第 1414 页。

天文历法、医药、数学、音律、农学、水利、造船、纺织、陶瓷、测量等科学技术、工艺成就已经蕴育成熟，领先于世界。被全世界誉为中国古代四大发明的造纸术、印刷术、指南针和火药，皆发明于汉唐两个中国历史上的盛世。中国物质文明对人类的科技发展和生活水平的改善作出了巨大的贡献。著名中国科技史家李约瑟指出，"在公元最初的 14 个世纪里，中国向欧洲传播了许多发现和发明"①。当然，中国文化注重实用和经验，轻视玄想与抽象的特征也影响了古代科学的发展。所谓"天道远，人道迩"②，"六合之外，圣人存而不论"③。正如数学家丘成桐所说的那样："在基本科学方面来说，中国远不如西方，古代中国的伟大发明都是技术上的发现。没有基本科学的背景，这些发明都不能发扬光大。基本科学没有在中国发展的一个主要原因是中国数学从古以来不讲究系统化的研究。"④16 世纪以后，受中国社会文化过分追求内在平衡的性格影响，加之明清时期政治上强化专制、盲目自大、闭关锁国，中国同西方的科学技术缺乏交流与相互刺激，渐趋落后。但是，中国许多古老的科学技术，比如中医、陶瓷、制茶、丝绸、传统手工艺等迄今仍是独到的科技。中国的传统科技精神也可以在现代科技中大放异彩，法国汉学家汪德迈指出："从目前工业生产的观点看，中国和日本过去都没能发展机械系统，而正是这一点使得他们落后于西方。但是，它们的技艺水平却比西方传统所达到的水平高超得多。""正是这一高超严密的工艺技巧，使得今天中国的显微外科技术走在世界前列，使得日本的电子工业厂商的产品性能举世无双。手工生产的极度完美，曾经使中国、日本没能发展机械系统，东方需要西方的影响，而且通过这一影响才能跳过工业生产这一关，

---

① ［英］李约瑟：《科学与中国对世界的影响》，何兆武、柳御林主编：《中国印象——世界名人论中国文化》下册，广西师范大学出版社 2001 年版，第 141—143 页。
② 《春秋左传正义·昭公十八年》，《十三经注疏》本，第 2085 页。
③ 《庄子集释·齐物论》，《新编诸子集成》本，中华书局 1961 年版，第 83 页。
④ 丘成桐：《廿一世纪中国数学发展》，丘成桐、陈原、高锟、何炳棣：《廿一世纪的中国与世界——数理资讯与语言文化》，商务印书馆（香港）有限公司 1998 年版，第 4—5 页。

使工艺技巧重新受到重视而再用于机器生产。"①更为重要的是,中国的科技思想中充满了伦理因素,主张道技结合,加之中国文化将宇宙看成一个有机的系统,事物之间存在着辨证的联系与变化,这将对现代科技发展面临的伦理困境以及生态平衡等问题的解决提供有益的参考。

其次是精致的制度建构。既然中国文明更多地是靠政治程序聚集财富和资源发展起来的,中国在社会组织、政治制度、文化制度方面经过不断地取舍、变革、重组,日趋完善。西方学者普遍承认中国古代文明非常先进的重要因素在于中国精细的政府机构和文官制度都比西方出现得早,甚至认为中国古代经世治国之术对世界文化的贡献超过纸和火药的发明。② 中国古代创设的制度笼罩政治、经济、法律、教育、选举、祀典、礼仪和兵制等各个方面,其总体精神是礼治主义而不是法治主义,儒家的《礼记》、《周礼》等经典一直是设计国家高层制度的根据和理想。礼是天道运行和道德原则在社会行为模式中的体现,所谓"夫礼,天之经也,地之义也,民之行也"③。它追求形式上的合理甚至追求虚文缛节,但它更多地是在仪式的过程中训练人的身心,倡导人们应该如何行动,而不是禁止和惩罚人们的行为。礼的历史根源是西周以宗法为依据的封建制度。在由贵族阶级组成的共同体内部,实行以家族宗法伦理为基础的礼乐政治,所谓刑不上大夫,礼不下庶人。春秋时期,礼崩乐坏,经过战国和秦朝的政治与文化变革,阶级社会转变为全民社会,封建王国变成统一的郡县帝国,实现了职官、货币、计量标准、文字、法律、赋税、兵役的统一与精确化。道家、法家的思想为建构这些新的制度提供了道治和法治的理论与技术指导。汉朝借鉴秦朝极端法治和反传统的教训,霸、王道杂用,礼与法并举,在意识形态上独尊儒术,推崇尧舜,在制度上以儒家思想重新阐释、修饰郡县制度,并且在国家祀典、学校、选举等文化教育制度方面有所设计与创新,实现了传统文化与新制度之间的融合,使

---

① [法]汪德迈:《新汉文化圈》,陈彦译,江西人民出版社 2007 年版,第 156—157 页。
② 参见胡志宏:《西方中国古代史研究导论》,大象出版社 2002 年版,第 117—118 页。
③《春秋左传正义·昭公二十五年》,《十三经注疏》本,第 2107 页。

得统一郡县国家的各种制度得以成熟、巩固,经过历代政体的改革与完善,一直维持到近代。

选举制度与文官制度也是中国古代文化制度的一大特色。从汉代的察举制、魏晋的九品中正制直到隋唐的科举制,基本上能够保证政权向受过儒家思想教育的平民开放,基本上能够保证文官集团的道德水平与知识能力,同时还造就了中国古代文学艺术的创作主体。但是,中国的政治制度有着极其黑暗的一面,那就是上层统治集团的私欲始终对制度造成破坏,有的历史学家将此现象归之于封建制度的"宗法基因",其使得后世的帝王们以国为家,将天下视为私产①;帝位凭借血缘宗法传递,而通过选举参与到政权之中的士阶层,只能分享"治权"而不是"政权"②。权力过度集中于帝王及其私利集团,又使得地方和社会自治能力微弱,虽有民本主义的文化理想,但缺乏民本主义的制度建设,民主文化资源的馈乏成为中国社会文明发展的消积因素之一,也妨碍了中国社会文明向现代国家的顺利演进。

其三是博大精深的精神和艺术成就。中国文化在思想、宗教、文学、艺术等方面均取得了极高的造诣,在世界文化中独树一帜,很多形式和内容日久弥新,极具生命力。百家争鸣的先秦诸子、博大宏深的汉唐经学、简易幽远的魏晋玄学、尽心知性的宋明理学是思想的奇葩;佛教的色空禅悦、道教的神仙修养、回教的礼拜清真是宗教的沃土;诗骚风雅、春秋史传、诸子散文、辞赋骈文、唐诗宋词、古文杂记、传奇小说、杂剧戏曲是文学的长河;而琴棋书画、园林宫苑、茶酒美食、陶冶雕琢无一不是精美绝伦、巧夺天工的艺术杰作。中国的思想一方面激烈辩论,水火不容;一方面百虑一致,殊途同归,都是入世或经世之术。中国的宗教一方面开宗立派,门户林立;一方面互相启发,入室操戈,儒释道三教可以论衡而融合,九流十家可以并行而不悖。中国的文学艺术注重蕴藉道德,抒

---

① 参见何炳棣:《廿一世纪中国人文传统对世界可能做出的贡献》,丘成桐、陈原、高锟、何炳棣:《廿一世纪的中国与世界——数理资讯与语言文化》,第 84—93 页。
② 参见韦政通:《中国文化概论》,吉林出版集团有限责任公司 2008 年版。

发性情,不重感官享乐与客观描写;注重感悟传神,不重摹仿炫耀。总之,中国社会文明中的精神成就丰富多彩,在对传统的继承、阐释中变化演进,表现出综合创新的特色。

三、中国古代社会文明的精神

贯穿于中国社会文明的特征与结构之中的,还有一个积极的精神与思想的传统,形成了文明的发展动力。这个传统主要体现在三个方面。

其一是天人合一。在中国文化中,天的概念非常广泛。宇宙万物是自然之天,父母男女是社会、伦理之天,血气身体是自我之天,因此,天人合一还应该包含人我合一、身心合一的内容。尽管中国古代有天人相分或天人相胜的思想,但天人合一是最具影响的宇宙观和人生观。庄子说:"天地与我并生,而万物与我为一。"①《周易》说:"夫大人者,与天地合其德,与日月合其明,与四时合其序,与鬼神合其吉凶。"②但是宇宙之中,唯有人具备灵性、知性、德性,唯有人能够感知自然之道,效法宇宙,所以人是天地之心,即宇宙的意义所在。老子说:"道大,天大,地大,王大。域中有四大,而王处一。人法地,地法天,天法道,道法自然。"③《礼记·礼运》说:"人者,天地之心也,五行之端也。"④天人合一的思想,一方面强调自然对人的决定性和人与自然的统一性,但更加深刻之处在于强调人对宇宙的道德责任,人道对天道的延续与拓展。孟子说:"尽其心者,知其性也。知其性,则知天矣。存其心,养其性,所以事天也。夭寿不贰,修身以俟之,所以立命也。"⑤天人合一的根本途径是通过自我完善而知晓天命、完成天命。这样,便在宇宙的整体中确立起人文主义的精神追求与价值理想。总之,天人合一是非人类中心主义的人文主义思想,对

---

① 《庄子集释·齐物论》,《新编诸子集成》本,中华书局1961年版,第79页。
② 《周易正义·乾文言》,《十三经注疏》本,第17页。
③ 《老子校释》,《新编诸子集成》本,中华书局1984年版,第102页。
④ 《礼记正义》,《十三经注疏》本,第1424页。
⑤ 《孟子注疏·尽心上》,《十三经注疏》本,第2764页。

现代社会处理人与自然、人与社会、人与自我的关系均具启发意义。

其二是知行合一。中国文化特别提倡知识与实践，学问与美德必须合为一体，集于一身。先秦时期的墨家提出了比较系统的知识概念："知，闻、说、亲。名、实、合、为。"①"闻知"是听别人传授的，"说知"是经过阐说的知识，"亲知"是自己亲身的体验。"名"是知识的概念，"实"是知识的对象，"合"是名与实相符，"为"是知识的应用与实践。墨家认为，名、实、合、为四者缺一不可，没有用处、不关实践的知识根本不算知识。②儒家则更加关注知识与道德实践的关系。《礼记·大学》说："致知在格物，物格而后知至，知至而后意诚，意诚而后心正，心正而后身修，身修而后家齐，家齐而后国治，国治而后天下平。"③《礼记·中庸》又说："博学之，审问之，慎思之，明辨之，笃行之。"④孟子强调了知识的内在根源，他认为人性本善，道德与理性皆植根于人心，恻隐之心、羞恶之心、恭敬之心和是非之心分别是仁、义、礼、智四种德性的萌芽，都是人不学而能、不虑而知的良能、良知，人的智性与德性是统一的。北宋张载将人的知识分为"见闻之知"和"德性之知"。哲学史家张岱年解释说："见闻之知，即由感官经验得来的知识。德性所知，则是由心的直觉而有之知识；而此种心的直觉，以尽性工夫或道德修养为基础……见闻之知，以所经验的事物为范围；德性所知则是普遍的，对于宇宙之全体的知识。"⑤所以，格物致知的主要目标不是获取关于感官世界中客观事物的知识，而是对内心本来就存在的道德与天理的觉悟，这种觉悟不是一种客观的知识，它只能在践行中获得。宋代理学家朱熹说："知行常相须（需），如目无足不行，足无目不见。论先后，知为先；论轻重，行为重。"⑥明代心学家王守仁

---

① 《墨子间诂·经上》，《新编诸子集成》本，中华书局1986年版，第285页。
② 参见张岱年：《中国哲学大纲》，中国社会科学出版社1982年版，第500页。
③ 《礼记正义》，《十三经注疏》本，第1673页。
④ 《礼记正义》，《十三经注疏》本，第1632页。
⑤ 张岱年：《中国哲学大纲》，中国社会科学出版社1982年版，第503页。
⑥ 黎靖德编、王星贤点校：《朱子语类》卷九，中华书局1986年版，第148页。

进一步提出了"知行合一"的思想："未有知而不行者，知而不行，只是未知。"①明清之际的思想家王夫之又发展出"行为知本"的思想："行可兼知，而知不可兼行。"②中国文化中的"知行合一"思想尽管专注于道德的修养，但它强调理论与经验的统一，功能与价值的统一，知识理性与实践理性的统一，真与善的统一，这对反思现代文化中唯科学主义、唯理性主义和功利主义具有相当大的启发作用。

其三是中和刚健。在中国文化中，宇宙和人类社会运行、发展、繁衍的理想状态是和谐、平衡、自强不息。和谐是宇宙万物生存发展的基本道理，其精义在于"和而不同"。要达到多元统一的平衡就是保持中和，《中庸》说："中也者，天下之大本也；和也者，天下之达道也。致中和，天地位焉，万物育焉。""万物并育而不相害，道并行而不相悖，小德川流，大德敦化，此天地之所以为大也。"最和谐的状态也叫做"太和"，《周易》说："乾道变化，各正性命。保合大和，乃利贞。"③天道变化，万物各得其禀赋而生长。保持住太和的状态，有利于贞吉。最和谐的状态又叫做"大同"。庄子说："堕尔形体，吐尔聪明，伦与物忘；大同乎涬溟，解心释神，莫然无魂。"④这是忘却自我、回归自然大道时的和谐境界。《礼记·礼运》说："大道之行也，天下为公。选贤与能，讲信修睦，故人不独亲其亲，不独子其子，使老有所终，壮有所用，幼有所长，矜寡孤独废疾者，皆有所养。男有分，女有归。货，恶其弃于地也，不必藏于己；力，恶其不出于身也，不必为己。是故，谋闭而不兴，盗窃乱贼而不作，故外户而不闭，是谓大同。"⑤这是人类社会政治所能达到的和谐境界。

达到中和、太和、大同的各种不同因素可以归纳为两种最基本的因素，即阴阳，或者叫刚柔、动静。他们相生并济，构成宇宙和谐的运行过

① 王守仁：《传习录》，《王文成公全书》卷一，《四部丛刊初编》本，第5页。
② 王夫之：《尚书引义》卷三，王孝鱼点校，中华书局1962年版，第68页。
③ 《周易正义·乾卦·象传》，《十三经注疏》本，第14页。
④ 《庄子集释·在宥》，《新编诸子集成》本，中华书局1961年版，第390页。
⑤ 《礼记正义》，《十三经注疏》本，第1414页。

程。《礼记·乐记》说："地气上齐，天气下降，阴阳相摩，天地相荡，鼓之以雷霆，动之以四时，煖之以日月，而百化兴焉。如此，则乐者天地之和也。"①张载论"太和"说："太和所谓道，中涵浮沉、升降、动静、相感之性，是生絪缊、相荡、胜负、屈伸之始。"②因此，太和的状态决不是静止不动，而是内涵因素的相对运动。这种运动自行自为，永不停止。道家认为阴柔静止是宇宙存在的根源与本质，主张贵柔守雌。儒家则认为阳刚运动是宇宙运动的主导的力量。《周易》认为，乾为天，坤为地。乾是阳刚而动的力量，"大哉乾乎！刚健中正，纯粹精也"③。坤是阴柔而静的力量，但静为动之母，所以说"坤至柔而动也刚，至静而德方"④。刚健运行的天道给了人类极大的启发，《周易》说："天行健，君子以自强不息。"⑤所以，天道自行自为，刚健不止，象征着自强不息的美德。自强不息意味着道德上的自新不止，从刚健的天道上体悟到的是人类道德和文化的不断进步。《大学》说："汤之《盘铭》曰：'苟日新，日日新，又日新。'《康诰》曰：'作新民。'《诗》曰：'周虽旧邦，其命维新。'是故君子无所不用其极。"⑥当然，刚健的精神中还包含变革的力量，所谓"乾道乃革"⑦。当阴阳刚柔等力量不再能够和而不同，对立统一，天道的运动就造成了变革。按照《中庸》的思想，"温故而知新"是平常的状态；而按《周易》的思想，"革故鼎新"是变革的状态，所谓《革》，去故也。《鼎》，取新也"⑧。《周易》这部经典向人们昭示着"穷则变，变则通，通则久"的真理⑨。任何文明都不可能因为强调自我的独特性而拒绝变革，正如法国人类学家列维-斯特劳斯认为的那样："孤立的文化无法独自构建真正累积的历史条件……各种

①《礼记正义》，《十三经注疏》本，第1531页。
②张载：《正蒙·太和篇》，《张载集》，中华书局1978年版，第7页。
③《周易正义·乾卦·文言》，《十三经注疏》本，第17页。
④《周易正义·坤卦·文言》，《十三经注疏》本，第18页。
⑤《周易正义·乾卦·象传》，《十三经注疏》本，第14页。
⑥《礼记正义·大学》，《十三经注疏》本，第1673页。
⑦《周易正义·乾卦·文言》，《十三经注疏》本，第16页。
⑧《周易正义·杂卦》，《十三经注疏》本，第96页。
⑨《周易正义·系辞下》，《十三经注疏》本，第86页。

文化应该自愿或不自愿地加进他们各自的份额,从而在伟大的历史舞台上才最有可能使延续得以实现,使历史得以进步。"①中国近现代社会文明变革的历史证明,自强不息、变革进取正是中华民族在近代社会文化危机中自立、自新、开放、变革的精神力量。

第二节　中国古代文学艺术与社会文明的构建

一、文字与社会文明的形成

中国古代文学艺术是中国社会文明的重要组成部分,是中华民族社会文化意识的载体之一,也是最高精神成就之一。文学艺术是一种特殊的社会实践,和一切社会文明中的文学艺术一样,中国古代文学艺术也以语言文字、音乐、绘画、建筑、工艺等文明的产物为工具和媒介,来进行审美实践活动,从而推动了文明的发展和进步。

汉字是中国社会文明的重要建构工具。文字是人类社会从野蛮进入到文明的重要标志之一,而汉字是中国古老文明的重大创造。东汉许慎《〈说文解字〉叙》说:"仓颉之初作书,盖依类象形,故谓之文。其后形声相益,即谓之字。字者,言孳乳而浸多也。"②唐代张彦远《历代名画记·叙画之源流》中说仓颉"因俪鸟龟之迹,遂定书字之形……是时也,书画同体而未分,象制肇始而犹略。无以传其意,故有书;无以见其形,故有画"③。因此,作为中国古代社会文明发生要素之一的文字,其创造原则是先依据象形的原则"画"出符号"文",再将不同的符号组合起来,分担文字的形与声,衍生出"字"。"字"的原意指人类哺育后代,进而引伸为文字,意味深长地表达出中国文字与文明传承的关系。瑞典汉学家

---

① [法]列维-斯特劳斯:《种族与历史·种族与文化》,于秀英译,中国人民大学出版社 2006 年版,第 89 页。

② 许慎:《说文解字》,江苏古籍出版社 2001 年版,第 314 页。

③ 张彦远:《历代名画记》,秦仲文、黄苗子点校,人民美术出版社 1963 年版,第 1 页。

高本汉曾经指出,中国的文字是"一种意义的符号,不是语音的记载"①。汉字既保持了象形文字的特性,又借"形声相益"的途径摆脱了象形文字抽象性、符号性薄弱的缺陷,没有沦为单纯的记音符号,不追逐语言的变化而独具其象征意义和审美价值。这种审美价值不仅在于文字本身的形、音、义构成了内涵丰富的喻体,而且其字体及书写技艺也是书画艺术的表现。更重要的是,用这样的文字书写而成的文本具有超越性,赋予中国古代文学以巨大的社会历史影响力。从历史上看,"书同文字"是中国人的政治文化理想,中国人的社会文化统一工作,往往伴随着文字统一工作。如《周礼》记载保氏掌六书以教授国子;秦始皇命李斯以小篆统一六国文字;西汉扬雄作《方言》,东汉许慎作《说文解字》虽属训诂著作,但对校正中国文字的形音义功莫大焉。中古佛经东传,受到梵文这样的以记音为主的文字系统启发,士大夫探索出汉字的声韵字母和反切拼音之法,统一了汉字的读音。文字是文学的重要工具,文字的统一对于文学创作和文学的社会功用均产生了极大的便利。钱穆说:"只有中国文字,乃能越语言限制,而比较获得其独立性,故使中国文字,能全国统一,又使今天的中国人,能阅读中国三千年前人古书,俨若与三千年前人晤对一室,耳提面命,亲受陶淑,因此益以增强中国人内心之广大性与悠久性。"②

从文明的形成过程看,美术、音乐与语言比文字更早地出现在野蛮时代,而中国的文字也提炼了三者的精华来构成自己的形、音、义,成为中国文化的重要表达形式。众所周知,中国古代文学艺术的种类丰富多彩,其中以诗、书、画最具代表性,它们分别达到了中国古代文学、音乐、美术等视觉、听觉艺术形态的最高境界。元代文学家方回说:"诗者,文

---

① [瑞典]高本汉:《中国语与中国文》,张世禄译,第三章,商务印书馆民国二十九年(1940)版,第42页。

② 钱穆:《中国文化传统中之史学与文学》,阮芝生等编:《中国史学论文选集》第二辑,台北幼狮文化事业公司1977年版,第23页。

之精也。"①诗不仅是各类文学的灵魂,而且从一开始就是咏叹和歌唱,中国的诗教与乐教,诗律与音律始终合一,所谓"诗言志,歌永言,声依永,律和声"②,诗歌是一种综合了音乐、语言和文字的艺术。书法与绘画则是中国古代两大视觉艺术类别,分别表达了抽象与具象的艺术形式,而它们之间、它们与诗歌之间也是一体通融的。宋代文学家苏轼说"诗画本一律",③元代艺术家赵孟頫说"须知书画本来同"。④ 这三者在中国古代艺术中往往会出现在同一幅画面之中。当代学者高友工指出:"由于诗歌和书法艺术是文人画、山水画的基础,诗与书法通过题署的方式与画的结合就是理所当然的了。"⑤总之,诗书画合一的深刻历史原因在于三者皆根源于汉字,正是汉字构成了中国古代文学艺术的基因,而以诗书画为代表的文学艺术又通过审美实践活动阐释发挥了汉字中的古代文明内涵。

二、文学艺术与社会文明史

中国古代文学艺术是中国社会文明发展的宏伟史诗。中国古代文学艺术注重叙述、见证不同的历史时期,展现人类在社会历史中的社会活动和精神活动,体现了强烈的社会历史意识和温故知新的文化意识,许多杰出的文学作品都具有兼备史笔诗心的境界。

最具抒情意味的中国古代诗歌,与其他文明相较,尽管在体裁上特别缺乏长篇史诗或叙事诗作品,但以诗为史却是中国诗歌的独特传统,《诗》甚至是历史的先驱。孟子说:"王者之迹熄而《诗》亡,《诗》亡然后

① 方回:《瀛奎律髓序》,方回选评、李庆甲集评校点:《瀛奎律髓汇评》,上海古籍出版社 1986 年版,第 1 页。
② 《尚书正义·尧典》,《十三经注疏》本,第 131 页。
③ 苏轼:《书鄢陵王主簿所画折枝》,苏轼撰、王文诰辑注、孔凡礼点校:《苏轼诗集》卷二十九,中华书局 1982 年版,第 1525 页。
④ 赵孟頫:《自题秀石疏林图》,俞剑华编著:《中国画论类编》,人民美术出版社 1957 年版,第 1063 页。
⑤ 高友工:《中国抒情美学》,乐黛云、陈珏编选:《北美中国古典文学研究名家十年文选》,江苏人民出版社 1996 年版,第 60 页。

《春秋》作。"①因此,按照风雅颂的礼乐次序编纂的中国最早的诗歌总集《诗经》,其三百零五篇诗歌,同时贯穿着一部政治兴衰史。司马迁《史记·孔子世家》中引孔子之言阐论风雅颂首篇说:"《关雎》之乱以为风始,《鹿鸣》为小雅始,《文王》为大雅始,《清庙》为颂始。"②《诗经》成了"王者之迹"的史诗:《关雎》歌唱的是周文王的婚礼,《鹿鸣》歌唱的是周文王与贤人君子们的宴会,《文王》歌唱的是文王的功德,《清庙》则是宗祀文王的祭歌。而在《毛诗序》以及郑玄《诗谱》中,一部《诗经》又被解释成由时代和国别编织成的大型史诗,每首诗的内容都指向一个历史事件,或赞美或怨刺,赞美者为"正风"、"正雅",创作于王道盛行的治世;怨刺者为"变风"、"变雅",创作于王道衰微的乱世。历史的善恶得失,"昭昭在斯,足作后王之鉴"③。而一些伟大的诗人,又进一步将历史和传说提炼成文学作品中的批判意识和情感寄托。屈原创作的《天问》,从宇宙洪荒到神话古史,一一追问,诗人的激情,在对历史的反思中迸发。曹操的乐府伤时悯乱,后人评道"汉末实录,真诗史也"④。而杜甫"逢禄山之难,流离陇、蜀,毕陈于诗,推见至隐,殆无遗事,故当时号为'诗史'"⑤。汪荣祖认为中国的"咏史诗尤称丰盛。咏史诗者,即以诗歌的形式或体裁,表达史事、史意与史识,史笔自在其中。所谓咏史,不仅仅咏古事,咏近事今事,而具历史意义者,亦是咏史。咏时事未必成史,而成史之咏时诗,就其实质而言,又何异于咏史诗?"⑥此外,中国的诗学亦注重探求诗之"本事",知人论世,相信诗中反映的史事是理解诗歌的重要环节。

文字的书写,开始时掌握在巫史手中,并不用于世俗的文化交流,而是用于记录占卜和历史事件,如墨子所谓"书于竹帛,镂于金石,琢于槃

①《孟子注疏·离娄下》,《十三经注疏》本,第 2727 页。

② 司马迁:《史记》,中华书局 1959 年版,第 1936 页。

③ 郑玄:《诗谱序》,《十三经注疏》本,第 263 页。

④ 钟惺:《古诗归》,《续修四库全书》本,上海古籍出版社 2002 年版,第 425 页。

⑤ 孟棨:《本事诗》,丁福保辑《历代诗话续编》,中华书局 1983 年版,第 15 页。

⑥ 汪荣祖:《史学九章》,生活·读书·新知三联书店 2006 年版,第 196 页。

盂,传遗后世子孙"①,形成了记事记言的文学范式。春秋战国,文字普及,历史不再仅仅是保留记忆的档案,而是向世俗社会提供人类经验教训和道德价值取向的资源,因此,一个重大的变革发生在史学领域:叙事替代记录成了主要的历史书写形式。这些书写方式从根本上说属于文学,它可以超越历史事件的真实而产生意义的真实,从而对意识形态、社会文化以及人们的行为产生直接的影响,促进社会文明的发展。《左传》、《国语》、《战国策》等出现在战国时期的成熟的叙事史籍,构成了中国叙事文学的经典。唐代史学家刘知几说:"夫史之称美者,以叙事为先。"②"盖《左氏》为书,叙事之最。"③而汉代大史学家司马迁的《史记》又以成熟高超的叙事与描写手法,将人物作为历史的核心,使得历史书写又深入到历史中的个人经历和心灵世界,纪传体成了中国所谓"正史"的体裁。因此,中国的历史书写以叙述人物事迹为主要形式,不仅是对史事的叙述,而且是对世道人心的刻画,令人读后感动兴起。因此我们可以说,一方面,以诗为史的传统影响了许多诗人用诗歌咏叹史事或抒写时事,"感于哀乐,缘事而发"④,很多重大的历史事件都"有诗为证"。而另一方面,中国的史书也通过叙事寄托微言,感慨至深。钱锺书称世人"流风结习,于诗则概信为征献之实录,于史则不识有梢空之巧词,只知诗具史笔,不解史蕴诗心"⑤。鲁迅也称道《史记》是"史家之绝唱,无韵之《离骚》"⑥,道出了史中蕴涵的诗心。

由历史散文奠定的文学的性格也影响了其他的文学艺术类型。中国的小说,尽管题材丰富,但发端于讲史与志怪,进而又以作史的角度叙述世俗人情,感怀世道人心的变迁;中国的戏曲大多以历史与小说题材为剧本,并自号"传奇"。中国的书法艺术并非纯粹的抒情或表现艺术,

---

① 《墨子间诂·兼爱下》,《新编诸子集成》本,中华书局1986年版,第111页。
② 刘知几撰、浦起龙通释:《史通·叙事》,上海古籍出版社2008年版,第119页。
③ 《史通·模拟》,第160页。
④ 班固:《汉书·艺文志·诗赋略》,中华书局1962年版,第1756页。
⑤ 钱锺书:《谈艺录》,中华书局1984年版,第363页。
⑥ 鲁迅:《汉文学史纲要》,《鲁迅全集》第九卷,人民文学出版社1981年版,第435页。

金文、简帛、秦刻石、汉碑、魏碑无一不是铭记历史事件时创造的书法艺术,它们在"短笺长卷,意态挥洒"的文人书法出现以前①,已经构成了书法艺术的悠久传统和古典范式。同样,在花鸟、山水等文人画出现以前,中国美术的杰出巨制大多是宗庙、陵寝、石窟、寺院的壁画、画像石、画像砖和雕塑。其中表现的内容大多是宇宙、历史、宗教故事和日常生活场景,可谓历史的画卷和纪念碑,正如东汉王延寿《鲁灵光殿赋》所言:"图画天地,品类群生。杂物奇怪,山神海录。写载其状,托之丹青。千变万化,事各缪形。随色象类,曲得其情。"

三、文学艺术与社会文化认同

中国古代文学艺术是中国社会文明的凝聚力量。任何艺术实践和审美实践活动都既是个人的,又是社会的。任何文化都会通过文学艺术对其社会成员实行教化,建构意识形态,传承价值观念。文学艺术具有公共性和娱乐性,因此它们是通过培养社会成员的情感共鸣与审美通感的方法,在人性和情感的真实基础之上使得社会成员对社会文化产生认同,从而形成精神上的凝聚力和塑造力。

诗教或乐教,是中国传统文学艺术传承文化价值的典型体现。现代学者朱东润的研究认为,《诗经》的编纂时代,正是春秋中期以降,诸夏国家联合抵抗北方戎狄和南方楚人入侵之际,其编纂及体例,体现了强烈的华夏文化意识。② 这一文化意识就是礼乐文明与伦理道德。孔子最早指出:"诗可以兴,可以观,可以群,可以怨。"③"兴"是对个人情感和思想的启发,使之能够"引譬连类"④,推己及人⑤。只有当个人在审美的愉悦

---

① 阮元:《北碑南帖论》,阮元:《研经室集》,中华书局1993年版,第598页。
② 参见朱东润:《诗三百中成书中的时代精神》,朱东润:《诗三百探故》,上海古籍出版社1981年版。
③《论语注疏·阳货》,《十三经注疏》本,第2525页。
④ 何晏《论语集解》引孔安国说,《十三经注疏》本,第2525页。
⑤ 参见《论语·雍也》:"夫仁者,已欲立而立人,已欲达而达人。能近取譬,可谓仁之方也。"《十三经注疏》本,第2479页。

中有所觉悟，道德对人性的感召才是合理的。而"观"则是通过诗"观风俗之盛"①，了解社会；"群"则是用诗感召人们，所谓"群居相切磋"②，形成对社会文化的认同。荀子也认为，"人不能不乐，乐则不能无形，形而不为道，则不能无乱。先王恶其乱也，故制《雅》、《颂》之声以道之"，"声乐之入人也深，其化人也速"③。他强调礼乐出于圣人的制作，目的在于节制人的情欲。但他同时承认人的情感和欲望是制礼作乐的基础，礼乐不是粗暴的外在控制，而是对人性的引导，其中最有效率的是诗歌和音乐。唐代诗人白居易对诗歌与社会的关系有着独到的见解，他说："人之文，《六经》首之。就《六经》言，《诗》又首之。何者？圣人感人心而天下和平。感人心者，莫先乎情，莫始乎言，莫切乎声，莫深乎义。诗者，根情，苗言，华声，实义。上自圣贤，下自愚騃，微及豚鱼，比及鬼神，群分而气同，形异而情一，未有声入而不应，情交而不感者。圣人知其然，因其言，经之以六义；缘其声，纬之以五音。音有韵，义有类。韵协则言顺，言顺则声易入；类举则情见，情见则感易交。"④所谓"义"，是构成社会文明的政治、道德、文化价值等共同的原则，而这居然是人性乃至是宇宙间一切生灵的本性在文学艺术这颗树上结出的果实。正因为文学艺术基于一切生灵的"情"，所以可以用语言和声乐沟通、打动所有的生灵，长养其"情"，开花结果，成就其文化使命与道德价值。

如果说诗教、乐教可以打动人心，启迪良知，变化性情，而散文则属于文章的范围，与礼法政教关联密切，其功能更多地体现在论道经世。诗、乐皆可归之于礼教，但就其区别而言，诗乐之教更多地基于内在的人类情感，礼教则更多地基于外在的社会规范，包括政制、道德、典章、礼法以及历史文化传统等，因此董仲舒说："《诗》道志，故长于质。礼制节，故

---

①《论语集解》引郑玄说，《十三经注疏》本，第 2525 页。

②《论语集解》引孔安国说，《十三经注疏》本，第 2525 页。

③《荀子集解·乐论》，《新编诸子集成》本，中华书局 1986 年版，第 379、380 页。

④ 白居易：《与元九书》，白居易著、朱金城笺校：《白居易集笺校》，上海古籍出版社 1988 年版，第 2790 页。

长于文。"①典籍与文章也当属于礼文之列,故东汉王充说:"文人宜遵五经六艺为文,诸子传书为文,造论著说为文,上书奏记为文,文德之操为文。"②与和谐顺情的诗乐之教不同的是,"文"的使命感恰恰发生于礼崩乐坏之际——社会文明崩坏的时代,孟子说:"王者之迹熄而《诗》亡,《诗》亡然后《春秋》作。"③又说:"世衰道微,邪说暴行有作,臣弑其君者有之,子弑其父者有之。孔子惧,作《春秋》。《春秋》,天子之事也。"④在孟子看来,《春秋》是继诗教衰微之后维系道德,扶持衰世的宪章。秦汉以后,文章的体裁"众制蜂起,源流间出"⑤,但儒家学者认为,为文的目的就是要在不同的文体,甚至是日常社会生活中使用的应用文书,如奏议、书信、序跋、碑志、哀诔等文字中,对"道"、"义"这类公理性的内容进行阐发,将社会和后世都应该认同的道理和价值确立起来。扬雄说:"书不经,非书也;言不经,非言也。"⑥又说:"舍五经而济乎道者,末矣。"⑦即使在重视文学辞藻声律的六朝,文学理论家刘勰在《文心雕龙》中也开宗明义地主张"道沿圣以垂文,圣因文而明道"。⑧ 唐宋古文运动将先秦两汉文章作为典范的"古文",与以儒家社会政治和伦理教化为主旨的"道"构成了坚固的联盟。韩愈主张"思修其辞以明其道"⑨;"学所以为道,文所为为理"⑩。柳宗元宣称"文者以明道"⑪;"言道讲古穷文辞"⑫。李翱声明"文、理、义三者兼并,乃能独立于一时而不泯灭于后代,能必传也"⑬。

---

① 董仲舒:《春秋繁露义证·玉杯》,《新编诸子集成》本,中华书局1992年版,第36页。
② 王充:《论衡校释·佚文》,《新编诸子集成》本,中华书局1990年版,第867页。
③《孟子注疏·离娄下》,《十三经注疏》本,第2727页。
④《孟子注疏·滕文公下》,第2714页。
⑤ 萧统:《文选序》,萧统编、李善注:《文选》,上海古籍出版社1986年版,第2页。
⑥ 扬雄:《法言义疏·问神》,《新编诸子集成》本,中华书局1986年版,第164页。
⑦《法言义疏·吾子》,第67页。
⑧ 刘勰撰、范文澜注:《文心雕龙注·原道》,人民文学出版社1958年版,第3页。
⑨ 韩愈:《争臣论》,韩愈撰、马其昶校注:《韩昌黎文集校注》,上海古籍出版社1987年版,第113页。
⑩ 韩愈:《送陈秀才彤序》,《韩昌黎文集校注》,第260页。
⑪ 柳宗元:《与韦中立论师道书》,《柳河东集》,上海人民出版社1974年版,第542页。
⑫ 柳宗元:《答严厚舆秀才论为师道书》,《柳河东集》,第546页。
⑬ 李翱:《答朱载言书》,《李文公集》,《四部丛刊初编》本,第26页。

欧阳修甚至断言"大抵道胜者,文不难而自至也"①。总之,中国古代散文并不为文造情,一味追逐形式,而是自觉地将道德和文化传统融入日常社会生活的文字书写之中,切近人生,达于世事,正如美国文学理论家韦勒克所言:"文学的种类是一个'公共机构',正像教会、大学或国家都是公共机构一样……一个人可以在现存的公共机构中工作和表现自己,可以创立一些新的机构或尽可能与机构融洽相处但不参加其政治组织或各种仪式;也可以加入某些机构,然后又去改造他们。"②

古代大多数美术理论家甚至文学家都认为美术具有文学不能代替的社会教化功效。比如唐代张彦远曾说:"夫画者,成教化,助人伦,穷神变,测幽微,与六籍同功,四时并运,发于天然,非由述作……记传所以叙其事,不能载其容;赞颂有以咏其美,不能备其象;图画之制,所以兼之也。故陆士衡(陆机)云:'丹青之兴,比《雅》、《颂》之述作,美大业之馨香;宣物莫大于言,存形莫善于画。'此之谓也。"③至于书法,尽管是一种极为抽象的抒情艺术,但由于是文字的艺术,因而也是政教和文化的载体。西晋成公绥说道:"皇颉作文,因物构思,观彼鸟迹,遂成文字。灿矣成章,阅之后嗣,存载道德,纪纲万事。"④唐代虞世南认为:"文字经艺之本,王政之始也。"⑤

四、文学艺术与社会文化批判

中国古代文学艺术是中国社会文明的批判与反思力量。正由于中

---

① 欧阳修:《答吴充秀才书》,欧阳修撰、洪本健校笺:《欧阳修诗文校笺》,上海古籍出版社 2009 年版,第 1177 页。

② [美]勒内·韦勒克、奥斯汀·沃伦:《文学理论》(修订版),刘象愚、邢培明、陈圣生、李哲明译,江苏教育出版社 2005 年版,第 266—267 页。

③ 张彦远:《历代名画记》卷一《叙画之源流》,秦仲文、黄苗子点校,人民美术出版社 1963 年版,第 3 页。

④ 成公绥:《隶书体》,上海书画出版社、华东师范大学古籍整理研究室选编:《历代书法文选》,上海书画出版社 1979 年版,第 9 页。

⑤ 虞世南:《笔髓论·叙体》,上海书画出版社、华东师范大学古籍整理研究室选编:《历代书法文选》,上海书画出版社 1979 年版,第 110 页。

国古代文学艺术在社会政治和道德方面有着特别强烈的使命感和责任感,所以与感召和教化不可分割的是,它们的社会批判和文化反思意识也相应地强烈。和任何文学艺术一样,中国古代文学艺术既有教化、娱乐民众的功能,同时也有感召人们追求自由和憧憬理想的力量,因为想象力和同情心是人类共有的内在精神,有良心的文学艺术都不会被动地反映或见证社会生活,更不会充当野蛮和权威的奴仆或俳优,而是能够无视权力或暴力的奖惩,深刻地解释、批判甚至预见文化、社会的发展。孔子既说"诗可以兴,可以观,可以群,可以怨",其中的"怨",就是"怨刺上政"①,批判不合理、不仁道的社会政治,而且主张怨刺是臣民的责任与权力,所谓"上以风化下,下以风刺上,主文而谲谏,言之者无罪,闻之者足以戒"②。《诗经》作为中国古代文学艺术的原始性的经典,其中相当多的诗篇,充满了怨悱的情怀。"士也罔极,二三其德"③,是女性对男性的怨,所谓"男女有所怨恨,相从而歌"④,这是对性别隔阂和违背真情的批判。这种怨在"引譬连类"之后,就成了对社会生活的批判。"三岁贯汝,莫我肯顾"⑤,是民众对横征暴敛的怨;"夫也不良,歌以讯之"⑥,是人民对暴君的怨;"王欲玉女,是用大谏"⑦,是大臣对天子的怨。这些怨刺诗篇的创作原因和目的,在《毛诗序》看来全部关乎政治与风俗,所谓:"治世之音安以乐,其政和。乱世之音怨以怒,其政乖。亡国之音哀以思,其民困。""至于王道衰,礼义废,政教失,国异政,家殊俗,而变风、变雅作矣。国史明乎得失之迹,伤人伦之废,哀刑政之苛,吟咏情性,以风其上,达于事变而怀其旧俗者也。"⑧以屈原《离骚》为代表的楚辞则带有南方文

---

①《论语集解》引孔安国说,《十三经注疏》本,第 2525 页。

②《毛诗正义·毛诗序》,《十三经注疏》本,第 271 页。

③《毛诗正义·卫风·氓》,《十三经注疏》本,第 325 页。

④《春秋公羊传注疏·宣公十五年》何休解诂,《十三经注疏》本,第 2287 页。

⑤《毛诗正义·魏风·硕鼠》,《十三经注疏》本,第 359 页。

⑥《毛诗正义·陈风·墓门》,第 378 页。

⑦《毛诗正义·大雅·民劳》,第 548 页。

⑧《毛诗正义·诗大序》,第 270 页。

化的气息,和温柔敦厚的《诗经》风雅传统不同的是,《离骚》的怨悱情感更为强烈。诗人"长太息以掩涕兮,哀民生之多艰",又以"美人香草"譬喻美好的人格操守,不惜为之牺牲生命:"亦余心之所善兮,虽九死其犹未悔。"司马迁说:"屈平疾王听之不聪也,谗谄之蔽明也,邪曲之害公也,方正之不容也,故忧愁忧思而作《离骚》。离骚者,犹离忧也……屈平正道直行,竭忠尽智,以事其君,谗人间之,可谓穷矣,信而见疑,忠而被谤,能无怨乎? 屈平之作《离骚》,盖自怨生也。"①更为可贵的是,屈原的作品除了怨刺之外,还展放出反思和怀疑的光芒。"路漫漫其修远兮,吾将上下而求索。"②"遂古之初,谁传道之?"③诗人追问宇宙的意识,增强了作品中悲天悯人的情怀。此后如汉乐府"皆感于哀乐,缘事而发"④,古诗"讽君子小人,则引香草恶鸟为比"⑤,而唐代大诗人杜甫又创造了新乐府诗体,《兵车行》、《三吏》、《三别》等不朽的诗篇,"穷年忧黎元",倾诉了诗人的悲怀,"朱门酒肉臭,路有冻死骨"⑥,写尽了人世间的凄惨与不仁。总之,感于哀、乐,美、刺时事构成了中国诗歌的优良传统之一。

中国古代的历史文学从一开始就具备褒善惩恶、拨乱反正的责任。古代的史官似乎更加重视世代持守的天职,因而将他们掌管的天道与典籍看得比世俗秩序更加重要。所谓"《春秋》者,天子之事也"⑦,史官的职守使他们以代天子记录所在诸侯国的史事自居,以大致统一的书法记录并相互赴告诸侯国的事件。统治者惧怕"名在诸侯之策"⑧。因为"君举

① 司马迁:《史记·屈原贾生列传》,中华书局 1959 年版,第 2482 页。
② 洪兴祖撰、白化文点校:《楚辞补注·离骚》,中华书局 1983 年版,第 27 页。
③《楚辞补注·天问》,第 85 页。
④ 班固:《汉书·艺文志·诗赋略》,中华书局 1962 年版,第 1756 页。
⑤ 白居易:《与元九书》,白居易著、朱金城笺校:《白居易集笺校》,上海古籍出版社 1988 年版,第 2790 页。
⑥ 杜甫:《赴奉先县咏怀五百字》,杜甫著、仇兆鳌注:《杜诗详注》,中华书局 1979 年版,第 270 页。
⑦《孟子注疏·滕文公下》,《十三经注疏》本,第 2714 页。
⑧《春秋左传正义·文公十五年》,《十三经注疏》本,第 1854 页。

必书,书而不法,后嗣何观?"①总之,史官的职守使之成为超越现实社会的文化集团,其所世守的天道筮数和史例书法便具备一种法的审判力量。这种力量,可能正是孔子和早期儒学在"王者之迹熄"的困厄时代,有所借鉴地修《春秋》并撰写传记的动力。司马迁作《史记》以"绍《春秋》"为己任,认为《春秋》"上明三王之道,下辨人事之纪,别嫌疑,明是非,定犹豫,善善恶恶,贤贤贱不肖,存亡国,继绝世,补敝起废,王道之大者也"②。司马光作《资治通鉴》"专取关国家兴衰,系生民休戚,善可为法,恶可为戒者"③。此外,除了道德批判精神之外,中国的史学还孕育着一种怀疑和反思的理性。《左传》僖公五年载《周书》曰:"皇天无亲,惟德是辅。"④《尚书·武成》中记载武王伐商,至于"血流漂杵"⑤,孟子却怀疑道:"尽信《书》,则不如无《书》。吾于《武成》,取二三策而已矣。仁人无敌于天下,以至仁伐至不仁,而何其血之流杵也?"⑥司马迁作《史记》,贯穿着"欲以究天人之际,通古今之变,成一家之言"⑦的求索精神。唐宋以后,求真求实的历史和文献考据学日益发达,至清代发展至巅峰。司马光修撰《资治通鉴》的过程中,已经建立了系统的史料整理方法;顾炎武治学,"有一疑义,反覆参考,必归于至当;有一独见,援古证今,必畅其说而后止"⑧,"每一事必详其始末,参其证佐,而后笔之于书"⑨。

值得注意的是,和一切历史著述一样,中国的历史文献具备记录、叙事、阐释三种表达形式,但中国的史学最重视叙事,也就是说,最重视文学的表达方式。唐代史学家刘知几《史通》中专立《叙事》一篇,认为:"夫

---

① 《国语·鲁语上》,上海古籍出版社 2008 年版,第 68 页。
② 司马迁:《史记·太史公自序》,中华书局 1959 年版,第 3297 页。
③ 司马光:《进书表》,《资治通鉴》,中华书局 1956 年版,第 9607 页。
④ 《春秋左传正义》,《十三经注疏》本,第 1795 页。
⑤ 《尚书注疏》,《十三经注疏》本,第 185 页。
⑥ 《孟子注疏·尽心下》,《十三经注疏》本,第 2773 页。
⑦ 班固:《汉书·司马迁传》,中华书局 1962 年版,第 2735 页。
⑧ 潘耒:《日知录序》,顾炎武著、黄汝成集释、栾保群点校:《日知录集释》,上海古籍出版社 2006 年版,第 1 页。
⑨ 永瑢等:《四库全书总目·日知录提要》,中华书局 1965 年版,第 1029 页。

史之称美者,以叙事为先。至若书功过,记善恶,文而不丽,质而非野,使人味其滋旨,怀其德音,三复忘疲,百遍无斁。"①因此,中国古代最杰出的史书,如《左传》、《史记》、《汉书》、《资治通鉴》等,同时也是最杰出的历史文学作品。这说明,中国的史学家认为文学的形式最能彰显历史的功能与精神。正如美国历史学家海登·怀特所说:"叙事性描述总是一种比喻性描述,是一种讽喻。"②叙事用文字与修辞将历史场景和历史事件组织起来,旨在再现历史。这种叙事中的历史并不能等同于发生过的历史,而是历史的文学比喻,社会成员正是通过阅读时的亲历和感动来体认其中的真实性和当代诉求的。由于历史叙事文学的发达,历史故事成了曲艺、小说、戏曲艺术形式的主要题材,"演义"、"说书"都来自于表现历史故事的艺术,宋元以后,这些通俗文学艺术的形式成为平民社会追求公正、美善,反抗黑暗等价值观念的主要塑造和传播方式。通俗文艺的自觉正是"以俗语近语,隐括成编,欲天下之人,入耳而通其事,因事而悟其义,因义而兴乎感,不待研精覃思,知正统必当扶,窃位必当诛,忠孝节义必当师,奸贪谀佞必当去,是是非非,了然于心目之下"③。即使是以鬼神之事为题材的"志怪"小说也是如此,"其事多涉于神怪;其体则仿历代志传;其论赞或触时感事,而以劝以惩;其文往往刻镂物情,曲尽世态,冥会幽探,思入风云;其义足以动天地,泣鬼神,俾畸人滞魂,山魈野魅,各出其情状而无所遁隐"④。在文学艺术的叙事中所揭示的"义",往往是文学艺术中批判、反思和理想主义的精神传统。

其他的中国古代艺术形式,也有同样的使命感与批判精神。在作为抒情艺术的文人画出现之前,中国的美术大都是图写宇宙和历史,训诫

① 刘知几撰、浦起龙通释:《史通·叙事》,上海古籍出版社 2008 年版,第 119 页。
② [美]海登·怀特:《当代历史理论中的叙事问题》,载其《形式的内容:叙事话语与历史再现》,董立河译,文津出版社 2005 年版,第 67 页。
③ 张尚德:《三国志通俗演义引》,罗贯中:《三国志通俗演义》,上海古籍出版社 1980 年版,第 3 页。
④ 蒲立德:《聊斋志异跋》,蒲松龄著、张友鹤辑校:《聊斋志异》,汇校汇注汇评本,中华书局 1962 年版,第 32 页。

善恶与成败的宣传品。所谓"铸鼎象物,百物而为之备,使民知神奸"①。又所谓"观画者,见三皇五帝,莫不仰戴;见三季暴主,莫不悲惋;见篡臣贼嗣,莫不切齿;见高节妙士,莫不忘食;见忠节死难,莫不抗首;见放臣斥子,莫不叹息;见淫夫妒妇,莫不侧目;见令妃顺后,莫不嘉贵。是知存乎鉴戒者,图画也"②。传说孔子前往周室参观,"观乎明堂,睹四门墉,有尧舜与桀纣之象而各有善恶之状,兴废之诫焉"③。屈原作《天问》,也是在其放逐之际,"见楚有先王之庙及公卿祠堂,图画天地山川神灵,琦玮谲诡,及古贤圣怪物行事","呵而问之,以渫愤懑,舒泻愁思"④。东汉班固《汉书·叙传》记载汉成帝见屏风上画有商纣王醉踞妲己作长夜之乐的情形,指着图画问侍从班伯说:"此图何戒?"班伯对曰:"《诗》、《书》淫乱之戒,其原皆在于酒。"《宋史·郑侠传》载北宋熙宁年间,王安石变法不周,生出种种弊端,至于"东北流民,每风沙霾曀,扶携塞道,羸瘠愁苦,身无完衣。并城民买麻糁麦麸,合米为糜,或茹木实草根,至身被锁械,而负瓦楬木,卖以偿官,累累不绝。"郑侠知道王安石不可谏阻,便将所见所思绘成一幅《流民图》并写成奏疏,感动了神宗,使朝廷罢严法而行宽政。后来吕惠卿执政,郑侠又取材唐魏徵、姚崇、宋璟、李林甫、卢杞等人事迹画成《正直君子邪曲小人事业图迹》,刺谏朝政,遭致流徙。⑤ 这些史事,都可证明美术等艺术形态也与文学一样,自觉地担当起批判社会的道德责任。

在道家思想影响下的文学艺术对人类的道德、政治、文化有着整体性的反思与批判。在道家看来,人类文明的发展,意味着对自然本体和人类自性的背离,文化意味着束缚与异化,所谓"大道废,有仁义;智慧出,有大伪"⑥。道家不仅以自然之道作为世界的根本,而且认为道是变

---

① 《春秋左传正义·宣公三年》,《十三经注疏》本,第1868页。
② 《太平御览》卷七五一引《历代名画记》引"魏曹植言",中华书局影宋本1960年版,第3331页。
③ 陈士珂辑:《孔子家语疏证·观周》,上海书店1987年版,第72页。
④ 王逸:《天问章句》,洪兴祖补注、白化文点校:《楚辞补注》,中华书局1983年版,第85页。
⑤ 脱脱:《宋史》卷三二一,中华书局1977年版,第10435、10436页。
⑥ 《老子校释·十八章》,《新编诸子集成》本,1984年版,第72页。

动不居的,人类的语言和是非、善恶等理性与道德观念都无法把握这样的大道。庄子批判儒墨二家思想的弊端说:"道恶乎隐而有真伪? 言恶乎隐而有是非? 道恶乎往而不存? 言恶乎存而不可? 道隐乎小成,言隐乎荣华。故有儒墨之是非,以是其所非而非其所是。欲是其所非而非其所是,则莫若以明。"①也就是说,正是所谓的真伪、是非、知识和思想的成就以及浮华的修辞遮蔽了大道,使得人们不能明察事物的本来面目。而当道德和文化被权力用作奴役、迫害人的工具或作为满足私欲的借口时,道家发出了"绝圣弃智,民利百倍;绝仁弃义,民得孝慈;绝巧弃利,盗贼无有"②的呼喊。竹林七贤以自然反抗名教,"非汤、武而薄周、孔"③;陶渊明弃官归隐,欣喜地歌咏"久在樊笼里,复得返自然"④;李白自称"我本楚狂人,凤歌笑孔丘"⑤。道家虽然以隐遁的方式远离庸俗、黑暗、残酷的社会生活,但他们标举出"安能摧眉折腰事权贵,使我不得开心颜"⑥的自我解放和追求自由的人格与思想境界,这些思想和作品,极大地启发了中国古代思想家和文学艺术家省察、超越社会文明的弊端和局限。

五、文学艺术与社会文明成果

中国古代文学艺术是中国社会文明成就的高度体现。任何社会文明所达到的成就都以其文学艺术宗教哲学等精神成果为标志。在悠久延续的中国古代社会文明发展历史中,文学艺术精采纷呈,诗、骚、史传、诸子、赋、骈文、乐府、律诗、古文、词、曲、戏曲、小说、金石、法帖、壁画、造像、水墨画、园林,诸多艺术形态皆随世而变,一代有一代之胜,生动地反

---

① 《庄子集释·齐物论》,《新编诸子集成》本,1961 年版,第 63 页。
② 《老子校释·十九章》,第 74 页。
③ 嵇康:《与山巨源绝交书》,嵇康著、戴明扬校注:《嵇康集校注》,人民文学出版社 1962 年版,第 122 页。
④ 陶渊明:《归田园居》,陶渊明著、逯钦立校注:《陶渊明集》,中华书局 1979 年版,第 40 页。
⑤ 李白:《庐山谣寄卢侍御虚舟》,李白著、瞿蜕园、朱金城校注:《李白集校注》,上海古籍出版社 1980 年版,第 863 页。
⑥ 李白:《梦游天姥吟留别》,《李白集校注》,第 899 页。

映了中国古代社会文明的兴替与演变。

如果将中国古代文明按照长时段划分,大概以中唐为一界限。中唐以前堪称古典时代,其特点在于形成了一整套的社会文明范式、传统和核心价值。美国汉学家狄百瑞概括为"深深植根于学校和家庭之中的古典儒学与汉代的国家体制这两者的综合",他认为"这一文明对后世的共同文化遗惠是一套丰富的文献,包括儒家的教义及其伦理教诫、政治知识、历史、诗歌和礼仪条文;其他不同的重要学说则存在于道家、法家、墨家等等的文献中,还有中国历代王朝经验的主要记录",其核心价值是"高尚的人(君子)的学问和道德责任,即儒家对个人或人的典范,以及家庭中和亲族制中的礼仪秩序"。① 在这套丰富的文献之中,就包括了诗骚、辞赋、诸子、史传、乐府、歌诗、金石等文学艺术成果,而礼乐、建筑、宗教艺术也酝酿于制度化与礼仪化的社会生活之中。因此,古典时代创造的文学艺术作品也是后世文学艺术的典范。比如《诗经》中的诗歌大多为抒情言志之作,其对社会和人生的道德关怀构成的"风雅"情怀以及富于联想寄托的"比兴"方法几乎成了整个中国诗歌传统中思想与艺术的准则。唐代几位大诗人如李白感慨"大雅久不作"②,杜甫追求"别裁伪体亲风雅"③,白居易主张"风雅比兴外,未尝著空文"④。又如《楚辞》所蕴含的特立独行、发愤抒情的人格之美,辞采宏伟、象征奇丽的艺术风格,是继"风雅"而起的"香草美人"的传统。刘勰《文心雕龙》称"其衣被词人,非一代也"⑤。《左传》《史记》等史传以及先秦诸子百家言,则确立了中国古代散文褒贬善恶,明道立言和长于叙事与譬喻的传统。柳宗元的

---

① [美]狄百瑞:《东亚文明——五个阶段的对话》,何兆武、何冰译,江苏人民出版社 1996 年版,第 21 页。
② 李白:《古风》其一,《李白集校注》,第 91 页。
③ 杜甫:《戏为六绝句》其六,杜甫著、郭绍虞集解:《杜甫戏为六绝句集解》,人民文学出版社 1978 年版,第 45 页。
④ 白居易:《读张籍古乐府》,白居易著、朱金城笺校:《白居易集笺校》,上海古籍出版社 1988 年版,第 5 页。
⑤ 刘勰:《文心雕龙注·辨骚》,范文澜注,人民文学出版社 1958 年版,第 47 页。

一段话，从创作的角度揭示了古典文献在中国文学中的范式作用："本之《书》以求其质；本之《诗》以求其恒；本之《礼》以求其宜；本之《春秋》以求其断；本之《易》以求其动。此吾所以取道之原也。参之穀梁氏以厉其气；参之《孟》、《荀》以畅其支；参之《庄》、《老》以肆其端；参之《国语》以博其趣；参之《离骚》以致其幽；参之太史以著其洁。此吾所以旁推交通，而以为之文也。"①唐宋以降，各种文学思潮和创作风格交叠代谢，其中大多以复古为号召，即便是清代形成的两部极具普遍影响的文学启蒙教科书《唐诗三百首》和《古文观止》，其编纂立意，也分别取自儒家经典中诗歌与散文的典范，即《诗经》和《左传》。②

至于书法、美术、音乐等艺术形式的典范，也都确立于古典时代。篆、隶、章草、行书、草书、楷书诸体在这一时期都达到了最高的成就，而以王羲之为代表的具有个性与抒情特征的书法又在以后的时代得以发扬。美术也是如此，一方面，商周以来的玉器和青铜器达到的精美的工艺水平奠定了中国工艺美术十分注重各类器物造型与装饰的传统；另一方面，写实与想象题材的纯粹绘画也十分发达，并实现了华夏美术与西域传入的印度与中亚美术的融合，特别是人物画、山水画、文人画等重要的画种也在古典时期成立。书法和绘画还具有共同的表达方式，即运用毛笔，注重笔法的原则。音乐方面，庙堂礼仪与风俗生活共同形成了雅俗兼备的音乐体系，在这样的框架中又融合了华夏与异域的音乐，影响了今后的音乐创作。

中唐直至宋代，中国社会文明渐渐进入并确立了"近世化"的时代。狄百瑞指出由唐入宋，中国社会发生了重大的变化，可以概括为"近代早期"。这些变化可概括为：精耕细作的农业的进一步发展；工业和商业的增长；纸币的使用；人口的大量增长和大规模的城市化；富裕的提高；新技术，特别是对文化传播最为重要的印刷术；出现了新的文人阶层、官僚

---

① 柳宗元：《答韦中立论师道书》，《柳河东集》，上海人民出版社1974年版，第543页。
② 《论语·为政》："子曰：《诗》三百，一言以蔽之，曰：'思无邪。'"（《十三经注疏》本，第2461页）《左传》载吴公子季札观乐，叹为观止。（《十三经注疏》本，第2006—2008页）

和文化的精英,政府提倡文治,鼓励各种有关形式的学术和世俗教育;文官考试制度扩大……①法国汉学家谢和耐甚至用"文艺复兴"来概括 11 至 13 世纪的宋代社会文明,比如复归古典的传统、传播知识、科学技术的发展(印刷术、炸药、航海术的发展,排气钟……)、新的哲学和新的世界等方面,认为这是"一个新的社会诞生了,其基本特征可以说已是近代中国特征的端倪了"②。当代学者陈来则将这一时代的特征概括为:"这个近世化的文化形态可以认为是中世纪精神与近代工业文明的一个中间形态,其基本精神是突出世俗性、合理性、平民性。"③

而这个时代的到来,也受到中唐古文运动的强力推动,这个运动之前,佛教界已有新禅宗思想,使得佛教进一步中国化,摆脱庄园经济方式和繁琐的宗教学说,走向平易、世俗,强调个人精神上的自觉与日常生活中的实践。当安史之乱动摇了强盛的唐帝国,传统的以礼制和经史之学为特征的文化无法影响现实,儒学走向式微,于是古文运动成为一场新文学加上新思想的运动。由于唐代实行诗赋取士,文人思想的主要表达方式已不再是经史诸子之学,而是诗文创作,在变革文学形式的过程中创造新的社会文化思想。他们以继承孔孟道统自居,强调以文载道,复兴了古典儒家的精神传统并赋予极具活力的当代性,成为北宋新儒学的先驱。可以说,中国古代从魏晋以降,文学已具备了独立的形式,不再附庸于经史诸子,诗赋骈文成为文学体裁的代表。古文运动使得古代的诸子、史传中的文化精神而不是外在的形式依靠文学得以复兴,因而文学又具备了独立的思想文化价值,古文家运用和创造的散文体裁极为丰富,大大拓展了散文表达社会与个人思想情感的功能,这一转变说明文学成了建构社会文明和世俗生活价值观的积极与活跃的力量。诗歌也在律诗的基础上,发展出词、曲等更加个人化、情感化的形式,在审美情

---

① [美]狄百瑞:《东亚文明——五个阶段的对话》,何兆武、何冰译,江苏人民出版社 1996 年版,第 46—48 页。

② [法]谢和耐:《中国社会史》,耿昇译,江苏人民出版社 1997 年版,第 255—257 页。

③ 陈来:《宋明理学》,华东师范大学出版社 2004 年版,第 14 页。

趣上,也越发趋向于内敛与平淡,甚至"以俗为雅"。①　白话小说与戏曲则更是世俗和平民道德与艺术的代表。白话小说脱胎于民间说书艺术的"话本",经过民间文人的加工之后,以其能够打发时间的长篇巨制和引人入胜的传奇情节,成为雅俗共赏,供人娱乐与消遣的读物。宋代戏剧将文学、音乐、舞蹈、说唱等艺术综合在舞台上。到了元代,"采用了更加多样化的音乐旋律,同时用直接叙述代替了间接叙述",而明清两代戏剧的代表性作品是浪漫戏剧,剧幕场次又突破了元代的四幕格局,"这一小小的舞台已经没有办法让浪漫的剧作家来充分表达自己,没有办法让他们充分表现故事情节,他们所写的戏剧,最长的有 50 到 60幕或场"。另外,"南方的博学的戏剧诗人们在其歌词和对白中还可以自由地使用方言土语"。②　小说戏剧的发展与兴盛,正是"近代化"文化发展的结果。

　　文学的发展也影响了其他艺术,现代美术史家陈师曾分析道:"南北两宋,文运最隆,文家、诗家、词家彬彬辈出,思想最为发达,故绘画一道亦随之应运而兴,各极其能……且画法与书法相通,能书者大抵能画,故古今书画兼长者,多画中笔法与书无以异也……故宋元明清文人画颇占势力,盖其有各种素养、各种学问凑合得来。"③唐宋以后的书画艺术渐渐摆脱了为道德训诫和宗教服务的实用目标,朝着个性化和体现文人审美情趣的方向发展。继王羲之之后,怀素的草书、宋四家的行书以及元明代书家的行书草书已经构成了纯粹抒情的艺术形式。自王维以后,文人画也蔚为大观。主要题材也由人物、神仙佛道美术向山水花鸟转变,技法也趋于以写意为高尚。元代大画家倪瓒说:"仆之所谓画,不过逸笔草

---

① 陈师道《后山诗话》:"闽士有好诗者,不用陈语常谈。写投梅圣俞。答书曰'子诗诚工,但未能以故为新,以俗为雅尔。'"何文焕编:《历代诗话》上册,中华书局 1980 年版,第 314 页。此言又见苏轼《题柳子厚诗》、黄庭坚《再次韵·引》等处。可见为宋人共识。
② 余上沅:《中国文化论集》第六章"戏剧",陈衡哲主编:《中国文化论集:1930 年代中国知识分子对中国文化的认识与想象》,王宪明、高继美译,福建教育出版社 2009 年版,第 90—91 页。
③ 陈师曾:《文人画之价值》,陈师曾著、徐书城点校:《中国绘画史》附录,中国人民大学出版社 2004 年版,第 142 页。

草,不求形似,聊以自娱。"①不求形似,追求传神与抒情,甚而至于营构意境,正是此时的诗书画等艺术所达到的最高成就。现代美学家宗白华推究"人类这种最高的精神活动,艺术境界与哲理境界,是诞生于一个最自由最充沛的深心的自我"②。宋元以后,戏剧的发展及其与民间音乐的结合,也使得大型的音乐活动从古典时期的政治、风俗与宗教的礼仪场合转向单纯的社会生活娱乐与艺术表现。综合了建筑、文学、园艺、绘画、书法等诸多艺术形式的园林更是明清以来达到的艺术巅峰之一。园林以道家自然哲学为理想,将心灵中的自然和宇宙意境转变成了真实的生活与艺术空间,与以儒家宗法礼制为灵魂的宫殿和民居建筑形式构成了鲜明的对比与文化互补。

更为重要的是,这一时期的文化人不仅对古典的遗产十分推崇,而且对文学艺术的创新成果也有辩证的观念。明代文人王思任说:"一代之言,皆一代之精神所出。其精神不专,则言不传。汉之策,晋之玄,唐之诗,宋之学,元之曲,明之小题,皆必传之言也。"③清代学者焦循说:"一代有一代之所胜……欲自楚骚以下……撰为一集,汉则专取其赋,魏晋六朝至隋则专录五言诗,唐则专录其律诗,宋专录其词,元专录其曲。"④

第三节　中国古代社会形态与文学艺术形态

一、封建礼乐制度与文学艺术

文学艺术既是社会文明的重要组成,其形态一定受到社会文明之中不同的政治制度、仕进制度以及社会生活方式的影响。

中国古代政治制度先后可划分为封建制与郡县制两大类型。封建

① 俞剑华:《中国画论类编》下册,人民美术出版社1957年版,第702页。
② 宗白华:《中国艺术意境的诞生》,王元化主编:《释中国》第四卷,上海文艺出版社1998年版,第2797页。
③ 王思任著、任远点校:《王季重十种·杂序》,浙江古籍出版社2010年版,第78页。
④ 焦循:《易余籥录》,《丛书集成续编》本,台湾新文丰公司1989年版,第369页。

制及其早期的氏族邦国被认为是夏、商、周三代的国家形态,它们之间的关系并非如后世朝代之间的一线传承或先后取代的关系,而是三个具有不同文化传统与氏族联盟的同时并存的政治与文化集团(同时还有其他古代氏族构成的地域与政治集团存在),张光直形容夏、商、周是年代上平行的或至少是重叠的政治集团①,它们在各自氏族政权的基础上先后崛起,成为天下所有氏族政权的宗主,所以周人虽取代商而有天下,却声称:"周虽旧邦,其命惟新。"②新的宗主出现之后,天下经过重新封建或联合,仍构成新的大国叠压在诸国之上的政治共同体,原先的宗主国也降级存在,如夏成为杞,商成为宋,传说武王翦商后还封舜的后裔胡公满于陈。一般认为,周公东征之后的封建,使封建制度臻于完善。所谓"封建亲戚,以藩屏周",以宗法血缘关系(包括婚姻关系)作为中央天子控制诸多封建国的笼络手段,天子所在的王畿成为各封建国的宗主国。在周代王族中,各级宗法(大宗、小宗)中的嫡长子们依次成为天子(宗主国)、诸侯(封建国)、大夫,而次子及庶孽(公子集团)则降级封建,或成为参政的卿士。异姓诸侯与王族诸侯之间以通婚的形式建构血缘等级,而且其内部结构与同姓诸侯国基本一致。可以说,各级统治氏族及其宗法是封建制度的基础与依据,宗统与君统合而为一③,家的模式扩大为国的模式,以宗法制度分出贵贱阶级,所谓"《春秋》之义,用贵治贱"④。

在封建制社会中,"学在王官",教育与书写是被贵族垄断的。只有贵族才有资格接受的"六艺"教育,即礼、乐、射、御、书、数,是一种公民道德与素质教育,目的在于"成人"或培养"君子"。与礼、乐相关的经典教育是从古代诗乐和历史档案中选择出来的《诗》、《书》。因为"《诗》、

---

① K. C. Chang,"Sandai Archaeology and the Formation of the States in Ancient China",In David Keightley(ed.),*The Origins of Chinese Civilization*,University of California Press. 1983,p. 497.

②《毛诗正义·大雅·文王》,《十三经注疏》本,第 503 页。

③ 参见王国维:《殷周制度论》,王国维:《观堂集林》卷十,中华书局 1959 年影印本。

④《春秋穀梁传注疏·昭公四年》,《十三经注疏》本,第 2434 页。

《书》，义之府也；礼、乐，德之则也；德、义，利之本也"①。由乐官等专业职官教授技艺，由父师长老们培养德性，所谓"乐正司业，父师司成"②；此外还有专门执掌各种巫术、典籍文献、技艺、工艺的官守，比如史、巫等等。这些官守也带有家族世守的宗法特征，《左传》中说"官有世功，则有官族"③，《孟子》中说"仕者世禄"④，即是其证。因此，书写、创作等文化艺术行为被严格限制在阶级、礼乐、官职等制度化的社会生活之中，呈现出口头性、礼仪性和集体性互相依存的特征。

封建时代最重要的文学作品《诗经》，是先于文字书写的口头创作，并且配之以乐曲，施之于不同等级的礼乐场合与风俗生活场合，因此不是通过独立书写创作的诗歌。它们被采集、记录、删定后才逐渐形成了相对固定的文本。其创作时期依次以颂、大雅、小雅、国风为代表，一般被认为比兴意味浓厚，文学价值较大的各国风诗"国风"，可能是追继雅颂之后，较晚创作或编纂的作品，故孔子"恶郑声之乱雅乐"⑤。而以风雅颂分类编纂《诗经》的固定文本可能出现得也较晚，我们可以从《论语》、《左传》、《国语》等先秦史料中，发现《诗经》中的诗歌被称为《诗》三百、雅、颂、周南、召南、齐诗、卫诗等等，大、小雅亦称周诗，而"国风"、"邦风"的概念，最早见于传世文献《荀子·大略》和出土文献上博简《孔子诗论》⑥，这些皆是战国中晚期以后的文献。《诗经》中知道作者的作品极

---

① 《春秋左传正义·僖公二十七年》，《十三经注疏》本，第 1822 页。

② 《礼记正义·文王世子》，《十三经注疏》本，第 1407 页。

③ 《春秋左传正义·隐公八年》，《十三经注疏》本，第 1734 页。

④ 《孟子注疏·梁惠王下》，《十三经注疏》本，第 2676 页。

⑤ 《论语注疏·阳货》，《十三经注疏》本，第 2525 页。又钱穆《读〈诗经〉》分《诗经》的创作为三期："第一期当西周之初年，其时大体创自周公。其时虽已有风雅颂三体，而风仅二南，其地位远较雅颂为次，故可谓是诗之雅颂时期。……其第二期在厉宣幽之世，此当谓之变雅时期。……其第三期起自平王东迁，列国各有诗，此时期可谓之国风时期，亦可谓之变风时期。"（钱穆：《中国思想史论丛》，安徽教育出版社 2004 年版，第 116 页）

⑥ 见马承源主编《上海博物馆藏战国楚竹书（一）》，上海古籍出版社 2001 年版。整理者定此篇名为《孔子诗论》，本文同意李学勤的看法，以此篇文字中多引孔子论诗之语，实为孔门后学的《诗论》，并非孔子的《诗论》。见李学勤：《〈诗论〉的体裁和作者》，上海大学古代文明研究中心、清华大学思想文化研究所编：《上博馆藏战国楚竹书研究》，上海书店 2002 年版，第 51—61 页。

少，三百零五篇诗歌文本中出现作者的只有五处①，先秦史书《尚书》、《左传》、《国语》中也提到五六处诗经作品的作者②，皆是贵族或臣吏。应该说，《诗经》是一定历史时期内，华夏诸国的贵族与士民的集体创作。《诗经》不仅不是通过书写创作的诗歌文本，而且也不是纯文学意义上的诗歌总集，它事实上是一部礼乐文献。其音乐与诗句来自于不同的礼乐风俗场合，风、雅、颂不仅是诗乐形成的历史标志，也是政事与礼乐的等级，《毛诗序》曰：“是以一国之事，系一人之本，谓之风；言天下事，形四方之风，谓之雅。雅者，正也，言王政之所由废兴也。政有小大，故有小雅焉，有大雅焉。颂者，美盛德之形容，以其成功告于神明也。”又如南宋学者郑樵所言：“风土之音曰风，朝廷之音曰雅，宗庙之音曰颂。”③三《颂》为周、宋、鲁，在礼制中都是可以使用天子礼乐的国家，鲁为周公封国，可以世世以天子礼乐祭祀周公（见《礼记·明堂位》）。宋为商后，与周为敌国，礼制平等，传说宋大夫正考父作歌颂祖先的祭歌，并向周天子的太师进献了十二篇《商颂》。雅与夏字通义，是宗周故地的诗作，其中的大雅也多用于祭祀。《周南》、《召南》、《豳风》代表了文王、武王、周公兴起、翦商和东征的历史。从先秦史书及诸子的著作中可见，大小雅、《周颂》、《周南》、《召南》等也是先秦人物引用最多的诗篇，这说明君子的诗教内容多以上述诗篇为主。

这个时代也没有个人书写创作散文等文体的现象。罗根泽指出，战国之前无私家著作。④《尚书》以及《左传》中所引《诗》、《书》、《易》、《夏训》、《周志》、《前志》、《军志》、《志》、《郑书》、《箴铭》等文献皆为史官或其

---

① 如“家父作诵，以究王讻”（《小雅·节南山》）、“寺人孟子，作为此诗”（《小雅·巷伯》）、“吉甫作诵，其诗孔硕”（《大雅·崧高》）、“吉甫作诵，穆如清风”（《大雅·烝民》）、“奚斯所作，孔曼且硕”（《鲁颂·閟宫》）等。
② 如周公作《鸱鸮》（《尚书·金縢》）、许穆夫人作《载驰》（《左传》闵公二年）、召穆公作《棠棣》（《左传》僖公二十四年，《国语·周语》以其为周公作）、周芮良夫作《桑柔》（《左传》文公元年）等。
③ 郑樵：《通志·总序》，中华书局1987年版，第2页。
④ 见罗根泽：《战国前无私家著作说》，罗根泽：《诸子考索》，人民出版社1958年版。

他官守记录下的政教法典或历史档案。可以说,都是记录性的文字,所记者如果是诗歌和言论,尚能构成意义完整、可供阅读的的文本,但按照"书法"记录的《春秋》,则是代天记事,即所谓的"天子之事"①。这种"年代记"只追求天道的完整,人间无事,亦须写出年份和四季的首月,还没有演进为具有完整意义的叙事,因而被后人讥为"断烂朝报"。其史例、书法有着严格的礼制与信仰的规定,当然其中也蕴酿着一种精微的修辞艺术。其他如卜辞、爻辞是卜筮的附庸文字,须待史、巫解释方可明了。金文包含了记录性和简单的叙事性,但这样的文字只是铭铸于器物的内壁,并不展示给公众,只是为了铭记或纪念。器物所象征的威权和礼仪等级还是要通过器型、外在的纹饰以及器物的数目来体现。

私人虽无著作,但有立言的现象。这些言论大都是政治与外交辞令或个人修身的道德格言,《左传》中常常引用"史佚有言曰"、"史佚所谓"、"周任有言曰"、"叔向有言曰"、"臧纥叔有言曰"、"子犯有言曰"、"古人有言曰"、"先民有言曰"、"人有言曰"、"孔子曰"、"仲尼曰"、"子思曰"等等。贵族君子们在议政、礼仪和外交场合都十分注重辞令。诸侯、士大夫之间传达信息或进行论、说、谏、议都采用赴告的方式而不是文书。或自己陈对,或遣使转告。这些语辞、辞令可能由史官、书吏们用文字再加记录,即礼书中所说的"史载笔,士载言"②。《论语·宪问》载子曰:"为命,裨谌草创之,世叔讨论之,行人子羽修饰之,东里子产润色之。"③"为命"即指设计外交辞令。《左传》襄公二十五年载赵文子谓穆叔曰:"若敬行其礼,道之以文辞,以靖诸侯,兵可以弭。"④昭公十三年载刘献公对叔向曰:"告之以文辞,董之以武师。"这里的"文辞"是修饰、润色过的外交辞令,而不是文字或文书⑤。

---

① 《孟子注疏·滕文公下》,《十三经注疏》本,第 2714 页。
② 《礼记正义·曲礼上》,《十三经注疏》本,第 1250 页。
③ 《论语注疏》,《十三经注疏》本,第 2510 页。
④ 《春秋左传正义》,《十三经注疏》本,第 1985 页。
⑤ 《春秋左传正义》,第 2071 页。

贵族君子们将言辞视为权威、道德和思想的表现,《左传》僖公二十四年载介之推之言曰:"言,身之文也。"①襄公二十四年记载鲁国贵族叔孙豹对晋国贵族范宣子谈论所谓的"三不朽"时说:"太上有立德,其次有立功,其次有立言。"②《周易·乾文言》曰:"君子进德修业,忠信,所以进德也,修辞立其诚,所以居业也。"孔颖达《正义》曰:"辞,谓文教;诚,谓诚实也。外则修理文教,内则立其诚实,内外相成,则有功业可居。"③孔颖达以"文教"解释贵族的辞令,道出了"口耳治事"的本质。"口耳治事"的根据又在于君子的宗法权威和道德修养。所以,语言的修辞本来是一种礼制生活中的道德与政治行为,文学艺术的修辞技艺与作用蕴藉于其中,后世诸子文献如《论语》、《墨子》、《孟子》、《庄子》等也是先师言论的记录,可谓继承了"立言"的传统。这个传统的内涵就是道德修养和文化理想。

二、统一郡县制度与文学艺术

周室东迁以后,诸侯中的霸主迭起,天子地位旁落。在诸侯国内,强宗巨室专权,公室衰微。战国七雄,或崛起于旁支异姓,如秦、齐、楚、燕;或取代于强宗巨室,如赵、魏、韩、齐。原先的封建国家或为附庸,或被消灭。战国时代的战争规模扩大,政权更换迅速,宗族与宗法在如此剧烈的动荡中迅速消解。加之各国为了生存与争霸,纷纷变法,大量吸收平民与士人参政并以军功授爵,贵族所具有的宗法身份与其执政资格相分离。据许倬云的研究:"战国的士即产生了不少大臣和将领。可是这些新型的大臣和将军并未像春秋的大夫一样构成传袭的阶级。整个战国时代几乎未见有春秋时代的那种巨室。新贵没有填补旧贵族的社会地位,而且连可以对应的家族也找不到。"因而"新的社会结构已经取代了

① 《春秋左传正义》,第 1817 页。
② 《春秋左传正义》,第 1979 页。
③ 《周易正义》,《十三经注疏》本,第 15 页。

旧有的秩序。这种社会结构的变化不能不引起(或缘于)其他方面的变化,例如政治制度、经济体系和观念形态等方面"。① 新的社会结构中,就国家体制而言,郡县作为国家政权任命长官加以直接控制的行政区域,而不是作为分封给各级贵族的采邑,从春秋至战国,在一些国家,特别是秦国这样的变法较为彻底的国家中得到实施与扩展。至秦汉两代,实现并巩固了统一的郡县制度,从此,中国由封建邦国演进为帝国,社会不再分为血缘贵族与庶民两大阶级,而是分为所谓的士、农、工、商"四民",社会由政府和民众组成,这一政治制度虽经不断改进完善,但其基本结构直至清末都没有改变。

清代学者章学诚指出:"周衰文敝,六艺道息而诸子争鸣。盖至战国而文章之变尽,至战国而著述之事专,至战国而后世之文体备。"又说:"战国始以竹帛代口耳。"②他的观察,道出了郡县制度对书写和文学艺术的影响。这一巨变的关键在于战国以降,礼崩乐坏,文化教育流入民间,文字成为公众的传媒工具,书写成为个人的自由行为,文字的使用以及思想情感的抒发分别向着实用化与个性化的方向演进。

郡县制度不再依靠贵族的宗法身份与道德权威,而是法律与文书行政,文字代替了贵族口耳治事的辞令,成为公布各种政令的工具,形成管理社会生活的各体应用性的文书。这种转变在春秋时代被认为是政治衰微的象征,《左传》昭公六年载郑人铸刑书,晋叔向致书非难说:"民知有辟,则不忌于上。并有争心,以征于书,而徼幸以成之,弗可为矣。"③昭公二十九年晋国铸刑鼎,孔子议论道:"贵贱不愆,所谓度也……今弃是度也而为之刑鼎,民在鼎矣,何以尊贵?贵何业可守?贵贱无序,何以为国?"④因为刑书和刑鼎与传统青铜礼器的作用完全不同了,威权和政令完全通过文字展现并诉诸公众。然而秦汉的统一行

---

① 许倬云:《春秋战国间的社会变动》,许倬云:《求古编》,新星出版社2006年版,第249页。
② 章学诚著、叶瑛校注:《文史通义校注·诗教上》,中华书局1985年版,第60页。
③ 《春秋左传正义·昭公六年》,《十三经注疏》本,第2044页。
④ 《春秋左传正义·昭公二十九年》,第2124页。

政正是建立在"书同文字"的基础之上。胡适认为："战国时文体与语体已分开,故秦始皇统一中国时,有'同文书'的必要。《史记》记始皇事,屡提及'同书文字'(《琅琊石刻》),'同文书'(《李斯传》),'车同轨,书同文字'(《始皇本纪》)。后人往往以为秦同文书不过是字体上的改变,但我们看当时的时势,看李斯的政治思考,可以知道当日'书同文'必不止于字体上的改变,必是想用一种文字作为统一的文字。……当时的方言既如此不统一,'国语统一'自然是做不到的。故当时的政府只能用'文言'来做全国交通的媒介。"① 如从政治制度变迁的角度考察,这一现象不仅说明了文言文与口语的分离,还说明了文书行政与辞令文教的分离。在秦统一中国以前,如果各国仍是辞令文教的局面,秦国就不具备"书同文字"的基础。正因为各国已经渐渐实行了以文书行政,秦始皇才有可能将各国的文字与文书格式统一起来。1994 年湖北云梦睡虎地秦墓发现的秦国统一前夕的法令——《睡虎地秦律》中,就有《内史杂律》曰"有事请殹(也),必以书,毋口请,毋(羁)请"(如有应当报告之事,必须用文书,禁止口授言传),由此可知以文书行政在秦统一之前确已被条文化。② 其他考古发现似乎也证明了这一点。出土的行政文书始见于战国时代,如法律类、政务类、讼狱类文书等等,秦汉时期这类文物的出土愈加丰富。③ 值得我们注意的是,这些具备规定体裁格式的行政文书,一旦经由较高思想学术修养和修辞技艺的士大夫书写,它们往往就从行政文书直接变成了具有文学与思想意味的"文章",特别是西汉武帝将传统的儒学推尊为意识形态,以经术取士之后,儒生与文吏形成不同的官僚群体。儒生或"文学之士"通晓经典,因此能以传统文化的价值观处置政事,汉儒甚至有"以《禹贡》治河,以《洪范》察变,以《春

---

① 胡适:《白话文学史》,上海古籍出版社 1999 年版,第 223—225 页。
② 参见日本学者富谷至:《木简竹简述说的古代中国——书写材料的文化史》,人民出版社 2007
　　年版,第 18 页。
③ 参见李零:《简帛古书与学术源流》第二讲《附录二:中国古代文书的分类》,生活·读书·新
　　知三联书店 2004 年版,第 64—71 页。

秋》决狱，以三百五篇当谏书"①的称誉。《史记》、《汉书》、《后汉书》中收录的堪称为"文章"的行政文书大多出自文学或儒生之手，从《汉书·艺文志·诸子略》所收汉代大臣的诏策奏议类行政文书可见，这些行政文书并没有被视为文书档案，而是思想和学术文献。书写者的身份、思想、道德以及修辞技能的融入是将"文书"变成"文章"的因素，而这些因素皆源于文化及其传统，也可以说，古代贵族的辞令文教的精神和传统又回到了文书之中。儒家对政治的影响主要在于历史的经验、传统价值和文化理想，这对秦代专注于权衡利害的法制和行政是一个极大的补充。这种以思想、学术以及文学技巧融入应用性文书，使之成为文学作品的传统，也为后世的古文家们所继承。他们将"古文"的体裁由奏议、檄文、策论类的行政文书扩大到论辨、书序、赠序、杂记、书信、传状、祭文、墓志等社会应用文书。

文字的书写在战国以后大大地突破了记录性文字的格局：儒家的诸多"传记"是书写的文字，不再是辞令的记录，②这些文献都与《六经》的文本分离而独立成书，尽管其中不少文字仍因袭以"子曰"开场的口说形式，但更多的是直接阐论的文字。《荀子》、《韩非子》、《吕氏春秋》等诸子文献中已经形成了有主题的连篇论述，是个体思想者用文字编织的文本，而不再是对先师言论的记录。同样，其他诸子学派乃至兵书、数术、方技等知识类的著述皆具有用文字书写的方式阐述和传授各自学派思想和知识的目的。历史更是从掌控于史官手中的神秘记录，变成了《春秋左氏传》中出现的成熟的叙事和论说性的文字。从《左传》到《史记》，中国的历史文学突破了《春秋》那种只追求时间完整性的"年代记"形式，演进为"编年史"和严格意义上的"历史"，对历史事件的记述具备了完整的秩序和意义，从而对沿续传统道德评判观念、建构新的社会文明发生

---

① [清]皮锡瑞著，周予同注释：《经学历史》，中华书局1959年版，第90页。
② 近世出土的马王堆帛书《五行》，郭店楚墓竹简《性自命出》、《成之闻之》，上海博物院藏战国楚竹书的《子羔》、《孔子诗论》等，当亦属儒家传记类篇章。

了影响。① 由于庶姓、异姓诸侯以及非周边民族的崛起称霸,很多氏族或民族的神话、古史、传说也在战国典籍中涌现出来,突破了《诗经》中只记载统治氏族祖先传说的历史叙事模式,并由战国秦汉间的思想家、文学家抟合为系统的、从"三皇五帝"到"三王五霸"一脉相承的历史。这恰恰是上古各氏族在统一郡县制国家的模式下认同一个华夏民族文化体系的历史观念的形成过程。近世简帛佚籍的出土,也丰富了我们对先秦历史散文的认识。战国的出土佚籍中,故事类的史书大量出现,如汲冢竹书《穆天子传》,上博楚简《容成氏》,马王堆帛书《黄帝书》、《春秋事语》、《战国纵横家书》,郭店楚简《唐虞之道》等等,李零认为这类史书在出土的历史文献中最为活跃,它们与战国时代传世文献中有关三皇五帝的传说以及《国语》、《战国策》、《左传》等事语类文献一样,"往往有口语化的外貌和通俗化的形式,而且不一定是当时的记录,很多都是口口相传,带有追忆的性质,最后由文化精英,用书面语再创造,把它们传递下去。我们说的故事类的史书,其实是一种貌似口语,但实为文学创造的史书"②。所以,故事类史书的增加,充分体现了战国时代的社会变革对历史知识普及和叙事能力增强的影响。叙事史从此成为中国古代史学的主要体式。

以楚辞和汉赋为代表的文学艺术脱胎于春秋时代就已崛起的楚文化,在战国秦汉时期达到了巅峰状态,其体裁是书写的文学而不是对口头咏唱的记录与整理;其创作要求作者具备精深的文字学、博物学知识以及修辞技巧,写成的文字也必须具备供人诵读的愉悦感,而不是附着于音乐的歌词。战国秦汉间流行的"代赵之讴"、"秦楚之风",经文人采集加工后形成了汉代乐府歌诗,其中的比较流行的五言歌诗,奠定了东汉文人创作五言诗的基础。继《诗经》之后出现的第二部诗歌集《楚辞》则是个人诗作的选编,从屈原起,中国古代的辞赋和诗文创作绝大多数

---

① ［美］海登·怀特:《形式的内容:叙事话语与历史再现》,董立河译,文津出版社 2005 年版,第6—19 页。
② 李零:《简帛古书与学术源流》,生活·读书·新知三联书店 2004 年版,第 267 页。

是个人的作品,作家与作家群体从此成为文学史的重要标志,无名氏或地域性的集体创作则多见于民间文学之中。《汉书·艺文志》分先秦至西汉的典籍为六艺、诸子、诗赋、兵书、数术、方技六大类,散文附着于六经、诸子,尚未独立为一类,而诗赋已蔚然大观,开后世集部先河。中国第一部诗文部集,由南朝梁代昭明太子萧统主持编纂的《文选》,明确地将文学区别于经史和诸子,所选各体诗文 37 种,计 60 卷,其中赋、诗、骚、七 4 种诗赋体裁作品占 34 卷之多,选录作家也起自屈原。由此亦可见,书写的普及与自由使得更多人的情志个性化地抒发出来,刺激了辞赋、诗歌等纯文学体裁的创作。

由于郡县国家的行政依赖于文书,秦统一文字之后,书写简便、整齐而又美观的书体隶书、八分、楷书等相继创造,代替了甲骨、金文、大篆、小篆和六国古文等古文字书体;简牍书札的频繁使用,进而又创出章草、行书和草书等更为便捷的书体。早期的书法史人物如仓颉、史籀、李斯、程邈等,都是创造书体的官吏,而汉代以后,书家开始出现,而又以善写隶、行、楷、草者为多。封建礼乐文化中,美术多运用于礼器、神器如陶纹、牙骨雕刻、青铜器、玉器等物品的装饰,主要的表现方法多为抽象的纹样,如被后世金石学家命名为饕餮、雷纹、夔龙等的青铜器纹样,皆具有巫术或礼制的象征内涵。而至战国秦汉以后,美术的运用范围扩大并趋于写实,无论是青铜器(包括晋宁石寨山出土的滇族青铜器)与墓葬中的帛画、壁画、画像石、陶俑,还是佛道二教的绘画与雕塑,尽管拘于不同的功用,还不是纯粹表现美术的艺术作品,但其技法大多是具象和写实的。专业画家和独立的绘画作品同时出现在六朝时期,作品中的题材也从人物、文学故事、仕女拓展到山水等领域。总之,书法与绘画在郡县制时代,也走上了实用与个性化发展的途径。

在封建礼乐制度中,音乐是重要的维持道德教化和政治信仰的工具,从《诗经》中可见,应用于祭祀与庙堂的雅乐与华夏共同体的音乐是这一时期的代表作品,三百零五篇中,王畿地区创作的雅颂达 137 篇,远远超过任何一国风诗俗乐的数量,所谓"钟鼓乐之","金声玉振"之属,皆是其类。音乐随礼制而被划分为等级,一些描写个人情爱或抒情意味浓厚的风诗往往被归之为"淫诗"。雅、颂与国风所涉地理空间,均在黄河、淮河和汉水之间,这是当时观念中的所谓"诸夏"、"中国"的文化区域。郡县制度统一中国之后,中华文化的地理空间扩大,加之封建制的衰亡,雅乐已经徒有其表。《汉书·礼乐志》称:"汉兴,乐家有制氏,以雅乐声律世世在大乐官,但能纪其铿锵鼓舞,而不能言其义。"①从其中保留的《郊祀歌》十九章来看,汉武帝兴礼作乐,建构太一、郊祀以及封禅等国家祀典时,出自周礼文化传统的雅乐没被采用,他依靠宫廷乐府和文学侍从们广采"赵代之讴"、"秦楚之风"等民间鼓舞,创制了新型的祭祀音乐。各地的歌诗皆被采入国家祀典,象征着统一帝国的文化融合,也象征着中央权威对地方文化的统摄,这一举动也符合周礼中采诗观俗的诗教精神。除了俗乐的兴起之外,华夏文化周边地区的音乐也随着郡县制统一国家的政治文化延伸与交流融入了中国音乐的传统之中。汉高祖时已令乐人学习南蛮《巴渝舞》②,东汉班固《东都赋》铺陈道:"四夷间奏,德广所及。僸、佅、兜、离,罔不具集。"③《晋书·乐志》又载:"胡角者,本以应胡笳之声,后渐用之,横吹,有双角,即胡乐也。张博望入西域,传其法于西京,惟得《摩诃兜勒》一曲。李延年因胡曲更造新声二十八解,乘舆以为武乐。"④"从这时代开始,音乐史上,有了'古乐'和'胡乐'之分。古乐指上古本土的音乐,胡乐则纯是由胡人那里吸收来的。"⑤经过魏晋南北朝汉族文化与诸多民族文化的交融,加上隋唐时期中外音乐融合的进一步扩大,中国的音乐传统变得极为丰富,汉魏以后的乐府文学以及唐代曲子词、宋词等均受惠于这一新的音乐传统。

---

① 班固著、颜师古注:《汉书》卷二二《礼乐志》,中华书局 1962 年版,第 1043 页。
② 范晔著、李贤等注:《后汉书》卷八六《南蛮传》,中华书局 1965 年版,第 2842 页。
③ 萧统编、李善注:《文选》卷一,上海古籍出版社 1986 年版,第 36 页。
④ 房玄龄等:《晋书》卷二三《礼乐志》,中华书局 1974 年版,第 715 页。
⑤ 韦政通:《中国文化概论》,岳麓书社 2003 年版,第 154 页。

三、仕进制度与文学艺术

在复杂的社会文化层次中,一般存在着两种文化传统。美国人类学家罗伯特·雷德菲尔德(Robert Redfield)提出有所谓大传统与小传统,大传统指的是社会上层与知识分子的文化,以都邑城市为中心;小传统则是由农民代表的文化,以郊野乡村为中心。前者处于统治与引导地位,后者处于被统治地位。此后,西方学界又有所谓精英文化与大众文化的区别。前者必须通过教育制度传授,相对封闭;后者则是在民间未受过正规教育的民众之中流传。学界也在中国古代社会文化中找到与上述西方文化学大致对应的现象,即雅、俗两种文化传统。不过,不同文化中,这两个文化层次或传统之间的存在与交流方式应该是各具特性的。余英时认为:"一般地说,大传统和小传统之间一方面固然相互独立,另一方面也不断地相互交流。所以大传统中的伟大思想或优美诗歌往往起于民间;而大传统既形成之后也通过种种管道再回到民间,并且在意义上发生种种始料所不及的改变。"相对于欧洲大传统与一般人民比较隔阂,呈封闭状态的事实而言,"我们可以肯定地说:中国大、小传统之间的交流似乎更为畅通,秦汉时代尤其如此"。他进而分析这种现象的原因一方面在于中国文字的统一,使得雅言传统与方言传统之间能够相互沟通;另一方面在于中国文化中很早就认识到"缘人情而制礼"、"礼失求诸野",自觉到大、小传统之间的共生共长的关系。更重要的是汉代不再是一个贵族阶级社会,而是士农工商组成的四民社会,大小传统更趋混杂,汉儒更是自觉地承担起观采风谣和以礼乐教化民众的历史重任。①

中国古代的精英或者是士阶层自觉沟通大、小传统的活动之中,文学艺术活动是突出的一项。几乎所有杰出的中国古代文学艺术成就,都

---

① 参见余英时:《汉代循吏与文化传播》,余英时:《士与中国文化》,上海人民出版社 1987 年版,第 132—151 页。

出自士阶层之手。在贵族、庶民等级分明的封建礼乐社会中,君子一方面用雅言创作、咏唱诗歌,也用雅言记录、整理各地的风诗,其目的在于观察民风,所谓"天子听政,使公卿至于列士献诗"①。屈原的作品渲染着楚地文化风俗的色彩,其中的《九歌》传说是他根据湘沅一带的民间祭歌改写而成。诸子们的著作中充斥着当时的寓言、神话、传说,其中不乏民间文艺的背景。荀子还借鉴民间的说唱与俗赋,创作了《成相篇》和《赋篇》,以通俗的方式宣扬礼教思想。司马迁写《史记》,除了根据历史典籍和文献档案之外,还周游天下,考察民俗,采集传说故事,增加了历史的真实性和生动性。而五七言诗歌的形成,与汉魏民间乐府的流行有着深厚的渊源;词曲的成立,也直接脱胎于民间歌曲。白话小说与戏曲的艺术高峰,更是文人欣赏并介入说唱艺术的结果。

古代有专业的宫廷与民间的画工、乐工等匠师从事美术、音乐、铭刻工艺等艺术,但士阶层也逐渐介入其中,提升了这些艺术的品味、个性和境界。士阶层与音乐的关系最为深远,这多基于乐教与诗歌的原因。孔子本人不仅深谙乐理,善于鼓琴,而且能辨别雅俗诗乐,所谓"恶郑声之乱雅乐"②、"吾自卫反鲁,然后乐正,《雅》、《颂》各得其所"③。楚辞、乐府诗和词曲的创作,都有文人采撷、改造宫廷音乐与民间音乐的背景。先秦时期,书写多控制于史官,汉魏以后,士大夫书家叠出。同样,士大夫画家也在南北朝涌现。特别是唐代以后,文人书画成为一种艺术品类,其创作旨趣在于笔墨自娱,而不追求炫耀技巧;欣赏水墨写意,贬低金粉工描,甚至以一种对职业化的轻视,保持着艺术中的古典品格。④ 古代铭刻工艺中的金文、碑铭、汉印中的书法及其铸刻产生的线条美感引起了古代士大夫的审美兴趣,他们往往是这些器物或工艺品的设计与文字书

---

① 《国语·周语》,上海古籍出版社 1978 年版,第 9 页。

② 何晏集解、邢昺疏:《论语注疏·阳货》,《十三经注疏》本,第 2525 页。

③ 《论语注疏·子罕》,第 2491 页。

④ 参见[美]列文森:《儒教中国及其现代命运》,郑大华、任菁译,中国社会科学出版社 2000 年版,第 19 页。

写者。至元末浙江文士王冕发现质地温润、能以书法的笔意运刃于其上的石材，"用以刻为私印，刻画称意，如以纸帛代竹简，从此范金琢玉，专属匠师，而文人学士，无不以研朱弄石为一时雅尚矣"①，篆刻艺术应该是唯一文人化的工艺美术。

那么，为什么中国的士阶层会如此自觉地沟通社会文明中的大、小传统？中国的精英们为何不是封闭的？除了语文传统和思想传统的影响之外，还有社会制度方面的因素，即汉代以后中国古代相对开放的士人的仕进制度。在士农工商四民之中，士阶层通过不同的仕进制度进入行政官僚集团。由于郡县制国家没有了血缘贵族阶层，执行与分享国家统治权力的主要成员就是受过教育的士阶层。当然还有军功贵族、皇室与外戚、宦官与近侍、大商人、大地主可以不通过仕进制度分享权力，但这不是一种常规的制度，也得不到道义的。由于春秋战国以后教育流入民间，汉代进一步推行民间教育，因此保证了士阶层中的相当一部分来自基层社会，成为大小传统沟通的桥梁。汉代的官僚主要来自察举、征辟等选拔制度。汉武帝独尊儒术，立五经博士，为置弟子，射策考试，中科者分层录用为官吏。但是汉代士人除了通经一途之外，还可以凭借其文学艺术才华，通过献赋甚至自荐的方式登仕，成为"言语文学侍从"。班固《两都赋序》中说，武帝、宣帝时，"言语侍从之臣，若司马相如、吾丘寿王、东方朔、枚皋、王褒、刘向之属，朝夕论思，日月献纳"②。司马相如因武帝读《子虚赋》而得到举荐；吾丘寿王以擅长博棋待诏；东方朔上书自荐而被亲近；枚皋上书朝廷，受诏作赋而拜官；王褒以能作雅歌而被宣帝征召；刘向也以高材待诏。此外还有朱买臣诣阙上书，以能说《春秋》、言《楚辞》拜中大夫；扬雄以其"文似相如"，擅长辞赋而被举荐为成帝的文学待诏。因此，辞赋、文章是考量、选拔一个士大夫学识材艺的重要标准。这样的仕进制度大大刺激了文学的兴盛。

① 邓散木：《篆刻学》上编，人民美术出版社 1979 年版，第 51 页。
② 萧统编、李善注：《文选》卷一，上海古籍出版社 1986 年版，第 2 页。

　　隋唐时期推行,至宋元以降完善起来的贡举及科举制度,使得士人能够自主参加考试,不必经由地方推选,摆脱了东汉以来的大士族和门阀集团对仕进制度的掌控,许多经学世家以外的寒族士子获得了升迁的机会。到了明清时代,平民阶层出身的进士,平均已达百分之四十二之多,"由此可见传统中国社会的身份阶级流动性是大的",可谓一种"准开放的社会"。① 从唐代到清代,科举考试内容有经义、策论、律诗、律赋、试帖诗、八股文等,大多与诗文有关,这些拘泥格套,极少佳作,并非出于自由创作的诗赋文章尽管只是用作仕进的敲门砖,但这种制度却鼓励士人钻研文辞,使得文学成为中国古代教育的重要内容。正如美国汉学家列文森所言:"古典文学,而非专业化的、有用的技能训练,成了表达思想的工具和获得社会权力的关健。"② 唐代科举开启了诗赋取士之风,开元、天宝两榜进士中不少为大唐的杰出诗人。如刘慎虚、王湾、崔颢、祖咏、储光羲、王昌龄、常建、王维、刘长卿、李华、萧颖士、李颀、岑参、包佶、李嘉祐、钱起、张继、元结、郎士元、皇甫冉、皇甫曾、刘湾等。唐代科举考试不糊名,士人在投考期间往往以诗文、传奇小说等作品行走于名流,高自称誉。程千帆先生指出:"如果就进士科举以文词为主要考试内容因而派生的行卷这种特殊风尚来考察,就无可否认,无论是从整个唐代文学发展的契机来说,或是从诗歌、古文、传奇任何一种文学样式来说,都起过一定程度的促进作用。"③ 科举刺激了文学风气的兴盛,使得作家人数激增,据《全唐文》统计,有 3025 位作者,据宋代计有功《唐诗纪事》统计有1050 位诗人,据《全唐诗》统计有 2200 位诗人,大约平均每年产生 7 个诗人。这些作者丰富多彩的生活经历,大大拓展了文学文艺的题材、体裁与精神内涵。

① 参见韦政通:《中国文化概论》,岳麓书社 2003 年版,第 283、282 页。
② 〔美〕列文森:《儒教中国及其现代命运》,郑大华、任菁译,中国社会科学出版社 2000 年版,第 14 页。
③ 程千帆:《唐代进士行卷与文学》,莫砺锋编:《程千帆全集》第八卷,河北教育出版社 2000 年版,第 85 页。

四、社会生活方式与文学艺术

社会生活是文学艺术描写的重要内容,而作家作为社会的一员,处于不同的社会经济与文化集团之中,他们的生活方式也会影响他们的创作与审美趣味和艺术理想。

传统中国以农耕立国,其生产方式有集体耕作的,比如封建时代贵族封地内的农村公社,即所谓的井田制,以及中古时期大地主庄园制;也有以家庭为生产单位的自耕农。郡县制或中央集权程度高的制度下,自耕农会更多地得到国家的授田,因而国家也能征收到更多的赋役租税。在中国古代文学中,描写农业生活的作品相当之多,《诗经》中的《豳风·七月》等诗歌就是生动细腻的乡村风俗画卷;汉魏乐府、唐诗宋词以及农夫们创作的民歌风谣中也有大量的乡村生活表现。郊野柴荆、渔樵耕读、瓜果蔬菜皆是入画的题材,茅屋草舍也是士大夫园林艺术中的营构。当然,农业社会的生活方式给中国古代文学艺术更为深层的影响是中国古代士人的审美情趣、艺术理想。因为中国古代推行重农抑商的政策,士阶层主要来自乡村社会,"一等人忠臣孝子,两件事耕田读书",正是士大夫的人生理想。乡村生活没有很多感官的刺激和新奇的发现,只有四时循环以及与之配合的人生与风俗的周转,质朴而内在的生活使得成长于其中的士大夫和"饥者歌其食,劳者歌其事"[①]的农夫们一样,选择诗歌作为主要的抒情与自我表现的艺术。《诗经》开创的赋比兴是中国古代诗歌最基本的创作手法,其中又以比兴最为典范,成为中国诗歌的独特传统。比者能近取譬喻,兴者触物兴情,皆就切身情事、四时风物加以吟咏寄托,情景交融而含蓄蕴藉,而不是狂热奔放,驰骋想象。《诗经》的风雅传统同样塑造了中国诗歌关注日常生活,抒发人生真实感受的性格。而各种体裁的散文,则往往是士人承担各种社会工作和道德责任的工具。对于中国的士大夫们而言,诗是相对内在的,文则相对外在,诗文之

---

① 何休解诂、徐彦疏:《春秋公羊传注疏》卷第十六,《十三经注疏》本,第 2287 页。

所以成为中国古代文学的两大主要体裁,与士大夫的社会生活方式及其与乡村生活的渊源密不可分。

中国古代的都市大多不是自发的贸易集市,而是政治、军事与宗教文化中心,但由于多在交通要道与枢纽,因此往往也是贸易、工商集聚的中心。[①] 由于在中国古代四民社会中,手工业者和商人的身份和地位较低,在政治上也受到限制,在这种都市中,商人与市民文化尚不能构成都市文化的主体,汉魏乐府和南朝吴歌、西曲中有一些反映市民生活的内容,但尚未蔚为大观。主要从事文学艺术活动的人员是士大夫中处于皇帝、皇子、诸侯身边的言语侍从之臣以及宫廷艺人们,代表都市特别是京都生活方式的文学可谓宫廷文学。战国时期,"唯齐、楚两国,颇有文学"。[②] 这里所谓的文学,既指齐国的稷下诸子,也指楚国的宫廷词臣,如宋玉、景差、唐勒之徒,他们"皆好辞而以赋见称"。西汉初期,"诸侯王皆自治民而聘贤"[③],吴王刘濞、淮南王刘安、梁孝王刘武、河间献王刘德等皆招致文学宾客,淮南小山、邹阳、严忌、枚乘、司马相如等作家都曾游仕其地。汉武帝以后,地方诸侯势力大衰,宫廷文学盛于京城。武帝朝的东方朔、枚皋、严助、吾丘寿王、司马相如,宣帝朝的刘向、张子侨、华龙、王褒,成帝朝的扬雄,皆为著名的辞赋与歌诗作家,他们的创作生活集中于宫廷娱乐和制礼作乐,以繁缛铺陈的文词,精细地描写都城和宫廷的壮观,天子游猎、食色的奢华。汉代的辞赋大多具有想象丰富、藻采夸饰、铺排骈偶、侈陈形势、抑客伸主、为文造情等特征[④],其目的在于满足读者耳目愉悦,诉诸感官的享乐情趣。武帝好神仙,司马相如奏《大人赋》,云列仙居山泽间,形容消瘦,非帝王仙意。武帝读后"飘飘有陵云气

---

① 参见许倬云:《周代都市的发展与商业的发达》,许倬云:《求古编》,新星出版社 2006 年版,第 85—110 页。

② 刘勰著、范文澜注:《文心雕龙注释·时序》,人民文学出版社 1958 年版,第 671 页。

③《汉书》卷五一《邹阳传》,中华书局 1962 年版,第 2338 页。

④ 参见胡小石:《中国文学史讲稿》,胡小石:《胡小石论文集续编》,上海古籍出版社 1991 年版,第 53—54 页。

游天地之间意"①。王褒为宣帝田猎作赋,受到大臣们的指责,宣帝为其辩护道:"不有博弈乎,为之犹贤乎已!辞赋大者与古诗同义,小者辩丽可喜。辟如女工有绮縠,音乐有郑卫,今世俗犹皆以此虞说耳目,辞赋比之,尚有仁义风谕,鸟兽草木多闻之观,贤于倡优博弈远矣。"②在南朝的太子东宫,甚至还创造了一种欣赏和描写宫廷生活和女色的诗歌,《隋书·经籍志》载:"梁简文之在东宫,亦好篇什,清辞巧制,止乎衽席之间;雕琢蔓藻,思极闺闱之内。(陈)后主好事,递相放习,朝野纷纷,号为宫体。"③总之,宫廷文学艺术是都城与宫廷生活中重视物质享乐,充斥占有欲望的反映。尽管取得了一些修辞与技巧上的成就,但由于审美上追逐感官的满足,夸耀词藻,内容上劝百讽一,近似俳优,往往受到道德方面的指责,其实这也是包含着质朴的乡村文化与雕琢的都市文化之间的冲突。

唐代发达的国际交往与贸易,使得西部丝绸之路的敦煌、长安和沿海港口城市扬州、泉州等地都发展为繁荣的商业都市。晚唐藩镇纷纷割据立国,特别是南方诸国,依据长江流域与沿海地区发达的中外贸易和手工业,促进了商业都市的发展。唐代的城市中,已经出现了说唱艺术。上世纪初在敦煌发现的古代文书中,就有大量的讲唱佛经故事和历史故事的"变文"、"话本"。宋代出现了一些具有相当规模的商业都市,刺激了市井文学艺术的蓬勃发展。北宋杰出的绘画作品,翰林画史张择端的《清明上河图》,生动细致地展现了北宋都城汴梁繁华的社会生活细节,如果将这幅风俗长卷与汉代的文学巨制《两都赋》、《二京赋》相比,其观察的视角已从巍巍宫室转向喧闹的市井。谢和耐总结道:"由其店主和小手工业主形成的小市民以及大批苦力、雇工、仆役和职员构成了一种新的社会阶层,其情趣和需求与上层阶级有着深刻的差异。城市生活倾向于使消遣与娱乐活动失去其周期性的特征以及它们与集市和农民市

---

①《汉书》卷五七《司马相如传》,中华书局 1962 年版,第 2600 页。
②《汉书》卷六四《王褒传》,中华书局 1962 年版,第 2829 页。
③ 魏徵等:《隋书》卷三五《经籍志》,中华书局 1973 年版,第 1090 页。

场的关系,它同时也解脱了这些活动与节日庆祝和宗教活动的联系。它赋予了说唱艺人和江湖术士们的作品一种特殊和独立的特征,使之成为一种专业活动。"①在这些都市的瓦舍勾栏、茶坊酒肆中,上演着曲子词、说话、杂剧、傀儡戏、诸宫调,市井文学和艺术在近古中国成为都市文学艺术的代表。元、明、清时期,都市经济与市民阶层皆保持了繁荣壮大的发展趋势,平话、长篇白话小说、杂剧、南戏均趋活跃,文学、戏剧、书画、工艺等文学艺术在都市中都形成了商业化创作的趋势,进一步促进了市井文学艺术的发展。而这些文学艺术在审美与表现上有着共同的特征,即以叙事为主,追逐外在物质与声色,佛道神妖、历史传奇、情缘婚变、武侠公案、警世故事等离奇的情节充斥在这些作品之中。它们与宫廷文学一样,都具有城市生活中重物质和消费的特点,但有着精英与大众、非商业化与商业化等方面的区别。

　　除了受到乡村与都市两大生活方式的影响之外,文学艺术还受到一些特殊社会集团与人群的生活方式影响。比如离尘出世的逸民、隐士或者遗民,代表性的作家往往产生于朝代衰微或易代之际。比如晋宋之际的陶渊明,隋唐之际的王绩,晚唐至宋初的陆龟蒙、皮日休、林逋,宋元之际的"永嘉四灵"、"江湖诗派",清初顾炎武、黄宗羲、王夫之、吴嘉纪、屈大均、侯方域、魏禧等遗民文人等等。他们的审美趣味更多地指向山水、田园、琴、棋、茶、禅、花、鸟以及故国的风物人情等等,接受道家或佛教自然与空寂的思想,表现出超越高蹈的闲情逸致和回归自然生活的内心欢欣,当然也时时流露出人生无常、世事沧桑的感慨。隐逸生活产生的艺术情调不仅为隐逸士人所有,而且充斥了士大夫的内心世界,其本质是对自由和宁静的向往和对道德与名利束缚的挣脱。中国人文艺术中的山水画、花鸟画、古琴、园林等都包含着脱俗、真淡而又自在的隐逸情调。元明清以后,许多大艺术家均是在野的逸士,如著名的"元四家",即创作《富春山居图》的黄公望、创作《渔父图》的吴镇、创作《虞山林壑图》的倪

---

① [法]谢和耐:《中国社会史》,耿昇译,江苏人民出版社1995年版,第289页。

瓒、创作《夏日山居图》的王蒙,或为山樵,或为道人,他们这些传世杰作的题材,正是他们生活方式的反映。明代"吴门四家"沈周、文征明、唐寅、仇英虽多具备士大夫的身份,但多远离仕途,闲居市井,用绘画表达自己的"风流蕴藉"。而清初的"四大高僧"和"金陵八家"等则是隐逸于山林或市井的遗民画家,其中的石涛和八大山人、龚贤等人对山水画和花鸟画都做出了个性化的开拓,这无不与他们孤傲悲怆的情怀息息相关。

再如女性作家的创作,受到女性生活方式的极大影响。众所周知,中国古代社会及其伦理规范将女性限制在家庭之中和男权之下,其社会活动范围以及受教育程度皆很有限,因此在中国文学艺术史的记载中,女性的成就远弱于男性,但这并不能湮没她们与文学艺术的密切关系。她们不仅是文学艺术家揭示人性、表达情感的描写对象,而且相较于女性在其他社会文明领域的活动,女性在文学艺术方面的成就更为突出,其中不乏蔡文姬、李清照这样的杰出作家。谭正璧指出:"女性所以能在文学上留下伟大的成绩,其理由还因为文学是属于情感的,而女子的心理、情感又是特别的细腻和丰富。"①古典时代的女性作家多为宫闱闺秀,与城市与商业的发展相应,唐以后的女作家中又多了些女冠歌妓,这正是中国古代女性的两种代表性的的生活方式。女性作家的作品,多为细腻温婉之作,抒发的多是含蓄的闺怨之情,或是放浪的艳歌,但其中不乏情真感人之作。值得关注的是,中国古代"女性作家所专长的是诗,是词,是曲,是弹词,她们对于散文的小说几乎绝对无缘"②,这也印证了内在、自我的女性社会生活方式对她们选择诗歌韵文这样的纯粹抒情的艺术表现手法产生了直接的影响,而散文和小说的创作,须具备丰富的学识、社会经历与见闻。如王国维所言,"客观之诗人,不可不多阅世。阅世愈深,则材料愈丰富,愈变化";"主观之诗人,不必多阅世,阅世愈浅,

① 谭正璧:《中国女性文学史》,百花文艺出版社 2001 年版,第 9 页。
②《中国女性文学史》,第 17 页。

则性情愈真"①，故非女性所擅长。

第四节　中国古代思想学说与文学艺术的发展

一、诸子与文学艺术

　　思想学说是社会文明的精神成就，思想学说中包含了文学艺术思想，同时也影响文学艺术的创作倾向、审美理想等方面。就中国古代思想学说而言，每一个思想发展阶段都与文学艺术有着不可分割的关系，有的思潮和学说的发生甚至由文学艺术引发。

　　产生于轴心文明时期的先秦诸子是中国古代思想学说兴起的第一个阶段，生活在公元前 551 年至 479 年间的孔子恰恰是中国文明进入轴心时代的代表人物，他处在中间点和转折点上：中国文明出现到孔子，孔子到我们现今的时代，前后各 2500 年左右。孔子以前，中国有思想但没有思想家；孔子以后，中国古代思想家层出不穷，留下了丰富的思想遗产。按照《汉书·艺文志》的总结，先秦诸子的流派有所谓的"九流十家"，即儒、道、阴阳、法、名、墨、纵横、农、杂、小说，小说家不入流。其中以儒、墨两家影响最大，也是最早兴起的两家学派。就对中国古代思想文化包括文学艺术的影响而言，却以儒、道二家最为重要。

　　文学艺术是运用语言符号等工具创作的艺术。就此而言，从禀承古代贵族君子的"立言"传统，到记录和整理出来的、堪称"成一家之言"的先秦诸子言论，具有丰富而有个性的修饰风格，成为后世散文的典范。刘师培说："中国文学，至周末而臻极盛。庄、列之深远，苏、张之纵横，韩非之排奡，荀、吕之平易，皆为后世文章之祖。"②值得注意的是，先秦诸子的语言修辞方式，从整体上看是文学的而不是逻辑的或是哲学的，因为他们并不一味抽象地阐述道理。冯友兰指出，中国的哲学家表达自己思

---

① 王国维著、徐调孚注、王幼安校订：《人间词话》，人民文学出版社 1960 年版，第 198 页。
② 刘师培：《论文杂记》，人民文学出版社 1959 年版，第 110 页。

想的方式,与西方哲学家著作相比,还是不够明晰。这是由于中国哲学家惯于运用名言隽语,比如《老子》全书都是隽语,《庄子》各篇大都充满比喻例证,因而明晰不足而暗示有余。他认为:"富于暗示,而不是明晰得一览无余,是一切中国艺术的理想,诗歌、绘画以及其他无不如此……中国艺术这样的理想,也反映在中国哲学家表达自己思想的方式里。"①

先秦诸子处在百家争鸣的时代,因而修辞辩论之术发达。即便提倡"讷于言而敏于行"的儒家不好辩难,但到后来也不得已而为之。② 所以,他们不仅在修辞艺术实践上取得了卓越的成就,而且在理论上,对于语言和修辞语言或修辞与其所要表达的思想、真理之间的辨证关系都有独到的见解。他们虽然能言善辩,但都强调语言与修辞的真实性。孔子说:"有德者必有言,有言者不必有德。"③又说:"巧言令色,鲜矣仁!"④《左传》襄公二十五年引述孔子的话说:"《志》有之:'言以足志,文以足言。'不言,谁知其志? 言之无文,行而不远。"⑤《易传·系辞》也引述道:"子曰:'书不尽言,言不尽意。'然则圣人之意,其不可见乎? 子曰:'圣人立象以尽意,设卦以尽情伪,系辞焉以尽其言,变而通之以尽利,鼓之舞之以尽神。'"⑥出土的战国楚竹书《孔子论诗》中,也记载道:"孔子曰:诗亡离志,乐亡离情,文亡离言。"《说文》认为"直言曰言","谈论为语",段玉裁注引《毛传》和郑玄经注,都以发端为言,言己事为言;以答难为语,为人说为语。因此,"言"就是在内心或行为当中直接说出来的话。因此,儒家继承了古代贵族君子修身原则中将"言"视为"身之文"⑦的精神,在身、心、意与言辞之间,言辞与修辞或文字之间作出了明晰的区分,从而要求君子不仅自己能够以德立言,不虚伪巧言,而且要知言知人。孔

① 冯友兰:《中国哲学简史》,北京大学出版社 1996 年版,第 11 页。
②《论语注疏·里仁》,《十三经注疏》本,第 2472 页。
③《论语注疏·宪问》,《十三经注疏》本,第 2510 页。
④《论语注疏·学而》,第 2457 页。
⑤ 杜预注、孔颖达疏:《春秋左传正义》卷三十六,《十三经注疏》本,第 1985 页。
⑥ 王弼、韩康伯注、孔颖达疏:《周易正义·系辞》,《十三经注疏》本,第 82 页。
⑦ 见前引《左传·僖公二十四年》介之推语。

子说:"不知言,无以知人也。"①又说:"始吾于人也,听其言而信其行;今吾于人也,听其言而观其行。"②孟子也主张"说诗者不以文害辞,不以辞害志。以意逆志,是为得之"③。他回答学生问"何谓知言?"时说:"诐辞知其所蔽,淫辞知其所陷,邪辞知其所离,遁辞知其所穷。"④因此,知言知人的标准,基于君子履践道德而获得的判断力。

　　其他诸子也认识到"言"的独特性。墨子认为"言合于意"为"信",主张"厚乎德行,辩乎言谈,博乎道术"。⑤ 他多从实践致用的角度强调"言"的实效性,认为"言不信者行不果""言无务为多而务为智,无务为文而务为察"⑥。墨子还认为,言论或是辩论必须遵守一定的标准,所谓"言而毋仪,譬犹运钧之上而立朝夕者也,是非利害之辨,不可得而明知也。故言必有三表"。这"三表"的逻辑是:"上本之于古者圣王之事","下原察百姓耳目之实","废以为刑政,观其中国家百姓人民之利"。⑦ 而思辨性较强的道家则对日常生活中的语言持否定的态度,认为体现大道的语言其实是不能让世俗接受的。老子说:"至道之言,淡而无味。"⑧庄子甚至认为日常语言已不能体现道的真谛,必须借助"寓言"、"重言"、"卮言"等怪异和夸张的语言,所谓"寓言十九,重言十七,卮言日出,和以天倪"。⑨ 庄子进而否定语言,他说:"筌者所以在鱼,得鱼而忘筌;蹄者所以在兔,得兔而忘蹄;言者所以在意,得意而忘言。吾安得夫忘言之人而与之言哉!"⑩崇尚实用的法家也反对巧言巧技。韩非子认为"言有纤察微难而

---

① 《论语注疏·尧曰》,《十三经注疏》本,第 2536 页。

② 《论语注疏·公冶长》,第 2474 页。

③ 赵岐注、孙奭疏:《孟子注疏·万章上》,《十三经注疏》本,第 2735 页。

④ 《孟子注疏·公孙丑上》,第 2686 页。

⑤ 吴毓江著、孙启治点校:《墨子校注·尚贤上》,《新编诸子集成》本,1993 年版,第 66 页。

⑥ 《墨子校注·修身》,《新编诸子集成本》,1993 年版,第 11 页。

⑦ 吴毓江著、孙启治点校:《墨子校注·非命上》,《新编诸子集成》本,1993 年版,第 400—401 页。

⑧ 郭庆藩著、王孝鱼点校:《庄子集释·天地》,《新编诸子集成》本,1961 年版,第 403 页。

⑨ 《庄子集释·寓言》卷九,《新编诸子集成》本,第 947 页。

⑩ 《庄子集释·外物》卷九,第 944 页。

非务","论有迂深闳大非用也",他痛恨人主好听巧言,不以功用为目的,因此列举了两个工艺美术史上著名的故事,一是"客有为周君画策者,三年而成"。"尽成龙蛇禽兽车马,万物之状备具"。但韩非子认为"此策之功非不微难也,然其用与素髹策同"。二是"客有为齐王画者",对齐王说画犬马难而画鬼魅易,因为前者有形,人所共知;后者无形,可以虚构。①总之,无论形而上的道在诸子们的学说中有多大的分歧,也无论诸子们运用语言的策略有如何的不同,他们都认识到语言文字修辞甚至一切文学艺术的性质与作用,在于尽可能真实有力地发明道德,表述道理,影响社会。他们还认识到,文学艺术不完全是一种修辞技巧,其优劣决定于人生的道德实践程度和精神修养境界。清代学者刘熙载认为诸子文章的生命正在于此,他说:"周、秦间诸子之文,虽纯驳不同,皆有个自家在内。后世为文者,于彼于此,左顾右盼,以求当众人之意,宜亦诸子所深耻与!"②

文学艺术是人生的艺术,由具体的人或事表现出人类共同的情感与美感。因此,对宇宙和人生的认识,也是文学艺术的重要思想内涵。儒家阐明礼乐之教,必先从分析心性入手。心性之关系在先秦有多种说法,但心性为一体的看法是当时的共识。大约性情是人的自然气质禀赋,其受到外物触动时会自然反应为诸多的情感好恶,而心则是人的自然感官功能,它或是因为天生的完美(如孟子的观点),或是因为受过教育与训练(如荀子的观点),所以能够顺应或抑制人的性情欲望,表现出不同的思想取向,这种取向便是"志"。《左传》昭公二十五年曰:"民有好恶、喜怒、哀乐,生于六气,是故审则宜类,以制六志。"③《礼记·乐记》曰:"夫民有血气心知之性,而无哀乐喜怒之常,应感起物而动,然后心术形

---

① 王先慎著、钟哲点校:《韩非子集解·外储说上》,《新编诸子集成》本,1998年版,第270页。
② 刘熙载:《艺概·文概》,上海古籍出版社1978年版,第9页。
③ 杜预注、孔颖达疏《春秋左传正义》卷五十一,《十三经注疏》本,第2108页。

焉。"①孟子要求人们尽心知性、存心养性,②保持心灵之中天生的良知,即一种道德自觉,以此长养、引导血气之性,使人的情感、欲望符合道德。所谓"持其志,无暴其气""志壹则动气,气壹则动志也"。③ 荀子则认为:"性之好恶喜怒哀乐,谓之情。情然而心为之择,谓之虑;心虑而能为之动,谓之伪;积虑焉、能习焉而后成,谓之伪。"④只有受过教育的心灵活动,才能正确地控制人性,使人遵守道德,收到化性起伪的成效。

由于诗乐是人的性情与心志的外发,故在传世的先秦两汉儒家说诗文献中,亦特重"诗"与"志"的关系。《尚书·尧典》曰:"诗言志,歌永言,声依永,律和声,八音克谐,无相夺伦,神人以和。"⑤诗中所言之志,无论出于良知,还是出于教化,皆符合道德。孔子认为:"《诗》三百,一言以蔽之,曰:'思无邪。'"⑥汉儒认为诗人之志"发乎情,止乎礼义,发乎情,民之性也;止乎礼义,先王之泽者也"⑦。因此,汉儒和孔子一样,视诗人之性情即是圣人所正之性情,诗人之志即是良知与道义,所以《诗经》中只有刺贬淫乱之作,而无失性淫奔之诗。不仅作诗者如此,说诗者知人论世,以意逆志,也是要推阐诗人之志,从而受到感召。高子认为《小雅》中《小弁》的作者抱怨父亲的过失,是个小人,孟子则讥其固执不解诗意;而公孙丑反问《邶风》中《凯风》的作者为何不抱怨母亲的过失,孟子说"亲之过大而不怨,是愈疏也;亲之过小而怨,是不可矶也"⑧。这样的权变之说,正是基于对人性的同情与了解。因此,先秦两汉儒学皆将诗作为人的善性和道德心的体现,因此才是尽善尽美的文学,恐怕并非如朱子所说:"'思无邪'乃是要使读诗人'思无邪'耳,读三百篇诗,善为可法,恶为

---

① 郑玄注、孔颖达疏《礼记正义·乐记》,《十三经注疏》本,第 1535 页。
②《孟子注疏·尽心上》,《十三经注疏》本,第 2764 页。
③《孟子注疏·公孙丑上》,第 2685 页。
④ 王先谦著、沈啸寰、王星贤点校:《荀子集解·正名》,《新编诸子集成》本,1988 年版,第412 页。
⑤ 旧本题孔安国传、孔颖达疏:《尚书正义·尧典》,《十三经注疏》本,第 131 页。
⑥ 何晏集解、邢昺疏:《论语注疏·为政》,《十三经注疏》本,第 2461 页。
⑦ 毛亨传、郑玄笺、孔颖达疏:《毛诗正义》卷一,《十三经注疏》本,第 272 页。
⑧ 赵岐注、孙奭疏:《孟子注疏·告子下》,《十三经注疏》本,第 2756 页。

可戒,故使人'思无邪'也……如《桑中》《溱洧》之类,皆是淫奔之人所作,非诗人作此以讥刺其人也。"①总之,儒家的人生是道德的人生,儒家思想也要求文学艺术切近人生,变化性情,引导向善。

但是文学艺术所抒发、表达的情感决非仅仅拘泥于道德的境地,心灵活动的空间之大,包括宇宙,总揽人物。而道家的自然人生观则追求人的精神和心灵合乎自然之道,因此,他们虽然否定语言文字的真实性,却是要以此显现出"道"的真实性;虽然否定一切道德、礼法、技艺等人类文化的价值,却是启迪人们保持生命的自然本性和精神的自由状态,从而能产生更大的想象力和创造力。因此,道家的人生是自然的人生,他们努力将精神和心灵与"道"合一。这个过程是一种精神修炼,超越思辨和逻辑推论而直观道的本体,即在"外天下"、"外物"、"外生"、②"心斋"③的自然状态下,看清并体会到自然的真相,所谓"朝彻而后能见独"④、"以天合天"⑤。而此时的自然已是内在化和精神性的,故"以神遇而不以目视"⑥,最后达到"独与天地精神往来而不敖倪于万物,不谴是非,以与世俗处"的精神境界。⑦ 现代思想家徐复观认为,道家的自然人生也就是艺术的人生,这种修养工夫达到的人生境界,"与一个艺术家所达到的精神状态,全无二致"⑧。其实,道家也经常用文学艺术作为论道的譬喻。《老子》认为"五色令人目盲;五音令人耳聋"⑨;"信言不美,美言不信"⑩。《庄子》中的庖丁解牛⑪、

---

① 黎靖德编、王星贤点校:《朱子语类》卷二十三,中华书局 1986 年版,第 539 页。
② 《庄子集释·大宗师》,《新编诸子集成》本,1961 年版,第 252 页。
③ 《庄子集释·人间世》,第 147 页。
④ 《庄子集释·大宗师》,第 252 页。
⑤ 《庄子集释·达生》,第 659 页。
⑥ 《庄子集释·养生主》,第 119 页。
⑦ 《庄子集释·天下》,第 1098—1099 页。
⑧ 徐复观:《中国艺术精神》,春风文艺出版社 1987 年版,第 47 页。
⑨ 朱谦之:《老子校释》十二章,《新编诸子集成》本,1984 年版,第 45 页。
⑩ 《老子校释》八十一章,第 310 页。
⑪ 《庄子集释·养生主》,第 117—119 页。

解衣般礴①、庄子与惠子游于濠梁②等生动的寓言故事,充分显示了庄子对于由技进道、精神自由、物我一体等艺术创作的精髓有着深刻的见解。总之,道家思想对拓展文学艺术的精神空间,实现艺术的抽象与超越产生了积极的影响。中国的士大夫多是儒道双修,其内心世界往往向往自由与超越,作为严谨的社会伦理生活的调剂。士大夫的艺术如诗歌、文人画、行草书、园林、古琴等都带有道家的情趣与意境。

二、魏晋玄学与文学艺术

魏晋玄学的兴起是对两汉经学意识形态的反动。经学的形而上学是完美的阴阳五行框架的宇宙论,而儒家的道德规范配合于其中,成为天经地义,有金木水火土便有仁义礼智信,这其实是一种决定论的观念,就思想方式而言是联想比附式的,其内在逻辑性不强,思想形态也显得繁琐、教条,学术风气强调师法、家法,党同妒异,日趋僵化。文学艺术在其中也变成了道德教化的工具,比如在《毛诗序》中,风、雅、颂是家国天下的政治秩序,赋、比、兴是三种进谏方式。文学艺术自身的美服从于善的要求,情感服从于道德规范。对经典的崇拜还造成文学艺术中喜好模拟的古典主义风气,限制了艺术个性与创造性。玄学兴起于汉魏之际,流行于两晋六朝。其时汉代的社会文化解体,个人与社会之间、自然与名教之间的关系分裂,一方带来了自由的思想空间,一方面亟需发明“天人新义”,为社会文明寻找新的根据。玄学的思想资源来自于法家、名家以及道家思想,同时也吸收了当时传入中国的佛教和正在兴起的道教等宗教思想,以《周易》、《老子》、《论语》、《庄子》等为基本经典。其形而上学有“贵无”、“贵有”二派,分别以王弼、郭象为代表,但都以自然为本体。前者以本体为虚无,故主张抱一反本,崇体拙用,以自然反对名教;后者以本体存在于万有,故主张“有”外无“无”,万物自生自化,由行名教而达

---

① 《庄子集释·田子方》,第 719 页。
② 《庄子集释·秋水》,第 606 页。

自然,即"有"而"独化"。其思想方法是思辨的、逻辑的,常常辨析有无、言意、才性、形神之类,故其学术风气比较接近于先秦诸子,盛行清谈论辩,文章的风气也趋于清峻通脱,富于玄思,辩难往复,持论深刻,是说理散文盛行的时代。

玄学思想以体用关系立论,对各种概念、事物和政治文化现象都持有理论分析的兴趣,探索各种现象的体用,即探索各种现象为何如此的原因,阐明其形而上学或存在的依据,这使得人们认识到各种文学艺术自身的本质与规律。在魏晋玄学看来,这就是存在于各种艺术形式之中的"自然之道",故刘勰说"心生而言立,言立而文明,自然之道也"①;嵇康说"音声有自然之和而无系于人情"②。魏晋南北朝时期,随着文学艺术创作实践的丰富,体裁和风格也有了较大的发展,几部在中国文学史上产生重大影响的文学理论著作也在此际完成,如曹丕《典论·论文》、陆机《文赋》、挚虞《文章流别论》、萧统《文选》、刘勰《文心雕龙》等,这些著作无一不明辨文类,认为各种文体"本同而末异"③,"体有万殊,物无一量"④,即文学的本质是一致的,而以不同的文体为抒情论理叙事之用。曹丕区别各体,说"奏议宜雅,书论宜理,铭诔尚实,诗赋欲丽"⑤;陆机更加推阐,说"诗缘情而绮靡,赋体物而浏亮,碑披文以相质,诔缠绵而凄怆,铭博约而温润,箴顿挫而清壮,颂优游以彬蔚,论精微而朗畅,奏平彻以闲雅,说炜晔而谲诳"⑥。这种"体"的意识说明文学艺术对自身形式认识的明晰,加上对词藻和情感的重视,文学在此际进入了自觉时代,自别于经史诸子。在文献学领域,四分法也在这一时期替代了汉代的七分法,经史子集分流发展,而其中的集部数量日益增多,成为最大的一部

---

① 刘勰著、范文澜注:《文心雕龙注释·原道》,人民文学出版社 1958 年版,第 1 页。
② 嵇康:《嵇中散集》卷五《声无哀乐论》,《四部丛刊》影明嘉靖刊本。
③ 曹丕:《典论·论文》,萧统编、李善注:《文选》卷五十二,上海古籍出版社 1986 年版,第 2271 页。
④ 陆机著、金涛声点校:《陆机集·文赋》,中华书局 1982 年版,第 2 页。
⑤《典论·论文》,第 2271 页。
⑥《陆机集·文赋》,第 2 页。

分。南北朝时,文学与玄学一并成为独立的教育门类,元嘉十五年,开馆鸡笼山,立玄学、史学、文学、艺术四学。① 书画音乐也都在此际出现了理论著作,如卫夫人《笔阵图》、王羲之《自论书》、王僧虔《论书》、庾肩吾《书品》、顾恺之《魏晋胜流画赞》、谢赫《古画品录》、嵇康《声无哀乐论》、阮籍《乐论》等等。因此,文学艺术理论的繁荣及其形而上学的建立与玄学的思想方法密切相关。

"言意之辨"既是玄学的思维方法论,也是文学艺术的创作论内容。王弼《周易略例》阐释《周易·系辞》"书不尽言,言不尽意"时,根据《庄子》"得意忘言"之说,提出:"意以象尽,象以言著,故言者所以明象,得象而忘言;象者所以存意,得意而忘象。"②象是心中生成的形象或思想,也包括了文学艺术中的形象;而言既是表达思想的符号,也包括文学艺术的符号。王弼既肯定象、言能够表达心意与思想,认为人们只有通过象、言才能进入、了解心意,又指出象与言仅仅是媒介和工具而非意本身,象、言有限而心、意无穷,把握意才是思想者的目的。不仅语言符号与丰富的内心世界的关系如此,人类的语言和文学艺术与宇宙本体的关系也是如此。语言和文学艺术有限而宇宙无限,这似乎是人类永恒的无奈,也是文学艺术家创作时的无奈。陆机说:"恒患意不称物,文不逮意,盖非知之难,能之难也。"③但有限的生命只有在此无奈之中挣扎,心灵与精神才得以超越有限。汤用彤说:"于宇宙之本体(道),吾人能否用语言表达出来,又如何表达出来? 此问题初视似不可能,但实非不可能。盖因'道'虽绝言超象,而言象究竟出于'道'……故于宇宙本体,要在是否善于用语言表达,即用作一种表达之媒介。而表达宇宙本体之语言(媒介)有充足的、适当的及不充足的、不适当的,如能找到充足的、适当的语言

---

① 沈约:《宋书·雷次宗传》卷九十三,中华书局 1974 年版,第 2293—2294 页。
② 王弼:《周易略例·明象》,程荣辑《汉魏丛书》本。
③ 《陆机集·文赋》,第 1 页。

（媒介），得宇宙本体亦非不可能。"①魏晋时期的文学艺术家正是这样，意识到语言和文学艺术是超越有限生命，进入永恒的途径。曹丕说："年寿有时而尽，荣乐止乎其身，二者必至之常期，未若文章之无穷。是以古之作者，寄身于翰墨，见意于篇籍，不假良史之辞，不托飞驰之势，而声名自传于后。"②刘勰说："生也有涯，无涯惟智。逐物实难，凭性良易。傲岸泉石，咀嚼文义。文果载心，余心有寄。"③人的生命虽然短暂，但有文学艺术赖以寄托，则精神和思想得以永恒。故文学艺术家十分注重创作时的精神状态，先要扩大心灵的时空，所谓"伫中区以玄览，颐情志于典坟"④，即以虚静的心灵，丰富的感情，才能感知永恒的宇宙和悠久的历史，由此兴起文学艺术的创作灵感。所谓"笼天地于形内，挫万物于笔端"⑤，即借助文学艺术，可以形象地概括宇宙，以文字描写万象。而当他们与宇宙本体邂逅，精神得以超越的那一刻，也正是语言文字指向无穷的言外之意的时候。陶渊明悠然见南山时体会到"此中有真意，欲辨已忘言"⑥，刘勰说"思表纤旨，文外曲致，言所不追，笔固知止"⑦。他们都认为语言不能穷尽本体，但他们又努力地用语言文字和艺术符号引导人们去体味无穷之意。故钟嵘评诗，称赞"使味之者无极，闻之者动心，是诗之至也"⑧。王羲之评书法，"须得书意转深，点画之间有皆有意，自有言所不尽，得其妙者，事事皆然"⑨。谢赫评古画，以"穷理尽性，事绝言象"⑩为第一品。

① 汤用彤：《魏晋玄学和文学理论》，汤用彤：《理学·佛学·玄学》，北京大学出版社 1991 年版，第 320 页。
② 曹丕：《典论·论文》，第 2271 页。
③ 刘勰著、范文澜注：《文心雕龙注释·序志》，人民文学出版社 1958 年版，第 536 页。
④ 《陆机集·文赋》，第 1 页。
⑤ 《陆机集·文赋》，第 2 页。
⑥ 陶渊明著、袁行霈笺注：《陶渊明集笺注·饮酒》卷三，中华书局 2003 年版，第 247 页。
⑦ 《文心雕龙注释·神思》，人民文学出版社 1958 年版，第 296 页。
⑧ 钟嵘著、陈延杰注：《诗品注·总论》，人民文学出版社 1961 年版，第 2 页。
⑨ 王羲之：《论书》，张彦远辑、洪丕谟点校：《法书要录》卷一，上海书店出版社 1986 年版，第 4 页。
⑩ 谢赫著、王伯敏标点注释：《古画品录》，人民美术出版社 1959 年版，第 6 页。

　　文学与思想的作用也是相互的,崇尚自然是玄学带给文学艺术的审美理想,文学艺术也以生动的艺术形象焕发出玄学的自然理趣,表现为品鉴人物和寄情山水。所谓品鉴人物,原为东汉品评人物德行的风气,至魏晋以后转变为鉴赏名士的清谈言语、真情至性以及风流蕴藉的生活,冯友兰形容魏晋风流有些"自由自在的意味"①。王羲之《兰亭集序》所表达的"仰观宇宙之大,俯察品类之盛,所以游目骋怀,足以极视听之娱"②,正是这种旷达放任的情怀。所谓寄情山水,则以山水寄托向往自然情怀。南朝宗炳《画山水序》曰:"山水以形媚道而仁者乐。"③孔子所言"仁者乐山、知者乐水"④的道德喻体在这里被解释成了玄学自然之道的象征,通过描绘山水,可以"应会感神,神超理得"⑤。总之,自然的人和自然的山水成为玄学与文学艺术发生关系的媒介,志人小说《世说新语》、山水诗、田园诗以及山水画等是这一时期美学风尚的代表作品。

　　魏晋名士"性好山水"⑥,"玄对山水"⑦,且出口品赏,即成隽语。"顾长康从会稽还,人问山川之美,顾云:'千岩竞秀,万壑争流,草木蒙笼其上,若云兴霞蔚。'"⑧他们也能深赏山水诗中的理趣玄言。"郭景纯诗云:'林无静树,川无停流。'阮孚云:'泓峥萧瑟,实不可言。每读此文,辄觉神超形越。'"⑨同样,山水也是品评人物的重要喻体。山水显现出的自然之美成了人们评赏人物的风雅神韵和率真性情的标准,这便使得对人物相貌、言行、风格的评价标准由汉末的道德转变成了审美,"传人物之神

---

① 冯友兰:《中国哲学简史》,北京大学出版社 1996 年第 2 版,第 198 页。
② 《晋书》卷八十《王羲之传》,中华书局 1974 年版,第 2099 页。
③ 宗炳:《画山水序》,张彦远著、俞剑华注释:《历代名画记》卷六,上海人民美术出版社 1964 年版,第 129 页。
④ 《论语注疏·雍也》,《十三经注疏》本,第 2479 页。
⑤ 宗炳:《画山水序》,第 130 页。
⑥ 刘义庆著、刘孝标注、余嘉锡笺疏:《世说新语笺疏·任诞》刘孝标注引《中兴书》,中华书局 2007 年第 2 版,第 881 页。
⑦ 《世说新语笺疏·容止》刘孝标注引孙绰《庾亮碑》,第 727 页。
⑧ 《世说新语笺疏·言语》,第 170 页。
⑨ 《世说新语笺疏·文学》,第 303 页。

向以山水语言代表,以此探生命之本源,写自然之造化"①。如"见山巨源,如登山临下,幽然深远";"庾子嵩目和峤,'森森如千丈松'";"此人,人之水镜也,见之若披云雾睹青天";"王公目太尉,'岩岩清峙,壁立千仞'";"世目周侯'嶷如断山'";②"刘尹云:'清风朗月,辄思玄度。'"③又如"山公曰:'嵇叔夜之为人也,岩岩若孤松之独立;其醉也,傀俄若玉山之将崩。'"④画家也喜将名士置于山水之间,张彦远《历代名画记》载顾恺之"画谢幼舆于一岩里,人问所以,顾云:'一丘一壑,自谓过之,此子宜置岩壑中。'"⑤

　　山水诗、田园诗脱胎于"诗必柱下之旨归,赋乃漆园之义疏"⑥的玄言文学,将山水与玄思结合成功的作家以谢灵运为代表,而田园诗的成就则是东晋最杰出的诗人陶渊明的贡献。胡小石先生说:"陶公胸怀恬淡,对于自然每与之溶化或携手,如'采菊东篱下,悠然见南山',很现出一种不疾不徐的舒适神气。至于大谢对于自然,却取一种凌跨的态度,竟不甘心为自然所包举。如他的《泛海诗》中的'溟涨无端倪,虚舟有超越',气象壮阔,可以吞沧海。"⑦袁行霈认为:陶诗写胸中意象,语言富有启示性,多情理之趣;谢诗则情必极貌以写物,辞必穷力而追新。⑧这是因为陶渊明于自然体道悟理,谢灵运则以道理观照自然。陶渊明以田园、自然为心灵的归宿,谢灵运则以山水作为他高蹈抗世的排遣。总之,在太康之后诗歌笼罩于玄学风气之际,陶渊明将玄学的思想改造为生动的诗歌意象,谢灵运将玄学的语言改造为华美的词章。

---

① 汤用彤:《魏晋玄学和文学理论》,汤用彤:《理学·佛学·玄学》,北京大学出版社1991年版,第323页。
② 《世说新语笺疏·赏誉》,第500、506、514—515、524、539页。
③ 《世说新语笺疏·言语》,第159页。
④ 《世说新语笺疏·容止》,第716页。
⑤ 张彦远著、俞剑华注释:《历代名画记》,上海人民美术出版社1964年版,第98页。
⑥ 刘勰著、范文澜注:《文心雕龙注释·时序》,人民文学出版社1958年版,第479页。
⑦ 胡小石:《中国文学史讲稿》,《胡小石论文集续编》,上海古籍出版社1996年版,第85页。
⑧ 袁行霈:《陶谢诗歌艺术的比较》,袁行霈:《中国诗歌艺术研究》,北京大学出版社1987年版,第195—202页。

三、佛道二教与文学艺术

佛教和道教是中国古代社会文明之中最有影响的两大宗教,佛教是世界性的伟大宗教,具有精湛的思想与文学艺术成就。佛教虽起于印度,却在传播所及的东亚及东南亚地区得以盛行,特别是大乘佛法在中国得到最为深广的弘扬。故太虚法师认为:"欲考见佛教之真象,舍中国莫由,亦可谓中国即是佛教第二之祖国。"[①]道教则是中国的本土自然宗教,集合了各种民间信仰,根据道家思想和阴阳方术,借鉴儒家的道德规范和佛教的宗教组织方式,以修养性命,延年成仙作为人生理想。佛道二教在中国的兴起与盛行皆在魏晋南北朝隋唐时期,这也是二者对中国古代文学艺术影响最巨的时期。佛道二教与儒学在唐代形成了三教圆融的格局,中国士大夫往往对佛道二教皆持欢迎的态度,以此作为对现实烦恼的排遣和个人精神的寄托。所以白居易的诗中所说:"七篇《真诰》论仙事,一卷《坛经》说佛心。"[②]《红楼梦》的开卷,也将人间一梦,托付给茫茫大士和渺渺真人。

具有古老的印度文明基础的佛教,作为一种异域文化,对中国古代社会文明的各个方面都起到了补益的作用,为中国文化增添了许多新的成份,从而丰富了中国文化。政治方面,佛教主张众生平等,超越民族与文化,因而在诸多民族融合的中古时期,统治者提倡佛教治国,甚至以"转轮王"、"菩萨皇帝"或"活佛"自居,破除了此前中国政治文化中"夷夏之防"的理念,扩充了古代中国的政治思想空间;思想方面,佛教关注人的精神安顿,以"治心"为主,补充了儒家偏重"治世"、道教偏重"治身"的倾向。教化方面,佛教以成熟的宗教方式修行实践,以普渡众生的信力影响大众,补充了中国古代精英式的礼乐教化和以政治制度组织社会的

---

① 太虚:《佛教对中国文化之影响》,王元化主编:《释中国》,上海文艺出版社 1998 年版,第225 页。
② 白居易著、顾学颉点校:《白居易集》卷二十三《味道》,中华书局 1979 年版,第 517 页。

方式。就文学艺术而言，佛教传入之后，文学艺术的门类、形式、题材、审美趣味和理论方法等日益丰富。

佛经给中国带来了印度文学的奇葩。佛经中有数量庞大、想象丰富的宗教故事和隽永的寓言。有些寓言与中国先秦寓言异曲同工。比如《百句譬喻经》中说："昔有人乘船渡海，失一银釪，堕于水中，即便思念：我今画水作记，舍之而去，后当取之。行经二月，到师子诸国，见一河水，便入其中，觅本失釪。"①几近于《吕氏春秋·察今》中刻舟求剑的寓言。中国思想家多论及六合之内，佛教则论及三世七佛，五道轮回，其想象空间与虚造的事物远远超越人类的经验世界。因果报应逻辑下的故事情节曲折复杂，地狱与彼岸的世界光怪陆离，因而增强了中国文学的想象力与故事性，特别增强了小说的情节性，使其摆脱了中国古代笔记小说受史学影响而形成的记录性风格，能够构造传奇或长篇小说的大幅篇章。魏晋小说如《幽明录》、《冥祥记》、《续齐谐记》等，唐传奇如《张生煮海》、《柳毅传书》等，均有吸取佛经故事或佛教思想创造的情节。而唐代佛教的俗讲形式如讲经文、变文等，则又影响了中国说唱艺术和白话小说的形成与发展。变文中包括佛教故事、历史故事、民间传说等，在宋代的说话艺术中，分小说、说经、讲义、合生，其中说经就是演说佛经事义的题材。而明清长篇白话小说中的四大名著，也有佛教题材的《西游记》。同样，佛教故事和思想直接或通过小说影响了中国古代戏曲。如目连救母的故事，敦煌经卷中就发现唐代《大目连犍冥间救母变文》，宋代已演成戏剧，南宋孟元老《东京梦华录·中元节》载："自过七夕，便般《目连救母》杂剧，直至十五日止，观者倍增。"②

佛经的翻译传播丰富了中国古代的语言文字。佛经给中国的日常生活输入了大量的语汇、词汇，更重要的是梵语的拼音启发学者们发现了汉字的声母、韵母和四声声调，《南史》载周颙作《四声切韵》，其子善诵

① 《百喻经》，《大正新修大藏经》第四册，新文丰出版公司1983年版，第545页。
② 孟元老著、邓之诚注：《东京梦华录注》卷八，中华书局1982年版，第211页。

诗书,音韵清辨。这使得中国的诗人们认识到清浊平仄的声韵规律,并尝试在写作时协调声律与情感的关系,开启了格律诗的时代。梁沈约在《谢灵运传》中说:"欲使宫羽相变,低昂互节,若前有浮声,则后须切响。一简之内,音韵尽殊,两句之中,轻重悉异。妙达此旨,始可言文……自骚人以来,此多历年代,虽文体稍精,而秘未睹。"①《南史·陆厥传》载"(永明末)盛为文章,吴兴沈约、陈郡谢朓、琅玡王融,以气类相推毂,汝南周颙善识音韵。约等文皆用宫商,将以平上去入四声,以此制韵,有平头、上尾、蜂腰、鹤膝。五字之中,音韵悉异,两句之内,角徵不同,不可增减,世呼为永明体。"②《新唐书·杜甫传》载:"至宋之问、沈佺期等,研揣声音,浮切不差,而号律诗。"③格律诗的出现,使得中国古代诗歌摆脱了音乐的笼罩,成为语言形式更加独立纯粹的文学的体裁。此外,佛教典籍中有偈颂、赞唱、譬喻、语录等等,都是通俗流畅的诗歌与口语白话,"唐朝以后之文体,多能近于写实顺畅以洗六朝之纤尘,未尝不是受佛教之熏陶也"④。

佛教以世界的本体为空,以现象为色界,诸多现象皆起于妄念,故对人的心识活动和思维过程有着非常细致的描述。特别是唐代佛教的代表性宗派禅宗讲究"不立文字,直指人心"⑤,以超越逻辑的艺术性语言,断灭人们运用日常语言进行的思维,让人们顿悟禅机。这无疑丰富了中国的诗歌创作和理论,诗中所谓的"境界"、"意境"等都与佛教理论有着深刻的渊源。中国士大夫的文化生活中,往往追求禅悦的情趣⑥,以禅入诗或以禅论诗,将佛教的宗教证悟方法化入诗中。唐宋时期的大诗人中

---

① 沈约:《宋书·谢灵运传》卷六十七,中华书局 1974 年版,第 1779 页。

② 李延寿:《南史·陆厥传》卷三十八,中华书局 1975 年版,第 1195 页。

③ 欧阳修、宋祁:《新唐书·杜甫传》卷二百一,中华书局 1975 年版,第 5738 页。

④ 太虚:《佛教对中国文化之影响》,王元化主编:《释中国》,上海文艺出版社 1998 年版,第 229 页。

⑤ 契嵩编:《传法正宗论》,《大正新修大藏经》第 51 册,新文丰出版公司 1983 年版,第 364 页。

⑥ 《大方广佛华严经》卷第六净行品第七:"禅悦为食,法喜充满。"《大正新修大藏经》第九册,新文丰出版公司,1983 年,第 432 页。

相当多的人有着很深的佛学修养,如王维、白居易、苏轼等。王维的诗空寂澄静,深谙佛理,至有"诗佛"之誉。古代诗歌理论中的《诗格》、《诗式》往往以"门"论诗歌的题材、风格等,"是仿效佛教典籍而来,故其基本含义与佛典一样,也是'通'的意思"①。宋代出现的《诗话》也受到佛教禅宗语录文体的影响。南宋严羽《沧浪诗话》,则以禅喻诗,提倡妙悟。诗人妙句也被禅家所赏,比如五代人徐衍《风骚要式》中,曾引"白乐天云:'鸳鸯绣出从君看,莫把金针度与人。'"②一句,北宋宝峰惟照禅师即以此句开悟人心。③ 后来金代诗人元好问《论诗》亦说:"鸳鸯绣了从教看,莫把金针度与人。"④这说明禅与诗在不可言说之处心领神会,相得益彰。

　　道教对于中国文学的影响至为深远而根本,其前身可追溯到先秦时期的神仙思想和战国秦汉时期的方术。道教带有世俗性,基于自然人性而立教,追求情感欲望的满足和生命的长久,这种满足以成仙为标志,仙界的自由浪漫和神奇变幻让文学家得以"放情凌霄外"⑤,超越现实的束缚,寄托逍遥快乐的人生理想,因此游仙成了中国文学中具有浓厚浪漫色彩的题材。游仙诗可以追溯到《离骚》、《远游》等楚辞作品,此后的汉乐府、魏晋诗歌、唐诗、宋词等都有游仙的题材或运用游仙的典故、意象。其中描写仙界的美丽,所谓"玉沙瑶草连溪碧,流水桃花满涧香"⑥;表达

---

① 张伯伟:《诗格论》,张伯伟:《全唐五代诗格汇考》,江苏古籍出版社 2002 年版,第 22 页。

② 《全唐五代诗格汇考》,第 451 页。

③ 宝峰惟照禅师语,见宋普济《五灯会元》卷十四(中华书局 1984 年版,第 892 页)。按,《辞海》、《汉语大词典》均误以"金针度人"出元好问《论诗》。五代徐衍《风骚要式》引"白乐天云:'鸳鸯绣出从君看,莫把金针度与人。'禅月亦云:'千人万人中,一人两人知。'"(《全唐五代诗格汇考》,第 451 页)盖以其皆具禅意而并引。张伯伟据徐衍所引白居易诗句等材料,假定《金针诗格》即便为后人依托,不出白氏之手,当亦在晚唐之前。然此语不见今本白居易《金针诗格》,且《金针诗格·序》言"自此味其诗理,撮其体要,为一格目,曰《金针集》。喻其诗病而得针医,其病自除"(《全唐五代诗格汇考》,第 351 页)。则白氏金针乃针砭之意,非绣女之巧针。白氏好佛,诗有禅机,故徐衍所引白乐天诗句亦为禅师所赏,但似与《金针诗格》的撰写主旨无关。

④ 施国祁注、麦朝枢校:《元遗山诗集笺注》卷十四《论诗》,人民文学出版社 1958 年版,第 650 页。

⑤ 郭璞:《游仙诗》,萧统编、李善注:《文选》卷二十一,上海古籍出版社 1986 年版,第 1020 页。

⑥ 曹唐:《游仙诗》,韦縠编:《才调集》卷四,《四部丛刊》影清钱曾述古堂影宋抄本。

游仙、遇仙的惊羡，所谓"灵妃顾我笑，粲然启玉齿"①；描述服食导引获得长生的愉快，所谓"借问蜉蝣辈，宁知龟鹤年？"②游仙故事和神仙传也是古小说的重要题材和情节，西晋时出土的战国汲冢《穆天子传》，以及魏晋以后的小说《神异经》、《十洲记》、《汉武帝内传》、《列仙传》、《列异传》、《搜神记》等等，"大旨不离乎言神仙"③，有的甚至就是道教经典。道教的神仙题材也很受戏曲的钟爱。元钟嗣成《录鬼簿》中所记元代杂剧剧目有《八仙庆寿》、《蓝采和》、《铁拐李》等几十部神仙剧。男女遇合也是游仙的内容，古代文人往往借此表现爱情。唐传奇有以《会真记》、《游仙窟》命名的作品，陈寅恪曾指出："'会真'即遇仙或游仙之谓也。又六朝人已侈谈仙女杜兰香、萼绿华之世缘，流传至于唐代，仙之一名遂多用作妖艳妇人或风流放诞之道士之代称，亦竟有以之目娼妓者。"④许多爱情诗也借此表现超越世俗礼法的情感体验，如李商隐诗曰："蓬山此去无多路，青鸟殷勤为探看。"⑤不过，文学家往往不是为了崇信或表现神仙而去描写游仙，而是借此寄托对现实的不满和对理想的向往，表达更为深刻的淑世情怀。《离骚》中在抒发游仙的愉悦之际，忽又感念故国，表达了无可奈何的离别之情："抑志而弭节兮，神高驰之邈邈。奏《九歌》而舞《韶》兮，聊假日以媮乐。陟升皇之赫戏兮，忽临睨夫旧乡。仆夫悲余马怀兮，蜷局顾而不行。乱曰：已矣哉！国无人莫我知兮，又何怀乎故都！"⑥曹植《洛神赋》写旅途遇宓妃之灵，阮籍《咏怀诗》中咏郑交甫感遇二妃，皆由此感慨人世遇合知交之难。至于郭璞的《游仙诗》，程千帆先生评价说："乃由入世之志难申，故出世之思转炽，因假《游仙》之咏，以抒

---

① 郭璞：《游仙诗》，第 1020 页。
② 郭璞：《游仙诗》，第 1021 页。
③ 鲁迅：《中国小说史略》，人民文学出版社 1973 年版，第 19 页。
④ 陈寅恪：《读莺莺传》，《历史语言研究所集刊》第十册，"国立中央研究院"历史语言研究所编，1987 年，第 181 页。
⑤ 李商隐著、冯浩笺注：《玉溪生诗集笺注》卷二《无题》，上海古籍出版社 1979 年版，第 399 页。
⑥ 洪兴祖著、白化文等点校：《楚辞补注·离骚》，中华书局 1983 年版，第 47 页。

尊隐之怀。"①

　　在艺术方面,佛道二教擅长利用音乐、书法、美术、建筑等多种艺术形式宣扬宗教信仰,在宗教和艺术两方面都创造了杰出的作品。佛教的法音梵唱和道教的玉音道曲都是美妙的宗教音乐。如果我们检点一下词名曲牌,如《阅金经》、《金浮图》、《飞来峰》、《绕佛阁》、《瑞鹤仙》、《卜算子》、《上丹霄》、《女冠子》、《天仙子》、《法曲献仙音》、《洞中仙》、《梦游仙》等等,皆与佛道音乐有关。中国的碑刻文字中,铭刻佛道文献的内容至多,许多是传世的书法杰作。如北魏寇谦之撰《中岳嵩灵庙碑》,《龙门造像记》,北齐《泰山经石峪摩崖金刚经》、《徂徕摩崖大般若经》,唐欧阳询书《化度寺邕禅师舍利塔铭》,褚遂良书《雁塔圣教序》,李邕书《麓山寺碑》,颜真卿书《多宝塔碑》、《麻姑仙坛记》,柳公权书《大达法师玄秘塔碑》,怀仁集王羲之书《三藏圣教序》,僧大雅集王羲之书《兴福寺碑》,北宋黄庭坚书《七佛偈摩崖》,元赵孟頫书《道教碑》。历代法帖中更多写经之作,最早的当是王羲之书《黄庭经》。而敦煌石经卷的发现,又向我们展示了许多书艺精湛的唐人写经卷子。魏晋南北朝以降,以佛道人物故事为题材的宗教绘画大为流行,在石窟和墓室的壁画中,充斥着佛国和仙界的图像。魏晋至唐代时期许多著名的画家都以擅长描绘佛道人物而享盛名,并且多与随佛教传入的西域画风相融合。早在东吴时,画家曹不兴从西域僧人康僧会那里睹见西域佛画,并加以临习。② 顾恺之在瓦官寺画维摩诘像,"光彩耀目数日"③。张僧繇因"梁武帝崇饰佛寺,多命僧繇画之"④。北齐曹仲达,"最推工画梵像","吴(道子)之笔,其势圆转,而衣服飘举。曹之笔,其体稠叠,而衣服紧窄,故后辈称之曰'吴带当风,曹衣出水'"。⑤ 唐代大画家中,于阗国王族尉迟乙僧以绘制寺院壁画

_____

① 程千帆:《郭景纯、曹尧宾〈游仙〉诗辨异》,程千帆:《古诗考索》,上海古籍出版社 1984 年版,第 299 页。

② 郭若虚:《图画见闻志》卷一"论曹吴体法",《四部丛刊续编》影宋本配元抄本。

③ 张彦远著、俞剑华注释:《历代名画记》卷五,上海人民美术出版社 1964 年版,第 99 页。

④《历代名画记》卷七,第 150 页。

⑤《图画见闻志》卷一"论曹吴体法"。

享有盛名，"善画外国及菩萨，小则用笔紧劲，如屈铁盘丝。大则洒落有气概"①。而吴道子被推尊为"画圣"，相传为他所作的《天王送子图》和《八十七神仙卷》，分别为佛道的题材。造像是佛道二教的艺术高峰，其中可分石窟与彩塑等形式。中国现存石窟遗址 120 多处，沿着佛教西来的路途，从新疆库车千佛洞，至敦煌莫高窟、炳灵寺石窟、麦积山石窟、榆林石窟，直到大同云冈石窟、洛阳龙门石窟，而以北魏隋唐时期的作品艺术成就为高，艺术风格也由印度、西域转向中国。敦煌莫高窟等唐代佛教造像中的彩塑作品圆熟瑰丽，所塑佛教人物多脱离宗教的神性呈现出世俗人物的风貌。道教造像与壁画的艺术成就总体上步佛教的后尘，也有杰作遗存，比如四川安乐县唐代玄妙观摩崖造像、四川大足摩崖造像、山西芮城元代永乐宫壁画等。此外，佛道两教的塔寺庙观建筑在唐代达到其艺术的巅峰，西安大雁塔、山西五台山佛光寺等建筑是其遗存。梁思成说："唐为中国艺术之全盛及成熟时期。因政治安定，佛道两教兴盛，宫殿寺观之建筑均为活跃……唐之建筑风格，既以倔强粗壮胜，其手法又以柔和精美见长，诚蔚然大观。"②

四、儒学复兴与文学变革

中唐以后，中国开始向近代社会转变。从此以后，打着各种复古旗帜的艺术变革主张成为中国文学艺术演化和发展的主调。代表这一社会转变的思想运动除了佛教禅宗的变革之外，就是古文运动和新儒家的兴起，而后两者是联袂而起的，因为他们都反对佛、道二教。陈弱水认为："古文运动一方面是个文章改革运动……另一方面，这个运动具有更广泛的思想意涵，古文家多主张文章应以经典义理为依归，有些人甚至直接宣扬儒道，乃至从儒家立场进行思想探索。毫无疑问，古文运动是

---

① 《历代名画记》卷九，第 172 页。
② 梁思成：《中国建筑史（修订本）》，百花文艺出版社 2005 年版，第 15 页。

中唐儒家复兴潮流的骨干。"①苏轼《潮州韩文公庙碑》称赞韩愈"文起八代之衰,而道济天下之溺"②,表彰韩愈在文学史和思想史上的双重地位。不过,新儒学是思想运动,古文运动是文学革命,二者初则混一,久则异轨,各自遵循其内在的理路而发展,合中有分,二者之间在思想和理论上的张力突出表现为"文"与"道"的关系。

魏晋南北朝以来文学已经独立于经、史、子的笼罩,而唐宋科举以诗赋取士又使得文学成为最有社会影响的立言和宣传的形式,新儒学的目的在于复兴儒家之道,关注人伦日用,只有借助文学这一最有社会影响的文字形式,才能将思想传播于现实的日常生活之中。而不能再回复到先秦两汉时期诸子著书立说的表达方式。故当时有人怪韩愈为何不"为一书以兴存圣人之道"?③ 而韩愈在答人问"古圣贤人所为书俱存,辞皆不同,宜何师"时却说:"师其意,不师其辞。""若圣人之道,不用文则已;用则必尚其能者。能者非他,能自树立,不因循者是也。"④既"尚其能",则其所能不在"为一书","愈之为古文,岂独取其句读不类于今者耶? 思古人而不得见,学古道则欲兼通其辞,通其辞者,本志乎古道也。"⑤既然在文章形式上不能复古,所复者只能是"古之道"而不是"古之文"。这个"道",韩愈认为自孔孟之后不得其传,⑥言下之意舍我其谁? 因此,"古之道"即儒家的精神传统,而不是"六经"等记录孔、孟言论的外在文字。由此可见,古文运动是一场以复兴儒家之道为宗旨的思想运动。

韩愈等人虽不主张恢复古之文辞,但也反对因循魏晋以来以诗赋骈文为代表的文学体裁,相反,"古文"一词虽源自经学典籍,但在此时不仅

---

① 陈弱水:《唐代文士与中国思想的转型》,广西师范大学出版社 2009 年版,第 4 页。
② 苏轼著、孔凡礼点校:《苏轼文集》卷十七,中华书局 1986 年版,第 509 页。
③ 张籍:《上韩昌黎书》,董诰等编:《全唐文》卷六百八十四,中华书局 1983 年版,第 7008 页。
④ 韩愈著、马其昶校注、马茂元整理:《韩昌黎文集校注》卷三《答刘正夫书》,上海古籍出版社 1986 年版,第 207 页。
⑤《韩昌黎文集校注》卷五《题哀辞后》,第 304—305 页。
⑥ 韩愈《原道》:"斯吾所谓道也,非向所谓老与佛之道也。尧以是传之舜,舜以是传之禹,禹以是传之汤,汤以是传之文、武、周公,文、武、周公传之孔子,孔子传之孟轲,轲之死,不得其传焉。荀与扬也,择焉而不精,语焉而不详。"(《韩昌黎文集校注》卷一,第 18 页)

作为古代载道之文的典范，也意味着反对魏晋文风的文学观念。魏晋以来，经、史、子不再被视为文，至南北朝隋唐，文之中又有文笔之别，以诗赋等有韵者为文，无韵者为笔，故章、表、奏、记、书、启、策、论、说、碑、诔等日常生活中的应用文体，也由笔趋文，讲求骈偶声律用典，重视表现才情而轻视思想、意义的传达，丧失了影响社会文化的功能。故自王通、萧颖士、李华、独孤及、梁肃、柳冕等人皆以恢复古之道德政教，推崇经术，提倡先秦两汉非骈俪化的文章为号召。王通说："古之文也，约以达；今之文也，繁以塞。"①因此，就理想而言，"古文"必须是能贯穿、承载、表达"古之道"的文字；就现实而言，"古文"就是日常生活中使用的文字和文体，具体一些就是属于没有骈俪化的"笔"类的散文。曾国藩说："古文者，韩退之氏厌弃六朝骈俪之文，而反之于六经两汉，从而名焉者也。"②但是，韩愈、柳宗元以及他的的后继者如欧阳修、苏轼等人在文学创作方面决没有停留在由骈复散，讲求实用的境地。相反，他们用充实的思想、学问、才情、理趣以及修辞技巧提高了"笔"类应用文体的文学性，并自创、发展了一些短篇散文的新体裁。钱穆指出，韩愈、柳宗元不刻意于子史著述，不偏重于诏令奏议，而是从社会人生实际用途着眼，沿袭东汉乃至建安以下社会流行诸文体。除此之外，他们还致力于赠序、杂记、杂说等不为题材所限，能随心所欲地陶写心情，具有文学意趣的短篇散文，属于再创新体。他评价道："韩柳二公，实乃承于辞赋五七言诗盛兴之后，纯文学之发展，已达灿烂成熟之境，而二公乃站于纯文学之立场，求取融化后起诗赋纯文学之情趣风神以纳入短篇散文之中，而使短篇散文亦得侵入纯文学之阃域，而确占一席地。故二公之贡献，实可谓在中国文学园地中，增殖新苗，其后乃蔚成林薮，此即后来之所谓唐宋古文是也。故苟为古文，则必奉韩柳为开山之祖师。"③

①　王通著、王雪玲校点：《中说》卷三《事君篇》，辽宁教育出版社 2001 年版，第 13 页。
②　曾国藩：《曾文正公书札》卷八《复许仙屏》，清光绪二年传忠书局刻本。
③　钱穆：《杂论唐代古文运动》，钱穆：《中国学术思想史论丛（四）》，东大图书有限公司 1983 年版，第 53 页。

因此，在散文方面的建树正是他们超越萧颖士、李华之流复古派的地方，也是他们最终成为文学家而不是道学家的原因。尽管他们论文时都首先强调"道"对"文"的决定性，如韩愈认为"学所以为道，文所以为理"①；欧阳修主张"大抵道胜者，文不难而自至也"②。但后来被理学家们诟病的恰恰是他们的"道"不够纯粹而不是"文"不能至。比如朱熹评价韩愈为文"盖未免裂道与文以为两物，而于其轻重缓急本末宾主之分，又未免于倒悬而逆置之也"③，"他只是要做得言语似六经，便以为传道。至其每日工夫，只是做诗博弈，酣饮取乐而已"④；评价苏轼"今东坡之言曰：'吾所谓文，必与道俱。'则是文自文而道自道，待作文时，旋去讨个道来入放里面，此是它大病处"⑤。这是因为古文家的"道"是文章蕴涵的思想，而理学家的"道"是思辨意义上的形而上学和道德实践，是所谓的"功夫"。相反，理学家虽痛诋文人，甚至认为"作文害道"⑥，但他们很少否定古文家的艺术成就，反而有所推许。朱熹说："文字到欧曾苏，道理到二程，方是畅。""东坡文字明快，老苏文雄浑，尽有好处。如欧公、曾南丰、韩昌黎之文，岂可不看。柳文虽不全好，亦当择。"⑦理学家自己往往也有极好的诗文写作水平及鉴赏水平，在表达思想时多采用书札⑧，而不是"专为一书"，甚至采用禅宗的白话语录体，则其于文也不固执于经、史、子，与古文家如出一辙，这其实也是韩柳诸人的影响所至。由此可见，古

---

① 韩愈著、马其昶校注、马茂元整理：《韩昌黎文集校注》卷四《送陈秀才彤序》，上海古籍出版社1986年版，第259页。
② 欧阳修著、李逸安点校：《欧阳修全集》卷四七《答吴充秀才书》，中华书局2001年版，第664页。
③ 朱熹著，郭齐、尹波点校：《朱熹集》卷七十，四川教育出版社1996年版。
④ 黎靖德编、王星贤点校：《朱子语类》卷一三七，中华书局1986年版，第3260页。
⑤《朱子语类》卷一三九，第2319页。
⑥ 朱熹辑：《二程语录》卷十一程颐语，清张伯行辑《正谊堂全书》本。
⑦《朱子语类》一三九，第3297—3323页。
⑧ 朱熹《小学集注》卷五"嘉言"引述程颢(明道先生)的话说："忧子弟之轻俊者，只教以经学，念书不得令作文字。子弟凡百玩好皆夺志。至于书札，于儒者事最近，一向好著，亦自丧志。"即以《朱文公文集》100卷而言，其中诗词赋11卷、书信41卷、杂著10卷、其他文类34卷。(《小学集注》卷五，清文渊阁《四库全书》本)

文运动的本质是一场文学革命。古文运动虽以复兴儒道为目标，其功效仅在于发动、传播，其结果却是以道德充实了文章，实现了一场文学革命。而对儒家之道的深入阐发，是由宋明理学发扬的事业。

反过来观察，文学革命如没有思想变革的内涵和社会文化使命，其艺术领域和精神力量也不会有大的提高，只能如齐梁永明体、宫体诗、骈文那样，仅仅实现了艺术技巧和鉴赏风尚的改变。因此，由韩柳创发的唐宋古文，虽不能等同于思想运动，但在其后的演进过程中，文与道离则两伤，合则两美。文学家越是关注人伦日用和天下兴亡，越是行己有耻，履践道德，其作品也越充实而有生命。

北宋时代，一方面欧阳修等人在理论、创作上发展光大了韩、柳未竟的古文事业，另一方面，理学家一直表达重道轻文的思想，对古文创作产生了消极的影响。顾炎武批评说："后之君子，于下学之初即谈性道，乃以文章为小技，而不必用力。然则夫子不曰'其旨远，其辞文乎'？不曰'言之无文，行而不远乎'？曾子曰：'出辞气，斯远鄙倍矣。'尝见今讲学先生从语录入门者，多不善于修辞，或乃反子贡之言以讥之曰：'夫子之言性与天道可得而闻，夫子之文章不可得而闻也。'"①又讥真德秀《文章正宗》"以理为宗，不得诗人之趣"②。明代古文流派有所谓前七子、后七子、唐宋派等，但由于在思想上建树不够，在文学上规范太过，新变不足，终不能比肩于唐宋古文。

与程、朱理学以理为宇宙本体相区别，陆、王心学以心为宇宙的本体，主张"致良知"，"依本心"，③发展了理学精神性的一面。到了明代后期更衍生出所谓的"王学左派"，和当时的禅宗思想相呼应，形成了狂禅的风气和张扬个性、满足情欲的极端思想。以本心为情欲，以直觉为格

---

① 顾炎武著，黄汝成集释，栾保群、吕宗力校点：《日知录集释》卷一九《修辞》，上海古籍出版社2006年版，第1096页。

②《日知录集释》卷三《孔子删诗》，第132页。

③ 黄宗羲著、沈芝盈点校：《明儒学案》卷三十二《泰州学案》，中华书局1986年版，第703—745页。

物致知的方法,使得"存天理、灭人欲"的理学命题成为悖论。这一思潮在文学艺术方面也激起了波澜,如小品文作家袁宏道等提出"独抒性灵,不拘格套"①,戏剧家汤显祖推崇"至情"。但人的本心和性灵不能超越文化与历史,文学创作,特别是中国古代的散文传统,不仅需要直觉与灵感,还需要道德、学问甚至经世的理想,因此性灵派的小品散文仅能别具一格,而不能蔚为大观。清代学术丕变,汉学盛行,以桐城派为代表的古文理论在持守理学"义理"和古文"义法"的前提下,以考据充实文章的内容,在理论上熔思想、学术与文学为一炉,是古文最后的光辉。汉学家们则既反对理学的"义理"又反对古文的"义法",一些学者转而提倡骈文,虽盛行一时,但拘于形式,过于典雅,也不切实用。

近代中国的"诗界革命"、"文界革命"以及现代中国的"新文学运动",也以变革社会文明为宗旨,伴随着维新变法运动和新文化运动而兴起,时间虽短,仅逾百年,但波澜壮阔,以西方新学终结了中国古代思想,以白话文终结了文言,中国文学艺术与社会文明同时进入了重新建构的时期。

---

① 袁宏道著、钱伯城笺校:《袁宏道集》卷四《叙小修诗》,上海古籍出版社 1981 年版,第 187 页。

第二章　古代文学艺术与中华民族的融合形成

第一节　中华文明的多元发生与中华民族的融合生成

一、中华文明的多元发生、多元融合与文化共同体的形成

中华文明的多元发生,已经被历史考古所证明。尽管不能排除与西方古代文明的接触与相互影响,但无疑仍是以本土文化为基础,在这块相对独立的广大区域中成长出来的。[1] 这种成长,不仅是一个多元发生的过程,更是一个多元融合的过程,正如苏秉琦总结的那样:"过去有一种看法,认为黄河流域是中华民族的摇篮,我国的民族文化先从这里发展起来,然后向四处扩展;其他地区的文化比较落后,只是在它的影响下才得以发展。这种看法是不全面的。在历史上,黄河流域确曾起到重要的作用,特别是在文明时期,它常常居于主导的地位。但是,在同一时期内,其他地区的古代文化也以各自的特点和途径在发展着。各地发现的考古材料越来越多地证明了这一点。同时,影响总是相互的,中原给各

---

[1] 参阅张光直:《中国古代史的世界舞台》,载《考古人类学随笔》,生活·读书·新知三联书店1999年版,第62页。

地以影响,各地也给中原以影响。在经历了几千年的发展之后,目前全国还有五十六个民族,在史前时期,部落和部族的数目一定更多。他们在各自活动的地域内,在同大自然的斗争中创造出丰富多彩的物质文化是可以理解的。"①

考察古史材料可以发现,中国文明发生时期至少存在着"华夏"、"东夷"、"苗蛮"三大部族集团②,或曰"江汉"、"河洛"、"海岱"三大系统③,这些集团都是早期中国(秦汉)民族的组成来源,对古代文明都有同样的贡献④。考古研究则科学地证明,中国新石器文明存在多区域分布,距今1万年以内,在原有东、西、南、北四大部分文化差异的基础上,逐渐形成相对稳定的六大文化区域:(1)以燕山南北、长城地带为重心的北方;(2)以山东为中心的东方;(3)以关中(陕西)、晋南、豫西为中心的中原;(4)以环太湖为中心的东南部;(5)以环洞庭湖与四川盆地为中心的西南部;(6)以鄱阳湖—珠江三角洲一线为中轴的南方。六大区系内,还可以划分出不同的地方类型。⑤ 随着考古的发展,我们对这种多元分布的认识还有可能进一步提高。

而多元融合则是中华文明生长的主旋律。五千年的历史过程及最终结果无可辩驳地证明了中华文明经过长期演化、变迁而形成统一文化体的事实。

人归根结蒂是作为社会成员的存在,人们结成不同的群体,是赖于文化的而非生物的原因。所谓"族群"(ethnic groups),包括一般性的各级族群、主要族群乃至最大的族群单位——近现代民族国家以政治法律认可的"民族"(nation 或 state-nation),即是一个在客观上拥有共同

① 苏秉琦:《关于考古学文化的区系类型问题》,载《苏秉琦考古学论述选集》,文物出版社 1984 年版,第 225—226 页。
② 徐旭生:《中国古史的传说时代》,文物出版社 1985 年新一版。
③ 蒙文通:《古史甄微》第二章,《蒙文通文集》第五卷,巴蜀书社 1999 年版。
④ 徐旭生:《中国古史的传说时代》,文物出版社 1985 年新一版。
⑤ 苏秉琦:《关于重建中国史前史的思考》(《考古》第 12 期)、《关于考古学文化的区系类型问题》(《文物》1981 年第 5 期)。

文化属性如共同语言、信仰、风俗、生活习惯,同时在主观上具备对这种客观文化属性高度认同的人群①。其中,主观认同最为重要,人们意识中的"族群性"(ethnicity)观念,实际上更多是指向了此类人群对这一共同体的认同并愿意融入的主观意念②,即"对他而自觉为我"的意识。

基于一种普遍认同感的大共同体意识,不仅早在现代西方民族主义传入中国以前,而且是很早——文明长成初期——就已经在中国出现了,并且不断得到巩固。从传说时代的"协合万国"到春秋战国时代的"四海之内皆兄弟也",再到汉代中央集权王朝的"春秋大一统"及此后的"自古帝王非四海一家者,不为正统",最后形成具有价值观的意义的"天下"观念,其核心就是文化一统、政治一统、"世界"一统,而且这种一统既是必须的,也是可能的。正是具备这样的认同观念,中华文明才能以源自多元的发生格局,达成归于一体的最终结果。

当代民族学学者本尼迪克特·安德森(Benedict Anderson)指出,在现代民族主义产生之前,有三个因素维持了古典式的"共同体":一是语言特别是经典语言及其所承载的本体论真理或信仰,二是王朝及维持王朝的观念,三是"同时性"的时间概念。正是因为这些因素在资本主义兴起以后的逐渐衰亡,才造成了当代"想象的"意识产物"民族共同体"兴起并取而代之。③ 然而在中国,从古代到现代,以上因素一直得到了持续并且日益有力的加强。就第一点论,语言虽然颇有歧异,但书面语系甚早定型并始终居于文化传承的主导地位,并没有像拉丁文那样让位于方

① 参阅张明珂《华夏边缘:历史记忆与族群认同》(社会科学出版社 2006 年版)第一章的综述。需要特别说明的是:除引文外,本章用"族群"一词专指亚一级的 ethnic groups,用"民族"一词专指最大的族群单位和近现代所谓"国族"(nation 或 state-nation)。文中所谓"汉族"、"匈奴族"、"蒙古族"、"女真族"、"回族"等,属"族群"范畴;"中华民族"、"大和民族"等,则属"民族"范畴。
② 王晓璐等:《文化批评关键词研究》"种族"条,北京大学出版社 2007 年版。
③ 〔美〕本尼迪克特·安德森:《想象的共同体》,吴叡人译,世纪出版集团·上海人民出版社 2005 年版,第二章。

言；而经典很早形成并发展出一种核心意识形态，在这个文明区域内始终扮演着"文化基因"或"文化人格"的角色。就第二点论，早自秦开始，直至近代，古代中国始终保持了一种建立在"天下秩序"原理基础上的"天下—王朝"型政治范式，以古代王朝的古老形式涵育了一个文化共同体的实质。所谓"天下秩序"原理，就是以血缘为本位的家族体系构建社会政治乃至国家结构，以血缘伦理原则进行政治的运作，从而实现"王化"与"教化"，达到天下"大同"。历史上进入中国世界的族群因其在文化上的认同，都在很大程度上接受了这一原则，以众多的复数"天下"进至一元"天下"①。在第三个因素方面，朴素直观的中国哲学始终坚持着那种天人同一、"将人类的生命深植于事物本然的性质之中"的观念。因此，"中国不仅一直维持着统一帝国的形象，而且不断地再创统一帝国的实体"②。古代王朝体系崩溃、西方民族主义传入中国以后，这片广大的地区并没有像欧洲、拉丁美洲那样形成无数个"民族国家"，而是走上了一条崭新的民族发展道路，亦同样植根于此。

在中国世界，这些维持大共同体意识的因素并非是先验的，更不是天生的，它的形成具有坚实的客观基础。大而论之有二：一是相对封闭的，同时内部区域文化多元繁富、传播交流相对便利的地理环境；二是农业的早熟与农业区的不断扩大所造成的边界变迁。

第一点是文化传播赖以发生的环境基础。中华文明的舞台，是一个西起亚洲中央山系喜马拉雅山脉，北至荒漠，东至太平洋，南至亚热带丛林的广袤地区。地域广大，地形地貌繁复，跨越寒、温及亚热带，气候既适宜农业，同时又丰富多样。多条大河纵横，大、小水系繁多，山地高原和丘陵约占三分之二。这一文化环境，与世界其他古代文明地区相比有较大的不同，首先是相对封闭，与其他文明中心相距遥远，且有高山大海

---

① 高明士：《天下秩序与文化圈的探索——以东亚古代的政治与教育为中心》，上海古籍出版社2008年版，第6页、第108页。
② ［美］王国斌：《转变的中国——历史变迁与欧洲经验的局限》，李伯重等译，江苏人民出版社1998年版，第85页。

之阻隔。虽然也有天然与人为通道以达于联系,但毕竟艰难①。同时缺乏海洋切割,不宜发展出航海探险的殖民行为。其次是内部到处都有适宜于农耕的灌溉区域,各区域之间既相对独立,同时又具有频繁交流的条件。小区域的文化一旦发展到相当程度,便可借小水系进入到大水系,融合其他地区文明,造就一个更大的局面②。再次是在广袤的东亚大陆,适宜农业的地区和从事畜牧的地区以降水量多寡而形成两大区域,"长城以南,多雨多暑,其人耕稼以食,桑麻以衣,宫室以居,城郭以治。大漠之间,多寒多风,畜牧畋渔以食,皮毛以衣,转徙随时,车马为家。此天时地利所以限南北也"(《辽史》卷三十二)。这两个区域相互毗邻,从而使游牧区域拥有了分享农业文明成果并向之转化的条件。这三个特点使中国文明始终具备在一个广大空间里融合汇聚的趋势,但同时又仅仅局限于在这个广袤的封闭区域——"天下"中展开。人类历史证明,融合与交流是一个文明持续存在并获得高度发达的充要条件,因此,中国文明由于具备东亚大陆众多区域文明的融合条件,故能持续发展且从未断绝;但一旦融合了整个"中国世界"而达至顶峰——大约在清乾隆时期,由于缺乏与其他文明特别是西方文明的交流刺激,遂不免从高峰开始衰落。

第二点则是集权整合得以实现的政治、社会、经济及资源因素。农业的早熟与农业区的扩大,造就了共同的生产方式以及经济基础的趋同,从而产生了基于政治、社会、经济因素的族群及其认同感。历史上,农业的早熟是中国文明赖以发生的重要原因;而农业区的扩大,根据当代考古的发现,并非是一个中心区的四处扩张,而是多个农业中心的融汇而导致的实际扩大。这种扩大,早期是农业区与农业区的交汇,后期则主要表现为农耕区域与游牧区域的对抗交融以及农业文明的统一与认同。

---

① 参阅[美]费正清等《中国:传统与变革》(陈仲丹等译,江苏人民出版社)、[美]斯塔夫里阿诺斯《全球通史》(吴象婴等译,北京大学出版社,第7版修订版)。
② 钱穆:《中国文化史导论》,商务印书馆1994年版。

同一性或身份性的认同在根本上既以文化性作为标准,"族群"就并非是孤立的存在,它是一种相互关系的产物,"没有'异族意识'就没有'本族意识',没有'他们'就没有'我们'"①。因此,"族性"显然不是固定不变的,而是在族与非族的对比和文化互动中变化生成的。② 中国古代"华、夷"与"天下"的观念正是此一动态族性观念的历史形式。

"蛮、夷、戎、狄"最早可能仅是相对于周族的一些概念,以亲疏远近区分,如《周语·郑语》载史伯所云:"史伯对曰:王室将卑,戎狄必昌,不可偪也。当成周者,南有荆、蛮、申、吕、应、邓、陈、蔡、随、唐;北有卫、燕、狄、鲜虞、潞、洛、泉、徐、蒲;西有虞、虢、晋、隗、霍、杨、魏、芮;东有齐、鲁、曹、宋、滕、薛、邹、莒;是非王之支子母弟甥舅也,则皆蛮、荆、戎、狄之人也。非亲则顽,不可入也。其济、洛、河、颖之间乎!"大约在春秋战国之际,"蛮、夷、戎、狄"才成为诸夏、华夏及其政治代表——"中国"(中央王朝)的对立面,被用来称呼华夏四外的族群。"后世的华夏观念,当由周初族群结合而开其端倪。"③

但从一开始,"华、夷"区分就首先是基于一种文化对比与政治分野,而非纯粹的种族区分。在孔子时代,即使中原地区的人群,纯粹的人种体质差别依然很大④,这正是诸夏亦来自于融合的证据。尽管如此,孔子所代表的精英思想已明显重于文化而不是纯粹的种族,"居楚则楚,居夏则夏","来中国则中国之"。到了战国时代,它甚至表现出一种"用夏变夷"的文化教化主义,这种文化教化主义的实质是"今居中国,去人伦,无君子,如之何其可也"(《孟子·告子章句下》)的自我鞭策,可以说超越了单纯的种族中心主义和利己主义而达到了一个很高的境界。至于"华夷之辨"在后世被保守主义者或民族主义者用作阻碍交流、固步自封的口

---

① 张明珂:《华夏边缘:历史记忆与族群认同》,社会科学出版社 2006 年版,第 9 页。
② 王晓璐等:《文化批评关键词研究》"种族"条,北京大学出版社 2007 年版。
③ 许倬云:《西周史》,生活·读书·新知三联书店 1994 年版,第 140 页。
④ 李济:《再论中国的若干人类学问题》,李济:《中国民族的形成——一次人类学的探索》,江苏教育出版社 2005 年版。

实,并不能影响它的核心实质。其次,"中国"与"夷狄"的文化差异自古以来就是可以转化的,始终呈现出一种文化互动。首次实现中国世界统一的秦人,正是一个从"鸟声人言"的"西戎"变到"华夏"的典型。春秋秦缪公时,就已经对更僻远的戎夷自许"中国"(《史记·秦世家》)。但在当时的"中国"看来,其"杂戎翟之俗,先暴戾,后仁义"的文明程度,依然距"中国"较远。至于穆公,终于可以与齐桓、晋文等"中国侯伯"相伴,而得到太史公的高度评价。(《史记·六国年表》)政治上的"正统"当然更是可以变化的。南北朝最典型,不仅北方"夷狄"入主中原后可以自称"中国",而退处南方自居华夏者,亦不得不力争"中国"之观念正统。此后之辽、夏、金、元、清,亦无不如此。《汉书》历代正史特别是《地理志》隐分"禹域"与"外夷",实乃王朝政治地理的一种表述,而不是现代的国别区分。总之,关于"华夷",可以晚清刘光蕡一段非常精辟的言论为总结:

> 浑浑地球,初无所谓夷夏,而人为之名,名已不足据矣。其土虽有寒温,而无不能生人,人虽有朴质轻捷,而无不知好善。地固无分夷夏,人更无分于夷夏。春秋中国,华夷错处,迭为迁徙,原非一定而不可易。且春秋夷狄,最著者莫若吴楚。吴为泰伯之后,楚为颛顼之后,即赤白狄亦黄帝之裔,何先后异名若此?盖夷夏更不得以种类而别也。①

"中国"是一个永恒的舞台和一所敞开大门的学校,是"中国世界"里所有人的最终归宿。

在中国世界中,由于统一局面居多且效果深远,政治地理的发展基本可以和多族群融合这一"民族变化"同步。正如当代学者所总结的:"从中华民族内部来看,数千年来,中华大地上的各族族称在不断变化,大约数百年一易。族称的演变显示出其中历史内涵的变化:一些族兴起了,一些族衰亡了,一些族迁徙了,一些族与别的族融合,并且改换族称

---

① 刘光蕡:《春秋华夷杂处》,《烟霞草堂文集》卷七《杂著》,清咸丰八年(1858)思过斋刻本。

了。尽管中华民族内部结构在不断变化，特别是中原政权的更迭，常常导致一些族群向边疆乃至海外迁徙；而另一些边疆族则向中原汇聚，并建立政权。但不管其内部怎样搅拌衍变，中华民族本身始是一个数千年包容中国各族共同发展的恒久主体。"①

因此在思想上，自孔子开始的精英知识分子早就取得了将民族性"理解为分享同一文明、语言与文字的同一性"的共识，从而不断地加强整体人群的"集体记忆"；在政治经济方面，众多客观因素又使族群的"边界"持续发生变化并始终具有扩大的趋势。显然，"中华民族"或中国这一"民族共同体"绝不仅仅是当代的意识形态建构，而是渊源有自，是中国文化的独特产物。

二、中华民族的融合生成及其意义

"中华民族"作为现代中国之"国族"（nation），早自二十世纪初古代王朝行将崩溃、现代国家酝酿产生之际，就已经有充分的体认。从梁启超、杨度、李大钊到孙中山，都曾经提出过此一纲领。降至当代，更成为普遍的共识。但"中华民族"不仅仅是一个现代民族国家的政治、法律性"民族"观念，它同样也是一个历史造就的、文化认同的最大"族群"实体，是自古就存在的普遍认同感发展到当代中国现代民族国家产生以后的自然结果。

中华民族的形成是一个长期的、动态的过程。"中国人远远不是在四千、三千或两千年里一成不变的。哪怕在一千年甚至在五百年里也不是没有变化的。在其扩展的过程中，他们一直在征服、被征服和再征服，使自己适应新环境并重塑其文化，所到之处，他们都吸收了新的血液。"②中华民族实际上是一个持续注入新族群、新文化元素，不断聚融汇合的、

---

① 田晓岫：《中华民族形成时代新考》，载王晓莉主编：《民族研究文集（文化·民族·民俗·考古卷）》，中央民族大学出版社 2006 年版。
② 李济：《中国民族的形成》，上海人民出版社 2008 年版，第 2 页。

不断扩展的文化共同体。它的名义是二十世纪初民主革命推翻古代王朝帝制后的伟大发明,但它的实质则早在文明之初就已经奠定了。

考古学家指出,传说中的"五帝时代"大约相当于新石器时代晚期,是中华民族多支祖先族群组合与重组的重要阶段;此后距今四千年至两千年,是"夷"、"夏"共同体的重组与新生阶段。[①] 这一过程当然极为复杂,大体来说,首先是炎黄二族的融合,成为中原地区的主要酋邦。华夏与东夷集团渐次同化合并,此后通过不断地重组,由源于西部的周族组成更大的邦国,随着农业区的扩大,拓疆四境,与周边各古老族群发生新的融合。根据《国语·周语上》记载,周王朝依据统属地区远近及性质不同,划分为五服:"邦内甸服,邦外侯服,侯卫宾服,夷蛮要服,戎狄荒服。""邦外侯服"谓分封诸侯地区,周初至成康之世封建亲戚以蕃屏周,"立七十一国,姬姓独居五十三人"(《荀子·儒效篇》),其地主要是在殷商旧地。"侯卫宾服"指非周族族群地区,即所谓"灭其国不绝其祀"者。而"夷蛮要服"和"戎狄荒服"则是东南和西北的其他部族地区。[②]"五服"大体上可以分为核心区域与外围区域两大部分,外围区域的族群有祝融集团包括己、董、彭、秃、妘、曹、斟、芊,徐偃集团的嬴、偃、盈,夏人后代的姒、己、弋诸姓,以及南方的吴越,北方的戎狄。[③] 虽然"遹征四方"是古代王国发展壮大的必由之径,但"大体上,周人仍是对土著文化及土著族群以融合为主,而控制与对抗只在融合不易时始为之"。周朝建立并稳固以后,"古代以姓族为集群条件的局面,遂因此改观,成为以诸族相融合的新组合"[④]。

春秋之世,北方诸狄,在陕西、甘肃者服于秦,在山西、河北者灭于晋;西方诸戎,大抵归服于秦;东夷诸族,渐次融入齐、鲁、楚;东胡诸族,大部同化于燕。东南之吴、越,长江中游诸蛮之楚,本与中原文化关系密

① 苏秉琦:《中国文明起源新探》,生活·读书·新知三联书店2000年版,第162页。
② 参阅杨宽:《西周史》,上海人民出版社1998年版,第453页。
③ 许倬云:《西周史》,生活·读书·新知三联书店1994年版,第129页。
④ 许倬云:《西周史》,第130、140页。

切,其境内百越、百濮、诸蛮,皆得归化。到战国末期,华夏、东夷、苗蛮三大集团的同化已经完成,"界限几乎泯灭无存"①,夷、夏共同体重组的使命已经大体完成,奠定了中华民族多元一体的基本格局,"今天下,车同轨,书同文,行同伦"(《中庸》)已经成为不可避免的潮流。

秦汉以后的两千年,则是整个中国世界更大范围内的"华"、"夷"融合,即以农业为主的区域与北方、西北、东北游牧渔猎为主的区域,以及西南、南方以山地游耕为主的区域之间的各族群的大迁徙、大重组、大融合。其中,农业区域与游牧区域的融合是主流。从大的方面来看,有四个时期最为显著。

第一是魏晋南北朝时期。

经过汉帝国的不断拓疆和数百年的相对稳定统一的局面,北方、西北各个族群彼此之间的融合已经达到了一个相当的程度。如中原史家所谓"北狄"的典型——匈奴,与北方其他族群特别是鲜卑较早就有融合,后来的南迁匈奴在内徙过程中与中原华族、鲜卑族及地方他族的融合持续不断。羯,又称羯胡,其族源较为复杂,本身就是民族融合的产物。又如鲜卑丁零②,或以为源自商周时西北地区之"鬼方"族群。鬼方族裔,有春秋时的狄族(赤狄、白狄、长狄)③,其族除融入华夏者外,或北迁漠北,成为后来之丁零。丁零先为匈奴所征服,匈奴国家崩溃后向南迁徙,进入蒙古草原腹地及准噶尔盆地等处,并与匈奴余众以及拓跋鲜卑开始融合。氐、羌原居西方,活动区域较广,在中原地区之外,它们"与北方蒙古草原、西南青藏高原、西部天山以南等地区的各个民族均发生

---

① 徐旭生:《中国古史的传说时代》,第53页。

② 或称敕勒、高车;隋唐时称铁勒。丁零、敕勒、高车及铁勒等,实为中原记载在不同时代、不同场合对同一族群的不同称谓。见段连勤:《丁零、高车与铁勒》,广西师范大学出版社2006年版,第1—30页。周伟洲认为:"《魏书》等北朝史籍所记之'丁零',实指在东晋十六国之前,早已入居黄河流域的敕勒族。……南朝的汉人直至南北朝时,仍称此族为丁零。显然,北魏人是沿用了汉族对早已入居内地这部分敕勒族的称谓。因此,在《魏书》中,十分明显地将早已入居内地的敕勒族称为高车或敕勒。"(周伟洲:《敕勒与柔然》,广西师范大学出版社2006年版,第6页)

③ 王国维:《鬼方昆夷猃狁考》,《观堂集林》卷一三,上海书店1992年版。

过密切的关系"①。

这些族群的文化也得到了发展,其内部的经济、社会因素决定了其向农业文明的靠拢已经势无可免。于是在汉末以降的政治分裂局面下,开始了更大规模的内迁,与中原民众形成杂居的局面,最后完全融合进入中原华族。同时中原民众亦颇多迁居北地。这种双向迁徙使农业与游牧两大区域的文化交流与民族融合进一步加深。

氐、羌是中国世界中最为古老的族群之一,氐的分布地区原较接近于中原,很早就与华族错居,汉魏时期则进一步内迁。《魏略》已云氐"各自有姓,姓如中国之姓"、"多知中国语,由与中国错居故也"。至隋唐时期,氐族基本上已完全华化。羌族可能在远古就进入到中原,是中原先民的重要来源之一。至少,羌与克服商族的周族是彼此互通婚姻的两大集团。原居于西方的羌人,在周至秦的漫长时间里,不断向中原各地迁移。两汉时期,西羌地区已属汉帝国的政治疆域之内②,其内迁的范围更广,程度也更强。同样是在隋、唐时期,内迁羌族的绝大部分也融入中原华族。

匈奴的活动区域原即较广,南接燕赵,北暨沙漠,东连九夷,西距六戎,其名在史书中记载不同,夏曰熏鬻,殷曰鬼方,周曰猃狁,汉曰匈奴。匈奴的大规模内迁始于汉末的南匈奴,《晋书·北狄·匈奴传》:"前汉末,匈奴大乱,五单于争立,而呼韩邪单于失其国,携率部落,入臣于汉。汉嘉其意,割并州北界以安之。于是匈奴五千余落入居朔方诸郡,与汉人杂处。……多历年所,户口渐滋,弥漫北朔,转难禁制。……建安中,魏武帝始分其众为五部,部立其中贵者为帅,选汉人为司马以监督之。……其左部都尉所统可万余落,居于太原故兹氏县;右部都尉可六千余落,居祁县;南部都尉可三千余落,居蒲子县;北部都尉可四千余落,居新兴县;中部都尉可六千余落,居大陵县。(晋)武帝践阼后,塞外匈奴

---

① 马长寿:《氐与羌》,广西师范大学出版社 2006 年版,第 1—2 页。
② 马长寿:《氐与羌》,广西师范大学出版社 2006 年版,第 99 页。

大水、塞泥、黑难等二万余落归化,帝复纳之,使居河西故宜阳城下。后复与晋人杂居,由是平阳、西河、太原、新兴、上党、乐平诸郡靡不有焉。"(卷九十七)至西晋,单是匈奴诸部,人数即在三十万口以上,遍及陕西、山西、河北一带。① 其中大部分到唐代时已经完全华化。

鲜卑是魏晋南北朝内迁人口最多、分布最广,同时也是建立政权最多、华化最深、影响最大的北方族群②,北魏的建立是其中最重要的原因:"后魏迁洛,有八氏十姓,咸出帝族。又有三十六族,则诸国之从魏者;九十二姓,世为部落大人者,并为河南洛阳人。"(《隋书·经籍志二》)它和南迁匈奴一样,绝大部分至迟在唐代完全融入中华大家庭中。

丁零在汉末魏晋时其一部迁入漠南并开始入居塞内,《晋书·北狄·匈奴传》所言十九部落中之赤勒(敕勒),亦即内迁丁零。内迁丁零分布极广,各以部落为姓氏,有翟氏、鲜于氏、洛氏、严氏等,遍及河北、山西、河南等地,北魏以后完全融入中原华族。③

至于西域人入居中国特别是首都地区者,亦以北魏一代为最多。④《洛阳伽蓝记》有曰:"自葱岭已西,至于大秦,百国千城,莫不欢附,商胡贩客日奔塞下。所谓尽天地之区矣。乐中国土风,因而宅者,不可胜数,是以附化之民万有余家。"这种情况一直沿续到唐代并有较大的深化,从葱岭以东一直到中亚、西亚如昭武九姓以及波斯,迁入内地并融入华族者始终不绝。

南方得到了深入的开发,南部族群实现了完全融合。在原始族群分布的意义上,文明初期的中国世界可以分为中原、北、东、南和西南五大块。其中南部地区的传统源远流长,甚至在中国古人类起源过程中占有重要地位,浙江河姆渡文化是早期新石器时代南方文化繁荣与兴盛的典

---

① 马长寿:《北狄与匈奴》,生活·读书·新知三联书店1962年版,第92—100页;周伟洲:《中国中世西北民族关系研究》,广西师范大学出版社2007年版,第22页。
② 周伟洲:《中国中世西北民族关系研究》,广西师范大学出版社2007年版,第203页。
③ 以上据段连勤:《丁零、高车与铁勒》第三至第五章,广西师范大学出版社2006年版。
④ 向达:《唐代长安与西域文明》,生活·读书·新知三联书店1957年版,第4页。

型象征。南方自古就是一个多族群地区,所谓"百蛮"、"百越"、"百濮"、"百夷",即极言其众多。在从周到秦统一的漫长阶段中,南部族群与中原华族始终处于融合过程,汉帝国的统一使这一过程进一步加剧。但由于南方族群数量极多,分布极广,以"百越"为例,"自交趾至会稽七八千里,百粤杂处,各有种姓"(《汉书·地理志》注),融合并没有因为汉帝国的统一而告完成。而魏晋南北朝政治文化经济中心的南移,使南方在得到深入开发的同时,也使族群融合终于实现了质的变化,越、蛮、俣、俚、僚、爨等族,除少数仍居山地者外,整体上在南朝末年就已基本融合入华。梁侯景之乱后,南方土族豪酋亦乘机竞起,在政治上有所作为,并从而提升了自身的社会地位。①

第二是唐时期。

全盛时期的唐代是古代中国的一个顶峰,其标志是政治清明,经济发达,疆域拓展,文化昌盛,民族融合进一步加深,中西交流频繁,各种因素交汇激荡,时代精神蓬勃向上。就民族融合而言,首先,唐直接继承了魏晋南北朝的融合趋势,产生了革命性的结果。近代史家陈寅恪提出"种姓"问题是理解唐史的关键之一,实乃卓见。历史学家据史料统计指出:西晋太康时的户数为二百四十五万,北魏正光前户五百万,刘宋大明时户九十万,到隋大业五年,户达八百九十万,唐天宝年间,户九百六十一万,口五千二百八十八万。"这除了管辖范围扩大,检括户口及自然增长等因素外,也是与大批少数民族编户齐民融合于汉族密切相关。数百万(约四百万以上)北方的乌桓、匈奴、鲜卑、羯、氐、羌及南方山越、蛮、俚、僚、爨等族,与汉族融合,不仅给汉族注进了大量新鲜血液,使之生机勃勃,更富有创造力。"②唐代统治者李氏,本身就具有鲜卑血统。其次,唐王朝在不断拓展政治疆域的过程中,与各个续生型族群及其邦国如突

---

① 参阅陈寅恪:《魏书司马叡传江东民族条疏证及推论》,《金明馆丛稿初编》,生活·读书·新知三联书店 2001 年版。
② 白翠琴:《魏晋南北朝时期汉民族发展刍议》,载费孝通主编:《中华民族研究新探索》,中国社会科学出版社 1991 年版,第 264—265 页。

厥、回鹘、吐蕃、南诏、奚、契丹、室韦、渤海、高句丽等又开始了新的交汇，而中原居民之外徙、周边族群之内迁潮流，尤为波澜壮阔。[①] 这种多向交流使中华民族继续向一个更大的共同体迈进。文化方面，陈寅恪先生指出，隋唐制度出于三源，一为"江左承袭汉、魏、西晋之礼乐政刑典章文物，自东晋至南齐其间所发展变迁，而为北魏孝文帝及其子孙摹仿采用，传至北齐成一大结集者"，一为"凡梁代继承创作、陈氏因袭无改之制度，迄杨隋统一中国吸收采用，而传之于李唐者"，一为"凡西魏、北周之创作有异于山东及江左之旧制，或阴为六镇鲜卑之野俗，或远承魏、（西）晋之遗风，若就地域言之，乃关陇区内保存之旧时汉族文化，以适应鲜卑六镇势力之环境，而产生之混合品"[②]。三源之外，另有疆域拓展中西交通昌兴以后所传来的异域因素，经唐吸收整合者，"李唐一代为吾国与外族接触繁多，而甚有光荣之时期"[③]。

中国上古氏族繁多，或各以图腾为姓以立外婚之制，其后阶级差别产生，姓氏分化新生益繁。族群融合，原无姓氏者或仿华制而立姓，原以部落或以国为姓者依译音而以汉字名姓，如代北复姓"长孙"、"万俟"、"宇文"、"慕容"、"独孤"等，关西复姓如"钳耳"、"莫折"、"荔菲"、"弥姐"等，诸方复姓如"夫余"、"黑齿"、"凫臾"、"似先"、"瞿昙"、"鸠摩"等，代北三字姓、四字姓等如"侯莫陈"、"破六韩"、"乙速孤"、"可朱浑"、"井疆六斤"等（见郑樵《通志·氏族略》）；或改从汉姓，如刘渊、石勒者皆是（另有代北复姓省改者，如"叱李"改为"李"、"莫卢"改为"卢"），从而造成复杂的姓氏合并，使传统姓氏血统发生革命。"自隋以后，名称扬于时者，代北之子孙十居六七矣，氏族之辨，果何益哉。"（胡三省《资治通鉴》注）唐宋辽金元乃至于清，合并入汉姓者，始终不绝。章太炎谓："中国故重家族，常自尊贤。自《世本》以后，晋有贾弼《姓氏簿状》，梁有王僧孺《百家

① 参阅吴松弟：《中国移民史》第三卷（福建人民出版社 1997 年版）、《盛唐时期的人口迁移及其地域特点》（载李孝聪主编《唐代地域结构与运作空间》，上海辞书出版社 2003 年版）。
② 陈寅恪：《隋唐制度渊源略论稿》叙论，生活·读书·新知三联书店 2001 年版，第 3—4 页。
③ 陈寅恪：《唐代政治史述论稿》，生活·读书·新知三联书店 2001 年版，第 321 页。

谱》,在唐《元和姓纂》,宋而《姓氏书辨证》,皆整具有期验。唯《广韵》犹著录汉虏诸姓,其重种族如是。元泰定刻《广韵》,始一切刊去之,亦足以见九能之士,不贵其种而甘为降虏者,众也。"①这是中华民族多元融合渐成一体的重要标志,而唐则是其从量变到质变的关键时期。

第三是宋辽夏金元时期。

唐王朝崩溃以后,广袤的中国世界暂时进入到一个分裂的状态,宋朝的统一并未能完全在政治上对所有地域都实现有效的控制,最终南迁而让出了中心地区。这实际上也是魏晋至唐代各地区、各族群特别是北方游牧族群在文化、物质上都得到抬升,从而具备了入主中原的能力的结果。从公元十世纪末到十四世纪末,是中国世界几大族群先后建立王朝的时代,其频繁与数量虽不及晋南北朝时期,但就王朝的规模、控制范围及彼此冲突交融的程度而言,则超迈以往,亘古未及。

严格说来,西夏的建立者"党项羌"虽然具有一定的续生型族群性质,但根本上仍属于早在唐时就已经融入中国内部的族群,西夏政权的出现,不过是一次政治分立而已。因此,尽管西夏建国之初,尽力突出民族特点,"但这些举动本身却往往有违西夏统治者的初衷,不能摆脱汉文化的影响"②,甚至仍以中国承继者自居。契丹的情况稍为复杂,其源本出鲜卑,是鲜卑宇文别部的一支。鲜卑宇文别部原居辽水上游,与其他二部慕容部、段部鼎足而三。南北朝时期宇文部不幸为慕容部所破,其残余分为契丹和奚。契丹屡受他族之侵,从北魏太武帝时起,渐渐内附,岁致朝献。由此得以与中原交流日多,获得了宝贵的文明经验。唐朝建立后,契丹逐渐中兴,与唐战盟相继,实已成为中国大家庭之一员。唐中期以后,契丹开始从逐寒暑、随水草,以车帐为家的游牧方式向农牧结合、居有定处的先进生产方式过渡,部落之间也不单单再是简单的军事联盟关系,王朝国家的概念与形式也已开始形成。十世纪初,耶律阿保

---

① 章太炎:《訄书·序种姓第十七》,徐复注,上海古籍出版社 2008 年重版,第 224—225 页。
② 史金波:《从西夏看中华民族多元一体》,载费孝通主编:《中华民族研究新探索》,中国社会科学出版社 1991 年版。

机正式建立王朝国家后,将东北、华北整合到一个政治实体之内,"从而改变了东北民族的空间发展方向,开始了北狄诸族相继入主中原、进而融入中原社会的千年历史进程"①。辽宋澶渊之盟以后,辽、宋文化进入一种自然合流时期,契丹从原来的"番汉分治"开始全盘华化。这当然是代表东亚文化主流的中华农业文化扩大、交融、发展的内在理路所决定的,不依武力与政治因素而转移。②

女真族虽然渊源亦早,但在本质上仍属于唐以后的续生型族群。金源一代的文化成就要高于契丹建立的辽王朝,这是因为它较彻底地走进中原农业国,从而实现了以中原文化为核心的多民族文化融合发展的缘故。从公元1137年废伪齐,至完颜亮即位后于公元1151年迁都燕京,金王朝的统治中心遂移至中国中心地区。金熙宗读《尚书》、《论语》、《五代史》等书,或夜以继日。③ 完颜亮在位期间,虽然其统治残暴加剧了北方的阶级矛盾与民族矛盾,但客观上也确实起到了促进女真族汉化及加速北方各民族融合的作用。④ 史载完颜亮"渐染中国之风,颇有意于书","一日,与翰林承旨云颜宗秀、左参知政事蔡松年语:'朕每退稽前史,博考废兴,见开创之君,雄材大略,兼弱攻昧,混一区宇,躬膺大宝,慨焉慕之。'"(《三朝北盟会编》卷二百四十二引张棣《正隆事迹》)显示出金源帝王俨然已自视为混同区宇的中国君主,这是"来中国则中国之"的重要信号。金于公元1156年改革官制;1152年,将原"南、北选"合而为一,罢经义、策试两科,专以词赋取士。完颜亮败亡,金世宗即位,"不数年间,仓库充实,民物殷富,四夷宾服",在位二十多年相对和平、繁荣,号称"大定之治"。章宗即位后,在金世宗的基础上,金国社会经济文化得到全面发展,"神功圣德三千牍,大定明昌五十年"。金世宗虽有意识吸取中原农

① 王小甫:《总论:隋唐五代东北亚政治关系大势》,载王小甫主编:《盛唐时代与东北亚政局》,上海辞书出版社2003年版,第14页。
② 参阅姚从吾:《契丹汉化的分析》,载王元化主编:《释中国》第四卷,上海文艺出版社1998年版。
③ 参阅赵翼:《廿二史札记》卷二十八"金代文物远胜辽元"条。
④ 参阅李锡厚、白滨:《辽金西夏史》第五章,上海人民出版社2003年版。

业先进文化,尚还不无民族偏见,但其太子允恭及皇太孙麻达葛也就是后来的金章宗已接受正规的华化教育,故"金国之典章制度,惟明昌为盛"(周密《癸辛杂识》续集卷下)。金章宗还重视改善女真人(屯田民)和汉人(齐民)的关系,进一步促进了民族融合,标志着华化的最终完成。

蒙古族则是非常典型的新兴族群,这个族群最终建立起空前规模的统一帝国,它将中国世界的范围推到了极致,从而使中华民族的融合得以在一个更广、更深入的层面上展开。在元帝国,进入"中国"范畴的族群数量达到了一个相当的程度,当时有所谓"蒙古"、"色目"、"汉人"、"南人"之称,色目即西域之人,其范围"自唐兀、畏吾儿,历西北三藩所封地,以达于东欧";"汉人"、"南人"则以金宋疆域或平定先后为判,契丹、女直、高丽称汉人,云南、四川亦称汉人,江浙、湖广、江西及河南行省中之江北、淮南诸路称南人。[1] 陶宗仪《辍耕录》卷一载蒙古七十二种,色目三十一种,或不尽准确,但仍可证明当时蒙古、西域等地区大、小族群数量之夥。重要的是,除原有的高丽、渤海、琉球、安南诸邦,蒙古、契丹、女直、吐蕃诸族外,中华大家庭又融入了新的血液。

第四是清王朝时期。

秦汉以后,东北族群兴起者尤多,"英杰屡出,数建大国"[2],它们都可以称为东夷集团的"续生型"邦国。就其对中华统一民族国家发展所起的作用来看,建州女真发展起来的满族融入中国后所建立的最后一个古代王朝——清王朝,起到了终极性的作用。[3] 就具体方面说,如当代学者徐杰舜所指出的:一是统一了东北地区。女真各部以外,索伦、达虎尔、鄂伦春等族群以及漠南蒙古科尔沁、喀尔喀、察哈尔等部均都归顺于清,为东北边疆地区成为中国领土不可分割的一部分作出了决定性的贡献。二是统一台湾,结束了明末造成的短暂割据。三是平定天山南北准噶尔、大小和卓的叛乱,加强了对新疆的管理,并兴修水利、开办屯田,修建

① 以上据陈垣:《元西域人华化考》,上海古籍出版社 2008 年版,第 1 页。
② 姚从吾:《契丹汉化的分析》。
③ 参阅苏秉琦:《中国文明起源新探》,第 164 页。

城池、建置台站，巩固了新疆的统一局面。四是对西藏的社会进行了改革，加强了对西藏的政治管辖。五是改土归流，统一了西南地区的行政管理体制，巩固了西南边疆。① 总而言之，清王朝完成了中华民族地理空间的定型，建立了统一的多族群的政治体制，发展了共同体的文化认同，"中国之一统始于秦，塞外之一统始于元，而极盛于我朝，自古中外一家，幅员之广，未有如我朝者也。"（雍正《驳封建论》，《清世宗实录》卷八三，雍正七年三月）为现代国家的建立及中华民族的最后形成，奠定了牢固的基础。

以上历史事实充分证明了，在中国世界的共同范围中，无论地区远近、文化高低，族群融合是一个必然的趋势。所有的族群，包括所谓的中原"汉族"，无论其原始来源还是发展过程，都是一个融合而且是一个始终不停的融合结果。"来中国则中国之"的文化涵化，并无主动与被动之别。因此，最后形成拥有共同文化价值核心的诸族共和体并成为清王朝覆灭后现代中国的"国族"（State - Nation）——中华民族，既是一种观念认同的"自觉实体"，更是一种几千年的历史过程形成的"自在实体"。②

正如当代学者伍雄武指出的，事实上不存在着某种两难：要肯定中华民族是一个民族实体，就要否定各少数民族是一个民族实体；要保证少数民族的权利和地位，就要否定中华民族是一个民族实体、否定"中华民族"的概念。③ 这是因为：一方面，如前所述，中国历史上所有的族群都始终在融合之中，"你中有我、我中有你"是不争的历史事实，中华民族实际上也是一个融合的结果，并且是一个文化认同的"多元一体"单位④，它

---

① 徐杰舜：《中华民族论——从多元走向一体》，广西师范大学出版社 2008 年版，第 125—126 页。
② 费孝通：《中华民族的多元一体格局》，《北京大学学报（哲学社会科学版）》，1989 年第 4 期。
③ 伍雄武：《中华民族的形成与凝聚新论》，云南人民出版社 2000 年版，第 224 页。
④ 关于"中华民族多元一体"，见费孝通《中华民族的多元一体格局》（《北京大学学报（哲学社会科学版）》，1989 年第 4 期）以及费孝通主编《中华民族研究新探索》（中国社会科学出版社 1991 年版）。并参徐杰舜《中华民族论——从多元走向一体》的综述。

符合一个独立族群的全部内涵。另一方面,在政治、法律及国家意义上,中华民族可以表述为"国族",是一个最大范畴的族群单位。凡是这样的国族,它可以包括亚文化族群,其中也可以存在主要族群、少数族群,所有这些一起构成一个文化共同体。当代世界上的民族国家95%以上都是"多族群国家",在全球化日益明显的今天,即使再纯粹的民族国家,也不可避免地产生少数族群,但这些并不妨碍最大范畴族群共同体的成立。

中西进入现代化国家的途径有所不同。西方摆脱古代政教合一的王朝大一统政治,缘起于民族意识的凸显,因而兴起建立独立民族国家的内在动力。欧洲及北美现代化的过程,就是削弱家庭形式、职业、地方属性而代之以加强民族、国家认同的过程。① 中国早已建立起超越民族的"天下"观念,不存在突出的种族和文化差异问题,故而缺乏这样的需要。中国近现代民族国家的建立,根本上来说是在西方列强侵略与扩张的背景下,不得不应对西方现代化以后的强势力量,从而达到保存自身生存、发展目的的结果。② 尽管如此,这种被动的应对仍然保持了中华文化的特色,"中华民族"与其说是一种伟大的创设,无宁说是一种符合历史事实与文化精神的自然归属。在这个意义上,追随西方现代理论,削弱"中华民族"的事实与观念,既不符合历史实际与文化精神,也有害于中国的现代化进程。③

第二节 文字及文学书写方式的统一

文化的要素有多种,在中华民族共同体文化认同的意义上,语言文

---

① Werner Sollors, *"Ethnicity"*, In Frank Lentricchia & Thomas McLaughlin（ed.）, *Critical Terms for Literary Study*, The University of Chicago Press,1990, p. 289.
② 耿传明:《中国近现代文学中的民族国家叙事与民族认同》,载《文学与文化》第4辑,南开大学出版社2003年版,第119—130页。
③ 关于此方面的深入阐述,参阅徐杰舜:《从多元走向一体——中华民族论》,广西师范大学出版社2008年版。

字与文学、艺术是最重要的因素之一。在由多族群融合成一个中华民族的漫长过程中,共同的书写方式、文学和艺术的审美与道德境界是一种重要的文化凝聚力。

语言与文字是人类进行思考并积累、传播知识最根本、最有力的工具,它进而成为一种文化的身份标志。拥有共同的语言与书写方式的群体,才能够真正地掌握其自身的历史与文化。当然,尽管语言是族群区分的要素,却不是绝对的标准。[①] 事实上,历史上存在的以及当代多民族统一国家中的各个民族,都曾经或仍然具有自己的语言文字。不过,正像一个共同体的认同意识并不排除具体歧异一样,在文化涵化中产生的对一种统一的语言和书写方式的认同,与各种语言文字的存在并不矛盾。中国古代乃至现代都没有从政治上强迫规定"国家语言"与"官方语言"的唯一性,无论是官方还是民间,都是在便于交流以及文化、政治及社会功能的层面上主动地使用汉语尤其是书面语,从而实现一种意识认同的。这实际上是多语言、多区域文化与多族群客观融合的一种自然选择结果。"在长时期的征服中,比较野蛮的征服者,在绝大多数情况下,都不得不适应征服后存在的比较高的'经济情况';他们为被征服者所同化,而且大部分甚至还不得不采用被征服者的语言。"[②]因此,汉语及其文字虽然不是族群分野的根本性的识别标志,却毫无疑问是将多族群合成中华民族这个文化共同体的重要因素。

语言与文字的认同,固然是主要建立在对它们的实用需求而产生的读写驱动之上,但也是通过对它们的高度艺术化形式——文学所传达的思想与情感的接受才得以深入实现的。文学凝结了个体的思想与情感,并能使它们得以沟通、交流与分享。由此,文学也成为一个民族共同体的灵魂,是一个文化主体几千年历史记忆的曲折却最深刻的反映。

---

① 关于族群本质的"共同语言"因素,可参阅伍雄武《中华民族的形成与凝聚新论》(云南人民出版社 2000 年版)第五章《中华民族概念的逻辑确立与民族实体的确认》的综述。

② [德]恩格斯:《反杜林论》,《马克思恩格斯选集》第 3 卷,人民出版社 1966 年版,第 293 页。

一、文字与文学书写方式的统一

早期文学主要是口头文学，经过长期的流传，方被书写，载之竹帛。自此文学便逐渐分为两途：一是口头文学，主要表现在民间；二是书面文学，主要为知识分子所创作。"文学者，以有文字著于竹帛，故谓之文"（章太炎《国故论衡·文学总略》），中国古代传统十分强调文学的书写性质。书面文学形成的充要条件，是文字的产生与书写条件的成熟。

中国文化区域里很早就产生了文字——汉字。早期仰韶文化和大汶口文化的图形符号姑且不论，现存最早的文字是甲骨文，即商代时期书写或契刻在兽骨和龟甲上的卜辞，时代大约是从公元前十四世纪后期到公元前十一世纪之间。甲骨文已经是较为成熟的文字，可以推见，在此之前汉字已经走过一个相当长的发展过程。定型以后的汉字是以表形为基础、表意为主导而兼有表音因素的表意体系文字，它并没有像世界上其他文字系统那样早在公元前十几世纪就逐渐朝拼音方向发展，而是长期停留在表意为主导的阶段。造成这一结果的原因十分复杂，但根本原因在于汉字能够适应对汉语的记录，特别是能够适应中原农耕文化不断扩大而形成的一个多元融合型文化的语言的记录。汉字使幅员辽阔、风俗各异、方言众多的中国区域突破了语言的障碍，达成了统一的语言记录，并反过来约束了方言的分化，加强了区域文化及不同民族之间的融合。

按照一般规律，文字若不表音，则记录语言的基本宗旨既失，文字所欲实现的人与人之间特别是族群与族群之间的跨时空交流必成问题。但如果单纯地记音亦即"随宜记注，造作书字"，在范围广大、区域文化繁富、方言众多的中国文化区域，势必导致文字系统的不同，进而促生方言的进一步分立，文化、社会分裂的"巴别塔困境"也将必然出现。然而，上述困境在中国却均未产生，原因就在于汉字。在言人人殊的文化条件下，在农业区不断扩大的客观局势中，只能放弃专主记音的文字而转而采取一种别样的沟通方式，这就是表意为主的书写符号及随之发展起来

127

的书面语言——汉字及书面语——一种不以声音为根本要素而是以约定俗成的"典范"规则为核心的交流系统。以周代商这一中国文化史上人文长成的关键阶段为例,周人来自西方,与商人的语言不可能完全相同,但周铜器文字与商代前后相承,铭文语法与商代卜辞也没有根本性差异,说明周人继承了商文化的书面语并有所发展①,这显然是一种符合客观态势的必然结果。由此,随着社会与文化的发展,在以黄河中下游为中心的一个广袤的地区内,方言得到趋近与融合,区域共同语得以进一步完善,而以此共同语为基础并有所超越的书面语,历经春秋、战国至汉,最终成为一个稳定的系统,它的基本框架几千年来没有根本性的变化。钱穆从结果上着眼,提出:"中国人于语言文字,特重雅俗之分",而"俗即限于地,限于时。而雅则不为其所限"。② 所谓"雅"者,即是上述之书面语;雅、俗之分,实即语、文分离,它使得文字具有超越空间、时间的无穷可能性。饶宗颐精辟地指出:"欧洲的文艺复兴,不同国族的人们以方音的缘故,各自发展自己的文字,造成一种双语混杂的杂种语言,终于使拉丁语架空而死亡。……汉字不走言语化道路,所以至今屹立于世界,成为一大奇迹。"③这个奇迹,大而言之,就是中国文化共同体的持续存在。④

中国的书写、载籍传统同样源远流长。刻于甲骨、陶器、金石之上,尚还不能算作是真正意义上的书写文献,中国文献典籍源起于以竹简、木牍为材料,以毛笔墨书,并编以韦或丝绳,聚简成篇。《尚书·多士》说"惟殷先人,有册有典",虽然这并不能证明周代以前就已经出现了较为成熟的简册典籍⑤,但仍然可以反映出中国文献典籍的历史久远。竹木

---

① 参阅周祖谟:《汉语发展的历史》,载其《文字音韵训诂论集》。
② 钱穆:《现代中国学术论衡》,岳麓书社 1986 年版,第 143 页。
③ 饶宗颐:《符号·初文与字母——汉字树》,上海书店出版社 2000 年版,引言第 2 页。
④ 参阅第一章第二节第一小节的论述。
⑤ 陈梦家以为"有册有典"之"册",是龟背甲连缀之龟册。见陈梦家:《殷墟卜辞综述》,中华书局 1988 年版,第 8 页。又参阅饶龙隼:《中国文学源流述考》,江西高校出版社 2000 年版,第 24 页。

以后,书写材料兼用缣帛,最终在公元前后发明最为理想的书写材料——纸张①,使文字记载形成典籍蔚然大兴。文字的成熟及载籍的发达共同发挥作用,使书面文学得以跨越时空的鸿沟而垂诸长久、无远弗届。

汉语书面语典范很早就已经出现。商代的甲骨文辞已经有了简单的叙事,及至周代的青铜铭文,更有了长足的发展。史载早期有多种典籍出现,如"三坟"、"五典"、"八索"、"九丘"等,但均已不传。现存最早的书面记载文献《尚书》中的部分篇章,是上古史官记录帝王诰命的文件汇编,它的内容时代虽不能完全确定,但至少有相当一部分成于西周时期②。《尚书》的初始形态可能是口耳相传,但形诸文字仍然较早,就先秦时期的一些引述来看,当时的《尚书》已经是较为成熟的书写。《周易》也是一部较古老的经典,内容时代不晚于西周,它虽然是一部占筮之书,但蕴含了丰富的经验性知识和哲学思想,象喻精微、言辞简赅,并融纳了不少原始歌谣,同样成为后世的文章典范。

春秋以降,王官失守,私学兴起,书面语在春秋末年到战国时期不仅成为更广区域内的共同文化因素,而且其质量发生突进。就最能反映书面语水平的词汇而言,"在此以前,有关生产活动及日常生活的词汇占很大比重,抽象名词,概括性的词汇,特别是社会意识形态方面的词汇,比重较小,而春秋战国时期,这一类词汇大大增加。另外,甲骨文时期,虚词还不怎么发达。到了春秋战国时期,古汉语中的虚词基本上都产生了,后来形成一套文言虚词,在书面语言中具有很强的活力"③。这一时期的史传及早期诸子文本,已经取得较高的语言文学成就。现在可以确认,《春秋》是春秋时期鲁国的编年简史,无论是否经过孔子的编订,它的

---

① 参阅钱存训:《书于竹帛——中国古代的文字记录》第七章,上海书店出版社2006年版。
② 今本《尚书》中可以大致定为西周时期的篇章有《汤誓》《盘庚》《牧誓》《洪范》《金縢》《大诰》《康诰》《酒诰》《梓材》《召诰》《洛诰》《多士》《无逸》《君奭》《多方》《立政》、《顾命》。
③ 何九盈、蒋绍愚:《古汉语词汇讲话》,北京出版社1980年版,第10页。

时代不晚于公元前五世纪末。稍晚的《左传》、《国语》,主要内容形成于战国早期。《老子》和《论语》虽然最终编订的时代可能在战国中晚期,但它们都是一个长期汇集的成果,《论语》的绝大部分文字是由孔子再传弟子们真实的记录。此类史传及言论记录,在叙事、说理、修辞及篇章结构、话语逻辑方面,都达到了一个空前的水平,并被后世奉为经典,直接催生了战国时期诸子文章的成熟。经典的不断产生,不仅是知识思想积累与新创的反映,同样也是中国书面语言基本面貌与基本范式形成的标志。

文字及书写方式的统一,书面语言与典雅文学的典范作品的出现,共同促成了一种源远流长的文学传统,使汉语言文学成为不同民族之间的共同财富并发挥其巨大的影响力成为可能。

二、《诗经》的书写、接受、传播与西周、春秋时期的文化交融

从西周到春秋,在文学作用于华夏各族群共同意识的加强的意义上,最具典型事件的是诗歌作品的书写、整理与结集,即《诗经》的产生。

《诗经》作品,从性质、内容及创作主体、创作时间等几个方面综合考虑,大致可分为三大类型:郊庙祭祀、纪祖颂功、朝会燕享之歌,劝谕讽谏、抒怀言志之歌,各诸侯国“风诗”。[1] 其中前两类可谓“宗庙诗歌”,创作主体是宫廷乐史之职、瞽矇之工及公卿贵族之士;而后一类则为“民间诗歌”,“饥者歌其食,劳者歌其事”,创作主体主要就是各地百姓。史载古有献诗、采诗之制,献诗如《国语·周语上》:“故天子听政,使公卿至于列士献诗,瞽献曲,史献书,师箴,瞍赋,矇诵,百工谏,庶人传语,近臣尽规,亲戚补察,瞽、史教诲,耆、艾修之,而后王斟酌焉,是以事行而不悖。”采诗如《汉书》:“古有采诗之官,王者所以观风俗,知得失,自考正也。”(《艺文志》)“孟春之月,群居者将散,行人振木铎徇于路,以采诗,献之大师,比其音律,以闻于天子。”(《食货志》)对民间诗歌而言,“采诗”是其被

---

[1] 参阅马银琴:《两周诗史》,社会科学文献出版社 2006 年版,第 9 页。

书写的关键因素。通过不断地"献诗"与"采诗",周王朝乐官随时编纂,形成了《诗经》的初步文本。① 降至春秋,"诗三百"的规模大致形成。孔子可能对其进行过整理,《论语·子罕篇》:"吾自卫返鲁,然后乐正,雅颂各得其所。"但从各种证据来看,如《左传》载鲁襄公二十九年,吴季札到鲁,请观于周乐,襄公使工为之歌周南、召南、邶、墉、卫、王、郑、齐、豳、秦、魏、唐、陈、小雅、大雅、颂,类别与今本《诗经》大致不异,足证《诗》三百篇,在当时已经有一个初步结集的本子。② 因此,在孔子之前,至少不晚于公元前六世纪中叶,与今本《诗经》类似的一个诗三百篇结集就已经在流传③。

《诗经》十五"国风"的采录、书写、编纂、传播与接受,集中反映了西周、春秋时间的文化交流与族群融合。

十五"国风"包括周南、召南、邶风、鄘风、卫风、王风、郑风、齐风、魏风、唐风、秦风、陈风、桧风、曹风、豳风。周南、召南之"南",旧一说以为是周公、召公之采地;一说以为是国名,"其地在南郡、南阳之间"(《水经注》引《韩诗序》);一说以为是乐名或"诗之一体"。综合考察,二南的地域,应该是"周以南之地",大约在今陕西南部、河南西南部及湖北北部地区。邶、鄘、卫原为商畿之地,周既灭殷,分其畿内为三国,其地大约即今河北南部、河南东北部。王即"王都"之谓,即东周洛邑王畿一带。郑,乃指东周至春秋之郑国,其都城在新郑,即今开封西南。齐,即东周以降之齐国,都临淄,其范围为今山东北部和中部。魏地在今山西芮城东北,"南枕河曲,北涉汾水",周初以封同姓,周惠王十六年(公元前661年)为晋所灭。唐地在今山西中部太原一带,周成王封其母弟于此,称唐侯;传至子燮,因其南有晋水,改称晋侯,后为晋国。秦初为周的附庸,原大约在汧、渭之间,平王时始封为诸侯,其地扩大至西周王畿和豳地,包括今

---

① 参阅高亨:《诗经简述》,载高亨:《诗经今注》,上海古籍出版社1980年版。
② 刘持生:《先秦两汉文学史稿》,西北大学出版社1991年版,第8页。
③ 李峰:《西周的灭亡——中国早期国家的地理和政治危机》,徐峰译,上海古籍出版社2007年版,第17页。

陕西及甘肃东部。陈,周武王封虞阏父于此,都于宛丘,其地包括今河南淮阳、柘城及安徽亳城一带。桧,祝融之后裔居此,姓妘,后为郑所灭;其地在溱、洧之间,大约在今河南密县东北。曹,周武王封弟叔振铎于此,大约为今山东南部荷泽、定陶、曹县等地。豳,周族故地,后为秦所有,其地在今陕西邠县一带。[①] 总之,《诗经》的地域,已经包括除南方吴越及北方戎狄以外的周王朝统属区域及其"王化"之地。

十五"国风"是所谓的"风土之音",它不仅在内容上具有民歌的特点,同时在音乐上也自有民间与地方特色。总体来说,"风"、"雅"、"颂"可能在根本上就是一种音乐区分;具体来说,十五"国风"的音乐风格也并不相同。《论语》谓"郑声淫",《礼记·乐记》曰"郑音好滥淫志,宋音燕女溺志,卫音趋数烦志,齐音敖辟乔志",这些不同特色同样体现在诗歌内容方面,如"郑风"诸诗多抒男女恋爱之情,"王风"诸诗多呈乱世悲凉之貌,而"秦风"、"齐风"则颇具尚武之风。当然,这些特色并不能一概而论,每一地区的诗歌内容风格也自有不同。重要的是,《诗经》"国风"的民间性与地域性是没有疑问的。对此,《诗序》及郑玄《诗谱》以"正、变"为说,显是未能正确体察到这一点的结果。

来自于不同地区的不同风貌的民歌,通过各种方式汇集到一起,这本身就是西周以降各地区文化交流、族群融合的反映。《诗经》结集并被整理以后,很快就在一个极广的范围内得到了普遍的接受。春秋、战国时言语称《诗》与著述引《诗》,极为频繁:"古者诸侯卿大夫交接邻国,以微言相感,当揖让之时,必称《诗》以谕其志,盖以别贤不肖而观盛衰焉。故孔子曰'不学诗,无以言'也。"(《汉书艺文志》)这是《诗经》接受的最典型反映。引诗的目的,赋志、证事仅是其中之一,推崇与发扬"诗教"的强大感化之力才是其根本,隐藏在深处的则是对《诗经》作品的文学魅力、

---

① 以上据朱右曾《诗地理徵》(《清经解续编》本,上海书店)、程俊英《诗经注析》(中华书局1991年版)。

文艺形式(风雅颂赋比兴)与价值观念(兴观群怨、温柔敦厚)的高度认同①。《诗经》标志着春秋、战国文化共同体的形成。

《诗经》开创了中国文学"诗的国度"的局面。闻一多指出:"《三百篇》的时代,确乎是一个伟大的时代,我们的文化大体上是从这一刚开端的时期就定型了。……从此以后二千年间,诗——抒情诗,始终是我国文学的正统的类型,甚至除散文外,它是唯一的类型。赋、词、曲是诗的支流,一部分散文,如赠序,碑志等,是诗的副产品,而小说和戏剧又往往以各自不同的方式夹杂些诗。诗,不但支配了整个文学领域,还影响了造型艺术,它同化了绘画,又装饰了建筑(如楹联、春帖等)和许多工艺美术品。"②《诗经》奠定了中国文学的抒情传统,以及表现现实、强调文学的社会功能的教化主义传统,直接影响了后世的创作,作为中国文学的"光辉起点",开万世之风。在思想上,《风》、《雅》成为古代诗歌的品评标准。③ 在艺术上,赋、比、兴的表现手法,"其比兴之义,敷布之用,从容婉顺之致,往复抑扬之趣,旁溢侧出,犹足资策士之游谈,助楚臣之讽谕,下及汉庭之赋、唐代之诗、两宋之词、金元之曲,莫不由此斟酌挹注焉,可谓衣被词林,冠冕文囿者矣"④。在形式方面,《诗经》创造的四言句式为主的诗歌书写,由于不甚适应诗歌展现的需要,而渐被五、七言代替,但四言句式对辞赋、颂、赞、诔、箴、铭等韵文影响甚巨,形成中国书写叙事散文以外的另一个重要体系——骈文系统。在语言上,《诗经》所创立的句式、成语、比喻、象征、表达方法与修辞手段等,无不成为中国语文的重要基石。

第三节　文学艺术传统的奠定与多民族统一王朝的形成

德国历史哲学家卡尔·雅斯贝斯(Karl Jaspers)指出,在经历了史前

---

① 参阅胡晓明:《春秋称诗:意义共喻与早期的诗性共同体》,载胡晓明《诗与文化心灵》,中华书局 2006 年版。
② 闻一多:《文学的历史动向》,载《神话与诗》,上海人民出版社 2006 年版,第 165 页。
③ 刘大杰:《中国文学发展史》,上海古籍出版社 1982 年版,第 56 页。
④ 刘永济:《十四朝文学要略》,中华书局 2007 年版,第 40 页。

和古代文明时代之后,在公元前 800 至前 200 年的精神过程中,世界范围内集中充满了不平常的事件:"在中国诞生了孔子和老子,中国哲学的各种派别的兴起,这是墨子、庄子以及无数其他人的时代。在印度,这是优波尼沙和佛陀的时代,如在中国一样,所有哲学派别,包括怀疑主义、唯物主义、诡辩派和虚无主义都得到了发展。在伊朗,祆教提出它挑战式的观点,认为宇宙的过程属于善与恶之间的斗争;在巴勒斯坦,先知们奋起:以利亚、以赛亚、耶利米、第二以赛亚。希腊产生了荷马,哲学家们如巴门尼德、赫拉克利特、柏拉图,悲剧诗人,修昔底德和阿基米德。这些名字仅仅说明这个巨大的发展而已,这都是在几世纪之内单独地也差不多同时地在中国、印度和西方出现的。"① 雅氏认为这就是世界历史的"轴心",从它以后,人类有了进行历史自我理解的普遍框架。直至近代,人类一直靠轴心时代所产生的思考和创造的一切而生存,每一次新的飞跃都回顾这一时期,并被它重燃火焰。春秋战国时期,正是中华文化的"轴心时代",这一时期的物质成就是农业的普及与生产力的提高以及手工业与商业的发展,精神成就则是发展了基本的思想意识形态,构建了中国实用人文理性的基础框架,并且形成了组织社会的基本理论与实践基础。所有这一切,直接奠定了中华统一文化的基本格局。

经过公元前 800 至公元前 200 年的"轴心时代",秦汉实现了中国世界的政治统一,形成了多区域、多族群在今后的发展道路上不断融合的根本基础。

一、文学艺术传统与书写传统的奠定

《诗经》以后,《楚辞》作为一种地方文学形式的兴起,丰富了古典诗歌的表现形式、美学追求与思想内容。楚辞与《诗经》最后共同成为中国古代文学的最高典范,一是因为它们都来自民间文学传统,而又经过深

---

① [德]卡尔·雅斯贝斯:《人的历史》,载《现代西方史学流派文选》,上海人民出版社 1982 年版,第 39 页。

刻的加工与熔铸;二是它们具有极高的思想性与艺术性,是都被成功地书写、传播并接受的元典文学;三是因为它们在文学创作、文化交流、民族融合的历史过程中发挥了重要的作用。

《文心雕龙·时序》:"春秋以后,角战英雄。六经泥蟠,百家飚骇。方是时也,韩魏力政,燕赵任权,五蠹六虱,严于秦令。唯齐、楚两国,颇有文学。齐开庄衢之第,楚广兰台之宫。"这既与它们的国力不无联系,也与其自身的悠久传统紧密相关。其中齐国稷下学宫主要是关于学问与思想的探究,而楚国宫廷则主要是"竞为侈丽闳衍之辞"①。汉以后称为"楚辞",所谓楚辞,"是摹拟春秋、战国以来,特别是战国后期的楚国民间歌曲形式,从而加工创作成的新体"。② 显然,楚辞的原始渊源仍在于楚地民间文学。

关于楚族的起源,有不同的说法,如楚夏同源说、西方民族说、东方民族说、楚地土著说等。无论如何,到了周代,楚地范围已广,楚人本身就已涵融了多个族群,并且与中原文化发生了密切的交流,实现了文化的提升。至战国时,楚国奄据整个南方,"西有黔中、巫郡,东有夏州、海阳,南有洞庭、苍梧,北有汾泾之塞、郇阳"(《战国策·楚策一》),已经实现了更大程度上的民族融合。长期以来,尽管与中原文化始终相互影响,但楚文化区域仍然呈现出与中原农耕文化不同的特色。笼统地说是"巫风"较盛,实际上则较多保留了原始文化的遗存。其地民间歌谣具有鲜明的特色。现存早期楚地民歌有《子文歌》、《优孟歌》、《渔父歌》、《徐人歌》、《申包胥歌》、《接舆歌》、《沧浪歌》等,还有楚语翻译的《越人歌》③,在此基础上发展起来的楚辞,经过屈原等人的努力,成为一种独特的诗体,在内容上,多灵魂观念、多自然神、多萨满教因素,保留了很多远古神话甚至史诗,以及对宇宙自然的朴素认识;在美学上,则呈现出一种更为浪漫、绚丽的色彩。

---

① [日]冈村繁:《周汉文学史考》,陆晓光译,上海古籍出版社 2002 年版,第 117 页。
② 姜亮夫:《先秦辞赋原论》,齐鲁书社 1983 年版,第 2 页。
③ 此据姜亮夫:《先秦辞赋原论》,齐鲁书社 1983 年版,第 1—12 页。

汉帝国的建立，使南方区域的文学走向了全国，并被成功地融合进文学的传统。

推翻秦王朝的主要力量陈胜农民群体和项羽集团，以及汉王朝的建立者刘邦集团，都属于宽泛意义上的"楚人"。史载高祖"乐楚声"（《汉书·礼乐志二》），并能自创楚歌（《史记·留侯世家》）。戚夫人《舂米歌》、唐山夫人《房中乐》等，以及汉武帝《白麟之歌》、《宝鼎之歌》、《天马之歌》、《瓠子之歌》、《芝房之歌》、《盛唐枞阳之歌》、《西极天马之歌》、《朱雁之歌》、《交门之歌》等，无一不是带有楚辞特征的韵歌。[①]

《汉书·地理志下》曰："汉兴，高祖王兄子濞于吴招致天下之娱游子弟，枚乘、邹阳、严夫子之徒兴于文、景之际。而淮南王安亦都寿春，招宾客著书。而吴有严助、朱买臣贵显汉朝。文辞并发，故世传《楚辞》。"他们使楚辞（屈原等人的作品及汉人拟作）在汉帝国形成时期成为流行的文学体裁，促进了楚辞作品的接受，同时也推动了楚辞体的进一步创作，以至于催生了文学新形式"赋"的成熟。楚辞在汉代的接受，是南北文学传统沟通融会的象征。

楚辞对中国文学和中国文化的影响极其深远。独特的美学品格与形式范式以外，楚辞特别是屈原的作品中所蕴涵的追求崇高、忠贞、修洁的精神，坚韧不拔、九死不悔的品质，是传统人格最耀眼的闪光之点。

轴心时代的文学，呈现出鲜明的特点。在审美追求方面，强调形式，形成诗的传统；注重修辞，如赋比兴、兴象、比喻与托讽，风格上现实主义与浪漫主义相结合；追求真实、崇高的意境。在思想内容方面，注重文学的言志、抒情以及"兴观群怨"的教化功能，它从文学以抒发情志为宗旨这一基本点出发，强调情与礼的和谐，最后注重文学的教化功能——"正得失、动天地、感鬼神，莫近于诗。先王以是经夫妇，成孝敬。"（《毛诗序》）已经体现出中国古典美学"善"与"美"、"情"与"理"相互统一的民族

---

① 黄震云：《楚辞通论》，湖南教育出版社1997年版，第259页。

特征。①

在表现形式方面,以楚辞为代表的诗歌与叙事、说理性散文并行发展。特别是说理性散文的崛兴,"战国纵横,真伪分争,诸子之言,纷然淆乱"(《汉书·艺文志》叙论),各种思想交流碰撞、跌宕起伏,使得言论空前活跃,在继承发扬春秋时代所取得成就的基础上,文辞表达臻于一个极高的水平,"盖至战国而文章之变尽,至战国而著述之事专,至战国而后世之文体备"②。形成于战国早期的《老子》、《论语》及稍后的《庄子》、《孟子》、《荀子》、《韩非子》是其中优秀的代表,在语辞风格上,《老子》之隽永,《论语》之凝练,《庄子》之深远,《孟子》之气势,《韩非》之排奡,《荀子》之平易,各擅胜场。从发展的角度看,如罗根泽先生所云:"自孔门弟子的简单记录,到庄子的皇皇大作,中间才一百几十年,尤其使人惊异。庄周的《齐物论》近三千字。到韩非的《五蠹篇》又发展到四千二三百字,仍然标志着他们是在用加速的步伐前进。晚期的《吕氏春秋》分八览、六论、十二纪,显然有整套的计划。中期的《墨子》、《庄子》虽没有像吕不韦的自己编订成书,但自《尚贤》至《非儒》,自《逍遥游》至《应帝王》,各篇讲一个问题,合起来有完整的体系,也当然是有计划的谈论或写作。"③战国诸子说理散文,出于阐发主张、辩难论驳的需要,大体上都已经是较长篇的有计划创作,逻辑谨严,结构整齐,气势流畅,机趣横生,取譬巧妙,寓言深刻,语汇凝练,修辞奇特,"皆为后世文章之祖"④。战国说理散文的文辞成就,和史传叙事散文以及后期发展起来的骈文,共同构成了古代中国的书写基石。共同的书写方式"文言文"的强大表现力和深厚的承载力,使之形成一种"第二语言"或"高级语言",从而避免了方言的局限,已经超越了"文学"的范畴,使文化的传承得以保障,使中国文化成为一

① 参阅韩林德:《境生象外——华夏审美与艺术特征考察》第二章《华夏美学特征》,生活·读书·新知三联书店1995年版。
② 章学诚:《文史通义·诗教上》。
③ 罗根泽:《先秦散文发展概说》,载《罗根泽古典文学论集》,上海古籍出版社1985年版,第467页。
④ 刘师培:《论文杂记》,人民文学出版社1959年版,第110页。

种自始至终未尝断裂的传统。

二、审美追求、书写方式的进一步认同与秦汉的统一与发展

(一)文学艺术审美追求的认同与民族心理

战国时期,各国疆域的扩大与彼此交流开阔了人们的视界,种族的观念渐淡,"中国"的意义与范围则被逐渐放大,成为秦统一中国的基础之一。[①] 同时,民族文化心理的趋同也是政治统一不可或缺的重要条件。其中审美追求的认同,是民族文化心理最重要的因素之一。

《诗经》的普遍接受,在某种程度上也是审美价值得到普遍认同的结果之一。如"诗言志"这一中国诗学的开山纲领,从《尚书·尧典》的提出,到《左传》"诗以言志"的直接表述,再到孔子"《诗》可以兴,可以观,可以群,可以怨""温柔敦厚,诗教也"的阐发,最后在《毛诗序》中蔚为系统,这一美学命题的建构过程,正是文学审美认同的典型例证。

与此相关的是关于音乐及音乐美学观念的认同。音乐是原始艺术最早的形式之一,中国古人极为强调它的仪式意义、社会功能与美学价值,是因为他们深刻地认识到音乐作为一种艺术形式,既具有深奥的规律,同时又具备感化人心的力量。《礼记·乐记》谓:"凡音之起,由人心生也。"《国语·晋语八》:"夫乐以开山川之风也,以耀德于广远也。"周代以降,更将音乐感化人心的审美与外在规范的"礼"相结合,从而使音乐成为"礼乐"文化的重要内容。汉时以乐为古六艺之一,但实际上,"乐"可能是上古教育的主要内容[②],所谓"声教"即"乐教"。私学兴起以后,乐的地位仍然重要,"兴于诗,立于礼,成于乐"(《论语·泰伯》)。大约最后定型于汉初的《乐记》标志着古代音乐美学思想的成熟[③],其所奠定的音

[①] 顾颉刚:《秦汉统一的由来和战国人对于世界的想象》,《古史辨》第二册,上海古籍出版社1982年版。

[②] 参阅俞正燮《癸巳存稿》卷四《君子小人学道是弦歌义》,刘师培《古政原始论》、《学校原始论》(《刘申叔遗书》,江苏古籍出版社1990年版)。

[③] 关于今存《乐记》的时代及作者,主要有两种说法:一曰取自《公孙尼子》,一曰汉武帝时河间献王"采《周官》及诸子言乐事者以作《乐记》"。

乐本体、音乐审美及音乐社会功用观念，成为古代美学思想的重要基石。

（二）共同文学书写的成熟与国家统一

春秋战国以来，由于各诸侯国的政治独立性，政府主导文字书写系统，六国文字在形式上发生了一些差异。这是极为正常的现象。尽管如此，文字发展的内在脉络却总体一致，从古文字到今文字的转变已经势无可挡，"书同文"需要的迫切性或许正是秦一统天下的原因之一，而不仅仅是结果。实际上，秦始皇"书同文"之所以能够在短期内实现，正是这一措施不仅顺应文化共同体的需要，同时也符合文字发展的根本规律。从六国文到小篆，再到汉代隶书，"今文字"系统终于形成。隶书的特点是笔画横平竖直，构造进一步简化，使书写速度大大加快。

在书写材料上，战国秦汉时期简帛并用，汉代国家藏书经过整理以后往往使用缣帛，可以使书籍承载更多的内容，亦颇便于典藏、传播。纸在东汉时期出现，使用亦渐次展开。书写工具——毛笔、墨等进一步完善。所有这些条件，使应用书写（政府文牍、社会写作）、思想、知识书写与文学书写都达到了一个可观的水平。

秦始皇焚书，使文献积累遭到相当严重的破坏，但汉兴以后着意改秦之败，大收篇籍，广开献书之路。至汉武帝时，"建藏书之策，置写书之官，下及诸子传说，皆充秘府"（《汉书·艺文志》）。成帝时，又诏谒者陈农求遗书于天下，并命刘向等校理群书，编制目录。西汉末期的国家藏书包括经传、诸子、诗赋、兵书、数术、方技六大方面，总计约一万三千余卷（《汉书·艺文志》）。无论数量还是质量，都在当时的世界处于领先地位。

书写的发达使知识积累、文化传播得以更加深入地展开，由此造就了汉帝国的统一与兴盛，鼎盛的汉武帝时期，"七十年间，国家亡事，非遇水旱，则民人给家足，都鄙廪庾尽满，而府库余财。京师之钱累百巨万，贯朽而不可校。太仓之粟陈陈相因，充溢露积于外，腐败不可食。众庶街巷有马，阡陌之间成群，乘牸牝者摈而不得会聚。守闾阎者食粱肉；为吏者长子孙；居官者以为姓号。人人自爱而重犯法，先行谊而黜媿辱焉"

（《汉书·食货志》）。"兴太学,修郊祀,改正朔,定历数,协音律,作诗文,号令文章,焕然可述。"（《汉书·武帝纪》）两汉是中国古代"王朝—天下型国家"的奠基阶段,国家祭祀、礼仪及法律规章、政治军事经济体系等上层建筑都基本确立。作为内部统一性的根本要素——文化意识,实现了高度的认同:精英传统方面,以"六艺"为代表的各种早期思想知识积累完成了整理与阐释,确立了"经典"的地位,哲学思想、政治思想、伦理思想等国家意识形态趋于一统——"罢黜百家,独尊儒术"——"春秋大一统",并应用到各种实际领域,同时亦渐渐地渗透到普通人的意识与生活中①;民间传统方面,尽管各地祀神仍然繁杂多样,不像国家祭典一般整饬有序,但一般信仰的核心亦渐趋合一,敬天是为法祖、叙伦旨在尚德的价值观得到了进一步的确立。

文学艺术体现了这种认同,同时也进一步催化了这种契合的加深。

汉代典型的书面文学是汉大赋。这是一种以夸美赞颂为主并略兼讽谕规劝的宫廷文学,②凡京殿苑猎,述行序志,俨然有体国经野之意,故而"义尚光大"。汉大赋深深植根于汉代鼎盛的政治经济背景之中,其特点是制作宏伟,材事繁富,辞藻靡丽,音调铿锵。风格则铺张扬厉,闳深奥衍。赋这一体式的形成有多种来源,它本身就是某种交融的产物。赋具有多重意义:宫廷文学"抒下情、宣上德"的思想本质,使其具备传达某种政治与教化理念的仪式功能;而"铺采摛文,体物浏亮"的内容特点,又使其既具教育与传播知识的客观效果,并兼有文字、语词、体式等书写方面的规范作用。后世除散体史传之外的国家书写与社会典范书写,无论是诏令、祝盟、颂赞、铭诔之文体,抑或是骈偶之形式,均与汉赋息息相关。

庙堂之下,各地民间文学同样生机蓬勃。汉武帝乐府之设,重振采诗传统,从而使一大批民间歌谣得到了记录与整理,这个过程一直沿续

---

① 参阅葛兆光:《中国思想史》第一卷,复旦大学出版社 1998 年版,第 386 页。
② 参阅郭维森、许结:《中国辞赋发展史》,江苏教育出版社 1996 年版,第 100—101 页。

到魏晋南朝。"乐府诗"的意义容后讨论,这里需要特别指出的是两点:一是两汉时期对民谣、俗乐的采集范围极广,所谓"赵代秦楚之讴",遍及黄河、长江流域及西北胡地。二是当时乐府所采新声,很多来自胡乐,如其中被后世称为《铙歌十八曲》的鼓吹曲辞。但音乐本自胡乐,歌辞则是汉语创作。汉乐府诗的作者来自不同地域和不同社会阶层,其创作则是人民大众心灵的展现,也是民间精神的写照。这些歌诗原本就极为流行,采录以后,影响久远,它证明了在远比前代更为广大的汉统一帝国的民族共同体中,一般民众也已经享有了共同的文学形式。

汉代艺术,题材上仍以神仙观念、神话历史故事为主,充分表现了统一共同体在一般思想和信仰上的整合,"汉画中的四神,守卫四方,其中朱雀也就是从西南来的大雀,《楚辞》称为孔雀。汉画中的西王母,传说来自西方;汉画中的三珠树,扶桑木,传说来自东方;至于《山海经》中的诸图,荒怪渺远,更是吸收了四边人民的不少传说,一一成了画题"①。汉画在意趣上饱含人间的盎然生意,展现出丰富的世俗生活。李泽厚对汉画像石(砖)艺术总结道:"从幻想的神话中仙人们的世界,到现实人间的贵族们的享乐观赏的世界,到社会下层的劳动者艰苦耕作的世界,从天上到地下,从历史到现实,各种对象、各种事物、各种场景、各种生活,都被汉代艺术所注意,所描绘,所欣赏。""汉代艺术对现实生活中多种多样的场合、情景、人物、对象甚至许多很一般的东西,诸如谷仓、火灶、猪圈、鸡舍等等,也都如此大量地、严肃认真地塑造刻画,尽管有的是作明器之用以服务于死者,也仍然反射出一种积极对世间生活的全面关注和肯定。只有对世间生活怀有热情和肯定,并希望这种生活继续延续和保存,才可能使其艺术对现实的一切怀有极大兴趣去描绘、去欣赏、去表现,使它们一无遗漏地、全面地、丰富地展示出来。"②无论是文学,还是音乐和美术,甚至是日用器物的装饰,汉代各种艺术在审美上具有相当程

---

① 常任侠:《中国绘画艺术》,载常任侠《东方艺术丛谈》上册,安徽教育出版社 2006 年版,第309 页。

② 李泽厚:《美的历程》,天津社会科学院出版社 2001 年版,第 128、129 页。

度的一致性,都具备浑厚、古拙的风格和铺张、排比的技巧,这是汉帝国政治一统局面和社会经济发展的反映,当然也是各地区文化交融在艺术上的表现结果。

更值得注意的是,在汉代艺术特别是汉画像中,可以看到很多相同的题材,分布在一个很大的范围内。比如伏羲、女娲蛇身交尾象,在辽东辑安通沟高句丽古墓,新疆古墓,山东武梁祠,河南南阳汉墓,四川成都、重庆等地汉墓,都有出土发现。墓室棺前或享堂处布置伏羲、女娲交尾象,大约是出于尊其为保护神以保护死者的用意[①],它的广泛分布说明了这种信仰的普遍性,而艺术上的相似——比如交尾的具体形象塑造——则证明了汉画像艺术的传播及其对共同信仰的催化加深力量。

第四节 文学艺术的发展与民族融合的加深

文学艺术只有在不断发展中取得极高的成就,才能取得广泛的认同,从而发挥它无以伦比的影响作用。从魏晋南北朝开始,中国古代文学进入一个崭新的阶段。从此以后,文学走向自觉,文学典范不断涌现,共同的文学创作与审美追求,成为中华民族共同体的文化资源。

一、魏晋南北朝时期文学的自觉与文学、艺术的融合发展

各种积弊和内外危机导致汉帝国的崩溃,中国世界进入了一个分裂的时期。但这种分裂只是政治上的割据,而不是文化与族群的隔离。正相反,从公元三世纪初至六世纪末近三百年的时间里,政治集权一统的局面被打破以后,思想禁锢亦复不再,从而使各种观念多元发展,文化创造空前兴盛。同时,在各区域文化之间的对抗交融中,农业文明进一步拓展,使中国世界的文化舞台不断扩大,各种新的元素持续融入,为中国

---

① 常任侠:《汉代经济政治文化思想对于汉画艺术的影响》,载《东方艺术丛谈》,上海新文艺出版社 1956 年版。

文明的更大提升奠定了基础。

魏晋南北朝时代,是一个"文学自觉"的时代。"文学自觉"的首要特征,是"文学"获得了独立的地位。南朝宋文帝立"文学"、"儒学"、"玄学"、"史学"四学,包括此后范晔《后汉书》中《文苑列传》与《儒林列传》的分立,《南齐书》"文学传"的创设,标志着"文学"与"经学"、"史学"、"玄学"分离①,诗赋等"文章之学"地位的抬升②,这当然是经过一个较长时期的最终结果③。而"文、笔之争",则是明显认识到文学的形式特征,从而使文学的独立成为可能,"文章之界,至此而大明矣"。④"文学自觉"的外在表现,是文学创作的空前繁荣。建安时期,曹操、曹丕、曹植父子以及其周围王粲、刘桢等"七子",加之杰出的女诗人蔡琰,创作了大量的诗歌,形成了被后世誉为"建安风骨"的个性风格。魏后期的代表作家是嵇康和阮籍,其诗歌颇多感慨之词与忧生之嗟,同样呈现出独特的艺术风貌。西晋,先有三张、二陆、两潘、一左"勃尔复兴,踵武前王,风流未沫,亦文章之中兴也",后有刘琨"托意非常,摅畅出奋"、郭璞"辞多慷慨""坎壈咏怀",辞赋、诗歌都有优秀的作品。东晋文学的杰出代表是陶渊明,他的各体文学创作特别是诗歌作品是这一时期的最高成就。南北朝时期,南方有谢灵运、鲍照、沈约、谢朓、阴铿、何逊以及一大批宫廷诗人,北方则是以由南入北的庾信为代表。诗歌以外,辞赋及其他骈文都出现了崭新的风貌。除此之外,各地民歌创作亦有发展,同时这些被整理记录下来的乐府诗又得到了文人的拟作。"街谈巷议、道听途说"式的民间虚构性叙事文体"小说",在各种因素的刺激下,在文人手中得到了"回归",产生了各具特色的"志怪"、"志人"小说。文学创作的持续繁荣终于催生了文学总集的出现,中国第一部真正意义上的作品集《文选》的诞生并非

---

① 罗根泽:《中国文学批评史》第一卷,古典文学出版社 1957 年版,第 81—84 页。又参阅刘若愚:《中国的文学理论》,江苏教育出版社 2006 年版。

② 参阅吴光兴:《中古五史"文学传"的设置与中古文学观念》,《唐研究》第十三卷,2007 年。

③ 参阅袁行霈主编,袁行霈、罗宗强分卷主编:《中国文学史》第二卷,高等教育出版社 1999 年版,第 4 页。

④ 刘师培:《论文杂记》第十,人民文学出版社 1959 年版,第 119 页。

偶然,它是魏晋南北朝文学创作兴盛的必然反映。

"文学自觉"最根本的标志,是人们已经有意识地追求文学的审美特性,并开始探讨文学的本质,诞生了相当数量的文学批评著作,《文赋》、《诗品》、《文心雕龙》是其中最杰出的代表。佛教的传入和佛经的翻译,促进了文学观念的扩大与文学形式的借鉴。由此,文学形式得到发展,声律的认识与运用,用事、骈偶等修辞手段的实践,五言诗的成熟与七言诗雏形的出现,对后来的文学产生了重大影响。

正如李泽厚所指出的,"所谓'文的自觉',是一个美学概念,非单指文学而已。其他艺术,特别是绘画与书法,同样从魏晋起,表现着这个自觉"[1]。因此,这一时期的艺术在审美认识及形式追求等方面也得到了空前的进步。书法得到了独立的地位,绘画、雕塑、音乐等门类在文化交融中不断吸纳各种新的养分,思想内涵扩大,表现手段丰富,技巧更为成熟。

文字创始以后,就具有丰富的符号象征意义。中国古代早自图形文字阶段,为了标识区别的实用及传达思想的需要,其在整体构造与形状描画方面,都已经开始了有意识的创造。文字在青铜礼器上不仅表达意义,而且同纹饰一起成为某种符号而传达着先人们的宗教与思想观念。中国成熟以后的文字——汉字,以象形为基础,在客观上具有成为艺术的必然性,特别是今文字系统"隶书"字体,容易形成不同的个人书写风格,这一趋势在魏晋时期终于形成了结果,更能发挥艺术创造空间的楷、行、草字体的出现,使书法成为独立的艺术门类。[2]

绘画方面的变革同样明显。两汉时期的绘画基本还是作为装饰存在,题材内容主要是神话、宗教、仪式以及生活场景两大类。魏晋以后,许多贵族与士人主动进行绘画创作,出现了专门的画作,根据史料记载,有杨修《严君平卖卜图》,嵇康《巢由洗耳图》,顾恺之《列仙图》、《三天女

---

[1] 李泽厚:《美的历程》,天津社会科学院出版社 2001 年版,第 166 页。
[2] 参阅绪论第五节的相关论述。

像》、《女史箴图》、《洛神赋图》,戴逵《五天罗汉图》、《嵇阮图》、《吴中溪山邑居图》,明帝《洛神赋图》,魏高贵乡公《盗跖图》、《黄河流势图》等,题材从宗教转向人物、山水等,表达出士人意趣与精神追求。从现存的后人模作顾恺之《女史箴图》、《列女传图》和《洛神赋图》来看,其艺术技巧达到了极高的水平。这个时代的艺术作品特别是文人画作,无论是审美情趣还是思想内容,同当时的哲学思潮与文学精神,已经基本一致。①

　　古人视死如视生,营造墓室使如生前是一个基本的民俗信仰,因此墓室壁画较多,以表现在世生活或天堂图景为主。另外,由于佛教的普流东土,展现宗教的艺术如石窟、寺庙壁画、雕塑等,更获得了空前的发展。南、北方的佛教艺术均很发达,它吸收了众多的外来因素,同时又融合了传统审美观念,创造出丰富多彩的宗教艺术壁画与雕塑。据当代学者的研究,在佛法东来的传播路线上,从新疆库车、拜城、吐鲁番石窟壁画到敦煌壁画,彼此之间都存在着一定的联系;其中的一些艺术形象,与巴基斯坦、阿富汗的佛教艺术甚至罗马初期的基督教艺术,也有关联。②墓室壁画方面,如嘉峪关魏晋墓画与东北辽宁汉墓壁画,集安高句丽古墓壁画与麦积山、敦煌壁画,并有类似之处;河南邓州学庄墓画像砖,其画风不但近似东晋顾恺之,而且与山西大同北魏司马金龙墓木板漆画、敦煌莫高窟 285 窟西魏供养像也有很近似的地方。凡此之类,“不但说明这些绘画具有传统风格,也说明这个时期我国文化艺术,从东到西有着明显的共同点”,南北之间也没有因为政治割据而完全隔断艺术交流。③ 从此,壁画与雕塑成为宗教艺术、民俗美术的主要题材,艺术成为分享共同的宗教信仰与文化精神的载体,在民族融合的过程中发挥了重要的作用。

　　音乐方面,“梁、陈旧乐,杂用吴、楚之音;周、齐旧乐,多涉胡戎之技”(《旧唐书·音乐志》)。刘师培曰:“自是以后,胡角之音,渐输中国(如

---

① 刘大杰:《魏晋思想论》,上海古籍出版社 1998 年版,第 155 页。
② 王伯敏:《中国绘画通史》,生活·读书·新知三联书店 2008 年版,第 151—152 页。
③ 王伯敏:《中国绘画通史》,第 170 页、第 186 页。

《黄鹤解》、《陇头水》、《出关》、《入关》、《出塞》、《入塞》、《折杨柳》、《黄单于》、《赤之杨》、《望行人》十曲是也。《通志》曰：古有胡角十曲，即胡乐）。而隋炀之世，复有《凉州》、《伊州》、《甘州》、《渭州》四曲，由西域输华，而四夷之乐，析为九部（如西凉、龟兹、天竺、康居之乐是），播为声歌。夷乐之兴，自此始矣。"①整个北朝时期一直到隋，鲜卑、龟兹、疏勒、西凉、高昌、康国等音乐流行于中原，而如曲项琵琶、五弦琵琶、篳篥、方响、锣、铖、星、达卜和其他很多乐器亦传入内地，经过近二百年的融合，为隋唐燕乐的进一步发展奠定了坚实的基础。② 在南方，众多学者不仅对乐律继续予以研究，而且对音乐本质进行了深入的探讨；在北方，人们通过对不同音乐的吸收与融合，在实践中发展了创作理论，南北方都从不同层面展现了对音乐艺术的高度自觉。

文学艺术的自觉，是其能够得到持续深入发展，最终达成其悲天悯人的根本目标的必然前提与充要条件。魏晋南北朝时期的文学艺术自觉及其创作成就，是中国文学艺术民族性赖以形成的重要组成部分，继先秦奠定、两汉确立共同的文学书写形式与基本范式之后，为中华民族共同体的扩展提供了又一笔丰富的文化资源。

二、文学典范的不断创生及其意义

在文学史上，存在着客观意义上的"杰作"或"伟大作品"亦即文学经典——经过长时期的选择，在一个较为普遍的意义上被接受、认可与推崇的典范。③ "文学典范"既具有"经典"的种种特性，同时有着自己的具体表现，其中最重要的是，它们在语言、文体、表现形式以及思想向度上成为一种典型，像雾海灯塔一般，教育并规范着后来的创作，指引前进的

---

① 刘师培：《论文杂记》第二十，人民文学出版社 1959 年版，第 135 页。
② 杨荫浏：《中国古代音乐史稿》，人民音乐出版社 1981 年版，第 160—163 页。
③ 在这里，"文学经典"并不是就文学批评的意义而言的。文学批评的"经典"问题，更多地指向历史上文学作品汇纂、选辑之文学"经藏"形成的历史内涵，研究其因时因地、因读者与批评者乃至因政治经济因素而异这一事实所体现出来的内在意义。

方向,诱发不断的创新。

中国古代文学的发展史上,文学典范层出不穷。

当共同的书写方式成熟,基本范式与基本精神确立,在魏晋南北朝文学自觉以后,又经历了唐、宋、元、明、清的发展,文学创作推陈出新,各种文体都已经基本定型,典范作品均已出现,并得到高度的认同。于是,清代学者焦循首次系统地提出了文学"一代有一代之所胜"的观点,王国维在《宋元戏曲考序》中则谓:"凡一代有一代之文学,楚之骚,汉之赋,六代之骈语,唐之诗,宋之词,元之曲,皆所谓一代之文学,而后世莫能继焉者也。"近代胡小石先生首先在中国文学史的教学中引入此一学说,认为一代文章有一代之胜,诗经、楚辞、汉赋、汉魏南北朝乐府诗,以及唐诗、宋词、明制义,各有特色。① 此后,中国文学史研究又进一步商量扬榷了这种观点,形成了"一代有一代之文学"的系统理论。

这一理论的内涵和意义极其丰富。它是一种文学史意义上的反思性观念,既反映了此前近两千年来文学创作的某种实际情形,也代表着当代人对文学历程、文学实际的思考。其中最核心的,当然是反映出一种发展的、具有朴素进化观念的文学史观,主张文学创作呈现出继承与创新的历史进步过程,出现不同性质、不同内容的创作高峰。除此以外,它还反映出古典文学不同文体的发展与成熟,特别是揭示出中国文学典范作品的发生与定型的历史事实。

上古及春秋战国、汉、魏晋南北朝、唐、宋、元、明、清各代文学,分别完成了不同文学体式的定型,出现了不同文体的典范作品:《诗经》,《楚辞》,先秦散文,两汉文章,司马相如、班固等人的赋作,魏晋抒情小赋,《古诗十九首》及魏晋南北朝诗歌如建安七子、正始诸家、三张二陆两潘一左、陶渊明、永明体、徐庾体及庾信晚年作品,初盛中晚唐诗各大家,宋词各大家,唐宋诸家散文,元曲,明传奇,通俗小说《三国演义》、《水浒

---

① 参阅周勋初:《文学"一代有一代之所胜"说的重要历史意义》,载《周勋初文集》第 6 卷,凤凰出版社 2003 年版。

传》、《西游记》、《金瓶梅》、"三言二拍"、《儒林外史》、《红楼梦》等。就普遍大众的接受意义而言,以诗经楚辞、唐诗宋词、明清章回小说为代表的文学典范,使古代文学成为当代中华民族的最重要的文化资源。

"文学的民族性特征,形成文学的传统。文学传统一旦形成,就成为一种极为稳固的因素,而不断受到后人选择:它的核心部分被保留下来,流传下去,成为文学创作的广泛的参照系数,而被继承下来,这是一方面。另一方面,传统稳固下来,又会成为一种排它的惰力,显示出它的保守方面。因此文学本体要获得生命与发展,就不应把民族性视为一成不变的东西,而应看作是一个过程,即民族化过程,民族化的进展,就是不断地现代化的更新过程,使文学传统不断适应时代的审美需要,从而不断变更自己的观念,充实与完美自己的语言、形式、技巧,形成创新。"①文学传统的表现就是文学典范,它们在文学审美的普遍性感化力中发挥着先驱者、带领者和模范者的作用。文学典范的选择与推移,就是民族文学不断更新发展与深入认同的过程。

文学典范不仅反映着民族文学的审美追求,也承载着文化价值内容,因此文学典范的认同与文化认同是高度契合的。金宣宗兴定元年(1217),年仅二十八岁的元好问撰成《论诗绝句三十首》,论述了从建安至宋不同风格、不同审美取向的富有代表性的诗家,"疏凿泾渭",展示了作为华化少数族群的一员对传统诗歌文学典范的接受认同与分析批判。正因如此,元好问的文学成就才能与金源一朝的文化成就恰成正比。

文学典范不仅在审美上,而且在语言文字教育以及其他知识教育中扮演着极其重要的角色,成为文化涵化的主要内容。文化涵化是两种或多种文化互为融合并共同组成一种共享系统的具体过程,它表现为种种强制的和自发的行为,比如教育。教育特别是语言文字教育必须借助某些公认的传统经典和播在人口、传诵不绝的杰出作品,通过它们的传播达成对某种生活方式与精神世界的理解与赞同。文学典范的不断形成,

---

① 钱中文:《文学理论流派与民族文化精神》,吉林教育出版社1993年版,第158页。

给教育内容提供了不断的源泉,从而加速了文学对于文化涵化的推动作用。文学在精英教育层面上的作用已可不论,就从大众传统来说,在古代中国后期,作为文学教育内容的《千家诗》、《唐诗三百首》、《声律启蒙》与《三字经》、《千字文》、《神童诗》等一同成为最重要的童蒙课本和普及读物,它们的影响之巨,大大超过了统治阶级自上而下的宣喻与教化,展现了文学资源在文化传承发展中的无与伦比的力量。《唐诗三百首》是一个非常典型而生动的例证,"熟读唐诗三百首,不会吟诗也会吟",这样一部普通的读物对汉语诗歌及其审美趣味在全社会中的普及与认同所起到的非同寻常的作用,也正是唐诗这一古代文学最优秀典范的崇高价值的体现。

三、文学、艺术的共同追求与族群融合和文化融合

经济、社会因素是族群发展融合的根本动力,融合则表现为文化涵化,而文化涵化又进一步促进融合。因此,民族融合滋养了文学艺术的自觉与发展,文学艺术对民族融合的能动作用同样明显。汉代以后,这种互动进程不断趋向深入。在这里,姑将文学与艺术分别论述,并首先重点揭示文学在族群融合与文化融合过程中的突出贡献。

(一)魏晋南北朝时期

在魏晋南北朝时期,主要表现在两个方面:

其一,各个族群特别是北方内迁诸族有意识地使用同一种文字与书面语进行文章写作、思想表达,以及文学创作。汉文学的典范影响着各族文人的思想、情感与写作。

东汉以降较早内迁诸族,本已开始华化。建立政权后,接受农业文明推进华化是其必然选择。其中最根本的措施是实施教育,亦即以经学、儒学为内容进行文化教育。如前赵刘曜即位后,立太学小学,简民间俊秀千五百人,选朝中宿儒教之。后赵石勒虽起于草莽,但仍信任汉人张宾,在襄国增置宣文、宣教、崇儒、崇训四小学。称王以后,设立经学祭酒、律学祭酒、史学祭酒。巴氏李雄"乃兴学校,置史官,听览之暇,手不

释卷"(《晋书·李雄载记》)。前秦苻坚"以安车蒲轮征隐士乐陵王欢为国子祭酒""中外四禁、二卫、四军长上将士,皆令修学""课后宫,置典学,立内司,以授于掖庭,选阉人及女隶有聪识者署博士以授经"(《晋书·符坚载记》)等措施,无不彰显出这一政策核心。而拓跋孝文帝全面华化,其本质举措之一则在于"断诸北语,一从正音",这是一项最难自上而下推行,但却是取得最大功效的融合举措。①

内迁匈奴、氐、羌、鲜卑等族虽华化已有时日,但真正内迁并建立政权实现对中原腹心地区的统治,并不长久。然而十六国君长,已大多能文②,如匈奴刘渊少习《毛诗》、《京氏易》、《马氏尚书》,尤好《左氏春秋》、孙吴兵法。其子刘和亦好学,子刘宣师事郑玄弟子孙炎。刘聪、刘曜均博览能诗,刘曜"读书志于广览,不精思章句,善属文,工草隶","著述怀诗百余篇,赋颂五十余篇"(《晋书·刘聪载记》)。氐苻坚季弟苻融,"未有升高不赋,临丧不诔",尝着《浮图赋》,"壮丽清赡,世咸珍之","时人拟之王粲"(《晋书·苻坚载记》)。鲜卑慕容皝有《典诫》十五篇,慕容宝"砥砺自修,敦崇儒学,工谈论,善属文"(《晋书·慕容宝载记》)。羌姚泓"博学善谈论,尤好诗咏"。北魏孝文"手不释卷,五经之义,览之便讲,史传百家,无不该涉,善谈庄老,才藻富赡。太和十年以后,诏册皆其文笔"(《北史·孝文本纪》)。这些都反映出其辈掌握汉语书面语著述及文学创作的能力。北朝文化的发展,是一种不断向北、南两地所传存、新变的旧有文化传统学习、取资的过程,五胡族群中的贵族通过对文学的喜爱、欣慕及参与创作,逐渐意识到文化提升的重要性。

尽管一直到北朝后期,内迁诸族的统治者也一直存在着强调族群本位,对胡汉融合缺乏认同的保守心理,从而在政治上、文化上采取隔离政策③,比如官方语言仍以鲜卑语为主,号称"国语",以至汉族士人"生男要

---

① 万绳楠:《魏晋南北朝文化史》,黄山书社 1989 年版,第 352 页。
② 赵翼:《廿二史札记》。
③ 参阅萧璠:《东魏、北齐内部的胡汉问题及其背景》,载刑义田等编:《台湾学者中国研究论丛·社会变迁》,中国大百科全书出版社 2005 年版。

学鲜卑语",用以取媚当时的鲜卑统治者,但胡族整体上融合农业文明的趋势已无法改变。故北魏以降,汉语虽然"南染吴越、北杂夷虏",仍然是一种"征服者"受"被征服者"同化而不得不采用的语言。① 而书面语更已成为唯一有效的"统一语言",北、南双方分享并同时在不断发展着这样一种文化资源。据对《十六国春秋》、《补南北史艺文志》、《隋书·经籍志》的统计,有可靠记载的著述十六国时期约有 26 种,北魏约 93 种,北齐约 43 种,北周约 33 种,隋约 78 种。作品形式有别集、史传、地理、杂传、子书等,而作者基本上就是内迁诸族与北地汉人士子的后代。

当时的北方文学尽管自具特色,但相对而言较为弱势,存在着模仿南朝文学的倾向。当六世纪中叶梁末大乱及江陵覆亡以后,很多梁朝文士精英被罗致到北方,北朝的论述与话语在得到了一场大规模的"南朝殖民"的同时②,实际上也使双方在文学审美上得到了进一步的交融,从而为隋唐文学创作的突进与新变创造了条件。最突出的例子当然是南朝杰出的诗人庾信之入北。梁侯景之乱后,萧绎在江陵称帝,但不久既为西魏所灭。庾信因以使臣出使长安,不得南归,先后出仕于西魏及北周。"庾信文章老更成","暮年诗赋动江关",他以后半生的羁旅流离,加之魂牵故国的悲苦思绪与感世伤生的忧悯情怀,创作了像《拟咏怀》、《哀江南赋》这样杰出的作品,"穷南北之胜"(倪璠《庾子山集·题辞》),达成了当时的最高成就,成为南北文风统一融合的最佳代表,实启唐代文学之先鞭。在另一方面,北朝文士固取法南朝为多,但北朝族群融合所产生的一些新的文艺形式如音乐新调,则亦为南朝所吸收,并影响到南方的诗歌特别是文人拟乐府诗的创作。③

其二,从西汉至魏晋南北朝,政府建立专门的音乐机构,对各地民乐、民间诗歌予记录、整理及演诵。这一历时久远的"采诗"行为,客观上使各民族、各地区的民间文学得到了大融合,雅俗文学之间的交流与互

---

① 参见前引恩格斯语。
② 吴光兴:《中古五史"文学传"的设置与中古文学观念》。
③ 曹道衡:《南朝文学与北朝文学研究》,江苏古籍出版社 1998 年版,第 266 页。

补实现了一种质的飞跃。

乐府官署之设,起于汉武帝,"乃立乐府,采诗夜诵,有赵代秦楚之讴"(郭茂倩《乐府诗集》卷九十)。这里的"采诗",是"采歌谣,被声乐";"赵代秦楚之讴",即是当时的俗乐与民歌。尽管汉乐府中一些直接采自民谣的篇章,像《东门行》、《孤儿行》、《陌上桑》、《上山产靡芜》、《焦仲卿妻》等,既未被《文心雕龙·乐府》肯定,也未被《文选》收录①,但因为毕竟为乐府所采,故而得以记录传世。自汉以来的"乐府"之设及其客观功能,对民歌的整理与纪录具有莫大之功。"感于哀乐,缘事而发"的里巷歌谣和各地民风被采纳记录,使民间文学的优秀因素再一次注入到古代文学宝库之中,其形式与精神,都对后世的文学创作产生了极大的影响。宋郭茂倩所辑存乐府中,"鼓吹曲辞"、"横吹曲辞"、"相和歌辞"、"杂曲歌辞"四部分尤为民歌菁华之渊薮,从音乐到歌辞语言、内容,都包含各自的地方特色与民族特色。尤其是南北朝时期,南朝"吴歌"产生于江南,"西曲"则出于荆、郢、樊、邓之间的长江中游地区;北朝民歌来源亦广,只是现存者多为北魏以后传入南方为梁代乐府记录,故以鲜卑语而翻译为汉语者居多,但仍有直接以汉语创作的作品。南北两朝民间乐府呈现出显著的不同风格:一缠绵婉约,一慷慨悲凉;一近于浪漫,一趋重实际;一以辞华胜,一以质朴见长。② 但是它们"感于哀乐,缘事而发"的精神本质,则无二致。北朝民歌如《敕勒川》所创立的一种质朴天然、慷慨豪放的风格,并为后世所景仰。

(二)隋唐时期

融合在很大程度上消除了族群冲突,而社会进步则缓解了阶级矛盾,广泛的中外交流又带来了丰富的文化因素,遂使唐王朝成为当时世界最强大的帝国。这是一个波澜壮阔的时代,思想解放,精神昂扬,社会生活丰富多彩,由此,唐代的文学艺术达到古代中国历史上的一个高峰,

---

① 参阅王运熙:《中古文论要义十讲》,复旦大学出版社 2004 年版,第 7 页。
② 萧涤非:《汉魏六朝乐府文学史》,人民文学出版社 1984 年版,第 274 页。

固非偶然。而反过来对族群融合的促进作用，同样卓著。诗歌创作尤其典型。

诗歌自《诗经》以来历经汉晋南北朝的发展，已经奠定了其文学大国的基础。唐代社会文化的发展，进一步促使其渐渐走入康庄大道，开始散发出璀璨的光芒。能够进行诗歌创作，从此成为一种社会普遍认可的文化价值标准。汉语五七言诗歌是那个时代不同族群、不同阶级身份共同的表达感情、描写世事的工具，"帝王将相、朝士布衣、童子妇人、缁流羽客，靡弗预矣"（《诗薮》外编卷三）。诗人出身源出多族，更不必论，如李白、白居易之先世皆出于西域，元结、元稹、独孤及等出于鲜卑，刘禹锡先世出于匈奴。①

在唐代，文学进入政治教育领域，并成为政治教化的一部分。唐代社会进步的一个显著特征，是科举制度的确立。科举考试在很大程度上打破了世袭的贵族官僚制度，开启了阶级升降之门，成为社会的一大进步，从而对古代政治、社会及文化产生了重大影响，并由此沿续千年之久。因此，无论是以儒家经学抑或是以诗赋为内容，科举制度本身对统一的民族文章、文学的促进作用，其效甚伟。唐代科举分常科、制科，而尤以常科中的进士科最为重要，"草泽望之起家，簪绂望之继世，孤寒失之，其族馁矣；世禄失之，其族绝矣"（王定保《唐摭言》卷九）。进士科在开元年间开始试诗赋，此后渐成为主要的考试内容，试子必须努力于诗歌创作，并温卷求知，不断提升自己的文学水平与社会声誉。中央国学到乡校村学的教育体系中，亦无不如此②，诗歌水平又成为阶级晋身的社会普遍标准。虽然文学的思想性并未直接由此得到提高，但诗歌及其文学内涵在科举制度的外力作用下进一步被广泛接受并成为一种共同价值取向，则毫无疑问。

诗在唐代或题壁、刻石，或书写寄送，或行卷求知，或付声妓传唱，成

---

① 刘禹锡先世情况，见卞孝萱：《刘禹锡丛考》，巴蜀书社 1988 年版。

② 参阅傅璇琮：《唐代科举与文学》第十六章《学校与科举》，陕西人民出版社 2003 年第 2 版。

为一种极其有效的交流媒介与思想、情感的传播工具。诗歌作品广泛而生动地展现了不同族群文化及外来文化的内容,如李白《幽州胡马客》对胡族马客生活习俗的描写,李白《上云乐》、杜甫《观公孙大娘弟子舞剑器并序》、白居易《西凉伎》《胡旋女》对西域艺术的描写,高适、岑参等边塞诗人对边土人情及边塞战争的描写,等等①;反过来,诗歌的媒介作用又进一步促成了众多文化因素的传播与融合。

唐代丰富的生活内容与频繁的中外交流,使文学价值取向进一步趋同。以南、北为论,汉末以来的南北分立使两地文风多少有所差别,如《隋书·文学传序》云:"江左宫商发越,贵于清绮;河朔词义贞刚,重乎气质。气质则理胜其词,清绮则文过其意。理深者便于时用,文华者宜于歌咏。"到南北朝末期,南北文风就已经开始具有混融的趋势,前述庾信即是显著代表。隋一统后,这种趋势进一步明显,当时的杰出诗人如卢思道、薛道衡等,都能融通南北之长,直接影响了初唐的创作。唐代新机重启,历经三百年的多元融汇,扩大恢张而"别创空前之世局"②,创造了以"盛唐气象"为代表的一种高华的审美境界:雄壮浑厚、慷慨激昂、刚劲质朴、神韵天然。尽管有唐一代随着世运沉降及文学本身的发展变化,文学风格、形式、内容亦不拘一格,但其精神及审美取向的主流则无二致,并从而进一步烨炼了中国诗歌抒情言志、悲天悯人的风骨。

（三）宋辽金元时期

正如前论魏晋南北朝时期的情形一样,所谓"华化",就是当时族群接受中原农业文化的熏渍,并认同于此一文化的核心价值观念。其中的重心是虽以马上武功立国,文教终仍中国之旧,特别是接受共同的语言与书写方式。

蒙古本无文字,最初借用汉字和畏兀文字拼写语言,世祖时命八思

---

① 详见朗樱、扎拉嘎主编:《中国各民族文学关系研究·先秦至唐宋卷》上编《唐代民族融合及其对唐诗创作的影响》,贵州人民出版社 2005 年版。

② 陈寅恪:《李唐氏族之推测后记》,《金明馆丛稿二编》,生活·读书·新知三联书店 2001 年版,第 334 页。

巴作蒙古新字,但仍以各国文字如契丹文、女真文、西夏文及汉字副之以行。更早一些的党项、契丹、女真,语言都有不同。其中契丹、女真语或属阿尔泰语系,西夏语虽属汉藏语系藏缅语族,但也有自己的特点。三族建立政权后,都曾各创文字,其中西夏文字曾广泛使用,不过它仍然属于汉文字体系,是模仿和借用汉字的笔画来重新创制的一种新的方块字。契丹于公元 920 年前后创制了一种拼音文字,同样借鉴和使用了汉字字形作为符号,这种情况与女真文字相仿。但契丹文字大约只是在官方使用,流行层面并不广泛。女真文字创制较晚,大约初创于金熙宗时,可在金世宗时,皇太子及诸王等贵戚已"自幼惟习汉人风俗,不知女直纯实之风,至于文字语言,或不通晓"(《金史·世宗本纪》),表明女真文字并不能取代汉字,汉语书面语仍是官方政治、教育、学术的主要语言。在口语方面,当时所存在的所有汉藏语系及阿尔泰语系的语言都在使用。[①]

无论如何,这种多样性的语言文字共存局面并没有阻碍汉语及书面语在文化、教育方面的主导地位。因此,"华化"的过程不仅首先发韧于此,而且大大得力于此。共同的书写形式以及文学认同所发挥的作用,与魏晋南北朝及唐朝一样,亦极为明显。

辽、宋对立伊始,契丹华化贵族,即已喜爱汉语诗歌如苏轼、魏野的作品。此后辽圣宗"幼喜书翰,十岁能诗"(《辽史·圣宗本纪》),"亲以契丹字译白居易《讽谏集》,诏臣下读之""又喜吟诗,出题诏宰相已下赋诗,诗成进御,一一读之,优者赐金带。又御制曲五百余首"(《契丹国志》卷七);辽兴宗"精儒术,通音律"(《辽史·兴宗本纪》),"工画,善丹青。尝以所画鹅雁送诸宋朝,点缀精妙,宛乎逼真。仁宗作飞白书以答之"(《契丹国志》卷八);辽道宗则有御制《清宁集》(《辽史拾遗》卷十六),均已文质彬彬,俨然中国君主。[②] 值得一提的是出现了一些妇女诗人,如辽道宗宣懿皇后萧观音和辽天祚帝妃萧瑟瑟。萧观音的诗歌颇有可观,道宗作

---

① [德]傅海波、[英]崔瑞德编:《剑桥中国辽夏金元史》,史卫民等译,中国社会科学出版社 1998 年版,第 735 页。

② 以上据朗樱、扎拉嘎主编:《中国各民族文学关系研究·先秦至唐宋卷》,第 323—326 页。

《君臣同志华夷同风诗》，后应制属和曰："虞廷开盛轨，王会合奇琛。到处承天意，皆同捧日心。文章通鹿蠡，声教薄鸡林。大宇看交泰，应知无古今。"（《辽史拾遗》卷十九）而她的《怀古》及《回心院词》十首，更达到了一个很高的水平。这些都说明契丹宗室的书写及文学认同随着华化的深入不断加强。据《辽史·文学传》的不完全记载，契丹一般士人中能文者有萧韩家奴、耶律昭、耶律孟简、耶律谷歌等。而被认为是契丹一族中最具典型意义的诗歌作品《醉义歌》，作者却是一位僧人。此诗原用契丹文写成①，但其内容、意趣乃至很多典故则与传统汉文学并无二致②，非常生动地体现了文学对文化融合的促进。宋、辽之间的俗文学交流，亦颇密切。如《异国朝》、《四国朝》、《六国朝》、《蛮牌序》等辽代歌曲，传入北宋，"街巷鄙人多歌蕃曲"（宋曾敏行《独醒杂志》卷五）；《迓鼓》（迓鼓戏）先从北宋流入辽，再传入金。③ 但终辽一朝，文学创作并未取得显著成绩。与之相比，金源文学则取得了较高的成就，这同样是与他们华化的深入程度紧密相关的。后人认为"宋自南渡后，议论多而事功少，道学盛而文章衰"或不尽然，但谓"中原文献实并入金"（《四库全书总目》卷一百九十《全金诗》提要），则显系事实。金境原汉族士人及其后代固不必论，契丹、女真族及其他族群亦出现了相当数量的诗文之士，如完颜璹、完颜承晖、耶律履、耶律浩然、石抹世绩、完颜斜烈兄弟、移剌粘合（廷玉）、移剌买奴（温甫）、夹谷德因、术虎邃、乌林答爽等人④，特别是出现了杰出的代表元好问，"元好问作为置身于民族文化交叉点上的一位杰出

① 耶律楚材《湛然居士集》卷八《醉义歌》小序："辽朝寺公大师者，一时豪俊也。贤而能文，尤长于歌诗，其旨趣高远，不类世间语，可与苏黄并驱争先耳。有《醉义歌》，乃寺公之绝唱也。昔先人文献公尝译之，先人早逝，予恨不得一见。及大朝之西征也，遇西辽前郡王李世昌于西域，予学辽字于李公，期岁颇习，不揆狂斐，乃译是歌，庶几形容其万一云。"
② 袁行霈主编：《中国文学史》第三卷第五编第十二章，高等教育出版社1999年版。
③ 杨万里：《宋辽金俗文学交流若干事实的文学史意义》，载《走进契丹与女真王朝的文学——第三届中国辽金文学学术研讨会论文集》，文化艺术出版社2006年版。
④ 参阅张伯伟《诗词曲志》（刘梦溪主编《中华文化通志·艺文典》之一，上海人民出版社1998年版）、周惠泉《金代文学概观》（李正民等编《辽金元文学研究》，文化艺术出版社1999年版）的相关论述。

文学家,将汉文化传统和北方民族传统融而为一,在宋金时期不仅纠正了北宋文学的某些流弊,推动了中国文学的健康发展,成为金代文学的重要参照系,而且为北雄南秀、异彩纷呈的中华文化增添了新的因子,注入了新的活力"①。

内容形式之外,重要的是文学所表现出来的精神取向。完颜匡诗《绝句》:"孟津休道浊于泾,若遇承平也敢清。河朔几时桑柘底,只谈王道不谈兵。"已经是纯粹的儒家情怀。而元好问编录金源一代之诗,题曰《中州集》,"中州云者,盖斥南宋为偏安矣"(翁方纲《元遗山论诗三十首·慷慨》评)。这种自居文化政治正统的观念,是中华自古而来的共同体意识的一脉沿续,也是中华民族赖以成立的精神基础。

金源文学的另一重大贡献是将中原文学中心进一步北移至河朔乃至更北的地区。"中原文学中心的北移,还加速加深了民族融合,提高了少数民族的汉文化水平,推动了多民族中华文化形成的进程。"②这是文学促进北方民族融合特别是女真完全华化的重要作用的体现。

元代文学对民族共同体的作用,表现在很多方面,其中最重要的是对广大西域地区族群加入中华共同体的进程中,发挥了独特的功效。元代拓境万里,尤以西域为著。有元一代,出身于此一广袤区域的能诗善文者颇为可观,如葛逻禄人迺贤,雍古部人赵世延、马祖常,回回人泰不华、萨天锡、丁鹤年、鲁至道、高彦敬、哲马鲁丁、别罗沙,畏吾人三宝柱、唐兀人余阙、孟仿、斡玉伦、张雄飞、昂吉、完泽,朵鲁别族人郝天挺,大食国人瞻思等等③,其家或原世奉回回教、基督教(也里可温教)、摩尼教,或原奉西域之佛教,最后均皈于儒学,并能于中国文章、文学有所创造。观其作品,不仅意趣纯类,属事比辞、寄兴托讽,亦无不合于传统诗文之道,高致不让中土君子。元代文学还在通俗文学之一端即戏剧与戏剧文学

---

① 周惠泉:《元好问研究发微》,载刘泽等编《纪念元好问 800 诞辰文集》,山西人民出版社 1992 年版。

② 胡传志:《金代文学研究》,安徽大学出版社 2000 年版,第 27 页。

③ 据陈垣:《元西域人华化考》。

方面,对中国文学宝库贡献尤钜(详后文论述),这都是文学创作与文化涵化彼此互动、交相辉映的典型表现。

(四)清时期

清代所以能取得极高的成就,奠定现代中国的基础,在于它对中华文化的高度认同,而且其速度已经超越已往。满族入关之初,还是一种"野蛮的征服者",存在着深重的民族压迫,以及易服薙发等强加行为,同时明代遗民恪守华夷观念而誓死抵抗新朝,但所有这些均在不太长的时间里渐次消解。从公元1644年定都北京,到1678年康熙帝诏徵博学鸿儒,再到不久后平定三藩、克定台湾,不过四十年光景。尽管自此以后至于清朝之终,满汉之间始终处于一种或明或暗的紧张状态之中,但这种对立在根本上仍是政治的、社会的而不是文化上的。

作为征服者的满族,对汉语特别是文字、书面语认同的主动积极性及快捷、深入程度,是其中一个典型的表现。[①] 这当然是汉字及书面语的文化涵化力量所决定的,但也和清王朝在入主天下不到百年的时间里就成功实现了一个强大的帝国统治密不可分。正如汉、唐、元、明一样,一个庞大的共同体的形成与持续,必然具有维持并发展的内在条件,以书面语为主的共同语言正是其中之一。于是,文学的高度认同也就水到渠成。从满族帝王、贵胄到普通士人,至少从康熙时期开始,就已经普遍的接受了汉语文学,并以其独特的精神同时开始了创作,纳兰性德及曹雪芹分别是其典型代表。实际上,当清王朝在乾隆时期达至顶盛时,文学创作主体已经没有区分满、汉族群的任何必要,因为满族在语言、文字、文化意识、文学接受诸方面,都已经最大程度地融入了这个民族共同体,与"天下人"站在了"中国"这面旗帜之下。[②]

---

① 参阅张伯伟:《诗词曲志》,刘梦溪主编:《中华文化通志·艺文典》之一,上海人民出版社1998年版,第214—215页。

② "中国"本义是指"中土"、"中土大邑"、"天下中央区域",此后历经了"京师、首都"、"周天子王畿"、"周室及中原诸侯邦国之中原地区"、"中央正朔王朝"、"中央统一王朝"等引申意义,自清中期开始,"中国"渐渐成为相对于西方列强的自称与中华国家代称。

清代文学艺术并不乏成就。尽管传统文学形式如诗、词、文等已经难以实现更高层面的突破，但清代文人仍然在继承的基础上不断尝试，并在戏曲、小说等通俗文艺方面甚至达到了古典时代的最高巅峰，发展出很多新型的通俗文学艺术形式。鸦片战争以后，还是中国近代文学的开端时期，"置身于封建社会末世，对国运世事充满失望和无奈的感伤心态，接触西方近代文明而产生的新奇感受和进退失据的复杂心情，无不反映在文学中，使文学再现社会生活的广度和表现内心情感的深度都达到前所未有的境地"①。

就文学成为民族共同体文化资源的意义上说，清代文学的总体成就还表现在两个方面：

一是进一步总结、整理、统合了历代文学资源。自宋代印刷术发明以后，又经过明代商业出版的推动，文学作品的编刊得到持续的发展，清代在此基础上又向更高的层次推进，古代诗文词集的编辑整理与当代创作的出版，均达到了空前的程度。清代官方刻书，前期有武英殿，后期有各地官书局，私家刻书与商业刻书，规模数量也都远超明代。扬州诗局编刊的《全唐诗》、《历代诗余》、《宋金元明四朝诗》、《历代赋汇》等，卷帙巨大，校刻具精，是官方主持整理前代文学作品的典范。而私人刻书者往往都是学问家，其辈秉奉"藏书不如读书，读书不如刻书"的精神，加之绝佳的文史修养和良好的文献学、校勘学水平，从而使更多的前代诗文集得到了整理出版，使历史上的优秀文学作品化身千亿，普流世间。清代坊刻的商业化程度，在明代的基础上也有大幅度的提高。坊刻文学书籍往往是官刻、私刻所不重视的通俗文学作品和新兴文学作品，而清代坊刻在此方面尤为突出。甚至还有无力刊版而专事抄录的书坊，如著名的"百本张"，"专抄各班昆、弋、二簧、梆子、西皮；子弟岔曲、赶板、翠岔、代牌子、琴腔、小曲、马头调、大鼓书词、莲花落、工尺字、东西两韵子弟

_____

① 蒋寅：《清代文学论稿》，凤凰出版社 2009 年版，第 14 页。

书、石派大本书词"①。文学作品的编辑、整理与印刷,使历代文学资源得到了系统的总结,促进了通俗文学的创作,加快加深了文学的传播,同时也催化了文学社会功能的发挥,为古代文学成为民族共同体的精神资源,奠定了坚实的文献基础。

二是清代文学在创作、评论两个方面,都集中体现了对传统文化精神与审美观念的总结。创作上主要是继承了古代诗学的传统,自觉吸收各个时代各种体式文学典范的精华。因此词的创作继两宋之后又现高峰,而诗歌、骈文、散文也呈现出自己的特色。评论方面,清代虽然没有产生划时代的文学理论,却对古代文学思想进行了较为系统的分析、阐释、归纳与总结。清代是古典文学时代中文学批评最昌盛的时期,诗话、词话、文话、赋话、曲话的数量均超往昔②,也出现了像叶燮《原诗》、王士禛《渔洋诗话》、沈德潜《说诗晬语》、袁枚《随园诗话》、王骥德《曲律》、李渔《闲情偶寄》、陈廷焯《白雨斋词话》等较为优秀的理论著作。同时应乎时代风气之变,也提出了很多主张,出现了较多的流派,并通过自身的创作实践,进一步理解并阐释古代文艺理论的独特内涵。

清代文学的成就,使文学在巩固与发展文化共同体的过程中发挥了极大的作用。雅文学方面,文学沟通个体情感,强化历史记忆的力量得到充分的体现。清词号称"中兴",清初词风即盛,降至晚清而不衰,词人辈出,流派纷迭,词体之推尊、词境之开拓,不让宋人。词之一体,要眇宜修,发生之初,本以描画日常情感为长,即使后来境界扩大、感慨日深,并时呈豪放壮阔的一面,但始终保留着哀婉柔媚、一唱三叹、着意人性之微的本体属性。清人在这一点上拓展尤深,从明清易代之际以委曲之辞抒发磊砢抑塞之怀,到后来以清空醇雅感慨深远,再到以香草美人寄托遥深,"以道贤人君子幽约怨悱不能自言之情",在君主独裁的严酷政治统治中,在强调文以载道的教化观念而使诗歌抒情本能有所削弱的情况

---

① 清百本张《二簧戏目录》。此转引自崔蕴华:《书斋与书坊之间——清代子弟书研究》,北京大学出版社 2005 年版,第 149、150 页。
② 详见蒋寅:《清诗话考》,中华书局 2004 年版。

下,使词的创作表现出文学悲天悯人的根本属性。因此,有清一代词创作的参与度极广,"一唱百和,未几成风,无论一切诗人皆变词客,即闺人稚子、估客村农,凡能读数卷书、识里巷歌谣之体者,尽解作长短句"(李渔《笠翁余集》自序),正缘于某种深层的"民族性情感"的契同。此与《红楼梦》所造成的在一个极广泛层面上的接受——千古同声一哭,可谓是异曲同工。

俗文学方面的情况尤其显著,关于这一点,在"通俗文艺的发展与民族融合"一节中有详细的讨论。这里,值得特别拈出的是曲艺文学"子弟书"。

"子弟书"这种形式来源于鼓词,可以说是鼓词的一个分支。但子弟书为"八旗子弟"所创作并因而得名,郑振铎指出,"八旗子弟渐浸润于汉文化,游手好闲,斗鸡走狗者日多,遂习而为此种鼓词以自娱娱人"[1]。这一总结虽然不尽全面,却深刻地指出了其发生上的特质。八旗是满族赖以建国的军事精英力量,也是清代初期主要统治阶层之一,"八旗子弟"在有清一代特别是中后期更具有特殊的意义:它既是一个当时的族群符号,同时也是一种文化迁化、阶级升降与身份危机的象征。"子弟书"大约兴起于乾隆,沿续至清末,恰与"八旗子弟"的荣辱兴衰相始终。因此,创作子弟书的"八旗子弟",当然已经不是什么贵族,而实已成为社会中下层的但具有某种特别身份的文人。子弟书具有两个显明特征:一是多改编自前有作品如明清两代的通俗小说以及元明清三代的杂剧、传奇[2],其中以小说《红楼梦》、《聊斋志异》、《金瓶梅》等为最;二是文辞总体上来说优美典雅,很多作者文学修养和文字水平甚高。这一曲艺形式在百余年的时间内盛极一时,"惊动公卿夸绝调,流传市井效眉颦",在社会上产生了巨大影响。[3] 子弟书证明了在满族日常交往中汉语逐渐取代满语而

---

[1] 郑振铎:《中国俗文学史(插图本)》,世纪出版集团·上海人民出版社2006年版,第517页。
[2] 当然也有其他内容的作品,但所占比重较小。参傅惜华:《子弟书总目》。
[3] 关德栋、周中明:《论子弟书》,《文史哲》1980年第2期。

成为通用语的过程①,也证明了满族士庶对当时汉语通俗文学经典作品的接受与高度认同。

就满族统治者来说,尽管在根本上认同中国传统文化价值并已经有意识地以"天下"正朔自居,但仍对保持自身族群文化具有强烈的意识,这与当年的金朝统治者的心理是一样的。因此清室自始至终强调满文的使用与学习,特别是在历史档案及政府公牍中坚持使用满语或采取"满汉兼"的方式。但随着汉语通用语的地位的历史趋势的不断加强,这一主观愿望并不能有效地贯彻始终。就通俗文学而言,在现存的早期满文、蒙古文书籍中,有很大一部分是对汉语作品的翻译。乾隆以后,满族在文学创作上已经完全融入到汉语世界中,因此像汉文小说遂不再有大量翻译的需要②,这与子弟书所反映的趋势是相互映证的。

(五)艺术:认知、沟通、理解与文化精神

艺术与文学一样,是文化的重要组成部分。广义的艺术包括文学在内,狭义的艺术则专指音乐、舞蹈、戏剧、故事说唱以及视觉艺术如绘画、雕塑等。魏晋以后,各个门类艺术的发展更加迅速,并不断壮大。

艺术以"有意味的形式"而形成其根本的内在价值,但在文化较为发达的社会,艺术在内在价值之外同样具有显著的工具价值特别是认知价值。以中国文化中较为独特的视觉艺术——书法为例,中国书法绝不仅仅表现为它的形式美价值。实际上,中国书法的字体演变特别是能够多方面反映个人风格的隶、楷、行、草字体的出现,本身却是文字在发展过程中不断趋简的结果。被誉为"魄力雄强、气象浑穆"、"意态奇逸、精神飞动"、"结构天成、血肉丰美"的魏碑,即是北朝工匠在劳动中的创造。文字和书写的意义极其巨大,它不仅是一种文化赖以积累、传承与发展的最重要的基础,而且代表着一种权力,反映着人文精神的不断提升以及强大的同化作用。仓颉造字,"天雨粟,鬼夜哭",中国古人始终认为文

---

① 参阅关德栋:《记满汉语混合的子弟书〈螃蟹段儿〉》,载关德栋《曲艺论集》,中华书局1958年版,第92页。

② 朗樱、扎拉嘎主编:《中国各民族文学关系研究》下卷,第291页。

字不仅是传达信息的工具,而更是带有某种天启意味的神圣之物①,一个人能够书写并写得一手好字,既是文化精英的证明,也是一种人文的象征,更是一种精神追求与审美价值的反映。因此,书法在成为精英分子不断创造个人风格从而表达一己生命体验与精神追求的同时,也成为各个族群认同于统一语言、书写及文化价值的自觉追求。书法成为一种共同的艺术形式,使文字与文学和艺术连结在一起共同发展②,并再一次加强了汉字的文化作用,其影响极其深远。

　　"艺术是人类行为的一种特殊的产品,它是我们想像力的一种创造性运用,它帮助我们解释生活、理解生活并享受生活。"③艺术与文学都可以传递复杂而深刻的信息,可以传载道德说教并进行整个社会希望的教育,"艺术是'又高级又通俗'的东西,把最高级的内容传达给大众"④。相较于文学而言,艺术尤其是口头艺术和表演艺术更具有强大的沟通作用,它不仅可以使艺术创作者与受众之间实现交流,尤其可以使整个社会成员达成一种广泛的理解。中国各类口头艺术和表演艺术渊源甚古,"有瞽有瞽,在周之庭"(《诗·周颂·有瞽》),瞽诵箴谏虽然服务于君主,但艺术则创自人民。后来的各类史书中记载了很多宫廷俳优事迹,今出土东汉陶俑中有俳优俑,表现的正是说唱的形象。宋代是讲唱艺术真正开始成熟的阶段,除由此而产生的话本从而趋向小说创作外,其主流仍沿着口头表演的道路继续发展,并反过来改编演唱小说作品。早自唐代的佛僧俗讲,就已经具有强烈的群众效果,"聚众谈说,假托经论,所言无非淫秽鄙亵之事。不逞之徒,转相鼓扇扶树,愚夫冶妇乐闻其说,听者填咽。寺舍瞻礼崇奉,呼为和尚。教坊交往其声调,以为歌曲"(唐赵璘《因话录》)。宋代说唱则有多种内容,最受人欢迎的当是讲史,南宋杭州诸

① 参阅[英]保罗·约翰逊:《艺术的历史》,黄中宪译,世纪出版集团·上海人民出版社 2008 年版,第 414 页。
② 饶宗颐:《符号·初文与字母——汉字树》,上海书店出版社 2000 年版,第 186 页。
③ Haviland, William A. *Culture Anthropology*, 2nd edition, Holt, Rinehart and Winston, 1978
④ [法]丹纳:《艺术哲学》,傅雷译,人民文学出版社 1963 年版,第 31 页。

瓦舍中"惟北瓦大,有勾栏一十三座,常是两座勾栏专说史书"(《西湖老人繁胜录》),"也说黄巢拨乱天下,也说赵正激恼京师。说征战有刘项争雄,论机密有孙庞斗智。新话说张韩刘岳,史书讲晋宋齐梁。三国志诸葛亮雄材,收西夏说狄青大略。说国贼怀奸从佞,遣愚夫等辈生嗔。说忠臣负屈衔冤,铁心肠也须下泪"(罗烨《醉翁谈录》卷一)。还有一种男女瞽者以琵琶唱古今小说评话的形式,当时称为"陶真",所谓"唱涯词只引子弟,听陶真尽是村人"(《西湖老人繁胜录》),其吸引广大百姓的程度,正如陆游诗所描绘的:"斜阳古柳赵家庄,负鼓盲翁正作场。身后是非谁管得,满村听说蔡中郎。"(《小舟游近村舍舟步归三首》之三)①说唱表演艺术后来演化为各种曲艺,始终是民间大众喜闻乐见的形式。至于综合了音乐、舞蹈、说唱及文学的戏曲在南宋末成熟以后,其发挥的沟通、理解功用,则更加显著了(详见第五小节)。概括地说,这些杰出的艺术作品凭借着它的价值,依靠文化的传播性,依靠效仿等主客体复杂的相互作用关系,而为共同体的绝大多数人民所欣赏、回应与接受;又以艺术本身所具有的感染力量,将其所承载的民族精神又反作用于这个群体,从而实现对集体意识的深化、发扬乃至重塑。②

艺术更具备仪式的功用,尤其可以起到一种强化集体、加深记忆的效果,以纪念、承载以及延续一种持久的传统。音乐"入人也深,化人也速",以其超越语言文字、超越客观具象并契合于人类普遍心理的属性,因而具有无以伦比的仪式性——表达信仰与感情的行动创造。中国古代音乐的发展就是艺术仪式功用的最好体现之一。在西周奠定的礼乐文化中,如果说"礼"体现的是外在的社会规范的话,"乐"则是内在的道德认同。如《礼记·乐记》:"礼以道其志,乐以生其声,政以一其行,刑以防其奸,礼乐刑政,其极一也,所以同民心而出治道也。"在礼乐中,"乐"反映出加强信仰、巩固认同的仪式作用,"乐在宗庙之中,君臣上下同听

① 参阅陈汝衡:《陈汝衡曲艺文选》,中国曲艺出版社1985年版,第515—516页。
② 丁亚平:《艺术文化学》第七章《艺术与社会:民族、时代的投注与内在观点》,文化艺术出版社2005年版,第385—387页。

之,则莫不和敬;闺门之内,父子兄弟同听之,则莫不和亲;乡里族长之中,长少同听之,则莫不和顺。故乐者审一以定和者也,比物以饰节者也,合奏以成文者也;足以率一道,足以治万变"(《荀子·乐论》)。也正因为如此,"乐"才成为上古时期教育的主要内容①。音乐作为艺术又是不断发展和丰富的。前已述及,魏晋南北朝时期的音乐得到了一次空前规模的融合;至唐代"燕乐",已取消民族的专名,改以音乐性质来区分,说明来源于不同区域的音乐已经融化成为混一的音乐。② 儒家以所谓的雅正之乐用来传载儒学思想以及伦理精神,而民众则欣喜感会于他们从生活中发展创造出来的新兴之声。无论雅俗,音乐能够在整个社会范围内消除焦虑、紧张,可以使社会成员达成一种心灵的净化和情绪的释放,从而使不同的人群通过音乐的欣赏而达成一种内心的情感的认同。中国古代的庄重典正的庙堂韶乐、清幽深邃的文人琴乐和丰富多彩的民间音乐所达成的对人生的感染作用,充分证明了这一点。

各个门类的艺术,艺术与文学,都是随着发展而不断整合的,或者本来就应该是一种集合体。"诗言志,歌咏言,声依咏,律和声"(《尚书·舜典》),音乐与文学特别是与韵文的结合是中国艺术的一个重要传统。音乐与舞蹈在发生上就是二位一体的,声乐、器乐与舞蹈的结合,在唐代《大曲》中得到了提高和丰富,并在后世继续加强。音乐和戏剧的结合形成中国独特的戏剧形式——戏曲,扩展了音乐的使用范围与表现深度,戏曲音乐在明清以后成为音乐发展的代表。③ 而音乐与说唱同样密不可分,共同保证了口头文学的传播属性。就广义艺术而言,文学与绘画、书法,舞蹈与绘画、书法等都有沟通和交流。凡此种种,都丰富了艺术的表现力,从而一起发挥着它们的影响人生、影响社会的力量。

艺术和文学都是一种文化精神最曲折,但又是最深刻的反映,都是一个文化共同体集体意识的展现。中国古代艺术一方面丰富多元,一方

---

① 参见第三节第二小节的论述。
② 廖辅叔:《中国古代音乐简史》,人民音乐出版社 1964 年版,第 67 页。
③ 杨荫浏:《中国古代音乐史稿》,人民音乐出版社 1981 年版,第 1017 页。

面也呈现出一种鲜明的精神特色,在总体上以圆融协合为核心,它所承载的最高理想就是在面对痛苦与种种迫切问题时,希望通过忍耐而化合矛盾来消除冲突、达成解决。这种意念与中国哲学、政治社会思想及一般社会价值观念深相一致,即天人合一、世界大同、以和为贵。中国艺术精神不仅是中国文化共同体的象征,也是进一步加强这种共同体认同意识的催化剂。

四、宗教、宗教文学艺术与民族融合

宗教是人类文明发生的重要标志之一,但不同文化地区宗教的表现与发展历程,不尽相同。中华文明成熟较早,实用理性精神较为发达,使得精英思想对超自然力量存而不论,很早就开始了排斥宗教的思想倾向。因此,原始宗教信仰很早就开始消褪,只是在民间的层面上有大量遗存。古代中国很早就在一个极广阔的范围内实现了有效的国家集权与文化融合,政治一统的基本格局形成以后,国家政权不断整合与规范各种祭祀,在核心主导观念儒家思想的影响下,逐渐形成"敬天法祖"的国家宗教,强调敬天是为法祖,法祖则为人事,把重点落在了现世的关照上,并渐渐发展出以血缘伦理道德取代宗教功能的趋势。

尽管如此,在人类的根本痛苦不能完全解决,终极理想没有得到实现以前,理性精神并不能完全取代宗教。真正的"宗教"在古代中国社会中仍然是存在的,佛教的传入与接受,各种本土信仰因素通过整合形成道教,民间创生性宗教的不断滋生,都证明了古代中国社会对宗教的需求。不过,这种宗教的存在与发展始终为理性精神所浸渍同化,从而共同形成中华文化的核心法则。中国古代宗教的发展,正是一种分散丛生并不断统一与整合的历史过程。其中所融合形成的大众宗教意识,既是民众文化心理的的重要内容[1],同样也是族群融合与文化认同的重要的精神资源。

---

[1] 参阅王齐洲:《四大奇书与中国大众文化》,湖北教育出版社 1991 年版,第 70 页。

文学、艺术的起源向有二说:一谓起源于生产劳动,一曰产生于宗教祭坛。实际上这二者是统一的,因为劳动与祭祀共同组成了先民的"生活"——既包括物质的,也包括精神的。无论如何,文学与艺术作品能够激发出人们感受到终极存在的特殊情感,在某种意义上接近于宗教,都是达到心灵的非尘世状态的手段。① 这两种不同的手段是彼此交融的,文学、艺术与宗教既是精神生活的必需,同样也是精神生活的产品;宗教的至高境界,既为人们所创造、所认同,也就必然为人们以特殊意味的形式——文学艺术所承载、表现与传达。所谓"宗教文学艺术",就是指以文学艺术的方式传述宗教信仰、普及宗教教化、承载宗教道德与价值观念的精神成果。

早期文学艺术特别是绘画、雕塑与音乐、舞蹈尚处在宗教的仆从地位。文坛即是祭坛,人们在宗教仪式中以多种艺术形式表达对宗教的感知。从原始萨满娱神舞蹈到青铜时代的青铜器纹饰,从三代祭祀音乐到楚汉帛画、壁画及魏晋以后的佛道教雕像,无不以传达宗教精神与情感为初衷。文学艺术独立以后,仍然较多承载宗教的教化功能,并反映出人们对宗教的认知。同时,在宗教的影响下,文学艺术发展出新的形式、内涵与审美取向,从而更深刻地反映出宗教的内容。所有这一切,可称为宗教文学与宗教艺术。古代宗教文学与宗教艺术作为宗教融合并发生其影响的最重要的工具和媒介,使宗教在民族融合及文化融合中的精神资源作用,得以进一步发挥。

宗教文学源远流长。在世界范围内,无论什么样的宗教,宗教经典本身就是文学作品,其原始特点是游历天堂地狱,礼赞神祇,叙事生动,譬喻丰富,想象奇特,对文学的发展产生了巨大的影响。同时,在宗教信仰的感召下,后期的文学作品亦展现出人们对超自然的膜拜与终极目标的思考,进而更加关心人类本身的命运。中国也不例外,中国古代文学

---

① 参阅[美]尼古拉斯·沃尔特斯托夫:《艺术和美学:宗教的维度》,载[美]彼得·基维主编:《美学指南》,彭锋等译,南京大学出版社 2008 年版,第 280 页。

并不缺乏"宗教的启发"①,无论是诗歌还是通俗文艺形式如小说等,都具备关注超自然世界的因素,只不过在中国文化的框架中,世俗特性得到不断的加强罢了。因此,中国古代的宗教文学主要是以叙事形式为主,并且主要是在通俗文学、民间文学中得到较大的发展。②

宗教文学具有强大的社会功用:第一是以其艺术化的形式承载并传达宗教信仰,使宗教伦理与宗教价值得以普流世间,并在涵化中实现认同;第二是更具有悲天悯人的文学精神,因此拥有更多更强烈的文学力量,感化人心,诱人从善;第三是对文学特别是通俗文学本身具有强烈的促进作用。中国古代民族的融合与认同,归根结蒂是价值观的认同,在此方面,宗教文学作为宗教信仰普及周流不可或缺的客观途径与共同宗教精神融合生成的重要催化剂,居功甚伟。

魏晋志怪小说有关民间信仰及佛道教的部分,是中国古代宗教书面文学的第一次展现。在两晋南北朝佛教东化中土及民间宗教此起彼伏、道教整合生成的大背景下,此类作品出现甚夥,长生灵怪之说者有《列异传》、《博物志》、《神异记》、《搜神记》、《神异经》等;因果冥报之谈者有《宣验记》、《冥祥记》、《冤魂志》、《旌异记》等。特别是后一类,"大抵记经像之显效,明实验之实有,以震耸世俗,使生敬信之心"③,属于典型的宗教文学。虽然其最后形式都由某一类文士所完成,但它们大都取材于佛教故事或民间创作,主题、内容、叙事都达到了一个较高的水平,并对后世小说创作产生了重大影响。而作为宗教感召的结果,其对佛教在中下层社会的流布起到了异乎寻常的作用。

再以唐宋变文及其后讲唱文学的强大影响及作用为例。大约从很早时候开始,民间就存在着一种逐渐发展并成熟起来的讲唱艺术。这种

---

① 余国藩:《宗教与中国文学——论西游记的"玄道"》,载《红楼梦、西游记与其他——余国藩论学文选》,生活·读书·新知三联书店 2006 年版。
② 关于佛道二教与文学、艺术的关系,见第一章第四节第三小节的论述。本节则专指纯粹的"宗教文学"而言。
③ 鲁迅:《中国小说史略》第六篇《六朝之鬼神志怪书(下)》。

说唱艺术和古代民间音乐歌舞、戏剧关系紧密,但更重要的它是一种口头叙事文学,其内容则不外是历史或宗教故事。此类讲唱艺术,因为被佛僧们用来传教时敷说经义("俗讲"),从而得到了一次质的提升,出现了"变文"。"变文"作为民间文学的一环,原已被其演进结果所淹灭,二十世纪初在敦煌卷子中重新被发现①,"论体裁则韵散间出,其名称则变文、词文、押座文、缘起,不一而足;其内容则敷衍佛经,搬演史传"②。其形式则韵散结合,说唱结合,并辅以图画。尽管"变文"也涉及一些其他题材,但从其性质、内容及发生、流变等各个方面来看,它毫无疑问是一种成熟的宗教文学——缘宗教以发生,以宗教为旨归。"变文"可以说是迄今为止所发现的,第一次较大规模的被记录下来的民间讲唱文本。我们现在知道,后世各类讲唱文学如平话、宝卷、弹词、鼓词、道情,以及宋元话本、明清白话小说等通俗叙事文学之所以蔚为大国,一些佛教故事系统之所以蔚然发达,乃缘于存在着"变文"这样一种已经甚为成熟的母体。

　　现存变文中的杰出代表是"目连变文"。目连救母出地狱的故事,本见于佛经如《经律异相》、《撰集百缘经》、《杂譬喻经》等,很早就成为绘画及通俗文学的题材,一直播在人口。《大目乾连冥间救母变文》(法藏敦煌卷子 P1319)等为代表的敦煌目连变文,是现存最早最伟大的目连文学作品。此后目连作品层出不穷,如明郑之珍《目连救母行孝戏文》及清《劝善金科》等,"目连救母"故事成为中国民间文学、通俗文学的重要题材之一。缘此而生的目连戏,因其戏剧的形式,更有强烈的艺术效果:"戏子献技台上,如度索舞绲、翻桌翻梯、斛斗蜻蜓、蹬罈蹬臼、跳索跳圈、窜火窜剑之类,大非情理。凡天神地祇、牛头马面、鬼母丧门,夜叉罗利、锯磨鼎镬、刀山寒冰、剑树森罗、铁城血灉,一似吴道子《地狱变相》,为之

---

① 变文在敦煌遗书中的发现,使我们得以恢复通俗叙事文学发展过程中曾经阙失的一环,更加证明了在中国古代雅、俗文学并行发展、彼此互动的历史事实。
② 向达:《唐代俗讲考》,载《唐代长安与西域文明》,生活·读书·新知三联书店 1957 年版,第295 页。

费纸札者万钱,人心惴惴,灯下面皆鬼色。"(张岱《陶庵梦忆》卷六)以目连为题材的通俗文学、艺术所以能在相当长的历史时期内达成如此巨大的社会效果,在于它既深刻地表现了通过挚诚信仰拯救罪恶、超越地狱的宗教主题,又展现了"孝亲"这一中国传统最核心的道德准则,实现宗教价值与世俗价值统一的缘故。

如果说目连题材的宗教文学主要体现了传统价值观的传播与影响的话,那么明清以后兴起的神魔小说、仙道小说如《封神榜》、《济公传》等则深刻地反映了民间一般宗教信仰与文学的互动尤其是通俗文学反作用于世俗宗教建构及信仰契同的强大力量。这些作品虽然都成于文人之手,但它们的题材内容往往来自源远流长的历史传说、神仙与宗教故事,具备众多的神话原型与民间故事母题;这些小说中的神怪、博物内容极其丰富,展现了人民大众空前的想象力与创造力。文人作者在加工、改编与再创作的过程中,又加以金丹成道、因果循环及善恶相报等宗教喻言,融入自身的信仰追求与价值观念,从而糅合三教并创造了一个中国人心目中的宗教世界。因此,它们影响巨大,不仅对世俗宗教建构有反作用,如二郎神、济公活佛之类已经成为人民心目中的神性代表,甚至在很大程度上代替了真正意义上的宗教,对一般伦理价值推广具有无与伦比的贡献。

中国古代的宗教艺术同样昌盛,历久不衰。其中最为典型的是佛教造像、壁画。

绘画所以成为艺术,是因为它能超越简单的描模外物,而表达出信仰和审美。以图画来展现神话与宗教信仰,原始艺术不论,就历史记载来说,屈原之撰《天问》,乃因放逐时"见楚有先王之庙及公卿祠堂,图画天地山川神灵,琦玮僪佹,及古贤圣怪物行事,周流罢倦,休息其下,仰见图画,因书其壁,呵而问之"(王逸《楚辞章句》卷三)。现代出土之楚帛画,均以表现信仰内容为主。在汉代砖画、石刻画像中,本土宗教内容题材已经广泛出现。佛教传入并在魏晋大流东土以后,佛教造像、壁画在继承原有传统的基础上,又吸收外来因素,成为宗教艺术的主要门类。

从魏晋南北朝及唐,各类石窟造像、壁画分布广泛,随东传路线依次展开,既渊源有序,同时地域和时代风格亦颇明显。唐宋以来,寺庙壁画、雕塑渐为主流,多以图绘佛经故事之"变相"为主,艺术样式与教喻主题基本趋同。

佛教艺术完美地达成了宗教义理的通俗化展现,使佛教完成了中国化的转变并得以普及深入。前已论及,佛教造像、壁画艺术形式虽然具有不同的地域、时代风格,但总体上四方、古今都存在着深层的联系,而在主题、内容方面,则具有高度的一致性。这既证明了佛教在中国社会的普遍认同程度,也反映出佛教艺术有助于普及佛教义理,从而使宗教价值观整合趋同的强烈作用。

五、通俗文艺的发展与民族融合

南宋以后特别是到明清时代,随着社会物质文明的发展和普遍文化水平的提高,通俗文艺开始兴盛。所谓通俗文艺,是指一般民众普遍接受并喜闻乐见的一些新型的文学艺术形式,如戏曲、讲唱文学、白话小说等,以受众广大为根本特征。它在某种程度上是大、小传统互动的产物,也是典雅文艺与民间文艺彼此交流的结果,但其精神实质,主要是世俗的而非精英的;其表现形式,主要是新兴的而非传统的。具有共同审美与精神追求的通俗文艺,既是族群融合的产物,又因其承载着社会地位较低但占有社会大多数的普通大众的历史记忆,从而对文化认同与族群强化发挥着巨大的作用。

明清时期蓬勃发展的通俗文艺,最典型的代表就是戏曲和小说。通俗文艺对民族融合的促进作用,亦以此二者最为显著。尽管中国古代小说与戏曲分属不同的艺术形式,其各自内容亦具有鲜明的时代色彩与地方色彩,但戏曲大多取材于小说的历史故事或民间故事,二者在内容、主题及思想意义上具有高度的一致性。

戏剧是综合的艺术,是绘画、雕塑、诗歌、音乐、舞蹈等诸种艺术形式的浑成。戏剧又是"表演"的,非演出于各种剧场而不能成其功。中国戏曲之"曲",虽实为剧本而为文体之一,但其必作用于戏而不完全是案头文本,故称"戏曲"①,"戏曲者,谓合歌舞演故事也"②。中国戏曲的传统源远流长,金元北剧与宋元南戏,标志着它的成熟。明以后至清,取得不断发展,成为古代社会最为活跃的,也是最为一般民众熟悉并喜爱的艺术形式。戏曲的整合发展,本身就是多元融合的结果,从南北朝的"百戏"开始,就吸收了西来文化的因素,自此以后持续融合不同地区、不同族群的音乐、舞蹈、表演及文学成份③,最后在文化大融合的南宋、金、元时期达到高潮。中国戏曲在开始成熟的宋代,除了音乐曲调外,绝大多数的成份都来自于民间④,元杂剧亦然,这是戏剧必由"表演"而成其功的本质属性所决定的。戏曲在其发展道路上,曾经出现过雅化的趋向,明代"昆曲"的形成标志着这一雅化的高峰。以"昆曲"为代表的优美唱腔、典雅曲文及精致化的表演,固然使戏曲艺术得以丰富与提高,但不可避免地使通俗文艺的本质发生异化。所以,过分典雅的文人戏剧终将让位于各种通俗的地方戏剧,清代"花"、"雅"之分终以"花部乱弹"的胜利而告一段落。实际上,"花部乱弹"之类的民间戏剧一直是在另一条线路上存在发展着的,并始终充满着勃勃生机。

小说这种文学形式,来源于民间神话、传说与历史故事,经过了长期的发展。唐代变文及宋元话本是通俗小说的第一个高峰。从讲唱口说形诸文字记录,并予以加工润饰,使小说作品能够摆脱言语的拘碍,从而成为一种通俗的书面文学,最后成为一种以叙事性、虚构性、世俗性、形象性为本质特征的文体形式,在明清时期达至高峰,《三国演义》、《水浒传》、《西游记》、《金瓶梅》、"三言二拍"、《儒林外史》、《红楼梦》等代表着它的辉煌成就。

---

① 周贻白:《中国戏剧史长编》自序,人民文学出版社 1960 年版。
② 王国维:《戏曲考原》,《王国维遗书》第十五册,上海书店出版社 1983 年版。
③ 这样的例子很多,较典型者如南宋官本杂剧中的"五花爨弄",《辍耕录》载:"或曰:宋徽宗见爨国人来朝,衣装鞵履,巾里傅粉墨,举动如此。使优人效之以为戏。"
④ 周贻白:《中国戏剧史长编》,第 93 页。

古代戏曲与小说，都是最为"世俗"的文学形式。这种世俗性的根本表现，就是它们广泛展现了中下层人民的生活与情感，深刻地反映出人民大众的伦理道德、价值观念与情感取向，并成为民俗传统与大众文化的集中展示。因此，它们有着极为深厚的群众基础，读者、观众广泛而且是以不同族群的普通大众为主体，从而能在世俗层面发挥着极其巨大的影响。以世俗性为根本的通俗文艺作品，对各族群情感的沟通与价值认同，起到了莫大的作用。"试令说话人当场描写，可喜可愕，可悲可涕，可歌可舞。再欲捉刀，再欲下拜，再欲决脰，再欲捐金。怯者勇，淫者贞，薄者敦，顽钝者汗下；虽日诵《孝经》、《论语》，其感人未必如是之捷且深也。"（明冯梦龙《古今小说叙》）

古代正统观念对通俗小说存而不论，统治阶层甚至常有禁毁取缔之举，但这正反映出小说的文学价值及其对社会普遍大众的超凡影响。随着社会的发展，小说的创作愈趋繁荣，明中期以后，实际已经成为整体社会范围内最具生命力的文学形式之一。即使贬斥小说的士大夫亦不得不承认，儒、释、道三教以外，"又多一教曰小说"："小说演义之书，未尝自以为教也，士大夫、农、工、商贾，无不习闻之，以至儿童、妇女不识字者，亦皆闻而如见之，是其教较之儒、释、道而更广也。"（钱大昕《潜研堂文集》卷十七《正俗》）[1]在此方面，明代的"四大奇书"及清代的《红楼梦》的影响达到了一个非凡的程度。《三国演义》的褒忠刺奸，《水浒传》的高标侠义，经过近三百年的传播、接受与选择，已经成为整个社会的价值诉求与情感寄托，其所产生的文化同化力量，甚至远播到日本及海外荒徼之地。《西游记》所塑造的孙悟空形象、取经故事及其精神意趣，同样已经深入到各个族群普通大众的心灵之中。今云南楚雄彝族自治州尚保存有以古彝文书写的早期《西游记》故事内容的《唐王书》和《唐僧取经》，分别有 3182 行和 2182 行。其内容时代比《朴通事谚解》及《永乐大典》中残存的西游故事还要早。这可能是明初移民带进相关民间话本并渐次

---

[1] 此据刘勇强：《中国古代小说史叙论》，北京大学出版社 2007 年版，第 8 页。

流传以后，逐渐被彝人接纳从而改写创作的结果。① 而《红楼梦》自诞生起至今，一直就是其他各种文学艺术形式以及各种地方性文学艺术的不竭源泉，从而成为一种被不断阐释与重塑的原型母体。它和历史上的其他文学典范一样，将继续哺育着中华文化共同体的发展与壮大。

而戏曲表演不赖文字，其世俗性尤其显著。戏剧的根本属性之一，就在于它的剧场性，必须拥有现场观众。《东京梦华录》记载北宋汴京"瓦肆伎艺"有云："街南桑家瓦子，近北则中瓦，次里瓦，其中大小勾栏五十余座。……最大可容数千人。""不以风雨寒暑，诸棚看人，日日如是。"明代传奇虽有脱离演出而走向案头的倾向，并逐渐雅化，但这并不能改变民间地方戏曲的兴盛。如极为盛行的"目连戏"，"徽州旌阳戏子"的一次演出，"凡三日三夜，四围女台百十座。……戏中套数，如招五方恶鬼、刘氏逃棚等剧，万余人齐声呐喊"（张岱《陶庵梦忆》卷六）。在初步长成的宋辽金元时期，戏曲已成为契丹、女真、蒙古等各个族群喜闻乐见的形式，尽管在音乐及其他表现形式上各地或有差异，但其基本内容与基本精神则无二致。元杂剧的曲文在汉语文学史上已经成为一个优秀的典范，被后人誉为"千古独绝之文字"（王国维《宋元戏曲考》）。元周德清《中原音韵》序称："乐府之盛之备之难，莫如今时。其盛则自缙绅及间阎歌咏者众，其备则自关、郑、白、马，一新制作。韵共守自然之音，字能通天下之语。"它的表演同样达到了很高的水平。经过明代的进一步发展，清代地方戏曲更为勃兴，戏曲的影响已遍及从平民百姓到王公贵族的各个阶层。

戏曲作为具有中国特色的戏剧，实现了戏剧艺术在世俗层面的强大的沟通、教育效果与仪式作用。当不识文字无法阅读的人们被共同面对的舞台上展现的生活、情感与理想所感动的时候，他们就已经具有了欣赏艺术所必备的认同，从而也就成为了分享文化的共同社会成员。

---

① 张菊玲、伍佳：《新近发现的古彝文〈西游记〉》，《民族文学研究》，1985 年第 3 期。

第五节 古代文学艺术与当代中华民族认同

人类文化也许是同源的,甚至是同归的,但一定是殊途的。人类文化的价值,正在于它的多样性,也就是以不同的路径和不同的成果体现出人类的任何可能性、复杂性与创造性。文化多样性的主要体现之一就是民族性亦即各种共同体意识的存在,它是历史的、现实的、政治的、经济的、精神的各种人的复杂关系作用的结果,代表着人类解决问题、达成理想的种种努力。"人的整个进步,不仅是取决于抽象意义的历史共同体,而且取决于人所诞生的特定共同体的性质。没有任何人能游离于这个共同体,而共同体也不是他一人所能改变的。""由于把共同利益界定为真正的自我利益,由于发现个人主要是在共同体中才能得到检验,团结观念是社会潜在的真正基础。"①然而,随着"现代"或"后现代"所带来的种种复杂而深刻的变化、冲突与颠覆,一方面民族主义高涨,甚至走向冲突的极端;另一方面也出现了各种各样的认同危机,特别是对文化身份的困惑,从而导致精神家园丧失的迷惘。这种共同体意识危机如果不能促使人们反思并力图重塑与锻造出新的民族精神,那只会带来屈服于政治经济文化霸权,放弃自身文化追求权利的恶果。

在变动的世界中也并非没有一些例外。中华文化共同体的认同意识源远流长,尽管也曾经遭遇过种种挑战,但始终处于不断加强之中,最后形成中华民族多元一体的格局,保持着一个大共同体的旺盛生命力。西方的扩张以及亚文化族群的认同,都并没有使这个统一体分裂,相反,全球范围中的"中国人"的认同意识从来也没有像今天这样广泛而深入。

梁启超尝谓:"凡遇一他族而立刻有'我中国人'之一观念浮现于其

---

① [英]雷蒙德·威廉斯:《文化与社会》,吴松江、张文定译,北京大学出版社 1991 年版,第 31、410 页。

脑际者,此人即中华民族之一员也。"①所谓"我中国人也"的认同感,除了相对物质化的语言、习俗外,最核心的当是隐藏在意识形态深处的价值观与审美观。那么,又是什么能瞬间召唤起我们意识深处的这些价值观与审美观呢？毫无疑问,是文学与艺术:《诗经》、《楚辞》,唐诗、宋词;孟姜女、牛郎织女、梁山伯与祝英台故事;《三国演义》、《水浒传》、《西游记》、《红楼梦》;昆曲、京剧;典雅的钟磬,悠扬的丝竹,飘逸的书法,庄严的佛像;红墙碧瓦、小桥流水,山水写意与花鸟工笔的图卷……当然,更重要的是它们所体现的那种悲天悯人的朴素情怀、善恶有报的价值诉求以及美满和谐的美好希望。是以上所有的这一切,让我们知道我们是"中国人"。过去是这样,现在和将来也是这样。

在中华民族伟大复兴并努力为人类做出更大贡献的艰难征程中,古代文学艺术是我们赖以凝聚在一起、团结在一起的宝贵财富。

---

① 梁启超:《中国历史上民族之研究》,《梁启超全集》第十二卷,北京出版社 1999 年版,第3435 页。

第三章　中国古代文学艺术与东亚文明交流

从汉代开始,以中国文明为中心发生并发展出了一个"汉文化圈",包括周边的国家和地区,比如朝鲜、日本、琉球、越南等区域,学术界有的称之为"东亚文明"或"东亚世界"。据日本学者西嶋定生的意见,"构成这个历史的文化圈,即'东亚世界'的诸要素,大略可归纳为汉字文化,儒教,律令制,佛教等四项。……长期变化乃至独自性,是与中国文明相关联而呈现出的现象。因而共通性并非抹杀民族特质,相反是民族性的特质以中国文明为媒体从而具备了共通性"[1]。在这样一个汉文化圈中,文学艺术的表现是最为突出的一个方面。

就文学而言,在汉文化圈中形成了悠久而深厚的汉文学传统,并且在各国各地区的文学史上都曾经享有过辉煌的地位和崇高的荣耀。在朝鲜历史上,汉诗文曾被认为是正统文学,国文诗歌则被称作"俚语"、"俗讴"或"方言"。在日本,从平安时代到江户末期,汉文学也始终保持独尊的地位,假名被男性贵族轻视为"女文字",物语也被视为女性的文学。[2] 至于越南,除了在胡朝(1400—1470)和西山朝(公元1786—1802)

---

① 《东亚世界的形成》,载刘俊文主编:《日本学者研究中国史论著选译》第二卷,中华书局1993年版。

② 参见[日]西乡信纲等:《日本文学の古典》第四章《女の文学》,岩波书店1971年版。

两个短暂王朝曾试图以其本国文字"喃文"来取代汉字（而且事实上并未成功）外，一直到本世纪初，也都是以汉字作为全国通用的书面语言，产生了大量的文学作品。就艺术而言，无论是音乐还是美术，虽然在各国各地区都表现出自身的独特性，然而在文人阶层，也还是强烈地打上了中国文明的印记，从而表现出东亚文明的共通性。本章拟以诗歌、小说和音乐为例，对东亚各国的文学艺术及其与中国文明的关系予以说明。

第一节　东亚汉诗

一、朝鲜半岛汉诗

中国与朝鲜半岛相接壤，中国文化亦早已传入朝鲜。我国史籍如《史记》、《汉书》、《后汉书》中都记载箕子至朝鲜，教民以礼义的传说；朝鲜史籍如《东国史略》、《高丽史》、《东国通鉴》等书亦有类似记载。无论是文字资料，还是出土文物，都能证明早在春秋时代，中国文化已经传播到朝鲜。

从中国的初唐时代开始，朝鲜半岛更是进一步"华化"。据《三国史记》卷三十三《杂志》第二记载，新罗朝真德在位二年（唐太宗贞观二十二年，公元648），"金春秋入唐，请袭唐仪"，"自此以后，衣冠同于中国"。不仅衣冠文物如此，诸生读书，也本于中国经典。又卷三十八《杂志》第七载：

> 国学，属礼部。神文王二年（682）置，景德王（742—764在位）改为大学监，惠恭王（765—779在位）复故。……教授之法，以《周易》、《尚书》、《毛诗》、《礼记》、《春秋左氏传》、《文选》，分而为之业，博士若助教一人。或以《礼记》、《周易》、《论语》、《孝经》，或以《春秋左传》、《毛诗》、《论语》、《孝经》，或以《尚书》、《论语》、《孝经》、《文选》教授之。诸生读书，以三品出身，读《春秋左氏传》，若《礼记》，若《文选》，而能通其义，兼明《论语》、《孝经》者为上；读《曲礼》、《论语》、

《孝经》者为中；读《曲礼》、《孝经》者为下；若能兼通五经、三史、诸子百家书者，超擢用之。

又《旧唐书·高丽传》载：

俗爱书籍，至于衡门厮养之家，各于街衢造大屋，谓之扃堂，子弟未婚之前，昼夜于此读书习射。其书有五经及《史记》、《汉书》、范晔《后汉书》、《三国志》、孙盛《晋春秋》、《玉篇》、《字统》、《字林》，又有《文选》，尤重爱之。

这里所说的"高丽"，实际上指的是高句丽。由此可知，从初唐以后，中国文化在朝鲜半岛的传播已是相当广泛了。《文选》作为中国著名的文学选本，不仅受到民间的广泛重视，而且还立为国学教材，与仕途紧密结合起来，显然是重文的标志之一。

古代东国之人素好读书，其汉诗创作也有相当长的历史。用朝鲜时代洪万宗的话说："我东以文献闻于中国，中国谓之小中华。盖由崔文昌致远唱之于前，朴参政寅亮和之于后。"又说："盖东方诗学，始于三国，盛于高丽，而极于我朝。"（均见其《小华诗评》卷上）这虽然是一个相当笼统的说法，但我们可以据此而将朝鲜半岛的诗学分作三大阶段论述。

（一）三国时代的诗学

所谓三国时代，指的是新罗、高句丽、百济鼎峙的时代，其中新罗朝五十六王，九百九十二年（前57—935）；高句丽二十八王，七百零五年（前37—668）；百济三十一王，六百七十八年（前18—663）①，相当于中国的从汉宣帝到晚唐五代时期。朝鲜人所作最早的汉诗，现在可考的是《箜篌引》（"公无渡河"），据崔豹《古今注》卷中的记载，为朝鲜津卒霍里子高妻丽玉所作。另有《黄鸟歌》，据《三国史记》卷十三《高句丽本纪》第一的记载，此诗为琉璃王（公元前19—公元17在位）所作。此外，《三国遗事》卷二《驾洛国记》中还记载了《龟旨歌》，诸篇皆为四言诗。五言诗最早可

---

① 参看金富轼：《三国史记·年表》，明文堂1988年版。

考的，是高句丽大臣乙支文德遗隋将于仲文的诗，见载于《隋书·于仲文传》：

> 神策究天文，妙算穷地理。战胜功既高，知足愿云止。

《白云小说》谓此诗"句法奇古，无绮丽雕饰之习"①。此后，又有新罗真德女王(647—653 在位)的五言诗《太平颂》，见收于《唐诗品汇》卷二十三。而唐诗之传入新罗，据《三国史记》卷九《新罗本纪》第九"景德王"的记载，"十五年(756)春二月……王闻玄宗在蜀，遣使入唐。溯江至成都，朝贡，玄宗御书五言十韵诗赐王"。可能是现在可考的最早的记录。唐代兴科举、立国学，许多外邦子弟也纷纷来华学习，其中尤以新罗为盛②。据严耕望《新罗留唐学生与僧徒》的考证，从金云卿至金垂训，有姓名可考者共得二十六人③。而当时入唐以宾贡进士登第者，实际人数达五十八人之多。崔瀣(1287—1340)《送奉李中父还朝序》云："进士取人，本盛于唐。长庆初，有金云卿者，始以新罗宾贡题名杜师礼榜。由此以至天祐终，凡登宾贡科者，五十有八人。"(《东文选》卷八十四)从诗歌来看，则以崔致远(857—928 以后)最为著名。崔氏入唐登第，名动四海，顾云赠诗云："十二乘船渡海来，文章感动中华国。十八横行战词苑，一箭射破金门策。"(《三国史记》卷四十六《崔致远传》)④崔氏《桂苑笔耕集》二十卷，见录于《新唐书·艺文志》。又有五七言今体诗一百首一卷，杂诗赋三十首一卷，《中山覆篑集》五卷⑤。其后有朴仁范、朴寅亮(？—1096)，皆以诗名。《白云小说》指出：

---

① 洪万宗：《诗话丛林》卷一，亚细亚文化社 1991 年版。
② 杜佑《通典》卷五十三"大学"条载："贞观五年(631)，太宗数幸国学。……无何高丽、百济、新罗、高昌、吐蕃诸国酋长，亦遣子弟入国学。"又《唐会要》卷三十六"附学读书"条载："开成二年(837)三月……新罗差入朝宿卫王子，并准旧例，割留习业学生，并及先住学生等，共二百十六人，请时服粮料。"
③ 文载"中央研究院"《历史语言研究所集刊》外编第四种。另参看谢海平《唐代留华外国人生活考述》第二编第一章，台北"商务印书馆"1978 年版。
④ 据《白云小说》，顾云赠诗题为《赠儒仙歌》。
⑤ 见崔致远《桂苑笔耕集》卷首《序》，《四部丛刊》初编本。

　　　　三韩自夏时始通中国,而文献蔑蔑无闻。隋唐以来,方有作者,如乙支之贻诗隋将,罗王之献颂唐帝,虽在简册,未免寂寥。至崔致远入唐登第,以文章名动海内。有诗一联曰:"昆仑东走五山碧,星宿北流一水黄。"……其《题润州慈和寺》诗一句云:"画角声中朝暮浪,青山影里古今人。"学士朴仁范《题泾州龙朔寺》诗云:"灯撼萤光明鸟道,梯回虹影落岩扃。"参政朴寅亮《题泗州龟山寺》诗云:"门前客棹洪波急,竹下僧棋白日闲。"我东之以诗鸣于中国,自三子始。

尽管从整体而言,崔致远的诗成就不能算高①,但他以众多的作品开一代文风,"有破天荒之大功"(同上)。他的诗歌对高丽朝的诗人也颇有影响。如《春晓偶书》中"含情朝雨细复细,弄艳好花开未开"(《东文选》卷十二)一联,徐居正(1420—1488)《东人诗话》卷上就举出高丽朝诗人的四联效仿之作。何况他还有一些诗句,流传中国,为人传诵,使东国人为之骄傲②。总之,三国时代特别是新罗朝的诗风,是以唐诗为学习榜样。唐代诗人也每与新罗诗人赠答、联句,对新罗诗人也产生了积极的影响③。

（二）高丽时代的诗学

　　崔致远生当罗末,虽然文名甚高,在仕途上却颇不得意。但高丽朝(936—1392)兴起以后,他的弟子多仕至达官,显宗时追赠崔致远内史令,从祀文庙,又追封为文昌侯④。高丽初期的诗风,也是以唐诗为主的。

---

①《白云小说》指出:"其诗不甚高,岂其入中国在于晚唐后故欤?"成倪《慵斋丛话》卷一指出:"我国文章,始发挥于崔致远。……今以所著观之,虽能诗句而意不精。"(《大东野乘》本)许筠《惺叟诗话》指出:"崔孤云学士之诗,在唐末亦郑谷、韩偓之流,率侻浅不厚。"(《惺所覆瓿稿》卷二十五)

② 徐居正《东人诗话》卷上载:"崔文昌侯致远,入唐登第,以文章知名。《题润州慈和寺》诗,有'画角声中朝暮浪,青山影里古今人'之句。后鸡林贾客入唐购诗,有以此句书示者。"

③ 参看谢海平《唐代诗人与在华外国人之文字交》第三章,台北文史哲出版社 1981 年版。韩国柳晟俊《罗唐诗人交游之诗目与其诗》,收入《唐诗论考》,中国文学出版社 1994 年版。

④《三国史记》卷四十六《崔致远传》载:"初,我太祖(王建)作兴,致远知非常人,必受命开国,因致书问,有'鸡林黄叶,鹄岭青松'之句。其门人等至国初(高丽初)来朝,仕至达官者非一。显宗在位,为致远密赞祖业,功不可忘,下教赠内史令,至十四岁太平二年壬戌五月,赠谥文昌侯。"

崔滋(1188—1260)《补闲集序》历数高丽朝光宗(950—975 在位)至文宗(1047—1082 在位)时贤俊"济济比肩"、"星月交辉",以为"汉文唐诗,于斯为盛"。又引其前辈俞升旦语曰:

> 凡为国朝制作,引用古事,于文则六经三史,诗则《文选》、李、杜、韩、柳,此外诸家文集,不宜据引为用。(《补闲集》卷中)

高丽诗风,大致经过了初以唐诗为主,其后兼学唐宋,最后崇尚宋诗的过程。和新罗时代相比,高丽朝的文风更盛。特别是光宗九年(958)置科举,以诗赋颂策取士,文风大兴。据李圣仪、金约瑟编纂的《罗丽艺文志》记载,新罗朝的文集仅五人七种,而高丽朝则有一百八十种以上。这一数字对比是能够从一个侧面说明问题的。

《十抄诗》是高丽时期的一个唐诗选本,且有高丽末僧人的注释[1]。据僧子山《夹注名贤十抄诗序》云:

> 本朝前辈钜儒据唐室群贤全集,各选名诗十首,凡三百篇,命题为《十抄诗》,传于海东,其来尚矣。

可见这部选集都是从唐代诗人的"全集"中选出,也就意味着像刘禹锡、白居易等二十六位诗人的全集,在此前已传入高丽[2],这为高丽诗人的创作提供了切实可依的样板。

徐居正的《东文选》采录了从新罗到朝鲜初期的作品,其中大多数是高丽文人之作。有些作品在标题上就可以看出其渊源,兹辑录如下:

李仁老《赠四友仿乐天》
　　《用东坡语寄贞之上人》
　　《早起梳头效东坡》

---

[1] 关于《十抄诗》的编者和注者,金烋《海东文献总录》云:"丽末诗人选集唐名贤诗及新罗崔致远、朴仁范、崔承祐、崔匡裕等诗各十首,名曰《名贤十抄诗》,有夹注。"其实,所谓"丽末"当指夹注的时代,编选的时期当更早。这里笼统看作高丽时期。

[2] 这些诗集的版本与中国传世诸集也有差异,因此,其中不仅有唐人佚诗约百首,即便非佚诗,与中国传世文献相较,也不乏异文。

　　　　《白乐天真呈崔太尉》

　　　　《饮中八仙歌》

　　　　《雪用东坡韵》

　　陈澕《追和欧梅感兴》

　　　　《桃源歌》

　　李谷《妾薄命用太白韵》

　　郑枢《污吏同朴献纳用陈简斋集中韵》

　　李仁复《己酉五月十二日入试院作用东坡韵》

　　韩休《夜坐次杜工部诗韵》

　　李奎报《辛酉五月端居无事和子美成都草堂诗韵》

　　　　《绝句杜韵》

　　李穑《读杜诗》

　　郑以吾《新都雪夜效欧阳体》

如果我们同时考察一下集句诗，就可以看出，高丽诗人对唐宋诗人的学习是广泛的。如林惟正的集句，《东文选》中收录了其五律十一首，七律二十六首，七绝八首。虽然成就不高①，但可以从中略窥高丽时代唐宋诗歌的流传，也是不无意义的。从以上标题中可以发现，唐宋诗人中最受注意的是杜甫、白居易和苏轼。其中高丽初期以杜、白为主，中叶以后尤尚苏诗。如高宗朝(1214—1259)诸儒所作的《翰林别曲》中，就提到"韩、柳文集，李、杜集，《兰台集》，白乐天集"(《高丽史》卷七十一引)等书，乃当时人"历览"亦即流传较广的书。苏诗之开始流行，也正在高宗时。《补闲集》卷中指出："近世尚东坡，盖爱其气韵豪迈，意深言富，用事恢博。"其后则愈来愈推崇。徐居正《东人诗话》卷上载：

　　高丽文士专尚东坡，每及第榜出，则人曰："三十三东坡出矣。"
　　高、元间，宋使求诗，学士权适赠诗曰："苏子文章海外闻，宋朝天子

---

①《芝峰类说》卷九指出："集句诗者，摘古人诗句而凑成者也。自王荆公始倡之。……文天祥及前朝林惟正多效此体，然不足法也。"

火其文。文章可使为灰烬，千古芳名不可焚。"宋使叹服。其尚东坡可知也矣。

这里记载的应该是高丽中叶以后的事。据李暨《松窝杂说》卷下载：

> 东方科举取人之制，其在三国，则不必问也。丽朝五百年之久，其始未及详知，而中叶之后，只有三年一取三十三人，之外更无别科。

可知"三十三东坡"之说，也是流传于丽朝中叶以后的。

朝鲜历史上四大汉诗人，除了新罗朝的崔致远和朝鲜朝的申纬，高丽朝占有其二，即李奎报（1168—1241）与李齐贤（1287—1367）。他们不仅有诗歌创作，而且也有诗歌理论。从总体倾向上来看，他们都是崇尚苏诗的。如林椿《与眉叟论东坡文书》云："仆观近世东坡之文大行于世，学者谁不服膺呻吟。"（《西河集》卷四）李奎报《全州牧新雕东坡文跋尾》云："夫文集之行乎世，亦各一时所尚而已。然今古以来，未若东坡之盛行，尤为人所嗜者也。……自士大夫至于新进后学，未尝斯须离其手，咀嚼余芳者皆是。"（《东国李相国集》卷二十一）又《答全履之论文书》云："世之学者……方学为诗，则尤嗜东坡诗。故每岁榜出之后，人人以为今年又三十东坡出矣。"（同上，卷二十六）李齐贤有《益斋乱稿》十卷，《栎翁稗说》四卷。其《眉州》诗并序云：

> 吾大人三昆季，俱以文笔显于东方。伯父、季父相次仙去，唯公无恙，年今七十有奇。若使北来，得与中原贤士大夫进退词林间，虽不敢自比于苏家父子，亦可以名动一时。
>
> 眉山僻在天一方，满城草木秋荒凉。过客停骖必相问，道傍为有三苏堂。三苏郁郁应时出，一门秀气森开张。渥洼独步老骐骥，丹穴双飞雏凤凰。联翩共入金门下，四海不敢言文章。迩来悠悠二百载，名与日月争辉光。君不见鸡林三李亦人杰，翰墨坛中皆授钺。韩泊神枢笑无用，王家珠树誉成癖。机、云不入洛中来，皎皎沧洲委明月。两雄已矣不须论，家有吾师今白发。（自注：坡云"《易》可忘

忧家有师"。)①

金泽荣(1850—1927)《杂言》指出:"李益斋之诗,以工妙清俊,万象具备,为朝鲜三千年之第一大家,是以正宗而雄者也。"(《韶濩堂文集》卷八)而他之所以能够成为朝鲜诗家正宗,原因之一就是他曾"游学中原,师友渊源必有所得者"(《东人诗话》卷上)。这在填词方面尤为显得突出。朝鲜人自古不擅制词,李睟光(1563—1628)《芝峰类说》卷十四亦指出:"我国歌词,杂以方言,故不能与中朝乐府比并。"《小华诗评》卷上亦指出:"我东人不解音律,自古不能作乐府歌词。"《东人诗话》卷上说:"吾东方语音,与中国不同,李相国、李大谏、猊山、牧隐,皆以雄文大手,未尝措手。"所以徐居正编的《东文选》,其文体包括辞赋、诗等,却没有词。但如李齐贤的长短句,则颇为当时中华文人姚燧等欣赏,亦可称朝鲜词人之巨擘。

(三)朝鲜时代的诗学

朝鲜朝历时约五百多年(1392—1910),有关其诗学演变,金万重(1637—1692)《西浦漫笔》卷下言之最详:

> 本朝诗体,不啻四五变。国初承胜国之绪,纯学东坡,以迄于宣靖,惟容斋(李荇)称大成焉。中间参以豫章,则翠轩之才,实三百年一人。又变而专攻黄、陈,则湖(阴郑士龙)、苏(斋卢守慎)、芝(川黄廷彧)鼎足雄峙。又变而反正于唐,则崔(庆昌)、白(光勋)、李(达)其粹然者也。夫学眉山而失之,往往冗陈,不满人意。江西之弊,尤拗拙可厌。崔、白之于唐,五律七绝,仅窥晚季藩篱,一裔不足以果腹,其可及人乎?权汝章以布衣之雄,起而矫之,采拾唐宋,融冶雅俗,磨砻刷治,号称尽美。东岳(李安讷)和之,加以富有;泽堂(李植)嗣兴,理致尤密,遂使残膏剩馥,沾丏至今,可谓盛矣。而末流之弊,全废古学,空疏鄙俗,比前三季,尤有甚焉。唐宋遗风余响,至此扫地,而诗道百六之穷,未有甚于此时也。若学明一派,滥觞于月汀

---

① 《益斋乱稿》卷一,朝鲜群书大系本,参校《粤雅堂丛书》本。

(尹根寿)、玄轩诸公,近代李子时其成家者,盖东诗横出之枝也。

大要而言,可将朝鲜朝的诗分作三期。第一期学习宋诗,主要是苏轼、黄庭坚、陈师道;第二期转而学唐,宗尚明人之说;第三期为兼采唐宋,又受到清人的影响①。

中宗(1506—1544)朝至宣祖朝(1568—1608)前为第一期。如许筠(1569—1618)《鹤山樵谈》云:"本朝诗学,以苏、黄为主。……盛唐之音,泯泯无闻。"又《芝峰类说》卷九指出:"我东诗人多尚苏、黄,二百年间皆袭一套。"又云:"本朝诗人,不脱宋元习者无几。"都是就朝鲜初期的诗坛状况而言。由于时尚宋诗,所以成宗朝(1470—1494)敕命刻印诸文集中,便以宋人为主。成倪(1439—1494)《慵斋丛话》卷二载:

> 成庙学问渊博,文词灏灈,命文士撰《东文选》、《舆地要览》、《东国通鉴》。又命校书馆无书不印,如《史记》、《左传》、四传《春秋》、前后《汉书》、《晋书》、《唐书》、《宋史》、《元史》、《纲目》、《通鉴》、《东国通鉴》、《大学衍义》、《古文选》、《文翰类选》、《事文类聚》、欧、苏文集、《书经讲义》、《天元发微》、《朱子成书》、《自警编》、杜诗、王荆公集、陈简斋集。②

其时的诗歌理论,也大多捃拾宋人余绪,强调"夺胎换骨"、"无一字无来处"等。可知此期的诗风,完全笼罩在宋人的影响范围中。

从宣祖朝开始,诗风有所转变。《鹤山樵谈》指出:"隆庆、万历间(1567—1615),崔嘉运、白彰卿、李益之辈,始攻开元之学。黾勉精华,欲逮古人。"正是指宣祖时。又云:"近日中朝人,文学西京,诗祖老杜,故虽不能臻其阃阈,所谓刻鹄类鹜者也。本朝人,文则三苏,诗学苏、黄,故卑野无取。"由此可见,朝鲜诗学的变化是深受中国影响的。体现这一诗风转变的,不妨以朝鲜朝的村学册子为例分析。《百联抄》是一部教授童蒙

---

① 此处参考韩国许世旭《韩中诗话渊源考》第一章,台北黎明文化事业公司1979年版。但本文立论与之稍有不同。
② 《大东野乘》本,朝鲜古书刊行会1909年版。

作诗的教材,是从唐宋诗歌中选取一百联名句,以供儿童揣摩效仿。《百联抄》中的诗句,从可考的诗句来看,唐诗中有白居易、杜荀鹤、朱长文、赵嘏、刘沧、杜甫、杜牧、许浑等人之作,宋诗中仅有苏轼、王安石、胡宿三人。这也许正表明了诗坛风气由宋诗向唐诗的转变。李朝后期所编之《野乘》,其中"国朝诗家"一目,多指出其诗学渊源。兹辑录有关内容如下:

金宗直　　学苏、黄。

郑士龙　　金昌协曰:织组锻炼,颇似西昆。

卢守真　　金昌协曰:沈郁老健,奔宕悲壮,深得老杜格力。

黄廷彧　　金昌协曰:矫健奇屈,出自黄、陈。

崔庆昌　　学唐。

白光勋　　学唐。

权　韠　　(许)筠曰:婉亮,学唐杜。

沈宗直　　诗逼唐,世称换骨唐笔。

李晬光　　诗学盛唐。①

这里很容易看出诗坛上从学宋到学唐的转变。此后也就出现了鄙薄宋诗的议论。如《芝峰类说》卷九指出:

> 唐人作诗,专主意兴,故用事不多。宋人作诗,专尚用事,而意兴则少。至于苏、黄,又多用佛语,务为新奇,未知于诗格如何。近世此弊益甚,一篇之中,用事过半,与剽窃古人句语者,相去无几矣。

当时诗坛的评价标准也一以唐人为正鹄,如评诗用到"格堕宋"或"格堕江西"等词语,都表示一种否定的态度。

第三期始于英祖(1725—1776)、正祖(1777—1800)朝,约略相当于我国的清乾隆时期。对于唐音宋调,立论渐趋持平。特别是朱子之学自丽末传入朝鲜之后,被东人奉为不刊之论。而朱熹的文学思想对于朝鲜

---

① 钞本,今藏日本京都大学附属图书馆《河合文库》。

中、后期的文坛也有深远的影响①。如正祖一方面编辑了朱子诗文《雅诵》八卷，又亲自主持了杜甫和陆游诗的编选工作，编成《杜律分韵》八卷、《陆律分韵》三十九卷和《杜陆千选》八卷。《题手编杜陆千选卷首》云：

> 历选《三百篇》以后，能得《三百篇》之大旨者，惟杜、陆其庶几乎？（《弘斋全书》卷五十六）

所以此后的诗风，从整体而言，是唐宋兼宗，直至朝鲜末期。如金泽荣云："泽荣于文，好韩、苏、归太仆（有光），而学之未能；于诗好李、杜、韩、苏，下至王贻上。……今先生以泽荣之诗，谓兼宗唐宋，固实论也。"（《答俞曲园先生书》，《韶濩堂文集》卷一）代表了唐宋兼宗的流风余韵。

这一时期最为重要的诗人是申纬（1769—1845），他曾经从学于翁方纲（1733—1818），并和翁氏弟子吴嵩梁（1766—1834）相交②。从诗学渊源上说，翁氏近于宋诗，而吴氏近于唐诗。所以申纬乃能博采众长，"其诗以苏子瞻为师，旁出入于徐陵、王摩诘、陆务观之间"（金泽荣《紫霞诗集序》，《韶濩堂文集》卷二），"神悟驰骋，万象具备，为吾韩五百年之第一大家"（《杂言六》，《韶濩堂文集》卷八）。申氏在《论诗为锦舲荷裳二子作》中写道：

> 学诗有本领，非可貌袭致。诗中须有人（昆山吴修龄乔论诗语），诗外尚有事（东坡论老杜语）。二言是极则，学者须猛记。诗人贵知学，尤贵知道义。坡公论少陵，是其推之至。青袍最困者，自许稷契比。是以尚其事，关系诗不翅。因诗知其人，亦知时与地。所以须有我，不然皆属伪。今人子忘我，区执唐宋异。是古而非今，妄欲高立帜。不能自作家，一生廊庑寄。故自风人始，博究作者秘。

---

① 如宋时烈为李植（1584—1647）写的《杜诗点注跋》中指出："泽堂公议论，无论细大深浅，一依于朱夫子，观乎杜诗点抹之序可见矣。其视今之扬眉瞬目，訾议夫子，而其言行施措乃反悖理灭伦者何如哉？"

② 参看韩国柳晟俊《评李朝申纬诗之特色》第二节"申纬之生平与交游"，收入《唐诗论考》。

> 不必立门户，会心三是视。辅以学与道，役言而主意。主强而役弱，
> 有令无不遂。随吾性情感，融化一炉锤。力量之所及，鲸鱼或翡翠。
> 锻炼到极致，自泯今古二。……金针岂在多，二言拈以示。①

这首诗最能反映申纬的论诗宗旨。所举二言，一出于吴乔，论诗宗唐；一
出于苏轼，乃宋诗代表；其"役言而主意"云云，又出于周昂，为金源诗
人②。但申氏决不此疆彼界，画地为牢。他强调的是，既有真实的感受，
又有崇高的胸怀，再辅以广博的学识。这也正是中国诗学的精华所在，
而能为申纬所体悟领会，无怪乎他能够成为李朝诗人中的最高代表。此
外，申纬还写了《东人论诗绝句三十五首》，系统评论了朝鲜的汉诗史。
翁方纲曾经就元好问和王士禛的论诗绝句有所笺说，申纬当是受其启发
而作③。

　　纵览朝鲜汉诗，从三国时代到李朝时期，深受中国诗学的影响。其
中对他们影响最深的是杜甫。从高丽朝到李朝，杜甫诗集被多次刊行，
特别是在李朝时期，由官方组织对杜诗的翻译、注释和编纂，而民间也出
现了对杜诗的评点之作④。即使到了今天，杜诗也仍然是韩国民众必读
的作品⑤。中国文化之影响深远，于此可窥一斑。

二、日本汉诗

　　日本民族在汉字传入之前，本身没有文字，所以当时的文学是以神
话、传说和歌谣为主的口头作品。汉籍传入日本的时间，据成立于和铜

---

① 《警修堂集》十三《北辕集》卷一，日本京都大学附属图书馆《河合文库》藏本。
② 王若虚《滹南诗话》卷上引周昂论诗语云："文章以意为主，字语为之役。主强而役弱，则无使
　不从。"
③ 《东人论诗绝句》之三十五云："淡云微雨小姑祠，菊秀兰衰八月时。心折渔洋谈艺日，而今华
　国属之谁?"首二句原为朝鲜使臣金尚宪诗，王渔洋引入其《论诗绝句》云："记得朝鲜使臣语，
　果然东国解声诗。"申纬之语即本于此。
④ 参看沈庆昊《李氏朝鲜における杜甫诗集の刊行について》，载《中国文学报》第三十七册，
　1986 年 10 月。
⑤ 参见韩国李丙畴《韩国之杜诗》，文载《杜诗의比较文学的研究》，韩国亚细亚文化社 1976
　年版。

五年(712)的《古事纪》及养老四年(720)的《日本书纪》的记载,大约在应神天皇之世(270—310)。到了推古朝(592—628)的《道后温汤碑》及圣德太子(574—622)的《十七条宪法》等,已经用纯粹的汉文书写了。此后,有用汉字书写的史书和地理书,如《日本书纪》和《风土记》。不过,这些都属于实用性文体。到天智帝时(661—671),学校兴起,奖励诗文,诗人诗作的出现当在此时。只是由于兵燹战乱,这一时期的作品未能流传下来①。现存的日本汉诗,最早的总集是《怀风藻》,所谓"古昔诗可征于今者,莫先乎《怀风藻》"(江村绶《日本诗史·凡例》)。

日本汉诗的发展,大致可以分作四期,即王朝时期、五山时期、江户时期、明治时期。② 兹分期概述如下:

(一)王朝时期

这里所说的"王朝时期",包括了近江、奈良和平安时代的约五百多年的时间。

1. 奈良朝(710—784)及其以前

作为这一时期诗歌代表的,就是撰成于天平胜宝三年(751)的《怀风藻》,其中收录的六十五位作者(其中之一为无名氏)的一百二十首(现存一百十七首)作品,"远自淡海,云暨平都",大约八十余年。此书之名或受到石上乙麻吕之《衔悲藻》的启发③。这些作品,从诗风上看,完全沿袭了齐梁、初唐的作风。所以题材上以侍宴应诏、宴集、游览等为主,这些也正是《文选》中的诗歌使用得较多的。《文选》早已传入日本,圣德太子的《汤冈遗文》(作于 596 年)和《十七条宪法》(作于 604 年)中已经借用

①《怀风藻序》指出:"及至淡海先帝之受命也……建庠序,征茂才,定五礼,兴百度。……旋招文学之士,时开置醴之游。当此之际,宸翰垂文,贤臣献颂,雕章丽笔,非唯百篇。但时经乱离,悉从煨烬。言念湮灭,辄怀悼伤。"杉本行夫注释本,东京弘文堂1943 年再版。
② 关于日本汉诗的分期,中外学者都有过尝试,虽然名称不一,但实际上大同小异。参看肖瑞峰:《日本汉诗发展史》第一卷第一编第三章,吉林大学出版社1992 年版。
③《怀风藻·石上乙麻吕小传》称:"尝有朝遣,飘寓南荒,临渊吟泽,写心文藻,遂有《衔悲藻》两卷。"另参看冈田正之著,山岸德平、长泽规矩也补:《日本汉文学史》(增订版),吉川弘文馆1954 年版。

了张衡《四愁诗》、任昉《齐竟陵文宣王行状》、李康《运命论》、王俭《褚渊碑文》中的话，皆见于《文选》。所以，此后的作品多受其影响也是不足为奇的。《怀风藻》中的作品具有五点特征：一是五言诗多，有一百十首；二是八句诗多，共七十三首；三是多用偶句，仅两首诗中没有对句；四是声律未谐，不是纯粹的近体诗；五是押韵有惯例，如多用平韵，平韵中又多用真韵等。最早的汉诗作者，或称大津（663—686），或称大友（648—672）。如《日本书纪》卷三十朱鸟元年十月庚午条载："（皇子大津）及长，辨有才学，尤爱文笔，诗赋之兴，自大津始也。"此后，纪淑望的《古今和歌集》真名序、《古今著闻集》等皆承其说。林鹅峰《本朝一人一首》卷一则指出：

> 《日本纪》曰：诗赋之兴，自大津始也。纪淑望《古今倭歌集序》曰：大津皇子始作诗赋。何不言大友乎？想夫壬申之乱，大友天命不遂，而太弟得志，即是天武帝也。舍人亲王者，天武子也，故撰《日本纪》时，讳而不言之乎？抑亦大友子孙惮而不传之乎？大友久蒙叛逆之冤，故其诗不传于世，是以淑望亦未见乎？微《怀风藻》，则大友之才寥寥乎？

这里也牵涉到《怀风藻》的编者问题。从来关于此一问题就有许多异说，而以淡海三船撰之说最早，也较为可信。[①] 淡海之父为池边王，池边父为葛野王，亦即大友太子之子。所以此书之撰，也含有对大友太子的深悯之意。所以江村绶（1713—1788）作了这样的辨正："其实大友王子为始，河岛王、大津王次之。"（《日本诗史》卷一）时代约在中国唐高宗时。从他

---

① 杉本行夫《怀风藻概说》列举了淡海三船、无名氏、葛井广成、石上宅嗣、藤原刷雄诸说，可参看。案：林恕《本朝一人一首》卷一指出："汝不知三船系谱乎？其父曰池边王，池边父曰葛野王，王即大友太子之子也。此书首载大友诗，题曰淡海朝皇子作。……舍人亲王同时，不知大友作诗，于此书始著于世；况又大友及葛野王传所言，共是国史所不记也，非其子孙，则谁能知之？"《本朝高僧传要文钞》引《延历寺日录》曰："淡海居士，淡海真人三船也。曰元开。……天平年，伏膺唐僧道大德。……胜宝年中有敕还俗，赐姓真人。"可知三船是以诸王的身份出家为僧的。而《怀风藻》中收录之诗人，凡九人有传，其身份或为王室，或为僧人，这与三船亦颇相合。

们的作品中，可以窥知《诗经》、《文选》、《陶渊明集》等书在日本已广泛流传。如大友《述怀》中"羞无监抚术，安能临四海"等句，《日本诗史》卷一评为"典重浑朴"，而"监抚"一词，当用《文选序》的"余监抚余，闲居多暇日"，大津《春苑言宴》中"群公倒载归，彭泽宴谁论"，就是用了山简①和陶渊明的故事。他的《临终》诗，显然也是受到魏晋以来人们临终作诗的影响②。此外，文武天皇（683—707 在位）的《咏月》、《咏雪》诗，如"台上澄流耀，酒中沉去轮""林中若柳絮，梁上似歌尘"等句，江村绶评为"齐梁佳句"（《日本诗史》卷一）。又如释辨正《在唐忆本乡》云："日边瞻日本，云里望云端。远游劳远国，长恨苦长安。"这种句法，就是流行于齐梁、初唐时代的"双拟对"，如何逊《咏风》的"可闻不可见，能重复能轻"之类。初唐四杰中如卢照邻、王勃的诗中也有类似的句法。正如林鹅峰指出："《怀风藻》中，才子唯慕《文选》古诗，而未见唐诗格律之正。"（《本朝一人一首》卷一）其书中所收诸诗人，多受《文选》影响，是一个较为普遍的现象。③

2. 平安朝（794—1192）

至平安朝，日本汉诗迎来了兴盛期，出现了大量的汉诗文总集和别集，足以使后来的日本人发出"本朝之上代，不让中华之人，不可耻也，可尚焉"（林道春《怀风藻跋》引藤原惺窝语）的赞叹。据大江匡房（1041—1111）《诗境记》所说："我朝起于弘仁、承和（810—847），盛于贞观、延喜（859—919），中兴于承平、天历（934—957），再昌于长保、宽弘（999—1011）。"（《朝野群载》卷三）据此可知，平安朝的汉诗也经过了兴起、隆盛和衰落三个阶段。

（1）弘仁、承和为初期。这以嵯峨朝（809—823）为中心，其标志是敕

① 《世说新语·任诞篇》刘孝标注引《襄阳记》载高阳小儿歌曰："山公时一醉，迳造高阳池。日暮倒载归，茗艼无所知。"
② 如欧阳建、苻朗、谢灵运、范晔、吴迈远、顾欢、元子攸、释智恺、释智命、释灵裕等，皆有《临终诗》，欧阳建的作品还收入《文选》卷二十三。
③ 参见吉田幸一：《怀风藻と文选》，载《国语と国文学》第九卷第十二号，1932 年 12 月。

撰三诗集的成立，即《凌云集》(814)、《文华秀丽集》(818)和《经国集》(827，其中也包括赋及其他文体)。这三部诗集中都收有天皇的御制诗文，说明平安时期诗风大盛与帝王提倡是有关的。从诗体上看，七言诗的比重有明显提高。如《凌云集》共九十一首诗，七言占四十六首；《文华秀丽集》共一百四十三首诗，七言占七十九首。这和《怀风藻》中仅有七首七言诗比较起来，七言诗数量的增多是很显然的。《本朝一人一首》卷一说："《怀风藻》中，才子唯慕《文选》、古诗，而未见唐诗格律之正。"而三诗集的诗风，则主要是受初唐诗的影响，所以，其中的作品也以五、七言近体诗为主。但在编排方式上，还是受《文选》的影响为大。这一点，在编者的序文中已表现出来。如《凌云集序》云：

> 魏文帝有曰：文章者，经国之大业，不朽之盛事。年寿有时而尽，荣乐止乎其身。信哉。

这出于曹丕的《典论·论文》，见《文选》卷五十二。又如：

> 辱因编载，卷轴生光。犹川含珠而水清，渊流玉而岸润。

这又是模仿了陆机《文赋》中"石韫玉而山晖，水怀珠而川媚"的句式，见《文选》卷十七。《文华秀丽集序》云：

> 或气骨弥高，谐风骚于声律，或轻清渐长，映绮靡于艳流。可谓辂变椎而增华，冰生水以加厉。

这出于《文选序》中"若夫椎轮为大辂之始，大辂宁有椎轮之质？层冰为积水所成，积水曾微层冰之凛。何哉？盖踵其事而增华，变其本而加厉"。在分类方面，其摹仿的痕迹也十分明显。兹以《文华秀丽集》为例，与《文选》的诗歌分类略作对比，列表如下：

《文华秀丽集》	《文选》
游览	游览
宴集	公宴

续表

《文华秀丽集》	《文选》
饯别	祖饯
赠答	赠答
咏史	咏史
述怀	咏怀
艳情	
乐府	乐府
梵门	
哀伤	哀伤
杂咏	杂诗

从以上的对比中可以看出，其分类方式基本上是延续《文选》之旧。和《文选》略有不同的是，日本的选集在内容上并不排斥艳丽，所以在分类上，本书乃专立"艳情"一目。又因受到佛教影响，所以专立"梵门"类。《经国集》二十卷，现存六卷，诗四卷，其门类分别是"乐府"、"梵门"和"杂咏"，与《文华秀丽集》一脉相承。

这一时期诗坛上的大事是白居易诗的传入。白居易在会昌五年（845）所写的《白氏长庆集后序》中，已经提到日本、新罗诸国传写之本。而据《文德天皇实录》卷三仁寿元年条载，承和五年（838）"因检校大唐人货物，适得元白诗笔"。这是见于正史的最早记载。但是，根据《江谈抄》卷四的记载，嵯峨帝时已有"白氏文集一本诗渡来，在御所尤被秘藏"。所以，白诗传入的时间以弘仁六年（815）前后的可能性最大[1]。此后，白居易的诗便成为平安时代诗人效仿的典范。如后中书王具平（964—1009）《和高礼部再梦唐故白太保之作》：

古今词客得名多，白氏拔群足咏歌。……中华变雅人相惯，季

---

[1] 参看［日］津田洁：《承和期前后と白氏文集》，载《白居易研究讲座》第三卷"日本における受容"（韵文篇），勉诚社 1993 年版。

叶颓风体未讹。(自注：我朝词人才子，以白氏文集为规摹，故承和以来，言诗者皆不失体裁矣。)

藤为时同题之作云：

两地闻名追慕多，遗文何日不讴歌。……露胆虽随天晓隔，风姿未与影图讹。(自注：我朝口[追?]慕居易风迹者多图屏风，故云。)①

藤原公任(966—1041)所撰之《和汉朗咏集》，选录的汉家诗文共一百九十五首，而白居易就占了一百三十五首，元稹以下二十六家总共才六十首，足见时人对白氏的倾倒。②

还有一点值得注意的，就是长短句的创作，《经国集》卷十四所录嵯峨天皇的《渔歌》五首以及三品有智子内亲王和滋野贞主的奉和之作七首，实际上是张志和《渔歌子》五阕的摹拟之作，其时代在大同四年至弘仁十四年(809—823)之间，上距张志和创作的时代还不到五十年。而这，就是日本最早的词③。录嵯峨帝两首如下：

江水渡头柳乱丝，渔翁上船烟景迟。乘春兴，无厌时。求鱼不得带风吹。

渔人不记岁时流，淹泊沿洄老棹舟。心自放，常狎鸥。桃花春水带浪游。

这样，也就迎来了平安朝汉诗创作的兴盛期。

（2）自贞观到宽弘可统归入隆盛期。这一时期，一方面诗人仍然大力效法白居易诗，另一方面，也较为广泛地吸取唐人的长处。《本朝一人一首》附录指出：

---

① 以上二诗俱见《本朝丽藻》卷下，《群书类从》第八辑卷百二十七。《续群书类从》完成会 1932 年版。
② 参看[日]川口久雄校注：《和汉朗咏集·解说》，日本古典文学大系本，岩波书店 1965 年版。
③ 参看[日]神田喜一郎：《日本における中国文学——日本填词史话》二"填词の滥觞"，二玄社 1965 年版。

《文选》行于本朝久矣。嵯峨帝御宇,《白氏文集》全部始传来本朝,诗人无不效《文选》、白氏者。然桓武朝空海熟览《王昌龄集》,且其所著《秘府论》,粗引六朝之诗及钱起、崔曙等唐诗为例。嵯峨隐君子读《元稹集》。菅丞相曰:温庭筠诗优美也。公任、基俊所采用宋之问、王维、李顺、卢纶、李端、李嘉祐、刘禹锡、贾岛、章孝标、许浑、鲍溶、方干、杜荀鹤、杨巨源、公乘亿、谢观、皇甫冉、皇甫曾等诸家犹多,加之李峤、萧颖士、张文成等作,久闻于本朝。然则当时文人,涉汉魏六朝唐诸家必矣。藤实赖见《卢照邻集》,江匡房求王勃、杜少陵集,且谈及李谪仙事,则何必白香山而已哉?

当时的诗人,仍然以上层社会的贵族为主,如都良香(834—879)、岛田忠臣(828—892?)、菅原道真(842—903)、纪长谷雄(845—912)、源顺(911—983)、兼明亲王(914—987)、大江匡衡(953—1012)等。流传下来的总集有《扶桑集》、《千载佳句》等,别集有《都氏文集》、《田氏家集》、《菅家文草》、《菅家后集》、《纪家集》、《江吏部集》、《法性寺关白御集》等,可见一时之盛。而最为突出的表现,乃是当时各种唱和、诗会的繁多,见于史书记载的有如《日本纪略》:

> 延长四年(926)二月十八日,召文人于清凉殿前,玩樱花献诗,又伶人奏歌管。(卷一)
>
> 延长四年九月卅日,于清凉殿前玩菊,有诗宴,题云"篱菊有残花"。(卷一)
>
> 贞元元年(976)三月廿九日丙申,公宴,召文人令赋三月尽诗,召伶人奏音乐。(卷六)
>
> 宽弘二年(1005)三月三日辛亥,今日于御所有诗会,题云"花貌年年同",序者匡衡。(卷十一)
>
> 宽弘四年四月廿五日辛卯,于一条院皇居命诗宴,题云"所贵是贤才",公卿以下属文之辈多献诗。题者权中纳言忠辅卿,序者文章博士大江以言,讲师东宫学士大江匡衡,又有音乐。(卷十一)

可见正规的诗会有命题者，有作序者，还有讲评者。现在收集在《群书类从》文笔部中的《杂言奉和》、《粟田左府尚齿会诗》、《天德三年八月十六日斗诗行事略记》、《善秀才宅诗合》、《殿上诗合》等集，就生动而具体地记录了当时的诗会活动。君唱臣和的方式在唐代颇盛，自唐太宗、中宗、玄宗、德宗到文宗，与臣下唱和不绝。尤其是中宗于景龙二年（708）"置大学士四员，学士八员，直学士十二员。……帝有所感即赋诗，学士皆属和，当时人所钦慕"（《唐诗记事》卷九）。不过，平安时代的诗会主要还是受白居易的影响。白氏参与的唱和集有《三州唱和集》、《元白唱和因继集》、《刘白唱和集》、《洛下游赏宴集》等。如《粟田左府尚齿会诗》便是明显仿照白居易的，如贺茂保胤诗云："移自白家今到此，少年初过第三年。（自注：此会始自唐家，传于吾朝，总三个度，故献此句。）"藤原忠贤诗云："白、胡去后百余年，今日再开尚齿筵。"[1]值得注意的是，尽管刘禹锡在《送王司马之陕州》中有"两京大道多游客，每遇词人战一场"之句，但是"诗战"的具体情形却没有记录。而《天德三年八月十六日斗诗行事略记》就有详细记载，使后人能够从中推想出唐人"诗战"的大概。[2]

（3）从宽弘后期开始到平安朝的结束，汉诗创作开始衰颓。这一时期值得注意的有几种总集的编集，如《本朝丽藻》（1008?）、《本朝文粹》（1037—1045?）、《朝野群载》（1116）、《本朝无题诗》（1162?）等。此外，由于和歌的兴盛，逐渐引起和歌与诗的接近，如藤原公任的《和汉朗咏集》

---

[1]《群书类从》第九辑文笔部卷百三十四。案：《唐诗纪事》卷四十九载："乐天退居洛中，作尚齿九老之会，其序曰：胡、吉、刘、郑、卢、张等六贤，皆多寿，余亦次焉。于东都敝居履道坊，合尚齿之会，七老相顾，既醉且欢。静而思之，此会希有，因各赋七言六韵诗一章以记之，或传诸好事者。时会昌五年三月二十四日。"

[2]《略记》载："左方诗人念人，列坐玉阶北砌。右方诗人念人，列坐玉阶南砌。同四许。左右出座，指筹小舍人。顷之，左右方人取纳诗匦升殿，膝行置御前。次召左右四位各二人……各称唯起，升殿候御前。即仰国光保光朝臣为左讲读师，仰文范延光朝臣为右讲读师。次召左右脂烛。次召参议大江维时朝臣，称唯起座，进候御椅子南边，奉敕为判者。次左右读师为舒第一诗，置匦盖上。"此后左右各依励"与月有秋期"作诗一首。"左诗讲毕，次右诗讲毕。时之间，判者以右为胜。爰右念人劝杯于左，相分巡行渐毕。"依次往下，最后加以总结。尽管文中说"远稽唐家，近访我朝，初自彼会昌好文之时，至于元和抽藻之世，虽驰淫放之思，未有斗诗之游。"但相信这和唐代文人的"诗战"是相类似的。《群书类从》第九辑卷百三十四。

（1018 以后），就将汉诗文句五百八十八首，和歌二百一十六首汇集一册。到崇德帝长承三年（1134）就推行了"相扑立诗歌和"，两人相对，以诗为左，以歌为右，诗歌相合，以决胜负。这对于汉诗与和歌的渗透交流应当起了一定的作用。

写作汉诗文的参考书，此前已有空海的《文镜秘府论》，在这一时期又有了发展，如《作文大体》、《童蒙颂韵》、《笔海要津》、《江谈抄》等，内容上继承了唐人的诗文赋格。

对于平安朝的诗歌，江村北海曾有这样的总结：

> 我邦与汉土相距万里，划以大海。是以气运每衰于彼而后盛于此者，亦势所不免。其后于彼，大抵二百年。胡知其然？《怀风》、《凌云》二集，所收五言四韵，世以为律诗，非也。其诗对偶虽备，声律未谐，是古诗渐变为近体，齐、梁、陈、隋渐多其作，我邦承其气运者。稽其年代，文武天皇大宝元年，为唐中宗嗣圣十四年（当为"十八年"）。上距梁武帝天监元年，凡二百年。弘仁、天长，仿佛初唐。天历、应和，崇尚元、白，并亹勉乎百年之后。（《日本诗史》卷四）

无论是从诗歌创作还是评论来看，以上的总结大致符合事实。

（二）五山时期

五山时期包括镰仓（1192—1333）、室町（1334—1602）两个时代，约四百年时间，大致相当于我国南宋初期到明代末期。从整体上而言，这一时期的日本文学是趋于衰颓。镰仓时代战争频仍，时人重武轻文，导致文苑荒芜。作者多为僧人，特别是五山僧对于文化起到了保存、发展和传承的作用。如果说，王朝时期的诗歌是以朝绅阶层为主的话，那么，五山文学就是以僧侣阶层为主了。

五山十刹是仿照南宋制定的，在日本，其具体所指有一个沿革变迁的过程。① 作为五山文学的创作主体，是由临济宗的禅僧构成的。日本

---

① 参看［日］上村观光：《五山文学小史》之三"五山の起源并に沿革"，《五山文学全集》别卷，思文阁 1973 年版。

禅宗开创者荣西禅师(1141—1215)在南宋孝宗淳熙十四年(1187)入中国求法,所接受的正是临济宗黄龙派第八代嫡孙虚庵怀敞的禅学,属于临济正宗。① 所以,荣西接受了临济正宗,也不是偶然的。临济宗在日本影响甚大②,五山诗僧也都是出于临济宗的。

　　五山汉文学是上承平安时代,下开江户时代的重要环节,在日本文学史上有着重要的地位。由于这一时期的作者队伍以僧侣为主,所以其创作就带有浓厚的佛教色彩。以集名而论,如《禅居集》、《空华集》、《蕉坚稿》、《了幻集》等,均含佛教义理。而最为突出的是受到了禅宗,特别是临济宗的影响。例如:清拙正澄(1274—1339)《贤侍者参径山虚谷和尚》:

　　　　君不见,临济当年参黄檗,痛棒三回飞霹雳。……河南河北建宗旨,禅板拈来安火里。(《禅居集》卷一)

此见于《临济录·行录》。又《厚禅人回闽》:

　　　　有一无位真人,常在面门出入。

此句为临济的名言。虎关师炼(1277—1346)《答藤侍郎》:

　　　　逢剑客呈剑,向诗人说诗。(《济北集》卷九)

此出于《临济录·行录》所载之"路逢剑客须呈剑,不是诗人莫献诗"之句。竺仙梵仙(1292—1348)《临禅人》:

　　　　临济德山久不作,宗门千载成寥寞。茫茫宇宙岂无人,正法瞎驴边灭却。如今尽是天马驹,临济德山皆不如。……阴凉大树覆天

---

① 释宗泐:《日本国建长寺明禅师语录叙》云:"至宋南度千光禅师荣西者,参天童虚庵敞公,得禅学以归。日本之有禅宗,则自西公始。"(《大藏经》第八十册,第 94 页)荣西《兴禅护国论》卷中"宗派血脉论"记载虚庵禅师临别之语曰:"此宗自六祖以降,渐分宗派。法周四海,世泊二十,脉流五家:谓一法眼宗,二临济宗,三沩仰宗,四云门宗,五曹洞宗也。今最盛是临济也。"
② 日本圆慈在《五家参禅要路门》卷一评价《临济录》曰:"临济慧照禅师,最初入处痛快,悟后参禅瞥脱。虽有五家各立宗旨,初中后事,头正尾正,中兴如来正法眼藏,明了祖师西来密旨者,只此临济一宗,最为至当而已。是以古来以本录称'录中之王'。"

下,要见末世千人英。(《天柱集》)

此杂采《临济录·行录》语。此山妙在(1296—1377)《自赞》:

> 临济参黄檗,棒头知痛痒。慈悲亲下手,何必费商量。(《若木
> 集拾遗》)

化用《临济录》最多的可能要推一休宗纯(1394—1481),其《狂云集》中的不少作品,仅仅从标题上便可一望而知,如《"如何是临济下事?"五祖演曰:"五逆闻雷"》、《临济四料简》、《临济烧机案禅板》、《赞临济和尚》、《赞普化》、《黄檗三顿棒》、《赞临济和尚》[1]。五山文学的宗教性特征,于此可见。

王朝文学的崇拜对象是《文选》和白居易诗,五山文学则追求一种新的诗学范式,效仿对象是杜甫、中晚唐诗和宋诗(特别是苏轼和黄庭坚),而取代《文选》地位的书就是《三体诗》和《古文真宝》。《三体诗》是南宋周弼所编,约成书于淳祐十年(1250),这是随着江湖诗人、市民诗人群的兴起而出现的有关诗学方面的教科书。先后出现的还有魏庆之《诗人玉屑》(成于1244)、方回《瀛奎律髓》(成于1283)、蔡正孙《唐宋千家联珠诗格》(成于1300)等。这些书在五山时期都大受欢迎,其中以《三体诗》为最。《绝句钞》卷一有"日域《三体诗》讲说传授之次第"图,录之如下[2]:

建长梅州庵中岩圆月(入唐嗣法于东阳德辉,后住建仁妙喜庵。"三体"之讲说自此始)

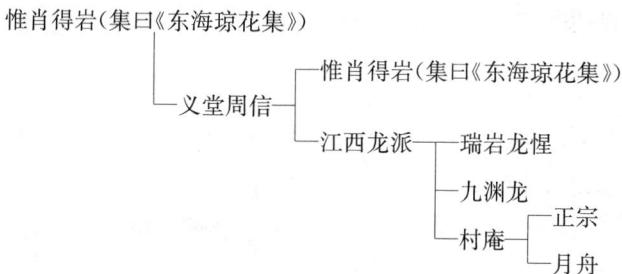

惟肖得岩(集曰《东海琼花集》)

```
          ┌── 惟肖得岩(集曰《东海琼花集》)
          │
└── 义堂周信 ──┤              ┌── 瑞岩龙惺
          │    ┌── 江西龙派 ──┤
          └──  │              └── 九渊龙
               │
               └── 村庵 ──┬── 正宗
                          └── 月舟
```

---

[1]《续群书类从》第拾贰集下,《续群书类从》完成会1927年版。

[2] 此据《古事类苑》文学部二卷十九引,第485—486页。吉川弘文馆,1983年据神宫司厅版缩印普及版。

相国普光院观中中谛(嗣梦窗入唐,"三体"之讲说从是盛也,大行于日域)

┌─ 心田清波
└─ 江西(此集闻于中岩、观中之两翁)

《三体诗》等书的风行,还可以在时人的其他记载中得到印证①,最为明显的,则是各种翻版和注释本的出现。元朝末年,许多中国的从事木版雕印的刻工,为了躲避战乱,纷纷东渡日本,在京都的五山寺院得到庇护,同时也就促进了日本印刷业的发达。特别是五山版的书籍,其精美程度与宋元版几乎没有差别。其中除了和佛教相关的书之外,也有文学类的书,数量多达二百余种。关于杜诗的,有《心华臆断》、《杜诗抄》、《杜诗续抄》,关于苏轼的,有《天马玉津沫》、《四河入海》(《天下白》、《蕉雨余滴》、《翰苑遗芳》、《脞说》)《东坡诗抄》,关于黄庭坚的,有《山谷诗抄》、《帐中香》、《山谷幻云抄》,而关于《三体诗》的,乃有《三体诗抄》(义堂周信)、《三体诗抄》(村庵灵彦)、《三体诗抄》(雪心素隐)、《三体诗绝句抄》、《晓风集》②,足见当时的诗学趋向。林道春《三体诗古文真宝辩》就指出:"本朝之泥于文字者,学诗则专以《三体唐诗》,学文则专以《古文真宝》。"(《罗山文集》卷二十六)这种情况,一直延续到江户时代中期,题名李攀龙的《唐诗选》大行于世,《三体诗》才失去其绝对权威的地位。

　　五山文学大致分为两大阶段,应永(1394—1428)以前为诗文的时代,此后为注疏的时代。和曹洞宗的道元不一样,五山临济僧人并不排斥外典,对于朱熹的学说也同样予以必要的注意,宋学、朱子学和禅学是有着内在相通之处的。如义堂周信(1325—1388)《空华日用工夫略集》永德元年九月廿二日条云:

---

① 在义堂周信的《空华日用工夫集》中,就有他某日为二三子讲"三体"诗法,或者与门人有关《三体诗》问答的记录。

② 参看[日]上村观光:《五山诗僧传》总叙,《五山文学全集》别卷。山岸德平校注:《五山文学集、江户汉诗集》解说,日本古典文学大系本,岩波书店1978年版。

> 近世儒书有新旧二义,程、朱等新义也。宋朝以来儒学者皆参吾禅宗,一分发明心地,故注书与章句学迥然别矣。《四书》尽于朱晦庵,晦庵及第以大惠书一卷为理性学本。

又九月廿五日条:

> 汉以来及唐儒者,皆拘章句者也。宋儒乃理性达,故释义太高。其故何? 则皆以参吾禅也。

而在许多日僧的交往或师承中,往往能够看到与朱子的千丝万缕的联系。如荣西入宋,与窦从周、锺唐杰相交,而窦、周皆为从朱子学的儒者;俊芿(1166—1227)入宋,与楼昉、楼钥相交,二楼则为继承二程学统的儒者,与朱子亦关系密切;一山一宁(1247—1317)师事顽极行弥,而顽极又嗣法于深通朱子学的儒僧痴绝道冲。一山本人的学问倾向就是"博",其门徒虎关师炼(1278—1346)撰《一山国师行状》云:"教乘诸部,儒道百家,稗官小说,乡谈俚语,出入泛滥,辄累数幅。是以学者推博古。"(《济北集》卷十)成为朱子学在日本盛行的关键人物。日本僧人所认识到的朱子学的特点,便是以细密集成为标志。中岩圆月(1300—1375)《辨朱文公易传重刚之说》云:

> 朱之为儒,补罅苴漏,钩玄阐微,可以继周绍孔者也。(《东海一沤集》卷二)

万里集九(1428—?)《晓风集》卷首云:

> 文公之诗,虽云一字片言,含蓄六经百家之秀,收拾四海九洲之芳。内则仁义道德,外则比兴雅颂,非易穷者也。

桂林德昌(? —1499)《桂林录·除夜小参》云:

> 譬诸儒宗,则文武传之周公,周公传之孔子,孔子传之孟轲。孟轲之后,不得其传。迨赵宋中间,濂溪浚其源,伊洛导其流,横渠助其澜,龟山扬其波,到朱紫阳集而大成。

所以，日本禅林的著述，也就具有朱子学的某些特征。如桃源瑞仙的《史记抄》、月舟寿桂的《汉水余波》、笑云清三的《四河入海》、万里集九的《帐中香》等，就是对《史记》、《汉书》、苏轼诗和黄庭坚诗的注释，皆详赡细密，类似集注。而他们的"儒释一致论"的观念与实践[①]，也下开了江户时代的儒学兴盛。

（三）江户时期

江户时期从十七世纪初叶到十九世纪中后期（1603—1867），约二百六十年，相当于我国的明末到清代同治年间。广濑建（号淡窗，1782—1856）在《论诗赠小关长卿中岛子玉》中回顾了室町到江户时代的诗风演变，指出：

> 昔当室町氏，礼乐属禅僧。江都开昭运，数公建堂基。气初除蔬笋，舌渐涤侏㒧。犹是螺蛤味，难比宗庙牺。正、享多大家，森森列鼓旗。优游两汉域，出入三唐篱。格调务摹仿，性灵却蔽亏。里矉自谓美，本非倾国姿。天明又一变，赵宋奉为师。风尘拂陈语，花草抽新思。虽裁敖辟志，转习淫哇辞。楚齐交失矣，谁识乌雄雌。（《远思楼诗钞》卷上）

其后，俞樾（1821—1907）的《东瀛诗选序》正式概括为"二变三期"说，应该也是在其基础上提出的。《序》曰：

> 其国文运，肇于天、贞，盛于元、保。而天、贞间之诗，不可得而见。所见者，自元和、宽永始，在中国则前明万历、天启时也。自是至于今，垂三百年，人材辈出，诗学日盛。其始犹沿袭宋季之派，其后物徂徕出，提唱古学，慨然以复古为教，遂使家有沧溟之集，人抱弇州之书。词藻高翔，风骨严重，几与有明七子并辔齐驱。传之既久，而梁星岩、大窪、天民诸君出，则又变而抒写性灵，流连景物，不

① 参见[日]芳贺幸四郎:《中世禅林の学问および文学に关する研究》，日本学术振兴会 1956 年版。[日]久须本文雄:《日本中世禅林の儒学》，山喜房佛书林 1992 年版。

屑以摹拟为工。而清新俊逸,各擅所长,殊使人读之有愈唱愈高之叹。

由此可知,正德(1711—1715)、享保(1716—1735)以前为第一期,此后为第二期,天明(1781—1788)以后为第三期。这与广濑建的说法是接近的。

第一期的诗风延续着五山文学的余习,故"犹沿袭宋季之派"。从当时整个文化背景来看,藤原斋(号惺窝,1561—1619)从以佛教为主的"儒佛一致"论中挣脱出来,使儒教独立,成为江户时代的程朱学兴盛的祖师。其门下的林忠(号罗山,1583—1657)、松永遏年(号尺五,1592—1657)、堀正意(号杏庵,1585—1642)、那波觚(号活所,1595—1648)号称四大天王,他们的努力更使宋学在江户初期风靡一时。《东瀛诗选》以林忠之作开卷,也是为了突出其"荜路蓝缕,以启山林"的地位。

第二期的诗风由沿袭宋调转为崇尚唐音。这与荻生双松(号徂徕,1666—1728)的倡导有着密切关系。他的儒学观是以"六经"为中国圣人之学,而朱子的《四书》孕育着心学,实质上是老庄之学。所以他主张掌握古文辞,从而理解"六经"中记载的圣人之道。[①] 以他为代表的学派,也就称作"蘐园学派"或"古文辞学派"。这种复古的要求,也促使他极力推崇李攀龙(字于鳞,号沧溟,1514—1570)。作为明代后七子领袖之一的李攀龙,"高自夸许,诗自天宝以下,文自西京以下,誓不污我毫素也。……操海内文章之柄垂二十年"(《列朝诗集小传》丁集上)。于是,托名李攀龙编的《唐诗选》[②],在江户时代就兴盛一时。其重印的次数多达二十次,印数近十万部。与之相关的,还有《唐诗选画本》、《唐诗选国

____

① 参看[日]阿部吉雄等:《日本儒学史概论》第三章"江户时代的儒教",许政雄译,文津出版社1993年版。

② 李攀龙曾编过《古今诗删》,所谓的《唐诗选》乃是书贾以其中的唐诗部分为基础纂成,《四库全书总目》卷一百八十九《古今诗删》提要指出:"流俗所行,别有攀龙《唐诗选》。攀龙实无是书,乃明末坊贾割取《诗删》中唐诗,加以评注,别立斯名。"当然,此书反映的观点仍然是李攀龙的诗论,这也是其大受欢迎的原因所在。参看[日]村上哲见:《〈唐诗选〉的话》,载其著《汉诗と日本人》,讲谈社1994年版。

字解》等书的问世,尤其值得注意的是,这类书上还往往印有"不许翻刻,千里必究"或"至于沧海,不许翻刻"的字样,这种版权意识与此类书的有利可图是结合在一起的。这也从一个侧面说明当时的诗风,以及汉诗创作民间化的趋向。当然,对于《唐诗选》的称扬,在物徂徕以前已有,但未成风气。① 在李攀龙的诗歌诸体中,当以七律为最。但格调辞意,也颇多重复。② 江户第二期汉诗亦有此弊。俞樾指出:

> 东国自物徂徕提唱古学,一时言诗悉以沧溟为宗。高华典重,乍读之亦殊可喜。然其弊也,连篇累牍,无非天地、江湖、浮云、白日,又未始不取厌于人。(《东瀛诗选》卷十)

所以此下诗风,又不得不变。

天明以后属第三期,人们集中于对李攀龙及其《唐诗选》的批评。这种批评的论调其实在物徂徕殁后就已开始。如太宰纯(号春台,1682—1747)《诗论附录》已指出:"于鳞诗用套语者多,所以不及唐人也。"③天明朝以后,痛斥"伪唐诗",提倡宋诗的议论更多。《五山堂诗话》卷一曰:

> 山本北山先生昌言排击世之伪唐诗,云雾一扫,荡涤殆尽。都鄙才子,翕然知向宋诗,其功伟矣。

山本北山(1752—1812)之语,主要见于《作诗志彀》和《孝经楼诗话》中,如后者卷上指出:

> 《唐诗选》伪书也,《唐诗正声》、《唐诗品汇》妄书也,《唐诗鼓吹》、《唐三体诗》谬书也,《唐音》庸书也,《唐诗贯珠》拙书也,《唐诗

---

① 《日本诗史》卷四指出:"有先于徂徕已称扬七子者,《活所备忘录》曰:'李沧溟著《唐诗选》,甚契余意,学诗者舍之何适?'……永田善斋《赠余杂录》亦论及七子。而尔时气运未熟,故唱之而无和者。迄徂徕时,其机已熟……而其诗虽曰宗唐,亦唯明诗体格。"

② 《列朝诗集小传》丁集上载王承甫《与屠青浦书》评论李诗云:"七言律最称高华杰起。拔其选,则数篇可当千古;收其凡,则格调辞意,不胜重复矣。海陵生尝借其语,为《漫兴》戏之曰:'万里江湖迥,浮云处处新。论诗悲落日,把酒叹风尘。秋色眼前满,中原望里频。乾坤吾辈在,白雪误斯人。'云云,大堪绝倒。"

③ 文化二年(1805)版,《续续日本儒林丛书》第二册。

归》疏书也，其他《唐诗解》、《唐诗训解》等俗书，不足论也。特有宋义士蔡正孙编选之《联珠诗格》，正书也。

所以此下的诗风，又转而学宋。特别是当时的作者层，已经完全突破儒士的圈子，扩大到民间，所以在宋诗中，又特别学习晚宋江湖、四灵的精巧清新的作风。天明七年（1787）成立了江湖诗社，以市河宽斋（1749—1820）为盟主，提倡清新的性灵诗。菊池五山（1769—1849）在《五山堂诗话》卷一写道：

> 人生聚散亦复难常，二十年间江湖社一离一合，吟席殆无暖日。乙巳①余归江户，如亭见赠云："叶水心初出宦途，四灵复聚旧江湖。"盖以余当水心也。

诗中的"四灵"原指南宋江湖诗人，活跃于永嘉的徐玑（号灵渊，1162—1214）、徐照（字灵晖，？—1211）、赵师秀（字灵秀，1170—1219）、翁卷（字灵舒），这里用来借指江户江湖诗社中的柏木如亭（1763—1819）、大窪诗佛、菊池五山和小岛梅外（1772—1840）。这种比喻和他们诗风的类似是有关的。江湖诗社在当时影响很大，"一时才俊靡然从之"②，"四方之士，来参于社者，前后千余人"③。

书商刻印书籍也是诗风转变方向标。比如文化（1804—1818）初年青藜阁、宫商阁、庆元堂含有广告性质的出版书目云：

> 国家文明之化大敷，诗文一变，伪诗废而真诗兴。宋诗者，真诗也，故应时运，新刻宋诗以行于世，镌书目开列于左方：
>
> 《苏东坡诗钞》、《黄山谷诗钞》、《陆放翁诗钞》、《范石湖诗钞》、《巾箱本联珠诗格》、《真本联珠诗格评注》、《宋诗钞》、《元诗钞》、《宋诗础》、《增订宋诗础》、《秦淮诗钞》、《三大家绝句》、《宋诗诗学自在》。

---

① 据揖斐高校注，"乙巳"当为"乙卯"（宽政七年）或"丁巳"（宽政九年）之误。《新日本古典文学大系》本。
② ［日］斋藤谦：《玉池吟筑记》，《星岩集》丁集卷一。
③ ［日］湘云橘颂：《玉池吟社诗凡言》，《古事类苑》文学部第二册，卷二十。

《联珠诗格》是以宋人绝句为主的选本,"三大家"则指杨万里、范成大、陆游,亦皆宋人。宋诗选本的大量刊印,与当时诗坛风气的转变也是息息相关的。

这一期诗歌中还有一点值得注意的,就是闺秀诗的兴起。本来,日本的汉诗写作似乎是须眉的专利,女性使用的体裁往往局限于和歌和物语。即使写作汉诗,也是偶一为之①。但是到了这一时代,女性写作汉诗也渐成风气。《五山堂诗话》卷二称:"余每逢闺秀诗,必抄存以广流传。"水上珍亮辑有《闺媛吟藻》,俞樾《东瀛诗选》卷四十也专收闺秀之作。冼玉清在《广东女子艺文考·自序》中,曾经指出"名父之女"、"才士之妻"和"令子之母"为女性文学成立的三要素。从日本的闺秀诗看来,也不能例外。如张景婉为梁川公图(1789—1858)之妻,有《红兰小集》二卷;江马细香(1787—1861)为江马兰斋之女,又从学于赖襄(号山阳,1780—1832),有《湘梦遗稿》二卷;津田桂(号兰蝶),横山致堂之室,俞樾云:"兰蝶为横山元配,横山继配兰畹亦能诗,其长女琼翘自幼即娴诗画,一门风雅,望之如神仙中人。"鲈泽(号采兰)为鲈松塘女,俞樾云:"名父之女,宜能诗矣。"鲈澧(字兰畹),据俞氏推测,"当为采兰之妹,盖亦松塘之女也"。此外,如三田文、铃木与素、岩田滨、三田载、三上邑、鹈饲金等,皆为鲈松堂女弟子。所以俞樾云:"松塘门下女弟子甚多,有随园之风矣。"尽管从整体上看,闺秀诗还远不能与男子相比,但这一创作群体的出现,正从一个角度折射出江户汉诗坛的兴盛局面。

(四)明治以后

从公元1868年开始,日本历史进入明治时代。尽管维新以后,欧美文学大量涌入文坛,但汉诗的写作却并未因此而凋零,反而出现了前所未有的兴盛。报纸上所开辟的栏目中,有短歌、俳句和汉诗,欢迎一般的

---

① 如《经国集》卷十四所录公主有智子内亲王的《杂言奉和渔家二首》,就是仿照张志和的《渔歌子》而作,所以《本朝一人一首》评之为"本朝女中,无双秀才"。俞樾《东瀛诗选》卷四十亦曰:"余常见日本人竹添井井,自言其室人能诗,然不解中国文字。盖其所谓诗者,乃彼国和歌之类耳。"

读者踊跃投稿。而且,讲到诗,大家所联想到的就是汉诗,用日语写的诗,则称之为"新体诗"。当时创作成绩突出,仅明治三十年(1897)之前出版的汉诗总集就有如下十多种:

《明治三十八家集》	明治三年
《东京才人绝句》	明治八年
《明治好问集》	同上
《旧雨诗钞》	明治十年
《明治诗文》	明治十年至十二年共三十集
《新撰名家诗文》	同上
《明治十家绝句》	明治十一年
《今世名家诗钞》	明治十二年
《明治回天诗》	明治十三年
《明治名家诗选》	同上
《明治百二十家绝句》	明治十五年
《明治俊杰诗选》	明治二十七年

黄遵宪(1848—1905)在《明治名家诗选序》中特别指出:"维新以来,文网疏脱,捐弃忌讳,于是人人始得奋其意以为诗,所以臻此极盛也。……专集宗集之编,相继出于世,是可以觇国运矣。"而在诸体之中,尤以绝句为多且工,黄遵宪《日本杂事诗》卷一自注亦称其"七绝最所擅场"。同时,明治时期也是日本词坛的最兴盛期,神田喜一郎《日本填词史话》上下册,其中约六百页的篇幅是讨论明治时期的词作与词论的。

诗歌创作兴盛的标志之一是诗社的林立,即《日本杂事诗》卷一中所说的"文酒之会,援笔长吟,高唱往往逼唐、宋"。仅明治初期的诗社就有旧雨社、回澜社、茉莉诗社、下谷吟社、七曲吟社、晚翠吟社、麴坊吟社、丽泽社等①。

---

① 参看王晓平:《近代中日文学交流史稿》第七章"明治汉诗与中国文学",湖南文艺出版社 1987 年版。

从诗风来看,明治初期的诗人多受袁枚(1716—1798)的影响,黄遵宪指出,当时,日本诗人对"白香山、袁随园尤剧思慕,学之者十八九。《小仓山房随笔》亦言鸡林贾人争市其稿,盖贩之日本,知不诬耳"(《日本杂事诗》卷一)。袁枚主张诗歌要写出"性灵",所以推崇杨万里的诗,讲究"风趣"①。于是,起源于江户时代的"狂诗",到此时也发展极盛。所谓"狂诗",原是一种内容滑稽、写法风趣的作品,最早可追溯至五山时期一休宗纯的《狂云集》。琴台老人《江户名物狂诗选序》称:"我土所谓狂诗者,遇物抒情,能写性灵,与风人旨无以异焉。"此外,以大沼厚(1818—1891)为首的"下谷吟社",则崇尚宋诗,以陆游为宗;森鲁直(1819—1889)为首的"茉莉吟社",又推尊清诗,以吴伟业(1609—1672)、王士祯(1634—1711)为圭臬。此后以森槐南(1863—1911)为首的"星社",也还是以清诗为宗。黄遵宪说日本汉诗"逮乎我朝,王(士祯)、袁(枚)、赵(翼,1727—1814)、张(船山,名问陶,1764—1814)四家最著名,大抵皆随我风气以转移也。"(《日本杂事诗》卷一)明治后期,欧美文学的势力进一步加深,时人"变而购美人诗稿,译英士文集"(同上),汉诗创作也就日趋式微。但考察日本汉诗的形成、发展、兴盛、衰落,都或迟或早地与中国诗歌有着此起彼伏、桴鼓相应的关系。作为汉文化圈中的一个部分,域外汉诗也从一个侧面展示了历史上的中国文化,对于周边国家和地区的文化所起到的核心与种子的作用。

第二节　东亚汉文小说

在东亚汉文学中,汉文小说也是极重要的一种文体。由于汉文化的深刻影响,历史上的东亚各国不仅输入了大量中国小说,而且产生了大量使用汉文进行创作的小说作品。这些作品在思想、情节、语言、风格等方面深受中国小说的影响,生动刻画和揭示了本国的社会、历史、民情、

---

① 《随园诗话》卷一云:"杨诚斋曰:'从来天分低拙之人,好谈格调,而不解风趣。何也?格调是空架子,有腔口易描;风趣专写性灵,非天才不办。'余深爱其言。"

信仰等内容,具有较高的文学价值和认识价值。为方便说明,这里以国别为界,分别加以叙述。

一、韩国汉文小说

三国时期的神话传说已具有一定的小说性质,此类作品虽多已不传,但从高丽时期的汉文史书《三国遗事》中仍可窥其一端,如建国神话即有檀君神话、箕子传说、扶余建国神话、驾洛建国神话等,一定程度上保存了这一时期神话传说的部分面貌。

新罗统一三国,接触到唐代文化,大量小说作品包括唐人小说得以传入并产生影响。崔致远的《新罗殊异传》是这一时期的代表作品。此书全本不存,仅在《太平通载》和《大东韵府群玉》中保存了部分篇章,如《双女坟》、《金现感虎》、《心火绕塔》等。作品多数篇幅短小,近于魏晋时期的丛残小语。其中的《双女坟》(《仙女红袋》),述崔致远在溧水县招贤馆古墓双女坟前,与两位女子邂逅恋爱的故事,体式极近唐人传奇,情节完整、叙述生动,代表了新罗时代汉文小说的最高成就。

高丽时期的汉文小说留存不多,目前所见者多以史传形式出现。《三国史记》、《三国遗事》中的人物传记,如《温达》、《调信梦生》,颇具小说规模,后者更可看到模仿《太平广记》所收《枕中记》等作品的痕迹。除史书外,高丽时代还出现了不少拟人化的假传体小说。此类作品主要受到韩愈《毛颖传》等"以文为戏"作品的影响,以俳谐手法,借助于酒、钱、龟、竹、笔等形象,寄寓劝惩讽喻之意。作品有林椿《麹醇传》、《孔方传》,李奎报《麹先生传》、《清江使者玄夫传》,李毂《竹夫人传》,李詹《楮生传》,释息影庵《丁侍者传》等。此外,李仁老《破闲集》、李奎报《白云小说》、崔滋《补闲集》、李齐贤《栎翁稗说》等诗话笔记中的部分篇章也具有一定的小说特征,但仍以粗陈梗概者为主。

李朝时代是朝鲜汉文小说史上的最主要阶段,汉文小说的定型、发展、衰弱均在这一时期。李朝初期,随着瞿佑《剪灯新话》的传入,出现了金时习的仿作《金鳌新话》。该书现存《万福寺樗蒲记》、《李生窥墙传》、

《醉游浮碧亭记》、《南炎浮洲记》、《龙宫赴宴录》五篇，分别受到瞿佑《滕穆醉游聚景园记》、《渭塘奇遇记》、《鉴湖夜泛记》、《令狐生冥游录》、《水宫庆会录》等作品及唐人传奇的影响，文辞优美，情致缠绵，堪称李朝初期汉文小说的代表作品。申光汉的《崔生遇真记》、《何生奇遇录》（载《企斋记异》），虽也多追摹《剪灯新话》，但艺术成就显逊于金作。李朝初期还产生了一些以"梦游录"为题材的作品，如沈义《大观斋梦游录》、申光汉《安凭梦游录》（载《企斋记异》）、林悌《元生梦游录》等，以梦幻形式表达作者的寄托。高丽时代的假传拟人类作品在这一时期也得到了延续，有成侃《慵夫传》，成俔《浮休子传》，丁寿岗《抱节君传》，申光汉《书斋夜会录》（载《企斋记异》），林悌《愁城志》、《花史》等。

朝鲜时代中期，汉文小说的创作进入了发展时期，作品数量有了明显增加。许筠和金万重是这一时期的代表性作家。许筠创作了《严处士传》、《蓀谷山人传》、《张山人传》、《蒋生传》、《南宫先生传》等短篇，其名作《洪吉童传》韩文原本已佚，目前流传的是十九世纪中叶后的汉文本。金万重的《九云梦》是朝鲜第一部以家庭为题材的长篇汉文小说，对后来的梦字类小说如《玉麟梦》、《玉莲梦》、《玉楼梦》、《金山寺梦游录》、《泗水梦游录》等作品颇有影响，在朝鲜汉文小说发展史上占有重要地位。金万重的另一部长篇汉文小说《谢氏南征记》也是以家庭离合为题材的优秀作品，类似的作品还有赵圣期的《彰善感义录》，李庭绰《玉麟梦》，李颐淳《一乐亭记》、《九峰记》等。

壬辰倭乱和丙子胡乱后，出现了许多战争题材的汉文小说。如《壬辰录》，叙述了壬辰倭乱中朝鲜获得胜利的故事，旨在发扬民族精神、鼓舞士气。《林忠臣传》、《赵雄传》、《张国振传》、《权益重传》等作品，刻画了忠贞勇敢、一心报国的英雄人物。权韠《周生传》、赵纬韩《崔陟传》反映了战争带给家庭的悲欢离合。这一时期还出现了不少梦游录作品，如尹继善《达川梦游录》，无名氏《皮生冥梦录》，崔睍《琴生异闻录》、《浮碧梦游录》、《江都梦游录》、《锦山梦游录》，大多带有对战乱进行反思的性质，也反映了战争对人们思想情感的影响。假传体小说这一时期仍可见到,如黄中允《天君记》、郑泰齐《天君演义》、林泳《义胜记》、金宇颙《天君传》、金寿恒《花王传》,以寓言形式表达其现实认识。爱情类作品也颇多,如描写宫女爱情的《云英传》、《相思洞记》,描写妓女爱情的《丁香传》、《芝峰传》、《洞仙记》、《柳绿传》,描写纯真爱情以及坚持贞节的《丁生传》、《冯虚子访花录》、《红白花传》、《淑香传》等,内容十分丰富。

朝鲜李朝后期是汉文小说发展的成熟期。其特征是出现了一系列长篇汉文小说,如金绍行《三韩拾遗》、南永鲁《玉楼梦》、徐有英《六美堂记》、朴泰锡《汉唐遗事》等。短篇小说则出现了朴趾源、李钰、金鑢等优秀作家。朴趾源的《热河日记》和《燕岩别集》收入了不少短篇小说,如《马驲传》、《秽德先生传》、《闵翁传》、《广文者传》、《两班传》、《金神仙传》、《虞裳传》、《虎叱》、《许生传》、《烈女咸阳朴氏传》等,通过传记的形式,对朝鲜社会的腐败以及官僚、儒学者的虚伪等方面有深刻的揭示与描绘,代表了这一时期汉文短篇小说最高水平。李钰也是朝鲜后期重要的汉文短篇小说作家。他也写了一系列人物传记类小说,如《申哑传》、《蒋奉事传》、《成进士传》、《歌者宋蟋蟀传》、《捕虎妻传》、《浮穆汉传》、《柳光亿传》、《沈生传》等,收在友人金鑢《藫庭丛书》中,其作品以哀怨凄婉、缠绵悱恻见长,与朴趾源嬉笑怒骂的风格不同。金鑢的短篇小说有《贾秀才传》、《琉球王世子外传》、《索囊子传》、《蒋生传》等十余篇,收在其文集《藫庭遗稿》之中。此外,柳得恭、李德懋、李用休、丁若镛等人也有一些传记类的短篇小说,对李朝的社会现实有多方面的反映。这一时期的假传体小说有《鼠大州传》、《鼠狱记》、《蛙蛇狱案》、《兔公传》、《天君本纪》、《天君实录》等。

二十世纪初期,汉文已如明日黄花,汉文小说相应也进入衰落期,悬吐汉文小说《神断公案》于1906年在《皇城新闻》连载,金光洙(1883—1915)在1907年创作的《晚河梦遗录》,1914年李钟麟创作的《满江红》、吕圭亨1917年前后创作的《汉文演本春香传》和李能和1919年写的《春梦缘》等都是故事性很强的汉文叙事作品。其后,朝鲜新文学运动先驱之一李海朝(1889—1927)还在《少年半岛》杂志上发表《苓上苔》,成为朝鲜半岛汉文小说的绝响。

二、日本汉文小说

在汉字文化圈中,日本是最早在汉字基础上发明民族文字的国家。日本从 6 世纪末开始以汉字表记日语,8 世纪中叶普遍使用"万叶假名",至平安初期(8 世纪末至 9 世纪)确立"假名"文字,日本文字的形成经历了一个较漫长的过程。在这一过程中,纯粹的汉文文体与变体汉文体(借用汉字音义标示日语的文体)、"假名"体一直长期共存。如果我们将变体汉文也视为日文的话,那么在日本的文字书写中,始终存在着汉文体与日文体两种语体形式。在早期的发展阶段,它们往往承担着不同书写功能,前者多用于较为庄重正式的场合,后者多用于闲适私下的场合,就风格而言,前者近雅,后者近俗。这一特点在日本文学方面也打下了深刻的烙印,国家的制度、诏敕、墓志等均用汉文,而歌谣、日记、小说等通俗性文类多用日文,其原因正在于此。

在日本小说中,日文小说无论从质和量方面来说都占有绝对的优势。即以"物语文学"为例,从 10 世纪到 14 世纪前期,产生了 200 多部物语作品(现存约 40 部),这其中包括了长篇小说《源氏物语》(11 世纪)、《平家物语》(13 世纪)等置于世界文学也毫不逊色的优秀作品。

与日文小说所取得的辉煌成就相比,日本汉文小说显得颇为逊色,但作为汉文化影响的存在形态之一,也有值得关注的必要。下面按时代分别加以介绍。

奈良(710—793)初期的一些史书内容具有小说萌芽性质,如汉文《日本书纪》中的《神代记》两卷,以神话、传说的形式,叙述了日本国家和民族的起源和形成,由于神话传说、史传是小说文体的重要来源①,而《神代记》兼有二者的性质,故在研究日本汉文小说历史方面也有不可忽视

---

① 参石昌渝:《中国小说源流论》(生活·读书·新知三联书店 1994 年版)第二章"小说文体的孕育"。

的价值。

　　奈良中期出现的《浦岛子传》,是现存最早的日本汉文小说。通行者为《群书类丛》本(卷 135)。《浦岛子传》述渔夫浦岛子乘船钓龟,灵龟化为少女,二人共入"蓬莱仙宫",结为夫妇,后浦岛子还故里寻访本境,龟女赠以玉匣,叮嘱切勿打开,但浦岛子归乡后不禁开匣,遂化为耄耋老人。这个故事在《万叶集》、《日本书纪》等书中都有记载,而略有不同,可知来源于早期的民间传说,但这篇作品已与此前传说简朴的尺书短语不同,篇幅较长,语言华丽,这一点 10 世纪的日本人已经意识到:"其言不朽,宜传于千古;其词花丽,将及于万代。"(《续浦岛子传记》注)。该作品在风格上与中国唐代的传奇小说颇为相近,有学者指出该作品可能较多受到《游仙窟》之影响①。据《续浦岛子传记》注,古本《浦岛子传》"只纪五言绝句、二首和歌",但《群书类丛》本无此绝句与和歌,疑今传本也仅是节本。这一点可从今本《丹后风土记》中的《浦岛子传》得到佐证,即该文本篇幅颇长,结尾处有两首和歌,似乎即属于早期传本。由此可知,日本汉文古小说《浦岛子传》,内容上写艳遇,语言上采用骈俪形式,并在作品中插入了诗作(五言绝句与和歌),这与《游仙窟》的主要特征均十分吻合。《浦岛子传》的续作产生于 10 世纪的平安(794—1191)中期,除了语言的修饰差别外,新异之处主要在于增添七言排律一首及和歌十四首。由于《游仙窟》在中土久已佚失,这种以骈体为小说的创作传统遂至长期湮没,从这一角度来看,《浦岛子传》及《续浦岛子传记》无疑是东亚汉文小说中颇为值得注意的作品。

　　从奈良、平安时代(710—1191),到镰仓(1192—1334)、南北朝(1335—1392)、室町(1393—1575)、安土桃山时代(1576—1602),除了前面提及的《浦岛子传》等个别作品外,极少有汉文小说产生,可以认为,这一阶段的小说创作主要是以日文形态存在的,这些时代是汉文小说的沉寂时期。

---

① 参严绍璗、王晓平:《中国文学在日本》(花城出版社 1990 年版)第 55—68 页。

至江户(1603—1867)、明治(1868—1911)时代,这种局面得到了较大的转变,随着汉学复兴、市民文化的兴起以及汉语学习的需求,汉文小说的创作也逐渐兴盛起来。这一时期的汉文小说,根据创作情况大体上可划分为原创与翻译两种类型。

原创类的汉文小说,从文体上可分为以下几类:

笔记体汉文小说。其中多属轶事类作品,如服部南郭《大东世语》(1713)。该书5卷,收录日本中古时期皇族、公卿、僧侣、武将、贤媛的遗闻逸事354则,仿《世说》之标目,分为31门。南郭为古学派,推尊魏晋精神,崇尚自由真率,奉《世说新语》为圭臬,故作此书以弘扬大东精神。全书语句雅洁,寥寥数语即凸显所刻画人物之性格神采,颇得《世说》之神韵。① 不少地方可以见出南郭刻意模仿《世说》之处,如《言语》卷一载藤实资自称贤者,而见美色则"出而要之",自我解嘲云"色色易贤",与《世说》殷仲堪"妾房昼眠"后的回答如出一辙,可见二书关系之密切。由于《大东世语》的流行,仿作不断,甚至1785年出版了艳情类的游戏之作《大东闺语》。此外,轶事类作品中较优秀的是依田百川(1833—1909)的《谭海》,该书由114篇作品组成,"记述近古文豪武杰、佳人吉士、与夫俳优名妓、侠客武夫之事行"(菊池纯《谭海序》),作品采用的是"杂传体",文笔颇为传神,能够通过典型事件再现传主的风采,其中卷一《名妓濑川》、《侠客晓雨》等作品所刻画的人物,都给读者留下了深刻印象。在描写江户时代市井风俗的汉文小说中,成岛柳北(1837—1884)的《柳桥新志》较为重要,该书仿余怀的《板桥杂记》,备叙柳桥的花街之盛、名姝之艳,以寄寓劝惩之意和兴衰之感。此外,记录社会异闻的作品,有《啜茗谈柄》、《当世新话》等,也对江户后期及明治初期的社会情形有所反映。

传奇体汉文小说。此类作品有取材于日本民间故事的《含饧纪事》(1781),该书三卷,为江户儒者熊阪台州(1739—1803)所作,包括"纪二

---

① 参钱南秀:《〈大东世语〉语日本〈世说〉仿作》,《域外汉籍研究集刊》第一辑,中华书局2005年版。

翁事"、"纪猿蟹事"、"纪桃奴事",分别根据"播花公公"、"蟹猿合战"、"桃太郎"的民间故事创作而成。此外颇有特色的是儒者中井履轩(1733—1817)所作《昔昔春秋》,该书将日本的著名民间故事十种合编入一篇作品,形成经、传配合的"春秋体",在东亚汉文小说中十分罕见,似可视为中井氏的创举。"虞初体"汉文小说则有近藤元弘(1847—1896)《日本虞初新志》、菊池纯(1819—1891)的《奇文观止本朝虞初新志》等作,前者存两卷,收他人作品36篇,后者三卷,全出自作,皆是对张潮《虞初新志》的模仿和改造。志怪性质的作品有石川鸿斋(1833—1918)的《夜窗鬼谈》,其自述云:"余修斯编,欲投其所好,循循然导之正路,且杂以诙谐,欲使读者不倦,且为童蒙缀字之一助。"可见写作此书的目的在于"劝惩"、"戒世"以及用于童蒙的汉文学习。该书题材主要来源于民间传闻、古代文献以及自编,作者对中国志怪小说颇为熟悉,其作品案语往往提及类似的中国作品,如《毛脚》篇末云"刘义庆《幽冥录》及《永嘉记》、《玄中记》、《酉阳杂俎》等所载,皆大同而小异,顾由其地异其种也",这对其创作中也多有影响,如《续黄粱》,模仿唐传奇《枕中记》,《花神》情节则与《聊斋志异》的花仙类作品颇为相似。

章回体汉文小说。此类作品受到江户时代大量传入日本的中国章回体小说的影响,主要用于才子佳人、英雄侠义题材的创作,深受市民人士的欢迎。这方面作品有历史演义类的《海外异传》(1850)、《西征快心编》(1857),才子佳人类的《新桥八景佳话》(1883)以及神魔类的《警醒铁鞭》(1886)等。

话本体汉文小说。此类作品数量不多,描写世情的仅有冈岛冠山的《和汉奇谈》(1718),收《孙八救人得福》、《德容行善有报》两篇作品。由于这两篇作品曾被收入冠山自编的《唐话纂要》(第六卷),故一般认为是冠山用以教授汉文写作时的例文。这两篇小说均以长崎商人为主要人物,反映了江户时期商人阶层日益兴起的社会现实。此外《春宵拆甲》、《春风帖》,则是市井艳情类的作品,成就不高。

汉文翻译小说,虽非单纯的原创,但由于语体的转换,以及翻译过程

中的改写和加工,也带有创作的意味,值得注意。这方面以冈岛冠山的
《太平记演义》(1719)为最为突出。全书现存五卷三十回,是对日本军记
物语《太平记》镰仓幕府灭亡历史的改编、翻译而成的汉文历史演义。译
者有意效仿罗贯中的《三国志演义》,"以毕平生微志"(守山佑弘《太平及
演义序》),似还有寄托的微意存在。这部译作采用章回体,多有引诗或
自作诗,体现了冠山驾驭中国文字的高超能力,正如守山佑弘所说:"虽
千言万句,卓然不朽于古,而一出诸己……吾欣然开卷,果见其译文之
妙,叙事之明也。""无尽语言,雅俗共赏,而炳炳然句日光,铿铿然字玉
洁,可谓得贯中之美也。"

　　此外,在汉文翻译小说中,《阿姑麻传》(1777)、《本朝小说》(1799)属
于公案、复仇类的题材,前者叙侍女阿姑麻因情侣才三郎丢失主人茶盒
而带来的一系列挫折风波,后者分别叙写了阿岸、熊谷直实、阿岩三人的
杀人事件,均译自日本的说唱文学——木偶净琉璃剧本。此外,还有笑
话集《译准开口新语》(1751)、艳情小说集《枕藏史》(1898)、英雄侠义小
说集《译准绮语》(1886)等。

三、越南汉文小说

　　越南是深受汉文化浸染的国家之一,使用汉字的历史长达两千年,
拥有十分丰厚的汉文化遗存。根据当代学者研究,汉喃文献存世者约
7000 余种,其中越南小说可分为笔记、传奇、诗传、章回小说四类,140 种
图书①,若将史部传记类的神灵类和人物传记 200 余种计算在内,剔除部
分喃文作品,则越南汉文小说的数量至少在 200 余种,数量是相当可
观的。

　　现存最早的越南汉文小说是陈朝(1225—1400)的《粤甸幽冥集》。
该书一卷,作者李济川,成书于 1329 年。分为"历代人君"、"历代人臣"、

---

① 王小盾:《从敦煌学到域外汉文学·越南俗文学文献和敦煌文学研究、文体研究的前景》,商
　务印书馆 2003 年版,第 137 页。

"灏气英灵"三类,28篇。该书是有关越南(包括部分中国)历史人物、神灵事迹的小说集,对一些忠义、英雄人物,贞烈女性以及佑福人民的神灵进行歌颂,情节颇为奇异、怪诞,带有一定的灵异神秘色彩,可划归为越南早期的志怪小说。故事往往交待出处,以增加所述内容的真实性,与晋唐佛教灵验故事颇有相近之处。

黎朝(1428—1789)初期,出现了越南最早的汉文笔记小说《南翁梦录》,该书作者黎澄（1374—1446）,字孟源,号南翁。黎澄永乐五年(1407)为明将所俘,因善造枪炮而免于杀戮,后官于明,仕终工部尚书。故此书实作于中土,《千顷堂书目》卷八著录。该书有《纪录汇编》等版本及旧抄本,序署正统三年(1438),当即该书成书时间。全书一卷,载文31篇,内容驳杂,举凡"旧日贤王良佐之行事,君子善人之处心,贞妃烈妇之操节,淄流羽客之奇术,与夫绮丽之句,幽怪之说,可以传示于后者,具载成编"(宋彰正统七年后序)。其中如《明空神异》一则,叙僧明空神异之事,如以小锅炊饭给数十人而饭不尽,使船夜行三百里等,皆富文学性,甚有趣味。此书篇幅短小,然文词典雅,记人记事,多不乏生动之笔,表现出很高的汉文修养。

阮屿的《传奇漫录》是后黎时代最重要的汉文传奇小说集①。该书4卷,每卷5篇,共20篇作品。其成书时间约在黎末莫初,即十六世纪二三十年代。内容包括《项王祠记》、《快州义妇传》、《木棉鬼》、《那山樵对录》等,题材涉及入冥故事、鬼妖神仙故事以及现实中的女性故事。此书深受明代瞿佑《剪灯新话》的影响,作品中随处可见模拟痕迹。如《项王祠记》,模仿《剪灯新话》卷二之《令狐生冥梦录》和卷四《龙堂灵会录》,《快州义妇记》,模仿《剪灯新话》卷一《金凤钗记》、卷三《爱卿传》,《夜叉部帅录》模仿《剪灯新话》卷一《华亭逢故人记》、卷四《太虚司法传》,其创作来源,可以说无一不受到《剪灯新话》的影响,"不仅仅是文词上的蹈袭

---

① 《越南汉文小说丛刊》第1辑。

仿效而已,即连结构、情节、风格、思想,亦息息相关"①。尽管如此,《传奇漫录》并非是简单的模仿,而是立足于越南社会的历史和现实,在思想性、艺术性方面均有一定的独创性,具有很高的文学价值。如《丽娘传》,虽然很明显受到《剪灯新话》中《翠翠传》的影响,都描写了战乱对爱情的摧残,但二位女性主人公对待命运的态度截然不同:前者塑造了勇于抗争的女性形象,后者塑造的则是一位无助弱小的女性形象。这种对越南抗争女性的讴歌,体现出作者的人格理想,也从一个侧面流露出弱小民族在面对大国侵凌情况下的抗争心理。又如在对待战争的态度方面,《传奇漫录》反战意识薄弱,在对待爱情方面,《传奇漫录》反对为爱情献身,主张随时权变,这些特点均与越南动荡的社会现实有关,表现出阮屿创作当时的民族心理。②《传奇漫录》塑造了一系列富有个性的人物形象。如美丽忠贞的快州义妇蕊卿、好赌输妻的徐仲逵、法术高强的僧道,都给读者留下了深刻印象。作品中有很多生动的细节描写,如《翠绡传》写余润之等待翠绡时的一段文字,生动地表现出余生等待时的复杂心理。作品中多插入与小说的情节密切相关诗歌,也很有特色,体现了阮屿的诗歌才华,是典型的"诗文小说"。

黎朝后期还出现了一位女性传奇作家段氏点(1705—1748)。她著有《续传奇》一卷,已佚,其作品主要保存在《传奇新谱》中,即《海口灵祠录》、《云葛神女传》、《安邑列女传》。这三篇作品均以女性为主人公,其中《海口灵祠录》叙陈朝宫女陈姬参与国家政事最终投水自尽事,《云葛神女传》叙仙女琼娘与桃生两世情缘事,《安邑列女传》叙阮氏在夫亡后以情殉夫事,这三篇作品歌颂了女子的才华、女子对自由爱情的追求,女子对爱情的忠贞,许多地方带有作者的人格痕迹,实可视为作者人生理想的寄托。小说继承了《传奇漫录》中插入诗歌的艺术手法,文辞华赡,风格婉丽,表现出鲜明的艺术特色。

---

① 陈益源:《剪灯新话与传奇漫录之比较研究》,台湾学生书局 1990 年版,第 133 页。
② 乔光辉:《明代剪灯系列小说研究》,中国社会科学出版社 2006 年版。

《传奇新谱》所附其他几篇作品也很有特色。如邓陈琨的《龙虎斗奇记》,叙龙虎各攻其短最后请"予"判分高下的故事。其叙述模式,与敦煌文学中的《茶酒论》、《燕子赋》相近,也可能受到邓志谟所作《花鸟争奇》系列的"争奇"类小说的影响。[1] 又如《碧沟奇遇记》,叙书生陈渊遇仙女绛娇终成眷属事,作品长达千余字,穿插诗歌达 40 首,虽情节无关,但在此类小说中也较有特色。

在志怪小说方面,黎朝后期出现了托名圣宗黎思诚(1442—1497)的《圣宗遗草》。其成书年代,据推测系在十八九世纪[2]。全书两卷 19 篇,收入《枚州妖女传》、《蟾蜍苗裔记》、《二神女传》、《山君谱》、《花国奇缘》等故事。作品以描述"神奇怪异"之事为主,如《枚州妖女传》,叙妖女化为少女与良人结合事,《一书取神女》,则叙穷书生以机缘娶神女为妻,后其妻留空壳而离去。《花国奇缘》,叙周生梦入蝶国与梦庄成婚等事,可谓越南版之《枕中记》、《南柯太守传》。部分作品带有游戏体小说性质,如《蚊书录》写家蚊与野蚊之不同处境,前者貌似安逸,似则危机四伏,后者虽穷困潦倒,但却无性命之忧,以此表达在朝者与在野者之别。《山君谱》为老虎制作谱系,甚似韩愈戏作《毛颖传》。《蟾蜍苗裔记》写貌丑的蝦蟆子与美艳的野鸡子,虽同出一源,但结局迥异,借以表达"寡欲者存身,多欲者丧身"之道理。值得注意的是,作品之末往往有山南叔之评,或就其文章句法发表议论,或就其内容发表感想,这对读者理解作品无疑是有益的。《圣宗遗草》在叙事上采用第一人称,这样有助于增加真实感,可达到取信读者的目的。具体的描摹也十分生动,如《浪泊逢仙》,写仙童笛声,"忽而《大海波涛》,仿佛乎恶风起,白浪兴,奋怒激昂,令人有恐惧仓皇之意",继之"泛溢汪洋,滥以立会,若告予以乘衣拱手,思得畜聚之臣",最后"悠扬和缓,韵远音迟,散入行风,飞来水面"等,就十分出色。小说在结构上也有特点,虽然也使用诗歌,但一般安排在开端,作为

---

[1] 参[韩]金文京:《东亚争奇文学》,《域外汉籍研究集刊》第 3 辑,第 19 页。
[2]《越南汉喃文献目录提要》(中),第 907 页。

情节的概括,至结尾始借以引起读者兴趣,这虽然在唐人小说中已有运用,但在越南小说中还不常见,可视为作品的特色之一。

《花园奇遇集》是一部中篇传奇小说,全文长达 15000 字,文言撰写,其中诗词多达 80 首,此文叙景兴年间(1740—1786)参政官次子赵峤,在碧沟桥边花园邂逅御史官乔氏二女蕙娘、兰娘,互生爱慕,后赵峤中解元,二女同嫁赵峤的故事。越南学者认为这部作品成熟于黎末(18 世纪末),称该书“是越南中代文学中唯一难得的性文学作品”①。这部书经中国学者研究,证明与明代的通俗类书《国色天香》所收作品有模拟因袭关系,尤以其中的《寻芳雅集》为最著。②

在后黎朝(1428—1789)的汉文小说中,《岭南摭怪》是继陈《粤甸幽冥集》后又一部值得重视的志怪小说集。③《岭南摭怪》的编者和成书颇复杂,校订者武琼认为“不知作于何代,成于何人,意其草创于李、陈之鸿生硕儒,而润色于今日好古博雅之君子矣”。似乎其成书甚早,长期以来被视为李陈时期的作品,但据今人研究,此书中的《何乌雷传》叙述了陈裕宗(1341—1370)时事,此传“应该为陈朝以后人所作”,《岭南摭怪》“这一旧本不可能产生于李朝和陈朝”,“是十五世纪的作品”。④ 该书有着明确的创作意图,通过借鉴中国古籍内容以及志怪的故事手法,构设越南古史。如《鸿厖氏传》叙越南民族、国家起源:炎帝神农氏五世孙禄续封为泾阳王,其子貉龙与妪姬生百男,五十居地上,推其雄长者为雄王。此后作品皆以此为背景,如《鱼精传》叙上古貉龙君时事,《木精传》叙上古泾阳王时事,《槟榔传》、《西瓜传》、《白雉传》叙上古雄王时事等等,均是没有历史根据的虚构。这实际上是越南民族意识高涨的体现,与十五世纪越南国势强盛时期

---

① 〔越南〕潘文阁:《越南汉文小说中的女性形象初探》,载《域外汉文小说国际学术研讨会论文集》,东吴大学中文系 1999 年版,第 144 页。
② 陈益源、李淑如:《越南汉文小说〈花园奇遇集〉与明代中篇传奇小说》,载《风起云扬——首届南京大学域外汉籍研究国际学术研讨会论文集》,中华书局 2009 年版,第 646—650 页。
③ 收入《越南汉文小说丛刊》第 2 辑。又有《岭南摭怪校注》,戴可来、杨保筠校注,中州古籍出版社 1991 年版。
④ 李时人:《越南汉文古籍〈岭南摭怪〉的成书与渊源》,《文史》,2000 年第 4 辑,第 196 页。

的社会心理是一致的。《岭南摭怪》收作品 23 篇,内容庞杂,有叙述越南古史人物事迹者,如《董天王传》、《李翁仲传》等。有叙述越南物产来由者,如《槟榔传》、《蒸饼传》、《西瓜传》等。也有描写物精神仙者,如《鱼精传》、《木精传》、《越井传》等。部分作品情节来源于唐传奇,如《鸿庞氏传》,部分内容改写自《柳毅传》,《越井传》则据《传奇》中的《崔炜》改编而成。

黎朝后期的熙宗正和年间(1680—1704),出现了越南现存最早的汉文历史演义小说——《皇越春秋》①。全书为章回小说体,分三集,凡六十回。叙述了越南天生元年(1400)至顺天元年(1428)陈、胡、黎三朝近 30 年间的史事及其与明朝之冲突。该书受到《三国演义》的深刻影响,在人物塑造、情节安排、战争描写等方面,都有明显的模仿借鉴痕迹。该书是越南汉文小说中历史演义小说的代表作。它展示了越南社会中极为复杂的政治军事图景,反映了越南人的正统观、忠义观、重贤观等多种文化观念,文化意蕴颇为丰厚。从中可以管窥中国传统文化对越南文化的深远影响,也可以透视出与汉文化有别的弱小民族争取独立自主的民族文化心理。从人物塑造、战争描写、虚实处理等艺术角度观照之,可以明显看出它对《三国演义》的学习、借鉴与模仿痕迹。其艺术上的成败得失,不仅可以使我们领略当时越南汉文小说受中国小说的影响程度及所达到的艺术水准,也可为中国历史小说的创作提供借鉴②。

同一时期的历史演义小说还有佚名的《驩州记》(又名《天南列传阮景氏驩州记》、《驩州阮景记》)③。该书 4 卷,每卷 4 回,共 16 回。叙义静地区阮景家族前八代史事,以五至八代助黎中兴的史事为中心。该书无撰人姓名,为阮景族人抄自家谱,故有学者推测此书当为阮景族阮景桂支族人所作,约成书黎朝丙子(1696)后不久。此书是"一部以章回小说形式由本族后代修成的族谱,开创了'族谱小说'这一特殊的体裁"④,在

①《越南汉文小说丛刊》第 1 辑。
② 参陆凌霄:《越南汉文历史小说研究》,民族出版社 2008 年版。
③ 载《越南汉文小说丛刊》第 2 辑。
④ 陈庆浩:《越南汉文小说丛刊》第 2 辑"前言"。

历史演义作品中颇有特色。这部书虽是一部"家族史",但贯穿了越南黎莫两朝政治、军事、外交等方面的复杂斗争,时间长达 273 年,是一部叙事宏大的历史演义作品,具有较重要的认识价值和文学价值。

进入阮朝前期(1790—1884),历史演义小说仍是最主要的汉文小说形式。这一时期出现了两部历史演义作品。一部是阮榜中所撰的《越南开国志传》①。该书 8 卷,叙黎英宗正治十一年(1568)至熙宗正和十年(1689)122 年的史事。该书以阮氏为正统,颂扬忠臣义士,贬斥奸佞小人,表现出强烈的儒家正统思想。正文采用编年体形式,显然是出于对史书体例的模仿。书中的主要人物可分为帝王、文臣、武将三种,其中尤以儒士文臣的刻画最生动,如"两国状元"的冯克宽、南朝诸葛陶维慈,形象丰满,有血有肉,给人以深刻的印象。另一部是《皇黎一统志》(又名《安南一统志》、《黎季外史》),吴俒(1733—1840)、吴悠(1772—1840)撰,吴任编,叙黎显宗(1740—1786)至嘉隆元年(1802)的历史事件。其中吴俒撰前编七回,其从弟吴悠转续编十回,共十七回。作品主要叙述黎末历史,揭示其灭亡过程及其原因。《皇黎一统志》在创作上受到《三国演义》的影响,不仅是在章回体的形式方面,在结构线索、艺术构思方面也多有取于该书。尽管如此,《皇黎一统志》仍有较为鲜明的艺术特色,如人物塑造即与《三国演义》大为不同,注重实用纪实性的手法,使人物在语言和行动中逐渐丰满起来,而不是大量使用心理描写。《皇黎一统志》采用的虽是文言,但作者的文字能力极强,取法于《史记》《汉书》笔法,自由驱使,表情达意,人物栩栩如生,场面描写极为生动,在语言艺术方面达到了较高的成就。

阮朝前期还出现了一批传奇小说。如带有寓言性质的《新传奇录》,以卜师为线索展开宫廷斗争的《古怪卜师传》,描写爱情故事的《越南奇逢事录》、《金云翘录》、《会真记》、《桃花梦》等。武贞(1739—1828)的《见闻录》,全书两卷,收文 35 篇,其中半数为传奇,尤以女子为主人公的作品写得最为生动。如《阮歌妓》写阮氏歌妓帮助落难书生功成名就而不

---

① 载《越南汉文小说丛刊》第 1 辑。

受厚赠的故事,令人想起唐传奇中的红拂和李娃形象。此外,《大南显应传》、《听闻异录》、《本国见闻录》、《喝东书异》等小说集,也都载有数十篇传奇,各书间有重复,篇幅多不长,艺术性稍弱。

黎朝初期自《南翁梦录》以后,很少有汉文笔记小说,但阮朝前期却出现了一系列笔记小说,其中以武方堤的《公余捷记》为最重要。《公余捷记》卷首有自序,末署"皇朝景兴万万年之十六季",知该书作于 1755 年。书分前编、续编和补遗。其中前编是武方堤所作,包括世家、名臣、名儒等 12 类 44 篇,后者为陈贵㮚所作,分 7 类 62 篇,补遗作者不详,包括 11 篇,全书共 117 篇(则)。所记内容庞杂,既有记录名儒轶事,表现他们敏捷多才、忠义坚贞的,如《状元莫挺之》、《黎景贤记》等,也有写女性的聪明勇敢,如《陶娘记》,还有记载山川名胜、神鬼怪异之事的,如《昆仑三海记》、《清华灵祠记》等。在写作方面,从用典和情节来看,该书除受到《南翁梦录》等越南古籍影响外,也深受中国古典小说的滋养和影响。此外,还有一些笔记小说作品,如范廷琥(1768—1839)的《桑沧偶录》、《雨中随笔》,张国用(1797—1864)的《公暇记闻》,佚名的《山居杂述》、《陈黎外传》等,兹不赘述。

阮朝后期(1884—1945),即法属殖民地时期,由于汉文的逐步废除,汉文小说的创作受到了极大影响。尽管如此,这一段期间仍出现了二十多部汉文小说作品,如历史演义《皇越龙兴志》、《后陈逸史》,传奇小说《鸟探奇案》,以及笔记小说《云囊小史》、《婆心悬镜录》、《野史》、《桑沧泪史》等,成为越南汉文小说的最后一道风景。

第三节　东亚音乐

一、朝鲜半岛的音乐

(一)上古至中世的音乐

上古时代的朝鲜半岛音乐,是以"东夷乐"的名义记录下来的。它最早见于汉代典籍,大意说东夷之乐称作"昧"、"靺"、"离"或"侏离",乃是持茅而作的舞蹈,用于"助时生"的祭礼。朝鲜半岛的东夷族群可以分为两系:一是北方的濊貊、扶余系,二是南方的韩系。公元前三世纪以后,扶余、濊等先后建国。《后汉书》记载了这些国家的乐舞,说扶余"以腊月祭天大会,连日饮食歌舞,名曰迎鼓";濊"常用十月祭天,昼夜饮酒歌舞,名之为舞天";马韩"常以五月田竟祭鬼神,昼夜酒会,群聚歌舞,舞辄数十人,相随踏地为节;十月农功毕,亦复如之";辰韩"俗喜歌舞,饮酒鼓瑟"。这些歌舞,同流行于中国民间的"踏歌"颇有相似之处,具有文化上的关联。

从结构上看,朝鲜半岛的古代音乐可以分为两部分:一是土著乐舞,高丽时代称"俗乐";二是外来乐舞,以中国的礼仪乐舞为主体,高丽时代称"雅乐"和"唐乐"。① 这个二分结构可以追溯到上古。传说殷商末年,箕子受封至古朝鲜②,有"殷之诗书礼乐医巫卜筮百工技艺者流五千从焉"。《高丽史·乐志》记载后世所作《西京》、《大同江》二曲,也把它的渊源追溯到箕子。可见早在箕子时代,礼仪乐舞已经成为朝鲜半岛音乐传统的重要部分。换言之,朝鲜半岛音乐已接受了中国内地音乐的影响。

公元前一世纪,朝鲜半岛进入高句丽、百济、新罗等三个民族政权鼎立的时代。高句丽原与扶余、濊貊相邻,有相近的歌舞风俗。它对于半岛音乐的最大贡献,是在公元 552 年左右,由宰相王山岳参考中国内地的七弦琴而创制了玄琴,并创制了玄琴曲一百余曲。这位善于利用古代文明并加以改造的王山岳,后来便被尊为朝鲜第一乐圣。与此同时,高句丽民众也创制了一大批歌曲,例如《黄鸟歌》、《来远城》、《延阳》、《溟州》等曲。近年来在中国吉林省辑安县发现许多高句丽时代的古坟,其

---

① "唐乐"的字面涵义是指唐代的音乐,或者说是从唐代传来的音乐;但在朝鲜史籍中,"唐乐"一名一般用来指称高丽朝所传承的唐宋教坊乐。现在的韩国学者则把"唐乐"看成介于雅乐、乡乐之间的音乐。例如李惠求认为,"雅乐"是用于文庙祭享和其他祭祀仪式的音乐,"唐乐"是包含唐代音乐、宋代音乐在内的中国俗乐的总称,"乡乐"由唐代佛教系统的西域音乐和韩国本土音乐组成。凡后一涵义上的"唐乐",本书皆以引号。
② 古朝鲜是对在汉武帝设置汉四郡(公元前 108 年)以前,位于今朝鲜半岛北部的早期国家的称谓,主要指中国史书记载的箕子朝鲜、卫满朝鲜两个前后相接的诸侯国和藩属国。

中壁画舞踊图、吹奏图、吹角图等,对高句丽乐舞有细致的表现。《隋书》《唐书》所记七部伎、九部伎中的《高丽乐》,则反映了高句丽宫廷乐舞的规模。

百济位于朝鲜半岛西南,其地原属马韩。其音乐在中古之时也有上乘的表现。《百济乐》在刘宋时代进入中国宫廷,到唐太宗贞观十四年(640)被编入国家典礼之乐"十部伎"。日本圣武天皇天平三年(731)颁定雅乐寮杂乐生员数目,大唐乐39人、百济乐26人、高丽乐8人、新罗乐4人;日本平城天皇大同四年(809)颁定雅乐寮乐师数目,唐乐师12人、高丽乐师4人、百济乐师4人、新罗乐师2人。可见从日本的角度看,百济乐的地位并不亚于高句丽乐。这一点诚然同百济的地理位置(较接近日本群岛)有关,但更重要的原因却应当归结于其音乐的繁荣。据《隋书·东夷传》和《旧唐书·音乐志》,百济乐的乐器有鼓、角、箜篌、筝、竽、箎、笛和桃皮筚篥。据《乐学轨范》卷五,其乐曲有《井邑词》,由前腔、小叶、后腔全、过篇、金善调、小叶等段落组成。

新罗发源于朝鲜半岛东南部,其地原属辰韩。公元668年以前与高句丽、百济等民族政权并立,此后三百年在朝鲜半岛建立统一王朝。新罗音乐的特点是宫廷仪式音乐和宗教音乐形成规模,与此相应,产生了丰富的乐器新品种,也产生了一种被称作"乡歌"的音乐文学体裁。其中比较重要的表现有三方面:1. 公元24年,儒理王即位,开始吸收民间歌舞而制作宫廷仪式乐,此后历代皆有制作。2. 公元550年左右,伽耶王爱好音乐,从唐朝输入乐器,乐师于勒改造二十五弦瑟为十二弦伽耶琴,并作有伽耶琴十二乐曲。于勒于是继高句丽的王山岳之后,被尊为朝鲜半岛的第二乐圣。新罗时期流行的乐器还有三弦(玄琴、伽耶琴、乡琵琶)、三竹(大笒、中笒、小笒)、笛、笳、角、桃皮筚篥、拍板、大鼓等,它所使用的乐调则有平调、黄钟、二雅、越调、般涉、出调、俊调等七调。3. 公元576年,新罗设置花郎制度,通过歌舞冶游方式来选拔人才。这种从古代巫师制度变化而来的乐官制度,为"花郎音乐"或驱傩音乐的发展提供了温床。宪康大王(875—885在位)时流行的辟邪歌舞《处容歌》《处容舞》，便是花郎音乐的余绪。《乐学轨范》卷五有"鹤莲花台处容舞合设"条，说朝鲜时代宫中每年十二月晦前一日举行逐鬼傩礼仪式，大宴飨，演奏舞踊，其中《处容舞》的次序为：先奏《处容曲》，次歌《处容歌》，再次有人舞、五方舞、对舞等多种舞蹈，然后歌《真勺》、《凤凰吟》等曲，结末有《本师赞》、《观音赞》。由此可见，从花郎乐、处容歌到驱傩舞，其宗旨和功能是一脉相承的。它反映了朝鲜半岛宫廷乐舞同民间信仰、民间风俗活动的特殊关联。

　　以上三国，其宫廷乐舞的风格是不尽相同的。这是因为它们地理位置不一样，文化传统有别。一般来说，地跨中国大陆和朝鲜半岛的高句丽，其音乐较富礼乐成分；另外两国音乐则较具巫乐色彩。从罗、丽二朝的诗人作品中，可以看到后者的这一特点。例如新罗诗人崔致远（857—928 以后）有五首绝句，分别吟咏当时乡乐中的金丸、月颠、束毒、大面、狻猊等五个剑舞戏，反映新罗歌舞较多地接受了西域散乐歌舞的影响。高丽以来的诗人则对"新罗处容"给予了特殊关注。如李齐贤（1287—1367）《小乐府》云"新罗昔日处容翁，见说来游碧海中"，李谷（1298—1351）《开云浦诗》云"依稀罗代两仙翁，曾见画图中"。这些情况说明：新罗乐舞同西域散乐歌舞以及高丽民间歌舞有相近的性格，因而在高丽时代有广泛的流传。

　　（二）高丽朝的音乐

　　公元 918 年，王建在豪族混战中脱颖而出，建立起新的统一王朝，成为高丽太祖。太祖自命为高句丽王朝的继承人，用怀柔政策对待三国贵族，同时也因袭了三国文化。这在音乐方面也有体现。

　　新罗时代，佛教和佛教音乐都有很大发展，真兴王（540—575 在位）时即有"设八关会于外寺"的风俗，而到公元九世纪又出现梵呗大盛的景况。后者的表现有韩国庆州南道双溪寺保存的《大空塔碑文》（约 830 年），其中说碑主真鉴国师"雅善梵呗，金玉其音，侧调飞声，爽快哀婉"；又有圆仁关于新罗梵呗流传于中国的记述，例如在公元 839 年说山东文登县赤山院新罗人的讲经仪式"音曲一依新罗"。另外，新罗僧人有创制乡歌的习惯,例如真圣女王于公元 888 年命僧人大炬修集乡歌。高丽朝弘扬了来自新罗的这些传统。历代高丽王均奉佛教为国教,于各地设置道场,每年于春天举行燃灯会、于秋天举行八关会供佛,每会皆有彩棚、香灯和包括"四仙乐部、龙凤象马车船"在内的百戏歌舞。尽管高丽成宗(982—997 年在位)一度废止了这一制度,但佛教节庆大会很快又复苏了。赫连挺撰于 1075 年的《大华严首座圆通两重大师均如传》,表明高丽僧人精于乡歌,并以乡歌为宣教的手段。《高丽史·礼志》所说的"四仙乐部",表明前代国仙花郎们的音乐歌舞在高丽王朝方兴未艾。李穑诗《驱傩行》描写了由十二神、黄门侲子施行的驱逐疫鬼的仪式,表明高丽驱傩综合了中国傩礼、西域杂伎和新罗处容歌舞的成分。而《高丽史·乐志》所记述的几个发生在 1073 年至 1077 年的事件,则说明佛教节庆大会是高丽"唐乐"繁荣的重要平台:

> 文宗二十七年二月乙亥,教坊奏女弟子真卿等十三人所传《踏莎行》歌舞,请用于燃灯会,制从之。十一月辛亥,设八关会,御神凤楼观乐。教坊女弟子楚英奏新传《抛球乐》、《九张机》别伎,《抛球乐》弟子十三人、《九张机》弟子十人。三十一年二月乙未,燃灯,御重光殿观乐,教坊女弟子楚英奏王母队歌舞,一队五十五人。舞成四字,或"君王万岁",或"天下太平"。

关于高丽时代的音乐,记载最详的便是《高丽史·乐志》两卷。此书把高丽朝的宫廷音乐分为三个组成部分:一是"雅乐",二是"唐乐",三是三国以来的俗乐。以上燃灯会乐舞只是其中的俗乐。而雅乐和"唐乐"建设,则是高丽音乐史上更具特色的方面。它经过了以下几个发展阶段:

1. 公元 981 年,成宗继位,立郊社,躬禘祫。——这是"文物始备,典籍不存"的阶段。

2. 公元 1105 年,睿宗继位。睿宗九年(1114)六月,宋徽宗赐新乐。此后两年,睿宗多次用宋之大晟新乐祀于太庙。仁宗十二年(1134)正月祭籍田,明宗十八年(1188)三月夏禘,亦用大晟乐。这是吸收、行用大晟乐的阶段。

3. 公元 1351 年,恭愍王继位。恭愍王八年(1369)六月,令有司新制乐器;十二年(1379)五月,还安九室神主于太庙,新撰乐章;十四年(1381)十月,祭正陵,奏乐;十五年(1382)十二月享河南王使,奏乡唐乐;十六年(1367)正月幸徽懿公主魂殿,设大享,教坊奏《太平年》、《水龙吟》、《忆吹箫》等曲。这是综合乡乐、唐乐而丰富宫廷音乐系统的阶段。

4. 恭愍王十九年(1370)五月,明太祖皇帝赐乐器。七月,恭愍王遣姜师赞往中国习乐。二十一年(1372)正月,王幸仁熙殿行祭,奏乡唐乐;三月,遣使赴中国收买乐器,用于社稷耕籍文庙;九月、十月,习太庙乐于球庭。这是再次利用中国音乐进行宫廷音乐建设的阶段。

由此看来,高丽宫廷音乐的历史,就是吸收和消化中国内地音乐的历史。因为在"雅"、"唐"、"俗"三类音乐中,都有来自中国内地的音乐。

在朝鲜半岛的音乐史上,高丽"唐乐"拥有极其重要的地位。据研究,它包含队舞、曲破、小曲等三个艺术品种,形成于北宋太宗至徽宗这一百五十年之间,在政和年间(1111—1117)随着徽宗颁赐的大晟乐而进入高丽宫廷。其时代略晚于前述文宗二十七年(1073)至三十一年演出的教坊女弟子歌舞。由此可见,中国内地音乐同高丽音乐的交流是持续不断的。《高丽史·食货志》记载文宗三十年(1076)俸禄,其中有"唐舞业兼唱词业师"、"唐舞师校尉"、"唐笛业师"、"乡唐琵琶业师"等名称,说明大乐管弦房的乐师大都有中国内地的渊源。《高丽史·乐志》记载高丽乐器和乐曲,唐乐有方响、洞箫、笛、觱篥、琵琶、牙筝、大筝、杖鼓、教坊鼓、拍等乐器,又有《献仙桃》等五支队舞、《惜奴娇》等 42 支曲破和小曲;俗乐有玄琴、琵琶、伽耶琴、大笒、杖鼓、牙拍、舞鼓、嵇琴、觱篥、中笒、小笒、拍等乐器,有《动动》、《无㝵》等两支队舞,并有《西京》等 29 支新曲、《东京》等 13 支三国旧曲。这些情况说明:高丽音乐已经成为一个功能和组织都很完备的系统,而从中国内地输入的音乐则是其中的骨干。

(三)朝鲜朝的音乐记录

在中国的元、明交替之际,朝鲜半岛也酝酿了一次重大的社会变革。

变革的结果是由新兴儒臣拥戴的李成桂登上皇位,于公元 1393 年建立了朝鲜王朝。李氏王朝大张旗鼓地开展了一系列文化活动,其中最重要的事业,一是崇尚儒教,二是编纂典籍,三是在世宗二十八年(1446)创制并颁行了名为《训民正音》的拼音文字。世宗时的大臣朴堧(1378—1458),则因其在建立礼乐制度方面的贡献,被尊为朝鲜半岛第三乐圣。朝鲜王朝的音乐面貌,在《朝鲜王朝实录》和《韩国音乐学资料丛刊》等资料中得到了反映。

《朝鲜王朝实录》表明,在李氏朝鲜建国之初,就施行了一系列建设礼仪音乐的举措。例如太祖元年(1392)设立奉常寺;次年七月,郑道传等人撰成《梦金尺》、《受宝箓》、《纳氏歌》、《靖东方曲》等祭祀乐章。太祖四年,文庙告成,命闵安仁监修乐器,于雅乐署、典乐署设置乐员八百余人。太宗元年(1401)隆重举行籍田、先蚕、祈雨等祭祀仪式;五年接受明成祖所赐编钟、编磬、琴、瑟、笙、箫等乐器,进而在十一年审定雅乐,确定礼仪乐章次第,乐章依次有《梦金尺》、《受宝箓》、《觐天庭》、《受明命》、《靖东方》、《纳氏曲》、《文德》、《武功》等曲。世宗大王(1419—1450 在位)之时,朝鲜宫廷音乐进入最盛期。世宗元年即创制了《罗宴曲》、《歌圣德》、《祝圣寿》等乐章;不久又制作了《献寿之歌》、《天眷东陲之曲》、《西京别曲》、《靖东方曲》、《贺圣明》、《紫殿之曲》,完善了包括大祀、中祀、小祀、先农、先蚕、雩祀、孔子庙祀等项目的祭祀制度。七年,世宗慨然欲兴雅乐,命柳思讷、郑麟趾等厘正旧乐,命朴堧专管乐事,考正周尺,以黍定律。十二年,推演《仪礼》诗乐及大臣林宇所著《释奠乐谱》,作朝祭雅乐谱,兼用肉谱、律字谱、工尺谱。到世宗二十七年,又命成权踶、郑麟趾等撰述穆祖以后肇基之迹 125 章,名曰《龙飞御天歌》,以为朝祭之乐歌。其后,又以此歌作《致和平》、《醉丰亨》、《与民乐》等乐。《龙飞御天歌》用谚文(《训民正音》)写成,汉译为四言之体,是谚文的典范作品。正是在这样的基础上,成伣等人于成宗二十四年(1493)撰成《乐学轨范》。此书"分为雅、唐、乡三篇而首之以乐调、声律",实际上对世宗以前的宫廷音乐作了总结。

从《朝鲜王朝实录》的记载看,朝鲜王朝的礼仪音乐主要有两类:一是祭祀乐,包括演奏于太庙、皇坛、祔庙、文庙的祭祖乐舞、社稷乐舞、祈谷乐舞、祈雨乐舞和四季大享乐舞;二是燕飨乐,包括演奏于景慕宫、庆会楼、慈庆殿、延恩殿、永宁殿、文昭殿的饮福宴乐、进馔宴乐、会礼宴乐和使臣宴享。此外有傩舞,包括《处容舞》。相关的官方机构则有仪礼详定所、礼曹、雅乐署、典乐署、奉常寺、惯习都监、教坊,另外还有专掌女乐的聚仁院、专掌使臣宴乐的太平馆。在这一时代,最常用的雅乐器有雷鼓、灵鼓、编钟、石磬、笙、箫、瑟、竽、篪,最常用的俗乐器(又称"乡乐器")有伽耶琴、玄琴、大笒、唐琵琶、乡琵琶、唐筚篥、乡筚篥、拍、瓦方响、牙筝、杖鼓、节鼓、洞箫。高丽"唐乐"在朝鲜时代的演出和流传,是在"唐乐"和"乡乐"的名义下实现的。在宫廷燕乐中,往往采用"乡唐交奏"的演出方式,由此造成"唐乐"同俗乐的合流。因此,在历代实录中还有"乡唐乐"这一反映中国内地音乐之影响的常用语。另一个类似的词语则是"天使",又称"诏使"、"明使"和"清使"。这一词语表明:朝鲜宫廷音乐常用来迎接明、清使臣,这是朝鲜时代音乐文化交流的特殊方式。

东亚各国的音乐记录都是以宫廷事件为中心而展开的。但联系于这类事件的民间音乐现象,也会进入史官的视野。例如以下记录:

《成宗实录·三年(1472)》:"己酉,上诣宗庙。丑时,奉桓祖神主……升附太室行享礼。卯时还宫。耆老、儒生、妓女等献歌谣迎驾。驾前陈百戏,倭人、野人等侍立于敦化门外。老人歌谣曰:……儒生歌谣曰……妓女歌谣曰……"

《明宗实录·五年(1550)》:"今者国法解弛,六品之官例皆家畜。臣为掌乐提调,虽欲检举,徒取怨无益。且名虽为妓,能解歌词者鲜矣。或进丰呈及天使接见时,率皆不习音乐之妓,何以呈技?外方官妓官婢,非但有名,朝官率畜。……"

《正祖实录·四年(1780)》:"热河戏台在行宫之内,层阁宏敞,左右木刻假山,高与阁齐。仙果珠树,剪彩为之。戏本有五,一本共有十六技，卯而始，未而罢，凡五日而止。大抵多祝寿之辞，而率皆杂乱。如《虞庭八佾》，只有武舞，武士六十四人，皆着金盔锦甲，右手持剑，左手执戈，为坐击刺之状。甚至以尧舜为戏，乘之黄屋，着以冕服，为华封苍梧巡幸之状。乐无土革之器，其声嘧杀，无宽缓和平之意。"

这些记录表明，朝鲜宫廷的礼仪活动兼用雅乐与俗乐，二者往往用于同一个仪式节目的不同场合。各种仪式歌唱，特别是迎接中国使者的仪式歌唱，都要求使用汉语，因而存在歌妓不解歌词的现象。这种情况限制了汉族风格的仪式乐舞的流行。但中国内地的每一种音乐文化事项似乎都在朝鲜发生了影响。例如十八世纪的中国内地戏剧，即曾与流行于朝鲜的百戏相结合，而产生了一些本土形式。

关于朝鲜王朝的音乐，另有一些专书形式的记录。它们在《韩国音乐学资料丛书》中得到了保留。此书由韩国国立国乐院编辑，从1979年到2008年出版了约40册。它对朝鲜时代的音乐文化盛况作出了总结。其中有十种乐书，例如《高丽史·乐志》(1451年成书)、《乐学轨范》(1493年成书)、《增补文献备考·乐考》(1908年成书)，表明在朝鲜王朝，通过对旧有音乐的整理，本土的乐律学理论得到长足的发展。其中又有十多种音乐仪轨书，例如《丰呈都监仪轨》(1628年成书)、《肃宗己亥进宴仪轨》(1719年成书)、《仁政殿乐器造成厅仪轨》(1745年成书)，表明朝鲜王朝吸收新音乐的主要方式，是赋予俗乐以种种规范。其中还有近十种乐舞谱和近百种琴谱，例如《世宗庄宪大王实录乐谱》(1419—1450年编录)、《世祖惠庄大王实录乐谱》(1455—1468年编录)、《琴合字谱》(1561年成书)、《琴谱新证假令》(1680年成书)，反映了朝鲜朝所拥有的丰富的音乐素材，以及多样的记录手段。世宗大王曾经说过："太庙奏乐，生而闻乡乐，殁而奏雅乐，何也？"又说："有声然后可辨雅俗，与其奏无声之雅乐，不若奏有声之俗乐。"这些话，显然是面对旧雅乐逐渐衰亡、新俗乐日益兴盛的局面说出来的。由此可以理解朝鲜时代音乐理论典籍之所以大批产生的缘由：这些典籍事实上是作为一种补充——补充有音响的音乐的缺失——而编写的。它们说明，在朝鲜半岛人的礼乐理想和音乐资源之间，有一个明显的差距。雅乐的本土化和俗乐的礼仪化，是弥补差距，建设朝鲜宫廷音乐的主要方针。

（四）朝鲜音乐的结构和特点

以上方针决定了朝鲜宫廷音乐的结构：继承前代音乐，分为雅乐、唐乐、乡乐三部分。雅乐即祭祀音乐。朝鲜时代雅乐建设的主要内容有二：一是依据古礼考订乐律，制造乐器；二是制作乐曲，撰写乐章。这也就是朝鲜朝乐书的主要内容。前者的代表是正祖十五年（1791）为恢复古乐而编写的《乐通》。此书包含乐律、乐调、乐器、乐谱、乐悬、乐舞等六篇，参考康熙五十二年（1713）《律吕正义》的新法律数注写了乐器法式。后者的代表是肃宗二十二年（1696）掌乐院正李世弼所编写的《乐院故事》。此书主体上是关于《保太平》《熙文》《基命》《归仁》《亨嘉》《辑宁》《隆化》《显美》《龙志》《贞明》《大犹》等乐章的记录。这种编制乐章的倾向是特别值得注意的。因为为建设雅乐而采摭乡乐，所采摭的主要就是声乐或曰乐章之乐。正是这一情况造就了朝鲜歌乐理论著作的繁荣。例如编写于高宗十三年（1876）的时调集《歌曲源流》，今有异本14种，包含曲调、歌之风度形容、梅花点长短、长鼓长短点数排布、曲调别、时调数、连音标之关系、所传男唱女唱的歌曲曲数等内容，即是朝鲜歌乐理论的代表作。此外，朝鲜乐书一般都有对乐章的记录和论述，朝鲜乐谱一般都有肉谱（人声之谱）部分，这实际上也是雅乐建设重声乐之倾向的反映。

朝鲜宫廷音乐的第二个部类是"唐乐"。据研究，高丽"唐乐"的直接来源是宋代的教坊乐，具体说是联系于节庆风俗活动的宋代教坊俗乐。朝鲜音乐中的"雅乐"、"唐乐"、"乡乐"三分，反映了"唐乐"的稳定地位和重要作用。关于这种稳定性，可以用《呈才舞图笏记》作为证明。《呈才舞图笏记》是一部编写于高宗三十年（1893）的著作，所反映的是朝鲜后期的音乐状况。在它所记载的38支舞蹈当中，有《献仙桃》、《寿延长》、

《抛球乐》、《五羊仙》、《莲花台》等5支高丽"唐乐"的队舞。这些乐舞仍然葆有"唐乐"风格。例如此书记《寿延长》,详细记述了其用拍、用竹竿子之法,奏《步虚子令》、奏《中腔》之法,以及它的唱词和舞队。这些记录都和《高丽史·乐志》的记载相符。可见"唐乐"在传入朝鲜半岛以后,至少断断续续地存在了780年时间。它不仅充实了雅乐,而且刺激了俗乐的发展。所谓"乡唐乐",便说明乡乐同"唐乐"的融合,是其礼仪化、艺术化的重要途径。

乡乐兴盛的局面,在现存数十种玄琴、伽耶琴等乡乐器谱中得到了反映。从记谱法的角度看,朝鲜乐谱有律字谱、工尺谱、五音略谱、肉谱、合字谱、连音标、井间谱等类别。律字谱和工尺谱均来自中国,前者以十二律名为表音符号,主要用于雅乐乐谱;后者以"合"、"四"、"一"、"上"、"勾"、"尺"、"工"、"凡"等字为表音符号,主要用于"唐乐"乐谱。五音略谱和井间谱均创自世宗朝,前者以"下五"、"下四"、"下三"、"下二"、"下一"、"宫"、"上一"、"上二"、"上三"、"上四"等表音,曾用于《大乐后谱》;后者见于《时用乡乐谱》,又称"六大纲十六井间谱",每纲四竖行,第一行为五音略谱,第二行记杖鼓法,第三行记拍法,第四行为歌词肉谱。肉谱以汉文借音字或相应谚文表音,出现在朝鲜朝以前,曾同合字谱、井间谱一起用于朝鲜朝的各种器乐谱。连音标即表示歌声抑扬的符号,中国古代称之为"声曲折",大约从日本传入朝鲜,用于各种歌曲谱。合字谱类似于中国的古琴文字谱,《琴合字谱》所载《琴谱合字解》云:"右边上书弦名,下书卦次,左边书用指法,左右外面书用匙法,合四法为一字,故谓之合字。"在实际用例中,合字谱常与井间谱同用,即书写于井间。显而易见,各种琴谱在朝鲜朝的流行,乃反映了俗乐的盛行。

值得注意的是,朝鲜半岛音乐的每一类别——无论是雅乐、唐乐抑或是俗乐——都在发展过程中接受了中国内地音乐的持续影响。雅乐、"唐乐"且不待言,俗乐亦是如此。例如在朝鲜琴谱中可以看到一种特殊的雅、俗二分的情况,即以中国内地的七弦琴为"琴雅部",以本土的玄琴为"玄琴乡部"。《梁琴新谱》、《琴谱古》、《东大琴谱》皆如此。可见朝鲜乡乐的乐器及其理论，乃以中国内地器乐为模范。写于 1885 年的《七弦琴谱叙》则记载了一次民间的中朝音乐交流，即因"东琴之不合古式"，而在 1880 年冬"购七弦于燕京"，然后作比较研究，"先得调弦之法，次以我国调音解之"——参考中国的七弦琴和琴谱来校正玄琴、建立玄琴理论。这个故事意味着，朝鲜半岛的音乐及其理论，可以看作中国内地音乐及其理论同半岛的本土文化相融合的产物。因此，朝鲜半岛的古代音乐，既是朝鲜人民的创造，也可以看作大陆音乐的再生形式。

二、日本列岛的音乐

（一）十二世纪以前的日本音乐

在日本列岛，最早的典籍是成书于公元 712 年的《古事记》。根据此书记载，早在神话时代，日本列岛人就喜欢随语言的抑扬而作即兴歌唱。这些歌唱往往相互应答，采用复沓方式，以五音节和七音节的搭配为基本句式。其歌曲有"来目歌"、"酒乐之歌"、"读歌"、"天语歌"、"击口鼓为伎而歌"、"咏之歌"等类别，其歌唱的地点则被称作"歌垣"。由于使用了琴、笛、铃、鼓等乐器作伴奏，所以还出现了被称作"夷振"的不同于徒歌的艺术歌唱。类似的记录，也见于成书于公元 720 年的著名史籍《日本书纪》。

在稍晚产生的文化地理书《风土记》中，日本歌谣表现了作为风俗歌的形态特征。在记载中，它们由神祇来歌唱，是祭神仪式上的表演。它们往往同舞蹈相配合，是集体的歌唱，类似于后世的踏歌。它们总是唱在"春花开时"、"秋叶黄节"等时令，配合年中行事，具备仪式功能。《常陆国风土记》描写说："设祭灌酒，男女集会，积日累夜，饮乐歌舞。"这表明了早期歌谣最重要的用途，即用于祭神和男女欢会。在男女欢会之时，它常常采用男女对唱的方式，是后世情歌的滥觞。

以上记录尚没有明确的年代标记。这种情况到关于古坟时代（约300—600）的记录中才有所改变。古坟时代，大和朝廷逐步实现了国家统一，建立了同朝鲜半岛的往来和同中国大陆的联系。随着大陆文化传入,在《日本书纪》中也有了相关的纪年记录。其中较早的一件记录发生在公元 453 年(一说 462),云:新罗王听说日本天皇去世,遂"贡上调船八十艘及种种乐人八十",张种种乐器,"或哭泣,或歌舞,遂参会于殡宫"云云。而在稍后十年,记录中出现了吴国琴手贵信的身影。到公元 7 世纪末和 8 世纪初,"唐乐"和"三韩乐"就正式在日本宫廷中演出了。

日本的奈良时代是以定都于奈良(平城京,710—794)为标记的。它在时间上相当于唐代的睿、玄、肃、代、德五宗。这是盛唐文化和印度、伊朗文化大举输入的时代,佛教发展,宗教美术空前繁荣;著述成风,产生了《古事记》、《日本书纪》、《风土记》、《万叶集》、《怀风藻》等一批古书;日本音乐也形成了以唐乐为中心的系统。在这个系统中,除日本本土的宫廷传统音乐神乐歌、大和歌、久米歌、东游以外,有雅乐,即来自唐代的燕飨仪式乐;有散乐,即和杂技相联系的音乐;有踏歌,即在正月十五日前后节会上举行的集体歌舞;有佛教音乐,即佛经唱诵和在仪式上演奏的法乐。这几种音乐来自中国内地。另外有来自朝鲜半岛的百济乐、新罗乐、高句丽乐,来自济州岛的度罗乐,来自东南亚海岸的林邑乐,来自中国东北地区的渤海乐。从公元 701 年起,宫廷设立雅乐寮来表演这些音乐节目。奈良东大寺有个著名的宝库"正仓院",启用于公元 756 年。其中所藏遗物也反映了当时音乐的盛况和日本古代音乐的特点:外来音乐多为器乐和舞乐,传统音乐则在声乐领域持续地产生影响。

公元 794 年,日本迁都平安京(京都),进入平安时代。由于在 894 年停派遣唐使,故这一时代的文化特点是消化已传入的大陆文化而建立本土的新传统。其在音乐上的表现主要有二:其一是大陆音乐接受整理,形成制度;其二则是发展了新的音乐品种。这些音乐品种详情如下。

神乐歌、大和歌、久米歌、东游:这是一批历史久远的本土仪式乐,属雅乐中的"国风歌舞"。神乐歌用于新尝祭、镇魂祭等宫廷祭祀活动中的"御神乐之仪",所配舞蹈称"人长舞"。大和歌、久米舞是在新天皇即位仪式(大尝祭)上奏演的乐舞,大和歌为组曲,久米舞为手持兵器的武舞。东游原是日本东部地区的神事歌舞,包括《骏河舞》、《求子舞》和咒术舞,常用于春秋两季的皇灵祭。在神乐歌、大和歌、久米歌、东游中,均穿插了汉诗吟诵,即下文所说的朗咏。

催马乐:这是一个与平安时代相终始的声乐品种,产生于平安初期,盛于《源氏物语》(1016—1017 成书)时期,今存 61 首作品。从其得名看,原是进献贡物的马夫之歌;从其曲目看,是都市的流行歌曲,多为恋歌、新年贺歌;从历史记录看,它主要用于贵族的游宴和祝宴;从它所使用的乐器——左方乐的龙笛、筚篥、笙、筝、琵琶、笏拍子等——看,它具有唐乐风格。它采用领唱、齐唱相衔接的方式表演:领唱者独唱,节奏自由,无伴奏;齐唱时则有合奏。在其歌唱中亦间有汉诗吟诵。

朗咏:即咏唱汉语以及和语诗文,其文学果实是《和汉朗咏集》《新撰朗咏集》等一批作品。它的音乐特性接近催马乐:主体是歌曲,使用乐器伴奏,有相近的装饰性音型。不过它在旋律上比催马乐更富声乐性,伴奏乐只采用左方乐的管乐器(龙笛、筚篥、笙)各一件,往往由三人分唱一、二、三句。因此,它具有明显的文化融合的特征:一方面以汉语为歌词,另一方面却采用了富于本土特色的社交歌唱方式。

披讲:也叫"歌披讲",即朗咏和歌,无伴奏。其流行年代晚于催马乐和朗咏。它往往用于仪式活动场合,故有读师(指导者)、讲师(朗读者)、发声(独唱初句)、讲颂(齐唱次句以下)的分工。在君臣聚会场合,它讲究按身份高低自下而上顺序表演,并按一定规则把不同的旋律型搭配起来演唱。

今样:字面涵义是"当世风",即平安时代的流行歌曲。它多用鼓、铜钹子伴奏,由"游女"、"巫女"、"白拍子"、瞽者等艺人演唱,内容包括填入新词的雅乐曲和世俗化的佛教歌赞。它多为七五调四句,公元十二世纪末期在贵族社会流行。

田乐:平安时代流行的民众艺能,即插秧时祈求丰收的祭神仪式歌舞,用太鼓(田鼓)伴奏。其主持者称"田乐法师"。后来,都市民众模仿田乐,在笛、鼓、三弦的伴奏下,穿上华丽服装进行队列歌舞。这种歌舞叫作"风流"或"风流田乐"。

关于日本古代音乐的面貌,田中健次《图解日本音乐史》有一份详细的分类图表。其要点是:来自大陆的雅乐、声明、散乐,分别在乐舞、歌唱、表演等三个分支上实现了同本土音乐的结合;其中乐舞一支尤其表现了强有力的影响。

(二)中古时期大陆音乐的输入

从东亚的角度看,日本音乐史上最重要的现象是中国大陆音乐的输入。它最初是通过联接朝鲜半岛和日本列岛的海路实现的。在日本各地发现的弥生时代(约公元前300—公元300)陶埙和铜铎证明,早在两千多年前,中国乐器就经由朝鲜半岛传到了日本。

日本列岛和大陆的音乐文化交流是在隋唐之际形成规模的。《隋书·音乐志》记隋初建七部伎,云其"杂有"百济、新罗、倭国等伎。《玉海》卷一百八引唐《实录》,说唐宣宗大中七年(853)日本国王子来献"宝器音乐"。这说明日本和新罗、百济一样,在公元六世纪就有了独具风格的乐队,并影响到了隋唐音乐。不过更多的历史记录,却是关于大陆音乐东传的记录。除《日本书纪》所记公元453年、554年进入日本的新罗乐队、百济乐队外,最重要的事件是数十次遣隋使和遣唐使。公元717年至752年,吉备真备三次随遣唐使到达中国;公元777年和804年,僧侣永忠、最澄和空海分别随第十次、十一次遣唐使到达中国;公元838年,藤原贞敏、圆仁、大户清上、良岑长松、良枝清上、尾张滨主随第十二次遣唐使到达中国。这些著名的音乐学家,和每次遣唐使团中的"音声长"、"音声生"一起,从唐朝带回了大批音乐歌舞。从《续日本纪》等书的记录看,先行传入的是大型仪式乐舞,其次是佛教音乐,然后是各种器乐曲。据《倭名类聚抄》所记,在公元937年之前,日本已经拥有唐乐曲132曲、高丽乐曲30曲。

种种迹象表明,日本输入大陆音乐的首要目的是建设宫廷礼仪音乐。日本所谓"雅乐",主体上就是大陆音乐。因此,公元701年,日本仿照唐朝的音乐管理制度成立了雅乐寮。其早期定制是:在四百多人的雅乐师中,有高丽、百济、新罗乐师各4人,高丽、百济、新罗乐生各20人;

而唐乐师、乐生则是三者之总和，分别为 12 人、60 人。平安时代，桓武天皇（781—806 在位）迁都京都以后，雅乐寮的乐师、乐生分别归入左方、右方。左方为唐乐系统，包括天竺乐、林邑乐；右方为高丽乐系统，包括渤海乐。在雅乐寮之外，公元 8 世纪后期还设立了内教坊、鼓吹司等机构。内教坊教习女乐和踏歌；鼓吹司脱胎于雅乐寮中的"吹部"，专掌仪仗音乐。这两个机构也是仿照唐朝制度建立起来的。

在雅乐寮中，和乐、唐乐、高丽等乐彼此共处。在节庆典礼上，诸国之乐也和五节田舞、久米舞等本土乐舞同台演出。这样就造成了大陆音乐和日本列岛音乐的相互渗透，也推动了平安朝的宫廷乐改制。改制后的日本音乐采用了一套特殊的分类术语，例如把单纯器乐称作"管弦"，把伴奏器乐称作"舞乐"。"管弦"综合使用"吹物"、"弹物"、"打物"，"舞乐"则只使用"吹物"和"打物"。日本音乐也形成了富于特色的小乐队制度，略如下图所示：

乐队	笙	筚篥	龙笛	琵琶	筝	羯鼓	太鼓	钲鼓	笏拍子	
管弦	○	○	○	○	○	○	○	○		
左方乐	○	○	○			○	○	○		
右方乐		○	高丽笛				○	○		三之鼓
催马乐	○	○	○	○	○				○	
朗咏	○	○	○							
神乐歌		○	神乐笛						○	和琴

此外，日本音乐家还创制、改制了《柳花苑》、《承和乐》、《胡饮酒》、《壹弄乐》等一批新雅乐曲。

经过上述改制，日本雅乐走出了宫廷。从公元十世纪起，它不仅出现在宫廷宴飨场合，而且盛行于贵族社交活动，用于曲水宴、樱花宴、菊花宴等节庆聚会，以及各种寺院法会。公元 1467 年至 1477 年，遍及全国的战乱中断了日本的雅乐传统，后来重建起的是日本化的雅乐。尽管如此，大陆音乐的输入却从根本上改变了日本音乐的面貌。其影响在礼制、乐器、舞蹈、歌唱、记录手段、曲式和乐调等七方面都有明显的表现。

礼制：和中国雅乐一样，日本雅乐是一种组织化和制度化的音乐。它不仅意味着一批旋律、一套音乐技术，而且意味着一个思想体系、一套礼仪制度。因此，《日本书纪》关于皇极天皇元年(642)"苏我大臣虾夷立己祖庙于葛城高宫而为八佾之舞"的记载，以及持统天皇七年(693)正月以来"汉人等奏踏歌"、"唐人奏踏歌"的记载，反映了日本雅乐的滥觞。这些记载同时说明，日本雅乐是在中国礼乐思想的指导下建设起来的。公元838年的遣唐使尾张滨主曾著有《五重记》一书，序云："爱其曲之滥漫者，恶其声之清正。既弊鉴宠，当生靡慢。鉴宠，雅正兴复之声；靡慢，郑邪衰微之音。……郑之夺雅，须禁，以不冒矣。"这正是礼乐思想和雅乐建设相同步的表现。因此，尽管日本雅乐在相当程度上吸收了本土音乐的成分，但它仍应看作大陆音乐东传的果实。而按照"礼失求诸野"的思路，通过保存到今天的日本雅乐去探寻隋唐音乐，这仍然是富有意义的工作。

舞蹈：公元612年，一批中国南朝的假面舞经百济传入日本，被称为"吴伎乐"。日本的乐舞于是在"伎乐"或"吴乐"的名义下发展起来。据《教训抄》记载，这种伎乐有《狮子舞》、《吴公》、《金刚》、《婆罗门》等十来个曲目。舞蹈用笛、钲盘和十面腰鼓伴奏，使用假面，其面具和服装在正仓院中保存有130件。后来的猿乐、狮子舞和狂言都接受了这种伎乐的影响。其中猿乐是一种问答形式的滑稽戏，类似于唐代参军戏；狂言也是喜剧型的科白剧，但内容更丰富，常常穿插在能乐剧目之间表演。这些音乐曲艺品种的文化渊源可以通过中国而追溯到西域。

歌唱：大陆音乐初传日本之时，凡歌曲均有词。但随着时间推移，歌词渐渐丢失，歌曲便变成了器乐曲。较顽强地保持歌唱性质的音乐是佛教音乐，在日本习称"声明"。其记录始见于《日本书纪》公元643年十一月、648年二月、681年九月、682年七月、686年四月和九月等条。而据《续日本纪》、《东大寺要录》，在公元720年，天皇曾下令"依汉沙门道荣、学问僧胜晓等转经唱礼"；在公元752年东大寺大佛开眼仪式中，颂经唱礼的队伍包括梵音师200人、维那1人、锡杖师200人、呗师10人、散华师10人,亦即采用了梵音、锡杖、呗、散华等四种声明曲。圆仁、空海等高僧从唐朝回国后,建立了天台、真言两大声明流派,其唱诵法用于礼拜、供养、劝请等种种佛教仪式,既有朗诵性声明,又有咏唱性声明。在咏唱性声明中,有序曲,采用非节拍性节奏;有定曲,采用节拍性节奏;有破曲、俱曲,即序曲节奏和定曲节奏作不同形式的结合。而旋律较长、速度较缓的咏唱称"引声"或"长音",旋律较短、速度较快的咏唱称"短声"或"切音"。声明的各种艺术样式(俗讲、论义、礼赞等)都随佛教的普及而影响到后世的各种声乐艺术,其中接受声明影响较大的品种有平曲,即说唱《平家物语》故事的盲僧琵琶曲;有谣曲,即类似于元明散曲的能剧歌唱;有早歌,即较富抒情性、写景性的佛教歌唱;也有净琉璃,即在三弦伴奏下说唱《净琉璃姬物语》。

乐器:在大陆音乐传入之前,日本只有琴、笛、鼓、铃、铎等简单乐器。大陆音乐传入之后,就正仓院所传乐器和《西大寺资财流水帐》所记乐器统计,已达到29种、174件的规模。其中实际应用的乐器,在平安时代雅乐改制之后,左方乐有三管(笙、筚篥、龙笛)、两弦(琵琶、筝)、三鼓(羯鼓、太鼓、钲鼓)等乐器。这些乐器亦曾用于高丽乐和日本传统歌舞的伴奏。后来兴盛一时的器乐艺术,例如盲僧琵琶、萨摩琵琶、筑前琵琶、普化尺八、外曲尺八和种种筝曲艺术,都是以大陆系乐器为存在条件的。

乐谱:大陆音乐传入以后,日本开始有记录音响的手段,形成了两类乐谱:一是器乐谱,二是声明谱。其中器乐谱均用汉字或简化汉字记录管乐器的孔名和弦乐器的指位,属文字谱;其简化形式称"工尺谱"。这类器乐谱,今存最早的是琴谱《碣石调幽兰》,为初唐抄本;在奈良、平安时代广为流行的是琵琶谱,有《天平琵琶谱》(747)、《五弦谱》(8—9世纪)、《琵琶诸调子品》(838)、《南宫琵琶谱》(921)、《源经信笔琵琶谱》(1097前)、《三五要录》(1192前)。笛谱和筝谱则往往以书籍形式存世,笛谱有《博雅笛谱》、《基政笛谱》,分别由源博雅(918—980)、大神基政(1057—1138)编纂;筝谱有《仁智要录》、《类筝治要》,约编成于13世纪。

此外笙谱有《古谱吕律卷》(1201)，筚篥谱有兴福寺宝物馆所藏之谱。这些乐谱，无论是从所记内容(乐曲)看，还是从其符号形式(谱字)看，都可以说是唐传之谱。另一种乐谱是俗称"博士"的声明谱，用旋律线来表示声音动态，在局部情况下加用音高符号。这种类似于《汉书·艺文志》所说"声曲折"的乐谱，也是来源于中国的。以上两种乐谱，在日本今有成千上万件遗存。

曲式和乐调：唐乐传入日本以后，带来了大曲、中曲、小曲的分类概念，也带来了乐调理论。小曲被视为大曲的一个段落，中曲被视为小型大曲，大曲一般被分为"序"、"破"、"急"三个乐章——序是速度从容、节拍自由的演奏，破是节拍较固定的反复歌唱，急则是轻快的旋律。关于这些曲式，在日本文献中有非常多的记录。日本所制新雅乐曲，皆遵从了其规定。甚至田乐能、狂言、谣曲中的曲目，也在基本结构上采用了序、破、急的体制。至于壹越调、平调、双调、黄钟调、盘涉调、太食调等六调子理论，则在各种器乐表演场合得到了应用。

（三）日本近世音乐和"明清乐"

随着武士势力的上升，日本在十二世纪后期进入镰仓幕府时代。武家和公家(指朝廷公卿、贵族)的对立不断激化，以致有从 1467 年起长达十年的"应仁之乱"。这场战火毁坏了宫廷雅乐，也使日本进入诸大名割据的战国时代。到 1603 年，德川家族在江户(今东京)建立幕府政权，日本才重新统一，开始了江户时代。这一时期，葡萄牙人、西班牙人来到日本，传入了枪炮和基督教，同时也导致了 1623 年德川家光的锁国令。长崎被规定为唯一开放的对外港口，成为同大陆交流的重要窗口。随着产业的发达、商品经济的发展，农民自给自足经营体系的崩溃，庶民文化成为近世日本的特色，大陆音乐也再次成规模地传入日本。

庶民文化的兴起在音乐方面有明显表现。一种表现是雅乐固定化，通过若干乐所和家族(例如多氏、狛氏、秦氏等雅乐世家，以及战国至江户时期由奈良乐人、京都乐人、大阪乐人组成的"三方乐所")传承。另一种表现是，声明进入传承宗派化阶段，例如在真言声明中产生南山进流、新义声明两派,在新义声明中又产生智山、丰山两派;在天台声明中则出现了时宗、日莲宗、净土宗、净土真宗等分支。此外一个重要表现是:许多新的音乐品种流传开来,其中影响最大的是平曲、能乐和三味线音乐。

平曲是一种琵琶乐,用于说唱《平家物语》的故事和词章,共有 200个段子。它实际上是综合雅乐、声明、盲僧琵琶的音乐要素而形成的,所以在关于它的起源的传说中,有三个十三世纪初期的人物,即雅乐名师藤原行长、比叡山僧人慈镇、盲僧生佛。它的音乐受声明影响,由旋律型的"引句"和朗读型的"语句"构成,引句旋律则多采用围绕核心音作纯四度进行的形式。它最盛于十四世纪,同时影响了前后数百年的日本音乐史:在题材上影响了能乐,在演奏法上影响了筝曲,在唱法上影响了净琉璃。从另一方面看,它是盲僧音乐史的枢纽。

能乐是一种假面戏,旧称"猿乐"。它早期接受中国傩舞和傀儡戏的影响,杂揉了器乐、歌谣、舞蹈、模仿、杂技等表演技巧。到十三世纪,它得到改制,成为以歌舞为主的小型音乐剧。从形式上看,它用笛、小鼓、大鼓、太鼓四种乐器伴奏,采用序、破、急的结构,主要部分是主角、配角的对答,而主角则分为为"神"、"男"、"女"、"狂"、"鬼"五种类型。从内容上看,它从日本古典文学作品中采撷素材,拥有被称作"谣曲"的文学剧本,而谣曲的文体兼用富于节奏的韵文和散文。在十三世纪以后的数百年中,它成为上层阶级的喜好。1603 年,江户幕府并将能乐定为宫廷音乐。

"三味线"是日本乐器名,在中国大陆称"三弦",在琉球群岛称"三线"。至晚在十六世纪经琉球群岛传入日本。它采用类似于琵琶的拨弹,张猫狗皮,琴体变大,由此而区别于中国的蛇皮三弦。根据流派,它可以分为以下几种:长歌三味线,细杆,象牙拨子,用于歌舞伎音乐;义太夫三味线,粗杆,拨子大而厚,用于净琉璃;津轻三味线,粗杆,用于津轻民谣;地歌三味线,中杆,由于高音部分较多,琴杆、琴身连接部分和其他三味线不同。也就是说,三味线艺术是一系列音乐和曲艺品种的集合。其中净琉璃得名于《净琉璃姬物语》,指操纵人形、讲唱非现实故事的曲艺。其中地歌是三味线组歌，成立于 1600 年，歌词多为"七七七五"式。其中歌舞伎是有歌有舞的舞台表演艺术，也在 1600 年成立，其剧目可分四种：一为"义大夫狂言"，即从净琉璃改编而来的歌舞表演；二为"时代物狂言"，即借古喻今的历史剧；三为"世话物狂言"，即描写庶民生活和爱情的故事剧；四为"所作事狂言"，即道德内容的舞蹈剧。

除平曲、能乐、三味线音乐以外，近世日本也流行了多种琵琶艺术、尺八艺术和筝曲。不过，从东亚的角度看，这一时期最重要的现象是"明清乐"从中国福建等地的传入。"明清乐"狭义上指流传于日本的明清俗曲，以清乐为主体；广义上则兼包俗曲之外的乐章和词曲，分为"明乐"（词曲）、"清乐"（俗曲）两部分。"明乐"的主要内容是明代魏皓辑录的《魏氏乐谱》，主体上是为《诗经》和乐府、声诗谱曲的音乐作品，例如《江陵乐》、《估客乐》、《关雎》、《清平调》、《阳关曲》、《圣寿》；"清乐"的主要内容是传入日本的明清民歌和俗曲，其刊本、抄本近百种。明清俗曲在日本影响较大，所以日本学者常在狭义上使用"明清乐"一词。从现存谱本看，其遗存大部分是月琴曲或月琴伴奏的歌曲。不过，这些谱本使用工尺谱记写，许多谱本并附有琵琶、月琴、阮咸、携琴、木琴、胡琴、八云琴等乐器之图，说明它们曾用于多种乐器的演奏。

"明乐"是在崇祯年间（1628—1644）由明代音乐家魏之琰带到日本来的。1629 年，魏之琰曾捐资修建长崎崇福寺；1666 年，魏之琰定居长崎——明乐正是在这期间从长崎登陆的。1673 年，明乐也被带到京都，在宫廷演奏。魏之琰去世后，其后代一直致力于明乐传承，其中贡献最大的是魏皓。1768 年，魏皓对家传明乐进行整理和编辑，刊行了《魏氏乐谱》。到 1780 年，魏皓弟子郁景周又编辑、刊行了《魏氏乐器图》。现存《魏氏乐谱》有两种：一是稿本六卷，录明乐 240 曲；二是刊本一卷，录 50 曲。刊本《魏氏乐谱》的序跋表明：魏氏家族所传明乐即是六卷本所载 240 曲，而通常用于教习、推广流传的则是一卷本所载 50 曲。从歌词旁所注日本假名看，这些歌曲都是用闽地方言歌唱的。从各曲所注燕乐宫调名称看，明乐采用道宫、小石调、正平调、越调、双角调、黄钟羽、双调、仙吕调等八调，称"明乐八调"。而据《魏氏乐器图》，明乐传入之时，携带了龙笛、长箫、巢笙、筚篥、瑟、琵琶、月琴、檀板、小鼓、大鼓、云锣等 11 种伴奏乐器。

"清乐"传入日本的时间在 1825 年前。其传入方式也是从长崎登陆，然后通过教习而推广。1859 年，江户人镝木溪庵在其所编《清风雅谱》一书的跋文中述及此初传之事，云："阮音之行于吾邦，近世为盛焉。昔荷塘一圭游琼浦，受此曲于崎人而归，一时洋洋之声喧乎耳。一圭死后，余音顿绝矣。及颖川青渔来自崎，余首从受业。盖颖川之阮受之清人林德健。德健之音，四弦均调，缓急高下，皆得其宜，洵为此曲之正派也。余以区区拙技，往来缙绅诸公之门，朝弦暮歌，传习渐广，窃恐口传手授之间，久而或失其音节，所以作此谱而正之也。"意思是说：清乐曾两次传入日本，第一次是某中国人（应是金琴江）在长崎传授给荷塘一圭（？—1831）；第二次是清人林德健在长崎传授给颖川连（应在 1831 年），而颖川连则在江户（东京）传授给镝木溪庵（应在 1834 年）。镝木溪庵使清乐进入全盛时期，以致东京的"缙绅诸公之门朝弦暮歌"。现存的明清乐谱本，出版最早的是葛生斗远编印于 1831 年的《花月琴谱》，而遗存最多的便是镝木溪庵所编印之本。

明清乐谱本基本上是工尺谱本，也有少量简谱之本。据统计，共收录明清俗曲 349 曲，其中 107 曲同时保存了汉文歌词。从各种谱本的著录情况看，当时最流行的明清曲有《九连环》、《算命曲》、《茉莉花》、《四季曲》、《久闻曲》、《厦门流水》、《月花集》，另外也有《雷神洞》、《三国史》、《壁破玉》、《林冲夜奔》等戏曲唱段。据明治时期（1868—1911）的新闻报道，当时在京都、大阪、东京、长崎、新潟、仙台、宇都宫、横须贺、函馆、伊势等地都产生了清乐社团，各社团均定期举行公开演奏会，一场演奏会的听众可达八百人。也就是说，面对洋乐的输入和以学堂歌曲、军乐为代表的近代音乐的兴起，"明清乐"和筝曲、地歌、长呗、净琉璃一道，书写了日本传统音乐史的最后的辉煌。

三、琉球群岛的音乐

琉球群岛位于东中国海上,台湾岛和日本九州岛之间,由 140 多个大小岛屿组成,面积共 4600 多平方公里。它在古代是有独立语言的国度,流传有阿摩美久神创世的神话。它于十二世纪建为南山、中山、北山三国,明代初年起成为中国的藩属国;1429 年形成统一的琉球王国,亦藩属于中国。到明治维新之后的 1879 年,它被并入日本版图,后一度被美国占领。

琉球群岛的古代史基本上是用汉字书写的。《隋书》所立《琉求传》,是关于它的最早记录。第一部琉球本国史《中山世鉴》成书于 1650 年,其书亦称琉球之名("琉虬")始于"隋炀帝令羽骑尉朱宽访求异俗"之时。资料表明,在元代已有大批中国人移居琉球。1372 年,明太祖朱元璋遣使至琉球,琉球国中山王率先领诏,奉表称臣,明、琉之间于是有了外交史。此后五百多年,琉球王国使用明清年号,奉行中国正朔,以汉姓为王族之姓,以汉文为官方文字,采用中华衣冠、朝仪、职官之制,宫殿建筑仿中国并面西而建以表归附,在文化上其实已和中国结为一体。而在经济上,琉球也成为中国大陆和日本、朝鲜、安南(越南)、吕宋(菲律宾)、暹罗(泰国)、爪哇(今属印尼)、马六甲之间的贸易枢纽。因此,记录中的古代琉球群岛的音乐,是和中国大陆的音乐息息相关的。

据现有资料,琉球在十三世纪已经有了祭祀仪礼音乐,用数面太鼓伴奏,间用其他小型乐器。十四世纪末,琉球开始仿行中华礼乐。琉球史书《琉球国旧记》记载:琉球有元旦、十五朝贺,其时于紫城庭上设仪仗、彩旗、香案,从已时起举行"圣主出拜神祇"、"长史读祝"、"百官拜礼"等仪式。琉球史书《球阳》则说:"洪武年间,闽人抵国,制作礼乐,以教于国。从此以后,音乐洋洋乎盈耳哉,不异中国云尔。由是考之,本国音乐,自三十六姓而始也,已无疑矣。"

《球阳》所谓"闽人抵国",指的是 1392 年,明太祖特赐善于造船航海技术的 36 姓闽人移居琉球。此举既向琉球输入了中国的音乐和礼仪,也输入了航海技术,以及语言、文字、典籍。迁徙而来的闽人聚居在那霸港附近,形成被称作"唐荣"或"唐营"的村落。这个琉球国中的中国村(后称"久米"),在明清两代成为琉球国培养外交人才、学术人才、翻译人才、贸易人才的基地,也在琉球推广了三弦这种流行乐器。

三弦在琉球称作"三线",是古代琉球音乐的代表乐器。明代流行于福建沿海城镇,十五世纪起活跃于琉球首都首里,十六世纪用于仪式场合。1403 年,琉球船漂流到日本武藏国,日本书《南方纪传》记载船中有奏乐之声。1534 年,中国册封使陈侃来到琉球,其见闻录《使琉球录》中亦记载了"乐用弦歌音颇哀怨"的场面。1575 年,琉球使节团访问萨摩,日本书《上井觉兼日记》记载琉球使节团的队列乐舞"路次乐"和室内乐舞"御座乐",云其所演奏演唱的都是中国系的器乐曲和歌曲,其中有童子舞,也有三线伴唱。1579 年,来自中国的册封副使谢杰在其所著《琉球录撮要补遗》中,记录了久米村人演奏中国音乐和戏曲的礼仪活动,说伴奏乐器中有中国的三弦和琉球的三线。也就是说,琉球化的三弦曾风靡于琉球各地,成为士人阶层的最爱,进而成为宫廷宴飨音乐的主要伴奏乐器。到后来,三线还用于伴唱当地民谣,称作"岛歌"。三线的流行,造就了一种富于琉球特色的记录手段,即用谱字表示三线演奏指位的"工工四"乐谱。这种乐谱来源于中国的工尺谱,采用了以方格为基准的时值标记法,但它增用人体脉搏符号来表示速度,今有很丰富的遗存。

如果从文化结构的角度考察,那么,以上记载大致反映了琉球古典音乐的类别以及两地音乐交流的途径。例如据陈侃《使琉球录》,当他在琉球行册封礼时,曾赴礼毕宴,宴会上"金鼓笙箫乐翕然齐鸣";又赴拂尘宴,宴会上"令四夷童歌夷曲为夷舞以侑觞,伛偻曲折,亦足以观";而他所见琉球三线曲中,有"人老不少年"之句,亦即汉诗。这实际上说到了三个音乐品种:一是奏金鼓笙箫的燕飨仪式乐,二是由四童子表演的本土歌舞,三是吟唱中国词曲的三线歌。除此之外,琉球音乐中有队列乐舞"路次乐"、室内乐舞"御座乐"、中国戏曲等品种。日本学者《琉球王朝古谣秘曲之研究》一文曾考察路次乐的由来,说嘉靖元年(1522),琉球使者上里盛里来中国申贺,见到嘉靖皇帝的路次乐,不胜感佩,遂购买了龙首、凤轿和一套路次乐乐器带回琉球。从此豪华的路次乐成为琉球国王的仪仗、仪式之乐。在《中山纪略》、《中山传信录》、《杜天使册封琉球真记奇观》等中国文献中,也记录了中国使节将琴师、鼓吹乐队、仪式乐以至梨园杂剧带往琉球,并在琉球演奏、传授的事迹。这说明,中国音乐主要是通过外交途径进入琉球的,它在琉球建立了一个功能完备的音乐系统。

十七世纪以后,随着中琉贸易关系的发展,更多中国音乐传入琉球。在十七世纪中叶的琉球政令集《羽地仕置》中,列有"学文之事"、"算勘之事"、"谣之事"、"唐乐之事"等政务十二项目。可见对于公务人员学习能乐歌舞、表演中国吹打乐、提高戏曲曲艺的演技,政府是给予鼓励和褒奖的。而在日本江户时代的图绘中,还保存了琉球人演奏音乐的形象。其中有一幅1832年的"琉球人座乐并跃之图",描绘了乐童子演奏御座乐的十个场景。图中乐人采用"正座"之姿来演奏胡琴、琵琶、三弦、瑶琴等乐器,反映了御座乐的两大特点:一是使用多种器乐,虽然其乐队往往为四人编制,但所用乐器达12种;二是通过表演者的服饰、仪态强调它作为宫廷音乐的特质。实际上,御座乐所唱之曲,如《福寿歌》、《四大景》、《一年才过》、《天初晓》、《清江引》、《急三枪》、《纱窗外》、《闹元宵》、《相思病》等等,多是清代流行于江南地区的俗曲;御座乐所用乐器,如唢呐、拍板、横笛、七弦琴、二弦、三线、琵琶、胡琴、月琴、扬琴、八角琴、壳子弦等等,除三线外,基本上是中国南方曲艺中的常用乐器。由此可见,音乐传入,虽然起自中国民间,但却是以琉球王室的爱好为基础的。因此,在传入之后,它总是会经历一个从贵族阶层回到民间的过程。

如果对以上所述作一概括,那么可以说,琉球古代音乐包含三种成分:一是本土音乐,例如奥摩罗、神游等祭神音乐,以及《中山传信录》所记1719年在琉球民俗节日中见到的迎神歌、笠舞、花索舞、篮舞、武舞、毯舞、杆舞、组舞、演剧;二是从日本传入的音乐,例如佛教声明、京太郎、万岁舞、女郎马、木遣、谣曲、筝曲;三是从中国传入的音乐,除以上所述外,还有圣庙乐、打花鼓、龙船歌、狮子舞。相比之下,来自中国的音乐品种不算最多,但是,它在琉球却代表了音乐史的主流。

四、东南亚中南半岛东部的音乐

在东南亚中南半岛东部,中国广西、云南以南,老挝、柬埔寨以东,今有越南社会主义共和国(Cộng hòa Xã hội Chũ nghĩa Việt Nam)。它的国土狭长,海岸线达3260多公里,国土上杂居了以京族为主体的五十多个民族。在历史上,它的中北部长期为中国领土,公元968年后成为中国的藩属国。19世纪中叶后,它逐渐沦为法国殖民地;1945年建立越南民主共和国,1976年改为今名。

现在的中越两国,山水相连,有1400公里的陆地边界线;在历史上,它们也有特别密切的关系。从公元前214年秦始皇设置郡县于岭南,到公元939年静海节度使吴权自立为国,在这一千多年中,越南中北部一直是中国的组成部分。此后数百年,此地为中原王朝的藩属国。由于历代中原王朝推行汉字,实行汉文化教育,故这一地区有较深厚的汉文化传统。日本早在《万叶集》成书(759年)以前就制造和使用假名,朝鲜文的创立在1445年左右;而在这一地区,拉丁文字出现于十七世纪中叶,到二十世纪40年代才成为法定文字。汉字作为主流文字的历史,在这一地区长达两千年。从公元八世纪开始,这一地区就实行了同汉文化教育相联系的科举制度。此后经李朝的复兴、黎朝和阮朝的极盛,这种制度持续实行到1919年。科举史在这一地区比在中国内地还要绵长。在这种环境中,这一地区的音乐也明显受到了中国影响。

东南亚中南半岛东部最早的音乐保留在铜鼓这种文化遗存当中。越南北方所收集的铜鼓今存144件以上,其中大部分属东山铜鼓系统。与此相联系,1949年以来,中国西南、中南地区发现了1360多件铜鼓,其中属于黑格尔I型的铜鼓至少有160件。这两者构成了源流关系。据考察,最古老的铜鼓在公元前七世纪发源于云南中部地区,即万家坝型铜鼓。它由一种炊具铜釜演变过来,然后向周围流传。其中向南的一支沿元江南下红河,传播于东南亚中南半岛。这意味着,越南早期音乐和中国境内濮人、越人、僚人等古民族的音乐有共同的文化基础。

上述文化共通的情况在中越跨境民族中有明显表现。这种民族,按中国的标准有 12 个;在越南则被识别为 26 个民族。例如中国的壮族、布依族、傣族、苗族、瑶族、汉族、拉祜族、哈尼族、仡佬族、彝族,迁入东南亚中南半岛后,成为岱族、侬族、布标族、拉基族、山斋族、赫蒙族、瑶族、巴天族、拉祜族、仡佬族、泰族、渤族、布依族、热依族、华族、艾族、倮倮族、普拉族、哈尼族、贡族。虽然跨境,但同一个民族有基本相同的音乐文化,例如京族。京族是越南的主流民族,占总人口近 90%。它在中国则有两万多人,聚居在广西防城县的海岛上。京族的传统歌舞节日叫"哈节",其仪式包括迎神、祭神、入席、送神四段,每一段都有以神话、男女情感为内容的歌舞。京族音乐分为海歌、舞歌、小调等品种。海歌是一种对唱,用竹片、吉弹(一种使用三根琴弦的弹拨乐器)伴奏。舞歌是节奏明朗的配舞之歌,在哈节中表演,曲调主要来自小调。小调则有"唱哈调"、"送新娘"、"棹船调"、"叮叮"等类型。其中送新娘是婚嫁时的风俗歌;棹船调常用于男女对唱和民间小戏唱段,基本歌腔由上下句组成。总之,京族音乐有三个特点:其一是多用徵调式;其二是以独弦琴为标志性乐器;其三,男歌手一般用真声,女歌手真假声结合,行腔时喜用鼻音和轻声,模仿独弦琴的各种音色。这些特点,事实上也是越南民间音乐的特点。而中国京族的传统戏曲,也是和越南的嘲剧一脉相通的。

京族是来自越南的民族,通过京族音乐可以了解越南的民间音乐。同样,由于中越之间的人口迁徙,在历史上以由北向南为主要趋势,所以,越南的古代音乐,特别是宫廷音乐,往往表现为中国音乐的翻版。

从记载看,越南宫廷音乐早在李朝(1010—1225)即已建立。黎崱《安南志略·风俗》曾记其概貌,云有"大乐"、"小乐"、"百戏"、"驱傩"等品种。每逢新年之节,诸乐同用:除夕之日"王坐端拱门,臣僚行礼毕,观伶人呈百戏";除夕之夜"僧道入(宫)内驱傩,民间门首鸣爆竹杯盘祀祖";正月一日拜祖毕,王"坐天安殿,嫔妃列坐,内官错立殿,奏(大)乐于大庭"。其中百戏之乐类目繁多,包括"博奕、樗蒲、蹴鞠、角斗、三呼侯等戏",每逢节日即用之。驱傩则演为伶乐十二神,"二月起春台,伶人妆十二神,歌舞其上"。大乐实即宴飨仪式乐,"惟国主用之,宗室贵官非祭醮不得用",其乐器有饭士鼓、筚篥、小管、小钹、大鼓等等。"小乐"则是通常的宴乐,由琴、筝、琵琶、七弦、双弦、笙、笛、箫、管组成乐队,贵贱通用,"曲有《南天乐》《玉楼春》《踏青游》《梦游仙》《更漏长》"等。以上乐制和种种乐器、乐曲,除来自占城的饭士鼓而外,大体上是从中国传来的。这种情况很早就出现了,例如《梦溪笔谈》卷五记载说:宋神宗熙宁九年(1076)南征交趾,曾缴获《黄帝炎》一曲,据考证,是已经散亡的唐杖鼓的"古曲"。所谓《黄帝炎》,实即唐玄宗时乐曲《黄帝盐》。宋代《寓简》一书说:宋徽宗政和间(1111—1117)新作燕乐,搜访古曲遗声,得《黄帝盐》《荔枝香》二谱。"《黄帝盐》本交趾来献,其声古朴"。这件事说明,在唐代,已经有许多中国乐曲和乐谱传入越南了。

越南的戏曲杂艺,也是由于南下的中国乐人而形成的。例如黎朝龙铤王(1006—1009 在位)曾宠信优人廖守忠,而廖原是北宋的杂剧艺人。又如《大越史记全书》卷七记载说:陈朝绍丰十年(1350)"元人有丁庞德者,因其国乱,挈家驾海船来奔,善缘竿,为俳优歌舞。国人效之为险竿舞。险竿技自此始"。大治五年(1362)"春正月,令王侯公主诸家献诸杂戏。帝阅定其优者赏之。先是破唆都时,获优人李元吉。善歌,诸势家少年婢子从习北唱。元吉作古传戏,有《西方王母献蟠桃》等传。其戏有官人、朱子、旦娘、拘奴等号,凡十二人,著锦袍绣衣,击鼓吹箫,弹琴抚掌,闹以檀槽,更出迭入为戏,感人令悲则悲,令欢则欢。我国有古传戏始此"。李元吉被俘入越南的时间是 1285 年。如果说"险竿舞"尚属杂技,那么,1285 年传入越南的"古传戏"便是戏曲。正是在这样一些宋元表演艺术的影响下,陈朝流行了两种新音乐:其一是使用曲牌的宴乐曲,属"小乐",例如《庄周梦蝶》《母别子》《踏歌》《降黄龙》《入皇都》《宴瑶池》《一清风》等曲;其二是嗺戏和嘲戏。后者产生于陈朝,到黎朝和阮朝获得进一步发展,成为歌舞结合,以大鼓、小鼓、铜锣、胡琴、二胡、箫等乐器作伴奏的舞台艺术。中国戏曲的题材,例如来自《东周列国志》、《三国演义》、《水浒传》、《西厢记》、《西游记》等小说的故事,后来也大批地出现在嗺戏和嘲戏的舞台之上。

十五世纪以后,越南各朝继续仿效中国,制定了较完善的雅乐制度。例如《大越史记全书》卷十一记载:黎太宗绍平四年(1437)正月,"命行遣阮廌与卤簿司监梁登督作鸾驾乐器,教习乐舞"。后因意见分歧,阮廌退出。八月,乐成,"卤簿司同监兼知典乐事梁登进新乐,仿明朝制为之。初登与阮廌奉定雅乐,其堂上之乐则有八声,悬大鼓、编磬、编钟,设琴、瑟、笙、箫、管、籥、柷、敔、埙、篪之类。堂下之乐则有悬方响,笙、簇、琵琶、管鼓、管笛之类"。梁登所造器乐,后来成为越南宫廷的常制。《清史稿·乐志八》记载乾隆五十四年(1789)南征所得安南国乐,有丐鼓、丐拍、丐哨(横笛)、丐彈弦子(三弦)、丐彈胡琴、丐彈雙韻(月琴)、丐彈琵琶、丐三音鑼等乐器;《大南会典事例·礼部》记阮朝乐器,有板鼓、琵琶、月琴、二弦、笛、三音和拍钱;《大南实录》记明命十三年(1832)申定朝贺仪章,其中"雅乐一部"包括镈钟、特磬、编钟、编磬、建鼓、柷、敔、搏拊、琴、瑟、排箫、箫、笙、埙、篪、拍板等乐器。这些乐器大都具有中国渊源,说明越南雅乐一直承袭着中国传统。

关于越南古代音乐,范廷琥(1766—1832)《雨中随笔》中有《乐辨》一篇,作了简要的总结。他说:越南言语和中国不同。李、陈之时习俗尚质朴,朝廷往往演奏本土音乐,只是偶尔传习北乐。而两者各自为用,并不相通。黎圣宗洪德年间(1470—1497),讲求中州声律,把来自中国的乐器、乐曲同本土歌唱相结合,建立了"同文"、"雅乐"二署。同文署主管乐器,雅乐署主管人声,皆辖属于太常。其乐律有黄锺宫、南宫、北宫、大食宫、阳娇律、阴娇律诸名。至于民间之乐,则另外设置教坊司来掌管。但因乐官官职不世授,故典籍制度罕能保存。黎世宗光兴初年(1578),宫内殿庭拥有大量乐器,例如仰天大鼓、大吹,金、竹诸吹,龙笙、龙拍,三、四、七、九、十五弦,琴、笛、管、单、面鼓,薄嗓、金漆鼓,串钱拍之类,都是虚器,无人操作。而同文、雅乐二署之乐,则只用于郊天及朝贺大礼,平时一概闲置。乐吏之子孙，多失其业。而教坊俗乐大行于世，上至郊庙朝贺，下及民间享神，比比皆是俗乐。乐工习惯了淫靡之声，其所奏腔调，也渐渐改变，失其本来。这是越南雅乐沿革的梗概。

在俗乐方面，唐、宋而下，别为"挽歌"、"扮戏"二种。挽歌即挽輴而歌，为哀怨悲怆之音，乃古《薤露》《蒿里》之余波。扮戏即由教坊子弟妆演《东周列国》《三国志》故事，以侑酒乐宾，乃古侏儒优孟之余绪。到李朝（1010—1225），有宋朝道士南来，教越南人歌舞、戏弄，其主要内容则是扮戏。后来被教坊参用为"八段锦"，俗语讹为"扒段"。陈朝国丧的时候，奉皇帝梓棺葬于山陵，百姓观者如堵。当事者于是仿古挽歌而作《龙吟曲》，被后世传承为挽歌，每年盂兰节，丧家皆聚集歌者歌之。黎显宗景兴年间（1740—1786），从事挽歌的人杂用扮戏、嘲谑、歌舞，就像在戏场演戏一样。政府官员嫌其吉凶杂揉，累次设禁；但禁而不绝，庚戌（1790）以来，这种戏弄式的挽歌在民间重新流行。良家子弟多抛弃正业而从事之，巾帻衣服，一如妇女，平时居家无事之时，也常常曼声唱曲，没有一点羞涩。

关于乐器，不同乐队所用不同。首先是教坊队，乐器有长筑，剖竹为之，似扁担；每乐工悉集，由一老妇击筑以节众乐。其余有竹笛、腰鼓、带琴、荻鼓等乐器，皆由"管甲"等男姓乐工使用。其中腰鼓俗名"饭鼓"，演奏之时以稻饭涂抹，才能谐声。带琴则俗名"底弹"，属中国三弦琴之流。管甲登场之时，弹奏挂在腰际的带琴，与女性艺人"陶娘"唱和。陶娘所执乐器有节拍（俗名"笙"）、串钱拍（俗名"笙钱"）、单面鼓。大致说来，诸乐不同于中国之乐，虽然同样用五宫七声，但对于其中的折旋变化、移宫换羽，是需要深知声律以及南北习尚之殊、山川风气之限，才能了解的。其次是宫中队，乐器与古教坊大同小异，另有竹笙（形如古木祝）、铁丝琴（用擿扒演奏）、九弦、七弦、筝等，共为"八音"。其三是"把令队"，有鼓、铎、蜂腰鼓（俗名"寻薗鼓"）、吹管（俗名"簜"）、小吹管（俗名"小簜"）、虫卷吹管等。总之，越南颇有一些特色乐器，不同于中国。另外在乐律方面，中越两国音乐也是各有同异的。相同的是都讲商、宫、角、徵、羽、变宫、变徵七声,不同的在于言语音响。而且,越南弦乐器讲"性、静、情、精、嵩、藏、臧"七声,管乐器讲"僻、阴、餔、寂、卒、徂、希"七声。同是七声,其名称、关系亦有不同。

关于范廷琥的论述,可以补充说明一点:上述诸乐,到今天仍有丰富的遗存。例如在顺化宫中乐团,仍然保留了宫廷大乐、小乐、嗵剧、地方歌谣等节目。在越南古籍中,有民间歌谣集和礼会歌集十多种,有关于"嘲歌"嗵戏的作品集四十多种,另有关于"歌筹"曲词、乐谱和演唱理论的古籍近五十种。歌筹又称"陶娘歌",是一人主唱而以带琴、拍板、小鼓伴奏的艺术样式。其主唱者称"陶娘",伴奏者称"管甲"。所唱多为唐诗,语辞主要是由唐代传入的"汉越语"。在越南各大城市,仍然活跃着一批歌筹艺术家和爱好者。现代的越南人,和现代的日本人、韩国人、琉球人一样,虔诚地维护着古代教坊乐的遗存。

第四章　传统文学艺术与现代海外华人社会

　　自十九世纪中期以来，中国向海外移民人口的数量不断增加，踪迹几乎遍及世界各地。对于在艰苦的生存条件、陌生的文化环境中生活打拼的华人移民来说，来自本土的传统文化有着特别的意义，这是他们的精神支柱和精神家园，赋予他们生存力和凝聚力。随着时间的推移，不少华人移民在所在国逐渐定居下来，大多成为所在国的国民，并繁衍后代，他们以本民族文化为根基，汲取当地其他民族文化的长处，创造了有别于本土的新型华人文化。这样的文化具有融合、多元的特点，得到所在国其他民族的理解，同时又深深地打着中国传统文化的烙印，紧密维系着海内外华人的联系，使中华文化在海外得到广泛的传播。

　　就与中华传统文化的关系而言，海外华人无疑是一个十分特殊的文化群体，他们既是接受者，同时又是传播者。在文化传承上，他们与中国传统文化有着很深的渊源关系，但同时他们又生活在异域环境中，受到其他国家、民族文化的深刻影响。对他们来说，中国传统文化有着特殊的意义和感受。从这个角度来看，中国传统文化在海外华人社会的传播和影响并不只是本土之外一种简单的延伸和补充，而是有着更为丰富的内涵和独特的意义，成为一个相对独立、完整的文化类型或文化现象。这是一个很有价值的学术课题，值得深入思考和探讨。正如一位外国汉学家所说:"历史学家们可以找到材料,并以此为根据进行分析,一个远离本国的少数民族是怎样重新创造自己的文化的,他们是怎样跟自己的祖国保持联系的,是怎样把握它的历史又是怎样看待它的现状的。"①

在中国传统文化中,文学艺术是非常重要的组成部分,这不仅在海外华人的审美情趣及文化心理的塑造中起了重大作用,而且对显示民族文化特征和增进华人社群情感交流等都有着巨大的影响。

本章将探讨传统诗词、楹联、小说、戏曲在现代海外华人社会中的传播和影响。

第一节　华人海外移民的状况

依据不同历史时期华人海外移民的情况,可以将华人海外移民的历程分成如下三个阶段:

1840 年之前为第一阶段。尽管华人移民海外的历史十分悠久,甚至可以往前一直追溯到秦汉时期,但由于历代封建王朝特别是明清两代的严厉禁止、打击以及乡土观念、交通不便等因素的影响②,华人的海外移民一直受到很大的限制,数量较少,呈零星分布的状态。据有位研究者估算,"1840 年以前,移居海外的华人累计不会超过 50 万"③。这些移民大多迫于生活压力而到海外谋生,主要来自福建、广东等沿海地区,因地缘的关系,大多集中移居到东南亚各国。

从 1840 年到 20 世纪上半期,为第二阶段。这一时期为华人海外移民的高潮期,移民的具体数量目前尚无精确的统计,有数百万乃至上千万人等各种不同的说法。之所以在这一时期出现移民潮,一方面与清代

---

① [法]克劳婷·苏尔梦:《马来亚华人的马来语翻译及创作初探》,载其编著《中国传统小说在亚洲》,国际文化出版公司 1989 年版,第 349 页。
② 比如《大清律例》就明文规定:"一切官员及军人等,如有私自出海经商者,或移住外洋海岛等,应照交通反叛律处斩立决。"
③ 葛剑雄、曹树基、吴松弟:《简明中国移民史》,福建人民出版社 1993 年版,第 484 页。此处对华人海外移民历程的介绍亦参考了该书。

中后期时局动荡,福建、广东等沿海地区广大基层民众生活困顿有关,一方面也与列强特别是美国等国家征召海外劳工有关。在西方列强的胁迫下,清政府于咸丰 10 年(1860)开禁,准许劳工出国,移民正式合法化。华人移民的地点除了东南亚各国外,地域更广,包括美国、加拿大、澳大利亚、新西兰等。早期移民海外的华人主要从事修铁路、开矿、农业种植等繁重体力劳动。

到晚清时期,受时代文化思潮的影响,海外华人移民人员的成分结构发生较大变化,开始出现知识移民。1871 年,第一批官派留学生赴美,其后留学生的数量逐年增加。据统计,从 1854 年到 1953 年的 100 年间,仅留学美国的中国学生和学者就达到 22000 多人,其中有不少人后来在美国定居[①]。这些知识移民的原居地并不局限于福建、广东两省,而是遍布全国各地,他们大多具有较高的文化修养,有不少人在移居国定居后,从事文教科研等与学术文化相关的职业。

二十世纪上半期,中国内忧外患,战乱不断,时局动荡,除外出务工、留学外,还有不少人为逃避政治、战乱移民海外,其中有不少是具有深厚学养的知识分子。

从 1949 年至今,为第三阶段。在建国后的三十年间,受政治因素的影响,中国大陆的海外移民受到很大限制,较之二十世纪上半期,数量锐减。进入八十年代,随着政治氛围的宽松和改革开放政策的实施,对海外移民的限制大为减少,华人移民海外的数量也因之急剧增加,出现了一个新的出国潮,这些移民主要集中在美国、加拿大、澳大利亚等欧美国家和新加坡等东南亚地区。就人员组成而言,主要有两类:一类是劳工,一类是留学生,其中尤以后一类为多,知识移民占有较大的比重。据统计,"二十世纪八十年代初至九十年代末,约有二十五万中国大陆学生和学者来美留学,其中超过半数的人最终定居美国"。台湾的情况则是"二十世纪五十年代初至八十年代中期,约有十五万中国台湾学子来美留学

---

① 参见尹晓煌:《美国华裔文学史》,南开大学出版社 2006 年版,第 79 页注释 3。

或培训,其中大部分人毕业后定居美国"①。

这些海外华人移民大部分来自福建、广州两省,从移居地的地理分布上来看,还是十分广泛的,几乎世界各国皆有,不过主要集中在东南亚和欧美地区,其中以东南亚地区的华人移民最多,约 2500 万人,占全世界华人移民的近 90%;欧美地区则主要集中在美国、加拿大等国家,其中美国的华人数量约有 300 万。这是由于地缘、历史等原因形成的。这种较为集中的地域分布对中国传统文化在海外的传播和接受也会产生相应的影响,呈现出明显的地域特色。

随着华人到海外各国的移居,中国传统文化也在更为广泛的范围内得到传播,这些华人移民也就自觉或不自觉地成为中外文化交流的使者。海外华人移民为所在国的繁荣做出了很多贡献,其中自然也包括文化方面的贡献。他们注定要在中外文化交流史上写下浓笔重彩的一页。

十九世纪中期以来,中国社会文化经历了持续的巨大变动,海外华人的命运也与祖国的政治变动有着紧密的关系。他们身在异国异乡,在融入当地社会的同时,仍然思念故乡,思念祖国,关心国内形势的变化,希望祖国强大,因而念念不忘在海外保存乃至弘扬中华传统文化。这样的文化心理,在海外华人的文学艺术创作中得到反映。"五四"新文化运动以来,中国传统文化受到冲击,新的文学艺术形式蓬勃发展,传统的文学艺术形式普遍陷入困境,被边缘化。影响所及,在海外华人社会中,新的文学艺术形式虽然发展起来,但是传统的文艺形式仍然保存着旺盛的生命力,这源于海外华人热爱中华文化,对传统文艺仍然情有独钟。

第二节　诗词在海外华人社会中的传播和影响

中国自古以来堪称诗的国度。文人多能作诗词,稍有文化而喜读诗词的人更多,清代以来乃流传"熟读唐诗三百首,不会吟诗也会吟"之说。

---

① 以上见尹晓煌:《美国华裔文学史》,南开大学出版社 2006 年版,第 182 页。

对于广大民众来说,阅读、吟诵已成为自觉的文化需求,有时也会偶发诗兴。楹联这种形式产生较迟,与诗的对偶句有一些渊源关系,而楹联的应用范围很广泛。海外华人踪迹所至,诗词楹联随之传播。

清末以来,在华人移民最早最多的东南亚,马来亚地区(包含现在的马来西亚、新加坡)堪称华人文化的中心。光绪初期,清王朝在当时属英国殖民地的新加坡城设置了第一个驻外领事馆,左秉隆、黄遵宪先后任领事,他们在任内维护华侨权益,提倡华人文化教育,传播中华文化价值观。戊戌变法失败后,康有为长期流亡南洋,宣传政治主张。台湾被日本强占后,爱国志士丘逢甲曾短期寓居南洋。黄遵宪、康有为、丘逢甲都是著名诗人,身边聚集了一些文人,他们在当地写了不少诗,促进了当地华人的诗歌活动,影响深远。诗人间通过交游以传播诗歌创作,此外最重要的渠道是报纸刊载。中文报纸《叻报》于 1881 年在新加坡创刊,北马华人聚居地槟城的《槟城新报》则创刊于 1895 年,东南亚其他地区的中文报纸也先后创刊,这类中文报纸常辟文艺专栏登载诗词、小说、散文等,其中以诗的数量最多,影响很大。

1919 年"五四"运动发生后,受新文化运动影响,东南亚的华人新文学产生并持续发展,传统文学的原有地位被取代,然而并未衰灭,仍然保持活跃。在马来亚,中文报纸的文艺专栏、副刊仍刊出诗词。例如新加坡的《星洲日报》创刊于 1929 年 1 月,创刊之初即推出《繁星》副刊,刊登文艺作品,诗词也在其中,丘菽园、郁达夫都曾任主编,此副刊延续至 1941 年底日军南侵时才停刊。《槟城新报》于 1931 年 1 月推出《诗词专号》副刊,纯粹刊登诗词,提供了发表园地,独树一帜,一般每周一期,后期曾每周二期,至 1936 年 9 月,五年多出了三百多期,主编曾梦笔。此副刊的作者众多,所在地域广泛,除南洋、中国外,还有少数作者远居欧美。诗词的创作主体是先后从大陆南来的文人。他们以诗词怀念祖国,关心时局,表达情怀,反映华人生活,也写当地景物及社会现实。

新文学兴盛后,传统诗词在海外仍能保持顽强的生命力,主要原因在于能以旧形式表现新内容,与时代共进。华人最关心祖国的情况,因此诗词受中国政治、社会变动的影响很大。"五四"运动后,创刊不久的吉隆坡《益群报》副刊即刊登有关作品,如梁春雷《闻北京大学生痛殴卖国贼而作》:"铁血男儿仗义多,头颅莫惜救支那。兴亡原是匹夫责,攘臂诛奸速渡河。""最是堪悲时势迁,复仇雪耻枕戈眠。救亡应尽男儿责,莫惜头颅为国捐。"1925年3月,孙中山逝世,马来亚各地的中文报纸纷纷发表华人的哀悼诗,语言悲伤,发自肺腑,表达了华人对孙中山的敬爱。1928年5月,日本军队制造济南惨案,许多报刊发表悼诗哀悼死难者,斥责日军罪行。曾梦笔有诗:"入寇山东扬马尘,倭奴误认比邻亲。无辜济下伤亡者,尽是侨胞望里人。"1931年长江流域八省洪水灾害、东北"九一八"事变、上海"一二八"事变,华人诗词都有强烈反应,心系同胞命运、祖国危难。

当然,华人平时的诗词比较多的是闲适之作,也有许多反映风土民情之作。在描写风土民情时,诗人们常采用唐代以来最适宜的诗体《竹枝词》,以组诗包含广泛的内容,富有南洋色彩。马来亚地区的报纸刊登过《槟城竹枝词》、《槟城元宵竹枝词》。最应注意的是丘菽园《星洲竹枝词》。这组诗自1932年7月至1933年6月发表于《星洲日报》的《游艺场》副刊,较全面地描写了新加坡的风土人情,语句清新,还掺入一些马来语、方言乃至英语,新鲜有趣,表现出一定程度的南洋本土意识。丘菽园(1874—1941),早年中福建省举人,1897年赴新加坡继承遗产经商,办报兴学,曾支持康有为在南洋的活动。康有为、梁启超、丘逢甲等人游历新加坡时,都与他有诗歌唱酬。他定居新加坡四十多年,是南洋华人传统诗界的代表人物,有诗集《啸虹生诗钞》、《菽园居士诗集》,存诗一千四百多首。南洋本土意识之外,丘菽园诗中更多表现的是身为海外华人的故国故乡之情,有大量咏史感时之作。此外,署名"漂泊生"的《国难竹枝词》写于"九一八"事变以后,表现对祖国时局的关切,使《竹枝词》这种形式贴近时事,兹举其中《义勇军》一首:"春来生意郁葱葱,死里求生有义军。百抑不回争殉国,血花压倒百花红。"

与报纸副刊上的诗词活跃程度相比,诗社活动显得逊色。二十、三十年代,在马来亚成立的诗社有柔佛州麻坡的天南吟社,新加坡的檀社,槟城的雪鸿诗社、南溟诗社、蕙风诗社等,各诗社成员不多,其中流寓人士的流动性大,诗社间互相交流也少。檀社的影响较大,1924 年由丘菽园倡导成立,1926 年编成一部《檀榭诗集》出版,收入四十多名成员的作品。檀社延续多年,但此后基本上没有大的活动。蕙风诗社成立于 1932 年,发起人曾梦笔在他主编的《槟城新报》的《诗词专号》副刊上发布诗社宗旨:"同人为提倡风雅,保存国粹起见,特联合海外骚人墨客,组织斯社,共遣旅兴;专以吟诗为宗旨,不涉其他。"这表明了在海外华人中保存传统文化的意愿。由此而言,"专以吟诗为宗旨,不涉其他",题材多是咏物写景,亦未可厚非。何况诗人们总是不忘祖国,时局的变动常会使他们离开身边的小天地,关注大事,写出感慨动情的作品。

　　1937 年 7 月开始的抗日战争时期,是现代马来亚华人传统诗词最活跃的时期。除了已定居的诗人之外,还有很多中国大陆的文化人陆续南来,其中不乏郁达夫这样诗词造诣极高的著名作家。和整个文艺界一致,诗人们心系祖国存亡,发扬同仇敌忾精神,鼓动抗战救亡,表示抗战决心,报纸副刊上刊登了他们的大量抗日诗篇。关于较早的抗日诗,可以注意郭沫若《归国杂吟》("又当投笔请缨时")的海外影响。"七七"事变后,郭沫若从日本归国投入抗战,写下这首步鲁迅"惯于长夜过春时"原韵的诗,决心共赴国难,上海报纸竞相登载此诗,不久,新加坡《总汇新报》副刊发表了署名李福才、陇西四郎等人的和诗,无不慷慨激昂。当时刚刚崭露头角的新文学诗人刘思也写了不少抗战题材的旧体诗,如《听唱义勇军进行曲》:"高呼解放叩天关,激起银河千尺澜。远见歌声断没处,卿云一片依阴山。"他写的新诗也常常能看出对古典诗词的借鉴。

　　老诗人邱菽园晚年困穷多病,仍关注祖国的时局,以竹枝词形式写《抗战韵语》,诗后附注,《星洲日报》自 1938 年 2 月至 6 月连载其诗,凡一百一十多首,其中一诗写道:"请君听我抗战诗,漫无奇语敢矜奇。河山依旧人材出,同射天狼旭日旗。"可谓为抗战大声疾呼。他还作了不少表现抗日愿望的诗,洋溢着爱国精神,如 1938 年秋作《戊寅重九止园座上同赋时局感怀》:"异乡抚序且登楼,故国烽烟阻远眸。不学过江名士恸,难忘倚杵杞人忧。紫萸遍插成高会,黄菊纷开耐劲秋。戮力中原应视此,安排身手挽横流。"诗句苍劲,充满抗战胜利的信心,毫无衰老之态。1941年临终前几天,他作了一生中最后一首诗《梦中送人回国醒后记》:"送子归程万里长,报君一语足眉扬。满船都是同声客,才踏艅艎见故乡。"他定居新加坡数十年,早已习惯了南洋的生活,而内心深处仍然思念着故乡,这代表了海外华人的共同文化心理。

郁达夫(1896—1945)1938年底应邀来到新加坡,主编《星洲日报》的《繁星》副刊,前后三年,对当地的华人文化及传统诗词有推动作用。郁达夫本人初抵槟城,见有饭店名"杭州",触动乡国情怀,遂作七绝一首:"故园归去已无家,传舍名留炎海涯。一夜乡愁消未得,隔窗听唱后庭花。"末句源自唐代诗人杜牧《泊秦淮》诗句"商女不知亡国恨,隔江犹唱后庭花",移用自然,感触深沉。对此诗,当地诗人和作甚多,郁达夫自己也再叠前韵。1940年2月,广西昆仑关大捷消息传来,郁达夫作《庚辰元日闻南宁捷报》诗:"烽火南宁郡,频传捷报来。中原欣北望,大地庆春回。羽檄联翩至,愁怀次第开。敢辞旨酒赐,痛饮尽余杯。"诗思流畅,表达了喜闻捷报的欢欣心情。

在南洋,支援抗战的筹赈活动广泛开展,常常引发诗人的诗情。例如,1939年起,祖国演员组团赴南洋各地筹款义演,王莹等演员表演的街头剧《放下你的鞭子》最为激动人心,著名画家徐悲鸿、司徒乔还为此先后创作同名油画,潘受因而作七古长诗《掷鞭图歌》,刘楚材作《题司徒乔为赵洵王莹画放下你的鞭子》七绝二首,笔底都心潮澎湃。徐悲鸿在马来亚各地多次举办筹赈画展,展出《田横五百士》等画作,1941年在槟城举办时,诗人纷纷赠诗,教育家、老诗人管震民(1880—1962)作七言古诗五十韵,对徐悲鸿的生平业绩、代表作品加以赞扬,表达了民族感情。

到1941年底,日军南侵,南洋的抗战救亡阶段被迫结束,文艺活动均告停顿。但在马来亚沦陷期间,报人谢松山隐姓埋名居于新加坡乡下,耳闻目睹日军的血腥罪行,先后作竹枝词数十首,一首写一事,每首诗末附有文字说明。战后,这些蘸满血泪写出的诗以"劫后余生"的笔名在报纸副刊发表,统名《昭南竹枝词》,后修改扩充,单行出版,并改名《血海》再版多次。

从"五四"运动后,到第二次世界大战结束、中华人民共和国成立,这几十年间,东南亚各国华人的诗词创作有着基本相同的历程。以下简述菲律宾、印度尼西亚的情况。

菲律宾的中文报纸比较多,提供了发表传统诗词的园地,诗社也很活跃,籁社、南薰吟社等声名显著。诗人中有侨界领袖、工商业家、教育家、报人等,多具有传统文化底蕴。他们思念故园,热爱自己的文化之根,写出不少佳作。教育家李根香(1900—1962)年轻时自家乡赴菲任教,后得妻子家信,于是作七律一首,以诗代书:"家书遥报菊花开,争奈天南客未回。秋色料应人共瘦,晚香犹记手亲栽。新霜篱落他乡梦,孤馆襟怀浊酒杯。仿佛分携犹昨日,等闲辜负锦成堆。"诗道出对家乡亲人的思念,语言平易,情感醇厚。抗战救亡时期,籁社逢端午节纪念诗社成立之日,商业家陈明玉(1901—1967)有诗:"客里逢佳节,何心计醉醒。思家杜宇泪,爱国离骚经。天问无言答,江深失鬼灵。书生无寸效,退虏但诗兵。"鲜明地表达了感时爱国之情。沦陷期间,教育家潘葵邨(1903—?)避居达忍岛三年,写下《逃亡纪事诗》三十多首,记载艰苦经历,表现民族气节,兹举其中一首:"疗饥薯叶连三月,充腹柳渣历一秋。犹记在陈夫子厄,弦歌如故独忘忧。"正气凛然而从容不迫。光绪举人、同盟会会员陈砥修(1879—1963)旅菲,适逢日军入侵,于是避居深山,种田谋生,教儿童诵读古诗,作诗皆有故国之思,《避难感怀》中有诗句"疮痍满目谁为厉,夷夏伤心共此仇",指斥日寇是中菲人民的共同仇敌。菲律宾华侨积极抗敌,成立了多个地下抗日组织,还成立游击队进行武装斗争。女报人郑衍蕃(1918—1987)闻华侨组织抗日游击队而赋诗:"蒿目椰林百感生,孤怀笔下恨难平。揭竿同起歼倭寇,誓扫妖氛复汉京。"这反映了海外华人在艰难局势中坚决抗战的心声。华侨抗日组织发行油印的地下刊物,上面也登载一些文学作品,其中有少数传统诗词,如教育家庄复初作七言古体诗《北吕从军行》："盟军乘胜追穷敌,华胄健儿开吕北。青年掷笔赴戎机,冒雨荷枪越阡陌。插天笼雾山峦青,攀藤附葛披荆棘。冲锋陷阵奏凯歌,叱咤风云尽变色。电闪旌旗鼙鼓喧,扫穴犁庭渠丑殪。绝巘层峦挞伐张,岭上尸骸已满百。"这是他根据一名游击队成员对游击队赴北吕宋配合盟军作战过程的叙述而作,记叙详细,真实地反映了英勇战斗而获胜的场面,很有气势,而这样直接描写抗日战斗的题材在诗词中是比较少见的,即使在白话诗中也不多。

印度尼西亚华人的诗词创作也比较活跃。教育家梁披云(1907—2010)曾在棉兰的华人中学任校长,1938年因支持学潮被殖民当局勒令离校,学校的师生到当地的不老湾码头送别,他口占一绝:"曾共艰危路几重,最难排遣是离忡。魂销不老湾头水,望断千滩更万峰。"诗篇短小,他对华语教育的拳拳心意尽在其中。新加坡沦陷,诗人郁达夫来到印尼,辗转于苏门答腊,写了《乱离杂诗》七律共十二首,沉郁苍劲,是他一生中最好的作品。其中一首是:"草木风声势未安,孤舟惶恐再经滩。地名末旦埋踪易,楫指中流转道难。天意似将颁大任,微躯何厌忍饥寒。长歌正气重来读,我比前贤路已宽。"诗作表达了以民族英雄文天祥浩然正气为楷模的意志,沉郁感人。侨领黄周规(1910—1983)因抗日活动被捕,他坚贞不屈,作《狱中有感》:"敌境存身事本难,豺狼猖獗夜漫漫。凛然正气谁能屈,无愧神州心自安。"诗作充满中华民族的凛然正气。

第二次世界大战结束后,东南亚各国纷纷独立,华人社会为之欣喜,诗词中歌颂与当地民族的友谊,显现中华文化能与异文化交融的精神。例如在菲律宾,李明堂(1901—1956)有感于被尊为国父的黎萨尔狱中绝命诗的正义精神和崇高情操,用五言古体翻译这首长诗,语言传神,表达准确,如诗句"别矣吾爱岛,太阳所眷顾。拼将憔悴身,欣然献于汝",译诗在全菲广为传诵。黎萨尔这首诗,梁启超曾译成中文,以后又曾有多人翻译,都是新诗体,李明堂则以古体别具一格。黎萨尔纪念碑建立后,十几位华人诗人作诗词赞颂黎萨尔,歌颂中菲友谊。吴普霖(1899—1969)以《中山黎萨合咏》为题,以诗句"并世长材同出处,弟兄四海况比邻"歌颂中菲两国民族解放斗争中的孙中山和黎萨尔两位伟人。

五十至七十年代,受各种政治因素的影响,海外华人的诗词创作虽然仍延续,有些地区还有新的诗社成立,但是总体上呈衰落趋势,与海外华人普遍处于逆境的大局同步。

新加坡南洋大学的盛衰或许可以当做这段时期海外华人处境的缩影来看,从1955年华人集资创立海外唯一的华文大学,到1980年政府将其并入国立大学而停办,校园为南洋理工学院入驻,二十五年的办学历史令人感慨,潘受(1911—1999)有诗反映了这段历史。潘受在南洋大学创办初期以秘书长身份主持校务数年,曾作《南园》诗:"绝学搜遗绪,高歌望少年。河汾多俊乂,会画在凌烟。"期望青少年能够继承中华文化,学有所成,从中也可见他本人的精神寄托。1986年时,老年潘受路过南园,旧地重来,心绪难平,写下《丙寅冬至后二日重过南园七绝八首》,其八是:"年来世事不堪论,话到喉头咽复吞。多谢海风吹雨过,暗将吾泪洗无痕。"回首往事,内心的痛楚不堪言说。潘受诗集存诗词一千三百多首,具有个人特色,中晚年以书法、传统诗著称,显现中华文化融汇众长的特点。

海外华人无论身在何地,无论政治看法如何,总不离中华文化之根。国画大师张大千(1899—1983)自1952年先后居住阿根廷、巴西、美国,共二十多年。在海外,他以基于传统文化的深厚素养作出惊人的艺术创新,又始终保持国画的艺术特色,而诗词创作则是他艺术素养的构成部分。张大千现存诗词约八百首,怀乡之情屡见于诗篇,如《青城老人村》二首:"岸花送客雨漫漫,樯燕留人意惘然。万里故山频入梦,挂帆何日是归年。""投荒乞食十年艰,归梦青城不可攀。村上老人应已尽,含毫和泪记乡关。"又如恋乡之作:"海国天涯鬓已霜,挥毫蘸泪写沧桑。五洲行遍犹寻胜,万里归迟总恋乡。"万里思归,梦绕乡关,感情真挚。其词作少而精。定居在阿根廷之初,与妻分离,作《唐多令》词,其下片曰:"愁画两眉长,归飞雁带霜。恨穿帘紫燕成双。况是新来风雨恶,待莲叶,盖鸳鸯。"写尽思念,情深意苦。

　　自七十年代后期,海外华人的诗词创作有了新的发展,进入一个新的阶段,并且延续至今。这以世界各地华人诗社的陆续建立为标志,除了东南亚之外,引人注意的是欧美也有多个诗社成立。各地诗社常吸收本地区外的诗人为成员,诗社之间也常有密切的联系。

　　在东南亚,新加坡的新声诗社早在1958年即已成立,历数十年而不衰,刊物名《新声诗词》,后改名《寰球新声》,九十年代初又发展出全球汉诗总会,更加注重与外部的联系。在开展诗词创作活动之外,新声诗社也举办过数次古今诗词的演唱会,邀请本地及中国的歌唱、戏剧演员演唱,剧场总是座无虚席,推动了诗词的传播。1995年底,新加坡又有狮城诗词学会成立,刊物名《狮城吟苑》。马来西亚诗词研究总会成立于1975年,下有槟城鹤山诗社等多个团体会员,每年由其中一个诗社举办全国诗人雅集,同时庆祝成立周年日,至今已连续三十多年。泰国的泰华诗学社于1977年成立,成员有一百多人,每年农历的花朝、端午、中秋、重阳都举行雅集,诗社以《星暹日报》副刊《国风吟苑》为发表园地,而这一副刊在1963年已创办,一直刊登诗词作品。八十年代,菲律宾有岷江诗社、寰瀛诗社成立。本世纪初,越南胡志明市的湄江吟社成立,社员以当地华文报《解放日报》的《湄风雅吟》专栏为发表园地。2003年,印度尼西亚的儒雅诗社在雅加达成立,开办了学习班,讲授诗词的创作理论和基础写作方法,出版创作专集。

　　在欧美,美国纽约的四海诗社于1980年代初成立,社员逐渐发展到数百人,遍及世界各地,与全球各地数十个诗社结盟,多次举办全球征诗活动,在华文报纸上开设《四海诗声》专栏,连续出版《四海诗声》诗词集。纽约的《环球吟坛》始创于九十年代初,在华文报纸上以双周刊出现,每期约五十首作品。主编谭克平(1919—　),第二次世界大战时参加美国军队,曾随空军陈纳德飞虎队援华,战后曾任全美华裔退伍军人协会主席,六十五岁退休后以诗词创作为事业,不仅全身心投入,还倾其个人积蓄支持诗词活动。他主持的《环球吟坛》主办了几次全球大型活动,旨在弘扬中华民族传统文化,增进全世界华人文化交流,促进诗词创作:2003

年主办"世界和平杯"全球华人诗词大赛,河南郑州的东方诗书画社承办;2005 年主办"华夏杯"全球华人诗词大赛,《中华诗词》杂志社承办。2009 年,《环球吟坛》又与《中华诗词》联合主办第二届"华夏杯"全球华人诗词大赛。诗词大赛吸引了海外华人踊跃参赛,并且多有获奖者,确实起到了促进当代诗词创作的作用。此外,洛杉矶的晚芳诗社、加拿大多伦多的晚晴诗社也有一定的知名度。龙吟诗社于 1990 年在巴黎成立,其取名之意是表达海外华人讴歌中华文化的心声,诗友近百人,遍及西欧,是欧洲最大的华人诗社。诗社定期在巴黎的《欧洲时报》出诗词专版,并陆续结集出版了《龙吟诗词》多集。

海外华人的诗词创作与祖国国内的诗词活动有着日趋紧密的联系,海内外诗词组织之间的交流日益广泛,海外华人积极参加祖国大陆诗词组织所举办的各种诗词大赛,包括上文所说纽约《环球吟坛》依托国内联办的诗词大赛。中华诗词学会是全国性的组织,1987 年成立,于 1992 年12 月发起首届中华诗词大赛,掀起空前热潮,收到参赛作品近十万首,参赛者遍及全国各地,还有美国、德国、日本、意大利、新西兰、马来西亚等国的华人。1997 年,香港回归祖国,中华诗词学会等单位联合主办回归颂中华诗词大赛,两万四千多人参赛,包括亚欧美十八个国家的华人,参赛作品约五万首,显示了高昂的爱国热情和巨大的凝聚力,也表达了盼祖国早日统一的共同心愿。1999 年,迎接中华人民共和国成立五十周年及澳门回归,中华诗词学会等单位联合主办世纪颂中华诗词大赛,收到诗词三万六千多首,一万六千多人参赛,包括十几个国家的华人,显现炎黄子孙欣喜之情。2008 年,北京举办奥林匹克运动会,《中华诗词》主办迎奥运全国诗词大赛,以弘扬民族精神,收到近万首作品,有五千多人参赛,也包括十几个国家的华人。在各种诗词大赛的获奖名单中,不时出现海外华人的名字。

海外华人在感情上和祖国人民休戚与共,他们为香港、澳门回归等重大喜事而赋诗庆贺,也为国内的巨大自然灾害而表达悲哀。例如,2008 年 5 月,四川汶川发生大地震,海外华人积极赈灾,也写了很多诗词抒发感情，同情灾区人民的痛苦，为抗灾中的团结无私精神而振奋，旧金山有华人向海外华人发起征集作品的活动，距地震时隔一年后在当地出版了诗词集《隔不断的亲情——海外华人四川地震诗词选》，作者来自全球，有九十多人，一百五十多首诗词，真挚感人，诚是血浓于水。

海外新文学作家中，有些人具有较深的传统文化素养，创作中得益于中国古代诗词甚多，同时也能写出很好的诗词，有人且有诗词集出版。这一类型的著名作家大多出生于新文学兴起前后，包括新加坡的刘思（1917—　）、姚紫（1920—1982，本名郑梦周）、方修（1922—2010），印尼的柔密欧郑（1924—1995，本名郑志平），其中刘思更是在二战后全力转向诗词创作。

在海外华人诗词创作队伍中，1949 年前后定居海外的学者诗人格外令人瞩目，他们大多在国内时即打好了深厚的文史功底，移居海外后工作暇时写作诗词，为人传诵。作为一个群体来说，他们数十年来的创作从整体上提升了海外华人诗词创作的层次。他们的定居地主要是北美，作品常抒发家国之感，显现传统文化所熏陶的精神世界。萧公权（1897—1981），1949 年赴美国，任教西雅图华盛顿大学，讲授中国政治思想，至 1968 年退休。八十岁时有诗："八十衰翁意若何，无须叹老且长歌。三经尘劫身犹在，重渡沧溟鬓已皤。脚健都因行路远，眼明不碍看书多。晓窗乘兴题新句，麝墨流香细细磨。"从中可见传统文化培养的坦荡胸怀。李祁（1902—1989），治英国文学，1951 年赴美国，任大学教授，是海内外公认的二十世纪著名词人，诗作亦佳。她在加利福尼亚大学作《忆西湖杂咏》组诗，其中一首写道："栖迟海国十年居，万事浮云任卷舒。若问乡关何处是，宵宵合眼到西湖。"回忆当年任教浙江大学时游览西湖的乐趣，把西湖当做第二故乡，以此寄托对故国的思念。顾毓琇（1902—2002），电机工程学者，曾任中央大学校长，1950 年移居美国，任麻省理工学院、宾夕法尼亚大学教授。后半生作诗词曲近万首，内容广泛，风格多样，而语意冲淡，流露真情，如怀念亡女之诗："客病驰思念转空，飞桥远挂故乡虹。昙花一瞬檀香散，梦断千山万水中。"寥寥数语即写出深厚的多重思念。周策纵(1916—2007)，1948年赴美国留学，获历史学博士学位，1963年起在威斯康辛大学任教，至1994年退休，诗词皆佳。《秋兴八首和杜韵》《论诗绝句四十首》的组诗都是精心之作。《陌地生四时即景》写住地四季景色，春季是："新诗岂与古人争，春水生时句自生。门外乍啼依树鸟，白蘋风嫩发鲜英。"清新自然，显示活泼生机。1998年作《论柳柳州诗》，以祝贺柳宗元国际学术研讨会在内地召开，诗中以《渔翁》、《江雪》为柳诗代表作，写道："一声山水绿，独钓冰雪寒。动静两极美，系从渔翁探。得以无心境，柳州写其难。只今千载下，唯有观止叹。"观点精辟，诗句简古。唐德刚(1920—2009)，1948年留学哥伦比亚大学，获历史学博士学位，留校任教，1972年起任纽约市立大学教授，至1991年退休。1972年，阔别家乡二十多年后初次返乡，有诗："飞绕神州月正圆，云端喜见旧桑田。江东子弟情如昨，五十归来一少年。"1981年游杭州，作《西湖即事二十四首》，其中一首："山掩垂杨映碧波，风前白发感蹉跎。卅年寰宇归来后，许尔明珠第一颗。"海外游子漂泊多年，归国返乡时都会油然而生感慨，沉浸于家乡亲情，流连于祖国山水，诗人则将难忘的情景形于诗篇。阚家蓂(1921—　)1949年自台湾赴美国留学，攻读地理学硕士，后任教于多所大学。她中年后致力于诗词创作，尤以词著称。《高阳台》一阕可谓代表作："夕照沉山，余晖漾晚，疏林点点昏鸦。独坐中庭，乡思缥缈天涯。恹恹一枕江淮梦，恨梦中雾绕云遮。迤开帘，只见流萤，只有飞花。　当年负笈湄江畔，正春风桃李，灿烂韶华。气贯长虹，乾坤容我为家。岂知薄暮狂飙起，燕空巢，画栋欹斜。纵归还，人老情荒，谁话桑麻。"乡思萦回，婉约感人。

海外华人学者中，加拿大籍女学者叶嘉莹(1924—　)是一个诗词研究与创作并举及热心传播传统诗词的典型。她生长于北京，后任教于台湾，1969年应温哥华的不列颠哥伦比亚大学之聘，任亚洲研究系教授，从此定居加拿大。词学研究著述甚多，蜚声海内外。1974年，她初次回到北京探亲，作七言长诗《祖国行长歌》近二千字，表达还乡梦得以实现的激动情怀。1978年，她在温哥华作词《水龙吟·秋日感怀》："满林霜叶红时,殊乡又值秋光晚。征鸿过尽,暮烟沉处,凭高怀远。半世天涯,死生离别,蓬飘梗断。念燕都台峤,悲欢旧梦,韶华逝,如驰电。 一水盈盈清浅。向人间、做成银汉。阋墙兄弟,难缝尺布,古今同叹。血裔千年,亲朋两地,忍教分散? 待恩仇泯没,同心共举,把长桥建。"著名学者缪钺评曰:"感慨时艰,渴望祖国统一,豪宕激越,笔力遒健,颇受苏、辛之沾溉。"此后她多次回国探亲、讲学,诗兴不衰,曾写七绝一首:"读书曾值乱离年,学写新词比兴先。历尽艰辛愁句在,老来思咏中兴篇。"这也正是无数海外华人回国观光而期盼祖国复兴的心声。近年来,叶嘉莹每年都往返于温哥华与天津南开大学之间,在两地讲授诗词,传播传统文学,以弘扬中华优秀文化为使命。

海外华人学者及作家的传统诗词研究很有成绩,尤其是旅居欧美的学者,相对于外国学者或中国学者来说,有其独到之处,但是学术研究的接受范围毕竟较小,而且他们的著述大多是用外语写成以供外国学者阅读的,因此对华人群的影响是有限的。另外一方面,海外华人用各种语言翻译中国古代诗词,扩大了古诗词的传播范围,弘扬了中华文化。他们的工作使那些与中华文化已有隔膜的年轻华裔对中华文化增进了解,也使所在地的族群对中华文化有所了解,促进了文化交流。海外华人学者通晓互译的两种语言,熟悉中华传统文化背景,因此译文普遍优于外国学者的译文。洪业(1893—1980),曾创建哈佛燕京学社引得编纂处,1946年赴美国讲学定居。1952年出版英文著作《中国最伟大的诗人杜甫》,包含英译杜诗三百七十多首,有大量注释,被誉为权威之译文。柳无忌(1907—2002),1946年赴美国讲学定居,历任多所大学教授,1976年于印第安纳大学东亚语文系退休,罗郁正(1922—)同在印第安纳大学任教授,两人合编《葵晔集》,于1975年出版,收入几十位译者以英文翻译的近千首中国诗词曲作品,其中罗郁正本人所译约一百五十首,附录中有对作品作家背景的详细介绍。此书便利于西方读者了解中国文学,多次再版。刘若愚(1926—1986),1949年赴英国留学,获硕士学位,后长期在美国斯坦福大学任教授,是中国和西方诗学比较研究的著名学者,其《中国诗学》等著作在美国及整个西方汉学界有很大影响。他还以英文翻译过大量中国诗词作品,其中译李商隐诗尤为著名,这与他对李商隐诗做出深入研究有关。叶维廉(1937—　),1963年从台湾赴美国攻读硕士、博士,后任加利福尼亚大学圣地亚哥校区教授,主讲中西比较文学几十年,直至2010年退休。他在现代新诗创作和比较文学研究方面都有很大成就,英译中国古代诗歌也很有特色,1975年出版的《中国诗歌》,收入从诗经到元曲的译文约一百五十首。程抱一(1929—　),本名程纪贤,1949年留学法国,1971年获巴黎第七大学文学博士学位,后任巴黎第三东方语言文化学院教授,2002年当选法兰西学院院士,成为法兰西学院成立以来唯一的亚裔院士。他用法文写的研究中国古代诗歌、绘画的著作《张若虚诗歌形式的分析》、《中国诗语言研究》、《虚与实:中国画语言研究》在七十年代先后出版,奠定了他在西方学术界的地位。在《中国诗语言研究》中,收入法译唐诗约一百二十首。菲律宾报人施颖洲(1919—　),以散文、翻译著称,从七十年代起,用英文翻译中国古代诗词,2006年出版了《中英对照唐诗宋词》,收作品约一百二十首,唐宋作品外,也包含从晋代陶渊明到元代马致远等人的佳作。印度尼西亚作家周福源(1956—　),用印尼文翻译中国古代诗词,从南北朝到清朝共五百多首,名为《明月照天山》,于2007年出版。

　　世界各地的海外华人普遍有着忧虑,即生长在海外的子女在当地环境中逐渐疏离中华传统文化,他们呼吁华人各界加以重视。近年来,海外华文学校普遍有所发展,其他多种因素也有利于中华文化的传播,应该说,前景是可以期待的。以诗词写作为例,现在的海外华人诗词作者基本上是中老年人,他们也有后继乏人的担忧。就现状来说,这种担忧不无道理,但是,中华文化自身是有强大生命力的,中华文化在海外的前景毕竟是美好的,传统诗词传播的队伍中还是有年轻人不断加入,人们没有理由过分悲观。这里可以举个例子:2006年,有个十一岁的加拿大华裔小女孩参加祖国国内的一次诗词大奖赛,其诗《小园》获奖,这是一首七绝:"小园景色喜常新,绿树红花映草坪。彩蝶纷飞迎远客,春光美景总怡人。"诗还很稚嫩,能够获奖当有评委鼓励后辈之意。但这事有很大意义,令人看到海外华人诗词传播将会持续发展的希望,借用这小诗人的诗句,未来会是"小园景色喜常新"。

第三节　海外华人社会中的楹联

楹联是一种特殊的文学样式,与诗词相比,形制短小而又可以随意加长,广泛应用于社会生活的各个方面,雅俗共赏,为华人所喜闻乐见。可以说,灵活性、实用性是楹联最突出的特征,比起诗词更有生命力。它的形式由汉字单音节的特点决定,因此是汉语独有的文学样式。楹联正式形成于五代后蜀,兴盛于明清,随着华人的踪迹而传播海外,尤其是过年张贴春联最有民族特征。影响所及,不仅海外华人,东亚、东南亚各国人民也有过年张贴春联的风俗,寺院也多布置楹联。

在世界各地的唐人街,牌坊、祠堂、会馆、商店、餐馆等处,各式各样的楹联举目可见,形成浓厚的中华文化氛围。试举作于清末的楹联两副:一副在印度尼西亚雅加达的客属总义祠(现称华侨公会宗祠):"义关桑梓,家隔海天,万里梅花问消息;祠祝千秋,堂联百氏,一龛香火结因缘。"一副是美国旧金山的中华会馆门联:"中流砥柱;华国文章。"前者因立祠存华人各宗族神主而作,表达对故乡的思念,对海外华人之间情谊的重视。后者豪迈有气势,在当时国势下实属难得,表达了华人立足海外且不忘传统文化的坚强意志。合而观之,这两副楹联内容很有代表性,蕴含中华文化的强大生存力和凝聚力。从艺术技巧来说,这两副联都使用了"鹤顶格",即上下联首字位置上嵌字,用特定的字,前者是"义祠",后者是"中华"。

近几十年来,各地唐人街的楹联继承传统,仍然抒发与前人相似的情怀,此外又增添了与时代变迁相适应的新内容。

英国伦敦的四邑华侨会馆,是台山等四县华侨所建,楹联题:"四海汇英伦,会上欣联三岛谊;邑侨怀故国,馆中畅叙九州春。"此联以思念故国之情涵盖思乡之情,嵌入"四邑会馆"四字。美国旧金山唐人街牌楼有联:"华埠想南徐,侨寓百年犹晋郡;牌楼当雁塔,乘槎万里见唐风。"此联是旅美历史学家刘伯骥所撰,历史感很浓,指出华人在海外仍保持中国习俗。

澳大利亚悉尼的唐人街里德信街的牌坊有楹联:"德业维新,万国衣冠行大道;信孚卓著,中华文物冠全球。"此联以鹤顶格嵌入"德信"二字。美国纽约的中国文化中心有楹联:"大汉天声九万里,中华道统五千年。"这两幅楹联都大书"中华",为传统文化之卓越悠久、传统美德之传播发扬而自豪,这是以中国国力日益增强、国际地位日益提高为背景的。

马来西亚怡保的兴化会馆楹联是:"兴吾业,乐吾群,敬吾桑梓;安此居,习此俗,爱此河山。"槟榔屿华人会馆有一副气势不凡的长联:"平其不平,安其所安,喜今日一杯称庆,旧基新宇,遥挹注五千年源源历史文化,落成此中华会堂,登临拍手高歌,爱槟榔屿壮丽风光,山环海绕;章以当章,美以当美,念先人万里投荒,斩棘披荆,渐结合三大族世世同胞感情,共建我南洋邦国,俯仰伸眉展望,看轩辕氏神明苗裔,霞蔚云蒸。"马来西亚独立后,华人的本土意识增强,为国家的发展做出巨大贡献。尽管遭受不公正待遇,华人仍然热爱自己居住的这片河山,他们缅怀祖先当年艰苦创业的功绩,愿继承发扬中华文化的伟大精神,真诚期望和其他民族和睦相处,共同建设国家。这两副楹联反映了马来西亚华人将"爱此河山"、"爱壮丽风光"的本土意识与为之自豪的中华文化精神结合的心愿,胸怀广阔,这样的胸怀正是由中华文化孕育而成。

悉尼唐人街牌楼的楹联写道:"澳陆风光,物阜民康,邦交友善;中原气象,德门义路,揖让仁风。"又一联是:"四海种族同仁,修睦合群为兄弟;一家金兰结义,精诚博爱贯澳中。"这两副楹联都颂扬了中澳人民友谊,体现了中华文化仁义道德对其他民族友好的积极影响。

餐馆酒楼等处的楹联则各有特色,而一般喜用嵌字。德国法兰克福有一家北京饭店,楹联是:"北地笙歌春载酒,京华冠盖此登楼。"以此表现其高雅华贵。委内瑞拉首都加拉加斯的梅园酒楼的楹联是:"梅酒论英雄,借箸纵谈天下事;园亭观景色,登楼顿生国中情。"内涵情感浓郁,风格豪放飘逸。马来西亚槟城有一家天天醉酒家,征得楹联是:"天天饮酒天天醉,醉醉登楼醉醉天。"联中重复用"天"、"醉"二字,似现酒徒醉态,亦活泼有趣。日本东京的天广中国料理馆的楹联是:"厨下烹鲜,门庭成市开华宴;天宫摆酒,仙女饮樽醉广寒。"联中以夸张的手法宣传其佳肴美酒。格外引人注目的是,这楹联用玻璃钢制成,设立在门头上方,每字大于一平方米,堪称世界上占有面积最大的楹联。餐馆酒楼的楹联是中华饮食文化的一部分,使海外人士知道中华饮食蕴含着深厚的传统文化。旧金山有一家万华药店,楹联是:"万药尽灵丹,救人千百万;华侨扬国粹,兴我大中华。"此联由店主老中医何仲贤自撰,宣传中医药是中华国粹,并进一步表达振兴中华的期望,艺术技巧上则用鹤顶格兼雁足格(上下联末字位置上嵌字),重复嵌入"万华"二字。

就社会关系来说,楹联应用于婚丧喜庆,各有其文化内涵,其中挽联表达哀思,最能感动人心。名人去世,必有大量挽联产生。海外华人的挽名人联中,常显现爱国精神和正义情操。

1925年3月孙中山逝世,各地举行追悼会,挽联不可数计,约有十几万副,撰联者包括南洋、日本、美国、英国、法国等地华侨,兹举两联:"物化人亡,只剩丹心昭白日;风凄雨泣,遥从赤道吊黄魂。""原为中国伟人,千古不磨真主义;此日南洲侨众,万家空巷哭元勋。"孙中山曾长期在海外进行革命活动,在华侨中有极高威望,楹联赞颂他的伟大功绩,表达华侨的无比悲痛。

1936年10月鲁迅逝世,各界在上海举办葬礼,各地举行追悼会。在全欧华侨抗日联合会举行的追悼会上,旅欧数年的作家王礼锡撰挽联:"伊川披发成何世;泽畔行吟尚有人。"此联用典贴切,感慨祖国处于危亡时刻,颂扬鲁迅顽强不屈的斗争精神。下联既与鲁迅诗句"泽畔有人吟不得"有关,又点明鲁迅对屈原精神的继承。

泰国侨界领袖蚁光炎领导华侨开展抗日救亡活动,1939年11月在曼谷被敌人暗杀,侨界举行公祭大会,会场挽联是:"立德建功,勋业褒扬垂国史;成仁取义,壮怀伟烈蔚侨光。"此联颂扬蚁光炎视死如归的爱国精神,奉为侨界楷模,令华侨誓愿继承烈士遗志。

作家、学者许地山1941年8月在香港病逝,香港文化界举行追悼会,国内及新加坡也有追悼会。新加坡文化教育界人士写了不少挽联,正旅居新加坡的郁达夫写道:"嗟月旦停评,伯牛有疾如斯,灵雨空山,君自涅槃登彼岸;问人间何世,胡马窥江未去,明珠漏网,我为家国惜遗才。"善用典故是郁达夫诗词楹联的一大特点,此联亦然。他哀叹文坛失去杰出作家,痛惜抗战大业未竟之时国家失去优秀人才。联中"灵雨空山"使用了许地山散文集《空山灵雨》书名,和前后文浑然一体。

楹联有文化内涵,撰写者需要有深厚的传统文化素养。兹举海外华人中几位知名作者为例。

郁达夫(1896—1945),现存楹联二十多副,除挽许地山联之外,在新加坡所撰还有名联。他的长兄郁曼陀抗战时期在上海任法官,执法严正,不受日伪的威逼利诱,1939年11月被暗杀,郁达夫闻讯后写出挽联:"天壤薄王郎,节见穷时,各有清名闻海内;乾坤扶正气,神伤雨夜,好凭血债索辽东。"上联为自己兄弟二人大节、清名而自豪,下联由悲伤而愤慨,发誓向日本侵略者复仇,铿锵有力,全联正气磅礴,洋溢着民族大义。大工商业家胡文虎的虎豹别墅有挹翠坊,郁达夫撰楹联:"爽气自西来,放眼得十三湾烟景;中原劳北望,从头溯九万里鹏程。"放眼美景,遥抒乡情,是此际应有之义,而心系祖国抗战事业,更显得襟怀开阔,斗志豪迈。

潘力生(1912—2003),早年就读于湖南大学,1955年自台湾移居美国,八十年代发愿为祖国的名胜古迹逐一撰写楹联,所撰超过千副,夫人成应求同时写诗,互相配合,人称诗联合璧。他曾为纽约的祭孔会场撰联:"泗水文章昭日月,祖述尧舜,宪章文武;杏坛礼乐冠华夷,德参天地,道贯古今。"写得堂堂正正,格局阔大。

周策纵(1916—2007),在美国威斯康辛大学任教三十几年。诗词外,亦精于楹联,并有关于楹联的著作《续梁启超"苦痛中的小玩意儿"——兼论对联与集句》,1964年出版。同事程曦教授去世,他作挽联:

"教学艰难,可惜与人势时多相凿枘;遭逢离乱,宁愿从画诗曲独畅胸怀。"写出其人平生和才学,显示其人个性,寓叹惜之意。他在梁启超之后,以宋词集句成联,有一联是:"似曾相识燕归来,残照当楼,登临望故国;可惜明年花更好,江山如画,何处唤春愁。"上联集晏殊、柳永、王安石句,下联集欧阳修、苏轼、朱淑真句,集腋成裘,如出一手。

梁羽生(1924—2009),著名新武侠小说家,1987年自香港定居澳大利亚悉尼。在香港时,1983年3月至1986年7月于《大公报》之《联趣》专栏发表联话,就文学和历史两方面分析古今名联。在悉尼,他将《大公报》上旧作辑录为《古今名联谈趣》,后经增订,出版《名联观止》。晚年深爱楹联,用很多精力创作、研究。他对楹联的地位有很高评价,将楹联与诗词并称,作有一联:"联学开新,可从文史入手;骚坛夺席,堪与诗词并肩。"他为悉尼唐人街一座牌坊撰联:"四海皆兄弟焉,何须论异族同族;五洲一乾坤耳,底事分他乡故乡。"气度豁达,也体现了中华文化的包容性。他八十多岁时回家乡广西蒙山县探望,为当地文笔塔撰联:"文光映日,到最高处开阔心胸,看乡邦又翻新页;笔势凌云,是真人才自有眼界,望来者更胜前贤。"此联表达对家乡新变化的欣喜,对美好未来的期待,境界高远,充满活力。

世界各地华人开展了各种各样的楹联活动,当数华裔占绝大多数的新加坡最为兴盛。例如,2004年,《联合早报》等主办新加坡街名对联创作比赛,反应热烈,有近二百人的千余副作品参赛。2007年春节,新加坡狮城书法篆刻会等举办"丁亥春联书法展",展出春联近百幅,开幕式上多名书法家合写上下各四十二字的长联,以象征新加坡立国进入第四十二春,是新加坡首次书法结合春联的大规模展出,盛况空前,增添了节日气氛,也使年轻华裔得以了解祖辈的节日习俗。

海外华人建立了一些楹联组织,数量、规模都不及诗词组织,但有些诗词组织在名称上以诗词楹联并列,楹联活动与诗词活动一同开展。1984年,中国楹联学会成立,标志着中国楹联文化进入一个新的时期。从此,海内外楹联文化交流日趋踊跃,海外华人积极参加中国国内举办的征联活动,如1999年中国楹联学会与四川沱牌集团联合举办的国庆礼赞征联,有十几个国家的华人参加,2007年中国楹联学会为迎接北京奥运会举办百城迎奥运海内外大征联,收到楹联一万四千多幅,也有很多海外华人参加。

楹联向有中华文艺百花园中一朵奇葩的美名,可以相信,楹联文化也将在海外华人社会中长盛不衰。

第四节　中国传统戏曲、小说与海外华人文化的重塑

早期的海外华人移民主要为生活所迫而迁徙,他们大多文化水平较低,没有接受过系统、完整的教育,有不少人甚至是文盲。这样,包括小说、戏曲在内的中国传统文化起初主要是以口耳相传的方式传播,由于他们大多处于社会的底层,社会地位不高,因此传播的范围主要局限在移民社会内部,这正如一位研究者所概括的:"他们无文化,能听不能看,所以在他们当中流传的多是中国的俚俗文化,主要是民间歌谣,还有沿袭过去中国传统上的讲故事,如市场里有'讲古'、'劝善'等。后来,有一些前往避难的文化人、革命者,才有古典诗文和小说传入。"①

对早期华人移民来说,小说、戏曲主要是以两种方式伴随他们出国的:一是作为文学娱乐方式,一是作为宗教信仰。不少小说、戏曲中的人物形象在民间有着深厚的群众基础,成为民间崇拜的对象,比如关公崇拜、包公崇拜、观音崇拜、妈祖崇拜等等。这些移民未必看过相关小说、戏曲作品和演出,但他们对这些由小说、戏曲而来的神灵则十分熟悉,在海外移居的过程中,将其传播到世界各地。随着时间的推移,华人移民落地生根,这些来自中国的传统文化也逐渐从移民内部传播到其他族群中,与当地文化融合,并对当地的文学艺术产生了积极的推动和影响。

从清代晚期开始,不少华人以留学、工作等形式移民海外,也有一些

---

① 饶芃子主编:《中国文学在东南亚》前言,暨南大学出版社1999年版。

知识分子出于政治、战乱等原因到国外定居,他们属于知识移民,有不少人具有较高的文化素养,在国外主要从事教学、科研等工作,在当地有着较大的影响。文化素养的不同往往也决定了以小说、戏曲为代表的传统文化在海外华人社会传播、接受方式的差异。

随着移民海外华人文化素养的提高,小说、戏曲等传统文化的传播和影响也更为多元,除了上面所讲的娱乐和宗教信仰这两种方式外,一些华人或将传统小说、戏曲译介到国外,或在海外大学里开设小说、戏曲课程,或专门进行学术研究。文本的译介和研究逐渐成为主要的传播方式。这样,传统小说、戏曲不仅在华人社会,而且在其他民族中也有更为广泛的传播,产生着越来越大的影响。

大体说来,以传统戏曲、小说为代表的中国传统文化与海外华人文化的密切关系主要体现在如下几个方面:

首先,这是海外华人社会文化生活的一种自然延续。

来到异国之后,尽管在诸多方面需要适应,需要接受很多新鲜事物,但毕竟是背井离乡,对那些有着浓厚乡土情结的海外华人来说,他们仍然按照惯性,延续过去的生活方式和文化习俗,其中自然也包括文化生活。这种惯性的力量是很强大的,通常可以延续几代乃至更长,世界各国唐人街就是基于这个社会文化心理基础逐渐形成的。清代晚期有位到过美国的中国人曾这样描述他所看到的海外华人形象:"记者越太平洋而客美洲也,登岸,见所谓吾广东人,衣广东之衣,食广东之食,言广东之言,用广东之器具,举饮食玩好,服饰器用,无一不远来自广东;声音笑貌,性情行为,心肠见识,起居嗜好,无一不如在广东焉。所异者,一顶黑洋帽,服尚黑色耳。……俄而为友人引而观戏,其所演班本,又广东戏也。花旦小生白鼻哥,红须军师斑头婆,无一不如广东旧曲旧调、旧弦索、旧鼓锣。"① 当时外国人眼中的中国人也是如此,比如一位外国人曾这

---

① 佚名:《观戏记》(1903 年),载《黄帝魂》(1929 年),阿英:《晚清文学丛钞》小说戏曲研究卷,中华书局 1960 年版,第 67 页。

样描述远在圭亚那的海外华人:"英属加勒比各地的中国人仍然在久处异乡之后保持着他们从中国带来许多文化、语言和生活习惯上的特性。"①就文化生活而言,来自故土的以小说、戏曲为代表的文化艺术无疑会让他们感到亲切,减轻思念家乡、亲人的痛苦,得到心灵上的安慰。

其次,华人移民漂泊到异国,以小说、戏曲为代表的中国传统文化可以让他们产生一种民族认同感,产生一种凝聚力。较之国内同胞,他们保存和延续传统文化的愿望更为自觉,也更为强烈。

第二次世界大战以前,华人移民在异国的生存状态总的来说是相当艰难的,他们不仅要为谋生而努力,而且还不时受到所在国政府与民众的排斥和歧视。特别是十九世纪后半期,以 1882 年美国推出的排华法案为标志,一些欧美国家掀起了排华浪潮,华人移民的生存状况十分艰难,他们被视为有着劣等文化传统、无法同化的民族,不仅无法获得所在国的公民身份,无法与所在国公民通婚,而且在就业、教育等方面受到十分严格的限制,生活在一个充满敌意的环境中,身心受到很大的伤害和凌辱。这种状况直到二战之后才逐渐发生改变。

在此情况下,一些华人奋起进行抗争,其中介绍中国传统文化,为其进行辩护成为一个十分重要的内容,因为许多误解和偏见是由文化沙文主义和对其他文化传统的无知造成的。相关著作如李恩富的《我在中国的童年》、林语堂的《吾国与吾民》等,都曾在美国产生过较大的影响,这些书籍的作者"大都出身于书香世家或士绅阶层,他们对中国的阐释主要建立在传统中国社会的高雅文化之上。他们力求将中华文明,特别是其中的哲学、宗教、文学和文化传统等描写得引人入胜,希望藉此引起那些喜欢'东方情调'的美国民众善意的好奇心,进而美化中国的形象"②。

这样,包括小说、戏曲在内的中国传统文化对海外华人来说,是他们引以为豪的文化根基。通过对中国传统文化的推介,他们获得了文化认

---

① 莫顿·H·佛列德:《加勒比地区英国属地内的中国人》,载陈翰笙主编:《华工出国史料汇编》第六辑,中华书局 1984 年版,第 293 页。

② 尹晓煌:《美国华裔文学史》,南开大学出版社 2006 年版,第 52 页。

同感、民族自信心和凝聚力,也得到了所在国人民的理解和同情。中国传统文化成为华人与其他民族沟通与理解的重要媒介和桥梁。

再次,以小说、戏曲为代表的中国传统文化是海外华人文学创作的重要思想文化资源和文学资源,对其产生了十分深远的影响,诚如有位研究者所言:"旧文学传播不仅促进了华文文坛的初步形成,还为新文学的诞生准备了厚实的基础。"①

华人移居海外各国之后,就其文学活动而言,主要包括两个方面:一方面进行包括戏曲、小说在内的中国传统文化文学的译介和传播;另一方面则进行文学创作,创办文学报刊。海外华人作家有的在出国前即已从事文学创作,有的则是在异国成长起来的,他们的文学创作或使用华语,或使用英语等所在国语言,自成一体,并非中国文学在海外的简单延续,他们的创作通常被称作海外华人文学或华裔文学,其中以华语创作者又称海外华文文学或跨区域华文文学。

海外华人文学因其作者身份、文化背景及内容、表达方式的独特性,与中国本土的文学创作有着很大的不同,成为世界华人文学中的一支奇葩。随着社会文化的变迁及海外华人人员组成结构的改变,海外华人文学也经历了一个较为复杂的演进过程。② 其与包括小说、戏曲在内的中国传统文化的关系也在不同历史时期呈现出不同的形态,比如早期的美国华人文学"大都模仿汉语经典文学作品的叙事手法,用文言文创作,言简意赅,仿佛是在刻意临摹中国古典文学"③。其后的华人文学创作则逐渐摆脱这种简单的模仿,而是创造性地运用中国传统文化,将其作为作品的重要文化及文学元素,作品水准也在不断提高。

相对于中国本土的文学创作而言,海外华人文学一方面属于外国文学,但另一方面它又与中国传统文化有着较为密切的渊源关系,正如一

---

① 饶芃子主编:《中国文学在东南亚》,暨南大学出版社 1999 年版,第 145 页。

② 有关海外华人文学的整体情况,参见陈贤茂等《海外华文文学史初编》(鹭江出版社 1993 年版)、尹晓煌《美国华裔文学史》(南开大学 2006 年版)等专书的介绍。

③ 尹晓煌:《美国华裔文学史》,南开大学 2006 年版,第 180 页。

位研究者所概括的,"虽然现在的海外华文文学已脱离了中国文学,但海外华文文学是从中国文学的母体中孕育诞生出来的,并且无论是在历史上还是在今天,绝大多数的海外华文文学作家都直接受到过中国文学(古代文学、现代文学、台湾文学)的熏陶和影响,却是不争的事实"①,海外华人文学也因此获得了双重文化身份。一百多年来,涌现了不少优秀作家,如林语堂、张爱玲、陈若曦、於梨华、聂华苓、汤亭亭等,在海外华人社会和中国本土都有着较大的影响。不少海外华人作家对中国传统文化十分熟悉,他们有意识地从中国传统小说中汲取文学及文化营养,比如张爱玲的小说创作就深受《红楼梦》的影响,对此已有不少论者撰文进行介绍分析,这里不再赘述。

第五节　传统戏曲在海外华人社会的演出

作为一种极具民族和地域特色的艺术形式,中国传统戏曲在华人社会文化生活中有着十分重要的地位,是他们的主要娱乐方式。伴随着海外华人移民的步履,中国传统戏曲也陆续出现在世界各国的舞台上。据文献记载,华人在国外演出中国戏曲最早可以追溯到十四世纪,据《大越史记全书·本纪全书》卷七记载,陈裕宗大治5年(1362),曾有中国艺人在越南宫廷中演出:"春正月,令王侯公主诸家献诸杂戏,帝阅定其优者赏之。先是破唆都时,获优人李元吉,善歌,诸势家少年婢子,从习北唱。元吉作古传戏,有西方王母献蟠桃等传,其戏有宫人、朱子、旦娘、拘奴等号,凡十二人。着锦袍绣衣,击鼓吹箫,弹琴抚掌,闹以檀槽,更出迭入为戏,感人令悲则悲,令欢则欢。我国有传戏始于此。"②这是一则十分珍贵的史料,它不仅记载了中国戏曲最早在越南演出的情况,而且对中国戏

---

① 刘俊:《论海外华文文学的总体风貌和区域特质》,载其《从台港到海外——跨区域华文文学的多元审视》,花城出版社2004年版,第107页。

② 转引自孙歌、陈燕谷、李逸津:《国外中国古典戏曲研究》,江苏教育出版社2000年版,第18—19页。

曲自身的研究也有重要的参考价值。

到十七世纪时,已有不少中国剧团在泰国宫廷中演出,受到朝野各个阶层的欢迎。1685、1686 年,法国国王路易十四派使节到泰国,受到热情款待,"宴后有中国人演出戏剧(据楚蒙说是喜剧,而楚西说是悲剧),演员有的来自广东,有的来自福建"①。也是在这一时期,中国戏曲在欧洲各国引起关注,一些剧目如《赵氏孤儿》等被译介进来,并搬上舞台。不过这些译介和演出都是由欧洲人担当的,没有华人的参与。直到十九世纪中叶,才有华人剧团到欧美各国演出。随着华人海外移民潮的出现,中国传统戏曲在海外开始有越来越多的演出,逐渐为世界各国人民所熟知。

就目前所掌握的资料来看,中国传统戏曲在海外的演出主要集中在东南亚和欧美地区,这与这些地区华人较为集中有关。由于华人文化结构及当地文化背景的不同,海外华人戏曲的演出,呈现出明显的地域性。下面分别予以介绍。

先说东南亚地区。

东南亚地区因地缘的关系,不仅华人移民数量较多,而且所受中国文化的影响也比较深。就中国传统戏曲而言,它不仅为华人所喜爱,也为当地其他民族所欢迎。据记载,琉球地区"居常所演戏文,则闽子弟为多。其宫眷喜闻华音,每作辄从帘中窥"②。前文提到,早在 17 世纪就曾有华人剧团在泰国宫廷中演出,其后,因国王的喜爱,陆续有华人剧团到泰国演出。在其他国家如柬埔寨,华人的戏曲演出同样受到欢迎,他们不仅在宫廷献艺,而且还为当地的贵族、平民演出③。

---

① [英]布赛尔:《东南亚的中国人》卷 3《在暹罗的中国人》,载厦门大学南洋研究所编:《南洋问题资料译丛》1958 年第 1 期。

② 姚旅:《露书》卷 9,载林庆熙、郑清水、刘湘如编注:《福建戏史录》,福建人民出版社 1983 年版,第 49 页。有关中国戏曲在琉球的传播情况,参见刘富琳《中国戏曲与琉球组舞》第三章《中国戏曲传播琉球》,海峡文艺出版社 2001 年版。

③ 具体情况参见金福第、雅基艾·纳波特《十九和二十世纪中国文学对柬埔寨的影响》及注释 10—12,载[法]克劳婷·苏尔梦编著《中国传统小说在亚洲》,国际文化出版公司 1989 年版。

　　清代中期之后，随着华人移民潮的出现，广东、福建等省的许多地方剧种被传到东南亚各国，不少华人戏班在各地较为频繁地巡回演出，受到当地华人和土著的欢迎。1857 年，一些华人剧团还在新加坡成立行会组织，起先叫"梨园堂"，后改称"八和会馆"，这个组织直到今天还在活动。2007 年，该组织为庆祝成立 150 周年，还安排了专场演出。"梨园堂"的出现说明当时在新加坡演出的华人演员相当多，以至于要成立行会组织来管理、协调各种事务。此外，马来西亚、新加坡等国本地的华人也纷纷组织剧团，建立剧场，为当地民众演出①。

　　就剧种而言，受地域文化的影响，以粤剧、潮剧、汉剧、闽剧、高甲戏、梨园戏、琼剧等南方剧种在东南亚各国最为流行。上述剧种均有专业剧班在这一时期到东南亚各国演出过。据统计，到 20 世纪 50 年代初，仅粤剧专业艺人在东南亚各国就有近 600 人，其中"新加坡和马来亚 360 多人，越南 120 多人，印尼 100 多人，菲律宾 10 多人"②。由此不难想象中国戏曲在东南亚各国演出的盛况。

　　尽管 20 世纪前 30 多年间曾受到战乱等诸多不利因素的影响，但此时也是中国戏曲在东南亚发展的一个黄金时代。据赖伯疆的概括，之所以称其为黄金时代，主要有如下几个明显的标志："演出华文戏曲的娱乐场所林立，演出活动频繁，这是标志之一"；"前往东南亚国家演出的中国戏曲剧团人数、剧种特多，戏班营业兴旺发达，这是东南亚华文戏曲黄金时代的主要标志之二"；"名伶荟萃，演出频密，在观众中引起强烈反应，这是东南亚华文戏曲黄金时代的第三个标志"；"华文戏曲在思想和艺术上，都进行过重要的改革，因而出现新的气象、新的风貌，这是东南亚华文戏曲黄金时代的第四个标志"；"东南亚华文戏曲进入黄金时代，还有一个标志，就是职业和业余的戏曲团体纷纷成立和扩展，活动日益频

---

① 具体演出情况参见赖伯疆《东南亚华文戏剧概观》第三章《源远流长的华文戏曲》相关介绍，中国戏剧出版社 1993 年版。
② 赖伯疆：《东南亚华文戏剧概观》，中国戏剧出版社 1993 年版，第 30 页。

繁"①。这个概括还是比较全面和到位的,它反映了中国传统戏曲 20 世纪前 30 多年间在东南亚各国的发展情况。

从 20 世纪 30 年代末到 60 年代,受战乱、政治及各国文化政策等因素的影响,中国戏曲在东南亚各国的发展曾一度陷入低谷,演出减少、戏班精简,受到观众冷落。其后经过艺人的不断努力,虽有所恢复,但已难以再回到 20 世纪前 30 多年间的盛况。进入 80 年代以来,随着时代的发展,电影、电视等艺术形式的影响越来越大,娱乐方式越来越多元化,中国传统戏曲受到很大冲击,面临诸多危机,在中国本土的生存状况都相当严峻,在海外的传播也会受到很大的影响。据笔者对马来西亚的调查和了解,如今中国戏曲在该国的演出已相当少,就是这相当少的演出也多是由中国的剧团演出的,本地的剧团极少,且几乎没有演出。当地华人喜欢听戏的人也不多,年轻人大多选择其他娱乐方式,对中国戏曲相当陌生。其他各国的情况也都差不多,这是一个值得深思和警惕的现象。

由于东南亚地区的戏剧基础较为薄弱,中国传统戏曲的传入不仅为当地提供了一种新的娱乐方式,逐渐被接纳为当地的一种艺术形式,而且对提高当地的戏剧水平也发挥了积极的影响和作用。中国传统戏曲与当地文化融合,还产生了一些新的戏剧样式。比如在爪哇,当地的华人后裔不仅用马来文演出中国戏曲,而且还创造了一种叫"哇扬戏"的皮影戏,所演皆为有关中国历史的剧目②。

需要说明的是,中国传统戏曲在东南亚地区的演出对中国传统戏曲、小说在当地的译介也起到了积极的推动作用,两者存在着良性互动关系。比如不少观众在看了《钟无艳》的演出之后,又去购买相关的译本来阅读。很多戏曲剧目根据小说改编而来,不少人由于文化水平低及语言的障碍,无法阅读小说原文或译本,因而更多的通过观看戏曲演出来

① 赖伯疆:《东南亚华文戏剧概观》,中国戏剧出版社 1993 年版,第 194、195、201、203、209 页。
② 参见[法]克劳婷·苏尔梦编著:《中国传统小说在亚洲》一书相关介绍,国际文化出版公司 1989 年版,第 25、292—293 页。

了解传统小说,可见戏曲演出与译介一样,也在客观上推进了中国传统小说在更广范围的传播。

再说欧美地区。相比之下,中国传统戏曲在这一地区的演出较之东南亚各国在时间上要晚许多,在场次上要少得多,影响自然也要小得多。尽管早在18世纪,杂剧《赵氏孤儿》就已被译介到欧洲各国,被改编、搬上舞台,并掀起一股中国背景或中国题材的戏剧热,但中国戏曲特别是中国剧团在欧美各国的演出却直到19世纪才开始。这与西方人对中国戏曲的认知有关,不少观众对与西方话剧差异颇大的中国传统戏曲了解甚少,对其一些独特的艺术表现形式难以接受,存在一些误解和偏见。比如早在18世纪《赵氏孤儿》刚传入欧洲不久,就有一个叫阿尔更斯的法国人在其《中国人信札》一书中对中国戏曲提出尖锐批评,他用西方戏剧的标准来衡量中国戏曲,认为其不符合"三一律",自报家门、曲白相间的方式也不合理[1]。这种看法在当时并非个别现象,而是具有一定的代表性。此外也有一个现象很能说明这一问题,那就是早期来中国的欧美人很少甚至不看中国戏曲,"欧美人士向来不看中国戏——在前清时代,西洋人差不多都以进中国戏院为耻"[2]。

伴随着华人移民欧美地区的步履,中国戏曲也开始在这一地区演出,这正如晚清时期一位到过美国的华人所说的:"广东之人爱其国风,所至莫不携之,故有广东人足迹,即有广东人戏班,海外万埠,相隔万里,亦如在广东之祖家焉。"[3]其实,何止是广东人,其他省份的人到国外也都是如此。中国人对戏曲的喜爱也逐渐为外国人所了解,1851年,一位叫怀特的英文人曾这样描述中国人:"非常爱好音乐、、戏剧以及各种娱乐。

---

① 具体情况参见范存忠:《中国文化在启蒙时期的英国》,上海外语教育出版社1991年版,第111—114页。

② 齐如山:《梅兰芳游美记》,辽宁教育出版社2005年版,第5页。至于外国人不喜欢看中国戏的具体原因,施叔青《西方人看中国戏剧》一文有较为精当的概括,可看。该文载其《西方人看中国戏剧》,人民文学出版社1988年版。

③ 佚名:《观戏记》(1903年),载《黄帝魂》(1929年),阿英:《晚清文学丛钞》小说戏曲研究卷,中华书局1960年版,第71页。

我曾在他们演唱的时候,看见他们成百地,如果不是成千地一齐纵情大笑。"①据文献记载,目前所知中国戏曲在欧美地区演出的最早时间为1790年,这一年,"中国戏剧已在纽约舞台上初见端倪,主要表现为烟火表演、皮影戏和以木偶戏、马戏形式出现的哑剧"②。1852年,一个名叫鸿福堂的中国粤剧戏班远赴美国旧金山,为当地华人劳工演出,演员人数有123名之多。1860年,一个中国戏班专程到巴黎为法国皇帝拿破仑三世演出,在归国途中,这个戏班又在美国旧金山停留,为当地华人演出。这是中国剧团到欧美地区演出的开始。

此后,不断有广东、福建等地的戏班到欧美等国演出,以演中国戏曲为主的中国剧院也相继建立,这些演出大多为商业性的,剧种以粤剧为主。此外,一些移居美国的华人也自发成立各种班社,建立剧场,到各地巡回演出。起初,戏曲的演出只是局限在海外华人这个小范围内,主要演出剧种为粤剧、潮剧等沿海地区的剧种,后来随着中外文化交流的扩大和深入,戏曲逐渐为一部分西方人所接受,演出的地点和观众范围逐步扩大,剧种也逐渐增多。以美国为例,"从1870年至1910年四十年间,各个较大的华人社区中的中国剧院都生意兴隆",1872年,一位美国人曾说过这样的话:"每一个到旧金山游玩的旅客必然要领略一下中国戏剧。"③由此可以看到当时中国戏曲在美国还是比较受欢迎的。

1930年,梅兰芳到美国演出,受到热烈欢迎,并获得极大成功,这在中国戏曲传播史上是一个具有标志性的文化事件。除美国外,梅兰芳还曾于1919年、1924年两次到日本演出,1935年到苏联演出,所到之处无不受到当地观众的欢迎和称赞。在出国之前,就已不少外国人在中国观看过梅兰芳的演出,并与梅氏有着友好的交往。梅兰芳之外,其他著名

---

① [英]坎贝尔:《中国的苦力移民》,载陈翰笙:《华工出国史料汇编》第四辑,中华书局1981年版,第347页。

② 都文伟:《百老汇的中国题材与中国戏曲》,上海三联书店2002年版,第139页。

③ 以上见都文伟:《百老汇的中国题材与中国戏曲》,上海三联书店2002年版,第139、140页。有关中国戏曲在美国传播的详细情况,参见该书第七章《中国戏曲在美国》。

演员如程砚秋也于 1932 年到德国、法国等欧洲一些国家进行考察和演出，向欧洲各国介绍和宣传中国的京剧艺术。

梅兰芳、程砚秋等人代表着当时中国戏曲演出艺术的最高水平，他们在海外各国的巡演与以往华人戏班的商业演出不同，具有相当明确的文化目的，那就是宣传中国文化，推广戏曲艺术，改变国外民众对中国文化艺术的不良印象。因此他们在海外各国演出的影响是此前任何一个中国戏班都无法相比的，受到一般观众及专家学者的充分肯定，这对增进其他国家、民族的人民对中国传统戏曲的了解，纠正对中国戏曲的一些偏见和误解，对中国戏曲在海外的传播，都起到了积极的推动作用。

对当时的海外华人来说，梅兰芳、程砚秋等人在欧美地区演出的成功无疑是一个极大的鼓舞，他们为这些演出提供了许多令人感动的支持和帮助。从此中国戏曲在美国等欧美国家的演出开始呈现出较为活跃的景象，这表现在演出场次不断增加，地域不断扩大，演出的剧种也逐渐增多，粤剧、京剧、昆剧等都有。受此影响，一些爱好中国传统戏曲的海外华人成立剧社或票友组织，或自娱自乐，或售票演出，其中以美国居多，有些剧社一直到现在还在活动。海外华人之外，还有一些外国人对戏曲产生浓厚的兴趣，他们粉墨登场，学习和表演中国戏曲，至于对中国戏曲艺术手法的借鉴以及创作演出以中国为题材的戏剧，也是屡见不鲜。

新中国成立后，中国戏曲在海外的演出由此前自发、零星的民间行为变为政府主导的文艺活动，成为国家外交及对外文化交流的一个重要组成部分，计划性、组织性增强，演出的场次也明显增多。在政府的组织和安排下，不少剧团纷纷到海外进行访问演出，参加各种节庆文化活动，"无论是出访规模，访问地域，艺术质量，国际影响，所受到的礼遇，都远远超过了新中国建立以前的任何一次的对外交往"[1]。演出之外，还得到

---

① 张庚主编：《当代中国戏曲》，当代中国出版社 1994 年版，第 623 页。有关建国后至 80 年代中国戏曲在海外的演出、传播的具体情况，参见该书第十八章《戏曲的对外交流》的介绍。

不少国际奖项：1951 年，在第三届世界青年与学生联欢节上，《三岔口》、《武松打虎》获得集体一等奖；1955 年，在第五届世界青年与学生和平友谊联欢节上，《猎虎记》获得一等奖。1957 年，在第六届世界青年与学生联欢节上，《拾玉镯》获得金奖。

与此前相比，京剧剧团出国演出的次数逐渐增多，其在国际上的影响有超过粤剧、闽剧等地方戏之势。这些剧团在海外的演出不仅传播了中国文化艺术，同时对提高海外华人剧社的戏曲演出水平也有较大的帮助。

"文化大革命"期间，受政治形势的影响，中外文化交流被人为中断，中国戏曲剧团到海外的演出也骤然减少。

20 世纪 80 年代之后，随着国内政治文化环境的宽松、改革开放政策的实施，中国大陆地区戏曲剧团到海外各国的演出又得以恢复，无论是演出的剧团、剧种、场次，还是演出的国家地区，较之先前都有很大的增加和拓展，中外文化交流由此进入了一个新的阶段。除了政府组织安排的演出外，还出现了不少商业性的演出。演出之外，还有一些演员、专家到国外授徒、讲课，参加学术会议乃至移民海外。中国戏曲的演出及传播方式日趋于丰富和多元化。

第六节 海外华人对中国传统小说、戏曲的译介和研究

华人到海外居住地的落脚也就意味着传统小说、戏曲译介的开始，这种译介最初是口头或表演形式的，后来则以书面形式为主。这种译介既是面向其他民族的，同时也是面向本民族的。之所以面向本民族，是因为随着时间的推移，一部分华人后裔与当地民族通婚，逐渐融入当地社会，不懂母语，对本民族文化感到陌生。从时间上来说，面向其他民族的译介显然要早于面向本民族的译介，其过程正如一位研究者所描述的："在另外一些国家，特别是象柬埔寨、泰国和东南亚诸岛国，汉文不过是一种外语，只有一部分中国移民和他们的后裔才能懂得，所以阅读中

国小说最初就限制在这部分人中间,到后来翻译小说才出现于不再懂得祖国语言的中国社团中。"①

就译介者而言,华人拥有掌握母语的便利,对相关历史文化的背景较为熟悉,因而他们的译介较之其他民族人士在准确和妥帖方面具有自己的优势,逐渐成为中国文化传播的主力军。

由于不同历史时期华人移民文化素养及所在地域的不同,华人对传统小说、戏曲的译介也呈现出较为鲜明的阶段性和地域特色。以下分别进行简要介绍。

对中国传统小说、戏曲的译介早期主要集中在东南亚各国。原因很简单,因为这里是华人早期到海外的主要移居地。自然,这一地区早期对传统小说、戏曲的译介也主要是由华人后裔承担的。由于各国国情的不同,译介的具体形式也不一样,有的国家比如泰国,对中国小说、戏曲的译介是由国王主持进行的,比如曼谷王朝一世王帕佛陀约华在其当政时期,曾让手下翻译《三国演义》和《西汉通俗演义》,两书的翻译约在1806 年完成。后任的国王也相继主持翻译了《东周列国志》、《封神演义》、《东汉通俗演义》等中国小说作品。相比之下,其他国家对中国小说、戏曲的译介则多是由民间自发进行的。

在这些华人译介者中,侨生华人这一特殊阶层做出了较大的贡献。比如印度尼西亚侨生华人林庆铺,曾先后翻译 60 部共 2000 集中国小说,如此多的数量在中外翻译史上也是不多见的②。再比如马来西亚槟城的侨生华人曾锦文,他曾在中国的福建船政学堂学习并任职,先后用马来文翻译《三国演义》、《水浒传》、《西游记》、《东周列国志》等中国小说,在当地侨生华人社会中引起轰动,达到争相传阅的程度。需要说明的是,当时这样的翻译家不是一两个,而是有一批。

---

① [法]克劳婷·苏尔梦:《总论》,载其编著《中国传统小说在亚洲》,国际文化出版公司 1989 年版,第 2 页。
② 参见[法]基贝丁·哈莫尼克、[法]克劳婷·苏尔梦《译成望加锡文的中国小说》一文的相关介绍,载[法]克劳婷·苏尔梦编著《中国传统小说在亚洲》,国际文化出版公司 1989 年版。

侨生华人又称峇峇或娘惹,是指移居东南亚各国的华人后裔,他们的父祖同当地人结婚,已完全融入当地社会,他们属于混血儿,大多使用当地通行的语言交流、写作,而不再使用汉语,但他们仍有着强烈的民族意识,对中国文化怀有浓厚的兴趣,这也是他们译介中国传统小说、戏曲的重要动力。

从内容上来看,中国传统小说的译介多集中在那些具有深厚群众基础、故事性较强的作品上,如《三国演义》、《水浒传》、《西游记》、《薛仁贵征东》、《说唐》、《罗通扫北》、《飞龙全传》、《包公案》、《三宝太监西洋记通俗演义》等,就题材内容而言,历史演义、英雄传奇、神魔小说、才子佳人、公案小说、侠义小说都有,较为丰富。有的小说比如《三国演义》等不仅有马来文、泰文、爪哇文、越南文、柬埔寨文等多个语种的译本,而且同一个语种也不断有新的译本出现。再比如,到 1890 年,《西游记》"一共出现了六种不同的马来文和印尼文的译本"①。晚清至民国期间的武侠小说如《三侠五义》等在东南亚各国也很受欢迎,被大量翻译出版。五四新文化运动之后,具有新文学性质的作品也被大量翻译出版,对东南亚各国文学的转型与重建起到了重要的催生和促进作用。

这些译本流传的形式是多种多样的,早期主要以抄本的形式出现,有些华人甚至开办书铺,专门雇人抄写,以供其他人租借阅读,以此作为谋生手段。后来则较多的被刊印。进入 20 世纪后,随着新媒介的出现,形式更为多样,或在报刊上刊载,或在广播电台播出,比如在 20 世纪二三十年代,泰国无论是华文报纸还是泰文报纸,都争相刊载中国小说,是否刊载中国小说,成为一家报纸能否生存下去乃至畅销的基本保证②。有趣的是,还有一些华人使用这些译本以讲故事、说书的形式向其他人进行宣讲。

这些译介的中国传统小说、戏曲作品受到当地华人的喜爱,有一个

---

① [美]埃利克·姆·黄:《中国故事〈李世民游地府〉的六种马来文和印尼文译本》,载[法]克劳婷·苏尔梦编著:《中国传统小说在亚洲》,国际文化出版公司 1989 年版,第 301 页。
② 详细情况参见饶芃子主编:《中国文学在东南亚》,暨南大学出版社 1999 年版,第 88—92 页。

数字很能说明问题,据研究者统计,在 19 世纪 80 年代,印度尼西亚"三年内就有四十多部作品问世"①,由此可见这些小说受欢迎的程度。再比如由泰国曼谷王朝一世王帕佛陀约华主持翻译的泰文版《三国演义》很受欢迎,该书 1865 年首次刊印,到 1972 年时已重版 15 次之多。这些中国小说也同样为其他民族的读者所欢迎。比如有位叫穆罕默德·萨勒·宾·柏朗的学者在读过《三国演义》译本后,曾于 1894 年这样评价这部书:"我非常喜欢读中国故事书,尤其喜欢《三国演义》,因为它包含许多有价值的东西,包含着连为王室效忠的那些官员也应该倾听的暗示和寓言。"有位读者在读过新加坡人曾锦文的《三国演义》马来文译本后,也表达了类似的看法:"中国有价值的史书,无论是对侨生华人还是懂马来文的当地人,都是有用的。"②

　　需要说明的是,早期中国传统小说、戏曲的译介较为自由随意,更多地是意译而非严格忠实于原著的直译,译介者通常会考虑本地读者的接受情况和阅读需求,对一些难以翻译的作品内容比如诗词、回目等给予省略,或增加一些具有介绍、注释性质的文字,甚至补写一些具有当地色彩的人物和情节。还有一些则属具有一定创作色彩的改写,比如越南华裔作家李文馥曾将中国戏曲《西厢记》、小说《玉娇梨》改写成具有越南民族特色的六八体长诗,其中《西厢记》长达 1744 句,《玉娇梨》长达 2926 句。③ 这种有所变通、带有地域色彩的译介更容易为本地读者理解和接受。

　　至于欧美地区华人对中国传统小说、戏曲的译介,时间上则要晚许多,这与早期华人懂外文者较少及轻视小说、戏曲的传统观念有关。从 19 世纪后半期开始,华人移民欧美各国的数量逐渐增多,知识移民占有

①　[法]克劳婷·苏尔梦:《汉文小说的马来文译本在印度尼西亚》,载其编著《中国传统小说在亚洲》,国际文化出版公司 1989 年版,第 301 页。
②　转引自[法]克劳婷·苏尔梦:《总论》,载其编著《中国传统小说在亚洲》,国际文化出版公司 1989 年版,第 33 页。
③　详细情况参见饶芃子主编:《中国文学在东南亚》,暨南大学出版社 1999 年版,第 33、66 页。

越来越大的比重。他们中有不少人在欧美各国从事教学、科研等工作,出于对本民族文学的喜爱及研究的需要,这些华人逐渐加入传统小说、戏曲译介的行列,并成为一支不可替代的生力军。

海外华人具有熟练掌握母语及熟悉本民族文化的独特优势,他们的译介较为准确、贴切,出现了不少质量精良的佳作,比如王际真的英译《红楼梦》、李治华的法译《红楼梦》、余国藩的英译《西游记》等,都受到学界的高度肯定。

欧美地区华人对中国传统小说、戏曲的译介是从晚清时期开始的,因时代文化语境及读者兴趣的不同,呈现出明显的阶段性。起初只是零星的个别现象,翻译一些小说、戏曲作品的片段,向西方读者介绍故事梗概而已。到 20 世纪二三十年代,随着汉学研究的逐渐深入和发达,读者对此类作品的要求也更高,参与译介中国传统小说、戏曲的华人人数及翻译作品的数量也有明显的增加,逐渐出现了一些严格忠实于原著、质量精良的全本翻译。此后海外华人对中国传统小说、戏曲的译介一直保持良性发展的态势。

就译介的作品类型而言,多为流传较广、艺术水准较高的作品如《三国演义》、《水浒传》、《西游记》、《红楼梦》等。相比之下,戏曲作品被翻译的数量要远远少于小说,这主要是因为戏曲主要为韵文,翻译难度较大。此外,也与文学传统有一定关系,西方早有成熟的戏剧,对中国戏曲的接受有一个渐进的过程。①

在中国传统小说、戏曲译介的过程中,涌现出一批优秀的海外华人翻译家。下面对其中一些卓有成就、具有代表性的海外华人翻译家进行简要介绍:

陈季同(1852—1907)。在中国传统小说、戏曲译介史上,陈季同无疑是一位令人尊敬的先驱者。他在担任清朝驻法使馆军事参赞期间,翻

---

① 有关中国戏曲被译介成英文的整体情况,参见都文伟:《百老汇的中国题材与中国戏曲》附录一《1741 年以来中国戏剧的英文译本目录》,上海三联书店 2002 年版。

译出版法文版《中国故事集》,该书由巴黎卡尔曼出版社于1889年出版,选译《聊斋志异》作品26篇。翻译之外,陈氏还使用法文创作,著有《中国人的快乐》、《巴黎印象记》、《吾国》等,获得成功,增进了欧洲人对中国文化艺术的了解,在中西文化交流史上写下了浓墨重彩的一笔。①

王际真(1899—)。1922年毕业于清华大学,后在美国威斯康辛大学和哥伦比亚大学学习,曾先后在美国纽约艺术博物馆、哥伦比亚大学、耶鲁大学等机构任职。他的主要译著为英文版《红楼梦》,该书由美国道布尔戴·多兰公司、英国劳特莱基出版公司于1929年同时出版。该书为节译本,将120回节译为3卷39章,卷首有阿瑟·魏理的序言及王氏本人所写导言、凡例。阿瑟·魏理在序言中是这样评价该书的:"请读者相信,在王际真先生的处理下,你们完全可以放心,因为王先生的译文异常精彩,删选工作也做得十分得体。"②吴宓也在该书出版后不久撰文进行评述,称赞其"译者删节颇得其要,译笔明显简洁,足以达意传情","不嫌其删节,而甚赞其译笔之轻清流畅,并喜其富于常识,深明西方读者之心理"③。

但不可否认,王氏的节译只保留了宝黛爱情的主线,对其他情节及描写大多予以删节,这就在一定程度上影响读者全面、准确的理解和欣赏。有鉴于此,王氏后来又补译增订为60章,将篇幅扩大了一倍,由美国吐温出版社于1958年出版。在这个增译本的序言中,马克·范·多伦对王氏的译作给予了充分的肯定:"王际真先生此次不仅使译本篇幅

---

① 有关陈季同的情况参见李华川:《晚清一个外交官的文化历程》,北京大学出版社2004年版。广西师范大学出版社2006年出版《陈季同法文著作译丛》,收录陈氏5种著作,可参见。

② [英]阿瑟·魏理:《〈红楼梦〉王际真英文节译本序(1929)》,载姜其煌:《欧美红学》,大象出版社2005年版,第173页。不过也有一些对该书的负面评价,比如《红楼梦》德文译者弗兰茨·库恩曾这样批评王译本:"这个译本只在开头部分是翻译,绝大部分则是相当平淡无味的摘编,因此无法激起我们的热情,也无法向我们正确传达原作的精神。王际真先生不仅删节了欧洲人最感兴趣的一系列细节,更成问题的是,他也略去了许多理解主要情节所必需的关键。"见[德]弗兰茨·库恩《〈红楼梦〉库恩德文节译本后记(1932)》,载姜其煌《欧美红学》第176页,大象出版社2005年版。

③ 徐生:《王际真英译节本红楼梦述评》,载1929年6月17日天津《大公报》文学副刊。

比原来增加一倍,还大大完善了译书的文体,自由地、充分地表达了原书无法模仿的精神,对原文语气既不夸张,也不减弱,更没有任何不忠实之处。"①在《红楼梦》英文全译本出现之前,英语世界的读者在很长一段时间内是通过王氏的译本来了解这部经典名著的。王际真对作品中的人物姓名采用双重标准翻译法,其中女性人物姓名用意译,男性人物姓名则用音译,这种做法曾引起争议②。

《红楼梦》之外,王际真还翻译出版有《中国传统故事集》(美国哥伦比亚大学出版社 1944 年版)一书,该书选译唐至明代的中国古代小说 15 种,包括《莺莺传》、《醒世恒言》中的 4 篇作品,《西游记》、《儒林外史》、《镜花缘》中的一些片段等。论者称其"学贯中西,兼通古今。在美国对中国古代和现代小说研究界有着奠基人的地位"③。

李治华(1915—)。1937 年毕业于北平中法大学法国文学系,1942 年在法国里昂大学获硕士学位。曾先后在法国科研中心、巴黎东方语言学校、巴黎第八大学等机构任职,其主要译作为法文《红楼梦》,巴黎伽利玛出版社 1981 年出版。该书是由李治华和他的法国夫人雅歌合译的,著名汉学家铎尔孟担任校阅,其中前 80 回译自脂砚斋评本,后 40 回译自程乙本。除正文外,还有译者所写引言、参考书目、版本注释、原版插图、人名对照表、大观园地名表、大观园、荣国府平面图以及贾氏家族一览表等内容。该书的翻译前后用了近 30 年的时间④,它的出版成为当时

① [美]马克·范·多伦:《〈红楼梦〉王际真英文节译本序(1958)》,载姜其煌:《欧美红学》,大象出版社 2005 年版,第 203 页。另陈宏薇、江帆《难忘的历程——〈红楼梦〉英译事业的描写性研究》一文对王氏的译作也有较中肯的评价,可参见,该文载刘士聪主编:《红楼译评——〈红楼梦〉翻译研究论文集》,南开大学出版社 2004 年版。
② 参见馀生:《王际真英译节本红楼梦述评》、吴世昌:《〈红楼梦〉的西文译本和论文》,载其《红楼梦探源外编》,上海古籍出版社 1980 年版。
③ 王海龙:《托起中国梦》,载其《哥大与现代中国》,上海文艺出版社 2000 年版,第 18—19 页。有关王际真个人经历及翻译《红楼梦》的具体情况,参见《哥大与现代中国》之《在美国播种中国文学之火的世纪老人——王际真先生印象》一文。
④ 有关该书的翻译情况,参见李治华《〈红楼梦〉法译本的缘起和经过》(载其《里昂译事》,商务印书馆 2005 年版)、郑碧贤《红楼梦在法兰西的命运》(新星出版社 2005 年版)。

法国乃至欧洲学术文化界的一件盛事,法国、瑞士、比利时等国曾先后有近 20 家报刊、电台发表消息及评介文章①。自出版以来,已印行三次,印量达到近 3 万册。为表彰李治华翻译《红楼梦》的贡献,2003 年,中国艺术研究院、中国红楼梦学会授予他和妻子"《红楼梦》翻译贡献奖"。

《红楼梦》之外,李治华还翻译过小说《庄子休鼓盆成大道》、《金玉奴棒打薄情郎》,杂剧《汉宫秋》、《忍字记》、《破家子弟》等,出版有《元代戏曲的坚韧性及其他》(巴黎伽利玛出版社 1963 年版)、《里昂译事》(商务印书馆 2005 年版)等著作。

余国藩(1938—)。早年到美国求学,1969 年获芝加哥大学宗教和文学博士,后长期在美国芝加哥大学任教。主要译作为英文版《西游记》,集 14 年之功而成,由美国芝加哥大学出版社从 1977 年开始陆续出版,到 1982 年出齐。② 该书为全译本,也是《西游记》的第一个英文全译本,此前只是一些片段和翻译和节译。全书分 4 卷。该译本出版后,受到西方学术界的称赞。

此外,余国藩还出版有《余国藩西游记论集》、《重读石头记:〈红楼梦〉里的情欲与虚构》、《〈红楼梦〉、〈西游记〉与其他》等学术专著。

徐仲年的《中国诗文选》(巴黎德拉格拉夫书局 1932 年版)收录《三国演义》第 4、41、42 回,七十回本《水浒传》第 2、22 回,《西游记》的第 6、61 回,《聊斋志异》中的《凤仙》,《儒林外史》第 3 回及《西厢记》《汉宫秋》《窦娥冤》《牡丹亭》《长生殿》《桃花扇》等。

此外尚有王良志的《红楼梦》英文节译本(1927 年刊行)、陈宝吉翻译的法文《西厢记》(法国里昂斯克·弗雷公司 1934 年版)、熊式一翻译的英文《西厢记》(英国梅休因出版社 1935 年版)、张心沧翻译的《中国神怪故事集》(英国爱丁堡大学出版社 1988 年版)等,这里不再一一介绍。

---

① 有关该译本的评价及报道情况,参见钱林森:《中国文学在法国》第四章《中国古典小说在法国》第三节《〈红楼梦〉,中国十八世纪文化风俗画卷》,花城出版社 1990 年版。
② 具体翻译情况,参见余国藩:《〈西游记〉英译的问题》,载其《〈红楼梦〉、〈西游记〉与其他》,生活·读书·新知三联书店 2006 年版。

对中国传统小说、戏曲的译介不仅满足了海外华人了解本民族传统文化、延续文化薪火的愿望,也使中国文化在世界各国更为广泛地传播,它有助于改变外国人对中国文化的一些误解和偏见,增进世界各国人民对中国文化的了解,对促进中外文化交流,构建多元文化,繁荣世界各国的文化艺术都有着积极的推动作用。

与中国传统小说、戏曲的译介相比,海外华人对这类作品进行学术层面的研究在时间上要晚许多,这与海外华人移民人员的构成有关。早期华人移民文化水准普遍较低,多从事繁重的体力工作,少有从事文化工作者,更不用说进行学术研究了。

早期从事汉学研究的多为外国人,主要集中在欧洲各国和日本。欧洲地区最早从事中国文化研究的多为传教士和外交官。比如最早译介中国小说、戏曲到欧洲的就是法国传教士马若瑟。据统计,从 16 世纪到 18 世纪间,在中国活动过的耶稣会传教士有 800 人左右;从 1552 年到 1773 年,耶稣会传教士所写与汉学有关的著述多达 422 种。"在近两个世纪中,有关中国的大量信息便通过他们的著述、书信或报道源源不断地传到了西方,西方人由此才开始真切地认识中国,西方的汉学也由此得以奠基。"①也正是因为这个缘故,出现了如下独特的现象:"在很长一段时间里,直至 20 世纪初期,汉学教授的位置由毕业于其他领域、仅有一些中国知识的人占据着的现象并非鲜见,有些人仅仅作为外交官、传教士在中国逗留了很长时间,或曾在中国内地供职。"②这些早期汉学家对中国传统小说、戏曲的研究往往和他们的译介结合在一起,他们的著述奠定了汉学的基础。

1814 年,法兰西研究院决定将中文列为研究课目。这一做法不久为其他国家所效仿,俄国、美国、英国等国也相继在大学开设中文课程③。

---

① 郑德第:《耶稣会中国书简集》序,大象出版社 2000 年版。
② [德]傅海波:《欧洲汉学史简评》,胡志宏译,《国际汉学》第 7 辑,大象出版社 2002 年版,第 86 页。
③ 详情参见钱林森:《中国文学在法国》,花城出版社 1990 年版,第 9—10 页。

这无疑是一个具有标志性的学术文化事件,它标志着汉学研究正式成为一个学科门类,被纳入西方的知识体系,学术水准得到很大提升,并由此获得较快的发展。日本则由于地缘的关系,与中国的文化交流一直保持频繁而密切的状态,对中国小说、戏曲的译介很早就开始了,不过,具有现代学术性质的汉学研究却是从19世纪后半期开始的,虽然时间较之欧美各国稍晚,由于基础深厚,人数众多,很快后来居上,成为世界汉学研究的重镇。

晚清以降,越来越多的华人到海外留学、工作,他们具有较高的文化素养。在移居国定居之后,多从事教学科研工作,具备研究中国传统小说、戏曲的素养和条件。以美国为例,早期到这里留学的学生大多就读名牌大学,据统计,"1872年至1954年间,百分之八十的中国留学生就读于美国20所名牌大学,包括哈佛、哥伦比亚、耶鲁和斯坦福等"①。他们自20世纪二三十年代开始在西方学术界崭露头角,到五六十年代逐渐形成一支独特的学术力量,在海外学界产生了较大的影响,并涌现了一批优秀的学人,为中国传统小说、戏曲研究做出了自己的贡献。

这些海外华人学者主要集中在欧美地区,特别是美国、加拿大、澳大利亚等国家,其分布呈现出较为明显的地域性,正如一位研究者所描述的:"当今英语世界中国古典文学研究的地理分布和华人的聚居存在某种对应关系。就海外而言,英国的伦敦,美国的纽约、旧金山、洛杉矶、檀香山、西雅图、圣地亚哥,加拿大的多伦多、温哥华,澳大利亚的悉尼、堪培拉等城市和地区,既是华人海外移民的集中点,同时也是所在国研究中国古典文学的基地。"②此外,英国、法国、德国、俄罗斯、新加坡、泰国等国家也有数量不等的海外华人学者。

较之国内学人,海外华人学者有着自己的特点,那就是他们不仅精

---

① 尹晓煌:《美国华裔文学史》,南开大学出版社2006年版,第79页注释4。
② 黄鸣奋:《英语世界中国古典文学之传播》,学林出版社1997年版,第5页。有关中国文学在英语世界传播、研究的具体分布情况,参见该书第一章《英语世界中国古典文学传播之背景》第二节《地理布局》的介绍。

通本民族的语言和传统文化,而且对所在国的文化也有较为深入的了解,眼界较为开阔,有较好的语言基础和理论素养,他们大多从事与中国传统文化相关领域的研究,喜爱用西方的文艺理论来诠释中国的文学作品,从比较的角度来探讨中国传统小说、戏曲,主要学术著述以所在国的语言如英文、法文等表达。这些优势不仅是国外其他民族的学者所欠缺的,而且也是国内学人所缺少的,他们的研究成果颇多可借鉴处,可以与其他类型学者的研究形成一种较为有益的互补。

虽然欧美各国汉学研究的时间较早,但大多集中在哲学、历史等其他学科,即便是在文学领域,对中国传统小说、戏曲的关注并不太多,成果相当有限,停留在一般的介绍层面。在此背景下,海外华人学者的介入,对这类文学研究的深入展开具有积极的推动作用。以法国为例,其20世纪中国小说、戏曲的研究在很大程度上得力于当地华人,有位学者对此作过准确的描述:"首先对此作出有益尝试的是本世纪三十年代我国留法学生,他们当中不少人曾以探究中国古典小说作为自己的博士论文,这些论文,先后在法国公开发表,是法国最早出版的研究中国小说的专论。如1933年出版的吴益泰的《论中国小说的书目与批评》,1935年出版的贺师俊的《论儒林外史》,郭麟阁的《论红楼梦》等。这些论著从文化的视角对中国小说的发展及其代表作进行了较为系统的专题研究,它们的问世无疑具有开拓的意义。"①美国汉学起步虽然较晚,但能后来居上,也在很大程度上得益于当地华人学者的积极推动,有位德国汉学家在抱怨本国汉学研究状况不理想的时候曾提及这一点:"美国的中国学研究之所以具有优越性,一个原因是美国拥有许多华裔的学者,这一点德国学术界至今还没有明白其重要性。"②实际情况也确实如此,以《红楼

---

① 钱林森:《中国文学在法国》,花城出版社1990年版,第130—131页。同一时期华人在法国以中国传统小说为选题获得文学博士的还有李辰冬的《红楼梦研究》(1934年)、卢月化的《红楼梦派的中国少女》(1936年)等。

② 马汉茂:《德国的汉学研究:历史、问题与展望》,载《德国汉学:历史、发展、人物与视角》,大象出版社2005年版。

梦》的研究为例,有位学者对美国红学研究的状况是这样概括的:"在美国的红学研究队伍中,美籍华裔学者居于主位:人数多,发表和出版的论著多。"①以第二次世界大战为界,欧美地区的汉学研究可以分成两个发展阶段,法国和美国分别是前后两个发展阶段的汉学研究中心,海外华人学者在这两个国家汉学研究中的贡献和地位具有代表性,其他国家也存在类似的情况。

这些海外华人研究者就其成长经历和治学背景而言,大体上可以分为两类:一类是在国内完成本科学业,受到初步的学术专业训练,到国外继续深造,从事学术研究和教学;一类则是在国外完成高等教育。学术背景的不同会带来研究兴趣及研究方法的差异。

下面简要介绍其中一些卓有成就、具有代表性的海外华人学者:

李田意(1915—2000):1937 年毕业于南开大学,1950 年获耶鲁大学博士,曾先后在在美国耶鲁大学、俄亥俄大学等校任教,著有《中国小说研究论著目录》等,并校勘整理"三言"、"二拍"。他曾到日本寻访中国小说,撰有《日本所见中国短篇小说略记》一文,介绍了 16 种藏于日本的珍本中国小说。《中国小说研究论著目录》是一部全面反映中国古代小说研究状况的专题目录著作,所收以中文、日文著述为主,为学界提供了丰富的学术信息。

柳存仁(1917—2009):1939 年毕业于北京大学,1957 年、1969 年分别获伦敦大学哲学、文学博士学位,曾长期在澳大利亚国立大学任教,主要著作有《伦敦所见中国小说书目提要》、《和风堂文集》、《和风堂新文集》、《道家与道术:和风堂文集续编》、《吴承恩评传》、《李渔》等。其主要学术成就在对中国古代小说文献的梳理和考辨。1957 年,他到英国博物馆和英国皇家亚洲学会图书馆阅读其所藏中国小说,并作有提要性的札记,成《伦敦所见中国小说书目提要》一书,该书不仅著录了 134 种中国小说,而且还纠正了前人的一些疏失。此外,他还对一些重要问题如罗

---

① 胡文彬:《〈红楼梦〉在美国》,载其《〈红楼梦〉在国外》,中华书局 1993 年版,第 162 页。

贯中所著小说的真伪等进行过卓有成效的考辨。

夏志清(1921—):1942 年毕业于上海沪江大学,1951 年获美国耶鲁大学博士。曾先后在美国耶鲁大学、密执安大学、哥伦比亚大学等大学任教。主要学术著作有《中国古典小说导论》、《现代中国小说史》、《新文学的传统》、《人的文学》等。夏志清是美国汉学界的权威人物,他研究中国传统小说的成果主要见于《中国古典小说导论》一书,该书为作者在大学为西方学生讲授中国传统小说的教材,在学界享有良好的声誉。有位研究者称其"最早用新批评的观念以及新的治学方法去改革西方汉学传统对中国小说的研究,独辟蹊径并在此领域做出卓越贡献的当代第一位汉学批评家。他在这个学科里有着公认的开山地位","在中国古代和现当代的小说研究上独执牛耳"①。

王靖宇(1934—):台湾大学毕业,获美国康奈尔大学博士,曾先后在美国密西根大学、斯坦福大学等大学任教。主要学术著作有《左传与中国传统小说论集》、《中国早期叙事文研究》、《金圣叹的生平及其文学批评》、《清代文学批评》等,其研究主要集中在《左传》的叙事及与后世小说的关系、中国小说评点等方面。

马幼垣(1940—):1971 年获美国耶鲁大学博士,曾长期在美国夏威夷大学任教,主要学术著作有《包公故事源流考》、《中国小说史集稿》、《水浒论衡》、《水浒二论》、《实事与构想——中国小说史论释》等。马幼垣对中国传统小说的研究主要集中在公案小说和《水浒传》这两个领域。前者是他的博士论文选题,后者以版本研究为主。其研究注重文献资料的搜集和辨析,"在资料的搜集上,用功最勤,仆仆各国,所得之全,举世罕有其匹","以考据入而以文学研究出"②。

---

① 王海龙:《托起中国梦》,载其《哥大与现代中国》,上海文艺出版社 2000 年版,第 20 页。有关夏志清的个人经历及治学情况,参见《哥大与现代中国》之《赤子心、老顽童:夏志清现象》、张凤《现代文学的悲悯情结——夏志清教授》(载其《哈佛心影录》,上海文艺出版社 2000 年版)等文。
② 侯健:《国外学者看中国文学》绪言,台湾"中央文物供应社"1982 年版。

　　陈庆浩(1941—)：1960 年毕业于香港中文大学，1978 年获法国巴黎第七大学博士。曾在法国国家科学研究中心、法国远东学院、巴黎第七大学等机构任职。主要著作有《新编石头记脂砚斋评语辑校》、《脂评研究》等。与其他学人合作编有《域外汉文小说大系》、《思无邪汇宝》、《古本小说丛刊》、《中国民间故事全集》等。1987 年在韩国奎章阁发现在中国本土已散失三百多年的明代话本小说集《型世言》，并予以校勘整理。

　　海外华人学者所撰中国小说、戏曲方面的研究著作尚有刘若愚的《伊丽莎白时代与元代：诗剧若干惯例的简要比较》(英国中国会社 1955 年刊行)、《中国游侠》(1967 年刊行)，任辛的《红楼梦简说》(新加坡青年书局 1960 年版)，庞英写于 20 世纪七八十年代的《红楼梦》版本考述系列论文，时钟雯的《中国戏剧的黄金时代：元杂剧》(美国普林斯顿大学 1976 年版)，余英时的《红楼梦的两个世界》(台湾联经出版事业公司 1978 年版)，张硕人的《中国古典文学红楼梦研究点滴》(泰国国光图书杂志社 1983 年版)，辜美高的《聊斋志异与蒲松龄》(天津古籍出版社 1988 年版)、《明清小说研究集丛》(汉语大词典出版社 1997 年版)，王德威的《被压抑的现代性：晚清小说新论》(美国斯坦福大学出版社 1997 年版)，唐德刚的《史学与红学》(台湾远流出版事业股份有限公司 2003 年版)，周策纵的《红楼梦案：周策纵论红楼梦》(文化艺术出版社 2005 年版)，等等，限于篇幅，这里不再一一介绍。

　　近年来，随着中国同海外各国学术交流的增加，海外华人学者的学术著述被越来越多地译介到国内，并引起国内学人的浓厚兴趣，人们对这一支独特学术力量的了解越来越多，相互间的交流也日益频繁、深入。在此背景下，中国传统小说、戏曲的研究也将呈现出新的气象，这是可以期待的。

第五章　中外文学艺术的相互影响

文化接触是文明世界发展的强大推动力。马克思在《经济学手稿》中说:"火药、指南针、印刷术——这是预告资产阶级社会到来的三大发明。火药把骑士阶层炸得粉碎,指南针打开世界市场并建立了殖民地,而印刷术变成新教的工具。总的来说,变成科学复兴的手段,变成对精神发展创造必要前提的最强大的杠杆。"①培根说:"我们还该注意到发现的力量、效能和后果。……这三种发明(那就是印刷、火药和磁石)已经在世界范围内把事物的全部面貌和情况都改变了:第一种是在学术方面,第二种是在战事方面,第三种是在航行方面。并由此又引起难以数计的变化来。竟至任何帝国、任何教派、任何星辰对人类事务的力量和影响都仿佛无过于这些机械性的发现了。"②火药、指南针、印刷术、纸是中国的古老发明,中国纸和造纸术经由新疆传至阿拉伯,又从阿拉伯传到非洲、欧洲;③炸药、罗盘经

---

① 马克思:《经济学手稿》第三章《相对剩余价值》,《马克思恩格斯全集》第47卷,中共中央马恩列斯著作编译局译,人民出版社1972年版,第427页。

② [英]培根:《新工具·语录》第一卷第一章第129条。培根"三大发明"前有一个长长的定语:"在古人所不知、较近才发现而起源却还暧昧不彰的。"许宝骙译,商务印书馆1984年版,第102页。

③ 参季羡林:《中国纸和造纸法输入印度的时间和地点问题》,《历史研究》,1959年第4期,见王树英选编:《季羡林论中外文化交流》,新世界出版社2006年版,第30—61页。

由蒙古人输入欧洲①，成为欧洲文艺复兴的重要的物质基础。又如 16 世纪，耶稣会教士一方面将当时西方的科学知识，如天文学、数学、地理学、机械学等带到中国，"其所著书多华人所未道，故一时好异者咸尚之"②，一方面又传播中国文化于西方，"其所传播之中国文化，则实予 17、18 世纪欧洲启明运动创造了思想革命的有利条件"。③

此章所言之"中西"，兼取政治、历史、地理和文化内涵，"中"指中国版图上的"中国文化"，"西"指中国版图和文化之外的所有文化。需要特别说明的是，"西域"，就狭义政治地理概念而言，其在中国古代汉、唐、元、明、清等历史时朝，也属于或部分属于中国政治版图，但因其文化形态与"中国文化"有较大差异，故本章设专节加以讨论。

第一节　古代文学艺术与外来影响

一、古代史上的文化接触与文艺融合

受限于通讯手段，古代史上的文化接触主要依靠具有不同文化背景的人员的流动产生接触而进行的，而导致人员流动的原因主要有政治、军事、外交、经济、宗教等。某一政治力量以政治、经济、军事等手段征服另一政治力量，于是在征服区域推行自己的文化。如公元前 334 至 326 年，希腊亚历山大帝东征，希腊文化自亚细亚边缘深入到大陆腹地，之后，虽然希腊政治力量消退，但希腊文化影响却长存此地。④ 又如公元五、六世纪阿拉伯大萨拉森（Saracen）帝国出现后，因其本身文明程度偏低，于是以其政治优势而吸收希腊、印度、波斯文化，使各种文化产生接触。⑤ 古代中国较少有以

---

① 参朱谦之：《中国哲学对欧洲的影响》第一章《欧洲文艺复兴与中国文明》，上海世纪出版集团 2006 年版，第 30—33 页；又方豪：《中西交通史》第二篇第十六章《隋唐宋时代中国发明物之西传》，岳麓书社 1987 年版，第 367—378 页。本节对方豪《中西交通史》多有参考。

② 张廷玉：《明史》卷 326《外国列传七·意大里亚传》，中华书局 1974 年版，第 8461 页。

③ 朱谦之：《中国哲学对欧洲的影响·前论》，第 23 页。

④ 参[日]羽田亨：《西域文明史概论》，耿世民译，中华书局 2005 年版，第 23—24 页。

⑤ 参方豪：《中西交通史》第二篇第十四章《唐宋时代阿拉伯人对中国的记载》，第 349 页。

大规模的政治、军事侵入而产生的文化接触，又因为自身文化的优越和特性而缺乏吸收外来文化和推销自身文化的热望和行动，中国古代文化接触主要依靠使节、商人和宗教人士等以自然、平和的方式缓慢进行。

据传世文献，中国自汉代始即与西域、东亚、东南亚屡有使节往来，外国使节将异域文化艺术带入中国。如《后汉书·西域传》载，汉安帝永宁元年（公元 120 年），掸国王雍由调遣使献乐及海西国大秦幻人。西域"掸国"给汉帝国送来了掸国音乐和魔术表演家。又如《元史·顺帝本纪》载至正二年（1342）拂郎国来贡异马。欧阳玄《天马颂》序对此次献马有详细的记录。他说当时元顺帝御慈仁殿，拂郎国进天马后二日，顺帝敕周朗画《佛郎国贡马图》，二日图成后，又命大臣揭傒斯为赞。今存揭傒斯《天马赞》，周伯琦《天马行应制作并序》，欧阳玄《天马颂》和《天马赋》，吴师道《天马赞》，陆仁《天马歌》，秦约《天马歌》，戴良《题平章公所藏天马图》，许有壬《应制天马歌》，郭翼《天马二首》，丁鹤年《题茀郎天马图》，[1]王逢《敬赠汪氏天马图》，杨维桢《佛郎国新贡天马歌》、《佛郎国进天马歌》，顾瑛《草堂雅集》上录数首《天马歌》等，都是当时或稍后为此事而作的。这是外来文明对中国文学艺术激发之一例。清康熙时，外国传教士宋君荣还在清宫中欣赏过周朗《佛朗国献天马图》。[2] 巧合的是，此事还可从西方文献中找到回响，当时的使臣佛罗伦萨人马黎诺里写成《马黎诺里游记》，记其至正年间来到元大都，"大汗见大马、教皇礼物、国书、罗伯塔王（King Robert）书札及其金印，大喜。余之前，有精致之十字架先行，香烛辉煌。至宫殿内，赋《天主惟一》之章。赋诗毕，余为大汗祈祷，加福于彼"。马黎诺里一行在大都居四年，"常与犹太人及他派教人讨论宗教上之正义……又感化彼邦人士，使之崇奉基督教正宗"。马黎

① 参张星烺编注、朱杰勤校订：《中西交通史料汇编》第一编第五章"二十八、元代关于拂郎献马之文献"，中华书局 1977 年版，第一册，第 256—266 页。
② 据王大方《元代〈拂郎国贡马图〉识略》，《内蒙古文物考古》，2007 年第 2 期，此图现藏北京故宫博物院。

诺里回罗马,元惠帝赠与路费,并回赠良马二百匹。[①] 同时,中国使节也将所见所闻之异域文化向国人介绍。如三国时,吴孙权派遣中郎康泰、宣化从事朱应出使扶南(现柬埔寨),康泰、朱应将出使时所见所闻写成《吴时外国传》、《扶南异物志》等;又如郑和下西洋,随行人员马欢作《瀛涯胜览》,费信作《星槎胜览》,巩珍作《西洋番国志》等。

古代中国是较为开放的国度,因商业、传教、受中国文化吸引等缘故,众多外国人士来到中国并定居于此。杨衒之《洛阳伽蓝记》卷三载元魏时:"自葱岭已西,至于大秦,百国千域,莫不款附。商胡贩客,日塞其下。所谓尽天地之区已。乐中国土风因而宅者,不可胜数。是以附化之民,万有余家。门巷修整,阗阛填列。"[②]因外国人士众多,唐朝甚至需要在法律中制定针对在华外国人的民法和刑法条款。如《唐律》卷一《名例律》规定:"诸化外人,同类自相犯者,各依本俗法;异类相犯者,以法律论。"[③]《唐会要》卷一〇〇载:"贞观二年(628)六月十六日敕:诸蕃使人所娶得汉妇女为妾者,并不得将还蕃。"宋代文献中,还可以看到外国人士在朝为官以及与中国人通婚的情况。如《萍洲可谈》载:"元祐间,广州蕃坊刘姓人娶宗女,官至左班殿直。刘死,宋女无子,其家争分财产,遣人挝登闻院鼓,朝廷方悟宗女嫁夷部,因禁止,三代,须一代有官,乃得取宗女。"[④]社会地位甚高的宗室女也与外国人通婚,这引起了朝廷的关注,所以对娶宗室女的外国人的政治地位和身份做出了新规定。在唐代,"昆仑奴"成为文学中的特别素材。据《旧唐书·林邑传》,"自林邑以南,卷发黑身"者,通号昆仑,研究者据此认为,昆仑奴指流寓在唐帝国的"自古

① 张星烺编注:《中西交通史料汇编》第一编第五章"二十七、《马黎诺里游记》摘录",第一册,第251—252页。
② 杨衒之撰、周祖谟校释:《洛阳伽蓝记校释》卷三,上海书店出版社2000年版,第132页。
③ 薛允升:《唐明律合编》,怀效锋主编《中国律学丛刊》本,法律出版社1999年版,第77页。
④ 朱彧:《萍洲可谈》卷二,中华书局2007年版,第138页。

占城至爪哇、马来半岛、婆罗州以及非洲东岸"区域内的黑人。[①] 唐沈既济《陶岘传》中有黑人摩诃、水精、磨勒等人物,杜甫《戏作俳谐体遣闷》诗甚至有"家家养乌鬼"句,《梦溪笔谈》卷十六、《冷斋夜话》卷四以为"乌鬼"即是"昆仑奴",可见,在唐黑人之多。

世界多种宗教曾进入古代中国,并与中国文化接触,有的成为中国文学艺术的题材,有的参与建构了中国文学艺术,有的改变了中国人的一些思想观念。之后我们将有专节讨论西域文化和佛教对中国文学艺术的影响,故此处仅对火祆教、摩尼教、回教、景教和耶稣会士进入中国后对中国文学艺术的影响略作说明。

公元前五六百年,波斯苏鲁阿斯德(Zoroaster)创立了火祆教(Zoroastrianism)。北魏孝明帝神龟(518—519)年间,波斯国王居和遣使献方物于北魏,梁天监十五年(516),滑国遣使至南朝梁,此为火祆教为中国南北政治社会所知之始。南北朝时,北朝帝后信奉火祆教,沿袭至唐,更受尊崇。据记载,唐时长安有胡天祠四所,东都洛阳有三所,《朝野金载》言凉州、敦煌、碛西诸州亦有祠。[②] 此点还可从唐官员设置中得到印证。唐设正五品的萨实官,萨实府中设从七品祆正,即是专门管理火祆教的官员。火祆教在唐武宗会昌灭佛时也受到冲击,后渐渐复苏,据宋人笔记,宋时东京开封有火祆庙三所,镇江亦有火祆庙。元时,祆庙在杂剧、散曲中时有表现,如刘时中《满庭芳》"黑洞洞祆庙云缄",周仲彬《蝶恋花》"矻来烧,祆庙火",李直夫有《火烧祆庙》一剧;王实甫《西厢记》"夜听琴"杂剧第三折说:"不邓邓点着祆庙火。"元曲《争报怨》第一折云:"我今夜著他个火烧祆庙。"《倩女幽魂》第四折:"则待教祆庙火刮刮匝匝烈焰生。"自元时始,"祆庙火"与"蓝桥水"积淀成文学艺术中表现两情阻隔的代语。如元无名氏散曲《斗鹌鹑》:"祆庙火,烧着不知;蓝桥水,淹死合

[①] 方豪:《中西交通史》第一篇第九章《唐宋时代来华之黑人》,第 298 页。张星烺《昆仑与昆仑奴考》以为"昆仑国亦可为非洲","昆仑奴为非洲黑人"。见张星烺主编:《中西交通史料汇编》第二册,第 22 页。

[②] 参陈垣:《火祆教入中国考》,《陈垣学术论文集》第 1 集,中华书局 1980 年版,第 303—328 页。

宜。"《水仙子》:"火烧祆庙枉留情,水淹蓝桥空至诚。"明杂剧《红拂记》第十四也说:"只合蓝桥水断、祆庙延烧。"明绣像本《金瓶梅》第八十五回有《红绣鞋》一曲唱道:"祆庙火,烧皮肉。蓝桥水,淹过咽喉。"①

摩尼教(Manichaeism)亦称明教,公元三世纪为波斯人摩尼(māní)所立。摩尼教传入中国,始于唐武后延载元年(694)。② 摩尼教在中国的第一座教堂,有文字可徵者是大历三年(768)奉敕所建并赐额的长安"大云光明之寺"。大历六年(771),又敕荆、越、洪等州各置大云光明寺一所。元和二年(807),河南府、太原府大光明寺增至三所。两宋时,摩尼教在浙江、福建十分发达,并扩大至江东西、淮南等地。《宋会要·刑法二·禁约》载宣和二年(1120)十一月四日臣僚言:"温州等处狂悖之人,自称明教,号为行者。今来明教行者各于所居乡村,建立屋宇,号为斋堂。如温州共有四十余处,并是私建无名额佛堂。"③《建炎以来系年要录》卷七六载:"(绍兴四年五月癸丑,)起居舍人王居正言:伏见两浙州县,有吃菜事魔之俗。"④廖刚《高峰文集》卷二《乞禁妖教劄子》:"臣访闻两浙、江东西,此风方炽。"⑤陆游《应诏条对状》:"伏缘此色人处处皆有。淮南谓之二禬子,两浙谓之牟尼教,江东谓之四果,江西谓之金刚禅,福建谓之明教、揭谛斋之类。名号不一,明教尤甚。至有秀才吏人军兵亦相传习。"宋、元、明时,摩尼教会众在社会底层形成了不容忽视的政治力量。北宋宣和年间方腊在浙江睦州起事,方勺《泊宅编》云其"左道以惑

---

① 陈垣先生以为元散曲、杂剧中"祆庙","想其意义已与中国旧俗之火神相混,非复如原日西来之火祆教矣",这进一步看出火祆教在中国被接受的文化土壤和文化方式。陈垣:《陈垣学术论文集》第一集,第328页。

② 此取[法]沙畹《摩尼教流行中国考》(沙畹著、冯承钧译:《西域南海史地考证译丛》第二卷第八编,商务印书馆1995年影印本,第47—48页)、陈垣《摩尼教入中国考》(见陈垣:《陈垣学术论文集》第1集,第332页)之说。摩尼教传入中国时间,有多种说法。可参沙畹《摩尼教流行中国考》等。

③ 徐松辑:《宋会要》,《续修四库全书》第784册,上海古籍出版社据北京图书馆藏稿影印,2005年版,第377页。

④ 李心传:《建炎以来系年要录》,清广雅书局丛书本。

⑤ 廖刚:《高峰文集》卷二,文渊阁四库全书本。

众","惟以鬼神诡秘事相扇摇",虽"无甲胄",却能旬日得数万众,迅速占据两浙、淮南、江东诸路部分郡县。方腊起事、活动地点与摩尼教传播地正相吻合,方腊的"左道"很可能与摩尼教或此地摩尼教氛围有关。[1] 陆游《条对状》说这些会众"更相结习,有同胶漆",担心"万一窃发,可为寒心"。[2] 方勺也批评当初"(睦州青溪县)知县事、承议郎陈光不即鉏治"方腊而酿成大事变。因而官府发布禁令禁止摩尼教结社。如《元史·刑法志》曰:"诸以白衣善友为名聚众结社者,禁之。"《洪武实录》载洪武三年(1370)诏:"其僧道建斋设醮⋯⋯白莲社、明尊教、白云宗、巫觋、扶鸾、祷圣、书符、咒水诸术,并加禁止。庶几左道不兴,民无惑志。诏从之。""明尊教"即摩尼教。[3] 有趣的是,洪武帝本人即借助摩尼教等宗教起事,对宗教的凝聚力有亲身体会,所以,夺取政权伊始就下令禁止明教。

回教乃穆罕默德(约公元 570—?)研究犹太教与基督教所得之新宗教,用以改革阿拉伯之多神教与偶像崇拜。明严从简《殊域周咨录》卷十一曰:"隋开皇中,始传其教入中国。"从回教所留实物材料看,严从简同书同卷曰:"今广州怀圣寺前有番塔,创自唐时,轮囷直立凡十六丈有五尺,日于此礼拜。其祖浙江、杭州亦有回回堂。"[4]这与《闽书》卷之七《方域志·晋江县》所载"回回家言"相合。其云:"门徒有大贤四人,唐武德中来朝,遂传教中国。一贤传教广州,二贤传教扬州,三贤、四贤传教泉州,卒葬此山。其在郡城,有清静寺云。"[5]元代回教极发达,来华回教徒

---

[1] 方勺:《泊宅集·清溪寇轨》,中华书局 1983 年版,第 108—109 页。近来《水浒传》研究者已坐实方腊起事与明教的关系(参万晴川:《〈水浒传〉与方腊明教起义》,《甘肃社会科学》,2004 年第 6 期),但据陆游《老学庵笔记》、方勺《泊宅编》和徐松《宋会要》几条材料,我以为还是有所存疑为好。

[2] 陆游:《陆放翁全集·渭南文集》卷五,中国书店影印本第 1 册,第 27 页。

[3] 此参[法]沙畹:《摩尼教流行中国考》,冯承钧译,《西域南海史地考证译丛》第二卷第八编,第 97 页。

[4] 严从简著、余思黎点校:《殊域周咨录》,中华书局 1993 年版,第 391 页。关于广州怀圣寺及回教传入中国年代,参马肇曾、刘淑英:《伊兰教何时东传中国》,《回族研究》,1999 年第 2 期。

[5] 何乔远编撰、厦门大学《闽书》校点组校:《闽书》,福建人民出版社 1994 年版,第 1 册,第 165—166 页。

最多。据摩洛哥旅行家伊宾拔都他《游记》载："(中国)各城中,皆有回教
人居留地,建筑教堂,为礼拜顶香之用。而中国人于回教徒亦尊视崇
拜。……中国各城,皆廓大无比。……城中有地一段,回教徒所居也。
其处有回教总寺及分寺,有养育院,有市场。有审判一人,及牧师一人。
中国各城之内,皆有回教徒。有长者以代表教徒利益,审判者代教徒清
理词讼,判断曲直。……第三日,进第三城(杭州)。城内皆回教徒所居,
此处甚优雅。……余辈进城数日,今日方始举行午间祈祷。余寓埃及人
鄂拖曼后裔家中。……创办医院……建筑颇为华丽。此外各种慈善事
业,均有施行……鄂拖曼在此城尝造一回教大礼拜寺,名曰甲玛玛恩及
特。并捐钱甚多,作维修费。回教徒在此者亦夥。"①《元诗选》收回教诗
人萨都剌,戴良酉《鹤年吟稿续》举西域诗人十二人,其中有摩尼教诗人
鲁至道、哲马鲁丁等。

广义的景教,包括基督教各派,如明末受天主教耶稣会传教士影响
的徐光启、李之藻辈自称"景教后学",清末学人有的以"景教"称"天主
教"、有的以之概称"基督教"等。此处取狭义景教义。狭义景教,原名
Nestorianism,为聂斯托利(Nestorius)所创。聂斯托利生于叙利亚,为安
都城隐修院院长,公元428年任君士坦丁堡宗主教,三年后,遭以弗所
(Ephese)宗教大会议申斥,被禁止传道,乃出奔波斯,四年后卒,但其教
旨流行于波斯以及东方各教堂。② 唐贞观九年(635),大秦国阿罗本携景
教至于长安,始与火祆教同被称波斯寺,或称波斯胡寺,天宝四年易名大
秦寺。当时中国应有多所大秦寺,《唐会要》记天宝四年九月诏:"两京波
斯寺宜改为大秦寺……天下诸府郡置者亦准此。"可见洛阳及各府郡都
有大秦寺,此外沙州、周至等县也有大秦寺。宋代景教势力颇衰,但景教
依然存在于宋代诗人的怀想中,如宋仁宗嘉祐七年(1062),苏轼等游终
南山大秦寺,苏辙题诗有"大秦遥可说"之语。南宋、金时,北方景教也颇

① 张星烺:《中西交通史料汇编》第二编第三章《元代中国与非洲之交通》,第68—88页。
② 参张星烺:《中西交通史料汇编》第一编第三章《大秦景教流行中国碑》附《景教碑之研究》,第
　一册,第123页。

衰落,但遗迹犹存,颇见于北方诗人笔下。如金代杨云翼1199至1201年间作诗云:"寺废基空在,人归地自闲。"景教在元代较为活跃。元人对基督教各宗派多不加辨别,统称十字教,教堂称十字寺,亦称也里可温教。元治礼部有崇副司掌景教,并"招收民户,充本教户计",所以,大德、延祐之际,一些地区景教信众颇多。据俞希鲁《(至顺)镇江志》卷三《户口》,镇江有也里可温教徒23户,口106人,躯109人,共计215人,此时镇江侨寓户为3845户,也就是说,167户侨户中就有也里可温户一户,又口、躯共13503人,约63位口、躯中就有一位也里可温教徒。景教文化成为唐宋文化的一部分,如流存至今的"大唐景教流传中国碑"。此碑唐德宗建中二年(781)立,大秦寺僧景净述,明天启三年或五年西安出土,现藏西安碑林。又如敦煌发现之藏经和景教画像等,除上举宋、辽、金诗人怀想景教遗迹,元代还出现景教诗人马润,其子马祖长,从子马世德、马雅琥等。

十六世纪二十年代,发端于德国的宗教改革运动席卷欧洲国家,罗马教廷则发动反宗教改革运动,耶稣会便是罗马教廷反宗教改革运动中应运而生的一个天主教修会。耶稣会是西班牙人依纳爵·罗耀拉于1534年在巴黎创立的。1540年,罗耀拉向教友方济各·沙勿略下达东方传教的训令。沙勿略采用"适应当地风俗"、重视当地上层人士的作用、用西方的知识和科学为传教开辟道路等策略。之后的利玛窦传教活动带有更多的中西文化交流的色彩。① 就文学艺术方面而言,当时天主教教堂中大型管风琴及所奏之西洋乐,尤为中国文士所关注。如屈大均《广东新语》卷二《澳门》记澳门教堂中管风琴:"寺有风乐,藏革柜中不可见,内排牙管百余,外按以囊,嘘吸微风入之,有声呜呜自柜出,音繁节促,若八音并宣,以合经呗,甚可听。"② 顺治七年,汤若望在北京宣武门内

① 参[法]杜赫德编:《耶稣会士中国书简集——中国会议录》上卷郑德弟《中文版序》,吕一民、沈坚、郑德弟译,大象出版社2005年版,第2页。
② 屈大均:《广东新语》,中华书局1985年版,第36页。

建天主堂"南堂",亦置大管琴。① 堂皇的管风琴,成为中国诗歌的素材,如尤侗《外国竹枝词·欧罗巴》写道:"天主堂开天籁齐,钟鸣琴响自高低。阜城门外玫瑰发,杯酒还浇利泰西。"自注曰:"天主堂有自鸣钟、铁琴、地球等器。"②赵翼《檐曝杂记》记北京天主堂观星台与西洋乐器。其《瓯北集》卷七《同北墅、漱田观西洋乐器》,惊叹管风琴的精巧和巨大丰富的表现力:"万籁繁会中,缕缕仍贯脉。方疑官悬备,定有乐工百。岂知登楼观,一老坐搊擘。一音一铅管,藏机掞关膈。一管一铜丝,引线通骨骼。其下鞴风囊,呼吸类潮汐。丝从囊隙绡,风向管孔迫。众窍乃发响,力透膆理礜。清浊列若眉,大小鸣以臆。韵仍判宫商,器弗假匏革。虽难续韶濩,亦颇谐嫩绎。……奇哉创物智,乃出自蛮貊。"③西洋音乐、乐理引起康熙帝关注,他研究西洋乐理定《律吕正义》,其续编卷一论"西洋乐律"曰:"(西洋音乐)其法专以弦音清浊二均递转和声为本……以其所讲声律节奏,覈之经史所载律吕宫调,实相表里,故取分配阴阳二均高低字谱,编集成书,使谈理者有实据云。"④又论五线谱、半音、音符、调号等等。

明万历二十八年(1600)利玛窦以"天主图像一幅,天主母图像二幅"献于万历帝,此或为西洋美术传入中国之始。中国人观西洋画,尤好奇于西洋画的凹凸阴阳,"其貌如生"。如徐骥《文定公行实》载:"癸卯(1603)秋,公复至石城,因与利子有旧,往访之,不遇;入堂宇,睹圣母像一,心神若接,默感潜孚。"⑤顾起元《客座赘语》卷六"利玛窦"条也说:"所画天主,乃一小儿,一妇人抱之,曰'天母'。画以铜板为幀,而涂五采于上,其貌如生,身与臂手俨然隐起幀上,脸之凹凸处,正视与生人不殊。"赵翼《檐曝杂记》卷二"西洋千里镜及乐器"条说:"(宣武门内天主堂)所

---

① 〔德〕魏特(Vath. S. J):《汤若望传》,杨丙辰译,商务印书馆1949年版,第169页。

② 尤侗:《西堂剩稿·外国竹枝词》,清康熙刻本。

③ 赵翼著,李学颖、曹光甫校点:《瓯北集》卷七,上海古籍出版社1997年版,第127页。

④ 《清朝文献通考》卷一百七十七《乐考·夷部乐》,浙江古籍出版社1988年版,考6381页。

⑤ 徐光启撰、王重民辑校:《徐光启集》,中华书局1963年版,附录一徐骥《文定公行实》,第562页。

供天主如美少年，名邪酥，彼中圣人也。像绘于壁而突出，似离立而不著墙者。"①汪启淑《水曹清暇录》卷四描绘阜成门内天主堂："堂中佛像用油列绘，远望如生。"②于是有人向利玛窦等询问西洋画原理。利玛窦回答说："中国画但画阳，不画阴，故看之人面躯正半，无凹凸相。吾国画兼阴与阳写之，故面有高下，而手臂皆轮圆耳。凡人之面，正迎阳，则皆明而白，若侧立，则向明一边者白，其不向明一边者，眼耳鼻口凹处皆有暗相。吾国之写像者解此法，用之故能使画像与生人无异也。"③一些中国画家开始借鉴西洋画法。张庚《国朝画徵录》卷中焦秉贞诸人传曰："工人物，其位置之自近而远由大及小，不爽毫毛，盖西洋法也。……焦氏得其意而变通之。"④胡敬《国朝院画录》卷上："海西法善于绘影，剖析分寸，以量度阴阳、向背、斜正、长短，就其影之所著而设色分浓淡明暗焉，故远视则人畜、花木、屋宇皆植立而形圆，以至照有天光，蒸为云气，穷深极远，均綮布于寸缣尺楮之中。"⑤中国画家还以中国概念和中国思维消化吸收西洋画原理。如邹一桂《小山画谱》论树石法曰："黑白尽阴阳之理，虚实显凹凸之形。能树石，则山水之法思过半矣。"⑥与此同时，中国版画也开始带有欧风，此风乾隆后益盛行，如乾隆十二年刊《西游记》所附木板画，即题曰"仿泰西笔意"。日本洋风版画即传自我国。不过当时人虽接受西洋画法，依然在形似层面，张庚认为其"非雅赏也，好古者所不取"。

西洋建筑传入我国，有载籍可考且有遗址可寻者，当属澳门十六、十七世纪所建之古教堂，而影响最大的当属乾隆年间郎世宁设计的圆明园中的西洋建筑。圆明园建筑多类十六世纪末意大利热那亚王宫，若干门窗的形状，仿波洛米尼式，而壁间花饰，袭自十八世纪法国的雕刻，所有岩石形、贝壳形、花叶形以及壁炉、方形柱，都极似路易十四时代的风格。

① 赵翼撰、李解民点校：《檐曝杂记》，中华书局1982年版，第36页。
② 汪启淑著、杨辉君点校：《水曹清暇录》，北京古籍出版社1998年版，第49页。
③ 顾起元《客座赘语》卷六"利玛窦"条，中华书局1987年版，第194页。
④ 张庚：《国朝画徵录》卷中，清乾隆刻本。
⑤ 胡敬：《胡氏书画考三种·国朝院画录》卷上，嘉庆刻本。
⑥ 邹一桂：《小山画谱》卷上，清粤雅堂丛书本。

乾隆时,西洋建筑法实已流入民间。如沈复《浮生六记》记皖城南门外王氏园,观其结构,作重台叠馆之法:重台者,屋上作月台为庭院,叠石载花于上。……其立脚全用砖石为之,承重处仿照西洋立柱法。

二、西域文化与中外文艺碰撞

中西交通的开展,至汉武帝通西域而局面开新。汉之西域有广狭二义,广义的西域,包括天山南北及葱岭以外中亚细亚、印度、高加索、黑海以北的广大地区;狭义的西域,仅为今天山南路的全部。《汉书·西域传》载:"西域以孝武时始通,本三十六国,其后稍分至五十余,皆在匈奴之西,乌孙之南。"①本节所谈西域取其广义的范畴。同时,西域文化,既指产生于这一广大区域的文明,也指东西方文明在这一东西文化中介地而产生的流变。我们所说的中外文艺碰撞,既指中外文明在西域的融合碰撞,也包括西域文明传至中土而产生的融合碰撞。西域文化,就其大者而言,主要表现为宗教文化和音乐美术文化,上节已论及在西域产生之火祆教、摩尼教、回教、景教等宗教文化,故此节主要谈西域音乐美术文化对于中国文学艺术的影响。

古代史上有文献记载的中外文化接触是从张骞出使西域开始的。据《史记》中的《张骞传》、《西域传》,张骞亲身所至的西域国家有大宛、大月氏、大夏、康居,听闻的国家有安息、条支、黎轩、大秦、身毒等国。张骞通西域,传入了条支与黎轩的善眩人,《汉书·张骞传》师古注:"'眩'读与幻同,即今吞刀吐火,植瓜种树,屠人截马之术皆是也。"②又有西域舍利之兽变龙之戏。《汉书·西域传》师古注曰:"鱼龙者,为舍利之兽。"③《后汉书·孝安本纪》注引《汉官典职》描述道:"舍利之兽从西方来,戏于庭,入前殿,激水化成比目鱼,漱水作雾,化成黄龙,长八丈,出水遨戏于

① 班固撰、颜师古注:《汉书》卷九十六上《西域传上》,中华书局点校本1962年版,第3871页。
② 班固《汉书》卷六十一《张骞传》,第2696页。
③ 班固《汉书》卷九十六下《西域传下》,第3929—3930页。

庭,炫耀日光。"①《后汉书·西域传》注引《魏略》还提到"大秦国"的"自缚自解,跳十二丸"之术,这些伎艺传入中国后,成为中国宫殿和民间的娱乐项目,并逐渐发展其规模,精致其伎艺。《隋书·音乐志》记载隋大业二年(606),隋炀帝集散于民间的伎艺人为突厥染干表演了一场百戏,这场表演充分展示了来自西域的杂技在中原发展壮大的情形。《隋书》写道:"及大业二年,突厥染干来朝,炀帝欲夸之,总追四方散乐,大集东都。……有舍利先来,戏于场内,须臾跳跃,激水满衢,水人虫鱼,遍覆于地。又有大鲸鱼,喷雾翳日,倏忽化成黄龙,长七八丈,耸踊而出,名曰'黄龙变'。又以绳系两柱,相去十丈,遣二倡女,对舞绳上,相逢切肩而过,歌舞不辍。又为夏育扛鼎,取车轮石臼大瓮器等,各于掌上而跳弄之。并二人戴竿,其上有舞,忽然腾透而换易之。又有神鳌负山,幻人吐火,千变万化,旷古莫俦。"②与上所引汉代传入的西域幻术对照,隋炀帝这次表演的内容,如果追根溯源地说,它们多出自西域,但其"千变万化",排场之大,已"旷古莫俦",令西域人"染干大骇之"。百戏也成为中国文学艺术的题材。如张衡《西京赋》写道:"巨兽百寻,是为曼延。……海鳞变而成龙,状蜿蜿以蝹蝹。舍利颬颬,化为仙车。……奇幻倏忽,易貌分形。吞刀吐火,云雾杳冥。画地成川,流渭通泾。……尔乃建戏车,树修旃,侲僮程材,上下翩翻。突倒投而跟絓,譬陨绝而复联。"③李尤《平乐观赋》也写道:"戏车高橦,驰骋百马。连翩九仞,离合上下。或以驰骋,覆车颠倒。乌获扛鼎,千钧若羽。吞刀吐火,燕躍鸟跱。陵高履索,踊躍旋舞。飞丸跳剑,沸渭回扰。"④这些伎艺也成为中国美术的素材。据今存汉代文物资料可考知之戏即有:倒立、柔术、逆行连倒、跳丸跳剑戏、耍镡、乌获扛鼎、舞轮旋盘、都卢寻橦戏、陵高履索、冲狭燕濯、角抵

---

① 范晔撰、李贤等注:《后汉书》卷五《孝安帝纪》,中华书局 1965 年版,第 205—206 页。

② 魏徵、令狐德棻等:《隋书》卷十五《音乐志下》,中华书局 1973 年版,第 381 页。

③ 萧统编、李善注:《文选》,中华书局 1977 年版,第 48—49 页。

④ 严可均辑:《全后汉文》卷五十,中华书局 1958 年版,第 747 页。

戏、马戏、蹴鞠、幻术、斗兽驯兽、俳谐傀儡戏等。[①] 魏晋及之后文学中依然有对寻橦、弄丸、角抵等百戏的描写。如傅玄《正都赋》写道："材童妙妓，都卢迅足。缘修竿而上下，形既变而景属。忽跟挂而倒绝，若将坠而复续。虬索龙蜒，委随纡曲。梢竿首而腹旋，承严节之繁促。手戏绝倒，凌虚寄身。跳丸掷堀，飞剑舞轮。"[②]

西域乐舞是中原乐舞文化的重要来源。据《晋书·乐志》，汉代军乐即由西域音乐改造而成。历史学家也将此事追溯到张骞，言其自西域得胡乐，传其法于长安，汉廷令乐府协律都尉李延年用这些胡乐更造新声二十八解，汉帝国军乐因此得以产生。如果说，此例只表明西域乐舞已进入汉帝国音乐机构中，那么分析《隋书·音乐志》、《旧唐书·音乐志》则可见西域音乐与中原音乐整体上的关联。

隋文帝初置七部乐：一曰国伎，二曰清商伎，三曰高丽伎，四曰天竺伎，五曰安国伎，六曰龟兹伎，七曰文康伎。大业中，隋炀帝定九乐，分别是：清乐、西凉、龟兹、天竺、康国、疏勒、安国、高丽、礼毕。唐贞观中，得高昌乐，合为十部乐。以上隋、唐诸部乐中，七部乐中的"清商乐"即九部乐中的"清乐"，是"汉来旧曲"；"文康"即"礼毕"，出自东晋庾亮家，两者源于中国本土音乐。"高丽伎"来自于朝鲜，而其余七部乐都与西域音乐有关。

七部乐"国伎"即九部、十部乐中的"西凉乐"，是吕光、沮渠蒙逊等据有凉州时变龟兹声而成者，魏太武平河西时得之，故名之为西凉乐，魏周之际称为"国伎"。由此乐的产生和传承情况来看，"国伎"为西凉人吸收龟兹乐而成，其后北方政权屡有更迭，此乐作为可传承的文化遗产，为历朝征服政权所拥有，进而赢得"国伎"之名。也可以说，这一龟兹、西凉乐已转化、沉淀为中国的音乐传统。《旧唐书·音乐志》解说"西凉伎"为"中国旧乐，而杂以羌胡之声"，前句或就中国音乐传统言，后句就其原初

---

① 参萧亢达：《汉代乐舞百戏艺术研究》（修订版），文物出版社 2010 年版。
② 严可均辑：《全晋文》卷四十五，第 1715 页。

之音乐来源言。

现存史料保留了"龟兹伎"部乐发生、流传的历史档案。它本为龟兹国乐，吕光灭龟兹时归为己有，吕氏亡后，其乐分散，后魏平中原时，此曲再次由民间徵入国家音乐机构中。由于此乐曾从朝廷音乐机构中流出，史料记载了此乐盛行民间的情况，其结合流行时地，产生了多种变形，至隋时，已有西国龟兹、齐朝龟兹、土龟兹等三部，出现了许多擅长此乐的民间艺人。《隋书·音乐志》列举了曹妙达、王长通、李士衡、郭金乐、安进贵等诸乐人，从姓氏来看，王、李当为汉人，"安"当为胡姓，"郭"、"曹"或出于汉，或出于胡，这也象征性地表明了龟兹乐从北魏至隋时融合发展的姿态。此外，"天竺乐"是张重华据有凉州时西域所献之乐；"康国乐"是周武帝娉北狄女为后所得之"陪嫁"，而北狄因战争而获西域康国伎故有此乐；"疏勒乐"、"安国乐"是北魏通西域而得自疏勒、安国，并经北朝国家音乐机构的"繁会其声"。以上六部乐，均是西域音乐在晋至南北朝时经由各种方式而传入中原，"高昌乐"是唐贞观十六年太宗平高昌时所得，它们被保存在中原政权的国家音乐机构中，隋唐时作为传统音乐收入七部伎、九部伎、十部伎中，成为中原政权音乐文化的重要部分。

隋唐与西域有关的七部伎具有强烈的政治和中原音乐文化传统建构的意味，我们应看到，中国古代音乐文化对西域乐舞文化的吸纳远非这些内容，只是未能进入文本系统而不能保存并留存后世而已。隋唐自帝王至平民普遍葆有对西域乐舞的热爱。《新唐书·礼乐志》载唐玄宗："开元二十四年，升胡部于堂上。而天宝乐曲，皆以边地名，若《凉州》、《伊州》、《甘州》之类，后又诏道调、法曲与胡部新声合作。"[1]"胡部新声"既可以理解为胡部新出音乐，也可理解成唐人新得之胡部音乐，但不管何种意味，都与上文所论七部乐不同。唐百姓对胡乐的兴趣还可从唐诗中看出。如元稹《乐府·法曲》说："自从胡骑起烟尘，毛毳腥膻满咸洛。女为胡妇学胡妆，伎进胡音务胡乐。……胡音胡骑与胡妆，五十年来竞

---

[1] 欧阳修、宋祁：《新唐书》，1975 年，第 476—477 页。

纷泊。"①王建《凉州行》说："洛阳家家学胡乐。"都写出了胡乐进入唐代社会，成为社会好尚的一面。此外，大量的西域乐器传入中原。据《隋书·音乐志》及《隋书·通典》，传自西域的乐器有曲项箜篌、竖头箜篌、凤首箜篌、龟兹琵琶、五弦琵琶、羯鼓、箪篥等。西域舞蹈西汉时已传入中国，汉唐所称之胡舞、胡旋舞、胡腾舞、柘枝舞，多以快速旋转，或腾空跳跃等为特点，这一舞蹈特点现在依然可从新疆少数民族以及中亚各民族舞蹈中看出。

最后需要说明的是，任何外来文化影响的问题在很大意义上都可以转化为本土文化对外来文化的接受。此可以唐朝著名大曲《霓裳羽衣曲》为例作些说明。从西域音乐影响中原音乐的角度言，《霓裳羽衣曲》是唐玄宗以佛曲并胡部"新声"的产物（《唐会要》卷三十三），但我们追溯史料所描绘的唐玄宗创作《霓裳羽衣曲》过程，可以看出文化交流和融合绝非一种文化进入另一种文化，一个文本进入另一个文本的简单过程。刘禹锡《三乡驿楼伏睹玄宗望女几山诗，小臣斐然有感》说："开元天子万事足，唯惜当时光景促。三乡陌上望仙山，归作霓裳羽衣曲。"②唐太宗凝望女几山时，胸中涌动的是中国文学唤起的对"人生几何"的感慨，是中国文化赋予的"被羽衣，飘然翔云飞鹤"的游仙式的超越方式，是中国文学"登高能赋"的写作模式的实践，也是"诗言志，歌永言"、"咏之不足，故嗟叹之，嗟叹之不足，不知手之舞之，足之蹈之"的歌诗传统的实践。这时，流淌在唐玄宗心中的音乐和被书写出来的音乐是他心灵的音乐，它既与作曲家过去的音乐积累有关，更是作曲家在特定心境下的音乐创造。作为音乐积累，对于唐玄宗来说，它可能是西域音乐，也可能是中原音乐，所以《霓裳羽衣曲》在音乐上是印度佛曲与含蓄婉转、清丽悠扬的清商乐的融合，在舞蹈上，既有"小垂手"等典型汉族舞蹈的柔媚优雅又有西域舞蹈的俏丽和明快，中外音乐自然和谐地融合在一起。

① 元稹撰、冀勤点校：《元稹集》卷第二十四，中华书局 1982 年版，第 282 页。
② 刘禹锡撰、《刘禹锡集》整理组点校、卞孝萱校订：《刘禹锡集》，中华书局 1990 年版，第 316 页。

三、佛教与中国文学艺术

许理和提出:"研究中国佛教的初期发展,应基于详细分析中国人对外来教义的回应。……如果社会方面的研究实际上是研究文化的同化……文化的同化暗含着选择。从一开始,外来理论的全体就被缩减为一些要素,通过与已有的中国观念和实践或真实或假想的结合,这些要素易于同化和融入。……在佛教最初传入中国的三百年间,士大夫们反对寺院生活方式及其蕴含的一切,这可能就是在公元4世纪初之前佛教在这个阶层中传播得相当缓慢和不甚明显的主要原因。……佛教渗入士大夫的生活和思想,实际是从公元四世纪出现了杰出的中国法师后才开始的。换言之,当时佛教阶层的领袖已是纯粹的中国知识分子,他们能用修改过的、可被理解和接受的观点护教和弘法。"①以易于同化和融入的要素这一思路寻找佛教与中国思想观念的接榫点,很重要的联结之处是佛教利用中国文化中既有的"业报"思想,中国文化引入佛教转世轮回观念,更好地阐释和承担了中国文化教化救世的功能。

中国主流文化的重要特点是重视文化的社会教化功能,所以孔子教人为君子,而不为小人,可是为君子的动力何在?《易传·文言》说:"积善之家,必有余庆;积不善之家,必有余殃。"②《老子》说:"天道无亲,常与善人。"③这些观念反映了中国文化对于社会公正的渴望和劝善救恶的社会责任感,但这种观念往往与社会经验凿枘不合,所以才会有"好人不长寿,坏人活千年"之类的民间愤激之辞;士人也有疑问,如司马迁在《史记·伯夷列传》中说:"若伯夷、叔齐,可谓善人者非耶?积仁洁行如此而饿死!且七十子之徒,仲尼独荐颜渊为好学。然回也屡空,糟糠不厌,而卒蚤夭。天之报施善人,其何如哉?盗跖日杀不辜,肝人之肉,暴戾恣

① [荷]许理和:《佛教征服中国——佛教在中国中古早期的传播与适应》,李四龙等译,江苏人民出版社1998年版,第2页。
②《周易正义》卷一,《十三经注疏》本,第7页。
③《老子道德经》第七十九章,上海书店1986年版《诸子集成》本,第46页。

睢,聚党数千人横行天下,竟以寿终,是遵何德哉? 此其尤大彰明较著者也。若至近世,操行不轨,专犯忌讳,而终身逸乐,富贵累世不绝。或择地而蹈之,时然后出言,行不由径,非公正不发愤,而遭祸灾者,不可胜数也。余甚惑焉,傥所谓天道,是耶非耶?"①现实如此,这如何能让人坚持行善、放弃恶行呢? 而佛教主张业报在无休止的转世和轮回之中,目的是指出处于这无休止的轮回之中的人生是种苦难,所以人应当修行佛教以超越轮回,安住涅槃。而中国文化因此接榫,将现世的业报推扩至无限的未来,从而在满足中国文化既有的业报思想和劝善救恶思想的同时,解决了短时段内呈现业报的困境。佛教传入中国后,反佛教者主要理由有二:一是沙门剃发、出家,抛弃孝子责任;二是沙门不敬王者,放弃忠臣责任,说到底还是焦虑家庭社会责任的无人承担。而佛教的业报轮回则从更本质的意义上较为圆满地解决了这一问题。

一旦中国士人和民众在观念上可以接受佛教,佛教就自然而然地进入文学艺术领域,以下利用佛教和文学研究成果从题材内容、艺术形式、创作方式和思想观念等方面谈谈佛教对中国文学艺术的拓展。②

首先,大量与佛教有关的文学文本的出现。胡应麟《少室山房笔丛》丙部卷二十九说:"魏、晋好长生,故多灵变之说;齐、梁弘释典,故多因果之谈。"③中古出现了大量的宣佛小说(因果之谈)、僧尼传记等。道世《法苑珠林》卷第五云:"古今善恶,祸福徵祥,广如《宣验》、《冥祥》、《报应》、《感通》、《冤魂》、《幽明》、《搜神》、《旌异》、《法苑》、《弘明》、《经律异相》、《三宝徵应》、《圣迹归心》、《西国行传》、《名僧》、《高僧》、《冥报》、《拾遗》等,卷盈数百,不可备列。传之典谟,悬诸日月。足使目睹,当猜来惑。"④与《法苑珠林》、《名僧》、《高僧》、《宣验》、《冥祥》等书相应,《隋书·经籍志》"史部·杂传"类著

---

① 司马迁:《史记》卷六十一《伯夷列传》,中华书局1959年版,第2124—2125页。
② 以下参考王青:《西域文化影响下的中古小说》(中国社会科学出版社2006年版);孙昌武:《佛教与中国文学》(上海人民出版社1988年版)等。
③ 胡应麟:《少室山房笔丛》,上海书店出版社2001年版,第284页。
④ 释道世著,周叔迦、苏晋仁校注:《法苑珠林校注》,中华书局2003年版,第144页。

录了"康泓《道人善道开传》一卷,释宝唱《名僧传》三十卷,释慧皎《高僧传》十四卷,《江东名德传》三卷,王巾《法师传》十卷,裴子野《众僧传》二十卷,释僧祐《萨婆多部传》五卷,《梁故草堂法师》一卷,释宝唱《尼传》二卷、《法显传》二卷、《法显行传》一卷,严曷《梁武皇帝大舍》三卷",又有刘义庆《宣验记》十三卷,傅亮《应验记》一卷,王琰《冥祥记》十卷,王延秀《感应传》八卷,袁王寿《古异传》三卷,戴祚《甄异传》三卷,祖冲之《述异记》十卷,刘敬叔《述异记》十卷、《续异苑》十卷,干宝《搜神记》三十卷,陶潜《搜神后记》十卷,荀氏《灵鬼志》三卷,刘义庆《幽明录》二十卷,王曼颖《补续冥祥记》一卷、《灵异录》十卷、《灵异记》十卷、《旌异记》十五卷,王劭《舍利感应传》三卷、《真应记》十卷、《周氏冥通记》一卷,颜之推《集灵记》二十卷、《冤魂志》三卷等。对应于"《西国行传》",《隋书·经籍志》"史部·地理"类著录有释法显《佛国记》一卷,沙门释智猛《游行外国传》一卷,刘璆《京师寺塔记》十卷(录一卷),张光禄《华山精舍记》一卷,释昙宗《京师寺塔记》二卷,释昙景《外国传》五卷,释法显《历国传》二卷、《慧生行传》一卷。《隋书·经籍志》"子部·杂类"还有《释氏谱》十五卷,《内典博要》三十卷,齐竟陵王萧子良《净住子》二十卷、《因果记》十卷,费长房《历代三宝记》三卷、《真言要集》十卷,王延秀《感应传》八卷,裴子野《众僧传》二十卷,虞孝敬《高僧传》六卷,谢吴《皇帝菩萨清净大舍记》三卷、《宝台四法藏目录》一百卷,《玄门宝海》一百二十卷。[①] 此外,还有唐初王梵志,中唐寒山、拾得以及中晚唐诗僧大量创作的似佛教偈颂的接近口语的通俗诗等。

其次,借助于佛教,中国文学意象被大大拓宽。新的动物,如大象、狮子、孔雀、驼鸟;新的植物,如菩提树、婆罗树、水仙、荷花;各种奢侈品、香料,如龙脑香、麝香、白檀香、玉石;佛教器物,如七宝殿、舍利、佛像;佛教名词,如佛陀、菩萨、沙门、般若、菩提、菠罗蜜、瑜珈、禅、劫等;佛教基本概念,如蕴、谛、因缘、境界、真如、法界、大乘、小乘等等。又如本来中国文学中的彼岸世界主要有西方昆仑和东方蓬莱,佛教进入中国,佛教

---

① 《隋书》卷三十三、三十四《经籍志二》、《经籍志三》,第 953—1051 页。

经论对天国世界和净土的想象非常细致,因而中国文学对彼岸世界的想象又增加了天国和净土。又如人死后的世界,中国原有黄泉、鬼府等冥界的想象,但中国的鬼府并不是一个惩罚性场所,而是冥间官府所在地,是人间官府的投影,相对来说,佛教中的地狱结构就复杂得多,佛教东土弘经的一个重要内容是"借助图像宣传地狱之苦",因而中国文学中的人死后世界的想象也被拓展。又如水域世界,中国水域本有冯夷、"河伯"、"湘君"、"湘夫人"、"淮水"中的"无支祈"等,但其生活的世界并未得到细致的刻画,佛教传入中国后,富丽堂皇的龙宫,各个水域的龙王、龙婆、龙子等龙的家族,龙王的部属虾兵蟹将等也丰富多彩了起来。

　　第三,佛教促进中国文学创作想象方式的变化。从现有文本来看,中国史前的想象就不是随意的,中国古代神话已遵循理性主义的法则,如天地起源的神话中,想象天地如卵,重浊者沉而为地,轻清者浮而为天,就是基于对天地形态、相对位置的理性观察。又如鲧治水时,人化为熊,这时人就不存在了,这是遵循一物不能同时存在而又不存在的同一性原则。又如盘古死时,气化风云,声化雷霆,身体各个部位相应地化为宇宙中的一物,手杖也化为桃林,依然遵循着"一物不能同时是多物"的理性主义原则,只是更加复杂而已。佛教所依据的印度式想象则破除了这些法则。印度神话说这样创造女人的:"在开天辟地时代,大匠到了要创造女人的时候,他发现在创造男子底时候已把所有的材料用完,一点实质也没有了。在这进退两难底时候,他入了很深的禅定,到出定以后,凑集各种材料造女人。他取月底圆、藤底曲、蔓底攀缘、草底颤动,芦苇底纤弱,花蕊底灿烂,叶底轻浮,象鼻底尖细,鹿眼底瞻视,蜂底丛集日光的炫耀,层云底悲恸,飘风底变动,野鹿底畏怯,孔雀底浮华,鹦鹉颔下底柔软,金刚石底坚硬,蜜底甘甜,虎底残忍,火底炽热,雪底寒冷,鹊底噪,鹃底啼,鹭鸶底虚伪,鸳鸯底忠贞;把这些性质混合起来造成了一个女人,然后将她送给男人。"[1]又如《大方广佛华严经》卷三十四《十地品》第

---

[1] 许地山译:《二十夜问》,录自高巍选辑《许地山文集》下,新华出版社1998年版,第920—921页。

二十六之一:"获一切菩萨自在神力,于一念顷,无所动作,悉能往诣一切如来。"①卷三十四《十地品》第二十六之二说菩萨得无量神通力后,"能动大地,以一身为多身,多身为一身。或隐或显,石壁山障,所往无碍,犹如虚空"②。《长阿含经》卷第十三《阿摩昼经》"专念一心,无觉无观"之"四禅"云:"自于身中起变化心,化作异身,支节具足,诸根无阙。""能种种变化,变化一身为无数身,以无数身还合为一身,能飞行石壁无碍,游空如鸟,履水如地,身出烟焰,如大火积,手扪日月,立至梵天。"③这改变了中国人对于世界和万物存在的观念,使中土人相信存在着不符合理性的运动,运动变化具有绝对自由。在这种的宇宙观、变化观、人生观下,中国式思维就能建立新的联想,触发新的想象。胡适说:"印度人幻想文学之输入确有绝大的解放力……从《列仙传》到《西游记》、《封神榜》,这里面才是印度幻想文学的大影响。"虽然《西游记》、《封神榜》离佛教传入中国已是千年有余,这一超理性的思维方式已融入中国人的思维中,但从溯源的角度看,佛教的影响是不可忽视的。

第四,中国文学情节、结构的变化。想象方式的变化必然使小说情节发展的走向和小说结构呈现不同。最有代表性的是中国文学中梦幻人生的表现和人生梦幻的解脱方式。佛教认为人生痛苦、短暂而虚幻,无罗叉译于西晋的《放光般若经》卷一云:"所说如幻、如梦、如响、如光、如影、如化,如水中泡、如镜中像、如热时炎、如水中月,常以此法用悟一切,悉知众生意所趣向,能以微妙慧,随其本行而度脱之。"④故短暂一梦最能开悟人生。如《杂宝藏经》卷二"婆罗那比丘为恶生王所苦恼缘"记尊者迦旃延为优填王子婆罗那现梦,使之在梦中经历父丧、继位、征战、被囚、临刑等,最终得以大彻大悟。⑤ 此种情节后见于《幽明录·柏枕幻

① 实叉难陀译:《大方广佛华严经》,《大正新修大藏经》第十册,台湾新文丰出版公司影印,1983年版修订版,第178页。
② 实叉难陀译:《大方广佛华严经》,《大正新修大藏经》第十册,第188页。
③ 佛陀耶舍、竺佛念译:《长阿含经》,《大正新修大藏经》第一册,第85—86页。
④ 无罗叉译:《放光般若经》,《大正新修大藏经》第八册,第1页。
⑤ 吉迦夜共昙曜译:《杂宝藏经》,《大正新修大藏经》第四册,第459页。

梦》,沈既济《枕中记》、《南柯太守传》,马致远《黄粱梦》,汤显祖《邯郸记》,蒲松龄《聊斋志异·续黄粱》等小说戏曲作品中。佛教对人生的态度在很大程度上改变了中国文学发展的结局。如《桃花扇》的结尾,本来一对相爱的人历经千辛万苦最终得以相见,此时已没有任何外在阻碍,恋人之间既认识到"男女室家,人之大伦"之理,又"情有所钟",但戏曲家却借"外"之口,让恋人认识情爱和人生的虚妄:"芟情苗,芟情苗,看玉叶金枝凋;割爱胞,割爱胞,听凤子龙孙号。水沤漂,水沤漂;石火敲,石火敲;剩浮生一半,才受师教。"①又如《红楼梦》中贾宝玉的解脱方式,在众人违逆其意为其迎娶薛宝钗后,宝玉可能的超越之道有:精神死亡,肉体放纵,更可以"怜取眼前人",在"博爱"之道中超越,成为博爱仁慈的榜样,这也符合贾宝玉的天性,而深刻的佛教文化影响,使作家选择让宝玉彻底舍弃尘世之爱,夏志清说"只有将人类生活置于关于渴望和痛苦的宇宙论的体系中人们才能明白拯救自我的需要",②佛教的人生思考方式决定了《红楼梦》的这一情节和结局。

第五,中国文学观念的变化。竺法护译《光赞经》卷一云:"若说经法晓练众义,犹如幻化、野马、水月、梦与影响,若镜中像,勇猛无俦。"③佛教让人看清五颜六色的世界为虚妄,目的在引导人们看到虚象后的"真实"。它一方面引导中国文学更多关注外部色相,更引导中国文学追求语言、表象之外的意韵和韵味。萧纲因学佛而作《十空诗六首》——《如幻》、《水月》、《如响》、《如梦》、《如影》、《镜象》,在这些诗歌中,他对自然物象作了前所未有的细致观察和描绘,如《如影》诗写道:"朝光照皎皎,夕漏转骎骎。昼花斜去影,夜树有轻阴。"④他不但观察了白昼和黑夜中的花,还写到了两种情况下的花影,而且由此悟出影的色相过滤作用和

---

① 孔尚任撰,王季思、苏寰中、杨德平合注:《桃花扇》第四十出《入道》,人民文学出版社 1959 年版,第 251 页。

② 此参夏志清:《中国古典小说》第七章《红楼梦》,胡益民等译,江苏文艺出版社 2008 年版。引文出自第 286 页。

③ 竺法护译:《光赞经》,《大正新修大藏经》第八册,第 147 页。

④ 逯钦立辑:《先秦两汉魏晋南北朝诗·梁诗》卷二十一,中华书局 1983 年版,第 1938 页。

悟道功能。又如东晋法师支遁在《八关斋诗三首序》中说:"至四日朝,余既乐野室之寂,又有掘药之怀,遂便独住。于是乃挥手送归,有望路之想;静拱虚房,悟身外之真;登山采药,集岩水之娱。遂授笔染翰,以慰二三之情。"①指出了佛家生活方式(登山采药、静处虚房、山水之娱)、观照方式(虚静悟真)与文学的关系,而文学就当表现出山水之娱和身外之真,文学的功能在于"慰情"。而且佛教传入中国后,写小说以明灾祥灵异、因果报应,既是敬信如来、皈依大法之明示,又有宣教传道之大德,故其功用变得极其神圣。同时,六朝时开始的以赞咏形式讲说佛教因缘、譬喻故事夹杂其间的梵呗说唱,后世的俗讲文学等通俗文学,也都因此而获得了存在的依据。

当然,佛教传入中国后为适应中国文化多有调适,中国人的接受面向也多有不同。我们以吴均《续齐谐记》中《阳羡书生》为例作些说明。《阳羡书生》故事原型出自《旧杂譬喻经》。说太子应母亲要求自御车带母亲游览国中,母亲"开帐,令人得见之",母亲无相,令儿子大为郁闷,乃入山中游观,却又见梵志口中吐出的女子别有情人。此故事本意是说"女人能多欲"、"天下不可信,女人也"和"爱"的虚妄。②《阳羡书生》虽用《旧杂譬喻经》口中吐人的情节,但在许多方面作了改造。第一,加强了故事的真实性和历史感。佛教故事用"过去无数劫时"来表达时间,《阳羡书生》留物为证:"留大铜盘,可二尺广,与彦别曰:'无以藉君,与君相忆也。'彦太元(373—396)中为兰台令史,以盘饷侍中张散,散看其铭,题云是永平三年(58—75)作。"③有了确凿的纪年,一切仿佛是历史事实,这充分显示了中国人对真实性的诉求。第二,中国的孝文化的以及由此而来的"容隐"法条,不允许怀疑或抖落母亲的失道,也不能容忍以母亲作为道德试验对象,所以《阳羡书生》将所遇之人改为陌生人。第三,佛教

---

① 《先秦两汉魏晋南北朝诗·晋诗》卷二十,第 1079 页。
② 康僧会译:《旧杂譬喻经》卷上,《大正新修大藏经》第四册,第 514 页。
③ 吴均《续齐谐记》,见《山海经外二十六种》,《四库笔记小说丛书》本,上海古籍出版社 1991 年版,第 556 页。

故事一开始就表明了宗教意图,《阳羡书生》则从未申明其宗教意图,它还在女子口中吐出情人后继续写情人又吐出情人,如此循环下去,将对"女人的不可信"转变成了对普遍人性的思考,所以《阳羡书生》或可作为佛教寓言读,亦可作为俗世故事读,更可看作诙谐的笑话。正如贾瓦哈拉尔·尼赫鲁在《印度的发现》中所说:"中国曾向印度学到了许多东西,可是由于中国人经常有充分的坚强性格和自信心,能以自己的方式吸收所学,并把它运用到自己的生活体系中去。甚至佛教和佛教的高深哲学在中国也染有孔子和老子的色彩。佛教哲学的消极看法,未能改变或者抑制中国人对于人生的爱好和愉快的情怀。"①

第二节 西学东渐与近现代中国文学艺术

十九世纪,西方传教士再度东来,西学东渐重开帷幕。此时,面对西方的政治、经济、军事优势,传统士大夫中的开明之士的思想产生某种质变,而从传统士大夫阶级中分化出来,他们鼓吹在中国发展西学,与之相应,不同于传统文学艺术的近代文学艺术孕育而生。

一、西学东渐与近代文学的发展

西方传教士再度东来时,仍以介绍西学作为传播福音的媒介。他们编译书报、组织学会、创办学堂、设立医院,其中创办学校数千所,编译的自然科学书籍达四百余种。1887年,英国苏格兰长老会教士韦廉臣在上海发起成立"广学会",入会者有美国传教士林乐知、丁韪良、李佳白,英国传教士慕维廉、艾约瑟、李提摩,德国传教士化之安等人。他们编译的书刊有《列国变法兴盛记》、《七国新学备要》、《文学与国策》、《自西徂东》等。这些译著为维新派的康有为、梁启超等一批"不懂外国话的西学家开辟了一条新路"。戊戌变法前,《香港邮报》记者采访康有为,询问他如

---

① [印]瓦哈拉尔·尼赫鲁:《印度的发现》,齐文译,世界知识出版社1958年版,第246页。

何能周知世界国情和大势,康有为回答是因阅读了英美教士李提摩和林乐知等人的各种译著。①

中国近代文学新潮随戊戌变法政治、思想思潮而涌动。1897 年梁启超在《万木草堂小学学纪》中说:"若夫骈丽之章,歌曲之作,以娱魂性,偶一为之,毋令溺志。"②开始将古典诗文降为个人娱性之用,而视小说、戏剧为开发广大民智之物。虽然明清士人也有小说戏剧入人也深之论,但近代中国提倡小说、戏剧却是以想象的西方小说戏剧的巨大社会功用为号召的。梁启超在《译印政治小说序》中谈欧洲小说在欧洲变革中的意义:"在昔欧洲各国变革之始,其魁儒硕学,仁人志士,往往以其身之所经历,及胸中所怀,政治之议论,一寄之于小说。于是彼中辍学之子,黉塾之暇,手之口之,下而兵丁、而市侩、而民氓、而工匠、而车夫走卒、而妇女、而童孺,靡不手之口之。往往每一书出,而全国之议论为之一变。彼美、英、德、法、奥、意、日本各国政界之日进,则政治小说为功最高焉。英名士某君曰:'小说为国民之魂。'岂不然哉!岂不然哉!"③同年 10 月 16 日严复、夏曾佑在天津《国闻报》也发文称:"说部之兴,其入人之深,行世之远,几几出于经史上。而天下之人心风俗,遂不免为说部所持。……且闻欧美东瀛,其开化之时,往往得小说之助。"陈去病等在《招股启并简章》谈到戏剧在东瀛西方开通风气的功能:"侧闻泰东西各文明国,其中人士注意开通风气者,莫不以改良戏剧为急务,梨园子弟,遇有心得,辄刊印新闻纸,报告全国,以故感化捷速,其效如响。"④为防止近代小说、戏剧与古代小说、戏曲建立联系,梁启超特意将近代新小说与传统小说划清界限。他在《译印政治小说序》中将传统小说内容全部纳入"诲淫诲盗"之列。他说:"中土小说……佳制盖鲜。述英雄则规画《水浒》,道男女则步武《红楼》,综其大较,不出诲淫诲盗两端。"在《中国唯一之文学报

① 此参姚崧龄:《影响我国维新的几个外国人》,台北传记文学出版社 1971 年版,第 57 页。
② 梁启超著、吴松等校:《饮冰室文集点校》,云南教育出版社 2001 年版,第 201 页。
③ 梁启超:《译印政治小说序》,《饮冰室文集》,第 153 页。
④ 陈去病、汪笑侬等:《招股启并简章》,《二十世纪大舞台》第 1 期,1904 年 10 月。

〈新小说〉》中,他进一步从传统小说作者身份角度论证了传统小说的一无可取,甚至是毒害。他说:"好学深思之士君子,吐弃不肯从事(小说写作),则儇薄无行者从而篡其统,于是小说家言遂至毒天下,中国人心之败坏,未始不坐是。"①

所以,中国近代文学在建立伊始,即有追求文学社会功能的强烈倾向,这与中国古代文学追求美刺功能、文以载道的精神相通,只是"文以载道"重点在对文章内容的要求,"美刺"是持某种标准对统治者和当下政治社会的赞美或批评,"开化民智"是希望通过小说戏剧创作出开化的受众群而建立美好的未来。尽管近代文学倡导者的思维方式根植于中国文化,但近代文学无疑是以否定传统而以西洋为是的姿态为其发展的起点,中国作家、翻译家和理论家是以西洋文学为理想而确立了近代文学发展方向,尽管其对西方小说、戏剧的理解,与其说建立在西洋小说、戏剧之上,勿宁说是近代哲人依据中国近代政治社会思想而想象的产物。具体来说有:

第一,输入西洋小说。定一在《小说丛话》中说:"中国小说之不发达,犹有一因,即喜录陈言,故看一二部,其他可类推,以至无进步,可慨!可慨!然补救之方,必自输入政治小说、侦探小说、科学小说始。盖中国小说中,全无此三者性质,而此三者,尤为小说全体之关键也。若以西例律我国小说,实仅可谓有历史小说而已,即可有之,然其性质多不完全;写情小说,中国虽多,缺点亦多;至若哲理小说,我国尤罕。吾意以为哲理小说实与科学小说相转移,互有关系:科学明,哲理必明;科学小说多,哲理小说亦随之而夥。"②定一以"西律"来检视中国小说,消解了中国古代小说存在的价值,其对哲理小说的认识,则以科学为核心价值,定一关于小说认识的政治、科学标准昭然若揭,所以他特别提倡政治小说、侦探小说和科学小说三种。近代中国作者确尝试创作政治小说、侦探小说和

---

① 梁启超:《中国唯一之文学报〈新小说〉》,《新民丛刊》第 14 号,1902 年。

② 定一:《小说丛话》,《新小说》第 15 号,1905 年。

科学小说。如1902年，梁启超出版"政治小说"《新中国未来记》；1896年，梁启超所办《时务报》上连载三期福尔摩斯探案小说，1916年，《福尔摩斯探案全集》12册出版，中国作家程小青模仿柯南·道尔的福尔摩斯而作霍桑侦探小说系列等。

第二，吸收西洋文学（特别是小说）的创作技巧。时人认为西洋文学构思新颖、叙述方法生动活泼。解弢在《小说话》中说："欧美小说之构局，变格实多。有两截法，如《噀血酬恩记》之叙艺叙获是也；有前后倒置法，《歇洛克奇案》开场是也；有截梢作根法，《薄倖郎》是也。""小说起首结尾……群龙无首法，欧美作家多用之，吾国未之见也。"又如1903年，陈匡石在《湖南教育杂志》第1期载文评论都德《最后一课》曰："是篇佳处，在设想之奇，出语之妙。夫割地之惨，奴隶牛马之恸，是何等重大问题，而乃以孩童语气出之，全篇所写，尽是一蒙学校中琐屑之事，计时不过半日，而读者心目中，俨然想见异族之威，亡国之憾，真有手挥五弦、目送归鸿之妙。"中国小说家对西洋小说写法多心向往之。如程小青云柯南·道尔侦探小说："它的意识的纯正，结构的紧密，布局的谨严，对白的句句着力，人物个性的渗透和前后脉络的贯串……只有'私心向往'。"①吴趼人、李伯元、曾朴、刘鹗等晚清"谴责小说"，即接受欧洲十八世纪启蒙主义小说和十九世纪批判现实主义小说的影响，在构思布局和叙述方法上也融合了西洋文学的技巧。

第三，"报章文"等新文体的建立。1849年，王韬任职于英国教会在上海所办编译机构墨海书馆，开始接受西学，后游历英、法、俄诸国，1874年，他在香港创办《循环日报》，在该报上发表了一系列文笔浅显、语言流畅的政论文，这些文章讲经济，忧时局，介绍西学，因借助报纸这一新的媒介工具，故被称之为"报章文"。稍后，梁启超又创"时务文"和"新民体"。"时务文"源于梁启超主编的《时务报》。《时务报》为旬刊，1896年

---

① 程小青：《龙虎斗引言》，见范伯群编：《侦探泰斗程小青》，台北业强出版社1993年版，第198—201页。

8 月 9 日创刊,1898 年 8 月停刊,共出 69 期。梁启超在《时务报》中发表了大量的文字新鲜流畅,用以宣传新思想和新观念的文章,以至于"自通都大邑,下至僻壤穷陬,无不知有新会梁氏者"。戊戌政变后,梁氏逃亡日本,先后创办《清议报》和《新民丛报》,又以类似的文笔写下大量宣传维新思想的文章,往昔"时务文"经改进而演变为"新民体"。梁启超总结"时务文"和"新民体"的主要特征说:"务为平易畅达,时杂以俚语韵语及外国语法,纵笔所至不检束,学者竞效之,号'新文体'。……其文条理明晰,笔锋常带感情,对于读者,别有一种魔力焉。"[1]这三种文体都借助新闻媒体,其所想象的读者是可以教化的广大的受众,所以,外国名词和语法显示出新鲜时尚,俚语、韵语使文章平易而易诵,大量的排比使情感丰沛洋溢,新文体使近代思想的宣传更富感召力。

第四,在文艺理论的研究和运用方面,大量地引入西方近代文学观念和美学思想。成之在《小说丛话》中指出:文学(小说)创作作为"美的制作",不是对社会生活的简单的再现,而应经过四个阶段:模仿—选择—想化—创造。小说所描写之社会,校之实际之社会,其差有二:一曰小,一曰深。然而,"小说所描写之事实在小,非小也,欲人之即小以见大也;小说描写之事实贵深,非故甚其词也,以深则易入"[2]。成之的这些意见是对于西方文学现实主义理论、典型化原理的理解和把握。又如王国维《红楼梦评论》、《宋元戏曲史》、《人间词话》,相当娴熟地以西方美学观念来重新解释和探讨中国传统的文学概念、术语以及文学命题,如"境界"、"造境"、"写境"、"有我之境"、"无我之境"等。

二、留学生、翻译与中国近现代文学

1847 年,容闳被美国传教士布朗夫妇带到美国,成为近代中国最早

---

[1] 梁启超:《清代学术概论》二十五《梁启超的今文学派宣传运动》,上海古籍出版社 1998 年版,第 85—86 页。

[2] 成之:《小说丛话》,《中华小说界》第 3—8 期,1914 年。

的留学生,后因容闳周旋,最终促成清政府派遣赴美留学生计划。1872年至1875年,清廷分四批派遣了120名幼童赴美留学。这批学生中即有詹天佑等人。清政府向欧洲派遣留学生,主要出于加强海防的需要,最早于1877年由福建船政学堂选派,共有30名学生赴英、法留学。其中包括严复、马建忠等人。1896年,清廷首次派遣13名留日学生,之后人数逐年上升,1902年,已达四五千人,1906年,约为八千名,中国人的主要留学地转向了日本。因大批留学生出现,西学东渐的主要媒介由西方传教士、官方书局而转为留学生,留学生主要通过翻译西洋、日本书籍来传播西学。①

近代中国人自己翻译西方书刊,始于林则徐在广州禁烟时期。据说他"日日使人刺探西事,翻译西书,又购其新闻纸",编译成《四洲志》、《华事夷言》等书。1868年,清廷在北京设"同文馆"。1895年底,总理各国事务衙门上奏,请求开设官立书局:"臣等公同商酌,拟援照八旗官学之例,建立官书局,钦派大臣一二员管理,聘订通晓中西学问之洋人为教习常川住局,专司选择书籍、各国新报及指授各种西学,并酌派司事译官收掌书籍,印售各国新报,统由管理大臣总其成,司事专司稽察。"②1896年,留学生监督孙家鼐提出《官书局奏开办章程》曰:"拟设刊书处,译刻各国书籍,举凡律例、公法、商务、农务、制造、测算之学,及武备、工程诸事,凡有意于国计民生与交涉事件者,皆译成中国文字,广为流布。"③同年7月起,梁启超创办了中国最早的新式杂志——《时务报》,设外国报章杂志翻译栏目,自第三号起,细分为英文、法文和东文(日本文)三部分,日文翻译由日人古城贞吉负责,当时因翻译人才短缺,不得不连载黎汝谦所译旧稿《华盛顿传》,所以,留日学生数增多的一个原因是为了培养日语翻译人才。

---

① 此节多参考李喜所:《近代留学生与中外文化》(天津教育出版社2006年版);〔日〕实藤惠秀著,谭汝谦、林启彦译:《中国人留学日本史》(生活·读书·新知三联书店1983年版)。
② 朱寿朋编:《东华续录(光绪朝)》,光绪一三二,宣统元年上海集成图书公司铅印本。
③ 张静庐辑:《中国近代出版史料初编》,中华书局1954年版,第46—47页。

时人以为日本与中国同文,留日易于速成,日本在中国之前学习西方,故可以日文书为中介来接受西学并借鉴日本经验。1897 年,梁启超起草《大同译书局叙例》说:"是以愤懑,联合同志,创立此局。以东文为主,而辅以西文,以政学为先,而次以艺学。"①1898 年,康、梁发动戊戌新政,所上《请广译日本书、派游学折》曰:"臣愚颛颛思之,以为日本与我同文也,其变法至今三十年,凡欧美政治、文学、武备、新识之佳书,咸译矣,但工艺少阙,不如欧美耳。译日本之书,为我文字者十之八,其成事至少,其费日无多也。"②张之洞也说:"学西文者,效迟而用博,为少年未仕者计也;译西书者,功近而效速,为中年已仕者计也。若学东洋文、译东洋书,则速而又速者也。是故从洋师不如通洋文,译西书不如译东书。"③

留日学生的译书活动很快见出成效。1900 年,留日学生的第一个译书团体"译书汇编社"成立,之后教科书译辑社(主要翻译教材)、湖南编译社(略带政治倾向)、普通百科全书、闽学社等翻译社团相继成立。1901 年,梁启超在《〈清议报〉一百册祝辞并论报馆之责任及本馆之经历》中高度评价了留日学生的翻译成绩:"日本留学生有《译书汇编》、《国民报》、《开智录》等之作。《译书汇编》至今尚存……能输入文明思想,为吾国放一大光明,良可珍诵。"④冯自由《辛亥前海内外革命书报一览》也说:"《译书汇编》……所译卢骚《民约论》、孟德诗鸠《万法精理》、斯宾塞《代议政治论》等,促进吾国青年之民权思想,厥功甚伟。"⑤有学者利用《东方杂志》前、中、后部用青红二色刊出的商务印书馆新书广告,按原著国作过统计,共有日本人原著 40 种,西洋人原著 27 种,其中中国人直接从西洋著作翻译的,有严复所译 2 种、林纾 1 种,其余都是从日本书重译的。又据《译书经眼录》所收录 1901 至 1904 年间出版的书籍统计,其中译自

---

① 梁启超:《饮冰室文集点校》,第 147 页。
② 中国史学会主编:《戊戌变法》第二册,上海人民出版社 1957 年版,第 223 页。
③ 张之洞:《劝学篇·外篇·广译第五》,上海书店出版社 2002 年版,第 46 页。
④ 梁启超:《饮冰室文集点校》,第 755 页。
⑤ 张静庐辑:《中国近代出版史料二编》,中华书局 1954 年版,第 283 页。

日本书者占了 60％强,译自西洋诸国者,也主要是留日学生从日语本译成中文的。[①]

留学生的文学翻译,最早的译作可能是王韬翻译《普法战记》(1870年译)而同时翻译的《法国国歌》和德国《祖国颂》。其次,可能是蠡勺居士所译《一睡七十年》,即美国作家欧文的《瑞普·凡·温克尔》,刊于1872年4月22日的《申报》。翻译文学作为一种独立的文学现象的出现并形成风尚,则在戊戌(1898)以后。据学者统计,五四之前的外国文学译本约为 800 至 1000 种,其中纯文学作品译本约为 300 至 400 种。这在时间上与日本留学生人数激增同步。

五四以后留学生翻译文学并成为文学家者激增,有学者称,中国现代作家的创作,"从思想基源到艺术手段到语言技巧,无不折射出翻译文学对他们的影响和启发"[②]。如留学日本的鲁迅一面创作了《狂人日记》、《阿Q正传》等小说,一面翻译了武者小路实笃《一个青年的梦》(1923年译)、夏目漱石等《现代日本小说集》(1923年,与周作人合译)、厨川白村《苦闷的象征》(1925年)、鹤见祐辅《思想·山水·人物》(1928年)、片上伸《现代新兴文学诸问题》(1929年)等。厨川白村著作,除鲁迅所译二种外,尚有樊从予译《文艺思潮论》,丰子恺译《苦闷的象征》,夏丏尊译《近代的恋爱观》,绿焦、刘大杰译《走向十字街头》,沈端先译《北美印象记》,夏绿焦译《欧美文学评论》,杨开渠译《文学十讲》,罗迪先译《近代文学十讲》,任伯涛译《恋爱论》,绿焦译《小泉八云及其他》,黄新民译《欧洲文艺思想史》,汪馥泉译《文艺思想史》,这些译者,都兼有作家和留学生的身份。现代文学史上的语丝派(鲁迅等)、创造社(郭沫若等)成员几乎全是留日学生,在二十至三十年代,他们翻译了很多日本文学,日本作家芥川龙之介、小泉八云、佐藤春夫、夏目漱石等人都有五种以上的作品被翻译成中文。而留美学生的代表先有学衡派,后有新月派和现代评论派,他

---

① [日]实藤惠秀:《中国人留学日本史》第五章《留日学生的翻译活动》,第 204—241 页。
② 张德明:《翻译文学与中国现代文学现代性》,台湾《人文杂志》,2004 年第 2 期。

们也多有欧美文学和理论的翻译。①

　　陈独秀在《文学革命论》中充满激情地宣称："予爱卢梭、巴斯德之法兰西，予尤爱雨果、左拉之法兰西；予爱康德、黑格尔之德意志，予尤爱歌德、卜特曼之德意志；予爱培根、达尔文之英吉利，予尤爱狄更斯、王尔德之英吉利。"②所爱者都是欧美国家和作家。鲁迅在《青年必读书》中甚至说："我以为要少——或者竟不——看中国书，多看外国书。"③可见现代留学生对外国文学的狂热和对中国文学厌弃的姿态。

　　留学生、翻译对中国近现代文学的影响，主要表现在以下几个方面：

　　第一，在很大意义上，翻译引导了中国现代文学的书写方向。

　　1919 年五四运动前后，文学革命使白话文学成为文学正宗，思想革命使民主与科学受到尊崇，与之相呼应，文学创作表现"个人"与传统之间的紧张，表达"个人"要从整个传统中释放出来的诉求。1918 年，胡适在《新青年》上发表《易卜生主义》一文，与之相应，同期刊登了胡适、罗家伦合译《娜拉》，陶履恭译《国民之敌》，吴弱男译《小爱友夫》，借助于翻译的易卜生戏剧，胡适阐释了易卜生戏剧的最主要的主题：社会对个人破坏性的影响。"社会最爱专制，往往用强力摧折个人的个性，压制个人自由独立的精神。"进而提出"健全的个人主义"哲学是中国最需要的，鼓励大家"要努力把自己铸造成一个人"。现代文学中一个不断出现的主题是"具有新潮思想的年轻人自象征传统的主要封建制度——传统的家庭以及安排式的婚姻制度中挣脱出来"，第二步是自我实现，"维护你自己的人格"（徐志摩语）。周作人认为西方文艺复兴时期对"人的发现"将人类提升到突出的中心地位，"彼此都是人类，却又各是人类的一个"（周作人语）。周作人的认识，显然受到罗曼·罗兰以及托尔斯泰的影响，也与周作人翻译托尔斯泰《劲草》以及其他俄国小说不无关系。鲁迅是现代

---

① ［日］实藤惠秀：《中国人留学日本史》第五章《留日学生的翻译活动》，第 241—248 页。
② 原载《新青年》2 卷 6 号，1917 年 2 月 1 日。录自陈独秀撰、胡明编选：《陈独秀选集》，天津人民出版社 1990 年版，第 51 页。
③ 鲁迅：《鲁迅全集》第 3 卷，人民文学出版社 2005 年版，第 12 页。

作家中最具个人主义色彩的作家,其《文化偏至论》可视为他对现代欧洲文化和文学的一个"精神性"诠释,在他的诠释中,惟有靠着史特纳、叔本华、齐克果、易卜生、尤其是尼采的引导,二十世纪的文明才有转机,顺此线索,鲁迅赞赏拜伦、雪莱、普希金、显克微支、史洛瓦基以及裴多斐这群具有天才的"摩罗诗人"。1918年至1925年,鲁迅陆续发表的小说、论说文和散文,最普遍的主题就是人与世界之间的疏离和冲突。[①] 这与鲁迅广泛的翻译有关。

第二,不同作家根据不同的机缘和兴趣汲取不同的西方文学营养,在创作方式和技巧上,对西方现实主义、浪漫主义、象征主义、神秘主义等创作方法以及细腻的环境描写、肖像描写、心理刻画等技巧的借鉴与运用,成就了中国现代文学的丰富多彩。

在五四运动时期的中国文学界,模仿西方文学进而进行创造性转化的现象是相当普遍的。有学者指出:刘半农系模仿英国诗人皮科克(T. L. Peacock)"The Ork and the Beach"而作《爱它? 害它? 成功!》;吴宓仿华兹华斯(William Wordsworth)的"Laodamia"而作《海伦曲》;闻一多仿胡德(Thomas Hood)《衬衫之歌》(The Song of the Shirt)而作《洗衣歌》;闻一多的《忘掉她》实模仿蒂斯代尔的"Let it be forgotten";[②]闻一多《死水》,与美国女诗人米蕾(Edna St. Vincent Millay)一首十四行诗意象和用词都甚相似。[③] 又如被称为中国"象征诗的先驱"的李金发,据其自云:"我虽然受鲍特莱与魏尔伦的影响作诗,但我还是喜欢拉马丁、谬塞、沙庞等的诗。"李金发的《汝可以裸体……》写道:"汝可以裸体来到园里,我的蔷薇正开着,他深情与你的比较美丽,——但须除掉多情的眼儿。汝可以沉睡在幽润之苍苔上,不梦想一切事情。假若腿儿湿了,你可以用日光的反照去干燥之。"即出自波特莱尔的《我喜欢裸体时

① 此节参李欧梵:《中国现代文学与现代化十讲》第一讲《现代中国文学中的浪漫个人主义》,复旦大学出版社2005年版,第19—24页。
② 廖七一:《胡适诗歌翻译研究》,清华大学出版社2006年版。
③ 赵毅衡:《对岸的诱惑:中西文化交流记(增编版)》,上海文学出版社2007年版,第33页。

代》："我喜爱裸体时代的回忆,那时'太阳神'将塑像加上金饰。那时,男女恣意地无伪无虑玩乐,而,抚摸他们脊梁的多情天空,正锻炼着他们高贵器官的健康。"①

　　30年代作家对西方现代主义作品相当熟悉。如章克标《回忆邵洵美》文中说:"我们这些人……沉溺于'惟美派'——当时最风行的文学艺术流派之一……是西欧波特莱尔、魏尔伦、王尔德乃至梅特林克这些人所鼓动激扬的东西。"邵洵美也谈到:"我的诗的行程也真奇怪,从莎茀发见了他的崇拜者史文朋,从史文朋认识了先拉斐尔派的一群,又从他们那里接触到波特莱尔、凡尔仑。"②卞之琳谈自己的诗歌所受西方文学的影响时说:"我前期最早阶段(诗)……显然指得出波德莱尔……的启发,后期以至解放后新时期,对我也多少有所借鉴的还有奥登(W. H. Auden)中期的一些诗歌,阿拉贡(Aragon)抵抗运动时期的一些诗歌。"③卞之琳自称自己"写诗道路上的转折点",是在"1938年秋后的日子",那时,英国现代派诗人奥登访问中国,写下了《战地行》(*Journal of war*)27首十四行诗,卞之琳对其进行翻译。三四十年代崛起的西南联大诗人群和上海诗人群,其中部分诗人后来以"九叶诗人"闻名于世,他们所推崇的是艾略特、奥登、叶芝、纪德和里尔克等后期象征主义诗人。小说家方面,如汪曾祺受到外国文学的影响。"如果说阿左林和纪德等给予汪曾祺的主要是艺术风格和感受方式上的启发,那么萨特——可能还包括加缪——给予他的则主要是思想上的启发。"④而20世纪40年代,沈从文"从佛经到尼采,从弗洛依德到《文选》诸子,从基督教到进化论等,均可

① 参周良沛:《李金发其人其诗》,见李金发:《李金发诗选》,长江文艺出版社2003年版,第155页。
② 邵洵美:《诗二十五首》,上海书店影印1935年版,第6—7页。
③ 卞之琳:《〈雕虫纪历〉自序》,《卞之琳文集》中卷,安徽教育出版社2002年版,第458页。
④ 解志熙、李明生:《生的执著——存在主义与中国现代文学》,人民文学出版社1999年版,第126页。

从中找到痕迹,而其中受外来影响更为重要"①。

三、西学与中国文学艺术研究的现代化

葛兆光在《思想史研究课堂讲录》中说:"自甲午战争后,整个中国的'自改革'转向了全面的'向西转',西风从此彻底压倒了东风,没有人还坚持'祖宗家法'了,虽然还有'中学为体'的说法。……从那个时候起,已经没有严格意义上的守旧派了,只有程度不同的趋新派了,整个中国就开始了艰难的'现代历程'。"②而中国古代文学研究的现代进程,也"意味着对传统的一种反叛和叛逆,同时也是对新的解决方法所怀的一种知识上的追求"。中国现代性,"似乎在不同的层面上继承了西方'资产阶级'现代性的若干常见的含义:进化与进步的思想;积极地坚信历史的前进,相信科学和技术的种种益处,相信广阔的人道主义所制定的那种自由和民主的理想",即使"当五四作家在某种程度上与西方美学中的现代主义那种艺术上的反抗意识声气相通的时候,他们并没有抛弃自己对科学、理性和进步的信仰"③。

从叛逆传统的角度看,中国古代文学研究的进程可以说是从鄙视和反对"词章"开始的。1897 年梁启超在《万木草堂小学学纪》中说:"词章不能谓之学。"那什么是"学"呢? 清人所做的考据算不算学? 也不算。梁启超在《过渡时代论》中说:"士子既鄙考据词章庸恶陋劣之学,而未能开辟新学界以代之。"④梁启超进而指出中国的学问之路:"学子欲自立,以多读西书为功。"⑤但究竟如何去做,梁启超也没有给出答案。直到 20

① 贺桂梅:《沈从文:文学与政治》,《转折的时代——40—50 年代作家研究》,山东教育出版社2003 年版,第 123 页。
② 葛兆光:《思想史研究课堂讲录:视野、角度与方法》,生活·读书·新知三联书店 2005 年版,第 2 页。
③ 李欧梵:《追求现代性(1895—1927)》,见收李欧梵:《现代性的追求:李欧梵文化评论精选集》,生活·读书·新知三联书店 2000 年版,第 236 页。
④ 梁启超:《饮冰室文集点校》,第 711 页。
⑤ 梁启超:《〈西学书目表〉序例》,《饮冰室文集点校》,第 141 页。

世纪 20 年代,在胡适、傅斯年时代,中国古代历史、古代文学的研究方法才大致成型。傅斯年《历史语言研究所工作之旨趣》正面回答了何为"历史学"和"语言学"以及如何建构的问题。他说:"历史学和语言学在欧洲都是近代才发达的。历史学不是著史:著史多多少少带点古世、中世的意味,且每取伦理家的手段,作为文章家的本事。近代的历史学只是史料学,利用自然科学供给我们的一切工具,整理一切可逢着的史料,所以近代史学所达到的范域,自地质学以至目下新闻纸,而史学外的达尔文论正式历史方法之大成。"①

胡适对文学研究方法的建立具有重要意义。一是他有意识地大力推介,二是他实践给别人看。最有代表性的成果要数他的《红楼梦》、《水浒传》研究的考证文章,他在北京大学倡导的"整理国故"运动以及"古史辨"派的研究成果等。胡适的研究方法能为研究者所接受并成为一种范式,主要的是他的研究方法是建立在当时流行(现在仍然流行)的观念——科学、实证之上。

这里的科学,是以自然科学为内涵的,近现代以来,中国人强烈的科学信仰,使得文学研究如果不找到自然科学的依据,似乎就失去了存在的理由。"中央研究院"历史语言研究所编《俗文学丛刊》第一册有一本《新编戏学汇考》,其中卷一《戏学编》第一章《戏学总纲》开宗明义道:"须知戏剧之要素,实含有文学、音学、物理、化学、美术、历史、地理、体育等科学。此等要素缺一不可。戏剧家苟能具此学识,随即运用,发生一切功验,则戏剧之精神自显,戏剧之基础自固,戏剧之价值亦因之而高尚矣。"②科学信仰的深层原因是将晚清帝国的衰弱归结于中国没有科学。中国文学研究也是仿照、比附自然科学建构起来的。胡适曾说:"无论什么科学——天文、地质、物理、化学等等——分析起来,都只有一个治学方法,就是做研究的方法。……凡是做学问,做研究,真正的动机都是求

---

① 傅斯年:《历史语言研究所工作之旨趣》,《史语所集刊》,1928 创刊号。
② 《新编戏学汇考》,"中央研究院"历史语言研究所编《俗文学丛刊》第一册,新文丰出版股份有限公司 2001 年版,第 1 页。

某种问题某种困难的解决。……要假设一个比较最能满意的假设……经过这一番材料的收集,经过这一番把普通人不知道的材料用有系统的方法来表现出来,叙述出来。"①如果说自然科学是对科学问题的探讨,人文研究是人的知识的一种探讨,在最宽泛的意义上当然是成立的,然而现代古代文学研究方法对自然科学的借鉴远非在这一层面上。

胡适在三个层面上提出古代文学的研究方法:"我要读者学得一点科学精神,一点科学态度,一点科学方法。"他解释说:"科学精神在于寻求事实,寻求真理。""科学态度""在于撇开成见,搁起感情,只认得事实,只跟着证据走"。"在消极方面,我要教人怀疑王梦阮、徐柳泉一班人的谬说。在积极方面,我要教人一个思想学问的方法。我要教人疑而后信,考而后信,有充分的证据而后信。……我要教人知道学问是平等的,思想是一贯的。……肯疑问'佛陀耶舍究竟到过庐山没有'的人,方才肯疑问'夏禹是神是人'。有了不肯放过一个塔的真伪的思想习惯,方才敢疑上帝的有无。"而"科学方法只是'大胆的假设,小心的求证'十个字。没有证据,只可悬而不断,证据不够,只可假设,不可武断,必须等到证实以后,方才奉为定论"(第 194 页)。关于"大胆的假设,小心的求证",1921 年,胡适在《红楼梦考证》中论述道:"只能运用我们力所能搜集的材料,参考互证,然后抽出一些比较的最近情理的结论。这是考证学的方法。我在这篇文章里,处处想撇开一切先入为主的成见;处处存一个搜求证据的目的;处处尊重证据,让证据做影响,引我到相当的结论上去。""我的许多结论也许有错误的……也许有将来发见新证据后即须改正的。但我自信:这种考据的方法,除了《董小宛考》之外,是向来研究《红楼梦》的人不曾用过的。我希望我这一点小贡献……能把将来的《红楼梦》研究引上正当的轨道去,打破从前种种穿凿附会的'红学';创造科学方法的《红楼梦》研究!"(第 118 页)顾颉刚也说:"我爱好他们(指清儒)

---

① 胡适:《治学方法》,胡适:《胡适红楼梦研究论述全编》,上海古籍出版社 1988 年版,第 225—231 页。以下所引胡适论治学出本书者,不出注,只在引文后出页码。

治学方法的精密,爱好他们的搜寻证据的勤苦,爱好他们的实事求是而不想致用的精神。"①古代文学研究中,对清儒搜集证据和精密性的肯定,是在西方学术研究的观照之下得到重新发现并被肯定的。尽管如此,文学研究要有问题意识(有假设),要用材料证明(而且用足够多的材料),至此,中国现代研究方法已告建立。

与清儒的实证和材料相比,现代研究较清儒扩大了许多。清儒在惟六经三史是尚的研究典范下,所用的方法和材料是内循环式的,所用的方法及材料是内循环式的,基本上是从文字到文字,从文献到文献,间有实物的研究,也是为了佐证和厘清文献里的记载。所以胡适在1923年《国学季刊发刊宣言》中说:"他们(指清儒)脱不了儒书一尊的成见,故用全力治经学,而只用余力去治他书。……他们只向那几部儒书里兜圈子;兜来兜去,始终脱不了一个陋字。"②傅斯年宣称现代研究方法:"能利用各地各时的直接材料,大如地方志书,小如私人的日记,远如石器时代的发掘,近如某个洋行的贸易册。"③

其次,现代研究方法特别讲求"系统"。王国维在《欧罗巴通史序》中说:"凡学问之事可称科学以上者,必不可无系统。"④怎样建立系统呢?即以西方的学术思想,特别是达尔文的进化论、赫胥黎的社会进化论作为构建中国学术系统的主要思想。梁启超在《进化论革命者颉德之学说》中说:"自达尔文种源说出世以来,全球思想忽开一新天地,不徒有形科学为之一变而已,乃至史学、政治学……一切无不受其影响。斯宾塞起,更合万有于一炉而冶之,取至赜至颐之现象,用一贯之理而组织为一有系统之大学科。伟哉! 近四十年来之天下,一进化论之天下也!"⑤胡适自称自己的《红楼梦考证》,"不过是赫胥黎、杜威的思想方法的实际运

---

① 顾颉刚编:《古史辨》第一册《自序》,上海古籍出版社1982年版,第29—30页。
② 胡适:《胡适文存》第二集第一卷,《民国丛书》第一编第94册,上海书店1998年版,第4—28页。
③ 傅斯年:《傅斯年全集》,台北联经出版公司1980年版,第1314页。
④ 王国维:《王国维遗书》第五册《静庵文集续编》,第64页。
⑤ 梁启超:《饮冰室文集点校》,第423页。

用"(第192页)。

在史学和文学研究中,胡适提出要"整理国故"。关于整理国故的必要性,胡适说:"因为古代的学术思想向来没有条理,没有头绪,没有系统。"①胡适认为1922年的中国学术界,"真凋敝零落极了。旧式学者只剩下王国维、罗振玉、叶德辉、章炳麟四人;其次则半新半旧的过渡学者,也只有梁启超和我们几个人。内中章炳麟是在学术上已半僵了,罗与叶没有条理系统,只有王国维最有希望"②。蔡元培也从系统研究学问的角度肯定胡适的《中国哲学史》。蔡元培为胡适《中国哲学史大纲》所写序说:"中国古代学术从没有编成系统的纪载。……我们要编成系统,古人的著作没有可依傍的,不能不依傍西洋人的哲学史。"③胡朴安《古书校读法》将胡适的科学方法和系统说熔于一炉。他说:"编书之方法颇多,最要在于统系分明。所谓统系者,谓能搜辑多种之书,以为一种学术之汇归,使人阅之,不必他求,而能明其原委也。……使深沉之学术皆有条理之可循,使散漫之书籍皆有伦类之可指。"④当然,一旦要系统,就要删削或无视不能入系统的材料,进化论思想无疑是研究者进行系统建构的主要思想,这就能理解中国古代文学研究的"文学史"化和线性发展史的倾向了。

钱玄同在《刘申叔遗书序》中说:"最近五十余年以来,为中国学术思想之革新时代。……此新运动(国故研究之新运动)当分为两期:第一期始于民元前二十八年(1884),第二期始于民国六年丁巳(1917)。第二期较第一期,研究之方法更为精密,研究之结论更为正确。"⑤钱穆"承认":"三十年代的中国学术界已酝酿出一种客观的标准。"⑥即"为学术而作工夫,所谓实事求是也"⑦。至此,中国文学艺术研究,作为一个相对独立的

① 胡适:《新思潮的意义》,《胡适文存》一集,黄山书社1996年版,第532—533页。
② 胡适:《胡适日记》,中华书局1985年版,第440页。
③ 胡适:《中国哲学史大纲》,上海古籍出版社1997年版,第1页。
④ 胡朴安:《古书校读法·论校书法》六《统系编纂》,江苏古籍出版社1985年版,第49—50页。
⑤ 刘师培:《刘申叔遗书上》,江苏古籍出版社1997年版,第28页。
⑥ 余英时:《钱穆与中国文化》,上海远东出版社1994年版,第15页。
⑦ 胡适:《胡适书信集》上册,北京大学出版社1996年版,第465页。

学科得以建立,也形成了一定的体系。如中外文学的横向比较,以及依据西方文学理论而对以往的中国文学发展史作纵向的历史性评判的工作。关于纵向的历史性评判,这主要表现在中国文学史专著的较为集中的涌现。联系到国外(欧美、日本)早已开设此类课程,而且欧美和日本的学者也早几年前编辑出版了几本《中国文学史》,说明中国人自己编辑中国文学史专著,的确是以西洋文学、东西洋中国文学研究为参照系而确立自我的一种反映。

第三节 中国文学艺术的西传及其影响

一、西方传教士东来与中国文学作品的西传

16 世纪西方传教士东来,在中西文化交流史上是一件划时代的大事。

早在 13 世纪,就有欧洲人访问中国,其中最著名的是中世纪伟大的旅行家马可波罗(Marco Polo,1254—1324)。他在元朝政府中任职长达 17 年,他所留下的游记,使当时以及其后的西方人对中国产生了巨大的兴趣,也开拓了很大的中国想象的空间。但是,尽管如此,在 16 世纪以前,由于受当时各种交通和物质条件的限制,中西之间直接的接触还非常少,而且,这些零星的接触基本上与文学没有什么关系。

西方人对中国的兴趣,最初主要着眼于传教、通商贸易甚至殖民等实际目的,因此,以宗教传播为使命的传教士、不远千里逐利而来的商人、为了西方国家的政治和军事利益而东来的外交官以及军人,就在中西交往中扮演了十分重要的角色。这里首先要提到的是耶稣会传教士。从 16 世纪到 17 世纪,沿着自 15 世纪末以来由葡萄牙人所开辟的海上新航路,大批欧洲耶稣会士东来,使中西交流进入了一个新的历史阶段。最早的中国典籍也由此输入欧洲。大约在 1572 年,"曾在中国传教十二年之久的葡萄牙传教士格雷戈里奥·贡萨尔维兹(Gregori Gonzalvez),

为了表示对当时西班牙国王腓力二世(Felipe II)的忠诚与殷勤",①将他在中国传教期间蒐集到的一批中国图书送给国王,作为向当时正在兴建的圣·劳伦佐修道院(现为圣·劳伦佐皇家图书馆所在处)的献礼。这批图书现藏西班牙埃斯科里亚尔的圣·劳伦佐皇家图书馆(Real Biblioteca de San Lorenzo del Escorial),其中最值得一提的是《耀目冠场擢奇风月锦囊正杂两科全集》、《新刊按鉴汉谱三国志传绘像大全》和《新刊补订源流总汇对类大全》。特别是《风月锦囊》这部明刻本戏曲集,收录宋元及明初的散曲及南戏数十种,包括《苏秦》、《昭君冷宫冤记》、《岳飞东窗记》、《苏武牧羊记》等。换句话说,在第一批输入欧洲的中国典籍中,已经包括了中国通俗文学作品。由此可见,中国文学典籍西传至迟自16世纪已经开始了。

在传教的过程中,来华传教士学习了汉语,包括一些汉语方言,编纂了一些汉语与西方语言对照的双语辞书,在读书以及与中国人的接触中,掌握了一些关于中国历史和文化的知识。他们还出于职责的要求,利用教会的渠道,向欧洲报导了一些中国的情况,使欧洲人对遥远而神秘的中国文化充满了向往之情。这些耶稣会传教士,主要来自葡萄牙、意大利、法国、西班牙等国家、意大利利玛窦(Matteo Ricci,1552—1610)、龙华民(Nicolas Longobardi,1559—1654)、卫匡国(Martin Martini,1614—1661),葡萄牙曾德昭(P. Alvarus de Semedo,1585—1658)、金尼阁(Nicolas Trigault,1577—1628)、白晋(Joachin Bouvet,1656—1730)、冯秉正(Joseph-François-Marie-Anne de Moyriac de Mailla,1669—1748)等人是来华耶稣会士的代表,在中西文化交流中发挥了重要的作用。他们根据在中国居留期间的生活经历和积累的中国知识,或者撰写专书,或者以书简报告的形式,向欧洲人介绍他们所了解到的中

---

① 孙崇涛:《风月锦囊笺校·前言》,中华书局2000年版。一说,西班牙奥斯定会会士拉达(Rada,1533—1578)率领一个西班牙使团到达中国福建,于当地获得一批中国文献并将其带回欧洲,这一批珍贵的中国文献现藏西班牙马德里国家博物馆,见吴孟雪:《明清时期欧洲人眼中的中国》,中华书局2000年版,第179—180页。

国。其中比较重要的著作,有利玛窦《中国札记》、曾德昭《大中国志》、卫匡国《中国先秦史》、冯秉正《中国通史》等。1995年,上海人民出版社出版了朱静编译的《洋教士看中国朝廷》,书中摘译了一些17和18世纪来华耶稣会士的书简。2001年,大象出版社又出版了《耶稣会中国书简集》前三卷,使我们可以更多地窥见耶稣会士书简的内容与价值。总的来看,这些著作和书简中较多涉及中国历史、语言和文字,涉及文学作品尤其是文学作品翻译者很少。

尽管如此,这些论著和书简仍然为当时的欧洲尤其是西欧人提供了关于中国的知识。那些对中国充满好奇的欧洲学者,虽然没有到过中国,只靠消化这些相关的报道,汇总各种来源的资讯,就能在书斋里编成一部有关中国的专书。这类作者缺乏对中国的切身接触或实地体验,当然不免道听途说,但这种类似"攒"出来的书,意在求全,追求面面俱到,却在很大程度上满足了当时欧洲人探索中国的求知欲望,而且产生了广泛而持久的影响。例如,《中华大帝国史》的作者、西班牙历史学家门多萨(Juan Gonzalez de Mendoza,1545—1618),就从来"没有到过中国或亚洲"。他收集整理了使华传教士的信函、文件、报告等,参考当时已经出版的多种有关中国的著作,在1585年用西班牙文在罗马出版了《中华大帝国史》。此书"是编写而成,因此在编写过程中,自然由于缺乏亲身感受,有的地方出现疏漏或者错误"①,但它仍然旋即被译成多种欧洲语言,风靡整个欧洲。此书对中国的介绍涉及方方面面,也简单提到中国的语言和文字,却并没有涉及中国文学。至于来华传教士的著作,如卫匡国的《中国先秦史》、利玛窦的《中国札记》等书,基本上也都没有对中国文学的专门介绍。这是因为,一方面,对旨在向中国人灌输基督教信仰的传教士来说,了解中国文学对他们的宗教事业并没有多少直接助益,自非当务之急。即使在西书中译的过程中,传教士们所翻译的书籍大多数也是与其传教相关的,少数是与有关天文历法之类的书籍,因为后者较

---

① [西班牙]门多萨:《中华大帝国史·中译者前言》,何高济译,中华书局1998年版。

易吸引中国皇帝及士人的注意。1625 年,金尼阁所选译的《伊索寓言》①,其着眼点亦在于传教而不是文学传播。即如这样的例子,在当时也是相当罕见的。另一方面,当时大多数传教士还只能粗通中文,对他们来说,理解文学作品,哪怕是小说戏曲等通俗文学,都相当费力,更不必说翻译精深雅丽的中国诗歌。对中国文学的介绍和研究滞后于对中国语言、历史、地理等方面的介绍与研究,其主要原因就在这里。中国文学西传的步伐较慢,原因也在这里。

耶稣会士致力于汉语学习,了解中国文化,译介中国典籍,也经过了一个渐进的提升过程。随着在华耶稣会传教士汉语水平的提升,中国典籍的西译亦被提上了议事日程。在中国典籍之中,既是儒学思想经典,同时又是当时中国士人必读典籍的"四书",最先受到耶稣会士的关注,并被译为西方文字。在早期耶稣会士中,利玛窦的汉语能力比较突出,"遗著甚多,泰半皆为汉文作品"②。1593 年,利玛窦将《四书》翻译为拉丁文,并略加注释。此后,比利时传教士柏应理(Philippe Couplet,1624—1692)与人合作完成了《西文四书直解》,此书更详细地介绍了孔子的生平以及《四书》中所体现的孔子思想。众所周知,《四书》包括出自《礼记》的《大学》、《中庸》两篇以及《论语》、《孟子》二书,而《礼记》、《论语》、《孟子》三书又可以视为中国先秦散文的代表,因此可以说,这两部《四书》译本在向欧洲输入儒学学说的同时,客观上也译介了中国文学作品。

1641 年,葡萄牙传教士曾德昭以葡语完成了《大中国志》一书。1642年,此书被译为西班牙语,在马德里出版,其后又被译为意、法、英等文字。在这部 17 世纪中期最为重要的汉学著作中,曾德昭不仅介绍了中国社会文化的各个方面,还介绍了中国的诗词(特别是五律诗体与中国诗歌中的对仗)。所以,有学者认为,"在来华传教士中,曾德昭最先认真

---

① 改题为《况义》,刻于西安,见《在华耶稣会士列传及书目》第 122 页。
②《在华耶稣会士列传及书目》,第 41 页。

研究了中国文学,并向欧洲介绍"。① 同时稍后的另一位葡萄牙传教士安文思(Gabriel de Magalhaens,1609—1677)也娴习中国语言文字,曾撰文译介《大学》的片断,并介绍了《诗经》。其书被译为法文,1688 年在巴黎出版,名为《中国新志》。

　　17 世纪后期,法国耶稣会士大批来华。他们大都受过良好教育,有很好的科学文化素养,所以来华之后,他们在中国语言文化的学习与研究方面也表现出很强的能力,达到了较高的水平。这批传教士之中,包括张诚(J. Fr. Gerbillon,1654—1707)、白晋、马若瑟(Joseph-Henrg-Marie de Prémare,1666—1735)、冯秉正等著名传教士。四书五经是他们译介的重点。据说,白晋曾著有《诗经研究》一编②,其详细内容未详。马若瑟精通中文,不仅与白晋等人一起钻研《周易》、《春秋》、《老子》、《淮南子》等中国经典,还依据《尚书》来研究中国上古史,研究中国古代神话,撰有《书经以前时代与中国神话之寻究》,附刊于宋君荣所译《书经》之前。他的《书经》和《诗经》译文,后来皆附载于杜赫德《中华帝国全志》之中。此外,法国传教士傅圣泽(Jean-François Foucquet,1663—1739 或 1740)也"开始翻译《诗经》,附有解说,曾将基督教教义附会中国旧说"③。其后,他的同胞孙璋(Alexandre de la Charme,1695—1767)亦有《诗经》译文,在翻译过程中,孙璋曾参考了当时的满文译本。1830 年,孙璋的译本刊刻于斯图加特④。

　　四书五经之外,戏剧、通俗小说、散文、传记等各种体裁的文学作品,也相继进入了耶稣会传教士的视野。1731 年,马若瑟翻译了元代剧作家纪君祥的作品《赵氏孤儿》。如果按照传统学术分类,不把《诗经》《四书》等中国经典当作文学作品,那么,《赵氏孤儿》应该是第一部被译介到欧洲的中国文学作品,马若瑟则是第一位真正从事中国文学翻译的欧洲

---

① 计翔翔:《十七世纪中期汉学著作研究》,上海古籍出版社 2002 年版,第 84 页注 1.
②《在华耶稣会士列传及书目》,第 438 页。
③《在华耶稣会士列传及书目》,第 559 页。
④《在华耶稣会士列传及书目》,第 748 页。

人。他在《春秋论·自序》自称"于十三经、廿一史、先儒传集、百家杂书，无所不购，废食忘寝，诵读不辍，已十余年矣"。在当时的传教士中，他是对中国文化了解颇多的一位渊博之士，可以推测他对中国文学也已有一定的了解。

差不多与此同时，法国传教士殷弘绪（François-Xavier d'Entrecolles，1662—1741）翻译了《今古奇观》的 4 篇作品，包括《庄子休鼓盆成大道》、《怀私怨狠仆告主》、《念亲恩孝女藏儿》、《吕大郎还金完骨肉》。这 4 篇作品的主题都与家庭伦理关系有关，可以由此窥测中国人的家庭生活及其社会关系，也许这就是殷弘绪在诸多拟话本作品中对它们情有独钟的原因。赫苍璧（Julien-Placide Herieu，1671—1746）翻译了康熙钦定《古文渊鉴》和刘向《列女传》①等，前者是一部自《春秋左传》至宋代的古文选本，后者则是一部女性传记集。在当时，《今古奇观》是近代文学作品，而《古文渊鉴》和《列女传》则是古代文学作品，可见译者的态度并不厚古而薄今。

到了 18 世纪，中国文学西译的广度和深度都有了进一步发展。钱德明（Jean-Joseph-Marie Amiot，1718—1793）是这一时期汉籍西译的重要人物。他得到华人杨雅各的帮助，翻译乾隆皇帝《盛京赋》，成《御制盛京赋译注》，1770 年"由吉涅在巴黎刊行。这很可能是第一篇被译介到西方的赋作。译文并附有东三省地理物产，以及中国古俗与三十二体字之说明"。由于《盛京赋》是一篇京都大赋，篇幅较长，翻译难度相当大，因此，钱德明的法文译本"过于偏重意译，未免疏舛"，也是可以理解的。"译文后附有乾隆御制诗两篇：一咏茶，一咏某村荒年发现藏谷事。"②。钱德明还翻译了乾隆《平定金川颂》，并介绍了 1757 年御制《平定厄鲁特诗》。尽管作者乾隆身份特殊，但这些译作无疑可以表明译者对当代文学作品的重视。此外，据《在华耶稣会士列传及书目》载，韩国英（Pierre-

---

① 《在华耶稣会士列传及书目》，第 591—592 页。
② 《在华耶稣会士列传及书目》，第 882 页。

Martial Cibot,1727—1780)也曾翻译过中国古诗,题曰《司马光之园》,可惜原书未指明其具体所译是哪一首诗①。韩国英所撰《论中国语言文字》一文中,也杂有《诗经》若干篇之译文②,那么,他对中国诗歌的语言特点应该比较了解。

朱静在《洋教士看中国朝廷·前言》中说,17—18 世纪是天主教教士汉学的黄金时代,并称这些传教士"开创了欧洲的汉学研究"。严格来讲,传教士的这些著述大多数都只是对中国情况的介绍和报导,虽然比一般观光客的游记报告之类要深入具体一些,但大多数还算不上职业的学术研究。其次,他们的精力主要花在西书中译而不是汉籍西译上,其真正的兴趣在于传教而不在于中国文化之研究;因此,他们的影响一开始往往局限于宗教界之内,只有当其著作由于种种机缘而面向社会大众,其影响才扩散及于当时的知识界和学术界。而这种结果与他们的主观预期是有一定距离的。

二、中国文学艺术在启蒙时代的欧洲

中国知识的到来,为风起云涌的 18 世纪欧洲的知识界和思想界带来了一股清新的风。启蒙时代的欧洲,从这些中国知识中汲取了宝贵的资源,并根据自身的文化需要,进行阐释、转化与利用。

18 世纪中叶以前,英国人的中国知识大多数是从欧洲大陆输入的。其输入的媒介主要是书刊文本,包括已经出版的关于中国的游记、报告之类,以及到过中国的欧西人士寄回的书简等。这不仅包括《马可波罗游记》这部最早的欧洲人所作的中国游记,还包括根据从 16 世纪后期开始来华的耶稣会士的经历和见闻,并汇集有关资料,由耶稣会士自身撰写或由他人编撰而成的关于中国的游记和报导。其中影响最大的首推1585 年初版于罗马的西班牙人门多萨(J. G. de Mendoza)撰写的《中华

---

① 第 942 页。
② 同上,第 945 页。

大帝国志》。此书初版用西班牙文,但三年之后就有英译本在伦敦出版①,并受到英国人的欢迎和重视。再如,《中华帝国通志》(*Description de la Chine*)的作者、巴黎耶稣会士杜赫德(Jean-Baptiste du Halde),和门多萨一样并没有到过中国。他长期负责编印那些从外国寄回来的耶稣会士的信件,根据这些信件,他编写了《中华帝国通志》,于 1735 年在法国出版。当时的欧洲人都认为,这本书对中华帝国作了相当"全面而权威"的报导,所以,书一出版,马上就有不止一种英文本在英国翻译出版,有两种译本的译者甚至为了争夺市场而相互攻讦②,足见当时英国对中国知识的热切渴望。此书之出版,毕竟在《中华大帝国史》之后一百多年,因此书中所叙述的中国知识也比《中华大帝国史》准确全面一些,虽然两书都较少涉及中国语言文学及其艺术。

无论是出于简单的猎奇心理,还是为了严肃的知识积累,对中国文献典籍的搜集与积累都是不宜延宕的要务之一。除了前文提到的西班牙圣·劳伦佐皇家图书馆那批中国文献积存之外,马若瑟在这方面也做出了突出的贡献。他大量收集中国文献典籍,寄回法国,极大地充实欧洲的中国文献资源,利己利人。汉籍西传,为欧洲人理解与研究中国提供了文献基础,也推动了中国知识在欧洲的传播,使中国文化对社会一般民众和知识分子都产生了影响。在这一过程中,中国文学艺术所发挥的作用是相当突出的。

在思想史上,柏应理《西文四书直解》等书及其所介绍的孔子与儒家学说,对莱布尼兹、伏尔泰、孟德斯鸠、狄德罗等启蒙时期的欧洲重要思想家都产生了显著影响,并成为 17 世纪末发源、18 世纪达到高潮的启蒙运动的重要思想资源。伏尔泰在其名作《风俗论》,称赞孔子"不是先知,他不自称得到神的启示,他所得到的启示就是经常注意抑制情欲;他只是作为贤者立言,因此,中国人只把他视为圣人。他的伦理学跟爱比克

---

① [西班牙]门多萨:《中华大帝国史》之《中译者前言》,何高济译,中华书局 1998 年版。

② 参看《中国文化在启蒙时期的英国》,第 57—61 页;又葛桂录:《雾外的远音——英国作家与中国文化》,第 79—93 页,第 154—171 页,宁夏人民出版社 2002 年版。

泰德的伦理学一样纯粹，一样严格，同时也一样合乎人情。……世界上曾有过的最幸福、最可敬的时代，就是奉行孔子的律法的时代"①。于是，"孔子成了18世纪欧洲启蒙运动的守护神。惟有通过他，才能找到同中国的联系。惟有孔子和经典著作才为人所译，为人所读"②。

戏剧和小说，是启蒙时代欧洲"中国热"的一项重要内容。与对中国艺术的接受相同，欧洲人在对中国戏剧和小说的理解与利用中，也是充满了自身的想象。《赵氏孤儿》是最早传入欧洲的中国戏剧作品，并在欧洲产生了始料不及的广泛影响。这是很典型的对外来文化进行创造性利用的例子，范存忠在《中国文化在启蒙时期的英国》一书中已作过详细的论析。1731年，已经在中国传教多年的法国耶稣会士马若瑟(J. Marie de Premare, 1666—1735)将元代作家纪君祥杂剧《赵氏孤儿》翻译成法文。这一剧本很快被另一位耶稣会士杜赫德(J. B. Du Halde)编入其《中华帝国全志》(简称《中国通志》，*Description de la Chine*)中，在欧洲广为流传，在法国、英国、德国、意大利等国，这一剧本被多次翻译或改编上演。在英国，就有不止一种译本和改编本。《赵氏孤儿》说的是一段发生在春秋时代赵国的故事，其主题是表彰程婴、公孙杵臼等人的忠义，其故事来源于《史记·赵世家》，在中国可谓人人耳熟能详。虽然这些翻译改编本与纪君祥原本相比，并不见得忠实准确，但是，翻译改编本似乎更能代表当时欧洲人对中国戏剧的理解、接受与利用。

先来看英国改编本。英国人哈切特(William Hatchett)的改编本，改题为《中国孤儿：一个悲剧的故事》，这说明他不仅将《赵氏孤儿》作为中国戏剧的代表，而且以西方的悲剧与喜剧观念来区分中国戏剧。英国批评家理查德·赫德(Richard Hurd)则认为，《赵氏孤儿》"是模仿自然

---

① ［法］伏尔泰：《风俗论》，梁守锵等译，商务印书馆2009年版，第253页。
② Adolf Reichwein, tr. by J. C. Powell, *China and Europe Intellectual and Artistic Contacts in the 18ᵗʰ Century*, London: K. Paul, Trench, Trubner, 1925, p. 77. 参看吴孟雪：《明清时期欧洲人眼中的中国》，中华书局2000年版，第206页。

的成功的作品,是中国人民的智慧的产物,是可以跟古代希腊的悲剧相比"。① 他特别指出,此剧与古希腊悲剧家索福克勒斯的《厄勒克特拉》(Electra)很相似,两者都是"以怨报怨"的主题。② 其次,在这一改编本中,《赵氏孤儿》一剧中的人物、地点、结构乃至主题都有很大改动。"哈切特的《中国孤儿》卷首有一张剧中人物表,在略为知道一些中国文物的人来看,一定觉得是非常可笑的。元曲《赵氏孤儿》里的人名都给改了,换上一些古怪的名字,但仔细推敲起来,都有其来源。来源就是杜赫德的《中国通志》。《中国孤儿》里的角色,有些是历史人物的名字,有的是地理名词,有的则是小说人物的名字,来自《今古奇观》。杜赫德的《中国通志》刊载了《今古奇观》的部分译文,一共四篇,其中两篇是:《怀私怨狠仆告主》与《吕大郎还金完骨肉》。很奇怪,这两篇里的一些人名、地名变成了《中国孤儿》的角色。更奇怪的是,地名变为人名,男名变为女名,女名变为男名,上下数千年历史人物的姓名,随便安排,屠岸贾改成萧何,公孙杵臼改成老子,提弥明改成吴三桂,赵武改成康熙,真是扯得太远了。哈切特还对'康熙'二字作了解释,说是在'苦闷与悲伤'中得胎的。"③据说,这是为了讽刺当时的英国首相罗伯特·沃尔波尔(Robert Walpole,1717—1797),它"以首相弄权,朝廷腐败为主题。这本采取戏剧来进行政治斗争的作品,就在沃尔波尔于1742年被迫下台前不久出版"。④ 这一改编本的政治讽谕目的至为明显。在这里,《赵氏孤儿》成为欧洲人的社会现实批判的凭借。

法国改编本出自伟大的启蒙思想家伏尔泰(Francoise M. A. de Voltaire,1694—1778)之手。伏尔泰改编的《赵氏孤儿》亦改题《中国孤儿》,故事的背景从春秋改成了成吉思汗征服中国的时代,剧本中的人物与情节也作了相应的改动,原先的忠义主题也变成了文明与野蛮、理性

---

① 范存忠:《中国文化在启蒙时期的英国》,第117页。
② 同上书,第115页。
③《中国文化在启蒙时期的英国》,第121—122页。
④ 同上,第75页。

与蛮野的较量。显然,这位启蒙思想家要利用这一剧本来宣传自己的思想主张,这从其改编本的副标题"孔子道德五幕剧"中亦可以看出。在他看来,孔子的道德思想是这一剧本的核心,欧洲人可以从中汲取启迪和教化。《中国孤儿》1755 年在巴黎上演,为法国大众了解古老的中国文明和儒家传统,树立了一个生动的榜样。后来其剧本被译介到英国,颇受欧洲观众读者的欢迎。1759 年,英国演员和谐剧作家出身的阿瑟·谋飞以伏尔泰本为基础再作改编,意在通过此剧"从中国的东海之滨给咱们英伦人士勇敢地带回了一些孔子的道理"①,说教意味比较浓厚。其舞台演出十分成功。剧中中国抵抗鞑靼,鼓舞了当时处于英法七年战争的英国,有政治意义。"在十八世纪后期,这一剧本不但在英国舞台仍能上演,而且也走上了爱尔兰舞台与美国舞台。"②

1781 年,德国伟大诗人歌德(Johann Wolfgang von Goethe, 1749—1832),也利用《赵氏孤儿》的情节结构,创作了《额尔彭诺》,其故事背景从古中国改成古希腊,与伏尔泰改编本异曲同工。总之,在介绍、翻译和改编《赵氏孤儿》的过程中,欧洲人利用中国文化的目的性也是十分明确的。

此外,这一时期也出现了很多中国小说,借用中国题材,编造故事情节,假设中国人物,以充满异国情调的人物故事背景以及理想化的东方形象,来吸引读者,达到宣传自己的思想与社会主张的目的。他们的这种想象之中,固然充溢了对遥远中国的热情,但由于缺乏直接了解,其描述也不免理想化,一厢情愿,推崇过当。

中国文化对启蒙时代欧洲产生影响,除了通过文献典籍这一媒介,输入欧洲的中国器物产品也是一种重要媒介。如果说典籍文本所提供的详细的文字记载,主要是关于中国古代经典和历史记忆,那么,器物产品则使欧洲人通过直接接触和使用,而对现实中国以及中国人的生活方式及艺术特点有所理解。一物之微,对欧洲人来说往往意味无穷,足以

---

① 范书,第 137 页。
② 同上,第 142 页。

引发他们的丰富想象。例如,从中国出口到欧洲的茶叶、瓷器和扇子,经由多种渠道进入欧洲的中国绘画以及各种工艺品也不胜枚举,引起了欧洲宫廷、贵族以及知识分子的广泛兴趣。来自中国的美术品,早在1700年巴黎商品展览会上就有销售。17世纪画家伦勃朗的一些风景画作品,如《冬天的风景》,带有颇为明显的中国意味,很可能受到了中国画的影响。在当时欧洲社会中,刮起一阵"中国风",先从上层贵族开始,继而向社会上广泛传播。19世纪欧洲大文豪、法国著名作家雨果(Victor Hugo,1802—1885)酷爱中国文物,收藏了大量中国瓷器,至今在巴黎雨果故居的客厅中,仍然摆满了包括瓷器丝绸在内的各种风格的中国文物,古色古香,散发出浓烈的中国韵味。当雨果得悉圆明园被英法联军焚毁时,他发出了强烈的抗议,这体现了他对中国文化的强烈感情。

所谓"中国风",就是以使用中国器物产品、模仿中国人的生活方式为时髦。实际上,这是一种文化情感的寄托,是对他者的一种文化利用。在对中国生活方式并不精确的模仿中,体现的是西方人对遥远的东方的一种想象。这些来自中国的器物产品,重要的不是其具体的使用价值,而是其所代表的文化符号及其所承载的文化意义。瓷杯、茶壶、挂毯、家具上的自然风景、市井风情以及其他中国图案,扇子以及瓷器上的中国诗歌及书画作品,无一例外地带有鲜明的中国元素,成为当时欧洲人眼中的中国文化符号。值得注意的是,这些器物产品中有不少是专为出口欧洲而生产的,根据欧洲人的设计要求、满足欧洲人的文化需要,乃是其最重要的目的,因此,其形式与内容有所变形,与中国本土之物有一定距离。例如,有些瓷器上所题写的字画,不合中国一般规范,而有些画面上所绘的中国人,虽然穿着中国服装,其实非常欧洲化。又如,在当时"中国风"盛行的法国舞台上,有一出名为《中国人》的戏剧,"这出喜剧的名词'中国人'仅仅是一种统称,一些异想天开的神奇人物,作者希望以此来取悦其观众们",①与中国人没有多大联系。在这一时代,不仅这些中

① 陈艳霞:《华乐西传法兰西》,耿昇译,商务印书馆1998年版,第7页。

国工艺品,凡是来自中国的风物,甚至是中国人的言语,似乎都特别能引起欧洲人的兴趣和重视。有些知识分子就利用这种社会心理,在其著作中假托中国人之口发言,以增强说服力。以书信体著作表达现实批判,宣传自己的社会观点和哲学思想,达到启蒙的目的,在那个时代的欧洲是比较常见的。在这类书信体作品中,或者模仿中国人的口吻,或者假托与中国人之间的通信,可以说是另一种对中国进行文化利用的方式。最初,德国法斯曼(David F. Fassmann,1683—1744)以匿名发表《奉钦命周游世界的中国人》,在这里,中国就成为其欧洲现实批判的工具。其后,伏尔泰的朋友、法国人阿尔更斯侯爵(Marquis d'Argens,1704—1771)模仿孟德斯鸠《波斯人信札》,撰写《中国人信札》;英国哥尔斯密(Oliver Goldsmith,1730? —1774)又受其影响,撰写了《中国信札》,又题《世界公民,或一位居住在伦敦的中国学者寄给他的东方朋友的信》。这是中国书简中比较著名的两种。这些书简中的中国人事元素,有不少是作者杜撰出来的,类似于寓言,目的是表达自己的社会与政治思想。这显然也是文化利用的例子。

中国绘画也在这个时期传到西方,并对欧洲人的中国形象产生了影响。苏立文在《东西方美术的交流》中提到一幅“由西方人绘制的最早的有着中国风格的画作”。这幅画是以传教士从北京带回去的绘画为蓝本的,画面“描绘一位侧立桌边手持小鸟的贵族妇女,妇女的形象明显取自中国绘画。为了迎合欧洲人的异国趣味,画中添上虚构的室内环境,上方有一幅挂着写有‘窕’字的画框。画家为了使作品更增添中国的文化气氛,还造作地将一幅山水画放在桌上,殊不知这样会使中国人感到非常可笑”。[①] 显然,画家期望在这一画面上揉合仕女画、花鸟画、山水画、汉字以及宫室建筑等中国文化因素,尽可能集中地呈现“中国风”的诸多要素,虽然这种作法纯粹是自我作古,因为在中国文化语境中,“窕”字通

---

① ［英］苏立文:《东西方美术的交流》,陈瑞林译,江苏美术出版社 1998 年版,第 98 页。此画见书末所附图版 64。

常是作为联绵词"窈窕"的一部分而出现的,从来没有独立使用,更没有人将其单独写成画框悬挂。但从文化交流的角度来说,这是对中国文化传统的变形和挪用,也可以说是一种创造性的模仿。

在 18 世纪欧洲园林艺术设计中,也可以看到中国艺术的影响,尽管这种影响是比较间接的。苏立文早就指出:"虽然中国美术对 18 世纪欧洲美术的影响很小,但是我们仍然有理由认为,中国山水画反映出来的美学思想,却以一种非常间接的、极其微妙的方式在欧洲艺术里得到了某种体现,尤其是在欧洲的园林艺术这一领域,中国艺术的影响却是立竿见影,并且有着革命性的意义。"[①]1724 年,从中国返回欧洲的意大利传教士马国贤(Matteo Ripa,1682—1745)到了英国,这个曾经绘有《避暑山庄三十六景》、精通绘画园林的传教士,将中国园林因素引入欧洲,对 18 世纪的英国园林以及欧洲园林都产生了显著的影响。无论是在当时西方人所绘的中国园林中,还是在模仿中国园林而兴建的园林中,也就是说,无论是在想象还是在现实中,"塔"往往成为中国化园林中不可或缺而又十分突出的中国元素。[②] 始建于明初的大报恩寺塔,高耸于南京城南,在 19 世纪 60 年代毁于战火之前,它一直是南京城最引人注目的地标。早在 16 世纪,这一地标就引起了耶稣会士的注目,在 19 世纪到访南京的西方人士的报道中,报恩寺塔也向来是一项不可缺少的内容。这一方面是因为报恩寺塔高耸醒目,更因为在西方人的眼中,塔是中国园林建筑的重要标志,具有文化上的震撼力和冲击力。

三、中国文学作品的外译

中国文学作品的西译始于 16 世纪来华的西方传教士,在 19 世纪以前,其规模与数量都相当有限。由于缺乏全面理解,其认识自有偏差,其

[①]《东西方美术的交流》,第 111 页。

[②] 参看上引苏立文书,第 573—575 页。又,严建强:《十八世纪中国文化在西欧的传播及其反应》,曾列举一些当时有塔的欧洲园林的例子,中国美术学院出版社 2002 年版,第 136—140 页。

利用也比较主观。例如，英国人珀西（Thomas Percy）对中国语言文学颇有兴趣，编译有《好逑传》，还编有《中国诗歌片断》和《中国杂文汇编》等。《中国杂文汇编》介绍中国诗文。《中国诗歌片断》计 20 首，包括《诗经》中的 3 篇，还有一些难以找到原出处，这也是早期译作中常见的问题，多是因其不注出处以及翻译不准确所致。珀西《好逑传》译本序言里说过，"中国人的才能在各种文艺方面显得渺小和贫乏"①，这当然是盲人摸象之谈。

如前述《赵氏孤儿》之例所示，欧洲人早期对中国文学的翻译与研究，主要是以利用为目的。例如，18 世纪著名语言学家、东方学家和诗人威廉·琼斯爵士（Sir William Jones，1746—1794）就希望通过翻译《诗经》来研究中国的民族问题，同时希望东方的诗可以为陈陈层层相因的西方诗歌提供新的意象、比喻和典型。他翻译了包括《诗经》在内的很多东方的诗歌，但由于其汉语能力有限，只能作诗人的发挥，他翻译的《诗经·淇奥》一篇，虽然"格律整齐，吐辞干净"，但整体上看，却是"典型的十八世纪的英国诗歌，但其中没有中国气味，没有一般人所向往的东方的魅力"。②

另一方面，这些西译的中国文学作品，也吸引了当时欧州著名的学者和作家，如德国的席勒、洪堡、歌德等人，使他们产生了对中国文化的向慕之情。歌德读过《赵氏孤儿》、《好逑传》、《玉娇梨》、《花笺记》等中国古代文学作品的德文译本。这些作品对歌德的文学思想和文学创作都产生了影响。在中国，《好逑传》本来是一部以才子佳人为主题的小说，又名《侠义风月传》，在民间被称为"第二才子书"，但在中国文学史上并没有多高的地位，也没产生多大的影响。1761 年，这部小说的译本在英国出版，几年之后又被翻译成法文和德文，在欧洲大陆广为流行，前后产生了十余种译本。欧洲读者们所看重的，是书中主人公铁中玉和水冰心

---

① 范书，第 157 页。
② 同上，第 197 页。

所代表的那种中国道德,即两人在恋爱中所表现出来的以理性战胜欲望的坚贞品质。歌德在读过《好逑传》之后,非常兴奋,也十分赞赏,认为"中国人有成千上万部这类作品,而且在我们的远祖还生活在野森林的时代,他们就有这类作品了"。他甚至认为:"世界文学的时代已快来临。"他的诗作《中德四季晨昏杂咏》,则是在英译《花笺记》的影响下创作的,这也表达了他对中国文化、对东方文化的向往之情。除了《赵氏孤儿》、《好逑传》、《花笺记》之外,其他译作也对欧洲产生了影响。例如《庄子休鼓盆成大道》。庄子休之妻田氏被称为"中国式的以弗所妇女"(Ephesian matron a la Chinoise),伏尔泰在哲理小说《查第格》(Zadig)中也利用了其中的一些情节。①

19世纪以后,中国文学作品西传加快了步伐,扩大了规模,其水平也有了显著提高。造成这一结果的一个十分重要的因素是职业汉学家的出现。1814年,法国设立了欧洲第一个汉学讲座,而首任汉学讲座教授雷暮萨(Abel Remusat,1788—1832)的汉学讲座与汉学研究,就是以传教士马若瑟等人的研究为起点的。马若瑟为第一批欧洲汉学家提供了相关的中国文献基础,也为他们的研究翻译奠定了基础。作为中西文化交流的重要内容之一,欧洲人翻译中国文学作品有如下几个主要特点:

第一,在翻译中国文学作品时,译者根据自己的理解,对原作题目有所改动,或者是删繁就简,或者是根据文意重新命题。例如,魏理(Arthur Waley,1889—1966)英译中国诗歌时,将汉乐府《上邪》改题为 *Oaths of Friendship*(友谊誓词);白居易《游悟真寺》之题则被简化为 *Temple*(寺庙)。"上邪"二字取原诗首句为题,对于主题没有多少指示作用;改题则代表了译者对这首诗的新理解,虽然这一理解与本诗为爱情诗的传统理解颇相径庭。改题不只限于诗歌翻译,在其他体裁的文学作品中也不少见。例如魏理英译《西游记》,改题 *The Monkey*(猴子)。

其次,早期的翻译往往不完整,限于译者水平,不免避难就易。例如

---

① 范书,第159页。

1731年马若瑟所译《赵氏孤儿》，只翻译了其中的对白，而较难翻译的唱词部分则没有翻译。1834年，法国汉学家儒莲（Stanislas Julien）在马若瑟的基础上，完成了对《赵氏孤儿》的全部曲词的翻译。长篇作品一般先有摘译，后有全译，某些作品被译者删简，甚至被改写。三言二拍等较大型的作品，是分期分批被译介到西方的。英国汉学家翟理斯（H. A. Giles）和魏理翻译的诗歌，有时有删略。魏理认为《西游记》某些情节重复冗长，故其译本对原书有所删节。这种选译性译介，固然可以看作是有意的误读，更可以从中看到西方人对中国文学的态度与理解。

第三，中国文学中的经典作品往往有多种译本，同一个译本也往往经过多次修订。以《诗经》为例，理雅各（James Legge）译本最早，计有两种，译法都比较传统，一种是采用英诗押韵体式，另一种用苏格兰民歌体。法国汉学家葛兰言在其《中国古代的聚会与诗歌》（*Fetes et chansons anciennes de la Chine*, 1919）中译介《诗经》，主要是将《诗经》当作从社会史角度研究古代中国的材料，他在翻译中几乎全盘接受毛、郑之说，而不加辨证。语言学家出身的高本汉（Barnard Karlgren）则能参考从汉到清各家说法，并充分发挥其语文学家在文字训释方面的特长，其译文比较严谨，学术性也比较强。诗人庞德所译《诗经：孔子编的经典诗歌》（*The Confucian Odes*, *The Classics Anthology defined by Confucius*, 1954），则是属于文学利用型的译写，较多创造性的解释。魏理参考诸家译文，特别是参考了高本汉的译本，而更加注意其文学表达与诗歌的可读性，文学性最强。这几种译本各有特点，从一个角度反映了西方的中国文学翻译的阶段性特征，也体现了其文学翻译水平的提高。此外，《道德经》、《易经》、《论语》、《红楼梦》、《西游记》等经典作品也都有多种译本。至于同一个译本经过多次修订，翟理斯和魏理的译诗最为明显。魏理所译中国古代诗歌，经常修订，从中不仅可以看出他严谨的学术态度，也能看出其对诗歌理解的深化，甚至看出其译诗观念的变化。《中国诗歌》（*Chinese Poems*）是其译诗的代表作，如果比较不同版本，不难看出这一点。

第四，中西合作，在文学翻译中尤其突出。在中国文学外译的过程中,有一个重要的现象值得关注,那就是很多翻译作品是外国汉学家或翻译家与中国文人或学者合作的结果。实际上,早在明清之际,来华的西方传教士在从事西书中译之时,就采取与中国文人学者合作的方式,如著名的《几何原本》,就是由利玛窦和徐光启合译的,"利玛窦译,而徐光启所笔受也"①。其具体策略往往是:"将所欲译者,两人先熟览胸中,而书理已明,则与华士同译,乃以西书之义,逐句读成华语,华士以笔述之;若有难言处,则与华士斟酌何法可明;若华士有不明之处,则讲明之。译后,华士将稿改正润色,令合于中国文法。"②当然,西书中译与中书西译不尽相同,科学著作翻译与文学作品翻译更不一样,但应该说,西人翻译中国文学作品更难,更需要得到中国文士的帮助。英国汉学家理雅各(James Legge)翻译《尚书》、《诗经》等中国文学经典,得到中国学者王韬的很大帮助;德国汉学家卫礼贤(Richard Wilhelm,1873—1930)翻译《易经》,得到中国学者劳乃宣的指导和帮助。这是比较为人熟知的例子。翻译过《离骚》、唐诗以及《今古奇观》的法国汉学家德理文侯爵(Le Marquis d'Hervey Saint-Denys,1823—1892),也曾经延请来自四川的李少白襄助,则较少人知,幸而当时清廷使节的出使日记,如郭嵩焘《伦敦与巴黎日记》、张德彝《法郎西游记》以及斌椿《海国胜游草》诸书,对这段中外文化交流佳话都有所记录。

第五,西方人译介中国文学作品,明显有其偏爱和倾向性。除了早有定评的中国文学经典之外,在传统中国较少受到重视的戏剧小说、民间通俗文学,叙述性比较强的诗歌作品,与中西文化交流相关的文学作品以及佛道教文学,在西方译者那里却受到较多的关注,形成了一种学术传统。法国早期汉学家雷暮萨、儒莲、巴赞、沙畹等人,无一例外地成为这个传统中的一环,由于师承有序,这一传统在很长时间得到保持,其影响也日益扩大。

①《四库全书总目》卷一百七。
② 傅兰雅:《江南制造总局翻译西书策略》。

第六，文学作品西译，在不同程度上存在汉化和美化的倾向。所谓汉化，是指译作封面保留中文书名，封面图案突出中国特色，追求形式与内容相互映发。这一倾向在早期译作中就有表现，译本封面多附有中文书名，版式设计等采用中国传统的格式，如书名竖排加框。如法国早期汉学家德理文侯爵所译《离骚章句》，其扉页署"离骚章句，德理文辑著，李少白抄书，同治八年，大法京都巴里东学所石板印"，即是高度中国化的。又如，英国汉学家翟理斯曾请福州秀才粘云亭，代其以文言文撰成一篇序言，并以毛笔书法题写，刊于《古诗选珍》封底。这与早期译本多在中国发行，有特定的读者对象，其中有很多是在中国生活或者与中国事务联系较多的西人有关。所谓美化，是指文学作品翻译中的增饰。1994年，德国汉学家鲍吾刚（Wolfgang Bauer）在《东亚文学手册》（*Hefte fuer ostasiatische Literatur*，Nr. 16，Mai 1994）发表论文《异化、美化与释义——本世纪德语汉语翻译的基本线索》。其实，这种现象不止存在于德国，也不限于本世纪的汉语文学翻译，在其他西方国家，在其他时代，也程度不等地存在着。这与启蒙时代西方对中国的浪漫想象有所不同，但同样可以说是东方主义的一种表现。

中国文学西译使欧洲人对中国文学有了直接的接触，扩大了欧洲人对于中国社会文化以及人情物理的理解。在翻译过程中，欧洲译者提高了自身的汉语水平，为汉学的真正产生打下了基础。

第四节　海外汉学研究视野下的中国文学艺术

一、西方人对中国文学艺术的研究

必须指出的是，即使在启蒙时代，英、法、德对中国文化的兴趣和热衷点也不尽相同，宫廷与知识界"中国风"的出发点与目的也有所不同。18世纪末，"中国风"渐次退潮，热度退下来以后，理想性的想象和仰慕也渐次消褪。其原因，一方面是此后双方接触渐多，另一方面则是欧洲社会转型,其行进路线与中国社会渐行渐远。英国退热较早,1720年,作家笛福(Daniel Defoe,1660—1731)出版《鲁滨逊感想录》,其中已有对中国文化的嘲讽甚至攻击。1742年,英国安逊船队来华,回国以后,有四个人发表了环球航行记,其中对中国人及中国文化有褒有贬,相去甚远。值得注意的是,其中对中国人的贬评,包括"感觉迟钝"、"麻木不仁"、中国没有书写文字等,这是与中国人直接接触以后留下的印象,虽然不合事实,却对其后"中国风"的消褪起到了显著的促进作用。总的来看,18世纪后期,欧洲人对中国态度开始发生转变,从开始的"中国风"发展到对中国进行冷静观察与研究的阶段。

严格意义上的汉学研究,是从19世纪开始的。这也经历了漫长的过程。从大历史上看,随着西方资本主义经济的发展,开拓海外殖民地、开拓新的世界市场的欲望越来越强烈,而航海业的发展又为这种欲求提供了客观条件的支持。18世纪以来,西方列强越来越多地注意东方,而对东方的兴趣也越来越大。为了达到在中国传教、通商以及殖民的目的,必须培养更多的汉语翻译人才,必须对中国社会、历史和文化有更多的了解,这直接促进了早期汉学人才的培养,并造成了真正意义上的汉学的出现。在欧洲汉学史上,法国、英国、俄国、德国、荷兰先后于1814年、1825年、1837年、1851年和1876年设立了汉学讲座课程,标志着职业汉学研究的出现,而这几个国家正是近代所谓西方列强的主要代表。后来的汉学历史表明,这几个较早建立了汉学传统的国家,其汉学研究也发展得较好。

法国对中国的兴趣和对中国的知识积累,始于17世纪后期法国籍耶稣会士大批来华。由于这些法籍耶稣会士的知识和教育水平较高,因此他们为中国知识在法国的积累与传播作出了很大贡献,也为19世纪法国职业汉学的成立奠定了社会基础和学术基础。在19世纪西方列强诸国的汉学研究中,法国学者与学界对中国的兴趣最为集中,探讨的深度也最为可观,特别是法兰西学院的汉学讲座所开展的汉学教育与研究比较成功,从雷慕萨、儒莲、德理文、沙畹到沙畹门下四大弟子(伯希和、葛兰言、马伯乐、戴密微），师承有序，为 19 世纪到 20 世纪的西方汉学界贡献了一批卓有成就的著名学者。

　　从出身背景来看，西方汉学家的构成，不外乎外交官、商人、传教士和职业学者等几种，但各自选择汉学研究人生的因缘又有所不同。外籍学者之所以选择汉学研究作为自己的终身职业，往往与家庭背景或早年经历有关。有的汉学家原来是使华外交官或在华传教士，如英国早期汉学家翟理斯（Herbert Allen Giles，1845—1935）、威妥玛（Thomas Wade，1818—1895）、德庇时（Sir John France Davis，1795—1890）就是英国在华外交官出身，而美国早期汉学家、以《中国总论》（*The Middle Kingdom*）一书驰名欧美汉学界的卫三畏（Samuel Wells Williams，1812—1884），则身兼传教士和外交官两种身份。他们都是从外交官任上退职后，才出任英美名校的汉学教授的。撰有《旧中国札记》《广州番鬼录》的亨特（W. C. Hunter，1812—1891），则是在广州经商的美国商人。翟理斯之子翟林奈（Lionel Giles）后来也成为一名汉学家，即有其家庭影响。有的汉学家出生于在华西方传教士家庭，少小曾在中国生活过，后来回国接受教育，又选择汉学研究为终身职业，如以研究六朝文学蜚声学界的美国著名汉学家马瑞志（Richard Mather，1913—）；有的汉学家则是由于有一段在华工作或生活的经历，而走上了汉学研究的道路，如研究中国艺术史的专家苏立文（Michale Sullivan，1916—2013）抗战期间曾在华工作，从此与中国艺术结下了不解之缘。还有的则是由于在人生旅途的某一段邂逅美丽而迷人的中国文学，从此恋恋然不能割舍，而走上汉学研究的道路，如德国汉学家顾彬（Wolfgang Kubin，1945—），美国哈佛大学教授韩南（Patrick D. Hanan，1927—2014）、宇文所安（Steven Owen，1946—），美国西雅图华盛顿大学教授康达维（David R. Knechtages，1943—）都有这样的经历。此外，也有很多华裔学者在西方从事汉学研究。

　　总的来看，在上述四种背景中，传教士、外交官或商人背景的汉学家大多出现在汉学史的早期阶段。自第二次世界大战以来，在大学或研究机构从事汉学研究者，基本上都有职业教育的背景，华裔学者所占的比例也明显提高,这一趋势至今未曾减退。同样是华裔汉学家,由于个人的生活经历与学术背景不同,其所选择的学术道路、所采用的学术方法也就有所区别。其共同点是他们无一例外地受到西方学术传统的影响,不同点只是所受影响的程度深浅不同而已。刘若愚(1926—1986)是中国古典文学研究名家,在中国古典诗词、中国文学理论、游侠文化等领域都有专深的研究,体现出较多的西方文学理论与学术传统的影响。在他的多种专著中,《中国文学理论》一书从西方文学理论观点出发,重新梳理中国文学理论的体系,表明他对西方文论体系沉潜有时,深有体会。周策纵(1916—2006)治学出入文史,跌宕古今,在五四运动史、上古文学、红学以及诗词创作等方面,都有引人注目的成果。从总体来看,他虽然长期执教于美国大学,但其学术风格仍然显露鲜明的中国传统学术的特色。当然,这并不意味着他的研究丝毫没有西方学术的影响。实际上,他的颇具份量的长篇论文《诗字古义考》(中译文载《古典文献研究》[1993—1994],南京大学出版社)既融合了文献学、古文字学和上古史等中国传统学术方法,也应用了比较文学、人类学等西方学术的视角,体现了中西交融的学术特色。叶嘉莹(1924—)早年毕业于辅仁大学中文系,师从著名学者顾随,在古典诗词创作、鉴赏与研究方面打下了坚实的基础。后来,她又长期执教于加拿大不列颠哥伦比亚大学亚洲学系。这种特殊的经历,使她不仅在运用中国传统文献与学术方法方面得心应手,而且熟知西方文学理论,所以能够"将此新旧中西的多元多姿之文化加以别择去取及融汇结合"(《迦陵随笔》结束语),取精用宏,形成自己的研究特色。她的专著《杜甫秋兴八首集说》凝聚的是她对中国文学研究的传统方法的谙熟与尊重。她发表于《哈佛亚洲研究学报》上的论文《吴文英词的现代观》则集中体现了她所承受的现代西方文学理论的影响。她的《从西方现象学到境界说》,又以西方现象学说来解释王国维的"境界说",使"境界说"的诠释更明晰精切。至于她与四川大学教授缪钺合作完成的《灵谿词说》,从实质意义和象征意义两方面都可以说是中西古今理论与方法的结晶。

与华裔学者接受西方学术观念和研究方法相映成趣的是,非华裔的欧美汉学家往往取有汉名。这些汉名以其西文姓名为基础,通过巧妙的音义配合,散发着浓郁的中国文化气息。卫三畏的名字出自《论语》("君子有三畏"),以研究汉魏六朝文学驰名的法国汉学家桀溺之名亦出自《论语》。至于高本汉以及另一位法国中古文学研究名家侯思孟(Donald Holzman)也有高度汉化的名字,非常切合他们的职业。这些汉名有的是中国人代拟,有的则是他们自取,但不管怎样,这些名字多少都体现了他们对中国文化的认同。至于在研究方法上,尽管他们都是在西方文化之中成长起来的,但由于不同的教育背景和学术追求,他们在研究中国文学的过程中也呈现出不同的学术个性。那些在中国语言文学研究领域成就卓著的学者,其研究方法基本上都形成了独特的学术风格。

从宏观的角度来看,西方人研究中国文学的学术方法,可以分为两大派别。一派是传统欧洲汉学的语文学(Philology)研究方法,比较重视以语文训释为基础对文本展开阐释,其研究工作注重对原著的翻译、详细注释和评论。瑞典汉学家高本汉就属于这种路子。他不仅从流传著录角度,而且从语法结构及其历史语言学的角度,致力于先秦典籍研究,完成了《诗经译注》(*The Book of Odes*)、《书经注释》(*The Book of Documents*)、《左传注释》、《礼记注释》、《老子注释》等著作,还发表了《〈左传〉成书及其真伪的研究》(On the Authenticity and Nature of the Tso Chuan,1926)、《中国古籍的真实性》(The Authenticity of Ancient Chinese Texts,1929)、《〈周礼〉和〈左传〉的早期历史》(The Early History of the Chou li and Tso Chuan Texts,1931)、《颂诗韵考》(The Rimes in the Sung Section of the Shiking,1935)等论文,学风朴实,功力深厚。以翻译《世说新语》闻名的马瑞志和以英译《文选》而著称的康达维,同样属于这样一种学术风格。他们在译文中所体现出来的学术功力,令人赞叹。另一种流派则主要将社会科学的各种研究方法引入文学研究,包括社会学、统计学、人类学、民族学等,探索新的研究途径与阐释可能。曾经师从法国著名社会学家杜尔凯姆(Emile Durkheim,旧译涂尔干)的法国汉学家葛兰言（Marcel Granet，1884—1940），较早采用社会学和民族学的方法研究《诗经》。他利用在中国边疆地区某些民族中观察得到的事实进行可比性研究、佐证，认为《诗经》十五国风的作品，是古代农业村社青年男女在季节性节日赛歌时的男女轮唱，其成果集中体现于博士论文《中国古代的节日和歌谣》（1919）以及《古代中国的舞蹈与神话》（1926）等论著中。这一研究思路对于侯思孟、桀溺等后辈的法国汉学家皆有影响。如果说前一派方法可以称为传统汉学（Sinology）研究方法，那么，后一派的研究方法则可以称为中国学研究（China studies）方法。

　　这两派研究方法，与西方汉学的发展有着密切的联系。第二次世界大战之后，欧美汉学有了长足发展，其中最值得注意的趋势有两个，一个是汉学研究中心从欧洲转到了美国，一个是美国学术界所倡导的作为地区研究（area studies）之一部分的中国研究越来越受到重视。随着美国国力的强盛，二战期间和战后，有很多汉学人才从欧洲移居美国，同时也由于东西方冷战格局的形成，各大学和研究机构中的中国研究项目受到了政府和基金会的资助，获得了强劲的发展动力。这一点在中国文学史的研究领域表现得尤其突出。在 1945 年以前，专门研究中国文学的职业汉学家有如凤毛麟角，而在 1945 年后，这一现象明显改变。海陶玮教授（James Hightower）在哈佛大学开坛讲学，编写《中国文学专题》（*Topics in Chinese Literature*）以培养人才，这本身说明了中国文学教育的普及及其重要性的提升。1960 年代，仅在美国，就出版了陈受颐、柳无忌、赖明（音译）、华滋生（Watson）等四种英文本中国文学史。虽然四书重点各异，篇幅长短亦各不同，但其服务于西方汉学教学之需要，着眼于中国文学知识之普及与西渐，却是殊途同归的。时过境迁，这批文学史的出版距今已近半个世纪了。在这半个世纪中，西方的中国文学翻译与研究，无论就其深度还是广度而论，皆已今非昔比。进入 21 世纪，随着中国国力的上升，其在国际舞台上的影响力也与日俱增，学习中国语言文学的西方学生的数量也日益增长，于是，剑桥大学出版社和荷兰莱顿大学出版社分别组织一批西方学者，编写新的中国文学史著作，以反映最新的中国文学研究成果,并适应当今西方汉学教育和学术研究的要求,也满足日新月异的西方读书界了解中国文学的需要。

从学术研究队伍组织和力量分布来看,大学无疑是当今西方汉学研究的核心。有关汉学的师资和研究人员,大多分布在大学中的亚洲系或者东亚系、外语系、语言中心或者比较文学系,此外在人类学系、历史系等人文社会科学系科,也有一些从事中国研究的人员。就美国而言,目前从事汉学研究的机构与人员明显多于欧洲。在美国,除了美国亚洲学会(Association for Asian Studies)、东方学会(American Oriental Studies)、中国文学和比较文学国际学会等这一类规模比较大的学会之外,根据研究范围划分的断代研究学会也有不少,比如早期中国研究会、中古中国研究会、唐代研究会,并都出版有学会刊物。作为民间组织,这些学会将为数并不太多的同行组织起来,定期召开会议,讨论切磋,彼此交流成果,协同合作,取得了不少的成绩。他们的教育、翻译、研究及其出版的成果,对于中国文学在西方的普及推广,是至关重要的。

二、中国古代诗歌与 20 世纪英语诗歌创作

中国古代诗歌对 20 世纪英语诗歌创作产生了明显影响,这主要是以汉学界的汉诗英译为中介而完成的。这种影响主要表现在三个方面:以庞德为中心的意象主义诗歌运动,魏理对中国古诗的创造性的英译,1950 年代末至 1960 年代初以美国旧金山文艺复兴(San Francisco Renaissance)为代表的诗歌运动对中国诗歌的吸收。

在 20 世纪英语文学史上,1910 年代的意象派(Imagism)诗歌运动可以说是最引人注目的事件之一。20 世纪初的伦敦,被认为是当时英语文学的核心和圣地,庞德等英美诗人就是从伦敦开始他们的意象派诗歌运动的。参加这一运动的英美诗人,先后有庞德(Ezra Pound)、休姆(E. Hulme)、佛令特(F. S. Flint)、威廉斯(W. C. Williams)、杜丽特(Hilda Dolittle,亦简称 H. D.)、艾丁顿(Richard Aldington)、弗莱彻(J. G. Fletcher)、艾米·洛威尔(Amy Lowell)等。从 1909 年起,这些诗人就聚

集在伦敦,讨论东方诗学,日本俳句和中国古代诗歌成为他们研讨的主要对象,他们期望从中吸取英语诗歌创作的灵感,更新诗歌意象。他们不仅出版诗刊,发表诗作和诗歌评论,还从事中国诗歌的翻译和介绍,通过翻译体会中国古代诗歌的创作技巧和艺术特点,并融入自身的诗歌创作中。通过研译中国古诗,庞德认识到,"诗歌应当不加解释或评论地直接描绘所观察到的事物,客观地表现从一连串意象中得到的感官体验的数据"①。庞德的诗《在地铁车站》(*In a Station of the Metro*)就是这种审美趣味的典型代表,堪称为意象派诗歌的代表作:

> 出现在人群里这一张张面孔;
>
> 湿而黑的树枝上一片片花瓣。

尽管庞德只承认这首诗是学习俳句的形式,实际上,此诗意象安排完全是中国传统诗歌的路数。

　　中国古代诗歌对意象派诗人创作的直接影响,主要表现在他们的汉诗英译上。庞德、艾米·洛威尔和威廉斯三人都曾经翻译中国古诗,影响比较大,1915 年庞德出版著名的汉诗英译集《华夏集》(*Cathay*),1921年艾米·洛威尔出版了她翻译的《松花笺集》(*Fir Flower Tablets*)。两位诗人翻译家有一个共同点,即他们本身都不太懂中文。《华夏集》是庞德根据汉学家费诺罗萨(Ernest Fenollosa)所撰中国古诗译稿的基础上修订完成的,《松花笺集》则是在长期寓居上海的罗伦斯·艾斯库夫人完成直译唐诗的稿本基础上修订完成的。实际上,他们的翻译不是简单的翻译,而是诗人创造性的改写,甚至应该看作是他们的创作,是对外来文学资源的创造性利用。特别是庞德《华夏集》,与其说是一部中国古诗翻译集,不如说是一部庞德创作集,其中的《长江别》(*Separation on the River Kiang*)和《别友人》(*Taking Leave of a Friend*)实际上是根据李白《送孟浩然之广陵》和《送友人》的诗意重写的。

---

① [美]杰夫·特威切尔(Jeff Twichell)撰,张子清译:《庞德的〈华夏集〉和意象派诗》,《外国文学评论》1992 年第 1 期。

庞德对中国儒家经典也有浓厚的兴趣,他阅读理雅各所英译的《中国经典》,并期望从中寻找济世的思想资源,同时从经典文本中汲取文学灵感。《论语·子罕》:"子曰:'后生可畏,焉知来者之不如今也？四十、五十而无闻焉,斯亦不足畏也已。'"庞德曾在其诗中化用《论语》此章之意:

> 但是一个人到了五十岁还一无所知
>
> 就不值得尊重了

显然,这并非《论语》的原意,由于庞德并不熟悉中文,因此,诸如此类的误读误译误用,在其作品中屡见不鲜。从另一个角度来说,也许,不谙中文反而给了他大胆误读的机会,成为其创造性译写的基础。意象派诗歌运动通常又被认为是现代派诗歌运动的先声,通过误读与挪用,中国古代诗歌参预了 20 世纪英语诗歌现代化的进程,这是 20 世纪中西文学交流融合最好的例证之一。

除了庞德以及意象派诗人以外,叶芝、艾略特这两位 20 世纪英美诗坛最为重要的诗人,都相当关注并在不同程度上接触了中国古代诗歌。实际上,在 20 世纪上半叶的英国,以布鲁姆斯伯里文化圈(Bloomsbury Group)为核心的许多重要知识分子,都饶有兴趣地阅读过中国古代诗歌,只不过他们所阅读的是魏理的英译本,而不是中文原本。魏理是 20 世纪英国伟大的翻译家和汉学家。他一生译介了大量东方古典文学作品,他翻译的从《诗经》到袁枚的大量中国古代诗歌,在英语世界产生了巨大而深远的影响,不仅受到汉学家的好评,也获得包括叶芝、庞德、沃尔夫、莫纹在内的众多现当代英美诗坛名家的高度评价。他的英译汉诗,特别是《汉诗 170 首》(*A Hundred and Seventy Chinese Poems*)和《中国诗歌》(*Chinese Poems*)一版再版,还被转译为多种西方文字,甚至被谱成乐曲,广为流传。英美著名商业出版社和大学出版社竞相出版他的英译汉诗,行销近百年,至今不绝,大学图书馆和公共图书馆纷纷收藏其译作,可谓雅俗共赏。西方作家和学者们都习惯于引用他的译文,诗人们也将其译作当成自身创作的重要资源。魏理热爱诗歌创作,与庞德也颇有交往,甚至被看作庞德文学圈子里的一员,他的翻译兼重信达雅,注重诗意与语言优美可诵,但他毕竟有良好的汉学素养和很高的汉语水平,在翻译中不像庞德那样望文生义自由发挥,而能比较忠实于原作。尽管如此,仍然有人认为他的英译汉诗是以翻译形式进行的创作,认为他的这些译作是 20 世纪英语诗歌的杰作,并将其选入多种通行的英语诗歌选本,流传既广,有些诗作甚至被当作英语诗歌经典名篇,入选 ESL(作为第二语言学习的英语)课本而向外传播,成为中国文学"出口转内销"的典型例证。1953 年,魏理凭借这些英译汉诗而获得当年的英国女王诗歌勋章,这既是对他所从事的中国诗歌翻译功绩的莫大肯定,也是中国传统诗歌在现代西方的生命力和影响力的雄辩证明。魏理的英译汉诗以西方语言传达东方文学精髓和神韵,以其特有的兼具中西两种文化魅力的诗作,引导一代又一代西方读者进入中国古代文学和文化的迷人而灿烂的世界。很多年轻读者尤其是诗歌爱好者正是在这些译作的引领下,而迷恋中国诗歌,并走上汉学研究或者在诗歌创作中借鉴汉诗的道路。在中国诗人中,魏理特别喜欢白居易,不仅译其诗,为其作传,二战期间还模拟白居易诗体作英语诗赠送给时在伦敦的萧乾。威廉斯作有《致白居易之魂》(*To the Shade of Po Chu-i*),从其题材与内容来看,都可以看到魏理的影响。美国当代诗人嘉路莲·凯莎(Carolyn Kizer)的《夏日近河之处》(*Summer Near the River*),就是从魏理英译汉诗集《译自中国文》(*Translation from the Chinese*)中撷取三段《子夜歌》和一首《莫愁乐》改写而成的。① 从这个意义上可以说,这些英译汉诗的影响力至今犹未消褪。作为东亚古典文化遗产与现代西方文化融汇的一个案例,魏理英译汉诗在欧美的广泛传播及其经典化(canonization),对于省思全球化进程中文学翻译的作用,对于研究东西方文明的汇聚融合,无疑都是意味深长的。

---

① 参看钟玲:《美国诗与中国梦》,台湾麦田出版股份有限公司 1996 年版,第 55 页。

　　在庞德和魏理之外，诗人宾纳（Witter Bynner）翻译的唐诗、雷克罗斯（Kenneth Rexroth，汉名王红公）译的《中国诗百首》（100 *Chinese Poems*）和诗人史奈德（Gary Snyder）译的《寒山诗》（*Cold Mountain Poems*），这些译文与学术研究论著中所出现的诗歌翻译不同，钟玲将他们称为"创意英译"。"这些译文成为美国诗人吸取灵感及丰富经验的对象，中国诗学遂进而成为他们自己诗观的一部分或成为自己诗作背后的理念。"①美国诗人莫纹（W. S. Merwin）曾说："我们对当今整体的中国诗歌译本负欠，我们深受这些译文对我们诗歌持续之影响。……它已经扩充了我们语言的范畴与能力，扩充了我们自己艺术及感性的范畴与能力。到了现在，我们难以想象没有这种影响美国诗歌会是什么样子，这影响已经成为美国诗传统本身的一部分。"②

　　在 1950 年代至 1970 年代，寒山诗在美国青年之间颇为流行，先后出现了多种寒山诗的英译本。"这是因为寒山子幕天席地、徜徉大自然的生活方式多少呼应了美国青年所向往的生活：他超然世外、冷然无求、宁静自在的心境也是他们所追求的境界。"③在当时美国人眼中，寒山成为禅宗诗人、自然诗人和隐逸诗人的代表。由于诗人史奈德和小说家克洛厄（Jack Kerouac）等人的大力推荐，寒山诗对当时诗歌界产生了广泛的影响，这在旧金山文艺复兴运动的主角史奈德、雷克罗斯以及金士柏（Allen Ginsberg）等人的创作中都可以看得出来。"雷克罗斯则采用他心目中中国诗歌那种直接的、诚挚的语调，呈现现世生活中的诗隐情怀，并崇尚道家无为的思想及采用中国诗律之对仗及语法；而史奈德诗中则注入了禅宗思想、道家思想，并应用中国古诗的格律与语法来重新凝炼英诗诗句。"④雷克罗斯少年时期就喜爱中国文化，史奈德年轻时亦曾师从柏克莱加州大学陈世骧教授学习中国诗歌，他们在诗歌中吸收中国诗

---

① 钟玲：《美国诗与中国梦》，第 15 页。
② 同上，第 35 页。
③ 同上，第 24 页。
④ 同上，第 25 页。

歌意象、语法、诗语以及物我关系表现手法的影响，而且广泛接收《道德经》及佛道思想的影响，还有意创作一些中国题材的诗作，例如史奈德《给中国同志们》（*To the Chinese Comradess*）、《仿陶潜》（*After Tao Ch'ien*），凯莎《杜甫致李白》（*Tu Fu to Li Po*）等。

三、欧美中国文学研究与西方人的理解和接受

欧美学者面对中国文学传统，相对于中国学者而言，一般来说较少学术传统的负担，较少"前理解"或先入之见式的学术预设。在选择研究对象时，也就没有多少条条框框。例如，从五四以来直至新时期以前，赋这种文体的文学作品（尤其是汉赋）在中国多被认为是形式主义文学的代表、是为封建统治者歌功颂德润色鸿业的，被弃如敝屣，无人问津。而在欧美汉学界，则有不少学者非常重视这种文体，他们将其作为富有中国特色的文学，作为特殊形式的以铺叙为主的长篇描写诗，或者大量译介，如魏理；或作深入研究，如撰有《汉代宫廷诗赋作家司马相如》的法国学者吴德明（Yves Hervouet），又如出版《扬雄赋研究》等论著的美国学者康达维等。在小说研究方面，法国汉学家雷威安（Andre Levy）在1970年代完成的《狐仙女的爱情，17世纪的12个传奇故事》、《中国传奇故事与小说研究》也与当代的中国学术界颇异其趣。

毋庸讳言，欧美中国文学研究在对象选择与评价基准设计方面，立足于西方文化，其理解与接受皆不可避免地体现西方文化的影响。在对象选择方面，西方学者较早较多注意戏曲小说、怪异故事、抒情诗歌，以及那些具有异国风情或与中西交通相关的文学作品。具体分析起来，其原因有三：一是求同，如戏曲小说与西方文学重视叙事文学的传统比较接近，因而最先引起西方学者的注意；二是寻异，《搜神记》、《聊斋志异》、《酉阳杂俎》等志怪故事，富有自然情趣的短篇抒情诗，以及其他具有异国风情的作品，也较多引起汉学家的关注；三是寻找相关性，因而与中外文学文化关系相关的题目，也容易进入他们的视野。无论是求同寻异，还是寻找相关性，都表明欧美学者在研究中国文学或文化时，不仅将对

象作为异质文化的一种来理解，而且有着反躬自省的文化关怀，所谓"他山之石，可以攻玉"。也正是因为这个缘故，中国文学会以一种在中国人看来颇显奇特或意外的方式被理解或接受，欧美汉学家的翻译与研究成果，也会转化为一种新奇的文化产品或资源。

在设定评价标准的时候，欧美学者常常不由自主地显露出他们的文学基础，表现出他们的文化立场。例如，魏理认为，总的来看，"中国的确没有足够份量的史诗和戏剧文学。小说是存在的，而且有其优点，但却从未成为伟大作家表达思想的工具"①。从诗人的态度和诗歌的题材来说，他认为，欧洲诗人"每喜以'浪漫'姿态出现，甚至以情人自居"。中国诗人"不是以情人，而是以朋友的姿态出现"。由于朋友不能像夫妻那样长相厮守，免不了要离别，所以中国诗歌中充满了离别之作。"若说中国诗有半数是描写别离之情，当不为过。"这种诗史评价观点影响了魏理对某些诗作的阐释。汉乐府中有一首《上邪》：

> 上邪！
> 我欲与君相知。
> 长命无绝衰。
> 山无陵，
> 江水为绝。
> 冬雷震震夏雨雪。
> 天地合，
> 乃敢与君绝。

这本是一篇爱情的誓词，而魏理则理解为友谊的誓言，并将此诗标题译为 Oaths of Friendship，并且将头两句译为：

---

① Arthur Waley, *Introduction to A Humdred and Seventy Chinese Poems*, London: Constable & Company Ltd. 1918。其第一部分题为 The Limitations of Chinese Literature，有李棪中译本，题为《中国文学的局限》，收于香港中文大学中国古典文学翻译委员会编译：《英美学人论中国古典文学》(*Essays on Classical Chinese Literature by British and American Scholars*)，香港中文大学出版社 1973 年版。此处采用李棪译文。

SHANG YA!

I want to be your friend。

最后两句译为：

When Heaven and Earth mingle—

Not till then will I part from you。①

无疑,他是将这首诗作为一首抒写友情和别情的作品来看待的。而在中国读者看来,这也无疑是一种相当新奇的误读。这种误读是建立在他对中国古代诗歌极重友情的认识基础之上的。唐代诗人白居易与元稹的友情唱酬,在魏理眼里是中国古代诗歌独重友谊的最好证明。在他所写的白居易传记中,有不少篇幅是描述白居易与元稹、刘禹锡以及其他友人的交游唱酬活动的。

在理解、接受以及创造性利用中国文学方面,除了前文提到的庞德、威廉斯等诗人之外,职业汉学家是最为前沿的一批知识分子。瑞典学者高本汉的汉学家身份广为人知,不太为人所知的则是作为小说家的高本汉。1940 年代,高本汉以克拉斯·古尔曼(Clas Gullman)的笔名,发表小说创作,努力实践创作与学术、儒林与文苑的合一。虽然他所写小说基本上没有什么中国元素,也基本上没有调用其汉学专业素养,但这种追求似乎与中国文化传统不无联系。在这一方面,荷兰汉学家高罗佩与其相映成趣。高罗佩(R. H. Gulik,1910—1967)一生颇具传奇色彩,这个生活在 20 世纪西方文化氛围中的荷兰外交官,却痴迷于中国传统文化,其趣味与中国传统士大夫几无二致,琴棋书画,无一不通。他喜欢收藏珍本汉籍,包括稀见的春宫画,并由此撰成《中国古代房内考》这部研究古代中国的性和社会的学术著作。他还喜欢钻研古代公案小说和法医学,并且学以致用,在 20 世纪五六十年代,他用英语撰写了 15 部系列小说《狄公案》,畅销一时,不仅被翻译为其他语言,还拍成影视,为他带

---

① *A Hundred and Seventy Chinese Poems* (1918 *edition*)，p. 37.

来了很大的声名。特别值得一提的,他的《狄公案》系列小说也被译为汉语在中国出版,其故事亦被改编为电视剧而在中国演播。这是中国文学"出口转内销"又一个著名的例子。

　　汉学家的专门研究,其影响力大半局限于学术圈内。对于一般社会大众来说,他们吸收中国文学和中国文化知识的途径和媒介,主要是学者面向社会的公开讲演、作家的创作以及其他各类普及性著作。换句话说,在中国文学西渐过程中扮演重要角色的,除了专门研究者之外,还有身份背景各不相同的作家和一些公共知识分子。这里的作家是广义的,包括诗人、小说家和戏剧家。其中包括英国诗人奥登(W. Auden, 1907—1973)、美国小说家赛珍珠(Pearl S. Buck,1892—1973)、德国戏剧家布莱希特(Bertolt Brecht,1898—1956)和奥尼尔等。赛珍珠是美国长老会传教士之女,少小随父母来到中国,17 岁回美国接受大学教育,毕业后又回到中国。她曾长期生活在中国江苏镇江、南京,江西庐山及安徽宿州等地,对中国民间社会有较多了解。1933 年,她第一次将《水浒传》(*All Men are Brothers*)译为英文。1938 年,她以小说《大地》(*The Great Earth*)获得诺贝尔文学奖,在世界文化界和文学界享有很高的声誉。她在诺贝尔文学奖领奖台上所作的题为《中国小说》的演讲,宣传并扩大了中国小说的世界影响。可以说,没有中国生活的经历和对中国小说的了解,她的这些成就是不可能取得的。布莱希特喜欢魏理的英译汉诗,并在其所撰最有中国色彩,也是最有名的剧作之一《四川好人》中引用了魏理所译中国古诗。他的戏剧也扩大了中国文学在西方的影响。《聊斋志异》中的一些故事,早在 19 世纪就被译介到西方,后来经过一位名叫弗兰西丝·卡彭特(Francis Carpenter)的女士改编,成为在美国几乎家喻户晓的一种儿童文学读本中的故事,对英语社会的少年读者默默地发挥着影响。

　　除了西方人的翻译与写作,一些华裔学者或文人也采用西文写作,促进了中国文艺及其审美趣味在西方的传播。其中最应该提到的是林语堂、熊式一和蒋彝。他们的创作在二战前后的英美颇有影响。还有庚款留美的一批学生如闻一多、梁实秋、余上沅等,在美国上演中国题材的英语话剧,也造成了一定的影响,他们也可称为中国现代话剧的先驱。林语堂主要通过散文和小说形式向外国介绍中国,包括中国文学,重点在中国人的生活方式和思想情趣,所撰《苏东坡传》不仅受到英语读书界欢迎,也被回译为中文在国内出版。熊式一将《王宝钏》、《西厢记》等中国名剧翻译改编为英文,并在英美舞台上演出,不仅使英国文坛巨匠萧伯纳、威尔士感叹不已,而且在美国文化界也引起了很大反响。熊式一以英文撰成的长篇小说《天桥》亦享誉一时。蒋彝以哑行者(the silent traveler)之笔名撰写的系列游记,融诗、书、画、文四者为一体,使英语读者在追随其游踪的同时,领略中国文艺的形式特点,体会其独特的审美趣味。近年来,在西方世界也涌现出一些华裔作家,他们或者以英文创作,或者以中文创作,其影响圈子各不相同。至于其作品,或者只以中国为题材,或者与中国并无关系,他们在有效地向西方传播中国文学方面,成就尚不及蒋彝这一辈作家。

如果从(耶稣会)传教士汉学时代算起,西方汉学已有长达四百余年的历史。即使从 19 世纪职业汉学家出现算起,西方汉学研究至今也已经有二百年的历史。在这一漫长的学术史中,经过各国学者的共同努力,西方汉学有了可观的学术积累,也逐渐形成了一个独特的、有别于中国的学术传统和知识系统。在这个传统中,某些学术问题会成为他们共同关心的课题,他们甚至会协同合作,以完成某一较大的研究任务。某一名家的某一论著或名译可能成为经典作品,为后来的学者或译者所依傍,或者称引。例如,擅长翻译中国古典小说(包括《金瓶梅》)的德国汉学家库恩的译本往往为其他欧洲译者所援据;而魏理所译《西游记》(The Monkey)虽然是摘译本,影响却很大。此书 1942 年在伦敦初版(George Allen & Unwin Ltd.),当年 11 月即重版,其后多次重印,在英美两国有多种版本,并在瑞典、西班牙、瑞士、荷兰、法国、意大利等国被译为当地语言出版。在魏理身后,他的遗孀阿利森·格兰特还将 The Monkey 改编成另一种版本出版。至于研究方面,霍克思(David Hawkes)的楚辞研究、浦安迪（Andrew Plaks）的叙事文学研究，也早已成为欧美汉学界同行研究者经常称引的经典。有时候，这个西方汉学圈子甚至将其影响扩展至日本，近年来更波及中国。1951 年 6 月，魏理著作《李白的诗歌与生平》（*The Poetry and Career of Li Po*）由 George Allen & Unwin Ltd. 出版。此书同时由纽约 The Macmillan Company 出版，曾在 1958、1969 年两次重印，1969 年被译为西班牙文，1973 年被译为日文。日文版由岩波书店出版，译者是著名汉学家小川环树和栗山稔。1957 年初版的魏理著作《袁枚传》（*Yuan Mei：A 18th Century Chinese Poet*，George Allen & Unwin Ltd.）出版，情况也与此类似。

　　当然，我们不是说，西方汉学是一个完全封闭、自足的系统。实际上，西方汉学与中国学术，包括中国文学艺术研究在内的各个学科领域，彼此之间的沟通交往越来越多，学术联系越发密切。中西学者在学术会议上相互切磋讨论，共同举办学术会议，联合培养学生，合作进行课题研究等，正在成为当今学术界越来越普遍的现象。这表明，在中国文学翻译与研究领域，中外文化交流的深度与广度明显扩大了。

第六章　中国古代文体的古今演变与现代意义

　　中国古代文学从早期的诗歌、散文、辞赋到唐宋以后渐次兴盛的词曲、戏剧、小说等，内容丰富，展现了中国古代文体的民族特色，也突显了中国古代以文体为核心的文学创作风采与文学批评体系。随着近代中国剧烈的社会变革，新旧文化在一定程度上形成了断裂，从而也形成了学术研究中割裂古今的思想误区。实际上，中国古代文化的创作与研究，至今仍具有强劲的生命力，其对中国传统文化的继承与弘扬，对中国当代社会文明的构建，有着至关重要的作用。现代文学批评界对传统文学的接受与研究，现代文学创作对传统文体的扬弃与归复，特别是近年来传统文体在当代的创作实践与复兴态势，这些现象不仅有着学术研究的价值，而且具有当代文化建设的现实意义。

第一节　中国古代文体的演变历程

一、文体的内涵与批评

　　中国古代文学是中国传统文化发展进程中的重要组成部分，她以生动的语言与丰富的创作，形象地昭示了我国数千年来的物质文明与精神世界。而作为一部生动活泼的文化人的心态历史，古代文学的发生发展,始终与古代文体的构建相辅相成。在某种意义上,中国古代文学的发展历程,也是古代文体的演变历程。

"体"是中国古代文学理论的元概念,是域值极宽的文学研究范畴,这也就决定了"文体"论述的多维指向。早在先秦时代,《尚书·毕命》就有了"政贵有恒,辞尚体要"的说法,而这个"体要"之"体",正是中国古代文体论的滥觞。依据这一说法,对中国古代文化最早文本呈现的《尚书》的写作,后人也进行了"体"的规范。伪孔安国《尚书序》认为《尚书》之文:"讨论坟、典,断自唐虞以下迄于周,芟夷烦乱,翦截浮辞,举其宏纲,撮其机要,足以垂世立教,典、谟、训、诰、誓、命之文,凡百篇。"①唐人孔颖达奉敕撰《尚书正义》,在此"六体"的基础上,加上了"贡"、"歌"、"征"、"范"四体,合为"十体"。而从《尚书》作者所说的"辞尚体要"与《尚书》文本的"典、谟、训、诰"等"体"②,可以看到我国早期的文学、文本,是与文体共生同体的。其后,在文学创作的发展过程中,文体的理论始由文学创作的日趋繁富而渐臻缜密,且构成有中国特色的文体论体系。

从现代文体理论来看,文体学是近数十年来世界上出现的一门新兴独立的边缘学科,是兼涉语言、文艺、美学与心理诸方面的综合性学问,其中又包括如语体学、文学文体学、理论文体学等等。作为现代学科的文体学,确实与中国传统的文体论有较大的距离,不可同日而语。但是,现代文体学一些基本的理论倾向,如对语域、文体、风格的强调,对我们研究古代文体论,却有着极为重要的借鉴作用。当前对中国古代文体论的内涵或范畴的研究,有多种划分方法,标明了当代学者对"文体"论述的不同取向。在大量的有关文体论的著述中,以下几种说法有代表性:有人认为"文体"包括"体裁"与"体制(式)",而兼及文风③;有人认为"文

---

① 按:据学界考证,孔安国《尚书序》是东晋时人伪造。关于《尚书》"六体"的说法,又见刘知几《史通·六家》。
② 有关《尚书》的"典、谟、训、诰",有人认为是该书的篇章名,但更多的学者认为是不同的文本方式。参见宋人林之奇《尚书全解》卷七《禹贡序》。
③ 褚斌杰:《中国古代文体概论》(增订本),北京大学出版社 1990 年版,第 1 页。

体"是兼含"体制"、"语体"、"体式"、"体性"的四分法①；有人认为是风格、文类与形式三分法②；而台湾学者徐复观则根据刘勰《文心雕龙》的文体论，认为古代文学的文体论，主要在于体裁、体貌与体要③。各种说法，大同小异，只有徐复观就《文心雕龙》论古代文体，认为前人多误"文类"为"文体"，确实能够精辟地把握《文心雕龙》所体现的古代文体论的精神。但是，古人以"文类"代"文体"的思想，是伴随元、明辨体文学思潮而来，同样应视为中国古代动态"文体"论的重要组成部分，因此，一概抹煞古代文体论发展的客观存在，即古人对"文类"意识的重视，也是偏颇的。所以，从宏观动态的文体学史来看古代文体的内涵，可以简略地分为三大指向（或三个层面）：一指"体类"，即品目众多的文学体裁种类；二指"体貌"，即形貌各异的文学风格样式；三指"体性"，即缘"体"定"则"的文学创作规范及其审美准则。

　　文体的形成与进展亦如文学的创作，有依循，必有创造，这也是刘勰在《文心雕龙》书中一方面强调"洞晓情变，曲昭文体"（《风骨》），一方面认为"设文之体有常，变文之数无方"（《通变》）的道理。由于昭示文体，所以古代学者"体"的概念极强，有关论述亦多，形成了非常完备的文体批评理论体系；由于文变无方，所以古代作家又常常强调"文体宜兼"（谢灵运《山居赋序》）、"体兼众制，文备多方"（萧子显《鸿赋序》），而中国古代的文体批评理论也正是在这兼括与承变中形成及发展的。概括地说，中国古代文体批评经历了三个阶段：

　　一是从肇始到成熟的阶段。这一时段是由先秦到齐梁，代表作品是自《尚书》"六体"到刘勰《文心雕龙》有关"文体"的论述，其核心理论问题是"明体"。这一阶段最突出的文学现象就是创作"体类"的由简单趋于

① 郭英德：《中国古代文体学论稿》，北京大学出版社 2005 年版，第 4 页。
② ［美］宇文所安：《中国文论：英译与评论》，王柏华、陶庆梅译，上海社会科学出版社 2003 年版，第 4 页。
③ 徐复观：《〈文心雕龙〉的文体论》，引见徐著《中国文学精神》，上海书店出版社 2004 年版，第 118 至 170 页。

繁杂,这由《汉书·艺文志·诗赋略》划分辞赋为"四家"(屈原赋、荀卿赋、陆贾赋、杂赋)到《后汉书》对传主所创作的"诗"、"赋"、"碑"、"诔"、"颂"、"铭"、"赞"、"箴"等60余种文类的著录、罗列①,可见其大略情形。因单篇文本数量的增加与文章运用范畴的扩大,需要进行更为全面的归纳与分类,从而形成这一时期以体类为主而兴盛的特征。也正是为体类的大量增加,又必须予以创作规范与艺术提摄,自魏晋以至齐梁,曹丕《典论·论文》、陆机《文赋》、挚虞《文章流别志》、李充《翰林论》、萧统《文选》等,或论述,或选文,正是对文章的品类归纳与审美判断。这种明体的理论观,在刘勰的文体论中完成了基于体类而进于体貌、体性的构建。

　　二是文体理论的成熟到变革的阶段。这一时段是由齐梁到唐宋,其文体批评形态突出表现于两个方面:其一,自萧统《文选》之后,唐宋时代编选的文学总集层出不穷,如姚铉编的《唐文粹》、李昉等编的《文苑英华》、吕祖谦编的《宋文鉴》、真德秀编的《文章正宗》等,对汉代以后出现的大量文类和《文选》的体类划分进行了归总,展示了以选本论文体的特征。其二,由于唐宋时代科举考文制度的形成,为配合举子考试而编纂了一大批诗、赋、文章的"谱"、"格"、"法"、"式"的著作②,作为士子科考之津筏,这也就在客观上形成了文学创作的规范化或格式化。有着这两方面的进展,这一时期的文体也出现了相反相成的两种现象,一种现象就是文体的"法"的原则加强,使文学创作模式化与规范化,"体"的要求也显得颇为琐碎;另一现象就是文体的归零为总,在诸总集选文有关体类的基础上,唐宋时代又出现了诸如"古文"与"骈文"、"古体诗"与"近体诗"的宏观二元划分法,而其原有体类间的交融(如诗与文),也就应时而生。所谓的"破体"为文,也就成为这一时段文体理论的一个重要标志。

---

① 《后汉书》所列文类名称有:诗、赋、碑、碑文、诔、颂、铭、赞、箴、答、应讯、问、吊、哀辞、祝文、祷文、祠、荐、注、章、表、章表、奏、奏事、上疏、章奏、笺、笺记、论、议、论议、教、条教、教令、令、策、对策、策文、书、记、书记、檄、谒文、辩疑、诫述、志、文、说、书记说、官录说、自序、连珠、酒令、六言、七言、琴歌、别字、歌诗、嘲、遗令、杂文。
② 参见张伯伟:《全唐五代诗格汇考》,江苏古籍出版社2002年版;许结:《郑起潜〈声律关键〉与宋代科举八韵律赋叙论》,《中华文史论丛》第74辑,第66—91页。

　　三是文体理论由变革而规范的阶段。这一时段是元、明、清三代，其核心理论就是从"辨体"到"尊体"。中国古代以诗文为中心的文学创作，到唐宋而盛极，而文体亦至此臻备，所以，元、明两朝一则总结前朝的繁盛的创作现象，一则针对唐宋时期创作之"破体"现象，兴起了一股"辨体"文学理论思潮，其代表著作有祝尧的《古赋辨体》、吴讷的《文章辨体》、徐师曾的《文体明辨》、许学夷的《诗源辨体》等。而围绕这一思潮或受其影响的，有如朱荃宰的《文通》、王之绩的《铁立文起》、储欣的《唐宋十大家类选》、王士禛的《古诗笺》、姚鼐的《古文辞类纂》、《近体诗钞》、李兆洛的《骈体文钞》、曾国藩的《经史百家杂钞》，以及章太炎的《文学总略》等，均具有规范与总结古代文体的意义。由于辨体制，明异同，明清的文学批评理论出现了如汤显祖的"本色说"、王士禛的"神韵说"、朱彝尊的"雅正说"、方苞的"义法说"、李渔的"主脑说"、袁枚的"性灵说"、沈德潜的"格调说"、翁方纲的"肌理说"等等，表面上是对各类文体创作审美境界的追求，本质仍是由"体类"勘进于"体貌"、"体性"的"尊体"意识的彰显。

二、文体与文学

　　在文体论中，语体既是文体理论的重要组成部分，也是文体之所以产生的基础，因为文学是以语言文字为基本元素，究其实质，文学就是"修辞"的艺术。依据现代语言学家的分析，语体是适应不同交际功能、不同题旨情境需要而形成的语言特征与体系①。中国古代学者也清晰地认识到，每一种文体的形成，都有着自成系统的语词，以及相关的语言风格。如刘祁《归潜志》从语体谈文类的异同："文章各有体，本不可相犯。故古文不宜蹈袭前人成语，当以奇异自强。四六宜用前人成语，复不宜生涩求异。如散文不宜用诗家语，诗句不宜用散文言，律赋不宜犯散文言，散文不宜犯律赋语，皆判然各异。如杂用之，非惟失体，且梗目难通。"而由此来看语体之于文体建构与文学创作，古代文体论又突出表现

---

① 参见胡裕树、宗廷虎：《修辞学与语体学》，安徽教育出版社1987年版。

在语言规范与"禁体"两个方面。

语言规范是对文体的基本要求，所谓"文者言之成章，而诗又其成声者也"（李东阳《春雨堂稿序》）。具体而言，诗、词、曲、文、骚、赋都要有不同的语言规范，从而构成以文体为本位的文学创作形态。例如以屈原《离骚》创作为代表的"楚辞体"，又称"骚体"，就有着明确的语言特征。宋人黄伯思《校定楚辞序》说："盖屈、宋诸骚，皆书楚语，作楚声，纪楚地，名楚物，故可谓之楚辞。若些、但、羌、谇、謇、纷、侘傺者，楚语也；顿挫悲壮，或韵或否者，楚声也；湘、沅、江、澧、修门、夏首者，楚地也；兰、茝、荃、药、蕙、若、蘋、蘅者，楚物也。"这里所说的楚语、楚声、楚地、楚物，正是骚体创作的原始形态。虽然随着时代的发展，后人的仿骚作品也不必尽合于楚地、楚物，但楚语、楚声的延传，则是一脉相承的。所以"骚体"不仅在语言、句式（如加"兮"字）有着与他体不同的规范，即便创作情感，也因"楚声"的"顿挫悲壮"而适宜抒写牢愁，而不适宜写作欢快之文。

诗体也是如此。例如古乐府诗，其体制特点即充分体现于句式、声乐、结构等方面：句式有三言、四言、五言、七言，以杂言为主；声乐上乐府诗是入乐的歌辞，和声入乐与按谱填词为其基本性质；而因合乐，其诗篇结构随乐曲的始终而分段，也称作"解"，每一解即"一章"，指音乐曲调上的一个反复，而在诸解的正曲之后，一般有"艳"、"乱"、"趋"等作为"送声"，结束全章。而唐代兴起格律诗，称为"近体"，其语言规范如清人钱木庵《唐音审体》所说："律者，六律也，谓其声之协律也；如用兵之纪律，用刑之法律，严不可犯也。"前人为规范写作，又将律诗的语言特征概括为六大要素，就是"整"（每句字数要整齐）、"俪"（使用骈俪，即对仗）、"叶"（奇偶两句平仄依次相对）、"韵"（押平声韵）、"谐"（全诗平仄有规定）、"度"（全篇字数是一定的）。[①]基于这种对近体律诗在修辞与声调上的讲求，从而产生了对前人不合律的"古体诗"的语言特色的审视与要求。比如古体诗句数不受限制，词语不必对仗，声调不讲平仄，押韵平仄

---

① 详见褚斌杰：《中国古代文体概论》第七章《近代律诗》，北京大学出版社1990年版，第177页。

自由等，与近体正形成鲜明对比。

文体的语言规范是明确的，但落实到某一体类，往往又随着时代的变迁与文学思潮的发展而有所改变。以古代的"赋"体文学为例，其产生源于诗、骚，也就是刘勰《文心雕龙·诠赋》所说的"受命于诗人，拓宇于楚辞"。赋体到汉代蔚为大国，形成了以散体语言为基本特征，以体国经野为创作内涵，以铺采摛文为写作风格的体制。然而随着古代语言艺术的骈化、律化，以及唐宋文人"破体为文"的散文化，又相继出现了骈赋、律赋、文赋等体制，构成了"体中之体"的变迁①。尽管在一体类中都有类似的变迁与发展，但对文体规范性与纯粹性（即"本色"）的讲求，仍是古代文体论思想的主流。由此，也产生了语体的"禁体"问题。

文体论中的"禁体"，也就是反对"不得体"。如诗与词的关系，沈德潜说："诗中高格，入词便苦其腐；词中丽句，入诗便苦其纤，各有规格在也。"（《说诗晬语》卷下）。正是基于这一原则，古人多从语言（如语音）方面区分诗、词体裁差异。李开先《西野春游词序》指出："词与诗，意同而体异，诗宜悠远而有余味，词宜明白而不难知。"而诗文体与词曲体的差别，又如李渔就其语义之不同指出："曲文之词采，与诗文之词采非但不同，且要判然相反。何也？诗文之词采贵典雅而忌粗俗，宜蕴藉而忌分明；词曲不然，话则本之街谈巷议，事则取其直说明言。"（《闲情偶寄》卷一《词采第二》）再作细分，词体与曲体也不同，李渔又在《窥词管见》中说："有同一字义，而可词可曲者。有止宜在曲，断断不可混用于词者。试举一二言之：如闺人口中之自呼为'妾'，呼婿为'郎'，此可词可曲之称也；若称异其文，而自呼为'奴家'，呼婿为'夫君'，则止宜在曲，断断不可混用于词矣。"为了在语言上纯洁文体，"禁体"理论也就非常明显，特别是古典文学终结期的清代，古文论述中的禁体说尤为突出。如李绂撰《古文辞禁》，就有"禁用儒先语录"一则。李光地《榕村语录》卷二九《诗文一》说："古文内著不得工丽对句。"方苞倡古文"义法"，所重在文风"雅

① 参见郭维森、许结：《中国辞赋发展史》，江苏教育出版社 1996 年版。

洁"，设立的也是古文"禁体"，以纯洁当时的文体与文风。而汪廷珍于清嘉庆七年任安徽学政时，制订试牍条约十八则，主张以"古文为时文"，其中有关"制义"即谓"制义代圣贤立言，选词宜雅"，并规定"史书中后世语"、"语录中俚俗语"、"训诂语"、"诗赋语"、"词曲语"、"小说语"、"二氏语"、"官文书语"、"尺牍语"、"后儒自造语"、"注疏中后人语"、"时文中杜撰语"、"子书中寓言"等，"皆从屏置"①。其在对制义之文的"禁体"要求中，又倡导了"古文"与"时文"的融通，这也是文体发展中的复杂现象。

　　文学与文体的关系，还取决于中国古代文学本身的两大功能，即修辞与教化。《易经·系辞》所谓"圣人之情见乎辞"，宋人强调的"文以载道"，究其精神实质，并不是像一些误解的与文学情感相对立的道德说教，而是试图将自然法则与道德心志融织于文学创作的精神中，达到那种"至善""尽美"的境界。因此，将这种文学精神展现于文体的理论，则形成了古代学者"文章原出五经"的思想。例如颜之推《颜氏家训·文章篇》认为："夫文章者，原出《五经》：诏、命、策、檄，生于《书》者也；序、述、论、议，生于《易》者也；歌、咏、赋、颂，生于《诗》者也；祭祀、哀诔，生于《礼》者也；书、奏、箴、铭，生于《春秋》者也。"这已成为中国古代文学理论中的一大传统，类似言说可谓不计其数，清代章学诚讲的"战国之文，其源皆出于六艺"（《文史通义·诗教上》），只是这一说法的变化与翻版。刘勰《文心雕龙》首列《原道》、《征圣》、《宗经》三篇，也是这一理论的体现。值得注意的是，古代文论家提出的文章原出于《五经》或"六艺"的说法，并不仅限于"体类"的发端与传承的意义，而更重要的是《五经》"致用"的精神。在思想层面上，正是文学的经世致用精神，凝合着文学与文体，并成为贯通整个古代文体发展史的重大原则。

三、明体与破体

　　文体犹如人体，人皆有体，然而对人体的内涵与结构，至人体科学兴

① 汪廷珍：《实事求是斋遗稿》卷二《安徽试牍立诚编文序附条约十八则》，道光二十九年刻本。

起而始明;文必有体,然而对文体的体类、体貌、体性之认识,也有待文体理论的兴起而得以体现。

自刘勰明确提出"曲昭文体"的思想,"昭体"即"明体",成为我国古代文体论成熟时期最鲜明的一个理论口号。"明体"理论的提出,实质上与中国古代的文体形成方式有关,其中最核心的问题还是文章的致用精神与功能。《周礼·春官·大祝》记载"大祝"之辞的功能说:"作六辞,以通上下、亲疏、远近:一曰祠,二曰命,三曰诰,四曰会,五曰祷,六曰诔。"郑玄注有更详细的阐明,如"祠当为辞,谓辞令也。命,《论语》所谓'为命,裨谌草创之'。诰,谓《康诰》、《盘庚之诰》之属也";"会,谓王官之伯,命事于会,胥命于蒲,主为其命也。祷,谓祷于天地、社稷、宗庙,主为其辞也";"诔,谓积累生时德行,以锡之命,主为其辞也"。所以,郑玄的总结之词是:"此皆有文雅辞令,难为者也,故大祝官主作六辞。"(《周礼注疏》卷五十二)①这里表面上说"六辞"为六种不同的体类,且兼涉到"文雅"的审美风格,但其根本则在于"六辞"是"大祝官"在不同场合、根据不同需要而执行不同功能的致用性。同类的论点在《毛诗·鄘风·定之方中传》中有更典型的解说:"建邦能命龟,田能施命,作器能铭,使能造命,升高能赋,师旅能誓,山川能说,丧纪能诔,祭祀能语。君子能此九者,可谓有德音,可以为大夫。"所谓"九能",说明的正是"龟、命、铭、命、赋、誓、说、诔、语"的九种文辞的功能。所以,正本清源,魏晋以后文体论的成熟,既是对秦汉以来文类大量出现的总结,更是对其"惑义而乱辞"的反思。东汉末年的刘熙编《释名》一书,是古代汉语语源学的著名撰述,书中对文体也作出条分缕析的解释,如"檄,激也。下官所以激迎其上之书文也";"符,付也。书所敕命于上,付使转行之也";"铭,名也。述其功美,使可称名也";"诔,累也。累列其事而称之也"。也是从"辞"的应对方式和社会功用着眼,予体类以明辨界定的。至曹丕《典论·论文》的文

---

① 参见邓国光:《〈周礼〉六辞初探——中国古代文体原始的探讨》,收载邓氏所著《文原》,澳门大学出版中心1997年版,第1—47页。

章"四科"说，即"奏议宜雅，书论宜理，铭诔尚实，诗赋欲丽"，又试图由"本同"之用进而分辨体类与风格的差异。自此以后，陆机的《文赋》、挚虞的《文章流别志论》、李充的《翰林论》、萧统的《文选》、刘勰的《文心雕龙》等，又演衍其说，大其堂庑，在绾合文辞功用与文学艺术的轨道上，以昭明文体的致用精神。例如挚虞论"颂"体时说："颂，诗之美者也。古者圣帝明王，功成治定而颂声兴。于是史录其篇，工歌其章，以奏于宗庙，告于鬼神。故颂之所美者，圣王之德也，则以为律吕。或以颂形，或以颂声，其细已甚，非古颂之意。"正因为"颂"体在创作上随着时间的变移而发生了变化，所以，挚虞认为汉人之颂如扬雄的《赵充国颂》"颂而似雅"，马融的《广成颂》则"纯为今赋之体"①，从"今颂"与"古颂"之区别，阐述"明体"的重要性。

这种"明体"理论，到刘勰《文心雕龙》而集大成。考察刘勰的"明体"思想，其致用观仍是其核心精神。所以他在著述中开宗明义，以《原道》、《征圣》、《宗经》居前三篇，为中国古代文体论中的文道精神、征圣思想与经学传统奠定了理论基础；而又《正纬》与《辨骚》继其后，构成前五篇的"文本"理论，既明"文始"，又明"文变"，一以贯之的精神是以"文用"明"文体"。

由此原则，刘勰主要从两方面展开对文体的辨析。一方面是对体裁（类）的梳理与辨别，这从《文心雕龙》第六篇《明诗》到第二十五篇《书记》可观其大略。在这二十篇的论述中，刘勰将前人的文学创作归纳为"诗、乐府、赋、颂赞、祝盟、铭箴、诔碑、哀吊、杂文、谐隐、史传、诸子、论说、诏策、檄移、封禅、章表、奏启、议对、书记"等体类，这也只是就其大要而言的。因为"类"的划分可粗可细，倘条分缕析，如"书记"一类，刘氏就说"书记广大，衣被事体，笔札杂名，古今多品"，细分则有如"谱、籍、簿、录、方、术、占、式、律、令、法、制、符、契、券、疏、关、刺、解、牒、状、列、辞、谚"

---

① 挚虞：《文章流别志》，引自欧阳询：《艺文类聚》五十六，上海古籍出版社 1865 年版，第1018 页。

等。而落实到每一体类，刘勰又通过多方面展开"明"体的工作。如论"诗"云："四言正体，则雅润为本；五言流调，则清丽居宗。"论"大赋"云："京殿苑猎，述行序志，并体国经野，义尚光大。"这是将"体类"与"体貌"融织在一起，构成了文体风格理论。又如《诠赋篇》说："原夫登高之旨，盖睹物兴情。情以物兴，故义必明雅；物以情观，故词必巧丽。"《诔碑篇》说："至于序述哀情，则触类而长。傅毅之诔北海，云白日幽光，淫雨杳冥。始序致感，遂为后式。"这又将文类意识与创作情感结合起来，构成了后世效法的体式。

另一方面，也是刘勰《文心雕龙》"文体论"的主体精神所在，那就是对"体性"的探讨。《文心雕龙·体性》提出了"八体"说，就是："若总其归途，则数穷八体。一曰典雅，二曰远奥，三曰精约，四曰显附，五曰繁缛，六曰壮丽，七曰新奇，八曰轻靡。"对此"八体"，徐复观结合刘勰的论述，将其落实于文本的渊源与创造，认为其中"精约体"、"繁缛体"、"显附体"、"远奥体"、"典雅体"多源于《诗》《礼》等经典，"壮丽体"则出自屈原《离骚》，而"轻靡体"出自晋人的创作，"新奇体"始作于谢灵运，而后两者又沿承楚辞之"丽"而来（徐复观《〈文心雕龙〉的文体论》）。由此可见，刘勰对"体性"的认识，既具有溯源返本的意义，其中包括"诗、骚传统"的建立，又有指导文学创作实践的意义，这就是构设"文体"的经典。所以，刘勰总是在追求与建构一种理想的文体，如"雅润为本"的四言诗，"清丽居宗"的五言诗，"义必明雅"而"词必巧丽"的赋体文，这成为中国古代文体史上"明体"思想最成熟的表述，代表了古代文体论的最基本的特征。

"因文立体"，是文章体系内的文体分类的生成法则；而"因体范文"，又是文体论完型后具有指导实践意义的经典原则。在此两者之间，始终存在着相反相成的关系，也就是说，文体理论的成熟源自大量而生动的文学创作，而文体论对现实创作起指导功用的同时，又形成对文学创造性的新的桎梏，在某种意义上，文体论的"完熟"也标志了文体本身的"衰变"。因此，继魏晋齐梁文体论"明体"思想隆盛之后，唐宋时期的"破体为文"的创作风气的盛行，不仅是文学创作对文体理论的冲击，同样也是古代文体史发展过程中的重要理论环节。

　　"破体"原是书法术语,即一种书体形式①,后移置于文学创作,指的是"破体为文"的创作。从文体史的意义来看,"破体"与"辨体"是一对命题,即文学批评和创作是明显存在着的两种对立倾向。② 但从文体理论史的发展轨迹来看,"辨体"理论著作产生于元、明时代,是承接唐、宋"破体"风气而来,所以,在历史的意义上,"破体"是承"明体"理论的一种文学变革和文体解构。破体思想起源很早,唐以前张融就说过"吾文章之体,多为世人所惊。夫文岂有常体,但以有体为常"(《门律自序》),钟嵘《诗品》卷下评张融"有乖文体",表明其在创作上有意识地突破"常体"。而到了唐人,不仅提出"破体"概念,而且以之指导创作,求其新变。李商隐《韩碑》"文成破体书在纸",李颀《咏张諲山水》"小山破体闲文策",韩偓《无题》"情通破体新"等,充分体现了当时普遍存在的文学创作破体求新的意识。而落实到具体创作实践,最突出的例证还是杜甫的"以诗为文"与韩愈的"以文为诗",以致黄庭坚批评道:"诗文各有体。韩以文为诗,杜以诗为文,故不工尔。"(陈师道《后山诗话》引)由此风气,"破体"现象在唐宋两朝最显著的特征是打通体类,如"以诗为词"与"以词为诗"、以"以古入律"与"以律入古"、"以文为诗"与"以诗为文"等,皆互文取新。至于其他文体,如辞赋体在唐代兴起的"律赋",在宋代兴起的"文赋",都与破体为文相关。

　　由于创作的突破,宋人在理论上也开始自觉地关注破体问题。如项安世《项氏家说》:"予尝谓贾谊之《过秦》、陆机之《辩亡》,皆赋体也。"陈善《扪虱新话》:"以文体为诗,自退之始;以文体为四六,自欧公始。"这种破体理论,一方面有着突破"文各有体"藩篱的作用,甚至有人说"名家名

---

① 徐浩《书法论》:"钟善正书,张称草圣,右军行法,大令破体,皆一时之妙。"又,戴叔伦《怀素上人草书歌》:"始从破体变风姿。"
② 参见吴承学:《中国古代文体形态研究》第十五章《辨体与破体》、第十六章《破体之通例》,中山大学出版社 2000 年版。

篇,往往破体"①;一方面也造成了文体的淆乱,违反了"因文立体"的文学分类法则。元人祝尧在《古赋辨体》卷八引述宋人言论:"王荆公评文章尝先体制,观苏子瞻《醉白堂记》曰:'韩白优劣论尔。'后山云:'退之作记,记其事尔;今之记,乃论尔。'少游谓《醉翁亭记》亦用赋体。范文正公《岳阳楼记》用对句说景,尹师鲁曰:'传奇体尔。'宋时名公于文章必辨体,此诚古今的论。"宋人处于文体论的交变时代,或破体,或明体,祝尧出于辨体文学观而赞美宋人的"辨体",为自己的理论张目,针对的却是唐宋以来的"破体"之风。

四、辨体与尊体

文学艺术有破体,才需辨体,所谓"辨体",重在"尊体",元明清三朝的文体论正是在这样的思想指导下演进发展的。

中国古代文体理论在宋元后兴起的长达数百年之久的文学辨体思潮,究其原因,一在文学创作至此诸体兼备,需要从理论上进行系统而全面的梳理与辨析;二在针对唐宋时代文学创作与批评的"破体"风气的盛行,通过辨体而达到纯洁文体,即"尊体"的目的。而在此堪称中国古典文学创作终结期与理论总结期的数百年间,从"辨体"到"尊体",又突出表现于三个方面:

首先,文学辨体论著的大量出现,标志古代文体论"辨体"思潮的兴起。如前所述,在诸多"辨体"论著中,现存世并具有代表性的,是祝尧的《古赋辨体》、吴讷的《文章辨体》、徐师曾的《文体明辨》、许学夷的《诗源辨体》与贺复徵《文章辨体汇编》等。以祝尧《古赋辨体》为例,他是针对赋体文学出现的"破体"现象而编辑的一部"古赋"总集,并对每一时代的赋体及每一篇的赋学价值,都进行了详细地考查与辨析。在他的辨体理论中,其逻辑起点是对唐代兴起的"律赋"与宋代风行的"文赋"进行批判,比如说唐代赋是"律多而古少",而律体造成的"声律大盛,句中拘对

① 钱锺书:《管锥编》全汉文卷一六,中华书局 1986 年版,第 890 页。

偶以趋时好,字中揣声病以避时忌"(《古赋辨体》卷七《唐体》),损害"赋"的本色性情。同样,他批评宋代文赋时借用前人之说,认为是"专尚于理而遂略于辞、昧于情"(卷八《宋体》)。所以在他的眼中,"赋"体本色在性情与辞章,于是通过辨别自齐、梁、唐、宋以来赋创作之失,提出了"祖骚宗汉"的理论口号,以尊崇古赋之体。① 再看许学夷的《诗源辨体》,其中"体制为先"的观念,诗体"本色论"、"正变论"的探讨,以及通过对诸如诗中"歌行体"、"七律体"的分析,以倡导与推崇"兴象"、"风神"的诗体高格。概括地说,这本书主要由三大理论支撑:一是"尊体制",是其诗学辨体观的基本原则;二是"明源流",是其诗学辨体观的历史意识;三是"倡格调",是其辨体观的理论旨归。而这些也正成为当时辨体文学理论思想的基本法则与取向。

其次,与"辨体"理论伴生的是"一代有一代文学之胜"的文学史观。中国古代自金元以降,文学"代胜"的思想兴起,到了明代文学复古思潮的鼎盛时期,这种观点达到极致。其中最代表的说法是明代"前七子"之首的李梦阳倡导的"宋无诗"、"唐无赋"与"汉无骚"(《潜虬山人记》)。当时,同居"前七子"的何景明也说"经亡而骚作,骚亡而赋作,赋亡而诗作。秦无经,汉无骚,唐无赋,宋无诗"(《何子·杂言》)。继后,胡应麟在《诗薮·内编》卷一中再次强调:"骚盛于楚,衰于汉,而亡于魏。赋盛于汉,衰于魏,而亡于唐。"在此否定的词语中,仍隐含着对"尊体"的肯定,那就是胡应麟接着说的"骚以含蓄深婉为尚,赋以夸张宏丽为工"。这也就有了"屈氏之骚,骚之圣也;长卿之赋,赋之圣也"(王世贞《艺苑卮言》卷二)的推崇,是在"尊体"的意识下将体类、风格与作家融凝于一,奉为经典与楷式。② 这种说法到清人焦循明确指出文学"一代有一代之所胜"(《易余

---

① 关于祝尧的文体论思想,可参见邓国光《祝尧〈古赋辨体〉的赋论》(香港中文大学《新亚学术集刊》第 13 期《赋学专辑》,1994 年)、康金声《元赋祖骚宗汉论》(《山西大学学报》2000 年第 1 期)、踪凡《祝尧〈古赋辨体〉的汉赋观》(《首都师范大学学报》2003 年第 2 期)等。

② 许结:《明人"唐无赋"说辨析:兼论明赋创作与复古思潮》,《文学遗产》1994 年第 4 期,第 77—85 页。

篇录》卷一），到近代王国维《宋元戏曲史序》序列楚骚、汉赋、六朝骈文、唐诗、宋词、元曲，完成了这一文学史观的建构。就文体论而言，这种文学史观的形成，正是与由辨体而尊体的理论相应契的历史产物。

再者，因辨体与尊体思想的兴盛，明清时期的文体论又出现了两歧现象：一方面常常以"文类"代替"文体"，使"体类"越划分越繁琐，其中最具代表性的就是徐师曾的《文体明辨》，其划分文类达127种之多。另一方面，就是针对"文类"理论过分繁琐，主张化繁就简，目的是弘扬自《文心雕龙》以来所建构的"文体论"思想，将"体类"与"体貌"、"体性"作综合考量。相对而言，后一方面的成就更加值得注意。其代表成就如姚鼐的《古文辞类纂》，他把历代的文类归合为十三大类，就是：论辨、序跋、奏议、书说、赠序、诏令、传状、碑志、杂记、箴铭、颂赞、辞赋、哀祭。同时，他又在该书《序目》中明确提出"格、律、声、色"与"神、理、趣、味"八个字，并视前四字为"文之粗"，类似"体貌"的说法；后四字为"文之精"，类似"体性"的说法。① 将这种理论与明清时代有关诗、文、戏曲、小说中的"本色"、"主脑"、"雅正"、"格调"、"神韵"、"性灵"等文学风格理论结合起来考察，自然可以看见其中的"尊体"思想的意义与价值。

中国古代文体经两千余年的发展，虽然也不乏变化，但由于社会土壤与语言结构的相对稳定，从总体上来讲，是延承大于变革，显示出古代文体特有的张力与惯性。而古代文体被学界从根本加以扬弃，则是19世纪后半叶至20世纪的事情，这也造成了新、旧文体的断裂，新文化运动与白话文运动正是这一巨大变革的结穴。然而，在新文化与新文学思潮以摧枯拉朽之势荡涤旧文学残余的时候，20世纪的作家们，甚至是新文化运动的积极参与者，同样从不同的时期、不同的场合，显示出对旧体文学的保持与复归，这其中又内含了深刻的历史背景与文化渊源。

---

① 姚鼐：《古文辞类纂·序目》，上海古籍出版社1998年版，第19页。

第二节　中国古代文体的断裂与承续

一、文化变革对旧体文学的扬弃

　　当代中国高等教育的学科划分体现于中国文学学科，最突出的就是"古代文学"与"现（当）代文学"的划分，这既是学科体系建设科学化处理的一个方面，同时也体现了中国现当代文学的创造与批评在 19 世纪至20 世纪文化变革的大潮流中对旧体文学的扬弃，并由此形成某种意义上的时代"断裂"。捷克学者普实克（Jaroslav Prusek）将此现象推及于亚洲文学时说："在亚洲文学史中，最引人注目的问题就是研究现代文学和传统文学之间产生深远影响的决裂以及探讨这一决裂的原因与意义。"[①]这是从研究的视阈来看待文学的"现在"与"传统"的决裂，其实从文学创作来看，这种决裂更为明显，其中包括"时代"的与"人为"的因素，而这一点也正与中国社会发展到特定时期的文化变革紧密维系在一起。

　　近代中国的文学变革，包括对旧体文学的扬弃，从根本意义上来讲是一场文化的变革。马克思在《中国革命和欧洲革命》中分析鸦片战争时的中国形势说："与外界完全隔绝曾是保存旧中国的首要条件，而当这种隔绝状态在英国的努力之下被暴力所打破的时候，接踵而来的必然是解体的过程。"[②]中国学者梁启超在他的《五十年中国进化概论》一文中也说："五十年来的中国，正像蚕变蛾、蛇蜕壳的时代。"而近代中国这种包括经济、政治、军事、文化的全面"解体"与"蜕变"，究其本质，正如美国汉学家费正清认为的，中国近代史"从根本上说，是一场最广义的文化冲突"[③]。

　　综合"时序"与"事件"，这场文化冲突在四个阶段最为明显：第一个

① 李燕乔等译：《普实克中国现代文学论文集》，湖南文艺出版社 1987 年版，第 112 页。
②《马克思恩格斯选集》第二卷，人民出版社 1972 年版，第 3 页。
③［美］费正清：《剑桥中国晚清史》（上），中国社会科学出版社 1985 年版，第 251 页。

阶段是围绕鸦片战争而兴起的"师夷长技"思潮,出现了革新派"善师四夷者,能制四夷;不善师外夷者,外夷制之"(魏源《海国图志》卷三七)与保守派"立国之道,尚礼义不尚权谋;根本之图,在人心不在技艺"①的思想冲突。第二阶段是"甲午战争"后伴生于"洋务运动"的"中体西用说"失败,中国学者如康有为、梁启超、谭嗣同、严复等对西学的接受与对实学的宣扬已不限于技艺,而勘进于政治体制与文化思想。第三阶段是"辛亥革命"爆发后的一段时期,中西文化论争在"民主共和"与"君主立宪"、"欧化"与"国粹"多方面展开,在激进的"欧化"思潮冲击下,倡导"国粹"的学者提出的"国学"复兴,成为这一文化进程中的短暂插曲。第四阶段是五四新文化运动期间,文化观念的变革与科学、民主思想的凸显,标志了新、旧文化与中、西文明冲突在更广泛、更深刻的领域展开。其中最突出的思想是从三个层面对"孔学"的清算:其一,以进化论批判产生于旧制度的"孔学"文化;其二,以民权、平等思想反对专制主义与"孔学"道统;其三,以现代生活与科学精神批判"孔学"礼教。② 依据这样四阶段的文化变革及其思想内涵,西学东渐对中国传统文化的转变有两大特征:一是农业社会文化向工业社会文化的转变;二是由中国传统经学文化模式向科学的自然、人生文化精神的转变。

基于这样的文化转型,近代社会的文化裂变也从多层面演示,其中最突出的是教育制度、学术观念的裂变,近代自然科学思想的确立,以及新宗教的构建等。在这种多层裂变中,对传统文学的商榷与扬弃,成为

---

① 倭仁语,引自《洋务运动》第 2 册第 30 页,《中国近代史资料丛刊》,上海人民出版社 1961 年版。

② 例如:陈独秀《孔子之道与现代生活》:"现代生活,以经济为之命脉,而个人独立主义,乃为经济学生产之大则,其影响遂及于伦理学。……中土儒者,以纲常立教,为人子为人妻者,既失个人独立之人格,复无个人独立之财产。"李大钊《孔子与宪法》:"孔子者,历代帝王专制之护符也。宪法者,现代自由之证券也。专制不能容于自由,即孔子不当存于宪法。"陈独秀《〈新青年〉罪案之答辩书》:"要拥护那德先生(Democracy),便不得不反对孔教、礼法、贞节、旧伦理、旧政治。要拥护那赛先生(Science),便不得不反对旧艺术、旧宗教。要拥护德先生又要拥护赛先生,便不得不反对国粹和旧文学。"

文化变革中极为敏感的一个课题①。这其中又有两层意义：

一是传统文学及文体随着时代变迁而产生的自变。如前所说，古代文学在发展与规范中，有着鲜明的"明体"、"辨体"与"尊体"的理论思想，但同时也不断出现"破体"思想指导下的文学创作，这本身就是扬弃旧体的一种实践。这种破体为文现象到 19 世纪、20 世纪交变时期尤为明显，其逻辑起点在于两种驳正：一种是对古代文学与文体摹拟传统的驳正，一种是对自唐宋到明清千余年来科举考试"程文"的驳正。特别是后者，以致康有为批判"八股文"谓："中国之割地败兵也，非他为之，而八股致之。"（《请废八股试帖楷法试士改用策论折》）正是在这样的前提下，黄遵宪擎起"诗界革命"的大旗，梁启超大谈"小说与群治"的关系，均具有传统文体的内在变革的意义。

二是站在新文学创作地基上，以审视"历史化"的旧文学，用激进的态度予以否定与扬弃。这种观点可以胡适的《文学改良刍议》与陈独秀的《文学革命论》为代表。比如陈独秀《文学革命论》从"国民性"来诠释旧文学并予以否定："际兹文学革新之时代，凡属贵族文学、古典文学、山林文学，均在排斥之列。……贵族文学，藻饰依他，失独立自尊之气象也；古典文学，铺张堆砌，失抒情写实之旨也；山林文学，深晦艰涩，自以为名山著述，于其群之大多数无所裨益也。……所谓宇宙，所谓人生，所谓社会，举凡其构思所及，此三种文学公同之缺点也。此种文学，盖与吾阿谀、夸张、虚伪、迂阔之国民性互为因果。"这里把传统文学分成"贵族"、"古典"与"山林"三种，虽然有些不伦不类，但其批评传统文学中的"藻饰"、"堆砌"与"艰涩"，却是有的放矢的。

文学之"破"，目的在文学之"立"，扬弃旧体，在于建立新体。陈独秀

---

① 王群《中国近代文学理论批评文体演进的四个时期》提出了近代文学理论演进四阶段："一、传统文论形式的蜕变时期(1860—1895)"，"二、'报章体'影响下文学理论批评文体的剧变时期(1895—1900)"，"三、文学理论批评文体变革方向的争论及探索时期(1900—1905)"，"四、中西文化融合的新趋势下文学理论批评文体趋向中西融合时期(1905—1915)"。此说虽然仅讨论文学理论文体，但对近代文学的演进阶段，也有参考价值。王文收录《中国文学古今演变研究论集二编》，上海古籍出版社 2005 年版。

的"三大主义"成为这一时期文学破与立的代表："曰推倒雕琢的阿谀的贵族文学，建设平易的抒情的国民文学；曰推倒陈腐的铺张的古典文学，建设新鲜的立诚的写实文学；曰推倒迂晦的艰涩的山林文学，建设明了的通俗的社会文学。"①尽管，20世纪的中国新文学的诞生与外国文学（特别是翻译文体）的移植有密切关联，但是，这种基于对传统文学的反省，则使这一时期所建立的新文体与所扬弃的旧文体形成最鲜明的对照。概括地说，新文体之于旧文体有三大扬弃：

第一，从语体上以"白话"取代"文言"，从语言与修辞的根基上剔除古代文学（文言文）的历史"正统"性与时代"合理"性。最典型的就是胡适的《白话文学史》不仅为历史上的"白话文"夺嫡争统，更重要的是为新文体的建立奠定了语言（文之所以为文）的基础。

第二，从风格上以"通俗"取代"雅赡"，从文学历史与现实的双重意义上剔除古代文学的生存价值。胡适在《白话文学史》的基础上，明确构设出"双线文学的观念"，就是"一个由民间兴起的生动的活文学，和一个僵化了的死文学"。郑振铎在其《中国俗文学史》中开宗明义地说：俗文学"不仅成了中国文学史主要成分，且也成了中国文学史的中心"。这里讲的文学史，实质上是"托古改制"，他们强调的古代的"俗文学"，是为当时通俗的民众（大众化）的新文学张本。

第三，从功用上以"写实"的社会文学取代"藻饰"的宫廷文学，用"清简"的新体扬弃"繁缛"的旧体。其中一个最根本问题，仍是扬弃传统文学的"精英文化"性质，而倡导一种新型的现代文学的"大众文化"的精神。

文学的变革自然带来了文体的变革，我们不仅从当时文学创作中感受到这种巨大的变化，而且从晚清到民国出现的文体论著，如施畸的《中国文体论》、蒋伯潜的《文体论纂要》、薛凤昌的《文体论》、陈望道的《修辞学发凡》的理论归纳中看到新文体的建立，特别是陈望道书中"八种文

---

① 陈独秀：《文学革命论》引，载1917年2月《新青年》第2卷第6号。

体"的分类标准①,被称为现代文体论的奠基。然而,在文化变革催变文体的时代大潮中,传统文体并未销声匿迹,而是在蜕变中归复,在保持中发展。

二、文化归复对旧体文学的保持

中国文学的核心价值在于致用,古代文人能以他们的责任使命、道德情怀,直面宇宙、直面社会、直面人生,从而形成了悠久的"言志"文学的传统。朱自清从事新文学创作斐然有成,可是在考量新诗创作时,他就明确认为:"我们现在要建设新诗的音律,固然应该参考外国诗歌,却更不能丢失了旧诗词曲,因为旧诗词曲的音律的美妙处,易为我们领解、采用。"(《〈冬夜〉序》)这种既接受外国文学影响,又更偏重中国古代文学创作的传统因子对新文学建构的功用,无疑是宽容而中肯的态度。正因如此,在 20 世纪上半叶新文学狂飙突进的时期,仍有很多新文学运动的倡导者如胡适、鲁迅、闻一多等从事旧体文学的创作;在 20 世纪 50 至 80 年代近三十年的对古典文化与文学的批判与廓除的时期,也没有将如屈原、杜甫、李白,唐诗、宋词、元曲这样的文学榜样与传统消除,相反,在 20 世纪 70 年代末、80 年代初进入"新时期"文化与文学开放时期以来,伴随如雨后春笋般的旧体文学的研究思潮,旧体文学的创作也出现了前所未有的繁盛景象。推究其原因,我们认为并非仅仅是借旧体文学的文艺形式或审美内涵参与建设新文学艺术体系那么简单,而是一种文化归复对旧体文学的保持,其中最根本之处在于中国文学自身的生命力。

文学作为千百年来文人创造的生命之流,亘古长新,是不应该有"断裂"期的。回顾中国文学之创造,形象地展示着中华民族文化的心灵历

---

① 陈望道《修辞学发凡》的八种文体分类是:(1) 民族的分类;(2) 时代的分类;(3) 对象或方式上的分类;(4) 目的任务上的分类;(5) 语言的成色特征上的分类;(6) 语言的排列声律上的分类;(7) 表现上的分类;(8) 依写说人个人的分类。

程。钱穆曾作一形象的比喻："西方文学之演进如放花炮，中国文学之演进如滚雪球。西方文学之力量，在能散播；而中国文学之力量，在能控搏。"①如果追溯中国文学这一"雪球"及控搏力量的形成，章学诚《文史通义·诗教》有形象解答："廊庙山林，江湖魏阙，旷世而相感，不知悲喜之何从，文人情深于《诗》、《骚》，古今一也。"所谓"诗、骚传统"，是中国文学传统的一个象征或符号，实质就是一个言志的传统，致用的传统，抒情的传统。在这个伟大的传统中，我们可以看到中国古代文学的两大指向：

首先是"弘道"的原则。《论语·述而》中记录了孔子倡导的"志于道，据于德，依于仁，游于艺"的人生态度，这可以说是一种超越历史的具有永恒价值的审美精神。综观古代学者如孔子说的"人能弘道，非道弘人"，老子说的"道法自然"，韩愈的《原道》之论与周敦颐的"文以载道"说等，出发点或有不同，但弘道的精神是一致的。文艺之所以弘道，在于人与自然的和谐，人与社会的和谐，人（形）与心灵（神）的和谐。清人石涛《画语录·一画章》提出"一画"之法："一画者，众有之本，万象之根；见用于神，藏用于人。……一画之法立，而万物著矣。我故曰：'吾道一以贯之。'"这是兼融"画体"、"画技"而勘进于"画道"的一种体认。这种弘道原则，具体又突出表现于两方面：一是对善与美兼济的追求。比如《论语·八佾》记录孔子论"乐"，所谓"子谓《韶》，尽美矣，又尽善也。谓《武》，尽美矣，未尽善也。"如此美善兼济的追求，落实于文学创作与文体建构，就是一种艺术的"至善"境界。二是对中和之美的推崇。比如《礼记·乐记》说："乐者，天地之和也。""和"在中国古代文学中作为听觉艺术而与视觉艺术之"美"结合，构成了"文执中"、"音从和"的最高境界。

其二是"明变"的史观。中国文化最重史学传统，中国文艺也以"明变"的史观，以确立其审美价值体系。刘勰《文心雕龙·时序》所说的"文变染乎世情，兴废系乎时序"，已成为中国文人遵循的公理性的法则。因

---

① 钱穆：《中国民族之文字与文学》，引自钱氏《中国文学讲演录》，巴蜀书社 1987 年版，第 15、16 页。

为从时序来看,文艺的发展有着历史性、阶段性;就世情而论,每一个历史阶段的文艺创作,又无不与作家所处的时代心脉相连。落实于旧体文学创作领域,其与时序的关系形成的演变,最典型的就是"一代有一代文学之胜",这代表了整体文学发展流程中的演变。比如汉大赋的兴起,决定于汉帝国的文化气象以及文学发展趋向于描述外部世界之时代精神。而唐诗的兴盛,又与声律学的兴起及科举诗赋取士制度有着一定的关联。同样,各体文学自身也因时代变迁而发生变化。如许学夷《诗源辩体》说:"汉魏诗兴寄深远,渊明诗真率自然。……开元、天宝间,高、岑二公五七言古,再进而为李、杜二公……国朝人诗,五言古、律,五七言绝,断不能及唐人,惟歌行与七言律为胜。"这种诗体"代有胜品"的思想,是有代表性的,然而,文学创造在"时序"与"世情"间有变化,也有不变的准则,例如文学之于世情,其表现法则体现于"兴象"的艺术手法,其中包括"心与物"在情感上,在义理上的亲和,苏轼以诗论画说的"其身与竹化,无穷出清新"(《书晁补之所藏与可画竹》),这种"妙造自然"、"物我偕忘"的艺术精神与法则,又是不因时代的迁移而改变的。

依据"弘道"与"明变"的文学精神,再反观旧体文学的自性,古人的"尊体"原则,正体现于"体"与"时代"的关联。论诗,则有诗三百、汉乐府、建安、太康、盛唐、元和等;论小说,则有神话杂记、魏晋志人与志怪、唐传奇、宋话本、明清章回小说等;论绘画,则有原始彩陶、汉代壁绘、魏晋人物、唐宋山水、明清花鸟等[①],都是由各时期的伟大作家和伟大篇章形成的典范。而尊体原则与"体类"规范的结合,同样在变与不变之间。论其变,如书法艺术之篆、隶、草、正的相继成熟,诗歌艺术古体、近体、五言、七言的变化皆是;论其不变,如陆机《文赋》所说的"诗缘情而绮靡,赋体物而浏亮"等,孙过庭《书谱》所说的"草以点画为性情"、"真(正)以点画为形质"等,又是绾合体裁与风格的至上追求。这种追求又构成旧体

[①] 这种尊体与时代的原则,在现代艺术史家的笔下也有体现。如将时代与艺术题材、风格的结合,郑昶的《中国画学全史》就将中国古代绘画分为"实用时期"(三代)、"礼教时期"(汉代)、"宗教化时期"(魏晋南北朝)与"文学化时期"(唐宋以后)。

文学创作与批评的"本色论"。明人胡应麟《诗薮》说:"作诗大要不过二端:体格声调,兴象风神。"此虽论诗,然其向上求本的思维方式,同样适合散文、辞赋、小说、戏曲等。也因如此,人们推崇作家创作,于赋则称扬(雄)、马(司马相如),于诗则称陶(潜)、谢(灵运)、李(白)、杜(甫),于曲则称关(汉卿)、王(实甫),于小说则称《三国》、《水浒》、《西游》、《红楼》四大名著。而有文学风格,则推崇"滋味"、"气象"、"神韵"、"性灵"、"境界"等,树立的是因时而生成,却不因时而汰除的艺术的里程碑。

由此来看,近代学者在文化革新思潮下对旧体文学的保持,一般出于两种情况:一种情况是以继承学术传统自居的倡导"国粹"的学者,包括"学衡派"、"新儒学"等等,他们视旧体文学为传统文化的一部分,无论是治学的视域,还是创作的情怀,都有着难以割弃的眷顾。而另一种情况是主张文化革新的学者,甚至是新文学运动的号召者和践履者,他们在新文学创作中并不割弃旧体文学创作中的传统因子,而是将旧文学的艺术融入新文体的建构。其实,这两种常见的对旧体文学作出的保持的态度,并没有在艺术本质上厘清所谓"新体"文学与"旧体"文学的关系,如果我们归复到中国文学一以贯之的弘道原则与明变史观,以及由此而产生和保持的"尊体"思想,就能自然地体悟到这一生命之流的连贯性,"新"与"旧"的划分只是一种"权宜"的时代征象罢了。正是这种"权宜",导致了古今文学的"断裂",可以说,所谓的"断裂"又主要是文学依附于政治制度的断裂,和所依托的表现形式的断裂,从而遮蔽了文学艺术自身所体现的生命意识。

三、古今文学断裂的误区

无论是在创作领域,还是在研究领域,古今文学的断裂又是现代文学史与文体史上明摆着的事实。这也应该从两方面来看待这些问题:一个方面是社会与文化的变革,尤其是19世纪末到20世纪初这样的大变革,文学与文体的变革乃至"断裂"也是极为正常的,甚至是合理现象。其实这种变革也是其来有渐的,比如文化大众化与白话文的关系,自宋代就已经有了这样苗头。特别是当时市民文学的兴盛,说话人也就是讲故事人的"话本"的流行,显然为白话小说的出现与发展起了文学史意义的推进作用。除了语言与文本的变化,文学载体的变化同样带来了文学创作的变革。比如魏晋时文体论的发展,以及对文体的认知态度,就暗寓了因书写载体的变化而带来的文体与文风的变革。挚虞《文章流别论》说:"夫古之铭至约,今之铭至繁,亦有由也。质文时异,则既论之矣。且上古之铭,铭于宗庙之碑,蔡邕为杨公作碑,其文典正,末世之美者也。"这里说的文体的古今之变,说明了当时纸质书写的兴盛、文体风格的变化,也在很大程度上决定于"纸"代替"简""帛""金""石"的变革。而唐宋以后科举文体的兴起,如果没有纸的发明与普及,加上印刷术特别是活字印刷的科技革命,那是不可实现的。同样,当今网络媒体对文学大众化的普及,以及对经典学术带来的冲击,也同样是不争的事实①。

而另一方面,如果忽略了文学历史的演进的规律,片面强调古今文学的"断裂",则容易陷入否定历史(非历史化)与抹煞民族精神(非民族化)的偏执思维。清人陆菜在《历朝赋格·凡例》中论赋体云:"古赋之名始于唐,所以别乎律也,犹之今人以八股制义为时文,以传记词赋为古文也。"所谓"古赋"与"今赋"是相对的,唐宋时人视唐代律赋为今赋,把楚汉辞赋当古赋,到了清人,又把唐律赋视为旧体,而称本朝律赋则为"时赋"。历代文学批评,自齐梁以后,文学有着多次的古与今的争论,这一话题是没有绝对性的,"古"与"今"的区别是相对的,也就是历史的演进自然是其来有渐,所以古今的相承与变革是合理的,"断裂"则是限于一特定时段的认识"误区"。

从近代文化与文学的变革来看,其巨大与震撼,确实是任何一朝一代所不可比及的,因此,这一时期所造成的古今文学的"断裂",以及这种"断裂"所造成的文学创作与研究的"误区",也就具有了鲜明的时代性特

---

① 参见查屏球:《媒体转换与文学新变——由纸写替代简牍的过程看当代网络文学走向》,载章培恒等主编:《中国文学古今演变研究论集二编》,上海古籍出版社 2005 年版,第 271—296 页。

征。除了我们前面说明的现代学科的划分在某种意义上分割了"古代文学"与"现代文学",而从理论上加以考量,这种断裂所造成的认识误区,还相对明显地表现在以下五点:

第一点是将文学与制度捆绑在一起的误区。文学与制度是相关联的,在中国历史上,比如汉代宫廷文学侍从队伍的出现,并由此形成的"献赋"制度,是与汉赋的兴盛相关的①。唐以后翰林院制度的出现以及与"翰苑"文体与文风的关系,东汉以后庄园经济与私有制度的发展对"隐逸"文学的影响,历代官员谪贬制度与流放文学的出现,都说明了制度影响着文学的创作。但是,文学创作绝不限于制度,再以赋体为例,东汉以降"献赋"制度的衰落并不意味辞赋文学的消亡。同样的道理,自唐以后千百年的考试制度"以文取士",出现了考试文体,但并不意味着科举制度的消亡与考试文体的汰除,以及"以文取士"之"文"(文学)的一并消亡。而近代学者对古典文学的扬弃,其基点正在于对旧制度(特别是科举制度与考试文体的八股文)的扬弃。

第二点是否认古代文学具有"现代性"的误区。从社会学的观点来看,"现代化"是个复杂的过程;而从文学史的观点来看,"现代性"更是个模糊的概念。在整个文学史的发展流程中,旧体文学之所以没能进入现代文学研究的视野,究其根本,在于新文学倡导者或实践者对旧文学的态度,其中一个结穴,就是"现代性"问题。而误区恰在这里,因为古代文学的"代变"或"代承",始终是有着"现代性"的,所没有的只是"新文学"那样的"现代性"②。只要我们客观地对待古代文学与文体的发展,就不难理解"文变染乎世情,兴废系乎时序"(刘勰语)的"现代"意义。例如汉代文学与西域文化的关联,晋唐文学与佛教文化的关联,明清文学与基督教文化的关联,以及历代文学创作对新名词、新思想的必然容受,无不

---

① 详见许结:《汉赋与制度》,载《大连图书馆百年纪念学术论文集》,万卷出版公司 2007 年版,第 659—672 页。

② 参见袁进:《中国现代文学中的旧体文学亟待研究》,载章培恒等主编:《中国文学古今演变研究论集》,上海古籍出版社 2002 年版,第 852—862 页。

展示了一种文学创作的动态的"现代性"。而对古代文学现代性的否认，其所否认的现代性实质上是现实的功利性。

第三点是对传统思想中"文与道"理解的误区。唐代古文家韩愈强调"文以明道"，宋代理学家周敦颐说"文以载道"，或者像朱熹主张的"文与道俱"，虽然所述内涵有别，但其精神皆等同于孔子说的"人能宏道"，"道"即人心之"志"，是一种生命意识的展示。宗白华谈中国画时认为其哲学根基是《易经》的宇宙观：阴阳二气化生万物，万物皆禀天地之气以生。……生生不已的阴阳二气织成一种有节奏的生命"①。刘勰《文心雕龙·原道》论文时明确地说："夫子继圣……写天地之辉光，晓生民之耳目。"纵观中国文学的"厚生"意识、"言志"传统与"致用"精神，就不会将文学的"宏道"等同于政治的"礼教"。这种等同，正是全盘否定传统文学价值的误解。

第四点是"文学进化史观"的误区。近代社会文化发展的一大中轴就是达尔文的"进化论"，这种发生于"生物学"领域的进化思想，后来演变成"社会达尔文主义"，在19世纪到20世纪像旋风般覆盖了全世界，也涵盖了所有的领域，文学进化论应运而生，成为荡涤旧文学的利器。然而遗憾的是，文学绝不是科学的分支，文学的感悟性与科学的逻辑性不相兼容，因为文学是人的生命意识的展现，是心灵的艺术，与"物"的进化不同，所以，用进化论作为标尺来衡量中国古代文学的历史，或文学的门类，都是捉襟见肘，难以自圆其说。即使貌似文学进化的"一代有一代文学"的观点，落实到文体论，其实只是说一种文体具有难以逾越的艺术高标而已。正因如此，进化论作为一种强权话语，只是以"粗暴"的形式干预了文学，成为古今文学断裂的催化剂。

第五点是忽略文学艺术之意境具有超越性的误区。文学之所以是文学，在于"文学性"，这不仅是修辞的艺术，更在于有足以打动人心的美

---

① 宗白华：《论中国画法的渊源与基础》，引见《宗白华选集》，天津人民出版社1996年版，第99—111页。

质。杜甫诗云"怅望千秋一洒泪"、"萧条异代不同时",章学诚《文史通义》中说"文人情深于《诗》《骚》,古今一也",这正是文学打动人心之美质的永恒传递。"古代文学"与"现代文学"的断然划分,是现代学者基于社会学批评的一种认知态度,呈现给文学史的只是艺术形式的分离,丢失的恰恰是不为时间所能扼断的文学生命美质。

四、从三重维度看文体的变移

传统文体作为承载文学生命的形态,她的变移可以从三重维度加以审视,如此则能不受简单化的保持或扬弃态度的左右,从而比较客观地看待传统文体在新时代的生存境地。

所谓三重维度,指的是"古代与现代"、"西方与本土"、"文学与文化"的对立关系,这是 19 世纪末到 20 世纪"文学"与"文体"在变移中所面临的最宏大的社会背景,换言之,传统文体在这一新的时期的遭际与变革,在很大程度上决定于这样的三重关系。[1]

首先看"古代与现代"的关系,这落实于文体意义,究其本质却在于文学的意义。概括地说,现代学者对传统文体的态度,特别是表现于古今脱钩的扬弃精神,主要依据着两大主旨,就是"文学性"与"现代性"问题。就"文学性"而言,其中包含了现代学者对纯文学与俗文学的理论提升,从而反过来通过文学的创作(如新诗)在实践与理论的双重意义上扬弃与否定旧体文学的存在价值。因为旧体文学在现代学者的视野中是"载道"(如古文运动)与"干禄"(如科举取士)的工具,缺少的是纯粹性与民众性。同样,对"现代性"的理解,现代学者也大多从社会学的观念着眼,认为旧体文学与文体都是旧社会与旧制度的产物,不具备"现代性",比如文学对自由民主的呼唤,对现代民众生活的写照等,都不是旧文学所能涵盖的。这也就牵涉到两个问题,就是传统文学有没有"文学性"与

---

① 参见梅新林:《"中国文学古今演变研究"学科范式的探索与建构》,《河北学刊》2006 年第 5 期,第 126—128 页。

"现代性"？答案显然是肯定的。萧统编《文选》，于序中明言"事出于沉思，义归乎翰藻"，表明的正是文学的思维与修辞的艺术；刘勰《文心雕龙·情采》说"情者文之经，辞者理之纬，经正而后纬成，理定而后辞畅，此立文之本源也"，更是从文学本源的意义上认识"情"与"辞"所表现的文学性。在实践的意义上，古代文学除了说理论道与应付科举的功用，更多的仍是文人的自由挥洒，是表现生命与心灵的创造。所以文学性是具有超越性的，是一种"以心击物"（《文镜秘府论》）的传递，并不构成阻扼古今相通的障碍。而认为传统文学缺少现代性的误解，根本上是以社会学替代文学的误区。从广义来看，文学的"现代"性也是其来有渐的，作为文学载体，传统文体同样存在于不断变移中走向"现代"的过程，这也是一代有一代文学的理论指向之一。而从具体的"现代性"来看，旧体文学或许不具备新文学的现代性，但不等于没有现代性，因为随着新文学的产生与变革，旧体文学同样经历了这样的社会变迁与现代进程，所谓"旧瓶装新酒"，也不失为现代社会中的一种有意义的文学创作形式。

　　其次看"西方与本土"的关系，这固然是现代文学中"西方植入"因子（如译诗与新诗）引发的思考①，但从长时段的文学演进历史观之，这也是个其来有渐的过程，既不能形成现代文学与传统精神的割裂，也不构成断裂古今文体的理由。梁启超在《中国近三百年学术史》中认为"中国的智识线和外国的智识线相接触，晋唐间的佛学为第一次，明末的历算便是第二次"，并依此提出了"中国之中国"（先秦）、"亚洲之中国"（汉唐以迄清中叶）与"世界之中国"（近代）三阶段说。如同文化的本质具有多元性与互动性，传统文学的衍展也正是与异质文学不断交流的过程。而在传统文体的写作中，这种异质文明的引入与表现，虽因时而异，却源源不断，这在汉代大赋描写亚欧文化交流、唐人诗歌中的佛教艺术思维以及

---

① 参见骆玉明：《古典与现代之间——胡适、周作人对中国新文学源流的回溯及其中的问题》，载《中国文学研究》2000 年第 4 期，第 3—10 页；《文学史的核心价值与古今演变》，载《复旦学报》2002 年第 5 期，第 11—15 页。

元明以降中西文明与文学之碰撞、交融中，都能得到证明①。仅就"西方与本土"的维度而言，其间的交往与互渗也不是从"现代文学"概念形成的20世纪开始，而是经历了元、明大航海时代、明末清初耶稣会士传教时代、鸦片战争后中国近代社会的变革与发展时代的推激与变迁，特别是近代学者倡导"诗界革命"，推崇"社会小说"，赞扬"唯美文学思潮"，往往是与传统文体捆绑在一起的。由此也可以看到西方引入本土的文学因子，以及所表现的社会性变迁，并不能成为全盘否定传统文体的理由，古今文体在这一层的断裂，只能是社会发展形成的断裂"假相"，绝非文学或文体断裂的真谛。

再来看"文学与文化"的关系，是包容与被包容，但不可互代。近代学者对旧文化的扬弃，往往与对旧文学（含文体）的扬弃构成同一模式，这正是形成古今文学断裂的一个误区。抽象地看，对旧文化的抛弃必然包括对旧体文学的抛弃；而就具体而言，任何社会的变革都不可能形成文化的整体断裂，所以在抛弃与继承之间，文化内在的板块形成了冲突，比如抛弃旧有文化制度以及相关的文学，如科举与考试文体，显然是合理的，倘若将此扩大到"科举与文学"的命题，也就形成了对旧体文学的全面抛弃。这正是古今文学断裂误区的结穴所在。文化涵盖文学，自然会产生如盛世文化下的盛世文学（如西汉大赋与盛唐诗歌），会产生如衰世文化下的衰世文学（如屈原楚辞与遗民文学），这些盛世或衰世的文学在具体指向上，必然随着时代的变化而变化。然而，文学不等同文化，她是以形象化的语言塑造人类的心灵，其中如对盛世的讴歌，或对衰世的救赎，并不会随时代的变化而消亡，中国诗人对"所谓伊人，在水一方"的理想追寻，对"人面桃花"的情感伤逝，对"红叶题诗"的自由向往，是文学情感的永恒主题，是没有新旧之分与

---

① 例如汉大赋中对异域物态的描写与外交礼仪的展现，就是以文学的形式表现出异域文明与本土文明的交融。参见许结：《论汉代京都赋与亚欧文化交流》，载《贵州大学学报》2003年第1期，第64—69页。

古今断裂的①。文学创作如此,作为文学载体的传统文体,自然没有绝对的因所谓"断裂"而抛弃的理由。

第三节　中国古代文体的当代实践

一、20世纪的旧体文学

纵观20世纪文学的发展,新文学的崛起与兴盛引领着新时代与新气象,这是不争的事实,然而其间对古代文体的保持与复归,也是值得注意与反思的。

在失去旧有制度的保障或需求的情形下,20世纪以来有关旧体文学的创作,基本成为文人的嗜好,是一种纯粹文人化的创作。正因如此,作为广义文章学的"章、表、奏、议"类的旧体文章,已完全失去了她存在的功用与价值,代之而起的是通俗的白话应用文。而一些文人化的创作,如诗词歌赋、戏曲小说,以及对联艺术等,却始终流传于一些社会团体(如诗社)和特种场合(如喜庆活动)中,成为长盛不衰的艺术形式。特别是像传统艺术中的书法,她所依据的文本,更适合古典诗词歌赋和对联艺术,而与白话文和新诗创作的结合,则是非常罕见的。

回顾20世纪的旧体文学创作,突出表现了古典文体的现代命运,这又体现于两个方面:一是传统文体创作的保持与复兴,一是传统文体对新文体建设的参与和影响。就前者而言,也可以分为两个方面,就是传统文体的摹写和传统文体的现代化。所谓传统文体的摹写,就是严格按照旧文体的规范如格律、词章、结构等,进行创作,即以旧的形式创作新的内容。这一点在旧诗词创作领域最为明显。在建国以前,有一批学者诗人群,如黄侃、刘永济、汪东、胡小石、吴梅等,他们在从事文史研究之余,就有大量的旧体诗词创作,有的还在南北各高校中进行诗词教学,培养、沾溉了一大批后辈诗人。而有一些新文学阵营的作者,也曾改弦更

---

① 胡晓明:《中国诗学之精神》,江西人民出版社1991年版,第204—224页。

张来写作旧体诗,或者新旧兼写,如陈独秀、鲁迅、周作人、俞平伯、朱自清、闻一多等。特定的社会环境有时也会刺激旧体诗词的发展,例如上世纪 30 年代日寇侵华,抗战诗词复兴,诗人忧怀家国,同仇敌忾,有控诉,有歌颂,涌现了大批优秀的作品,被称为抗战诗史。特别是到了 80 年代,旧体诗词经过近 30 年的沉寂,在新时期得到复兴,创作极为繁盛,其中如"中华诗词学会"等创作团体的成立,《中华诗词》等专业刊物的出现,均标志了前所未有的繁荣。到了 21 世纪,旧体诗词创作又与现代传播手段结合,网络文学中旧体诗词的兴旺,可见一斑。与旧体诗词相近,辞赋体虽然具有一定的特殊性,但其创作命运与诗词相近。在建国前,辞赋体文学主要在一些旧学根柢深厚的学者笔下偶有创作,作品散见于当时的一些报刊,虽然这些创作也反映时代感和作者的特定情感,但多半是文人偏好,是对旧体辞章之典雅审美的一种追求。辞赋创作的沉寂期较诗词要长得多,可以说从 20 世纪 40 年代到 80 年代,近 50 年的时间中,旧体辞赋创作虽不乏佳品,但就整个时代的文学作品而言,可谓是寥若晨星,基本淡出文学创作的视域。而随着 80 年代辞赋研究的复兴,辞赋创作从 90 年代到本世纪初几年间,出现了空前繁荣的局面,《光明日报》创设"百城赋"栏目,是具有文学创作导向意义的。

与诗、词、赋这样的具有书斋写作性质的创作相比,具有更多社会性的传统戏曲与旧体小说的创作,因为受众群体文化结构的变迁,虽有少量写作实践,但却从来没有出现过"群体性"的繁荣局面。比如民国时期吴梅等学者对传统戏曲的教授与提倡,促进了一时雅部戏曲创作的复苏与繁荣,建国后又出现了诸如《章回小说》与《古今传奇》等专门刊物,但旧体戏曲与小说创作总是处于边缘化,缺少创作的群体性与独立性。这也就牵涉到另一个问题,即传统文体的现代化。其实,不仅是旧体戏曲与小说是 20 世纪文学创作的一点插曲,在新戏剧与新小说的创作大潮中也趋向于自身现代化进程,诗赋创作同样经历着这样的变革。例如对旧体诗词新格律的倡导,语体赋(白话赋)创作的尝试,都已不限于旧瓶装新酒的内容改变,而是对旧体文学形式现代化的改造。

当然,20世纪旧体文学的创作与保持,还有着另一层面的意义,或者说是内在的文化机制,那就是对新文学的参与和建设。E. 希尔斯认为:"文学传统是带有某种内容与风格的文学作品的连续体。"①所以我们立足于现代文学来看待传统文体,同样具有连续性的活的生命。蒋寅在《中国现代诗歌的传统因子》一文中,列举了现代诗人如戴望舒、卞之琳、徐志摩等新诗作品,分析其中的传统因子,包括"现代诗歌中渗透着古典哲学及其语言表象",以及修辞技巧如"化用典故"、"谐音双关"、"互文见义"等诸端②,从创作精神与创作技巧,连接起古典与现代诗歌的创作意义。与此相类,赵山林的《试论词曲与新诗创作的关系》一文,从"体裁"、"语言"、"题材"、"意境"几方面探寻传统词曲创作对新诗的影响③,也是从现代视域考量传统文体价值的思考。诗歌创作如此,而包括大量应用文体在内的散文创作,传统旧体同样具有参与新体建设的功用。例如谌东飙《古今散文研究中的散文观念及分类问题》,对现代散文的分类如"议论性散文"、"记叙性散文"、"抒情性散文"对古代名目繁多之散文体的对应与涵盖,以及古、今文因时而变的相对性发展对散文观念的影响④,均说明了对待古今文体持"抽刀断水"态度的偏颇。而既然古典文体对现代文体建设起着不可轻忽的积极作用,她的创作的存在也就具有合理性与现代性。

二、旧体诗词创作的繁荣

诗词是中国古代文人表情达志的最重要的文学体裁,也是世界诗歌之林中生命力最为旺盛的诗体。诗骚以下,旧体诗便被文人吟咏、书写,逾二千年。这一现象,在世界诗歌史上也是绝无仅有的。究其

---

① 傅铿、吕乐译:《论传统》,上海人民出版社1991年版,第199页。
② 蒋文引见章培恒等编:《中国文学古今演变研究论集二编》,上海古籍出版社2005年版,第1—22页。
③ 赵文引见章培恒等编:《中国文学古今演变研究论集》,上海古籍出版社2002年版,第146—162页。
④ 谌文引见同上第299—307页。

原因，首先，中国古代社会中存在着一个稳定的士大夫阶层，他们是旧体诗的创作者与传播者。古代社会中，诗教是士大夫教育的重要方面，先秦时期即形成了士大夫"登高能赋"的传统，一直延续下来。唐代科举考试以诗赋取士，更是直接促成了诗歌创作的繁荣。而唐代以后的科举制度中，诗赋仍然是重要内容。其次，从旧体诗的形式上看，诗词所使用的语言，尽管有一些白话的成份，但基本上以文言为主。因此，旧体诗的体式自成熟以后，即较少受到口语变迁的影响。旧体诗歌的结构基于单音独体的汉字也呈现出异常稳固的形态，表现在诗体上，汉魏时期形成的古体诗的体式、唐初形成的近体诗的体式，除了句式、字法、韵脚上有一些变化外，基本上仍然被今天的旧体诗作者所沿用。而词这一体裁，其基本的词调到宋代已大体齐备，宋以后的词人所作的创调极为有限。稳定的作者群和汉诗的形式特征是诗词传统延续不断的重要原因。

但自近代以来，诗词受到了巨大的挑战。由于封建社会的终结，士大夫阶层瓦解消失，从而带来了近代知识阶层的分化。诗歌不再是人们必须肄业的科目，而成为诗人们的游戏。近代中国的多灾多难，使得知识分子更加关注实学，用以寻求救国拯民的良方，由此引发了近现代学术思想史上的"西学东渐"，从物质到制度到思想，西学的涌入无可避免地冲击了中国传统的思想与文化，诗歌亦概莫能外。对旧体诗词影响最大的事件是五四新文化运动，其对白话文的提倡，最终导致了文言的废除和语体文的推行。与白话文运动相应的"文学革命论"也渐次剥蚀了诗词赖以生存的语境，使其日渐式微。诗词曾有过的普遍广泛的、浃髓沦肌的影响不可避免地消失了。新中国成立以后，更由于政治的巨大影响，社会风气由文变质，知识分子也在屡次运动中被动或主动地接受改造，很少再敢以诗言志了。最终，随着"文化大革命"的爆发，斯文扫地，对传统文化的拉杂摧烧和对知识分子的无情打击使得诗词失去了最后的安身立命之所，面临着断绝的危险。

然而，诗词作为一种精神积淀，已经深深植根于国人的民族记忆中。

历史与语言的变迁尽管会影响到诗词一时的兴衰,但绝难将其斩绝。新文化运动兴起以后,旧体诗尽管受到排挤,在现当代文学史上甚至没有置身之处,但诗词写作的传统却一直绵延不绝,表现出顽强的生命力。民国时期,由于旧诗影响犹在以及白话诗的幼稚与荒伧,诗坛的主流仍然是诗词。从同光体诗人到南社诗人,尽管诗歌观点和美学旨趣相去甚远,但诗词创作的成绩巨大。民国时期诗社、词社林立,诗人们在唱和和切磋中交流诗艺,延续着诗词的传统。学者诗人群的出现也是这一时期旧体诗坛的突出现象。如黄侃、刘永济、杨树达、汪东、汪辟疆、胡小石、吴梅、陈寅恪、黄节、夏承焘、唐圭璋、龙榆生、林庚、马一浮、方东美、钱仲联、钱锺书、程千帆等学者诗人,①他们在从事文史研究之余创作诗词,有的还在南北各高校中进行诗词教学,培养、沾溉了一大批后辈诗人。此外,新文学阵营也有不少作者改弦更张写作旧体诗,或者新旧兼写,如陈独秀、鲁迅、周作人、俞平伯、朱自清、闻一多、茅盾、老舍、田汉、胡风、郁达夫等。特定的社会环境也会刺激诗词的发展,例如上世纪 30 年代日寇侵华,抗战诗词复兴,诗人同忧怀家国,同仇敌忾,或痛诉日寇之凶顽,哀生民之不幸,或对抗战将士英勇杀敌的歌颂。其中涌现了大批优秀的作品,允称抗战时期的诗史。②

上世纪 50 年代至 70 年代末三十年间,政治运动频仍,传统文化被严重地边缘化了。但在严厉的政治气候下,诗词写作仍然或显或隐地存在着。在建国后的二十年间,毛泽东诗词可谓一枝独秀,仅以其"文革"前公开发表的"诗词三十七首"为例,其中高亢的革命热情确实记载了中国革命的胜利历程,也鼓舞着人们的斗志,而他对唐诗形象的赞美,也成为"文革"后古典诗词复苏的一大契机。这一时期其他公开的写作,主要出于政治家、革命家和一些民主党派人士,发表出来的作品多是表明政

---

① 参见陈文康:《论 20 世纪学者诗词》,《云南社会科学》2003 年第 3 期;赵松元:《二十世纪学人之诗略论》,黄坤尧主编:《香港旧体文学论集》,香港鹭达文化出版公司 2008 年版。

② 参考胡迎建:《论抗战时期的旧体诗》,黄坤尧主编:《香港旧体文学论集》,香港鹭达文化出版公司 2008 年版。

治观点和政治立场,或者透露出某些消息。与此相应,民间写作也一直存在,在政治宽松的时期,有的老辈诗人甚至进行教学诗词,使得诗词传统得以延续,例如岭南诗人佟绍弼等即在家中授徒。[①] 即使政治生态恶化的时期,诗词中仍会发出不平之鸣,如潘伯鹰、吴宓等民主派人士的一些诗,对特定时期错误政策造成的恶果进行了批判与反思,体现了正直知识分子的良知。在 1976 年周恩来逝世后爆发的四五事件中,人民群众借助旧体诗词悼念总理,控诉四人帮的倒行逆施。[②] 在这一事件中,旧体诗词发挥出强大的舆论力量,并成为后来政治变革的引线。中国共产党党中央也顺应民心,粉碎了四人帮反革命集团,拨乱世而反之正。由此,传统诗歌"兴观群怨"的功能得到了突出的展现。

到上世纪 80 年代初,经历了近 30 年的沉寂后,随着政治坚冰的消融,诗词也焕发了青春。

拨乱反正之后,诗词写作从地下转入公开,并得到了官方的支持。1987 年,北京成立了诗词写作的专门机构"中华诗词学会",并在全国各省市都设立了诗词学会。据统计,迄今为止中华诗词学会的正式会员已逾 10000 人。在其影响下,各种同仁性质的诗社和地市县一级的诗社更仆难数,估计有数百家之多,加上各地方诗词组织会员和积极分子约有百万之多。[③] 中华诗词协会创办了《中华诗词》(1994 年创刊)以及地方性的诗词刊物《上海诗词》(上海,1987)、《龙吟诗刊》(黑龙江,1987)、《湖南诗词》(1987,湖南)、《晴川诗刊》(湖北,1987)、《燕赵诗词》(河北,1987)、《当代诗词》(广东,1988)、《京华诗讯》(北京,1988)、《四川诗讯》、《岷峨诗稿》(四川,1988)、《江西诗词》(江西,1988)、《桂海诗刊》(南宁,1988)等,为诗词作者提供发表的阵地。协会还举办过一些诗词大赛,有

---

① 上世纪 60 年代初,黎益之、潘元福、周锡䂊、刘斯奋、陈永正等从佟绍弼学诗,五人被称为"南园新五子"。参见陈永正:《南园诗歌的传承》,黄坤尧主编:《香港旧体文学论集》,香港鹭达文化出版公司 2008 年版。

② 童怀周编:《天安门诗钞》,人民文学出版社 1978 年版。

③ 徐述:《全国第十九届中华诗词研讨会综述》,《中华诗词》2005 年第 11 期,第 39、40 页。

力地扩大了诗词在社会上的影响。① 无庸置疑,一定时期内,中华诗词协会对于诗词的普及起到了一定的作用。

与此同时,民间诗词创作传统也渐渐恢复,民间诗词的写作不以发表为目的,有助于抒写自我情志。一些老辈诗人重新焕发了创作的生命,创作出一批反映时代精神和独立意志的诗篇,如程千帆、钱仲联、钱锺书、霍松林、缪钺、白敦仁等。如钱锺书《阅世》诗云:"阅世迁流两鬓摧,块然孤唱发群哀。星星未熄焚余火,寸寸难燃溺后灰。对症亦知须药换,出新何术得陈推。不图剩长支离叟,留命桑田又一回。"②此诗并非寻常的叹老嗟悲,而是以洞若观火的大智慧返照世相,对国家和民族之命运发出了深沉的喟叹。又如程千帆《闻夷州近事》诗云:"青骨成神十六秋,惊波日夕尚回流。方酣埶胜南柯战,待虑微闻楚国囚。劫后旌旗难一色,别深霜雪总盈头。无多岁月偏多感,三妹新来又远游。"此诗作于1991年,继承了从杜甫到李商隐、韩偓的具有政治内涵诗的传统。写当时台海局势和作者对祖国统一的关切,具有时代特色。《独携》诗五首感时伤世,亦见深心特识。③ 许永璋则在长期从事古典诗词教育的同时,创作了大量的旧体诗,是一代知识分子命运的写照。④ 年辈略晚的一代诗人如王蛰堪、陈永正、王翼奇、孔凡章等也继续创作,颇多佳什。在这些诗人的引领和指导下,形成了中华诗词协会之外的另外一支创作队伍,他们主张抒写自我情志,崇尚诗语的雅正,力求诗境的浑成,可以说是传统派。从毛谷风、熊盛元主编的《海岳风华集》一选中可以大略窥见这批作者的情况,今天比较有成就的中年诗人大都入选此选本。⑤

高校诗词创作教学传统也有所恢复。上世纪50年代以来,受到教学科研体制的限制,诗词写作教学在高校中一直处于可有可无的状态,

---

① 胡迎建:《中华诗词学会的成立及其影响》,《中华诗词》2007年第5期,第37—42页。
② 钱锺书:《槐聚诗存》,生活·读书·新知三联书店2002年版,第142页。
③ 参程章灿:《峥嵘岁月征诗史——读〈闲堂诗存〉》,《中国韵文学刊》2000年第2期,第107、108页。
④ 杨正润:《许永璋和他的万首旧体诗》,《中华读书报》2010年7月21日第15版。
⑤ 毛谷风、熊盛元主编:《海岳风华集》,浙江文艺出版社,1996年。

这直接限制了青年学子对中华优秀诗词作品的接受与理解。近年以来，开设韵文写作课程的高校呈增多趋势，使得诗词研究与创作相结合，这种教学法可以上溯到民国时期南北高校诗词教学的传统，倡导"知行合一"，吸引了一批富有才气且有志于继承弘扬传统文化的青年学子加入到诗词创作队伍中来，对于当代诗词的复兴具有深远的影响。一些高校中成立了诗词社团，并创办了内部交流刊物，如《北社》(北京大学)、《粤雅》(中山大学)等，体现了一定的水平而且具有巨大的潜力，已经成为诗词复兴的一支重要力量。

值得一提的是，上世纪末出现的互联网技术对于诗词的复兴关系甚巨。互联网改变了原先旧体诗词作者各处一地联系松散的状况，将原先互不相识的诗词作者和爱好者通过网络整合成一支稳固的创作队伍。并且以论坛为单位形成许多创作群体。当代诗词的一个重要问题是批评的缺席，这一状况在网络诗词中得到了改变。网络诗词在创作与批评的实时性与互动性远逾传统诗词，即时有益的批评使诗词的作者、批评者与读者均能得到提高。网络诗词与传统诗词相比，具有鲜明的特点。第一，网络诗词具有浓厚的忧患意识。第二，网络诗词在反映现实生活的实时性、广泛性、深刻性上超过了80年代以来的旧体诗词。第三，网络诗词风格多样，在继承传统与开创新风两方面都有积极的贡献。目前，网络诗词已成为旧体诗坛的一支重要的力量，并且展现了广阔的前景。

进入21世纪以后，旧体诗词的创作更加繁荣，并且呈现出一些可喜的特点：

第一，浓厚的忧患意识。与新诗相比，当代旧体诗词体现出了强烈的忧患意识。诗人们秉承了中国传统诗词忧患意识的优良品格，他们的志趣见识隐然与中国传统的士大夫相接，又秉承了现代知识分子"独立之人格，自由之思想"的特点。中国大陆解放后政治运动相续，阳谋阴谋，人怀畏葸。知识分子被频频打击，独立人格及自由思想很难表现。诗人有的媚世取容，以诗颂圣，有的以诗作为委质之信和羔雁之具，有的借诗遁世,作品内容琐屑,仅以自娱,诗格卑靡。80年代以来旧体诗格平庸的盛行,与前三十年的影响有很大的关系。而上世纪80年代拨乱反正后,思想界极为活跃,青年都怀有理想,其影响至今没有熄灭。对于经过80年代启蒙运动影响的诗人而言,则表现为坚持独立人格与自由之思想,不畏横逆,如网络诗人胡马认为诗人应是"具备了完全独立与健康人格的先进知识分子,自然而然地成为盗火补天的英雄。不同于以往的匹夫之雄,具有独立精神、自由意志的英雄们身上,体现了悲天悯人的真正崇高"①。所以这一批诗人完全不屑于写作迂腐熟滥的"老干部体",对于中国历史上的一些重大而敏感的问题如反右、大跃进、"文革"等也能有所反思,表现出诗人的胆识与良知。

例如嘘堂(段晓松)的《有鸿》②一诗,以诗经的四言体写作,三章章四句。首章曰:"有鸿在野,哀鸣哑哑。曰反旧枝,不获其驾。"与苏轼《卜算子》词中"拣尽寒枝不肯栖"的幽鸿形象异曲同工。次章曰:"旧枝多棘,故土如炙。其鸣不祥,见逐见射。"鸿以其鸣而见逐,远离故土,无枝可依,暗寓了孤臣孽子的形象。末章言:"鸿不得归,鸿死于野。羽毛飘零,漂白长夜。"写孤鸿终竟野死,死亦不得返其故枝,寄寓了深沉的哀思。而末句翻空出奇,的是新诗的句法,却又协分妥帖。通篇诗旨遥深,暗寓了诗人伤逐客而赋招魂的独特情怀,具有较高的思想与审美价值。又如军持(秦鸿)的词作《忆王孙·乙酉暮春重过金陵口占》③:"茕茕江海水云身。壮悔花时未化尘。暮霭空销十六春。市灯昏。二八佳人新倚门。"通过今昔的对比,对于岁序漫移壮志难酬引发无限感慨,极为沉郁。又如莼鲈归客(钱之江)的《湖山四首用亭林海上韵》之四:"苍茫平楚入寒城,衰飒湖山百感生。在涧在阿贤者事,以风以雨旧交情。逃名久欲追

---

① 徐晋如:《为旧体诗词注入全新的生命——论新文化运动对于诗词发展的作用》,载周笃文、刘梦芙主编:《全国第十届中华诗词研讨会论文集》,《中华诗词》2001年增刊,第48页。
② 嘘堂辑:《腊八集》,http://bbsguxiangcom。
③ 军持:《雪泥词》,http://wwwshi300cn/lb5000xp/topiccgi? forum=7&topic=340&start=0&show=0。

梅福,起复频闻用蔡京。终古痴儿匡国梦,几人真不帝强嬴。"①诗人深秋登临,揽湖山之胜而兴慨,所感叹的并不是一般的秋士之感,对于家国也极为关心,是对顾炎武"天下兴亡,匹夫有责"精神的继承。又如李梦唐(宗金柱)的咏史绝句:"高阁垂裳调鼎时,可怜天下有微词。覆舟水是苍生泪,不到横流君不知。"②怨而不怒,最为警策。

中日关系时阴时晴,引发中国民族主义的高涨,这在当代诗词中也有所反映。网络诗人嘘堂、雀离佛编辑这一主题的作品为《东事集》,年年续有增入,其序中言欲"民气有在"、"士气可凭"③,使国民永远不忘旧疮,从而励精图治,奋发自强。《东事集》中有很多佳作,与民国抗战诗歌正好可以形成呼应。例如梁石楼《卜算子·祭南京大屠杀》:"国破国还完,一向山河碧。劫到红羊变几多,不替虫沙迹。   风雨压青磷,况人心无色。使值商歌激楚时,会见回天力。"这首词沉郁悲慨,读之令人发指,而一结能够振起,笔力弥觉老健。

第二,由于新闻传播的发达,当代诗词对于时事的反映极为迅速,对于社会敝政的揭露和批判也异常深刻。举凡大纲大纪、天灾人祸,进入21世纪后的各种热点社会事件如"非典"流行、各地频发的矿难、公权力使用不当、侵害农民利益、汶川地震、北京奥运会、全球性经济危机诸端,在诗词均有迅速的反映。如胡僧(胡青云)《荆州吏》④一诗刻画荆州地区的小吏侵害农民,写实之笔,堪以继武少陵三吏。《一纸行》⑤悲悯飞机失事,也是胡僧的名作。这首诗纯任口语,却不伤直致,纯是以情动人,如同陇头流水,鸣咽四下,令人不忍卒读,即此可以想见诗人悲天悯人的情怀。对于发生在中国境外的新闻事件,如伊拉克战争、阿富汗战争等,在当代诗词中同样倍受关注。可以说,在表现现实生活的广度和深度上,

---

① 碰壁斋主等编:《春冰集》,河北教育出版社2005年版,第36页。
② http://www.juzhai.com/BBS/dispbbs.asp? boardID=4&ID=109289
③ 嘘堂、雀离佛辑:《东事集》(抗日战争胜利六十周年纪念专辑),http://www.blogms.com/StBlogPageMain/Efp_BlogLogSee.aspx? cBlogLog=1000838192。
④ 胡僧《地藏(胡僧)网络诗词》,http://wwwpoetry-cncom/forum/web_redphp? id=474。
⑤ 《春冰集》第96页。

当代诗词完全无愧于自己的时代。

第三,当代诗词在对中国传统诗词的继承和革新两方面都有积极的努力。当代诗词从濒危到复兴,对传统诗词精华的吸收和继承是不可或缺的。当代诗坛卓有成就的名家无不浸淫古诗,含咀英华。近年来,随着国学热的兴起,当代诗词与国学的关系更加紧密,一些诗歌社团亦自觉以国学为致力的方向。如以北京大学研究生为主体的北社即以国学为基础,以践履为手段。2003 年在杭州成立的留社提出"留以存脉,文以致道"为宗旨,以保存、兴复传统文化为职志。该社目前有社员五十余人。主张以文会友,以友辅仁,进德修习,同证圣道。此派将诗文归于国学一门类,以经史根本,以为"根本固则龙马万象,莫不能从心而化"。留社出版了《有所诗》、《留社丛刊》等同人刊物,编有《春冰集》。留社中菆鲈归客的诗风清健,能得清诗的神理。词亦清空峭拔,有浙派遗风。著有《时雨庵诗》、《艮止词》。军持的词气势郁勃,廉悍无前,而多哲思,著有《雪鸿词》。社中尚有胜朦楼主,诗学黄庭坚、陈后山,得江西派神理。词则具沤生(钱伟强)之法梦窗、强村,枫橘亭、小鹤山人师法清真、大鹤,都对词心确有深会。社中巨擘,又数大淰季惟斋。其诗师法同光体的沈曾植、陈三立,得其矩矱。著有《大淰》、《东鲁》、《西岳》诸集,其识高,其学富,其才雄,是当代学人诗的代表。其《甲申孟秋台风后薄游金陵谒明孝陵次海日楼寒雨闷甚诗长韵》[1],步沈曾楼诗 80 韵,叙写作者谒明孝陵的所见所感,反映出诗人对于民族、国家、文化命运的思考,反映出文化保守主义者的立场。诗语奥衍健拔,写景抒情,浑然一气。"出门大江横,虬啸驱冢鼠。商风成行侣,沉瀣祛炎暑。驭者辨雾岚,烟腾如汤煮。具区屯絪缊,钟阜犹未腐。迷城车杂沓,何意充肠肚。赁驾穿地穴,兀腾潮滓茹。山径伏危墙,侧匿窥如蛊。又自凌云去,未容息介羽。阴霾逝林梢,行迹多朽土。中空忽眇漭,耸岳翠压褚。"叙行程刻画生动。又如:

---

① 季惟斋:《大淰集》,http://wwwshi300cn/lb5000xp/topiccgi? forum＝7&topoc＝189&show＝100。

"清啸木叶哀,渊默皆岨峿。返道望楼台,红尘常击抪。翁仲容遨游,象兽犹队伍。恒如不动心,凝定常挥麈。"写孝陵之景,浑穆有道气。"甚思淮甸烈,太阿骋吞吐。扫荡卷残孓,廓清仗鼍鼓。貂珰北隳迹,诸夏复皇柱。杀戮犹未止,啜羹走狗脯。忠魂血污浊,逐客沦草舻。雄猜负蠹种,太息向鸿宇。身后祸变遽,煎釜焚圭珇。孝孺以身殉,痛摧千族女。士气伤肝肾,飞蛾扑火炬。蘖根自食果,屋覆终失所。功过不堪言,语乱徒譖谖。野哭甲申岁,黑气冲此处。所幸朽骨存,生杀诚相午。"这一段对明代兴亡历史教训的总结,可作史论观。如此鸿篇巨制,而无一懈语,如狮搏豹变,神化无方,令人目眩神迷,不可方物,真足与同光诸老把臂入林,是清代以来学人诗一脉的真传。举此以见出当代诗词在继承传统上的造诣。

当代诗词在创新上也开创了诗词的奇境,从近代以来,诗人们即进行了各种努力,以诗词描写新事物,抒发新思想,开辟新境界。如龚自珍诗议论风发,风格警拔特立、恢奇绝艳,被称为"近代别开生面"者(林昌彝《射鹰楼诗话》引何绍基语)。其后康有为立志要"新世瑰奇异境生,更搜欧亚造新声"(《与菽园论诗》),梁启超提出"诗界革命"的口号,"镕铸新理想以入旧风格"、"以旧风格含新意境"(《饮冰室诗话》),而黄遵宪则是"诗界革命"的行动者,他说:"尝于心中设一诗境:一曰复古人比兴之体,一曰以单行之神,运排偶之体;一曰取《离骚》乐府之神理而不袭其貌;一曰用古文家伸缩离合之法以入诗。"(《人境庐诗草序》)黄遵宪的诗中对于新事物与异国风物均有所反映,一定程度上体现了"诗界革命"的主张。

创新是诗歌的生命,而时代对诗歌也提出了新的要求。当代诗人在反映现代生活和新思想上也进行了种种努力,尤其是网络诗坛的"实验诗",在诗词的现代性上迈出了一大步。实验诗人对于传统诗词进行了严厉的批判,其领袖嘘堂提出"文言诗词在网络"、"舍网络,文言诗词断无出路"的论断,对于实验诗,他说:"今日文言实验之种种表征,如创作精神重当下、重熔铸,风格重神思,体裁多假古体、取法多出诗骚乐府,乃至进行文言诗形式、结构之探究新创。（重视）个体感觉与体验。"从中大略可以窥见此派的宗旨。

实验诗一般以四言、骚体、古诗为体裁，对中西方的现代诗多所取鉴，以表达现代人的种种生命体验和哲思。兹略举实验派诗数首以见一斑。如嘘堂《饮酒》（七首）之一："良夜星暂现，既没复怀之。天空如长椅，万物离座时。漆裂胶能补，斯人不在兹。谁会上方语，嗒然释所疑。所疑照室白，生命聊坚持。"①诗中多象征意味，隐喻理想的失落和生命的无奈，尽管是古诗的句法，却具有现代诗的特质。又如作者的《空地》三章：

> 空地只三寻，梦见林栖者。谓是远行人，春醪须一炙。毋忧瘴疠深，且纵寒流下。万象正萧条，可以停车驾。
>
> 泥泞独难辞，长谢林栖者。既是远行人，灵魂终异化。飞翔在棘丛，隐秘之公社。焰火会重生，照临于此夜。
>
> 盛筵或无边，永诀林栖者。固是远行人，狂欢任所籍。荒城返足音，大幕垂星卦。理想裸其身，光辉徒乱泻。②

以汉魏古诗之体，描写个体的生命感受，充满政治隐喻和神秘体验，诗中"远行人"的形象，可以说是经历了 80 年代理想主义启蒙的一代人的化身。末章中"远行人"渐行渐远，而理想之光辉愈加灿烂。然而，对比现实，这首更象是为"远行人"所作的行歌，或者对那个久逝的年代所作的挽歌。全诗有兴象，有精神，真气弥满，真正做到了以旧体写现代思想。又如白小《房基》③："隳圮房基裸，寒窘遗疮疤。食痂天所恋，冱结在土砂。枯风仇金箆，萧骚日以加。浮尘荡已寡，岂及微痛赊。区区真不敏，烦愦倚繁华。盛世轻鹿力，徒征往来车。"以郊岛之笔，写荒凉颓坏之境，而自有现代之意味。可以说，实验诗在精神上与近代"诗界革命"遥相呼

---

① 嘘堂：《离座集》，http：//wwwliushecn/zpj/ShowArticleasp？ ArticleID＝79。
② 嘘堂：《空地集》，http：//wwwliushecn/zpj/ShowArticleasp？ ArticleID＝93。
③ 碰壁斋主等编：《春冰集》，第 210 页。

应,开辟了旧体诗歌前所未有的奇境,尽管当下对其褒贬不一,但其勇于创新的精神却是旧体诗坛必不可无的。至于沟通中外、融会新旧,努力光大当代诗词,尚须诗人努力。

三、古典辞赋创作的复兴

在古典文体写作中,辞赋是一种特殊的文体,它以修辞的艺术,铺张的描绘与宏整的结构,并以汉大赋为代表,树立其形象与风貌。对这种韵散相间,亦诗亦文的创作,当代西方学者的纷杂理解充分体现在对"赋"的英译方面。例如德国汉学家何可思(Eduard Erkes)将"赋"直接译作"song"(诗),荷兰汉学家高罗佩(Robert Van Gulik)译作"poetical essay"(诗化的散文),美国汉学家华滋生·波顿(Burton Watson)译作"rhyme-Prose"(有韵的散文),美国华裔学者陈世骧(shih-hsiangchen)直接译作"essay"(即兴散文,或随笔)等①。而美国汉学家康达维(David R. Knechtges)更是列举多种译法,其中包括"Prose Poem"(散文诗或无韵诗)等,试图找到对应的西文词语,但他认为比较困难②。正因为辞赋是一种比较特殊的文体,古人说法也多不同,班固谓"古诗之流"(《两都赋序》),刘勰谓"受命于诗人,拓宇于楚辞"(《文心雕龙·诠赋》),章学诚谓"原本诗、骚,出入战国诸子"(《校雠通义·汉志诗赋第十五》),刘师培谓"写怀之赋其源出于《诗经》,骋辞之赋其源出于纵横家,阐理之赋其源出于儒、道两家"(《论文杂记》)。而随历史的变迁,辞赋的变体也多,有诗体赋、骚体赋、散体赋、骈体赋、律体赋,以及宋代的新文赋等。

正是基于辞赋文学的描绘性特征,以及因时而变的"体类"意识,早在 20 世纪 20 年代郭绍虞在《赋在中国文学史上的位置》一文中,就提出了赋体创作在当代实践的设想。他认为在"赋体演变的历史中,可以看

---

① 参见孙晶:《汉代辞赋研究》上编《辞赋文体论》第一节《西方学者对赋的翻译和界定》,齐鲁书社 2007 年版,第 9—17 页。
② 详见康达维:《论赋体源流》,载《文史哲》1988 年第 1 期,第 45 页。

出赋体屡经变迁的缘故,很多受当时文体的影响。一方面有与歌相合的诗,一方面便有不歌的小诗——短赋。一方面有楚狂《凤兮》孺子《沧浪》之歌,都以兮字为读,为楚声之萌芽,于是便有骚赋。一方面有庄、列寓言,苏张纵横之体,于是便有辞赋。此外于骈文盛行的时期有骈赋,律体盛行的时期有律赋,古文盛行的时期有文赋,则当现在语体盛行的时期,不应再有语赋——白话赋——的产生吗?"①而自 20 世纪初到 21 世纪初这百年的文学历史,辞赋创作无疑是"新语境"下的"旧文体"②。可是落实到具体作品,又呈现出两类创作方式:一是仿效旧体形式,而呈现新的内涵的赋作;一是如郭绍虞所说的"白话赋"创作,以新的赋体形式呈现新的内容。而这两类创作,在总体上都是在包括社会文化和文学观念的近百年新语境中出现的。

　　如前所述,近现代文化的裂变导致文学观念的巨变,在中国古典文学中具有浓厚的赋颂传统的"赋"创作,特别是自汉、唐以来的"献赋"与"考赋"制度对赋创作的制约,赋体被新时代的文学史家打上了诸如"宫廷文学"、"贵游文学"与"帮闲文学"的印记,尤其是作为"一代文学之胜"的"汉赋",遭到扬弃与贬毁。如果结合新语境下的文学观念与辞赋创作,百年历史的变迁又可大略划分为三个阶段:

　　从 19 世纪后期延续到 20 世纪初的"实学"思潮,到五四时期"白话文运动"的兴起,是古典文学面临重大变落的阶段,赋学也遽然衰落。早期的"实学"思想多属物质层面的变革,体现于赋域,出现了相当多的新题材。比如过去写"海",有《海赋》、《览海赋》等,而至此多为《海运赋》,乃至一些声光电气的新知识也纷纷入赋,比如《电报赋》类的作品。到五四时期,制度的变革已勘进于观念的变革,文学界倡导白话文的宗旨就

---

① 郭绍虞:《赋在中国文学史上的位置》,原载 1927 年《小说月报》十七卷号外《中国文学研究》,后收入郭著《照隅室古典文学论集》(上海古籍出版社 1983 年版)。
② 关于 20 世纪赋体文学的创作及其理论,包括"新语境定义旧文体"等问题,详参程章灿:《古典文体的现代命运——以 20 世纪赋体文学观念及创作为中心的思考》,原载《南京大学学报》2005 年第 4 期,第 114—120 页。

在"废去古文,将这表现荒谬思想的专用器具撤去"①。在这样的观念指导下,作为宫廷文学且长期与王朝体制紧密联系的赋体文学,自然在汰除之列。而一些旧学文人还保持着的创作赋体文学的兴趣,成为这一阶段延续这一文体的主创者,如晚清时期刘师培、章太炎的赋创作,后来章氏弟子作赋,如徐震的《游峨嵋山赋》、黄侃的《宫沟秋莲赋》等,仍是才学兼臻,一时传诵。民国时期的一些学术期刊如《国学丛编》、《学术世界》等也常登载一些旧体赋作,比如陈柱的《游西竺山赋》、《苍梧水涨赋》,骆鸿凯的《秋兴赋》,汪吟龙的《圆明园废园赋》等,都沿用旧体文言,呈古雅之风。而郭绍虞提出的"语赋"或"白话赋",只是酝酿于现代散文的创作之中,并没有很快地得到创作的响应和文本的昭示。

从 20 世纪 30 年代的"左联"文学、40 年代"延安"文学再到建国以后的五六十年代,阶级性、大众性、人民性成为文学的主流意识,那种在旧文学中也算"贵游文学"的辞赋,以其"谀颂"性质和艰深的文词,受到漠视是非常自然的。例如文学史家认为"汉赋没有什么价值","没有活的生命","坏的赋比好的赋多,赋的坏影响比好的影响大"②,汉赋"是一种应制趋时的文学",是"靡丽夸张的宫廷式的文学",有着明显的堆砌、模仿之病③。辞赋旧体的创作,在这一时段基本是空白。即使在 50 年代中和 60 年代初文化政策曾出现间歇性的宽松,在"百花齐放,百家争鸣"和"古为今用"的口号下,古典文学研究有复兴之势,但重点仍在如屈原赋、杜甫诗这样具有爱国精神和人民性的研究,像汉大赋仍是无人问津的。而在这一时段,与旧赋体衰歇所不同的是,一些冠以"赋"名的现代散文创作开始兴起,将他们说成"白话赋"也是可以的。这类创作最有影响的代表作品,就是杨朔的《茶花赋》和峻青的《秋声赋》。如果追溯这类赋的赋体因子,主要与古代的抒情小赋和宋代的新文赋有一定的艺术链接,与历来被视为"正宗"的汉大赋完全不同,《茶花赋》类的创作,究其本质

① 周作人:《思想革命》,载《每周评论》1919 年 3 月。
② 李长之:《中国文学史略稿》,五十年代出版社 1955 年版,第 29—32 页。
③ 詹安泰等:《中国文学史(先秦两汉)》,高等教育出版社 1956 年版,第 77—99 页。

应是现代散文。自 1961 年、1962 年杨朔、峻青分别创作《茶花》、《秋声》二赋，经过 60 年代、70 年代到 80 年代，这种白话赋成了这一时期"赋"创作的主潮。峻青在 1983 年以后，又相继创作了《雄关赋》、《三峡赋》与《沧海赋》等作品。而在港台作家中，如余光中的单篇之作《登楼赋》、张晓风的散文经典《生活赋》，以及简媜《隐形赋》、羊令野《红叶赋》、《溪头神木赋》、吴望尧《铜雀赋》、白先勇《思旧赋》等，有的类白话赋，有的是诗，有的仅借其名而为小说之作①。这也堪称"赋"的泛化现象，借用的只是赋的体物与抒情的意向。

经过"文革"十年，到 20 世纪 70 年代末中国实行改革开放政策，经济基础和文化教育发生了深刻变化，文坛进入了"新时期"，而在复兴中国传统文化的号召下，作为古典文学遗产的辞赋首先在理论上得到重新认识，而接踵而起的辞赋创作热潮，开启了当代赋体文学创作的新阶段。回顾 20 世纪 70 年代末至今 30 年间，如果说 80 年代是辞赋理论研究复兴的时期，90 年代是由辞赋理论研究引起赋体创作兴趣的时期，那么 21世纪的近十年，一个非常显著的现象就是赋体创作的复兴，而且是传统旧体（包括汉赋体、骈体、律体）赋占驻了主流。在上世纪八九十年代，赋体文学创作也存在两类：一是以现代语体为赋，其见载报刊杂志的甚多，其中巴蜀文士魏明伦的《盖世金牛赋》、《华夏园林赋》、《中华世纪坛赋》等②，用现代白话，成铺陈之赋；一是文词尊雅，就是以传统的骈词大赋或抒情小赋形式创作的，如许孔璋的《进学赋》、《天体赋》、《黄山赋》等，颜其麟的《香港赋》、《桂林赋》、《江西宾馆赋》等③，敷采摛文，吻合古人"赋兼才学"的要求。

到了 21 世纪的近几年，参与传统赋体创作的人数越来越多，赋体作

---

① 分见余光中《中国结》（长江文艺出版社 1993 年版）、张晓风《张晓风自选集》（生活·读书·新知三联书店 2000 年版）、简媜《女儿红》（洪范书店 1996 年版）、刘登翰《台湾现代诗选》（春风文艺出版社 1987 年版）、白先勇《台北人》（晨钟出版社 1971 年版）。详见前揭程章灿文。
② 魏明伦的赋作，有的收入《巴山鬼话》，上海人民出版社 1997 年版。
③ 许孔璋的《进学赋》，合肥工业大学出版社 2003 年版。颜其麟赋作收入《颜其麟赋鉴赏》，团结出版社 1998 年版。

品呈现出空前的繁荣态势。胪述其要,主要在三方面:一是网络创作繁荣,在"中华辞赋网"上已挂有数十家赋集"专名",作品更是数以万计,其中很多作者参加了 2002 年 4 月由洛阳市人民政府与洛阳大学联合主办的第一次辞赋创研会。① 二是《中华辞赋》杂志于 2008 年正式创刊,专门刊载今人的辞赋作品,联系现实,关注民生,讴歌时代(如《奥运赋》),这是前所未有的。② 三是近年来《光明日报》专门设置"百城赋"栏目,所刊登的作品,或京城,或省会,或区域重镇,或文化名城,大凡其地理疆域、历史沿革、城市建设、丰富物产、文化风貌与时代精神,囊括于中,堪称新时代的"都邑赋"。

以"百城赋"系列创作为例,我们可以看到近年来赋体文学创作的复兴,是对被新文化运动特别是白话文运动汰弃的传统旧体大赋的重新归复。因为以都市为题材的赋创作,是古代辞赋领域中最主要的部分,如果说"汉大赋"是赋体的"正宗",那么有关都市描写的作品,应该是"正宗中的正宗"。萧统《文选》选文首列"赋",而赋类又首列"京都",后世历代文选、赋选因城市赋不限于京都,所以概称"都邑赋",如陈元龙编《历代赋汇》收录自汉到明"都邑赋"十二卷计八十二篇,洋洋大观。从都城赋看传统赋体,其根基是"物质文明",所谓"物以赋显"(王延寿《鲁灵光殿赋》),最能显示的正是以物质文明为特点的城市功能与文化。而城市与商业贸易,与礼制社会的关系,更是"都邑赋"描写与展现的重要内涵。可以说,历代的"京都赋"对礼制的描绘,无不表现其三大宗旨,那就是"一"(大一统的国家观念)、"治"(王道政治的理想)、"和"("礼之用,和为贵"的社会和谐)。③ 由此来看新时代"都邑赋"的创作,并非简单的旧体的复归,而是具有复兴传统文化和昭示现代文明的双重意义的。

传统赋体的当代复兴,在很大程度上决定于这一文体的骋词风格与

---

① 详见《辞赋丛书·洛阳卷》,香港文学报社出版公司 2002 年版。
② 《中华辞赋》由中国碑赋文化工程院主办,中华文化传播有限公司(香港)出版,现为双月刊。
③ 相关内容详见许结:《都邑赋的历史内涵与文化思考——从〈光明日报〉设"百城赋"栏目谈起》,载《文学评论丛刊》第 11 卷第 1 期,南京大学出版社 2008 年版,第 39—45 页。

铺叙手法,换言之,是外部空间的变化影响到文学领域,产生了对赋体的需求。我们认为,当今辞赋创作的复兴,除了文化政策的宽松使创作趋向多元与自由外,有以下几点原因值得注意:

其一,近年来市场经济带来的物质繁荣,为以铺陈体物为主要特征的赋体文学提供了描写对象,也为赋作者提供了骋才的空间。

其二,随着区域和地方经济的繁荣,地方政府为经济建设所需,伸张历史文化品牌,特别是旅游经济的发展和伴随这一经济轴心的楼堂馆所的建造,均为赋作者提供了素材,尤其是赋与方志的密切关系,使赋笔与赋才在宣扬地方人文历史风貌和颂赞地方政治经济建设方面,远胜其他文体。

其三,近二十年来经济文化中心急速地从乡村向城市转移,加快了中国社会的城市化进程,而赋体自楚汉宫廷肇生,特别是汉代京都大赋奠定的赋学传统,是最早反映都市文明的文学创作,这也是赋与城市文化发展相得益彰的历史与现实的双重原因。

其四,随着我国近三十年经济的大发展,政治制度及阶级关系也发生了巨大的变化,小康社会的经济前景与和谐社会的政治蓝图,在一定程度上淡化了社会的批判意识,自古赋颂连体现象即赋的"颂德"内涵,在一些作者的笔下又赋予了新的意义。

四、小说戏曲的古今演变

以维新变法时期为界,受时代文化思潮的影响,中国文学在此前后发生一系列重要变革,开始了其走向现代化的进程,即从古典形态到现代形态的古今演变和转型,这一演变和转型从维新变法时期开始,到五四新文化运动时期完成。它是中国文学脱胎换骨式的深层变革,不仅体现在题材内容上,更体现在各种形式上,其中以小说、戏曲的变化表现得更为明显,也更具代表性。以下分别予以介绍和分析:

(一)中国小说的古今演变

维新变法之前,中国小说经过上千年的不断演进,已发展成为一种文备众体、包容性强、极富艺术表现力和民族特色的文学样式,具有较为悠久、丰厚的文学传统,有着较为固定的题材类型和写作模式,涌现出不少具有经典意义的名篇佳作,如《三国演义》、《水浒传》、《西游记》、《金瓶梅》、《聊斋志异》、《儒林外史》、《红楼梦》等,受到社会各阶层的喜爱,它与戏曲、说唱等通俗文学一起在传统的诗文之外开创了一片新的艺术天地。尽管受到主流文化的排斥和歧视,但其在整个社会的巨大影响力却是无法抗拒和抹杀的。

中国小说的形成和发展经历了一个漫长的过程,受时代文化思潮及其他文学样式特别是史传文学的影响,其内容及形式随着时代的变迁分别呈现出色彩各异的面貌,具有明显的阶段性。稳中有变,这是中国小说发展演进的一个基本特征。大体说来,汉魏六朝时期是中国小说的形成期,经过多年的孕育,受神话传说、史传文学、诸子散文、辞赋等文学样式的滋养,小说作为一种书面文体正式形成。这一时期的小说就其题材内容及审美取向、艺术风格而言,通常分成志怪小说和志人小说两类,"志人小说以玄韵为宗,讲究意蕴和神韵,与诗接近;志怪小说则以叙事为本,讲究故事奇特,与小说接近"①,代表作品有《搜神记》、《世说新语》等。至唐代,中国小说进一步发展成熟,作家们产生了自觉的创作意识,即鲁迅所说的"有意为小说",小说创作由此达到第一个高峰期。以"叙述宛转,文辞华艳"为特征的传奇小说产生②,这一新的小说样式代表着唐代小说的最高成就,代表作品有《李娃传》、《霍小玉传》、《任氏传》等。此后文言小说基本上按照笔记与传奇这两类小说样式进行创作。

至宋元时期,以话本小说、戏曲为代表的民间通俗文艺作为一种新生的文学样式登上历史舞台,呈现出勃勃生机。以白话为语言载体的话本小说的出现,标志着中国小说两大类型白话小说和文言小说的形成,此后的小说创作因使用语言的不同形成两大传统。文言和白话的区别

---

① 石昌渝:《中国小说源流论》,生活·读书·新知三联书店1994年版,第116页。
② 以上见鲁迅:《中国小说史略》,人民文学出版社1973年版,第54页。

不仅体现在具体形式上,其背后是文化内涵、艺术风格、表现形式的巨大差异,这也是中国小说的民族特色。两类小说各自独立发展,同时又相互影响。这一时期的话本小说从体裁来看,分长篇和短篇两种,讲史和说经通常为长篇,章回小说就是在这类小说的基础上发展而来的;小说话本则为短篇,多取材自当时发生的故事,"能以一朝一代故事,顷刻间提破"①。

　　到明清时期,中国小说的发展又达到一个新的高峰。这一时期,章回小说在宋元话本小说的基础上发展成熟,成为影响力最大、最具代表性的一种小说样式,并出现了像《三国演义》、《水浒传》、《金瓶梅》、《儒林外史》、《红楼梦》这样的经典名作。模仿话本小说创作的短篇小说即拟话本小说也十分流行,至"三言"、"二拍"而达到顶峰,其文体深受章回小说影响。文言小说在经过了宋元明的低谷之后,在这一时期也有新的发展,出现了像《聊斋志异》、《阅微草堂笔记》这样的名篇佳作,其后的文言小说创作或模仿《聊斋志异》,或以《阅微草堂笔记》为宗。

　　以上是维新变法之前,中国小说发展演进的基本情况。到了维新变法时期,受时代文化思潮及西方文学思想的影响,伴随着社会文化的深层变革,中国文学也发生了质的变化,即从古典形态到现代形态的变化。这一变化首先表现在思想观念上,在梁启超等先驱者的提倡和示范下,小说界革命得到许多开明作家的支持。以前被视作为茶余饭后消遣娱乐的小说社会地位大大提高,被当作开启民智、救国救民的利器,受到社会的空前重视。梁启超的如下一段话很有代表性:"欲新一国之民,不可不先新一国之小说。故欲新道德,必新小说;欲新宗教,必新小说;欲新政治,必新小说;欲新风俗,必新小说;欲新学艺,必新小说;乃至欲新人心,欲新人格,必新小说。何以故?小说有不可思议之力支配人道故。"②在此文化语境下,中国小说的版图发生了根本改变,从边缘移动到中心,

---

① 耐得翁:《都城纪胜》之"瓦舍众伎",中国商业出版社1982年版。
② 梁启超:《论小说与群治之关系》,《新小说》第一号,光绪二十八年十月十五日新小说社发行,第1页。

奠定了中国文学的新格局,这一格局一直持续到今天。

随着时代文化的深层变迁,作家的社会身份、创作心态、写作方式、传播渠道等一系列文学要素也在发生着重要变化,它主要体现在如下几个方面。一是专业作家的出现。进入晚清,随着近代报刊业、出版业的迅猛发展和繁荣,一个庞大的文学市场逐渐形成,这就使得以卖文为生成为可能,在此背景下,出现了一批职业作家,比如李伯元、吴趼人等,他们是第一批真正意义上的专业作家。他们彻底放弃了学而优则仕的传统文人道路,以文学创作等新型手段谋生。一是作品创作方式、文本载体及传播方式的变化。晚清时期的小说作品多是先发表在文学报刊或一般报刊的副刊上,以连载的形式面世,然后再结集成书。一些读者反响不好的作品会中断连载,即使连载之后也不再结集成书。这与先前以雕版或活字形式印刷的小说在文本载体及传播方式上有着明显的不同。一是作家读者交流模式的变化。随着文学载体与传播方式的变化,作者与读者之间的交流变得十分直接,读者的意见对作家影响甚大,甚至可以改变创作的方向。一是作品形态的变化。这一时期的小说多以读者所关心的问题为题材,与政治形势、现实生活的关系较为密切,在思想观念、价值取向上既有个人的独立性,同时又有着迎合观念的明显趋势,呈现出启蒙性与商业性兼具的混合特征。这一时期的新小说受西方小说影响较大,显露出较为明显的模仿探索色彩。

在此背景下,出现了一批从内容到形式都与传统小说迥异的作品即新小说,其代表作品有《官场现形记》、《二十年目睹之怪现状》、《老残游记》、《孽海花》等。这些小说则受西方小说影响,从内容到形式都发生一系列重要变化。首先,这一时期虽然也有不少章回小说,但章回早已丧失其原先的功能,成为一种文体标志。这一变化从清代初期就已开始。其次,一些小说创作技巧及形式发生变化,不少作家借鉴西方文学,进行了许多创新,比如在叙述人称上,改变第三人称的单一局面,出现不少书信体、日记体等第一人称的作品。叙事时序上,大量使用倒叙。尽管一些作品仍保留了章回体,但与此前的作品已有很大的不同。

　　总的来看,这一时期小说作品的数量虽多,但整体水平并不高,需要指出的是,它是中国文学走向现代化的可贵尝试,没有这些新小说的探索实验,就不会有五四之后新文学创作的巨大成就。不过必须说明的是,当时的文学创作是多元的,新小说之外,延续民间传统的通俗小说也有新的发展,最为明显的是公案侠义小说的繁荣,出现了《施公案》、《三侠五义》、《彭公案》等小说,这些小说通常由民间说书而来,将公案与侠义题材融合在一起,主要写江湖间的恩怨争斗,多破阵、暗器描写,内容新奇,具有浓郁的民间气息,"正接宋人话本正脉,固平民文学之历七百余年而再兴者也"①,因而受到广大民众的热烈欢迎。其后,这类小说出现分化,公案小说由于缺少创新,走向没落,受西方小说的影响,侦探小说兴起,而侠义小说则一枝独秀,呈现出繁盛的景象,这种繁盛一直持续到民国期间,在 20 世纪二三十年代再次形成一个高潮。研究者一般把这一时期的武侠小说称作旧派武侠小说,将五六十年代港台地区以梁羽生、金庸为代表的武侠小说称作新武侠小说,新、旧武侠小说之间存在着明显的差别。

　　到五四新文化运动时期,受陈独秀、胡适等人发起的文学革命的影响,不少作家放弃了通俗小说的创作,转向新体文学的创作,这样,通俗小说失去了文化精英力量的支持,雅的一面丧失,再次回到民间,商业性增强,文化品位有所下降。不过,它们在新的时代文化语境中也发生了一些新的变化,可视作传统通俗小说的变种。尽管一直受到主流文学的打压,但它们并没有就此消亡,保持着顽强的生命力,直到今天,仍有一定的读者群。

　　那种延续古代小说创作传统的小说可以分为两类。一类是在形式上仍采取章回体的作品。五四新文化运动之后,尽管新小说的创作成为主流,但章回小说仍有相当的群众基础,作品的数量还是颇为惊人的。这一时期的作品就题材而言,多集中在历史、武侠、言情等方面,受到读

---

① 鲁迅:《中国小说史略》,人民文学出版社 1973 年版,第 250 页。

者的欢迎。一类是采用新小说形式创作的作品。这类小说受西方小说影响，虽然放弃了章回体，但就创作方式、内容、风格而言，与古代小说有一脉相承之处，可以看作是古代通俗小说在现代的新发展。这类新文学之外的小说通常被称为鸳鸯蝴蝶派，就题材而言，包括爱情、侦探、武侠等，范围还是很广的。

再看文言小说，这一时期虽然再没出现像《聊斋志异》、《阅微草堂笔记》这样的经典之作，但受时代文化思潮的影响，在思想内容上也出现了一些新的变化。这表现在一些作家努力以文言体来反映新的现实生活，作品具有鲜明的时代色彩。虽然是文言体，同样代表了在中国文学现代化进程中的探索和尝试。在文体上，受清代骈文复兴及桐城派古文的影响，这一时期的文言小说有着明显的骈俪化和古文化倾向①。王韬、林纾、苏曼殊等人的文言小说创作便代表着这种新变。

到五四新文化运动时期，由于陈独秀、胡适等人的大力提倡，白话文学取代文言文学，成为文学的正宗，并得到官方的认可和推行。此后，文言小说的创作并没有停止，其数量也不少，且出现了一些新的变化。但在新的时代文化语境中，它已无法构成一种重要的文学力量，取得先前那样的地位和评价了。

建国后，由于受到意识形态的干预，旧体小说的创作变得沉寂。直到进入新时期，才出现新的景象。出现了一批受到读者欢迎的优秀作品，还出现了像《章回小说》、《古今传奇》这样的专门刊物。不过总的来看，旧体文学已经过了其辉煌时期，其边缘化的命运是不可避免的。

（二）中国戏曲的古今演变

同小说一样，中国戏曲也自维新变法时期起逐渐发生一系列重要转变，开始了其现代化进程，这一转变同样较为彻底，对整个 20 世纪的戏曲发展都有着十分深远的影响。

---

① 具体情况参见赵孝萱：《"选学妖孽"或是"桐城谬种"：清末民初文言小说骈俪化、古文化的两种趋向》，载其《"鸳鸯蝴蝶派"新论》，兰州大学出版社 2004 年版，第 228—252 页。

戏曲形成的时间虽然较之小说要晚很多，但它同样有着悠久、丰厚的文学传统，具有鲜明的民族特色，作品数量众多，并出现了像《西厢记》、《牡丹亭》、《长生殿》、《桃花扇》这样的名篇佳作，其在社会上的影响并不亚于小说。作为中国古代最具群众基础的一种艺术样式，戏曲的形成和发展也经历了一个漫长的过程，其内容及形式也随着时代文化的变迁而呈现出不同的风貌。

尽管戏曲的萌芽可以追溯到唐代乃至更早的汉代，但其真正发展成熟却是在宋元时期。由于地域文化的差异，这一时期的戏曲分杂剧和南戏两大类。两类戏曲的差别体现在剧本、曲律、角色、演唱、乐器、风格等诸多方面，各自独立发展，同时又相互融合，彼此借鉴。其中杂剧主要流传于北方广大地区，经过众多文人及民间艺人的参与和提升，至元代达到鼎盛，作品数量众多，演出频繁，并出现了像关汉卿、白朴、郑光祖、马致远这样的优秀作家和《窦娥冤》、《西厢记》这样的佳作。传奇则主要流传于福建、浙江等南方地区，具有浓厚的民间气息，主要代表作品为《荆钗记》、《拜月亭》、《白兔记》、《杀狗记》等。到元末高则诚创作《琵琶记》之后，逐渐有较多的文人参与进来。

到明代，经过以魏良辅为代表的文人的不断改良和打磨，南戏的体制逐渐成熟和完善，完成了向传奇的转变①，传奇成为这一时期最具代表性的戏曲样式，昆腔也从其他声腔中脱颖而出，从地方性的小调演变成海内流行的声腔。以《牡丹亭》的出现为标志，中国戏曲出现了第二个高峰。传奇在体制、音律方面有着严格的规定，十分精细，如何处理戏曲中文学和音律的关系，作家们进行了深入的探讨，著名的汤、沈之争正是围绕这一话题进行的。在剧本创作上则有本色派和骈俪派的分野。与元代相比，杂剧在明代呈现出衰落的趋势，逐渐退出演出舞台，其创作则朝着纯案头的方向演进，成为一种书面文体，并呈现出雅化、文人化的趋

---

① 有关南戏与传奇的区分，学界还有不同的意见，相关情况参见吴新雷《论宋元南戏与明清传奇的界说》（载其《中国戏曲史论》，江苏教育出版社 1996 年版）、俞为民《南戏流变考述——兼谈南戏与传奇的界限》（载其《宋元南戏考论续编》，中华书局 2004 年版）等文的介绍分析。

势,与传奇繁盛的景象形成鲜明对比。在体制方面,明代杂剧也出现一些值得注意的新变化,比如出现了单折杂剧、南曲杂剧等。

清初的戏曲承明代之余绪,继续发展,出现《长生殿》、《桃花扇》两部经典之作。到清代中叶,受时代文化诸因素的影响,戏曲的演进出现一些新的重要变化。随着民间花部的兴起,以昆曲为代表的雅部戏曲受到较大冲击,出现了花、雅竞争的新格局。与此同时,传奇、杂剧的创作已不复明代的盛况,逐渐成为少数文人抒情言志的载体,向着案头化和文人化的方向发展。

伴随着剧本创作的衰微,舞台上演出的多为旧剧,演出形式则以折子戏为主,全本戏的演出大为减少,对新剧本的需求减少,因袭大于创新。折子戏的出现是中国戏曲演出史上的一大变化,它使人们对戏曲的关注从题材内容转到音乐与演艺方面,剧本的功能被大大弱化,从此戏曲丧失了其作为文学样式的一些传统,比如其思想性和文学性都大为弱化。

折子戏的演出建立在人们对全本戏较为了解的基础上,这样一来,剧本不过是戏曲欣赏的文学乃至文化背景而已,其重要性也大为降低。而折子戏被单独抽出之后,经过历代艺人的不断打磨和加工,在舞台表演上往往有其独到之处,逐渐获得了独立性,可以脱离全本而存在。正如一位研究者所概括的:"这个现象,从剧本创作与舞台演出结合来看,是明显的退步;从昆剧剧艺的发展来看,则是很大的进步。"[1]这是中国戏曲史的一个重要转变,影响深远,直到今天,戏曲演出仍大体保持着这种局面。

到维新变法时期,受时代文化思潮的影响及西方文艺思想的冲击,中国戏曲也发生了一系列重要转变。这种转变主要表现在如下两个方面:一是戏曲观念的转变。此前,戏曲虽然是一种具有深厚群众基础的全民艺术,但社会文化地位较低,远不能与诗文相比,不仅演员受人歧

---

① 陆萼庭:《昆剧演出史稿》,上海教育出版社 2006 年版,第 178 页。

视,演剧也受到很多限制。到这一时期,一些先驱者如梁启超、柳亚子等人从开启民智,宣传改良或革命的角度对戏曲这一艺术形式给予高度重视,他们提出戏剧改良的口号,赋予戏曲以重要使命,如三爱(陈独秀)所言:"戏曲改良,则可感动全社会,虽聋得见,虽盲可闻,诚改良社会之不二法门也。"①这样就大大提高了戏曲的社会文化地位。一是内容及形式的转变。随着戏曲社会文化地位的提高,不少文人参与进来,由于对传统戏曲的思想内容及表现形式不够满意,遂对戏曲的内容及形式进行改革。一些人开始用话剧的形式来改造戏曲,比如演出时装剧,在演出中穿插演讲,等等,这一思路对 20 世纪戏曲的发展具有深远影响。自然其得失也很值得深思。

与此同时,雅部戏曲的创作也出现了复苏的气象。一些文人如吴梅等致力于曲学的复兴,在整理、研究曲学之外,还创作了一些优秀作品,如《风洞山传奇》等,他们以戏曲的形式来抒发对社会及时政的见解,具有鲜明的时代色彩,演示了戏曲新变的另一种途径。这一时期,一些作家对传奇、杂剧体制的遵守不再那么严格,进行不少创新,比如传奇与杂剧相互融合,宾白成分增加、剧曲分离,等等。不少剧本发表在报刊上,大多没有上演过,成为和小说一样的文学作品。总的来看,传奇、杂剧的创作无论是体制、规模乃至语言、风格,还是在创作方式、传播媒介,都发生了很大变化。

到五四新文化运动时期,围绕旧戏的评价及改良问题,陈独秀、胡适、钱玄同等人与张厚载、冯叔鸾等人还曾进行过一场较为激烈的争论。从争论的结果来看,否定者占据了上风,他们认为"如其要中国有真戏,这真戏自然是西洋派的戏,决不是那'脸谱'派的戏"②。此后,不少文化素养较高的文人转向话剧创作,话剧的创作和演出呈现繁荣景象。不过,戏曲的发展演进并未因此受到太大的影响,基本保持民间形态,在一

---

① 三爱:《论戏曲》,《新小说》第 2 年第 2 号,上海广智书局 1905 年发行,第 5 页。
② 钱玄同:《随感录》之十八,《新青年》5 卷 1 号(1918 年 7 月 15 日)。

种相当自由、宽松的状态下发展,并再次进入一个新的高峰期。这表现在各地剧种如越剧、评剧等如雨后春笋,呈现出勃勃生机,其中京剧脱颖而出,发展成为一个具有全国影响的剧种,甚至被称作国剧。同时涌现了一大批具有开创性的优秀演员,如京剧四大名旦、昆剧传字辈演员等,北京、上海、天津等地的演出空前繁荣,演剧整体水准有着明显的提高。

当时介入戏曲的文化势力主要有三类:一是政治势力,一是文人特别是左翼文人,一是民间艺人。前两种文化势力具有较为明显的意识形态色彩和功利性,注重戏曲的教化功能,后一种则以齐如山等民间文人和四大名旦为代表,他们走民间路线,采用名角挑班制,注重票房和演出效果,在继承传统的基础上大胆创新,获得了极大成功,并积累了许多珍贵的艺术经验。

建国后,随着政治文化环境的改变,戏曲的创作及演出体制发生了一系列重大变化,政府介入的力度不断加大。这种介入固然有其正面意义,但在极左思潮的影响下,产生的负面作用更多,形成许多清规戒律和艺术禁区。传奇、杂剧的创作在这一时期也基本绝迹。到“文化大革命”时期,戏曲更是受到极大的摧残和伤害,这种伤害直到多年之后都难以消除。

“文革”结束后,随着社会文化政策的宽松,戏曲得到一定程度的恢复和发展,但由于“文革”造成的观众断层及现代娱乐品类的增多和形式的多元化,戏曲随即显现出严重的危机。尽管有志之士进行了各种努力,但直到当下都没有根本的改变,戏曲在明清乃至民国时期的盛况已难以重现。在新的文化语境下,戏曲到底该如何发展乃至存活下去,已经成为一个我们必须严肃面临、无法回避的问题。

五、旧体文学创作的理论思考

如前所述,传统的旧体文学在整个 20 世纪乃至新世纪的今天,无论是对新体文学建设的参与,抑或是传统文体自身的创作实践,它都是具有现代意义的文学创造。而这种现象的反复呈现,除了传统文体在当代实践中的"现代性"意义（包括宏扬优秀传统文化等）之外，单从文学的角度来说，至少有两大理论问题值得思考。

第一点是文学的规范问题。回顾整个文学历史的进程，每一种文体的写作在文学家笔下达到繁荣或者高潮的时期，都是这一文体由草创而渐以成熟并得到约定俗成和创作规范化的时期。前人所说的"一代文学之胜"，就内含了这种典范的意义。而由此来观照新文学的创作，比如新诗的规范问题，就成为整个新文学创作与理论的"焦虑"，因为她始终没有出现像唐诗、宋词那样在格律、风格、意境多方面形成的典范意义。出于这层考虑，早在上世纪 40 年代，刘大白就以现代的眼光将古诗分为"音、步、停、组（联排）、均、协、节、篇、篇群"等九要素，并按"差齐律"、"次第律"、"抑扬律"、"反复律"、"对叠律"五种结构方式交互组合，以阐明其诗歌变化与语言形式。① 他的着眼点是"中国诗"，其中就包括新诗的规范问题，其价值在于将"中国诗"与"翻译体"（新诗产生的一个重要源头）划出疆界。而对本世纪初中国大陆传统辞赋体创作的兴盛，邝健行即从"韵脚"、"声律"、"句式"、"辞意"等方面对今人的创作进行衡量与批评，② 也说明了文学或文体的规范性是值得思考的。

第二点是文学的精神问题。中国文学的发端与礼乐制度的建立相维系，犹如礼乐仪式因时而变而礼乐的精神万世不祧，文学的内容和形式也因时演变而文学精神则万古常新。古人说"圣人之情见乎辞"，这正表明了文学创作最重要的两方面，即"情"（心志）与"辞"（修辞）。近代学者牟宗三在《关于文化与中国文化》一文中说："我现在之看文化，是生命与生命的照面，此之谓生命的通透：古今生命之贯通而不隔。……此生命流中之一草一木，一枝一叶，具体的说，一首诗，一篇文，一部小说，圣贤豪杰的言行，日常生活所遵守的方式等，都可以引发我了解古人文化生命之表现的方式。"而作为文学的"生命流"（精神），自诗、骚传统以来

---

① 参见刘大白：《中诗外形律详说·序言》，夏敬观 1943 年铅印本。
② 详见邝健行：《中国大陆近年辞赋写作风气再现述论》，载《中华辞赋》2008 年第 6 期，第 77—81 页。

中国文人创作所表现的"厚生"的生命意识,"言志"的表情传统和"致用"的现实精神,是并不限囿于体裁和时代而有所变化的。而文之为文,又在于修饰之美,文学的语言修辞之美,同样是不限囿于体裁和时代而必须变化的。

基于文学的规范性,我们可以看到传统文体对现代文学建设的意义;基于文学精神的贯通性,我们看到文学对体裁的选择之根本不在古今之别,而在"适宜"之用,这才是衡量古"体"今"用"的价值或意义所在。

第四节 传统文体的现代意义

一、贯通古今的文学史意识

文学是什么,古今学者均不乏诠释。如刘勰《文心雕龙·原道》说:"文之为德也大矣,与天地并生者何哉? 夫玄黄色杂,方圆体分,日月叠璧,以垂丽天之象;山川焕绮,以铺地理之形:此盖道之文也。惟人参之,性灵所钟,是谓三才。……心生而言立,言立而文明,自然之道也。"近代学者章太炎、王国维、谢无量等均对传统之"文"有所解读,而罗家伦则兼取中西,特别是集西方十五家不同的说法,通过辨别,自认用"科学的方法,归纳出一个界说",就是:"文学是人生的表现和批评,从最好的思想里写下来的,有想象,有感情,有体裁,有合乎艺术的组织;集此众长,能使人类普遍心理,都觉得他是极明了,极有趣的东西。"[①]无论是刘勰所说的与"生"俱来的三才之道,还是罗家伦的诸要素集合说,文学都不是"文体"所能限制,文体是文学的一端或载体,她没有抽象的独立,只有具体的融契。从这样的文学视角来审视中国现(当)代文学中的旧体文学创作,其价值正在于以其创作的实践,打通了文学创作本来就不应有的古、今隔阂,而呈现出贯通古今的文学史意识。这是传统文体的现代意义之

---

① 罗家伦:《什么是文学? ——文学界说》,《新潮》第1卷第2号,国立北京大学出版部1919年,第192页。

一，它对我们如何面对文学史，如何研究文学史，如何编写文学史，都蕴含着极为丰富而且具有强烈现实针对性的启迪。

　　研究现代文学史的学者，对 20 世纪二三十年代出现的如胡适的《五十年来中国之文学》、钱基博的《现代中国文学史》、王哲甫的《中国新文学运动史》、吴文祺的《新文学概要》、李何林的《近二十年中国文艺思潮论》等一批"新文学"史著，无不交口称赞，视为典范之作。如此具有里程碑意义的文学史著，在标示其"现代文学"之成就的同时，也出现了文学史意识的两种缺憾。一种缺憾来自于现代文学创作本身。比如诗歌创作，任洪渊就明确指出："中国诗人与自己的古典传统断裂，目不转睛地盯着西方浪漫派和现代派。"[1]一种缺憾来自人们对有关现代文学史著的误读，虽然这些新文学史著或许没有刻意割断古典与现代的关联（如钱基博对近、现代文学联结的关注与研究），但读者对"现代文学"（或"新文学"）形成的强烈时段感的认知，有着"截断众流"的壁垒意识。这两种缺憾归结为一点，那就是割断了古、今文学源流相承的文学"生命流"。正因如此，到了 20 世纪八九十年代，"重写文学史"、"中国文学史分期"、"中国文学古今演变"等问题，成为文学研究的焦点。而在重新审视 20 世纪文学史的同时，很多学者已经开始反省这种"断裂"，提出中国文学史"长时段"研究方案，也叫做文学史的"长河意识"。这种"长河意识"的文学"整体观"、"源流观"与"分期观"，均指向于打通古、今的文学史观之时代需求与价值判断。

　　基于这样的考虑，我们自然发现中国古典诗歌并非终结于 19 世纪的"诗界革命"，古典辞赋同样没有因科举考试的废止而终结。而具有更广泛受众的戏剧与小说，古典的创作和古典的因子，并未终止于梁启超等近代学人的"新小说观"，其存活于现代文学的发展进程中，也是不争的事实。所以我们认为，对 20 世纪旧体文学创作进行研究固然重要，而

---

[1] 引自康金海：《文学史观："长河意识"和"博物馆意识"》，载章培恒等编：《中国文学古今演变研究论集》，第 130 页。

旧体文学创作对当代文学的建设及其作用,是一种"生命流"而非"活化石",则是更为重要的认知态度。

二、全球视野下的民族文学价值

当前对文化的研究,有两大流行术语,即"跨文化"与"全球化",论其实质,就是在全球视野下对民族文化的认知与考量。而民族文学作为民族文化的一部分,对其价值的考量,同样需要在全球视野下的认知。成中英在讨论中国哲学的现代化与世界化时认为:"由哲学思考回观哲学史,透视整体与部分的关连,就产生了两项运动:一方面是回归原点;一方面是走向未来。"[①]对文学的态度也应这样,我们由文学创作回观文学史,同样存在"回归原点"与"走向未来"的两项运动,只是二者并不相背相离,而是相契相融,展示了文学之"传统"与"现代"的因果与互动。

在全球视野下,多种文化或文明的共存,始终存在着两种态度,一是"文明冲突"(如西方学者亨廷顿著名的"文明冲突论"),一是"文明和合"(如中国政府在新世纪提出的"和谐社会"、"和谐世界"的理论),从哲理认知的意义上,二者没有根本的差异,其不同处在于随着时代变迁而呈示的审视眼光的变化。落实到文学领域,我们就会发现中、外文学与古、今文学的"冲突"或"和合",同样源于时代背景的变化而产生的审视眼光的差异。以世纪之交的大变革为例,如果说 19 世纪至 20 世纪的"世纪之交"是因文明冲突而引起的文学变革,其中最突出的征象是西方文学的强势造成的单边输入,从而造成中国文学古今的断裂,那么,20 世纪至 21 世纪的"世纪之交"呈示给世界的更多的是文明的和谐,其文学变革的征象是东、西方文学的多元共存,而在"回归东方"的民族自强精神的激励下,人们对中国传统文学的受容和弘扬,也就成为了顺理成章的自然走向。特别是在近年来全球范围内的"汉语热"和"孔子热"(如孔子学院),中国文学在世界影响力的提高,已不限于现当代文学的写作与研

---

① 成中英:《论中西哲学精神》,东方出版中心 1991 年版,第 302 页。

究,作为国际汉学分支的中国古典文学,如《诗经》、《楚辞》、汉赋、唐诗、宋词、元曲与明清小说等,已成为全球性的共享文学资源。

正因为非中心(Uncentred)与多元化(Pluralistic)已成为世界性的思潮,伴随中国文学研究的全球视野,中国文学的创作同样以"本土化"与"多元化"兼综的色彩融入全球化文学的构建中,由此再反观传统文学与现代文学的内在联系,那些格律形式已淡退到边缘,代之而起的是中国文学立足于世界之林的艺术特性,即民族文学的精神。张稔穰在《新旧文学的内在联系及中国文学研究的全球性视野》一文中,对传统文学与现代文学的内在联系的把握,着重在"入世的文学观念"、"创作中的忧患意识"、"对伦理道德的标举"、"对精神自由的追求"、"对大自然的热爱"等方面,①倡导的正是一种内在精神的联系。而这种联系中的共性,正是古、今文学同样应该拥有和彰显的,由此从创作论来看当今新文体或旧文体的写作,也就不存在迥若霄壤的差异了。而传统文体的创作,作为一种民族文学的展示,它的复归与繁荣,也是世界文学多元化的体现,所以在全球视野下审视这一现象,无疑是具有现代意义的。

三、文化昌盛的现实功用

文学是以心灵去感悟时代,表达思想,所以研究文学更应重视通过作品去认识文化背景与文人心态的关系。刘勰《文心雕龙·时序》说:"文变染乎世情,兴废系乎时序。"所以从中国文学的发展来看,始终呈现出二元特征,即盛世与衰世、入世与隐遁、颂赞与批判、雍和与谲僻、华贵与清奇等等。一般来说,盛世文章是众体兼呈,气象温润丰缛,而衰世文章体类单一,气象凄苦浓烈。就前者而言,明人胡应麟《诗薮·外编》卷三论唐诗之盛的一段话可以借鉴,他说:"甚矣,诗之盛于唐也!其体,则三、四、五言,六、七、杂言,乐府、歌行、近体、绝句,靡弗备矣。其格,则高卑、远近、浓淡、浅深、巨细、精粗、巧拙、强弱,靡弗具矣。其调,则飘逸、

---

① 张文引自章培恒等编:《中国文学古今演变研究论集》,第116—125页。

浑雄、沈深、博大、绮丽、幽闲、新奇、猥琐,靡弗诣矣。其人,则帝王、将相、朝士、布衣、童子、妇人、缁流、羽客,靡弗预矣。"这里包括了中国古典文学的一个重要情节,就是"汉唐气象",是汉唐人包容的心胸兼容了众体。

回顾整个 20 世纪中国的发展道路,正是经历了由"衰"转"盛"的漫长历程。两个"世纪之交"的巨大社会差异,必然体现了文学创作的不同选择。20 世纪前期西方文学的单边输入虽催生了中国新文学,但那种"衰世"的精神与"救亡"的心态,则不可能正确地对待中国传统的文化与文学。20 世纪后期,特别是近三十年社会的成功转型,带来了经济的繁荣与政治的清平,在弘扬优秀传统文化的时代召唤中,传统文体在新时期的复兴,正是文化昌盛的一个侧影,也是盛世中国包容心态在文学领域的反映。当然,一种文学现象,一类文体,一个作家,一篇作品,无不具有时代的角色意识,其中最明显的就是现实的功用。

概括地说,传统文体创作的复兴所表现出的现实功用,有以下五点最为鲜明。

功用之一:弘扬优秀的传统文化。因为弘扬优秀传统文化并不是抽象的概念,而是具有丰富的内涵及精神实质,作为传统文化中一个重要部分的传统文体,无论是她的辉煌历史,还是具有现实功用的新创作,都是值得关注的。

功用之二:讴歌新时代的意义。文学是心灵的反映,自古以来人们谈论文学的作用,素有"美"(颂扬、赞美)与"刺"(讽喻、批判)两端,对新时代的丰功伟绩,作家通过人民的感受和自身的体悟,而发出的赞美,对社会的发展是具有激励作用的。在传统文体的写作方面,最典型的就是围绕 2008 年北京主办"奥运会"而出现的大量诗赋作品,是可以与新体文学媲美的文学艺术的盛宴。而对官场出现的贪腐行为,以及社会上一些不公平的现象,诗人以传统诗词形式予以讽刺与鞭挞,正体现了中国诗史现实主义的精神。

功用之三:凝聚中华民族的精神。近年来,传统文体的复兴,已不限于中国大陆,以诗歌为例,大陆与台湾均有"中华诗词学会",而在海外华人区域,也有如纽约"四海诗社"这样的文学团体,他们对传统文体的喜爱与创作,已成为全球华人文化网络的重要组成。其实,传统文体的写作只是创作的形式,在这形式之中内含的是心灵的传递,例如 2008 年 5 月 12 日四川汶川大地震,国内外诸多报刊发表的诗赋作品,既表现了华人敢于担当灾难的忧患意识,也是中华民族向心力的展示。

功用之四:加强传统文化和道德理想的教育。这又可以分为两个方面:一个方面是通过传统文体创作中的思想精华,特别是一些励志的文学作品,教育年轻学子;一个方面是通过对传统文体的习作,加深其对古典文学的理解,以传承优秀的文化,使之发扬光大。

功用之五:构建和谐文明的社会。中国传统文化最值得赞美的就是礼乐制度的建立与道德理想的树立,其中以家庭为细胞的和谐观念,以及由此推扩至"四海之内皆兄弟"的和谐理想,充分地体现于古典文学的创作中。例如中国传统节日的庆典,也是千百年来华人共有的盛典,这里包含着尊祖睦族的意义,正与当前构建和谐社会的理念相适应,而在世界各地传统节日的庆典上不可或缺的诗文、联语、灯谜等传统文学的创作,仍在参与现代文化与现代文学的创造,而显示出强劲的生命力。

第七章　昆曲的现代性发展之可能性研究

昆曲是中国古代戏曲文学与戏曲艺术的典范与精华，虽已被联合国列入人类非物质与口述文化遗产，其艺术价值得到了世界的公认，但既然是一种遗产，就有着保护和继承的问题，尤其是在当前商品经济繁盛的社会背景下，昆曲也像其他戏曲剧种一样，受到了电影、电视及流行歌曲等新兴艺术形式的冲击，演出市场急剧萎缩，观众大量流失，面临着巨大的生存危机，甚至有人提出了"昆曲消亡"之说。正因为此，学术界对昆曲的研究除了戏曲史、文学史范畴的诸多课题外，还有着现实的"对策性"研究课题，即对昆曲的古典性质与其现代性发展加以探讨和研究，如何充分利用昆曲的文化资源，并使其摆脱博物馆化的生存状态，提出一些对策性的意见。

第一节　昆曲现代性发展的必然性和可行性

昆曲在 2001 年 5 月 18 日被联合国教科文组织宣布为首批"人类口述和非物质文化遗产代表作"，在全世界 19 个入选项目中，我国的昆曲以全票通过，名列榜首。这不仅说明昆曲的影响与地位，已超越了国界，在世界文化史上也占有重要的地位，而且也标志着中华民族的文化遗产,受到全世界重视。

在我国几百种戏曲剧种中,为什么只有昆曲能成功入选首批"人类口述和非物质遗产代表作"之列? 这是因为昆曲所蕴含的历史价值、文化价值和艺术价值是其他剧种所不能比拟的。

首先,昆曲具有悠久的历史,昆曲产生于元代末年,最早是由居住在昆山千墩的顾坚创立的,到了明代嘉靖年间,又经戏曲音律家魏良辅的改革,奠定了其在曲坛的"正音"地位。从明代中叶到清代中叶,风靡全国,流行大江南北。到了清代中叶以后,虽然走向了衰落,但仍未绝迹。从顾坚创立昆山腔的元代末年,流传到今天,昆曲已有六百多年的历史了,是我国所有现存的戏曲剧种中最古老的剧种。

其次,昆曲的音乐,汇集了我国古代音乐的精华,昆曲采用的是曲牌体的音乐结构,其所用的曲牌中,包含了唐宋大曲、宋词、元曲、诸宫调、唱赚等的曲调。

第三,昆曲的剧本,也代表了中国古代戏剧文学的最高成就。一方面,由于昆曲具有宛转缠绵的音乐风格,迎合了文人学士的审美情趣,使得一大批文人学士为之撰写剧本,由于有了文人的参与,昆曲剧本的文学品位得到了提高,从明代嘉靖、万历年间至清代中叶,在昆曲舞台上涌现了一大批经典传世之作,如梁辰鱼的《浣纱记》,汤显祖的《牡丹亭》,李玉的《清忠谱》和"一"、"人"、"永"、"占",洪昇的《长生殿》,孔尚任的《桃花扇》等,这些名作不仅在昆曲舞台上经演不衰,而且也作为案头文学,为读者所喜闻乐见;另一方面,由于昆曲采用的是曲牌体的音乐结构,因此,它也采用了宋元南戏、元代杂剧的一些优秀剧目作为自己的剧目,宋元南戏和元代杂剧中的一些优秀剧目如《荆钗记》、《白兔记》、《拜月亭》、《杀狗记》、《琵琶记》等五大南戏及《窦娥冤》、《单刀会》、《东窗事犯》、《货郎担》等都是昆曲中的常演剧目,并得以流传。

第四,昆曲具有系统完备的理论,在昆曲流传过程中,戏曲理论家们从剧本创作、戏曲音律、演唱、扮演等各个方面,总结了昆曲的内在规律,形成了一个完整的理论体系,如论述昆曲创作的有清代李渔的《闲情偶寄·词曲部》，论述度曲的有明代魏良辅的《南词引正》，沈宠绥的《度曲须知》、《弦索辨讹》，清代徐大椿的《乐府传声》等，论述扮演的有《闲情偶寄·演习部》，论述音律的有明代沈璟的《南九宫十三调曲谱》，清代周祥钰等的《九宫大成》，钮少雅、徐于室的《南曲九宫正始》等。

第五，昆曲具有完善的表演体系，而这一表演体系，是中国传统戏曲表演体系的代表。在世界剧坛上，有三大表演体系，即斯坦尼斯拉夫斯基体系、布莱希特体系和梅兰芳体系，其中的梅兰芳体系，就是中国传统戏曲的表演体系，而所谓的梅兰芳体系，在昆曲中就已经形成。

从以上这几点可见，昆曲不仅是中国传统戏曲的集大成者，而且也汇集了中国古代文学、音乐、歌舞以及其他表演艺术的精华，而昆曲所具有的这些内涵，也正是其在新时期能得以现代性发展的基础。这是因为无论社会怎样发展，即使在全球化的今天，中华民族的文化基因不会改变，而昆曲承载的中国古代文化艺术的精华，也正是中华民族文化基因的重要内容，因此，随着时代的发展，时间的推移，昆曲所承载的这些中华民族文化的精华，也将伴随着中华民族的发展而发展。

但在昆曲的继承与发展问题上，目前学术界与昆曲艺术界存在着两种不同的意见：一种意见认为昆曲只能继承，不能创新与发展，以保持昆曲的"原汁原味"；另一种意见则主张在继承的基础上，对昆曲加以创新，以适应现代观众的审美情趣。这两种不同的意见，也反映在昆曲的保护与继承的实践中，如江苏昆剧院演出的经典版《牡丹亭》，由顾笃璜主持、苏州昆剧院排演的经典版《长生殿》，便是按"原汁原味"的原则来排演的，而由白先勇主持、同是由苏州昆剧院排演的青春版《牡丹亭》便是创新型的传统昆剧，另江苏昆剧院的《1699 桃花扇》和上海昆剧院的《班昭》等，也都是新编的传统昆剧。

其实，作为"非物质文化遗产"或"口述性文化遗产"的昆曲，从来就没有也不可能保持"原汁原味"，因为"人类口述和非物质遗产"与"物质遗产"不同，昆曲是一种舞台艺术，靠"人"的表演得以流传继承，因此，即使是同一出戏或同一支曲调，不同的表演者之间甚至同一表演者在不同场合的表演都会产生差异，可以说，每演一次，就会有所变化，即使是刻意模仿，也不可能是一模一样的，不变只是相对的，变是绝对的。如徐凌云在谈到昆曲《浣纱记·寄子》这场戏中伍子在唱【胜如花】曲时的身段时指出：

> 这是周凤林的做法，两手拎箭衣角，转身，做得非常快。肚腹挺开鸾带，挺得更快，一挺迅速挺开，刚刚一句念完。……照一般演法，在唱'清秋路'时，已塞起一只看箭衣角，此时只须一手拎住箭衣角，可以腾出一手，撩起鸾带下跪，岂非从容不迫，何必担心跪在鸾带上，要肚腹来帮一下忙呢？这样做法，不能说不可以，也的确省事。但在情理上，我认为周凤林的做法更好些。因为撩鸾带下跪，用在伍子情绪十分激动的时候，看去总嫌牵强，不够真实。所以，撩鸾带可以不用，而挺开鸾带却是必要的。①

可见，老艺人周凤林在表演《寄子》中的伍子时相对于前人"一般"即规范的演出就有了较大的变异，已不是"原汁原味"的昆剧《寄子》了，但我们不能否认他所表演的《寄子》是昆曲。

又如徐凌云在谈到昆曲《连环记·小宴》中的吕布上场时场面，也有两种不同的处理：

> 吕布上场，也有新旧两种场面。旧时是四龙套持月华旗先上，一字顺立在上场角，然后吕布上场，立九龙口扬鞭一立，加鞭走到上场角，念引子。我觉得吕布这样的一员猛将，上场时可以锋芒一点，因此作了如下的改动：四龙套先上，龙头冲至下场角台口，立斜一字。吕布上场，至九龙口扬鞭，亮相，再加鞭直冲至下场角台口，勒马，回身，加鞭。龙套走半圆场，在吕布身后走至上场角，一字顺立。吕布继至上场角台口念引子。这样，似乎比旧规威风一点。②

---

① 《昆剧表演一得谈》，苏州大学出版社 1993 年版，第 9 页。
② 《昆剧表演一得谈》，苏州大学出版社 1993 年版，第 46 页。

显然，经徐凌云改动过的吕布出场的场面，相对于旧的场面，即规范的场面，也不是“原汁原味”了，但它还是昆曲。

从昆曲的艺术体制上来看，也不可能“原汁原味”地继承，必须随着时代的发展，不断融入现代性因素，这也符合艺术发展的规律。每一种艺术产生后，都有一个产生、发展和变化的过程，决不是一成不变的。自昆曲产生以来，昆曲就一直在“变”，昆曲的艺术形态就是在“变”中不断地超越原有的形态，获得新的发展活力，逐步走向成熟和完善。在元代末年顾坚等人创立昆曲后，明代嘉靖年间，魏良辅就对昆曲的演唱方式作了创新与改革，将原来依腔传字的演唱方式改为依字定腔的演唱方式。而这种改革对原来昆曲所采的南北曲曲调的曲体来说，出现了较大的变化，由于只定字声，不定句式，故一曲之句数可增可减，一句之字数也可多可少。如【水底鱼儿】曲，在宋元南戏中，皆为八句，而在明代的昆曲传奇中，则多为四句，如清代钮少雅在《南曲九宫正始》册七【水底鱼儿】曲下注云：“按【水底鱼】全调，凡古本古曲，无不八句者也。”沈璟《南九宫十三调曲谱》卷十五本调下也注云：“此调细查《琵琶》、《拜月亭》诸旧曲皆如此（即八句）……今人但知有四句，盖因唱者懒唱八句，故作词者亦只作四句以便之，遂旧曲八句者二曲矣。”由于同一曲调有不同的句式、字声，因此，在明清曲律家们所编撰的南曲谱中，便在同一曲调下，列出了许多“又一体”。

魏良辅的这种创新与改革，在当时也受到了一些昆曲曲律家的指责，认为这是破坏了昆曲曲调的格律，是失去了规范，如明沈宠绥《度曲须知》云：

> 慨自南调繁兴（指经魏良辅改革后的昆山腔流行），以清讴废弹拨，不异匠氏之弃准绳。词人率意挥毫，曲文非尽合矩，唱家又不按谱相稽，反就平仄例填之曲。……同此弦索，昔弹之确有成式，今则依声附和而为曲子之奴。总是牌名，此套唱法，不施彼套；总是前腔，首曲腔规，非同后曲。以变化为新奇，以合掌为卑拙；符者不及

二三，异者十常八九。即使以今式今，且毫无把捉，欲一一古律绳之，不径庭者！

因此，他认为，"良辅者流，固时调功魁，亦叛古之戎首"。① 王骥德也大声疾呼：

> 至于南曲，鹅鹳之陈久废，刁斗之设不闲。彩笔如林，尽是呜呜之调；红牙迭响，只为靡靡之音。俾太古之典刑，斩于一旦；旧法之澌灭，恨在千秋！②

尽管沈宠绥、王骥德等人认为魏良辅的改革破坏了昆曲原来的艺术形态，已不是"原汁原味"的昆曲，但人们还是将视其为昆曲，"声场禀为曲圣，后世依为鼻祖"③，并且出现了"四方歌者皆宗吴门"的局面。而且，自魏良辅以后，昆曲的艺术形态还是在不断地"出新"，如关于昆曲的字声标准，在魏良辅之前，昆曲是采用昆山、苏州方言演唱的，魏良辅改革后，以当时北方的通行语中州音为标准语音，如他在《南词引正》中指出："中州音，诸词之纲领。"在魏良辅后，沈宠绥又提出了"字面遵《洪武》，韵脚遵《中原》"的主张。④ 所谓的"韵脚遵《中原》"，则是就作家写作曲文的角度而言的，作家填词作曲，皆以《中原音韵》为曲韵规范。在曲文上有了统一的规范，这样也就可以避免早期昆曲南曲用韵杂乱的弊病。所谓"字面遵《洪武》"，则是就演唱而言的，即在演唱南曲时，按南音演唱，如入声字，虽然韵脚按《中原音韵》派入平、上、去三声，但在演唱时，仍从南音唱作入声，即"以周韵之字，而唱《正韵》之音"。⑤

同样，现代性发展对于昆曲的内容来说也是十分必要的。昆曲所表现的内容只有与时俱进，不断融入新的内容，及时反映当代人的生活，表

---

① 《度曲须知·弦律存亡》，《中国古典戏曲论著集成》第五册，中国戏剧出版社 1959 年版，第 242 页。
② 《曲律·自序》，《中国古典戏曲论著集成》第六册，第 49 页。
③ 《度曲须知·曲运隆衰》，《中国古典戏曲论著集成》第五册，第 198 页。
④ 《度曲须知·宗韵商疑》，《中国古典戏曲论著集成》第五册，第 235 页。
⑤ 同上。

达当代观众的意愿，才能引起他们的共鸣，受到欢迎。从戏曲发展史和昆曲发展史来看，那些最优秀的剧作家的作品，都深刻地反映了当时的社会生活和时代精神，表达了当时当地人民的愿望，如明代汤显祖的《牡丹亭》，通过杜丽娘的因情而死、死而复生的故事，真实地表达了明代中叶随着资本主义生产关系萌芽的出现和王学左派的影响，新兴市民阶层要求摆脱封建礼教束缚、个性解放的愿望；再如明末李玉的《清忠谱》，真实地表现了明末统治阶级内部的矛盾冲突和市民阶层反抗封建压迫的斗争；又如清代初年李玉的《千忠戮》和洪昇的《长生殿》之所以能在昆曲舞台盛演，一时出现了"家家'收拾起'，户户'不提防'"的盛况，就是因为两剧所描写的内容，及时地反映明清易代的社会现实，表达了当时观众的兴亡之感，故能深深地打动观众，引起他们的共鸣，才得以盛行。在当今改革开放的新时代，不仅人们的生活方式、生存环境发生了巨大的变革，而且人们的思想观念也发生了根本的转折，作为上层建筑的艺术作品，也应随之加以调整和变革，以适应新的时代。

虽然由于昆曲重抒情写意、节奏舒缓的表现形式，适合表现历史题材的剧目，尽管这些剧目对于今天的观众仍具有一定的借鉴意义，但这些剧目所表现的人物和观念与现实毕竟有着较大的距离，因此，如果我们在昆曲舞台上一味地上演传统戏，展现"帝王将相"、"才子佳人"的生活情景，就像有的观众所说的，"老戏老演，老演老戏"，不上演反映现代生活的剧目，只是把昆曲当作一种纯粹的娱乐形式，这只能赢得少数老观众的观赏兴趣，而不可能赢得新观众，更不可能引起广大观众的共鸣而产生像当年《千忠戮》和《长生殿》的轰动效应。

从经济基础与作为上层建筑之一的艺术的关系来看，经济基础决定上层建筑，产生昆曲的经济基础早已发生了变化，而属于上层建筑的昆曲也应随之发生变革。在今天，昆曲的生态环境已发生了翻天覆地的变化，新时代人们的文化意识、价值理念、审美情趣等都发生了大幅度的变化。昆曲所承载的文化内涵，无论是内容还是形式，都已不适应现代观众的审美方式和趣味，必须加以变革与创新，即融入现代性因素，才能获得今天的观众的喜爱。所谓"乐音与政通,而伎乐亦随时所尚而变"①。

反之,若固守所谓的"原汁原味"而自我欣赏,自我陶醉,拒绝创新和改革,昆曲就会失去活力而衰落。清代李渔指出:"变则新,不变则腐;变则活,不变则板。"②在创新中继承,才是最有成效的继承和保护。如果仅仅是原封不动地保护,抱残守缺,只能维持昆曲的苟延残喘,就像通常所说的"活化石""博物馆艺术",缺乏活力。清代中叶,昆曲在与花部的竞争中,之所以会出现衰落,就是因为其缺乏创新,在内容上,不能反映当时的社会现实和民众的意愿,缺乏时代精神,在表演形式上,逐步经典化和雅化,凝固不变而缺乏新鲜感,失去了大众,而成了只为少数文人学士、官僚士夫欣赏的一种小众艺术。

另外,昆曲的现代性发展,也是文化市场的需要。昆曲虽是一种"非物质遗产",但其本质还是一种娱乐形式,具有文化商品的属性。故在保护与传承昆曲时,必须考虑到市场的因素,即是否能适应今天的文化市场,满足今天的观众的文化消费需求。而要满足今天的观众的文化消费需求,就必须对昆曲加以创新,融入现代性因素。如青春版《牡丹亭》就是满足了青年观众,尤其是青年学生的观赏情趣,才能在竞争激烈的演出市场上,获得了较好的经济效益。

有的论者认为,若是对昆曲加以创新,就会破坏昆曲的原生态,从而违背联合国科教文组织所命名的"非物质遗产"的宗旨。其实,联合国科教文组织于 2002 年在巴黎通过的《保护非物质文化遗产国际公约》中并没有反对创新,如《前言》指出:"承认各群体,尤其是土著群体,各团体,有时是个人在非物质文化遗产的创作、保护、保养和创新方面发挥着重要作用,从而为丰富文化多样性和人类的创造性作出贡献。"《总则》第二条也指出:"非物质文化遗产指被各群体、团体、有时为个人视为其文化遗产的各种实践、表演、表现形式、知识技能及其有关的工具、实物、工艺

---

① 胡祗遹:《赠宋氏序》,《历代曲话汇编·唐宋元编》,黄山书社 2006 年版,第 216 页。
②《闲情偶寄·演习部·变调第二》,《中国古典戏曲论著集成》第七册,第 76 页。

品和文化场所。各个群体和团体随着其所处环境、与自然界的相互关系和历史条件的变化不断使这种代代相传的非物质文化遗产得到创新,同时使他们自己具有一种认同感和历史感,从而促进了文化多样性和人类的创造力。"可见,《公约》在强调保护的同时,并没有排斥"创新",如果说继承的目的是使人们通过这一非物质遗产来增强"认同感和历史感",那么创新的目的,则是为了展示和促进民族文化的"多样性和人类的创造力"。

另外,文化部于1995年曾就昆曲的继承和保护工作提出了"保护、继承、革新、发展"的八字方针,这一方针,正与联合国教科文组织所制定的《公约》是相符的。

当然,昆曲的现代性发展,应是在保持昆曲本质属性的基础上的发展与创新。对昆曲加以创新与发展的目的,是提升昆曲的价值。因此,昆曲的创新与现代性发展,必须受制于昆曲的本质属性,遵循昆曲的艺术规律,保持其本质特征。若削弱或消除了昆曲的本质属性,那就不是昆曲了,这不仅不是对昆曲艺术的弘扬与保护,反而是破坏了昆曲所具有的历史文化价值。正如龚和德所说的:这样的昆曲,会让"老观众看了生气,新观众看了误会,外国观众看了感到上当"[1]。因此,在继承的基础上加以创新与改革,这是昆曲现代性发展的总的方针。

前面论证了昆曲现代性发展的必要性,那么,这种现代性发展是否可行?我们认为是完全可行的,这是因为昆曲本身蕴含着现代性因素,即存在着与现代社会、现代观众对接的因素。昆曲虽是产生于六百多年前的封建社会,如从昆曲的内容上看,昆曲的剧目全为传统剧目,所表现的故事情节与人物,都是封建时代的,一方面,这些剧目具有积极的因素,是中华民族文化的结晶,而这也是昆曲得以现代性发展的内在原因,但另一方面,在这些剧目中,也包含着封建性糟粕,与今天的时代精神有着较大的距离,故必须推陈出新,融入现代性因素,以适合今天的观众的

---

[1] 龚和德:《振兴昆剧应该做什么》,《光明日报》2001年10月24日。

审美情趣。如昆曲传统剧目中所表演的清官戏,虽反映的是封建统治阶级内部的矛盾斗争,但这些剧目所歌颂的清官为民请命、执政为民的理念,还是值得我们借鉴的;又如昆曲传统剧目中所表现的忠孝节义等内容,虽其中充满着浓厚的封建说教,但其中也蕴含着中华民族的传统美德,如要求统治者爱民,重视下层民众的力量(如《浣纱记》),而对下层百姓,则提倡精忠报国(如《精忠记》中的岳母刺字、岳飞精忠),这些内容对于今天的观众来说,仍具有积极意义,但这些具有积极意义的内容,只有通过推陈出新的处理后,才能与今天的时代产生对接,对今天的观众产生教育作用。再从艺术形式上看,昆曲的总体风格虽是舒缓的,与今天快节奏的生活方式不符,但由于其是民族文化的结晶,有些仍具有艺术魅力。而这些因素正是昆曲现代性发展的基础,通过创新与变革,古为今用,使之符合今天的观众的审美情趣。

第二节 昆曲现代性发展的对策与措施

昆曲的现代性发展,首先是内容上的创新与发展,而昆曲内容上的创新,主要应落实在昆曲剧目的建设上,创作出具有时代气息、为今天的观众所喜闻乐见的昆曲剧本,这是延续昆曲的舞台生命力的关键。王国维曾将戏曲定义为"合歌舞、动作、言语以演一故事"[1],作为中国传统戏曲的一种的昆曲,其本义也应是演故事,如果仅仅依靠唱、念、做、打等表演技巧来延续昆曲的舞台生命,则恐怕是缘木求鱼,难以达到。重舞台,轻剧本,舞台上只有演员的唱、念、做、打,而故事与人物只是这些表演技巧的载体,这样的表演,只能吸引一小部分老观众,而不能吸引大众,尤其不能吸引年轻观众。如明代汤显祖的《牡丹亭》虽被一些曲律家指斥为违腔连律,非场上之曲,但《牡丹亭》却能在昆曲舞台上久演不衰,而像沈璟自称是依腔合律、专为登场而作的剧作,却多如昙花一现,在昆曲舞

---

① 王国维:《宋元戏曲史・宋之乐曲》,上海古籍出版社1998年版,第32页。

台上不能持久演出,只能成为案头之作。又如白先勇主持改编的青春版《牡丹亭》,在青年学生中引起了昆曲热。回顾昆曲的历史,不同时期所产生的杰出剧作家及优秀作品,无疑是昆曲艺术不断繁荣发展的重要原因,何况我们今天所面对的大多是对昆曲接触不多的观众,尤其是年轻观众,他们虽然在刚接触昆曲时能够对其优美的唱腔与表演程式产生好奇心,但终因缺乏这方面的素养,这种好奇心必然难以持久,因此,必须创作出剧情丰富曲折、故事性强的剧本,以故事为主,将昆曲所具有的优美唱腔与精美的表演程式与迭宕起伏的故事情节交融在一起,以故事情节作为昆曲唱腔与表演程式的载体,既以优美的唱腔与表演来吸引观众的感官,又以曲折动人的故事情节抓住他们的心灵,两者形成互动,从而能使他们对昆曲的好奇心得以持久,昆曲也才能得以持续发展。因此,剧本创作是昆曲现代性发展的重要方面。

昆曲剧目的建设包括两个方面:一是对传统剧目的整理改编,在原有的故事情节和人物形象中,融入现代性因素;一是新创剧目,包括新编历史剧与新编现代戏。

由于昆曲在表现形式上重抒情写意,节奏舒缓,适合表现历史题材,故传统剧目仍是昆曲剧目的一个重要组成部分。对待昆曲的传统剧目,我们既不能一条腿走路,光演"老戏",但也不能完全否定昆曲传统剧目的现实意义。有人以为创新和融入现代性因素,就必须新创现代剧目,表现现代生活,传统剧目只能是继承,而不是创新。其实创新的本义,不仅仅是时间概念上的新与旧,古与今。昆曲的现代性发展虽然在题材内容上,要与时俱进,表现新时代的社会现实,但不能以时间概念上的新与旧、古与今来衡量一部剧作的价值与意义。昆曲传统剧目所表现的故事情节与人物,按时间上的概念来衡量,对于今天的观众确是陈旧了,但通过这些情节与人物形象所表达出来的思想内容,对今天的观众还会产生一定的影响,如昆曲《牡丹亭》,通过杜丽娘对理想婚姻的追求,反映了市民阶层摆脱封建压迫、个性解放的要求,这样的内容对于今天的观众来说仍具有一定的借鉴意义;又如昆曲《十五贯》,歌颂了清官的执政为民,坚持实事求是和批判了昏官的主观主义,草菅人命,这样的内容也能够引起现代观众的共鸣。可见,在"旧"的、"古"的内容中,有着"新"的、"今"的因素,"新"还是"旧"、"古"还是"今"没有必然的因果联系,问题是怎样才能让传统剧目所表现的内容和今天的观众审美趣味产生的共鸣与对接,这是昆曲现代性发展的主要问题。

有关昆曲传统剧目的整理,自上世纪50年代以来,政府就提出了"推陈出新,古为今用"的方针,这一方针至今还是具有指导意义的。昆曲传统剧目所演出的故事、人物与今天的观众的审美情趣因时代背景的不同,有了很大的差异,因此,在把握历史文化精神的同时,坚持推陈出新,古为今用的方针,对故事情节作新的阐释,挖掘其中的精华,剔除糟粕,使古代的人物和事件能让今天的观众产生共鸣。

在对待传统剧目的问题上,我们可以借鉴清代李渔提出的"变旧成新"的具体处理方法。李渔将传统剧目比作"古董","古董之可爱者,以其体质愈陈愈古,色相愈变愈奇,如铜器、玉器之在当年,不过一刮磨光莹之物耳,迨其历年既久,刮磨者浑全无迹,光莹者斑驳成文,是以人人相宝。非宝其本质如常,宝其能新而善变也"①。如果古董"不异当年,犹然是一刮磨光莹之物,则与今时旋造者无别,何事什佰其价而购之哉?"②李渔认为:"旧剧之可珍,亦若是也。"③而且,"凡人作事,贵于见景生情"。④当时剧作家编写剧本时,也是根据当时之"景"来言当时之"情"的,如今"世情迁移,人心非旧,当日有当日之情态,今日有今日之情态",作为艺术,只有反映时代精神,才能引起观众的关注,戏曲也同样。李渔提出:"传奇妙在入情,即使作者至今不死,亦当与世迁移,自哂其舌,必不胶柱鼓瑟之谈,以拂听者之耳。况古人脱稿之初,便觉其新,一经传播,演过数番,即觉听熟之言,难于复听,即在当年,亦未必不自厌其繁,

---

① 《闲情偶寄·演习部·变调第二》,《中国古典戏曲论著集成》第七册,第78页。
② 同上。
③ 同上。
④ 同上。

而思陈言之务去也。"①但当时一般的戏班对新剧"则因其新而愈新之,饰怪装奇,不遗余力",而对旧剧不作任何改编,照旧上演,"千人一辙,万人一辙,不求稍异,观者如听蒙童背书,但赏其熟,求一换耳换目之字而不得"。② 李渔认为,如果对旧剧不作改编就上演,便失去它的"可珍"之处,"则是古董便为古董,却未尝易色生斑,依然是刮磨光莹之物"。③ 这样的话,还不如取新剧观之,"犹觉耳目一新,何必定为村学究听蒙童背书之为乐哉"?④ 因此,李渔提出,在上演旧剧时,必须在内容上加以更新,"易以新词,透入世情三昧"。⑤ 变旧成新,使旧剧经过处理后又获得新的艺术生命力,使观众"虽观旧剧,如阅新篇"。⑥

当然,变旧成新,对传统剧目加以整理与改编,必须是"点铁成金",而不是"点金成铁"。那么怎样才能"点铁成金"呢?李渔提出了具体的改编方法:"当用何法以处此? 曰有道焉:仍其体质,变其丰姿。"⑦所谓"体质",即"曲文与大段关目是已";所谓"丰姿",即"科诨与细微说白而已"。而"曲文与大段关目不可改",这是因为,一方面这些曲文与大段关目是原作的精华所在,"古人既费一片心血,自合常留天地之间,我与何仇,而必欲使之埋没?"另一方面,观众对这些曲文与大段关目都已非常熟悉,"时人是古非今,改之徒来讪笑"。因此,"仍其大体,既慰作者之心,且杜时人之口"。而"科诨与细微说白不可不变",以"透入世情三昧",融进一些当代人的理念和喜闻乐见的艺术形式。这样,既"易以新词",又不"伤筋动骨,太涉更张",就能收到"点铁成金"的效果。⑧

而且,从舞台效果来说,既能让老观众满意,又能使年轻的新观众喜

---

① 《闲情偶寄·演习部·变调第二》,《中国古典戏曲论著集成》第七册,第79页。
② 同上。
③ 同上。
④ 同上。
⑤ 同上。
⑥ 同上。
⑦ 同上。
⑧ 同上,第79、80页。

欢。总结以往对昆曲传统剧目的创新与改编,其中成功的改编剧目,多是较好地站在今天的时代高度,按照历史唯物主义的观点,剔除其中的糟粕,挖掘和提升了原作中所蕴含着的现代性因素。如昆曲《十五贯》的改编,剔除了原作中的宿命、迷信的糟粕,而对原作的坚持实事求是、调查研究的内容,作了进一步的深化和提升。又如青春版《牡丹亭》,对原本中具有现代意蕴的"情"的发掘与提升,使得这一昆曲经典,重新焕发了青春,打破了时空的界限,与当代观众尤其是年轻观众在审美情趣情感价值上达到了完美的对接。

　　传统剧目多是经典剧目,有着很高的文学与艺术品位,长期在舞台上流传,虽经变旧成新的处理,但毕竟历经上演,昆曲舞台上全为这些传统剧目,只能吸引一些老观众,很难吸引新观众,昆曲也不能有活力。李渔曾指出:"至于传奇一道,尤是新人耳目之事,与玩花赏月同一致也。使今日看此花,明日复看此花,昨夜对此月,今夜复对此月,则不特我厌其旧,而花与月亦自愧不新矣。故桃陈则李代,月满即哉生。花月无知,亦能自变其调,矧词曲出生人之口,独不能稍变其音,而百岁登场,乃为三万六千日雷同合掌之事乎?"[1]"演古戏如唱清曲,只可悦知音数人之耳,不能娱满座宾朋之目。听古乐而思卧,听新乐而忘倦。古乐不必《箫》、《韶》,《琵琶》、《幽闺》等曲,即今之古乐也。"[2]只靠前人留下来的传统剧目是无法赢得新的观众的,也就无法使昆剧发展存活下去。因此,为了满足观众求新的观赏需要,培养新的观众群体,增强昆曲的活力,还必须创作新的昆曲剧目。当年因昆曲《十五贯》的改编而出现了"一出戏救活了一个剧种"的情形,这说明昆曲生态的好坏,与新剧目有着密切的联系,新的观众群体需要新剧目来培养。

　　创作新的昆曲剧目,包括新编历史剧和新编现代戏两类。新编历史剧,题材是古代的,但须在把握历史文化精神的前提下,从现代观众的审

---

[1]《闲情偶寄·演习部·变调第二》,《中国古典戏曲论著集成》第七册,第76页。
[2] 同上,第75页。

美理念出发,对历史人物与历史事件、历史故事作新的阐释。如上海昆剧院创作、排演的《班昭》,通过班昭和她的师兄马续的故事,集中表现了中国知识分子坚韧执着、淡泊名利、为理想献身的精神,而这种精神能引起今天的观众的思索与共鸣。因此,该剧演的虽是两千年前的人物和故事,却也能为当代的观众所接受,从中受到启迪。

再如浙江昆剧团的新编昆剧历史剧《公孙子都》,写春秋时期子都为窃取灭许大功,用暗箭射杀了主帅颖考叔,后因陷入心灵上的自责,终日惶恐不安,难以解脱,最终导致精神崩溃,从拜帅台上跳下自杀身亡。该剧不仅在题材上突破了传统昆曲"才子佳人"的窠臼,而且在传统题材中,融入了具有现代意义的人文精神,不是简单地对善和恶作是非和道德的批判,而是站在现代社会价值观的高度,对人性的弱点和阴暗面作了深刻的反思,剖析了在功名利禄的诱惑下,人性所发生变异的原因与后果,从而给现代的观众提供了很好的感悟和警示。

新编现代戏,相对于新编历史剧要难得多,这牵涉到内容与形式的矛盾。内容是现代的,而形式是传统的,表现的是现代的事情与人物,但又不能失掉"昆味"。"旧瓶装新酒",这需要不断地磨合,才能成功。如上昆的《琼花》、《伤逝》,苏昆的《山乡风云》、《活捉罗根元》,北昆的《红霞》、《奇袭白虎团》等已经在这方面作了一些尝试,积累了一些经验。今后还须作进一步的努力,在昆曲现代性发展的过程中逐步完善,创作出更多、更好的新编昆曲现代戏,使新编现代戏也能在昆曲剧目中占有一定的位置。

目前昆曲界与学术界对于昆曲剧目建设中的后两种出新,即新编历史剧与新编现代戏的评价争论较大,有许多论者认为失去了"昆味",尤其是对新编现代戏。如胡忌和刘致中在《昆剧发展史》中指出:

> 对不同程度出新的戏,评论结果大体是三种意见:失败、尚可、赞扬。对具体一个剧目,意见趋于一致的(居多数)外,也有三种意见"集中"各不相让的,例如1982年浙江昆剧团演出的《杨贵妃》,

1983年北方昆曲剧院演出的《长生殿》。我们对此不必先下断语,且回顾以往,挑选一批出新的剧曾在观众中产生较大较好的影响的来谈,实属非常必要。它们有浙昆的《西园记》、《红灯记》,上昆的《琼花》、《墙头马上》、《白蛇传》、《三打白骨精》、《蔡文姬》,苏昆的《山乡风云》、《活捉罗根元》、《西施》,湘昆的《宝莲灯》、《白兔记》、《腾龙江上》,北昆的《红霞》、《李慧娘》、《奇袭白虎团》。如果没有这批剧目的演出,新一代观众了解昆剧的人肯定比目前要少得多。但对这些剧目也有持否定态度的,以为它们或多或少失却了"昆味";不过这些同志大多是熟悉昆剧的行家。对他们说,这些戏传统的昆味不足,是"走了样"的昆剧。

殊不知走了样的并非纯属坏事,不能一概反对。试问:魏良辅他们改调而成水磨腔,在这之前不是早有'原样的'昆山腔吗? 魏良辅怎地被一致公认成为"曲圣"?①

显然,在昆曲剧目建设上,新编历史剧与新编现代戏要允许有失误,只有在不断地探索中,才能不断积累经验,逐步完善。

在昆曲剧目的建设上,除了以上三类剧目的创新外,近年来昆曲界又作了一些新的探索,如江苏昆剧院的柯军的"新概念昆曲",即从现代的某一观念或思想出发,选择传统昆曲中的某些折子,将其串联起来,赋予新的内涵,成为表现"新概念"的组成部分。如他在"5·18"汶川大地震后所编演的新概念昆曲《14:28》。在这些"新概念"昆曲中,虽也有一定的情节,但其不是演出的主要目的,只是一种特定的理念的载体,而这种理念,不仅仅是剧作家、表演者的理念,同时也是观众所具有的,因此,在演出过程中,具有这种理念的观众也能参与到演出中来,与演员一起共同演出,共同体验,从而自己在观看(演出)的过程中,精神得到启发与升华。

昆曲现代性发展,同样要求表现形式的创新,在不失昆曲的艺术特

---

① 胡忌、刘致中:《昆剧发展史》,中国戏剧出版社1989年版,第708页。

征的前提下,进一步丰富昆曲的表演手段,加强昆曲的艺术魅力,以适应当代观众的欣赏需求。

昆曲在表现形式上的现代性发展,主要是曲调体制的创新。一是精简曲调。曲是昆曲的主要表现形式,昆曲虽与其他剧种一样,都以"唱、念、做、打"作为基本的表演手段,但在所有的中国传统戏曲中,只有昆曲的"曲",在各艺术因素中所占的位置最重要(故昆曲既可称昆剧,又可称昆曲,而其他如京剧不能称"京曲"、越剧不能称"越曲")。以曲为主,尤其是以生、旦等主要脚色的抒情曲调为主,虽使得昆曲具有婉转缠绵的风格,但影响了剧情的发展,造成了节奏慢的特征,不适合现代社会的快节奏。因此,如昆曲《十五贯》全剧八出,仅用了二十六支曲调,每出的曲调最多为六曲,一般只有二三曲,而且以节奏较快的曲调为主。

二是要打破曲调组合中套曲的限制,按具体剧情和人物的情绪来选择设置曲调。按传统昆曲的格律,一出戏的曲调须由同一个宫调或具有相近声情宫调的曲调组合而成,而且生、旦等主角上场先须唱引子,最后又须【尾声】结束。若北曲则更为严格,每一曲的位置也固定不定,且一出戏须押同一个韵部。由于剧情与人物须服从于曲调,故有时不仅不有助于剧情的表达和人物的塑造,反而显得冗长累赘,而这也是昆曲衰落的原因之一。因此,昆曲的现代性发展,须对传统昆曲的这一曲调组合形式加以改革与创新,即根据剧情发展、人物情绪的变化来选择、组合曲调。我国的戏曲是一门综合性艺术,各种门类的表演艺术被综合到戏曲里后,都围绕着表现故事情节、刻划人物形象展示各自的功能与特色。因此,作为戏曲主要表演技艺的歌唱艺术,也必须依据表现故事情节、刻划人物形象的需要来安排曲调,而且这也更能符合现代观众的审美要求。如昆曲《十五贯》在设置曲调时,打破了套曲的限制,如《判斩》出所用的【点绛唇】、【混江龙】、【天下乐】、【前腔】四支北曲,按传统的昆曲曲调设置,必须由【点绛唇】、【混江龙】、【天下乐】【油葫芦】、【寄生草】、【煞尾】等曲调组合成一套,而《十五贯》依据人物的情绪与剧情需要,只用了四支。

昆曲在艺术形式上的现代性发展,还应在表演程式加以出新,以适应现代观众的审美情趣。昆曲经过了六百多年的发展,历代文人与艺人的精心打造,形成了一套相对稳定的艺术规范,即严密的音乐体制和规范的表演程式。所谓表演程式,也就是运用歌舞手段表现生活的一种独特形式,是演员与观众借以交流的特殊的艺术语汇。程式来源于生活,是将现实生活中的动作加以筛选、提炼和美化后,使之具有节奏性、音乐性,并经舞台上的反复运用,得到观众的认同,逐步约定俗成,成为一种规范性动作,即程式,如以鞭代马、以桨代舟等。由于昆曲的表演程式多是根据封建时代人们的生活方式筛选、提炼而成的,且是为当时的观众所熟悉和认同的,传统的表演程式虽然仍基本上适应于表演传统剧目和新编历史剧,但毕竟与今天的社会生活有了很大的差距,有些程式已经不为今天的观众所熟悉和认同,因而也就失去了它的艺术美感。如"起霸"这一表演程式,原来是楚霸王闻警起身,披袍扎甲的一段舞蹈,后在武将出场时,都要表演这一程式。在对今天青年观众来说,已不知这一程式所蕴含的意义,故而觉得不仅不美,反而感到十分拖沓累赘。因此,对于昆曲的表演程式,一方面要对传统的昆曲表演程式出新,以适应当代观众的审美情趣,如上海昆剧院的蔡正仁在演《班昭》中的马续这一人物时,对昆曲的传统表演程式作了大幅度的改革与出新,不是完全按照传统的程式来表演,而是尽量简化人物的形体动作,如不用水袖,采用雕塑式的舞蹈动作,变化站位和眼神,来表现人物丰富的内心世界,又人物的念白采用了口语化的韵白,这些都是对昆曲传统程式的现代性发展的尝试。又如《公孙子都》在传统表演程式中,融入了现代武术和杂技等表演技巧,十分形象地展现了人物内心的复杂情感。

另一方面,在对传统的昆曲表演程式出新的同时,还要根据今天的生活方式和观众的审美情趣,量身定做,创造新的表演程式。昆曲不仅要演传统戏与历史戏,而且还要演现代戏,原有的表演程式中,有许多已不适应表现今天的生活,故需创造新的表演程式。程式动作虽然是历代艺人在长期的舞台实践中,逐步积累、约定俗成而凝聚起来的,但它的形成是建立在演员对自己所表演的故事和人物的理解和认识的基础之上的,如王传淞在表演《十五贯》中娄阿鼠时,创造了几个动作,这几个动作是根据他对娄阿鼠这一舞台形象的理解设计的特定的动作。因此,在今天表演者仍可根据具有新的时代特色的故事和人物形象,创造出一种新的表演程式。

舞台布景的设置与创新,也是昆曲表演形式上现代性发展的一个重要内容。

传统昆曲采用了写意虚拟的手法来处理剧中人物活动的时空,不像西方戏剧那样,以实物布景来确定的,而是通过演员的唱、念、做、打等具体表演来确定的。当幕布拉开后,通常在舞台上只设置一桌二椅,在剧中人物上场之前,这一桌二椅不表示任何时间与地点,随着剧中人物的上场,或唱,或念,或做打,便将舞台时空规定下来。这种传统的舞美设置虽较好地解决了舞台与现实生活的矛盾,在舞台上能自由地转换时间与空间,但不能满足现代观众的审美要求。而且,随着社会的进步,技术的发展,有可能营造出更丰富、更具有艺术美感的舞台空间与时间。因此,在不失去昆曲舞台写意性的美学特征的前提下,融入一些现代性的因素。目前昆曲艺术家们已经在这方面作出一些探索,有的已经取得了较好的舞台效果,获到了观众的认可。如从各个场面中抽取一些可以共用的因素,组成概括性的布景形象,贯穿于全剧。通过隐喻和象征,来表现剧中人物的主观意向,揭示剧作的思想内涵,升华剧作的主题。如昆曲《班昭》的舞美设计,舞台上树立着一块破裂的形似拱门的石碑,正中镌刻着一个隶书"史"字,贯穿全剧,只是通过对这块石碑的方位的改变,既用以表示时空的转换,又隐喻时光在流动,生命在消逝,当最后随着剧中人物进入、石碑轰然关闭时,也提示观众,剧中人物已经进入了历史。这样的舞美设计,既传承了传统昆曲舞美的写意性特征,又具有现代美学意蕴。

另外,昆曲的服饰,也须加以改革与创新,以迎合当代观众的审美情趣。传统昆曲的服饰,是颜色、式样等皆按脚色来定,所谓"宁穿破,不穿错"。这种按脚色而定的服饰,虽能体现该脚色所扮演的这一类人物的共性,但不能显现特定剧目中特定人物的个性。因此,在遵循昆曲服饰规范化的基础上,适当增加个性化的因素,做到共性与个性的和谐统一。在昆曲服饰的改革上,青春版《牡丹亭》作出了较好的尝试。即按剧中人物特定的身份和性格来设计制作服饰,如杜丽娘、柳梦梅淡雅俊美的服饰,不仅表演身段时体态曲线清晰可见,而且很好地烘托了两人的心灵与气质;又如传统演出时十二月花神的服饰皆相同,只是手持不同的花相区别,而青春版则按不同月份的花神,绣上不同的花卉,确定不同的颜色,或牡丹、杜鹃,或梅花、墨兰,或浓艳、或淡雅,观众所看到的这些用巧夺天工的苏州刺绣绣成的美丽服饰,本身就是一种视觉享受。

总之,只要敢于创新,勇于实践,昆曲现代性发展的过程中,不断地总结创新的成败得失,一定能使昆曲的表演形式逐步完善,符合新时代观众的审美情趣。

第三节 昆曲现代性发展的成功尝试——以昆曲《十五贯》为例

1956 年,浙江昆苏剧团改编和演出昆曲《十五贯》的成功,是昆曲发展史上的一件大事,也是昆曲现代性发展的一个成功范例。为此,1956年 5 月 18 日,《人民日报》曾发表了《从一出戏救活了一个剧种谈起》的社论,高度评价了《十五贯》对传统昆曲的改革和现代性发展所产生的重要意义。

《十五贯》改编演出的成功,首先是剧本主题的现代性转型。昆曲《十五贯》是根据清初朱素臣的同名传奇《十五贯》改编的,朱素臣的传奇《十五贯》又名《双熊梦》,剧本写淮安熊友兰、熊友蕙兄弟二人,家贫,兄友兰外出赚钱供弟友蕙读书,友蕙的书房与粮商冯家为邻。冯家之子锦郎长得极丑,而其童养媳侯三姑甚美。老鼠将侯三姑的十五贯钱衔到鼠洞内,而把金环衔到友蕙的书架上,又将友蕙放有鼠药的炊饼衔到冯家。

友蕙得到金环去冯家换米,冯家怀疑其与三姑有染;而锦郎拾得炊饼,吃后身亡。冯家遂以三姑与友蕙私通,谋杀亲夫,将两人告到山阳县。知县过于执草率断案,将两人问成死罪,并向友蕙追索十五贯钱。

熊友兰获知弟弟被判死罪后,携带商人陶复朱所赠的十五贯钱去救弟弟。途遇游葫芦的养女苏戌娟,苏戌娟是因听信继父戏言以十五贯钱将其卖掉后,当晚瞒着继父离家赶往高桥姑妈家的,两人便同路而行。在苏戌娟出门后,赌徒娄阿鼠路过游家,入门偷盗十五贯钱,被游葫芦发现,将游杀死。天亮后邻人发现游葫芦被人杀死,苏戌娟不知去向,便分头寻找。发现苏戌娟与熊友兰同路而行,且熊友兰所携正好是十五贯钱,便将两人扭送官府,也被已升任常州府理刑的过于执判为死罪。朝廷委苏州知府况钟监斩。况钟到任时,先在城隍庙进香宿三,夜梦双熊各衔一鼠跪哭并将其冠翻转,暗示求其翻冤案。后在监斩二熊时,发现有冤情,连夜叩见都堂,得准缓斩后,便赶往山阳、无锡两地踏勘察访,终于查清案情,拿获真凶,为二熊昭雪。

传奇《十五贯》的主题是歌颂清官的为民请命与谴责昏官的草菅人命。如况钟叩见周忱请求重新审理案件时声称:"民为贵,社稷次之,君为轻。民间,苟有冤抑,便当力为昭雪。难道事出朝廷,便坐视不救么?违误时刻,卑职愿以一官殉之。"①而在歌颂况钟的为民请命时,描写了他在昭雪二熊的冤案的过程中,重视调查研究,实地查勘察访;在谴责过于执的草菅人命时,也描写了他的主观主义,凭自己的想象断案。原作的这一内容,具有一定的现实意义,尤其是迎合了上世纪五六十年代政治形势的需要。当时先是在1955年发生了批判胡风的事件,六月又开展了肃反运动,而在党和政府官员中,存在着严重的官僚主义、主观主义,在当时的运动中,有可能造成冤假错案。为此毛泽东在最高国务会议上提出"提高警惕,肃清一切特务分子;防止偏差,不要冤枉一个好人"的指示。提倡调查研究,坚持实事求是。因此,1955年下

①《十五贯·乞命》,清钞本。

半年,当时浙江省宣传、文化部门的领导黄源、郑伯永观看了浙江昆苏剧团演出的传统昆曲《十五贯》后,觉得剧中所演的况钟为民请命、实事求是的情节和主题,可以推陈出新,古为今用,于是便组织人员对传统的演出本加以改编。

根据当时的政治形势,改编者将原作的对清官的歌颂和对昏官的谴责转型为坚持实事求是,反对官僚主观主义。这一内容在原作中虽已存在,但一方面由于不是原作表现的重点,故所占的篇幅很少,另一方面,由于时代的局限,在这些情节中精华与糟粕杂糅,既描写了况钟敢于为民请命,坚持实事求是,又宣扬了生死由命,祸福天定的宿命论。因此,原作所具有的这一内容,仅仅是在主题上对原作加以现代性转型的基础,要古为今用,还须通过对原作的故事情节、人物形象、戏剧冲突等加以发掘和提炼。

在故事情节方面,原作中"双熊梦"是全剧的关键性情节,况钟在昭雪两熊的冤案时,虽也经过实地的查勘和察访,但他的这些调查,都是在"双熊梦"的暗示下进行的,从发现冤案,到现场踏勘,弄清真情,拿获真凶,平反冤案,自始至终,都是受到这一"梦"的喻示,即都在城隍尊神的暗示下平反冤案的。如《夜讯》出,况钟在判斩四犯时,看到犯人死由牌上的双熊姓名,忽然想起"双熊梦",感到其中必有冤枉,便讯问案情,听取申诉。《踏勘》出,况钟多方踏勘查寻,没有找到破案的线索,正在此时,神灵向他昭示墙上的鼠穴,于是觉悟,果然在鼠穴中发现了十五贯宝钞,查清了熊友蕙的冤案。到无锡察访游葫芦十五贯命案时,查获娄阿鼠,也是出于神灵的暗示。当他扮作测字先生在城隍庙闲坐时,偶然听到娄阿鼠对陶复朱说起十五贯钱,于是联想到双熊梦,"呀,且住,野人衔鼠,已应其一,他名唤阿鼠,莫非正是此人么?""此皆冥冥之中有鬼神主之,不然的时节,何可知道?"①"幸得精诚上感,冤抑同伸。"②

---

① 《十五贯·恩判》,清钞本。
② 同上。

由于他将自己能够为熊氏兄弟与二女平反冤狱是神灵指示的结果，因此，他要熊氏兄弟与二女不要谢他，而要感谢神灵。当熊氏兄弟平反冤案，应试及第后，向况钟谢恩时，况钟称自己是靠城隍尊神指示替他们昭雪，故应拜谢城隍尊神，道："昭雪奇冤，下官虽有微力，但非城隍尊神梦中指示，那得一见留心？今日出死入生，登科从政，莫非尊神所赐也。你们随着下官，望空拜谢谢个！"可见，"双熊梦"是原作情节中的糟粕，也是影响剧作主题现代性转型的主要障碍，因此，虽然"双熊梦"是原本的"主脑"，改编本也将其删去。在改编本中，况钟从发现冤案，到侦破冤案，都是从实际出发，经过周密思考，认真调查后完成的。如《判斩》出，原本中况钟是在听了两人的喊冤和联想到"双熊梦"后才决定替两人翻案的，并立即去见都堂，而改编本则改为听了熊友兰说他的十五贯是陶复朱给他的货款，于是就差门子去玄妙观查号簿，查到确有此事后，他才决意去见都堂，重新审理此案，为二人昭雪。

在删去原本中与新主题不合的情节的同时，改编本根据新主题的要求，并对原作的情节作了调整和增补。改编本删去了熊友蕙与侯三姑这一冤案，而将况钟到案发现场踏勘的情节移到苏戌娟、熊友兰一案中，因原本在描写况钟察访拿获娄阿鼠只是偶然遇到，并出于神灵的暗示。他没有到作案现场实地勘察调查，而且娄阿鼠在作案时也没有留下痕迹。改编本则改为况钟先去案发现场勘查，发现了娄阿鼠在作案时留下了一粒骰子和半贯钱，并通过向邻居调查，发现了娄阿鼠的作案嫌疑，查出了娄阿鼠的作案嫌疑后，便主动追击，即访鼠测字，将娄阿鼠捉拿归案。同时增加了群众的参与，如邻居秦古心的配合调查，这表明况钟的调查研究走的是群众路线，依靠群众来找到事情的真相。又如在《审鼠》出，门子从娄阿鼠床底下地窖内抄出一个钱袋，先是让秦古心辨认，是尤葫芦所有；再由苏戌娟确认，在钱袋上曾有一个经火烧的洞，绣成花朵模样。而娄阿鼠却说不出钱袋上有何凭记。在人证、物证面前，娄阿鼠无法抵赖，只得招供。这比起原作来，更为可信，也更有助于表现况钟的实事求是精神。这就较好地完成了对原作主题的现代性转型。

在人物形象方面,改编本也按表现新主题的需要,依据人物的性格发展与现实生活的逻辑,对原本中的人物形象作了加工和提高。如作为主要人物的况钟,在不作过分拔高,保持其封建官僚身份的前提下,对他的性格作了一些完善,如原本中况钟出于宿命与迷信,一方面努力为熊友蕙与侯三姑、熊友兰与苏戍娟翻案昭雪,而另一方面又指责两人的冤案是咎由自取,如当冤案昭雪后,他指责熊友蕙道:"那鼠虫怜你贫苦,衔赠金环,反以毒药饵之,岂不相伤阴德?"又对侯三姑说:"你丈夫虽带残疾,实为凤孽所招,安得自惜冶容,每生怨望?可见这宗冤狱,就是现世的果报了。不是俺学浮屠,不是俺学浮屠,为愚夫说个循环报;端的是祸福自家招。"又指责苏戍娟与熊友兰道:"继父本尊行,苏戍娟何得开门潜遁?男女不通问,熊友兰岂容负重同行?你们二人冤案,可不是自家招取么?"①改编本则删去了况钟性格中的宿命与迷信的一面。

二是作为全剧的主要人物,对况钟的描写更为具体,性格更加鲜明,如在《判斩》出,增强了对他的心理描写。在原本中,况钟仅是在听了两人的喊冤和联想到"双熊梦"后才决定替两人翻案的,并立即去见都堂。期间没有经过内心的思想斗争与思考。改编本增强了对况钟的心理描写。在熊友兰和苏戍娟喊冤时,发现了冤情,认为"斩不得",但想到自己是"奉命监斩,翻案无权柄","苏州府怎理得常州冤情","部文已下,怎好违令?"便提笔判斩,内心经过激烈的斗争与思考,"既然知冤情在,就应该判断明",当刽子手在旁催促:"奉旨绝囚,停留不得!""五更斩囚,迟延不得;倘误时刻,小的们吃罪不得!"况钟又出现了动摇,心想:"现已近三更,翻案复查恐难成,好教我一时无计,心不宁!"但想到为民请命,便战胜了动摇,坚持翻案,"既遇冤情,理当相救,为民请命,何必犹豫!"这样的描写,使得况钟的形象更为突出。

除了对况钟的形象作了加工与改造外,改编本也按表现新主题的需要,对原本中的其他人物形象作了加工。如原本中的过于执,因主要是

---

①《十五贯·恩判》,清钞本。

写其昏聩和草菅人命,而对他的性格描写,却存在着前后不一的缺陷。原本中过于执的主要性格虽然表现为自负主观,如他在审理熊友蕙与侯三姑一案时,仅据侯三姑的美貌就断定她必是通奸杀夫:"据说锦郎相貌奇丑,此女自不安心;冶容诲淫,信有之矣。"①凭空想象作案情景:"索取宝钞,无有交还,一时语言斗殴,故将毒药灌入。"还十分自信:"本县莅任三载,片言折狱,略有矜疑,无不虚心研审。今日这桩公案,可也再无疑惑的了。……不要说本县,就是三岁孩子,可也瞒他不过,你们还要抵赖到那里去!……你欺本县三日京兆,希图徇情么? 看夹棍来!"②但在审理熊友兰与苏戌娟一案时,却又不全是主观臆断,还是作了一些调查,如他向无锡县刑房典吏询问:"据熊友兰原供,背负十五贯,系苏州客商所赠。本月十九日,众商从浒墅关往河南,通有姓名在案,你本官就该移文查了。"③只是因无锡典吏回报称已查过,十九日并无客商从浒墅关往河南,他才认定熊友兰"明系巧辩"。似乎酿成这一冤案的主要责任是无锡县吏的汇报不实。这样的描写影响了新主题的表达,因此,改编本对这一反面人物形象作了改造,加强了对他的自负、主观的性格的描写,一方面删去了他在审理熊友兰与苏戌娟一案时,向无锡县刑房典吏询问有无客商从浒墅关往河南的情节,另一方面,又根据其自负主观的性格,增加了一些新的情节,如让他陪同况钟到案发现场踏勘,当发现娄阿鼠作案时留下的痕迹后,他凭着自己的想象,臆断推理。如皂隶在地上找到了散落的半贯钱,他就断定这是"尤葫芦卖肉为业,误将铜钱抛落地上,也是有的,不足为奇。"④当发现了灌了铅的骰子,即使邻居已证明尤葫芦只爱吃酒,而从不赌博,他还是想当然地认为"尤葫芦既喜吃酒,定爱赌博,这骰子一定是他的了"。⑤ 通过这样的改造,不仅使得这一人物更真实,

①《十五贯·陷辟》,清钞本。
②同上。
③同上。
④改编本昆曲《十五贯》第六场《疑鼠》。
⑤同上。

而且更突出了其自负主观的性格,从而有助于新主题的表达。

原本中另一反面人物周忱的性格也是不统一的,如在《乞命》出,前面是写他不关心老百姓的死活,拒绝况钟的请求,声称此案"三推六问,经过多少官员,本院朝审已过,那有甚么冤枉";但在后来,却又被况钟的精神所感动,也同意况钟去重新审理两案。"咳!有这样的莽知府,可也难得!""本院呵,不觉的心为动!""贵府如此力恳,或者果有冤抑在内,也未可知。"

改编本也对周忱的性格作了统一,在《见都》出中,写他先是对况钟的上门求见,扰了他的好梦,十分不满,迟迟不肯出来见况钟;见了况钟后,又对况钟越俎代庖,为熊、苏二人翻案,甚为恼火,斥责况钟"多管闲事";在况钟的据理力争下,勉强同意了况钟的请求;当况钟拿着令箭正要离去时,他又加以刁难,给况钟设定了半个月的限期。他知道况钟在这么短的时间里是不可能要查清这一案件,故准备到时向皇帝题参况钟擅离职守,看他的笑话。可见,在改编本中,周忱自始至终,都是一个尸位素餐,只按常规办事,漠视民生的官僚形象。因此,周忱在全剧中虽只有一出戏,但对新主题的表达起了很重要的作用。

为了深化新主题的表达,改编本还加强了原本的矛盾冲突。在原本中,也设置了清官与昏官之间矛盾冲突,但不是很激烈。由于是在神祇的指示下昭雪冤案的,故剧中虽也设置了矛盾冲突,但一是不激烈,二是到最后都归于调和,剧本的最后,由况钟与过于执共同设计,撮合了双熊和两女的婚姻。弥合了冤案制造者与冤案受害者之间的矛盾。改编本则加强了况钟与过于执、周忱的矛盾冲突的描写。如在《见都》出,虽然在原本中已经对况钟与周忱的矛盾冲突作了描写,而改编本对两人矛盾冲突又作了进一步的强化。如原本中当况钟击鼓后,周忱便出来相见。改编本则不让周忱立即出场与况钟直接发生冲突,而是增加了一个中军,先让其中军出场传话,打发况钟。而况钟并没为中军威吓所退却,坚持要见周忱。周忱见手下人打发不了况钟,只好亲自出场,但又故意拖延时间,"急惊风偏遇着郎中慢",令况钟焦急万分。这一情节,为况钟与周忧的直接冲突作了铺垫,使得两人的冲突有了一个高的起点。当周忧见了况钟,听说要替熊、苏翻案后,就断然拒绝,而况钟则据理力争,甚至以金印为质。周忧被逼,只好同意了况钟的请求。但给了他期限,并作好了况钟在规定的期限内不能破案后题参他的打算。与原本相比,改编本况钟与周忧的矛盾冲突更为尖锐激烈,而况钟的实事求是为民请命的精神也更为突出;同样对周忧的漠视民瘼的官僚主义揭示得更为深刻。

又如在《踏勘》出,原本中过于执没有出现在案发现场,而改本让过于执也陪同况钟到案发现场踏勘,从而让两人展开直接的矛盾冲突。过于执先是对况钟加以冷嘲热讽,当发现了一些线索后,他又在一旁干扰对线索的确认和追寻,阻挠翻案。而况钟沉着应对,依据事实,对过于执的阻挠加以还击,既针锋相对,又有理有节。与原本相比,由于增加了况钟与过于执的直接冲突交锋,改编本不仅情节更为丰富,而且况钟与过于执的性格特征更为鲜明,这也就突出了坚持实事求是、调查研究的新主题。

改编本对原本的结构作了创新,原本共二十出,与当时其他传奇相比虽是较短的,但在今天的观众来说,还是嫌长。而且,原本在情节安排上,头绪紊乱,场次纷繁。改编本删去了熊友蕙一条线索(即使如原本中十分精彩的折子《男监》,演友兰兄弟在监中相遇,改编本也将其删去),集中表演熊友兰因十五贯而遭受冤案的情节,全剧八场:《鼠祸》、《受嫌》、《被冤》、《判斩》、《见都》、《疑鼠》(又名《踏勘》)、《访鼠》、《审鼠》(或名《雪冤》))。第一场《鼠祸》,演娄阿鼠偷盗十五贯、杀死尤葫芦,便揭开了全剧的序幕。《受嫌》出,演苏戌娟瞒着继父离家出走,半路与熊友兰相遇,两人被众街坊追上拿获,熊友兰连累受冤。《被冤》出,演在公堂上,过于执主观断案,将苏、熊二人屈打成招。《判斩》出,监斩的况钟发现疑点,事涉人命,便决定重新调查案情,连夜面见都堂周忧,求得宽限斩期。经过《踏勘》、《访鼠》,终于将真凶娄阿鼠捉拿归案,替苏、熊二人翻案昭雪。全剧所演的故事既十分曲折,而剧情安排又十分紧凑简练。

改编本也对原本的语言作了现代性的转型和改造。原本的语言虽然比起《牡丹亭》《长生殿》《桃花扇》等传奇的语言较为本色通俗,但毕竟是出于几百年前的封建文人之手,其中也存在着明清传奇语言用典的通病,如"为葭莩谊尊,特来探望"(第五出《摧花》【香柳娘】)、"叹烧琴煮鹤,教我羞影怎潜藏"(同上)、"从此加意防闲,免教续赋东邻女"(第六出《饵毒》【锁南枝】)、"偌大事可容儿戏? 少不得牛渚高燃温峤犀"(第十出《误拘》【尾声】)、"绝无仅有,正六月霜飞时候;还信否,看东海三年旱久"(第十四出《阽泪》【集贤宾】)、"有心怜韩贾,无计挽萧曹"(第二十出《恩判》【上小楼】)、"桑濮无据,高桥诬作兰桥"(第二十出《恩判》念白),这样的语言显然不适合现代观众的审美情趣与欣赏习惯,因此,改编本对原本的语言作了较大的改造,不仅删去了晦涩难懂的典故,而且融入了更多的口语,使其更加浅显易懂。如改编本第一场《鼠祸》(原本《窃贯》出)开头尤葫芦上场时所唱的【六幺令】曲:

　　原本:青蚨几贯,只要心宽,那要家宽。林梢隐隐捧银盘,行蹁蹁,路漫漫,一肩重负归来晚。

　　改编本:吃酒愈多愈妙,本钱越蚀越少,停业多日心内焦,为借债,东奔西跑。

　　原本的语言虽也不用典故,较为通俗,而改编本的语言则更为通俗,而且更风趣,与尤(游)葫芦这一人物的性格特征相符。

　　昆曲《十五贯》在表演形式上也作了较大的创新。为了表现人物的个性,突破了传统的行当程式,而且其动作不拘泥于特定行当,以人物个性来设计。

　　况钟在原本是由老外扮演,老成持重,但动作古板拘谨,改编本改用大官生扮演,放宽嗓音,放大动作,显得刚毅大方。如当初浙江昆苏剧团在演出改编本《十五贯》时,况钟是由著名的昆曲表演艺术家周传瑛扮演的,他在谈到扮演这一角色的体会时指出:"我一直是演小生的,而况钟是由老生来演的,这点使我最初接受这一角色时感到困难。但是接受了这个角色之后,我就设法研究如何把小生和老生的动作融汇在一起,用来表现况钟稳重严肃而又文雅的风度;我并且尝试打破程式化的表演,使得每个动作都有目的性,简练而不重复。"①《见都》、《踏勘》都是很容易将戏演"冷"、演"瘟"的,而周很好地把握了分寸。身段潇洒,处处表现出动作的目的性,将两出戏演得扣人心弦,妙趣横生。如在《见都》出,很好地运用了传统昆曲的水袖的技巧,十分形象表现出情绪的变化过程,如在时间已过三更,还不见周忱出来,这时他一边演唱【石榴花】曲,一边交叉挥动双手水袖,一上穿,一下打,并抬腿用水袖抽打靴底,以表现焦急万分的心情。

娄阿鼠是由另一位传字辈老艺人王传淞扮演的,他在扮演娄阿鼠这一人物时,根据这一人物的特定性格,设计与创造了一些新的表演程式,如他在谈到他扮演娄阿鼠的体会时指出:"娄阿鼠是旧社会的渣滓,是造祸、造罪恶的人,他一日到夜在下流场所鬼混,在老实人中拐骗偷盗。""平常是很胆小的,但是惯于因时因地变化态度的。"根据娄阿鼠这一形象狡黠、多疑的特征,他创造了一些模拟老鼠形态的动作,②如在《受嫌》这出戏中,娄阿鼠混在人群中,虽只有几句台词,但通过几个动作,挤眉弄眼,缩颈哈腰转身,就将这一人物演得极为生动。

过于执原本是由丑或净行扮演,改编本改为俊扮丑唱,即不勾小白脸。当初浙江昆苏剧团在演出昆曲《十五贯》时,过于执的形象是由朱国梁扮演的,将过于执这一形象的昏聩而又主观自负的性格表现得栩栩如生。如在《被冤》这场戏中,过于执命熊友兰画供时一个小动作:将拿笔的右手举到左耳边上,倾斜着上半身,双眼盯着熊友兰,略带嘲讽之意。然后嬉笑一阵,说道:"这样一桩人命重案,不消三言两语,被我判得清清楚楚,明明白白。正是:胸中若无宏才,怎可迎刃而解?"

周忱的形象在原本中用末扮演,改编本则改用外来扮演,戴白髯,以突出这一人物的倚老卖老,尸位素餐的性格。

---

① 周传瑛:《从崎岖小径到康庄大道》,《戏曲选》第一卷,中国戏剧出版社 1958 年版,第 102 页。
② 王传淞:《我演〈十五贯〉里的娄阿鼠》,《戏剧报》1956 年 6 月号。

昆曲《十五贯》还对昆曲的传统音乐体制作了改革与创新,而这也是其成功的原因之一,主要体现在以下几个方面:

一是删减曲调。传统昆曲不同于其他剧种,以曲为主,尤其是以生、旦等主要角色的抒情曲调为主,虽具有婉转缠绵的风格,但影响了剧情的发展,造成了节奏慢的特征,不适合现代社会的快节奏。因此,改编本对原本的曲调作了大幅度地删减,全剧八出,仅用了二十六支曲调,而且每出的曲调最多为六曲,一般只有两三曲,而且,即使是生、旦所唱的一些具有抒情功能的细曲,也改以叙事为主。

二是打破了昆曲套曲的限制,按具体剧情和人物的情绪来选择设计曲调,按传统昆曲的格律,一出戏的曲调须由同一个宫调或相近宫调的曲调组合而成,而且生、旦等主角上场先须唱引子,最后又须【尾声】结束。剧情与人物须服从于曲调,故有时不仅无益于剧情和人物,反而显得冗长累赘。改编本灵活设置曲调,打破了套曲的限制,如《判斩》出所用的【点绛唇】、【混江龙】、【天下乐】、【前腔】四支北曲,按传统的昆曲曲调设置,必须由【点绛唇】、【混江龙】、【天下乐】【油葫芦】、【寄生草】、【煞尾】等曲调组合成一套,而改编本依据人物的情绪与剧情需要,只用了四支,用以表现其欲救二人,但又翻案无权的焦急心情。

三是在演唱方式上,增强变化,如尤葫芦所唱的【仙吕入双调·六幺令】曲,大量变强弱节奏,念唱交错,显得乐观风趣。《见都》出用【石榴花】曲,表现其焦急心情,在唱词曲前,先念一段平板:"急在心间,坐立不安,刀下留人,时光本有限。"又如在《判斩》出,【天下乐】曲前,加了过门,以增强紧张的气氛。

昆曲《十五贯》的改编成功,给我们提供传统昆曲在内容上的现代性发展的启示。昆曲现代性发展在内容上不仅仅是要求剧作描写现实题材,表现现实生活,其实通过对传统题材的推陈出新,剔除其中的糟粕,挖掘与提升其中的现代性因素,也可以古为今用,同样能对现实生活产生积极的影响。

第四节　从青春版《牡丹亭》的盛传看昆曲的现代性发展

2004 年,由白先勇主持、江苏苏州昆剧院演出的青春版《牡丹亭》大获成功,产生了轰动效应。在三年多时间里,巡演遍及两岸四地,并远及欧美,已上演二百多场次,创下昆曲演出史的记录,国内一些媒体用"场场爆满"、"一票难求"等语词来形容演出的盛况;在美国的洛杉矶、纽约等地演出时,一些美国媒体甚至将其与 1930 年梅兰芳访美所带来的影响和轰动相提并论,在圣塔芭芭拉演出时,该市甚至将演出的那一周定为该市的"《牡丹亭》周",并在主要大街上挂满了青春版《牡丹亭》的旗帜。

《牡丹亭》是明代汤显祖的代表作,也是昆曲史和戏曲史上的经典,自从《牡丹亭》产生后,就不断地被改编,如与汤显祖同时的吴江派代表作家沈璟就将其改编为《同梦记》(又称《串本牡丹亭》),臧晋叔、硕园、吕玉绳、冯梦龙及清代的钮少雅等都曾对《牡丹亭》加以改编。前人的这些改编本尽管改编的方法或程度有所不同,但都是没有超出传统昆曲的范畴。自上世纪 50 年代以来,上海昆剧团、江苏昆剧院、北方昆曲院都曾改编演出过《牡丹亭》,但也多是删节、精编本,其意义仍局限于对昆曲及昆曲经典的继承上,其观众也仍为一小部分曲友和昆曲爱好者,而非普通观众。只有白先勇主持的青春版《牡丹亭》才是具有现代意义的改编本。如果说昆曲《十五贯》是以政治为中心的上世纪五六十年代昆曲现代性发展的成功范例,那么青春版《牡丹亭》则是在全球化背景下、以经济建设为中心的新时期昆曲现代性发展的典范。青春版《牡丹亭》是怎样使 400 多年前的昆曲经典以及昆曲艺术,为今天的观众所关注与热爱的呢?

我们认为,白先勇将改编《牡丹亭》定位在"青春"二字上,这是其成功的关键。首先,青春版《牡丹亭》将观众锁定在具有青春激情的年轻人群体。之所以将观众定位在具有"青春"特征的年轻人,尤其是大学生,一方面,是从昆曲在当代新的生态下发展的角度来考虑的。如白先勇指出:"昆曲是有四百多年历史的古老剧种,但昆曲的演出不应老化;昆曲的前途,在于培养年轻的演员,吸引年轻的观众。"[①]这说明白先勇是在感受到昆曲面临传承危机后,将观众定位在年轻观众的,年轻人尤其是大学生是国家的未来,昆曲为他们所喜爱和了解,他们就会自觉地成为"昆曲义工",为昆曲的传承和弘扬作出努力,昆曲也就能得以持续发展。而且,作为古典艺术的昆曲,要在当代发展,需迎合当代观众的审美情趣,而年轻人尤其大学生是现代审美情趣的引领者和追逐者,如早先影视剧中所谓的"韩流"、"日流",以及港台的流行歌曲,首先都是从年轻人群中兴起的。因此,若在传统昆曲中融入现代性因素,能迎合年轻观众的审美情趣,得到他们的认同,古老的昆曲也就能得以传承与流传。

另一方面,从《牡丹亭》这一具体剧目来说,在古典与"青春"之间,也找到了与现代年轻观众在心灵上实现对接的因素。《牡丹亭》描写的是杜丽娘与柳梦梅的爱情故事,杜丽娘因情入梦,因情而死,死而复生,最后终于得到了理想中的爱情。对幸福爱情的追求,个性解放,这符合人类共同的价值观念,故这样的内容既是传统的,又具有现代意蕴,它可以打破时空的界限,为今天的观众所接受。而对正处于青春期的年轻人来说,他们当中有的正处于热恋之中,有的刚经历过人生中最美好的阶段,他们对爱情同样有着美好的憧憬与追求。《牡丹亭》所演绎的爱情故事,正适合他们的心理需求,因此,将《青春版》牡丹亭的观众定位在具有青春激情的年轻人群体,就能取得最大的社会效应,通过昆曲载歌载舞的艺术形式,在舞台上再现杜丽娘对青春、对爱情的热爱与追求,去感动与影响年轻人,引起他们的共鸣。

显然,锁定年轻观众尤其是大学生作为观众群体,这是青春版《牡丹亭》得以成功并盛行的重要前提和重要基础。

---

① 白先勇:《牡丹亭上三生路——制作青春版的来龙去脉》,《姹紫嫣红〈牡丹亭〉:四百年青春之梦》,白先勇策划,广西师范大学出版社 2004 年版,第 97 页。

在具体改编和舞台演出时,青春版《牡丹亭》也都从年轻观众的审美情趣出发,突出了"青春"的美学意蕴。

首先,在剧本的处理上,针对青年观众审美习惯,加强了抒情与戏剧性的结合。对于听惯了流行歌曲的青年观众来说,他们对昆曲的唱腔及表演形式虽也会产生好奇心理而走进剧场来观看,但这是难以持久的,因此,还须通过曲折动人的故事情节将他们吸引住,既以优美动听的唱腔与表演来吸引年轻观众的感官,又以曲折动人的故事情节抓住他们的心灵,从而能使他们对昆曲的好奇心得以持久。

《牡丹亭》虽为古典昆曲名作,但因原本有五十五出之长,很难全本演出,故以往在舞台上多是以折子戏形式上演,而且多是选择以抒情为主的场次如《游园惊梦》、《拾画叫画》等演出,这些场次虽最能体现昆曲婉转细腻的唱腔与精致优美的表演程式,但单独演出,观众所看到的主要是演员的表演技艺,而不是故事。因此,折子戏的演出只能吸引老观众,不能吸引大众,尤其不能吸引年轻观众。为此,青春版选择了全本的形式上演,保持原本故事的完整性。如白先勇在《牡丹亭上三生路——制作青春版的来龙去脉》中称:"我们认真琢磨了五个月,把五十五折的原本,撮其精华,删减成二十七折,分上、中、下三本,三天连台演完,从第一出《标目》演到最后一出《圆驾》,基本上保持了剧情的完整。"

整本上演,但又不能按原本上演,原本有五十五出之多,作者为了充分表达自己的志趣及显示自己的才华,一是抒情多于叙事,二是情节安排头绪多,使得全剧剧情发展拖沓缓慢。如明代冯梦龙在改编《牡丹亭》时,也认为原本情节安排太烦,如他在改本《风流梦总评》中指出:"原本如老夫人祭奠及柳生投店等折,词非不佳,然折数太烦,故削去。即所改窜尽有绝妙好词,譬如取饱有限,虽龙肝凤髓,不得不为罢箸,观者幸勿以点金成铁而笑余也。"因此,他在将《牡丹亭》改成《风流梦》时,将原本删削、压缩成三十七出。而对于今天欣赏惯了快节奏艺术的年轻人来说,五十五出的长戏,更是不能接受了。因此,青春版《牡丹亭》遵循"只

删不改"的原则,对原本的篇幅作了较大的删减和压缩,一是删减与压缩
情节与场次,将原本的五十五出压缩成二十七出,从删减的场次来看,多
是过场戏,如《腐叹》《延师》《怅眺》《肃苑》《慈戒》《诀谒》《诘病》这
几出戏虽皆与全剧的主线有关,但只是作为前后情节的交代与过渡,删
去后并不影响主线的展开。有的在保留的场次中将删去的情节略作交
代,既节约了篇幅,又保持了情剧的连续。改编本虽保留了李全骚扰淮
扬这一条副线,但也作了较大的压缩,而且将保留的《虏谍》《淮警》《折
寇》三出戏分别安排在上、中、下本的第六或第七出,在婉转缠绵的文场
戏中插入一场激越紧张的武场戏,既不喧宾夺主,影响主线的发展,又活
跃了舞台气氛。

在删减和压缩的同时,青春版《牡丹亭》还对原本一些场次作了调
整,如将《言怀》一出移到了《寻梦》之后,使得剧情的发展更加自然流畅。

二是精减和压缩曲调。由于原本的抒情性场次多,故所用的曲调多
为长套细曲,且多为赠板曲,节奏慢,若按原本演出,即使删去一些过场
戏,在保留的场次中,如不对原作的曲调加以删减,节奏仍嫌拖沓缓慢。
因此,青春版《牡丹亭》对原作的曲调作了较大的删减,将原本的四百二
十八支曲牌,删减了三百零八支,占到全部曲牌的百分之七十二。在保
留的一百二十支曲调中,都是与表现主题、刻画人物、推动剧情发展密切
相关的,同时也是原本中最经典、最能体现昆曲艺术魅力的曲调。

在内容上,原本的主题是一个"情"字,青春版《牡丹亭》仍将"情"作
为整本戏的精髓和灵魂,以"情"统率全剧。如作为编剧之一的张淑香在
《捕捉爱情神话的春影——青春版〈牡丹亭〉的诠释与整编》一文中说:
"《牡丹亭》的神奇魅力,来自其内涵冥合神话秘义与抒情理想的交响。
基于这种体会,青春版的整编,主要目的就是再现原作的此种艺术精神,
以掌握爱情神话的脊骨与经营其发展的抒情节奏为首务。"

白先勇也指出:"《牡丹亭》的主题在于应个'情'字,我们的剧本也就
贴近汤显祖'情至'、'情真'、'情深'的理念来发展:第一本启蒙于'梦中
情',第二本转折为'人鬼情',第三本归结到'人间情'。汤显祖笔下的

'天下第一有情人'杜丽娘因梦生情,一往而深,上天下地,终于返回人间,与柳梦梅结成连理。在《牡丹亭》中给予爱情最高的礼赞,爱情可以超越生死,冲破礼教,感动冥府、朝廷,得到最后胜利。"[①]

全剧分为上、中、下三本戏,每本戏都紧扣一个"情"字,分别上演了"梦中情"、"人鬼情"和"人间情",而这样的设置,既与原本所演绎的"情至"、"情真"、"情深"发展脉络相符,又较原本更精炼、更集中。

另外,为了更贴近当代年轻人审美心理,青春版《牡丹亭》还加强了男主角柳梦梅的戏份,汤显祖的原本虽遵循生、旦并重的传奇脚色体制,但由于柳梦梅是杜丽娘的"梦中情人",是情感追求的一种折射和投影,故在原本及以往的舞台演出本中,生、旦的戏份不平衡,都以杜丽娘的戏为主,柳梦梅的戏份不多。这样的爱情描写,与现代年轻人爱情观有着一定距离,因为理想幸福的爱情,必须有男女双方的参与,经双方共同努力才能得到。因此,青春版《牡丹亭》对生、旦两者的戏份作了平衡,在不削弱原本中杜丽娘的戏份的前提下,增加了柳梦梅的戏份,强化了他的形象塑造,如将原本中柳梦梅的两出重头戏《拾画》、《叫画》合成一出,并做了适当的改编,增强了其在全本中的地位,使其与第一本杜丽娘的《惊梦》、《寻梦》相对应。原作侧重于表现杜丽娘对理想爱情的追求,而改编本则突出了杜丽娘与柳梦梅两人共同对爱情的追求。经过这样的处理,作为爱情双方的戏既互相呼应,又对称平衡,更适合今天的年轻观众的审美情趣。白先勇在谈到这一创意时指出:"一般《牡丹亭》的演出本偏重杜丽娘,以旦角表演为主。我们的剧本,还原汤显祖原著精神,加强柳梦梅角色,生、旦并重。因此,《拾画》、《叫画》这两出经常演出的巾生代表作,我们捏成一折,做了适当的改编,更加凸现其重要性,三十分钟的独角戏,将巾生表演艺术发挥得淋漓尽致,与第一本杜丽娘的经典折子《惊梦》、《寻梦》旗鼓相当。汤显祖笔下的柳梦梅远不止于儒雅俊秀的

[①] 白先勇:《牡丹亭上三生路——制作青春版的来龙去脉》,《姹紫嫣红〈牡丹亭〉:四百年青春之梦》,白先勇策划,广西师范大学出版社 2004 年版,第 96、97 页。

‘梦中情人’，亦是一介不畏权势，敢与礼教抗争的傲骨书生。如此，我们的剧本生旦戏双线发展，达到了对称平衡之美。"[1]

　　在艺术形式上，青春版《牡丹亭》也充分考虑到了年轻观众的审美情趣。从演员、造型到舞美、服装，追求现代年轻人的所要求的"美"，在保持昆曲的本质属性的前提下，为年轻观众量身定做，加入了年轻人乐于接受的形式，使古老的昆曲艺术与新时代年轻观众的审美意识相融合。

　　首先，主持者在选定演员上也着眼于"青春"，要求演员具有现代青年所认同的青春靓丽的气质，以青春版的演员来表演青春版的《牡丹亭》，给青春版的观众观看。白先勇认为，"首先《牡丹亭》本为一曲歌颂青春、歌颂爱情、歌颂生命的赞美诗，男女主角正值花样年华。因此，我们举用青年演员饰演杜丽娘与柳梦梅，符合剧中人物年龄形象"[2]。

　　戏曲表演具有以人扮人的特点，若演员自身的形体与剧中人物所应有的特征不一致，必定会影响舞台效果，尤其是扮演具有青春靓丽特征的生、旦的演员，若其自身的形体与角色之间造成错位，即使演员的表演技巧十分高超，也会影响艺术美感。如以前有位大学生观众看了某昆剧团由中老年演员演出的《游园惊梦》、《拾画叫画》等折子戏后在网上留言道："他们的演唱、程式身段等确实功底深厚，已臻化境，但身段臃肿，满脸沧桑，却要作出小儿女的种种娇态，不免浑身起了鸡皮。"因此，让年轻的演员来演绎年轻观众所关心、所喜欢的故事与人物，可以拉近观众与演员之间的距离，更具有艺术美感。青春版《牡丹亭》的演员皆来自江苏苏州昆剧院的小兰花班，他们的年龄都在二十多岁，生、旦、净、末、丑齐全。在选择男女主角时，白先勇更是像选美一样作了认真广泛地选择，现在选定的男女主角、扮演杜丽娘的沈丰英和扮演柳梦梅的俞玖林与剧中人年龄相仿，扮相端庄秀丽，清俊飘逸。这样的演员在年轻观众看来，既是故事中的杜丽娘与柳梦梅，又是现实生活中一对俊男俊女，成为青

---

[1] 白先勇：《牡丹亭上三生路——制作青春版的来龙去脉》，《姹紫嫣红〈牡丹亭〉：四百年青春之梦》，白先勇策划，广西师范大学出版社 2004 年版，第 96、97 页。

[2] 同上。

年观众理想中的情人,如有许多年轻观众看了演出后,纷纷猜测沈丰英和俞玖林是不是有恋爱关系,当知道他们不是恋人后,露出了惋惜的神情,真希望他们不仅是"台上情人",而且也是现实中的一对,而这正是启用了年轻演员所产生的舞台效应。

在舞台造型方面,青春版《牡丹亭》也按现代年轻观众的审美情趣作了一些改动,如《惊梦》出,在表演杜丽娘和柳梦梅在梦中幽会的一段戏,传统的处理偏于淡雅和含蓄。如当唱到"和你把领口松,衣带宽……忍耐温存一晌眠"这些露骨的曲文时,就没有作相应的造型动作。这样的舞台处理是按封建社会的观众来设计的,符合当时的社会价值观,但对于今天的观众来说,尤其是对于具有青春激情的年轻观众来说,已不满足这样的舞台处理。因此,青春版《牡丹亭》在演出这段戏时,男女主角的造型显得热情奔放,特别加强了水袖的舞动力,两人在相拥、相磨、对视、仰背一系列的舞台造型中,通过舞动水袖和眼神来表现两人如醉如痴的情爱,两人舞动水袖,不时将水袖勾搭绞缠在一起,用以展示性爱,并用夸张的眼神来展现对梦中情人的狂热的爱。在杜、柳两人幽会时,舞台上还表演了花神优美的舞蹈,更烘托了两人的情爱的炽热,也更增强了视觉的美感。

又如在《离魂》的结尾,借鉴了现代话剧的舞台造型手法,让杜丽娘身披曳地的红色大斗篷,在花神的簇拥之下,手拈一枝梅花,慢慢走向舞台深处,渐行渐远,随着主题音乐响起,蓦然回眸,此时黑幕之上投下一束追光,表现出杜丽娘对人世、对爱情的眷恋;而在后来的《回生》出的结尾,黑幕徐徐拉开,杜丽娘从沉睡中慢慢起来,在晨光中返回人间,与《离魂》出相呼应。这样的舞台造型,既突显了杜丽娘的出生入死、因情回生的舞台形象,又具有现代艺术的美感,故收到了很好的舞台效果,获得全场观众经久不息的掌声。

除了对男女两个主角的舞台造型的创新外,其他人物的舞台造型也有所创新,如《移镇》出,在杜宝站立船首,面对大江唱念时,采用了现代歌舞的造型,增加了群体演员的伴舞,并且采用不同的灯光投射,将舞台上划分为前后两个区域,杜宝站在舞台后区高处面对大江独唱,舞台前区则由十多个演员扮演士卒,排成左右两列,手握船桨,不断地改变队形,这样以群舞的形式不仅衬托了杜宝的形象,而且也形象地表现了大江波涛汹涌,滚滚东去的舞台背景,这种具有现代性的舞台造型,符合年青观众的审美情趣。

为了使青春版《牡丹亭》具有"青春"的意蕴,青春版《牡丹亭》在演员的服饰、舞台设置及音乐等都作了较大的创新,在尊重昆曲的古典性的基础上,融入现代性的艺术元素。

白先勇推崇唯美主义的美学,因此,他对青春版《牡丹亭》的服饰、舞美等都十分讲究,追求至美精良,特地请台湾著名的设计师来设计该剧的服饰、舞美。而这样的设计理念也正符合现代的年轻观众追求视觉的享受和感官的体验的要求。

如传统昆曲的服饰,是颜色、式样等皆按脚色来定,所谓"宁穿破,不穿错",而且演员穿在身上,宽松不合身,显示不出人体的形态和曲线;而青春版《牡丹亭》的服饰是按剧中人物特定的身份和性格来设计制作的,如杜丽娘、柳梦梅淡雅俊美的服饰,不仅表演身段时体态曲线清晰可见,而且很好地烘托了两人的心灵与气质;又如传统演出时十二月花神的服饰皆相同,只是手持不同的花相区别,而青春版则按不同月份的花神,绣上不同的花卉,确定不同的颜色,或牡丹、杜鹃,或梅花、墨兰,或浓艳、或淡雅,观众所看到的这些用巧夺天工的苏州刺绣绣成的美丽服饰,本身就是一种视觉享受。

又如青春版的舞台设置虽以简约为原则,符合传统昆曲写意的美学特征,但又不局限于昆曲传统的"一桌二椅"的形式,加入了现代的艺术元素,如在舞台上增加了水墨画为内容的屏风和背幕,既很好地烘托了剧情,又不喧宾夺主;又如根据剧情的需要,在舞台后面设置了一个高台,以表示剧情中的实境与梦境、人界与冥界的转换。同时,巧妙运用现代舞台的灯光艺术,如采用了现代舞台的熄灯间隔处理方法,来处理场次的转换和场景的变化,而不是采用传统的拉幕形式。

并且,设计者在设计青春版《牡丹亭》的舞台色彩时,还融入了苏州的地方特色,即以灰白色作为舞台的主色调,这样的设计,既传承了昆曲写意的美学原则,又吸收了苏州古典园林黑瓦白墙、清新雅致的艺术要素。

在唱腔设计上,青春版《牡丹亭》既保持了昆曲"水磨腔"的婉转细腻的特色,又作了现代性的发展。在具体处理全剧的曲调时,对于那些经过历代曲家精心锤炼、在舞台上久经传唱的曲调,如《惊梦》、《寻梦》、《写真》、《离魂》、《拾画》等出曲调的旋律(工尺),以继承为主,不作改动,只是在曲前、曲尾,或曲与曲之间增加一些器乐合奏或独奏,以增强原有曲调的表达力。而对于一些以前舞台上不常演出的曲调,在遵循昆曲依字定腔的、保持该曲调的主腔的前提下,对其中的一些小腔作了润色与丰富,如《婚走》出中的【石榴泣】,《移镇》出中的【长拍】,《如杭》中的【雁过江】、【小措大】等曲调。这样的处理,既保持了昆曲曲调的腔格特征,又赋予了新的特色,收到了较好的舞台效果。

另外,青春版还采用了主题曲的形式,即全本戏分别从杜丽娘所唱的【皂罗袍】和柳梦梅所唱的【山桃红】两支曲调中,提取其中的代表性旋律,作为两人的主题音乐,通过变奏的手法,贯穿全剧始终,既烘托了两人的性格特征,凸现了全剧的爱情主题,也使全本戏的旋律和谐统一,产生了较好的视听效果。

在演唱形式上,昆曲以曲为主要表演形式,且以独唱为主,这在表演传统的折子戏或在昆曲清唱时,由一个演员独唱,不仅能体现昆曲清丽细腻的特色,而且主唱的演员也不累,但由于青春版《牡丹亭》是整本戏分上、中、下三本,全部演出需九个小时之多,若通本只由几个主要人物独唱,不仅演员的体力难以承受,而且也单调乏味,影响舞台效果。因此,在独唱为主的同时,也采用了合唱、轮唱、重唱等多种形式,使得全剧的唱腔的富有变化,很好地配合了剧情的发展及剧中人物情绪的变化。

同样,在伴奏乐器上,青春版《牡丹亭》也体现了"青春"的特色,按传统的昆曲乐器伴奏,主要是笛子,若是演出传统的折子戏或在昆曲清唱时,笛子伴奏,能很好地体现昆曲悠扬婉转的风格,但由于整本戏演出时间较长,若伴奏乐器缺少,不仅不能与剧情的发展和人物情绪的变化相配合,而且也会产生单调乏味之感。因此,"青春版"《牡丹亭》在配置伴奏乐器时,在保持传统昆曲伴奏乐器以笛子为主的前提下,一是增加了伴奏乐器的种类,如加入了古筝、箫、琵琶、二胡、提琴以及编钟、埙等乐器;二是根据剧情和人物情绪的变化,不断变换乐器的演奏形式,如在剧中人物的情绪平和舒缓处,以独奏为主,而在人物的情感高潮时,则采用合奏或重奏的形式。不同的演奏形式交错使用,使得全剧的音乐富有变化,增强了舞台效果。

青春版《牡丹亭》的改编与演出是成功的,使传统昆曲与当代的年轻观众在审美情趣情感价值上达到了完美的对接,它让从未接触过昆曲的青年观众领略到了其中所蕴含的艺术魅力,舞台上的杜丽娘第一次来到后花园面对姹紫嫣红的景色时,不由得发出了"不到园林,怎知春色如许"的感叹,今天第一次进入剧场观看了昆曲后,也被昆曲的艺术魅力所震撼,也发出了同样的赞叹,如有的大学生观众在网上留言道:"看了青春版《牡丹亭》,我感到做为一个中国人的骄傲!"一个北大学生在百年纪念堂看完青春版《牡丹亭》后在网上这样写道:"现在世界上只有两种人,一种是看过青春版《牡丹亭》的,一种是没有看过的。"

青春版《牡丹亭》的改编成功,给传统昆曲在新时期的现代性发展提供了很好的启示:昆曲《十五贯》改编成功的原因,是借助了当时特定的政治理念,以此为依托而得以成功;而青春版《牡丹亭》的盛行,则是以时尚和青春为依托,是传统与青春结合的结果。两者相比,后者的发展模式,更具有可持续性。既通过对昆曲古典名作的改编演出,培养了一批年轻昆曲演员,同时也培育了一大批热爱昆曲的年轻观众,而培育年轻昆曲观众,对于昆曲的现代性发展来说,更具有战略性,也更为重要。这也是今后的昆曲改革应予以重视和借鉴的。

第五节　昆曲的现代性发展与国际现代剧坛的接轨

　　凡是一个民族的优秀文化样式,也必定具有世界性。而昆曲作为中华民族的戏曲艺术的代表形式,在其现代性发展的过程中,也必然要走向世界,与国际现代剧坛接轨,融入到国际现代剧坛之中。

　　昆曲走向世界,可以包括两个方面:一方面是走出去,主动将昆曲艺术向世界观众展示;另一方面是请进来,将国外的优秀艺术因素融入到传统的昆曲艺术之中。

　　我国是一个文明古国,古代劳动人民创造了灿烂的民族文化。由于戏曲是一门综合性艺术,因此,其承载的民族文化内涵最为丰富,无论是绚丽多彩的表演形式,还是内涵深厚的思想内容,无论是普通百姓的民情风俗,还是统治阶级的伦理教化、文人学士的风月情怀,都会在戏曲中反映并积淀下来;与构成中华民族文化的其他文学或艺术形式相比,中国戏曲所具有的民族性是最有典型性的,也正因为它具有鲜明的民族特征,与古希腊悲喜剧、印度梵剧并称为世界三大古剧。

　　而昆曲是中国戏曲的代表,有中国戏曲的"活化石"和"百戏之祖"之誉,它所具有的完整表演体系、富有诗情画意的舞台艺术,无不凝聚着古代中国戏曲艺术家们的智慧和创造,汇集了中国古典艺术与美学之特征。昆曲走向世界,与国际现代剧坛的接轨,其意义也就在于向世界人民展示中华民族文化的神韵与精华,展示中国人民的智慧和创造。

　　另外,从全世界的角度来看,世界文化是一个多元的文化,来自不同地区、不同民族的文化之间既有碰撞和冲突,也有着互补性。就像东方人需要观看来自西方的话剧、歌剧、舞剧、电影等具有西方风格的艺术样式一样,西方人也要观看来自具有东方风格的戏曲。而且,昆曲所具有的文化内涵,既是中华民族所特有的,同时,其某些方面也具有普世性,即符合全人类共同的精神需求。因此,经典的艺术形式和艺术作品是可以不受时空、民族的局限,为全人类所共享。在全球化、国际化的今天,这种互补与交流，显得更为迫切，更为重要。而当今世界的全球化、国际化，也为昆曲走向世界创造了良好的外部条件，提供了宽广的国际舞台。可喜的是，近年来，国内一些昆曲演出团体努力开拓国际演出市场，取得了很好的效益。如自 2001 年昆曲被联合国教科文组织命名为"非物质文化遗产代表作"以来，江苏昆剧院平均每年都要去三四个国家演出，仅以 2008 年上半年为例，该院到东南亚及欧美各国演出多达 80 场次。又如江苏省苏州昆剧院的青春版《牡丹亭》在 2008 年曾到美、英、法、希腊、瑞士等国家巡回演出，外国观众虽然语言不通，对演员所演唱的曲词和念白不能完全理解，但还是被昆曲所独特的艺术魅力吸引和征服了。这次演出虽然是商业性的演出，且票价高，但仍有很高的上座率。如在英国演出期间，当地的一些主流媒体都相继刊登了有关青春版《牡丹亭》的文章和报道，戏剧界、学术界的一些权威人士纷纷著文，对青春版《牡丹亭》以及昆曲艺术给予了高度的评介，如《泰晤士报》在报道这次演出时称：昆曲演员们的唱念、歌舞，虽然不像歌剧，为西方观众所熟悉，但它的艺术形式精致神奇。而且，《牡丹亭》所描写的这一爱情故事是中国戏曲对莎士比亚所描写的"罗密欧和朱丽叶"故事的回应。可见，尽管因语言及欣赏习惯的差异，外国观众在观看昆曲演出时有一定的障碍，但昆曲独特的表演形式和浓郁的民族美学风格仍为外国观众所喜爱，而这也正是昆曲能走出国门，与国际剧坛接轨的外在基础和重要原因。

所谓请进来，也就是请国外的艺术大家参与昆曲的传承与发展。在全球化的今天，随着中外文化的交流日益增多，在引进国外的艺术形式的同时，也可以借鉴外国的表演形式，来丰富我国原有的艺术。

中国戏曲是一门综合性程度很高的艺术，如王国维曾给戏曲下定义说："合言语、动作、歌舞以演一故事。"中国戏曲在形成和发展过程中，为了有利于情节的表达和人物的塑造，不断地综合和吸收其他种类的艺术因素，即使是来自国外的艺术，只要有助于"演故事"的，也会被吸收和综合，如舞台的时空的表现，中国戏曲采用了虚拟的表现手法，即剧中人物活动的时空是通过演员的唱念做打来表现的，而不是像西方戏剧，通过物质的手段即布景艺术在舞台上模仿出来,但到了清末,随着西方戏剧传入,中国戏曲也借鉴了西方戏剧的布景艺术。作为中国戏曲的代表昆曲,同样具有综合性这一特征。因此,在昆曲的传承与发展中,我们同样可以采取请进来的方法,邀请世界上的艺术家来参与昆曲的传承与发展,为传统昆曲融入新的艺术因素。如江苏昆剧院在排演《1699·桃花扇》时,便邀请了日本、韩国的专家来参与打造,收到了很好的效果。又如苏州昆剧院在 2007 年与日本松竹影画株式会社及日本歌舞伎大师坂东玉三郎合作打造中日版《牡丹亭》,歌舞伎是日本的一种古老的表演艺术,通过中日艺术家们的精心合作,在传统的昆曲表演艺术中,融入了日本歌舞伎的艺术因素,收到了很好的舞台效果。2008 年 5 月 6 日至 16 日中日版《牡丹亭》在北京湖广会馆(北京戏曲博物馆)上演,连演十场,座无虚席。同样,在日本连续演出了二十场,也受到日本观众的欢迎,场场爆满。这些事例说明,邀请世界上的艺术家来参与昆曲的传承与发展,为传统昆曲融入新的艺术因素,也是增强昆曲现代性的一个重要措施。

昆曲被联合国教科文组织命名为"世界非物质文化遗产",这正是昆曲走向世界的一次最好机遇。我们应抓住这一机遇,通过"走出去"和"请进来",主动将古老的昆曲艺术与国际现代剧坛接轨,融入到国际现代剧坛之中。

后　记

　　2006 年 11 月,我们前往北京对教育部 2006 年度的哲学社会科学研究重大课题攻关项目中的《中国古代文学艺术与现代中国社会研究》课题进行投标,经评审组专家的评审而中标,并于 2006 年年底批准立项(项目批准号为 06JZD0029)。自从立项以来,我们组织全学科同仁进行了认真的讨论,并于 2007 年 3 月举办了开题报告论证,邀请校外有关专家及教育部社科司领导参加论证并提供咨询。在听取有关专家和社科司领导的宝贵意见的基础上,我们对本课题的研究重点及研究途径达成了共识,随即开始了研究工作。我们的共识和研究工作包括以下方面:

　　第一,中国古代文学的研究越来越有自我封闭的倾向,由大学、研究机构和学术刊物组成的学术圈子基本上与现代社会完全脱离,从而成为"象牙塔"中的学术。虽然人文学科的其他分支也有类似的倾向,但是古代文学研究在这方面走得更远。我们认为这种状态必须有所改变。首先,中国古代文学自身并不是与民众隔绝的"象牙塔"中物。一部《诗经》,其中最有生气的作品都是来自民间的歌谣。汉人说诗歌的本质是"饥者歌其食,劳者歌其事",无论是汉乐府民歌,还是文人创作的《古诗十九首》,都生动地印证着这种观点。后代的小说戏曲是不用说了,它们最初的受众几乎全是普通民众。即使被今人视作阳春白雪的唐诗宋词,当时也是得到民众衷心喜爱的流行歌曲。旗亭画壁的故事,有井水处即能歌柳词的传说,说明唐宋时代的诗词绝非文人学士的专利品。其实即使到了现代,唐诗宋词也还是受到普通民众的喜爱的。可惜学术界对普及工作投入力量太少,以至于时至今日,最为家喻户晓的唐诗选本仍推清代乾隆年间问世的《唐诗三百首》,而不是体现现代价值观的新选本。其次,人文学科的研究当然不能脱离社会,古代文学研究也是如此。由于受到现行学术体制的约束,古代文学研究者热衷于撰写论文和专著,而且因过于强调学术性而与现实社会渐行渐远,这样不但失去了学术研究的现实意义,而且会使学术自身变得精神萎缩,毫无生气,从而丧失内在的发展动力。如何改变这种状态? 如何增强古代文学研究的现实意义? 本课题为我们提供了一个很好的探索方向。为了加强学术研究与现代社会的联系,我们决定面向大众展开普及古代文学知识的工作。本课题组成员原来的学术研究都有较强的学院派倾向,我们的研究很少与社会发生联系。为了切实地探索在现代社会中普及古代文学知识的途径和效果,从而为本课题积累具有田野调查性质的经验,我们特地规划了一些面向社会的古代文学系列讲座。2007 年,莫砺锋教授为中央电视台"百家讲坛"栏目做了"诗歌唐朝"的系列讲座共 14 讲,内容包括"咏怀述志"、"忧国之情"、"民生疾苦"、"边塞豪情"等,播出后结集为《莫砺锋说唐诗》,已于 2008 年由凤凰出版社出版。许结教授为上海电视台做了"文化中国"系列讲座,内容包括"大文豪司马相如"8 集、"中国古代五大爱情故事"5 集,均已播出。张伯伟教授为香港城市大学做了"中国文化讲座系列",内容包括"域外汉籍研究序说"、"从周边文献拟测唐代的诗学畅销书"、"从朝鲜、日本文献看十八世纪的东亚汉文学世界"等。这些讲座得到了听众的热烈欢迎和高度肯定。我们认为,这些面向大众的古代文学讲座,不但为本课题所要探讨的如何让中国古代文学艺术在现代社会中发挥更大的影响等问题提供了实践经验,而且它们自身就是本课题的具体成果的组成部分。对于中国古代文学学科来说,上述工作拓展了研究领域,增强了学科与现代社会的联系,从而具有一定的创新意义。

第二，本课题的相关内容极其丰富、复杂，而本项目对最终成果的要求是题作《中国古代文学艺术与现代中国社会》的一本学术专著，所以不可能对相关内容进行面面俱到的广泛论述，而只能选择最重要的部分进行探讨。在具体的研究过程中，我们对本课题的内容和意义有了如下的新思考：首先，本课题必须重视宏观归纳和理论绅绎。对于中国古代的文学艺术的各个分支，学术界已有较丰厚的研究积累，本课题组成员也有不少有关论著。但将古代文学艺术作为一个整体来思考、研究，并从中归纳总结出可供现代中国社会转化利用的精神资源，这就需要很强的宏观归纳和理论绅绎能力，这是本课题的难点也是最具价值的创新点。其次，古代文学艺术与古代中国社会的关系，比如古代文学艺术对于古代社会的文明、和谐到底起了什么作用，又如古代文学艺术对中华民族内部的各民族的融合到底起了什么作用，以前的学术界对此只有较为模糊的认识。古代文学艺术毕竟是在古代社会中产生的，它们与古代社会有千丝万缕的关系。到了现代，社会形态，人们的生活状态乃至思维模式、审美风尚都有了很大的变化。在这个前提下，古代文学艺术为何还作为一种文化传统生生不息，为什么还能体现出一定的生命力，它与现代社会之间能够部分的协调的奥秘何在，这需要在事实的基础上进行理论的阐释。第三，我们的研究视野必须有较大的拓展，具体地说，就是必须把以往学界比较忽视的海外华人文化纳入考察范围，或者说，我们将把全球华人当成一个整体来研究现代华人社会与古代文学艺术的关系，而不像从前或是有所忽略，或是各自游离。第四，从前的学界在研究古代文学艺术时，往往是局限于书斋之内的纯学术研究，很少关注其社会意义和现实意义，而本课题则必须对古代文学艺术在现代社会中的实际作用及意义予以特别的关注，并进而探讨其在现代社会中发挥实际作用的前景。课题组成员对上述问题分工进行研究，并获得了一些阶段性成果，已有十余篇专题论文在学术刊物上发表或即将发表。我们对于上述问题的思考不必也不可能全部体现在最终成果中，但它是我们撰写最终成果的坚实基础。

第三,从学理上说,本课题应该在对中国古代文学艺术的各个分支进行深入研究的基础上,对其进行宏观的、整体性的把握,探究其整体特征和核心精神,阐明其发展历程及演变规律,进而探讨其形式、功能等方面与现代中国社会接轨的可行性及实施途径,从而在文学艺术这个特殊的方面为提高中华民族的民族自豪感、增强全球华人的民族认同感,建设现代中国的和谐社会、文明社会提供学理基础和决策咨询。但是在具体的研究过程中,我们认识到本课题的最终成果不可能对上述内容都进行详尽的论述。原因之一当然是受到最终成果的形式在篇幅上的限制,我们不可能在 40 万字的篇幅内对有关问题都进行论述。原因之二则是,自从五四运动以来,中国社会在走向现代化的进程中产生了一股全盘否定传统文化的思潮。这股思潮随着后来的政治形势而愈演愈烈,最终使整个文化传统遭受灭顶之灾。中华传统文化对现代中国会社应有的影响被强大的外力铲除了,中国古代文学艺术在现代中国社会中应有的生存被强制性地扼杀了。论述中国古代文学艺术在现代中国社会中的实际影响本是本课题在学理上的题中应有之义,可是当我们对此进行考察以后,却发现这种影响事实上微乎其微,有的方面甚至基本断绝。一个在五千年历史长河中生生不息的优秀传统文化竟然如此迅速地走向衰微,一个具有五千年文明史的民族竟然以缺乏传统的幼稚面貌出现在世界民族之林,这就是严酷的现实。所以,本课题对于中国古代文学艺术在现代中国社会中的实际影响无法进行全面而详尽的论述,我们所能做的只是从学理上论证这种影响本来应该是非常巨大而且可能具有强大的正面作用。于是,从学理上论证中国古代文学艺术在古代社会文明形成过程中曾经起过巨大的作用;论证中国古代文学艺术对于加强中华民族的民族认同感和民族凝聚力具有非凡的影响;论证中国古代文学艺术曾经对周边国家产生过巨大、深远的影响,曾是古代中国强大"软实力"的重要组成部分;论证中国传统文化具有海纳百川的宽广胸怀,所以中国古代文学艺术善于汲取异民族文化的优点而又坚持自身传统;论证中华传统文化具有自我更新的强大生命力,所以中国古代文学艺术能在形式上发展演变以适应新的时代,便成为本课题重要的研究内容。显然,上述论证的结论不是中国古代文学艺术正在现代中国社会发生着巨大的作用,而是为可能发生巨大作用提供学理上的证明。换句话说,我们的研究不是为如何提高中国古代文学艺术在现代中国社会中的作用提出对策,我们的结论也不是为有关部门制定文化政策提供咨询,我们只希望通过本课题的研究看清中国古代文学艺术的来龙去脉与文化基因,从而为现代中国社会的文化建设提供有益的思路和启迪。

第四,由于近代以来全盘否定中华传统文化的思潮在海外华人社会受到较大的阻遏,所以人数众多的海外华人成为继承中华传统文化的独特力量。海外华人虽然在异国他乡繁衍生息,但源于故土的中华传统文化始终是他们的精神支柱和精神家园。而且中华传统文化在海外华人社会的传播和影响并不只是本土之外一种简单的延伸和补充,而是有着更为丰富的内涵和独特的意义,成为一个相对独立、完整的文化类型或文化现象。正如孔子所说的“礼失而求诸野”,中国古代文学艺在海外华人社会中保存的内容及形态对于本课题有着丰富的内涵和独特的意义,有些方面甚至可以为中国内地的文化建设提供有益的启迪。本课题因此专设一章来探讨传统诗词、楹联、小说、戏曲在现代海外华人社会中的传播和影响。此外,昆曲是中国古代戏曲文学与戏曲艺术的典范与精华,由于被联合国列入人类非物质与口述文化遗产,其艺术价值得到了世界的公认。上世纪 50 代年昆曲《十五贯》的成功改编,近年来青春版《牡丹亭》的成功上演,成为中国古代文学艺术在现代中国社会大放异彩的难得事例,也成为传统的文学艺术依然具有生命力的绝好证明。但昆曲既然是一种遗产,就有着保护和继承的问题,尤其是在当前商品经济繁盛的社会背景下,昆曲也像其他戏曲剧种一样,受到了电影、电视及流行歌曲等新兴艺术形式的冲击,如何更好地保护昆曲使其免遭消亡,仍然急需学界进行切实的对策研究。本课题专设一章,对昆曲的古典性质与其现代性发展加以探讨和研究,并对如何充分利用昆曲的文化资源,使其摆脱博物馆化的生存状态,提出一些对策性的意见。

　　综上所述,本课题的主要内容就是对中国古代文学艺术在现代中国社会中可能产生什么积极影响进行学理的论证。我们所做的工作是建立在事实基础上的纯学术研究,但我们也希望本课题的结论能对现代中国的社会文明建设提供学理上的参考作用,这正是我们投标本课题的初衷。

　　本课题是南京大学中国古代文学学科承担的集体项目,作为最终成果的本书也是南京大学中国古代文学学科的集体成果。本书的撰稿人名单及其分工情况如下:莫砺锋(绪论、后记);徐兴无、武秀成(第一章);赵益、曹虹(第二章);张伯伟、王小盾、金程宇(第三章);严杰、苗怀明(第四章);程章灿、俞士玲(第五章);许结、冯乾(第六章);俞为民(第七章)。上述名单中王小盾(温州大学教授)为外单位特约撰稿人,其他人员都是南京大学中国古代文学学科的成员。此外,孙立尧博士在撰写过程中承担了联络、交流的工作,在此一并说明。